湘潭大学学者文库
XIANGTAN DAXUE XUEZHE WENKU

羊春秋文集

YANG CHUNQIU WENJI

羊春秋 著

湘潭大学出版社
XIANGTAN UNIVERSITY PRESS

图书在版编目（CIP）数据

羊春秋文集 / 羊春秋著. -- 湘潭 : 湘潭大学出版社，2024.4
ISBN 978-7-5687-1396-2

Ⅰ. ①羊… Ⅱ. ①羊… Ⅲ. ①唐诗—诗歌评论—文集 ②散曲—文学评论—中国—文集 Ⅳ. ① I207.227.42-53 ② I207.24-53

中国国家版本馆 CIP 数据核字（2024）第 048255 号

羊春秋文集

羊春秋　著

责任编辑：王正杰　倪慧燕
装帧设计：李　平
出版发行：湘潭大学出版社
社　　址：湖南省湘潭大学工程训练大楼
电　　话：0731-58298960 0731-58298966（传真）
邮　　编：411105
网　　址：http://press.xtu.edu.cn/
印　　刷：长沙超峰印刷有限公司
经　　销：湖南省新华书店
开　　本：710 mm×1000 mm 1/16
印　　张：46.25
字　　数：688 千字
版　　次：2024 年 4 月第 1 版
印　　次：2024 年 4 月第 1 次印刷
书　　号：ISBN 978-7-5687-1396-2
定　　价：198.00 元

ISBN 978-7-5687-1396-2
9 787568 713962 >

羊春秋（1922—2000），湖南邵阳人，字子高，曾署公羊。1943年，入学国立师范学院。1949年后，在武汉的中南行政区教育部工作。1957年，考入华中师范学院元明清文学研究班，毕业后担任湖南师范学院中文系古典文学教研组组长。1978年，组建湘潭大学中文系并任系主任。其间，主持筹备成立中国韵文学会，创办《中国韵文学刊》，曾担任中国韵文学会会长，中国散曲研究会会长，《中国韵文学刊》主编，湖南文史馆馆员。主编《历代论诗绝句选》《历代论史绝句选》，著作《唐才子传校笺》《历代治学论文书信选》《元人散曲选》《明诗三百首》《元明清散曲三百首》，点校《宋十大名家词》，辑注《李群玉诗集》，主持或参与整理《曾国藩全集》及其他湘籍文献，撰写《唐诗百讲》《唐诗精华评译》《散曲通论》《孔子家语注译》《领略传统学术的魅力——大学生的国学修养》等。晚年，将数十年散珠的诗文，整理为《迎旭轩韵文辑存》与《春秋文白》出版。

“湘潭大学学者文库”
编辑委员会

总　序

“一位伟人，一纸校名，一句嘱托”，高度凝练并生动诠释了湘潭大学的创办历史。1958 年，毛泽东主席亲自倡办、亲笔题写校名并亲切嘱托“一定要把湘潭大学办好”。1959 年学校因故停办，1974 年恢复建校。复校初期，学校荒山一片、楼无一栋、房无一间。一声号召，来自清华大学、北京大学等 92 所高校、科研院所的 622 名教师奔赴湘大，边劳动建校边教学科研。著名诗人彭燕郊、流变力学专家袁龙蔚、消费经济学创始人尹世杰、古文献专家韩长耕等名家大师先后来到这里教书育人。在这一批湘大人心中，都有一个共同的信念——艰苦创业，扎根伟人故里。没有电灯，就点煤油灯；没有自来水，就到池塘挑水喝；没有教工宿舍，就住农民家中；没有教学楼，就一起搬砖建设……在极其艰苦的条件下，老一辈创业者怀着“一定要把湘潭大学办好”的初心和科教兴国的满腔热情，在贫瘠的荒山土坡上建起了一座大学城。

岁月流转，年轮不息。经过几代湘大人矢志不渝的奋斗，学校发生了翻天覆地的变化。特别是 2018 年习近平总书记对学校作出重要批示以来，学校全力推动“双一流”建设，2022 年成功入选国家“双一流”建设高校。一路走来，风雨兼程，虽创业维艰，然历久弥坚。在这片热土上，孕育着一批又一批才华横溢的名师和学子，不断产生着丰硕卓越的学术成果，模糊的概念在这里澄明，假设的命题在这里证实，现实的困惑在这里破解，新知识、新技术、新理论在这里不断孕育、产生。

大学因学术而生，亦因学术而兴。学术始终是一所大学的立校之基、兴校之本，是学者的一种追求、一种境界、一种精神。就湘大而言，无论是复校初期的名家云集、各抒己见、推陈出新，还是改革开放后融入科教兴国的时代大潮，湘大学人始终坚守初心，笃志问学，传承文脉，成就了独具风格的学术品质和精神风貌。一代又一代的湘大学人在这里探究真理、创造新知，以学术立身、以著作立言、以品德立魂，用自己的毕生心血，汇集而成了一篇篇富有思想的学术成果。

大学之大，大师之谓也。为汇集湘大学人学术成果，展示湘大学人学术品格，2014年，在复校四十周年之际，学校精心策划“湘潭大学学者文库”丛书，出版了《沧南自选集》《袁龙蔚文集》。入选文集经过了广泛征集和论证，无一不是湘大学人呕心沥血之佳作、高深学问之精髓、学术思想之独见、品性修养之映照。文库收录的学术成果，都有着清晰的问题意识、科学的研究方法、严谨的逻辑结构，既有源自哲学思辨的理性探究，也有基于生产实践的资料佐证，充分展示了湘大学人独有的学术品格，体现了湘大学人的厚积薄发和卓越追求。这是湘大学人智慧的结晶，更是推动学校高质量发展的宝贵精神财富。

甲辰龙年，学校迎来复校五十周年。值此之际，第二批“湘潭大学学者文库”丛书，包括《尹世杰文集》《刘桂斌文集》《羊春秋文集》《宋世杰文集》《张铁夫文集》《陈仲沪文集》《罗铸楷文集》《姜书阁文集》《萧艾文集》《曹木清文集》《彭燕郊文集》《韩长耕文集》12部学者文集付梓出版，这既是记录湘大学人敢于挑战与奋斗、饱含智慧与激情的光辉岁月，展现湘大学人精学苦研的具象载体，又是湘大学人牢记办学历史，坚持知行合一，弘扬学术精神，接续优良传统的价值传承和推动学术创新的具体行动。

伟人故里逢盛世，一路高歌向前行。丛书的出版，将让我们再一次触摸和感受老一辈湘大学人的独特学术品格和精神品质，也将鼓舞新一代湘大学人深入贯彻落实习近平总书记对学校的重要批示精神，弘扬“牢记嘱托、艰苦创业、追求卓越”的湘大精神，扎根伟人故里，厚植家国情怀，坚持守正创新，为建成科技教育强国，以中国式现代化全面推进中华民族伟大复兴作出新的更大的贡献！

湘潭大学　党委书记　刘起军
　　　　　校　　长　潘碧灵

羊春秋文集

唐诗百讲　散曲通论

唐诗百讲

目　录

一　唐代是我国诗歌发展史上的黄金时代

唐代是我国古典诗歌发展的顶峰时期，呈现出空前繁荣的景象。其量多，其质高，其体备，其影响后世者至深且远。光是见于清康熙年间编纂的《全唐诗》，就收有作家二千二百多位，作品四万八千九百多首。一九八二年，中华书局又将王重民、孙望、童养年诸先生的唐诗辑佚合编为《全唐诗外编》，还不包括后来发现的王重民先生《补唐诗拾遗》五十二首，综计作品已逾五万，真可谓“洋洋大观”者矣。此就其量而言。唐代还产生了一大批伟大的歌手、杰出的诗人，如把诗歌、绘画、音乐熔于一炉的“诗佛”王维，他把自然美的彩色画卷一副又一幅地展现在我们的面前。吞吐群星，包孕日月，代表着“盛唐气象”的“诗仙”李白，他把奇特的想象、雄伟的气势、丰富的色彩、大胆的夸张、开天辟地的创造力，贡献给了唐代的诗坛。敢于面对现实，为国家呼吁，为人民呼吁，一刻也没有停止过战斗的“诗圣”杜甫，他的一千四百多首诗，穷高妙之格，包冲淡之趣，兼峻洁之姿，备藻丽之志，是艺术化了的“诗史”，是唐代社会的一面镜子。还有“惟歌生民病”的现实主义诗人白居易，开拓“以文为诗”的大诗人韩愈；在命意、命题、命辞方面，务去陈言、力求创新的“诗鬼”李贺；构思精巧，用典恰切，意境优美，语言华丽，音律和谐，中国朦胧诗的开创者李商隐；以清丽的笔触，描写生动的景色，抒发细腻的感情，营造深远的意境的诗人杜牧……他们把唐代诗歌的画廊，装饰得千姿百态，绚丽多彩，真可谓群星灿烂，人才辈出。此就其质而言。我国古典诗歌的形式，到了唐代也各体大备，无论是古体诗还是近体诗，都得到了充分的发展。五言古诗，到了汉末建安时代，已经风靡一时，取代了四言诗的正统地位。七言古诗，虽然肇端于魏文帝曹丕的《燕歌行》，但直到南朝宋元嘉年间鲍照崛起之后，才逐渐引起人们的注意，发展到了唐代，才与五言古诗“并驾齐驱”，甚且“驾而上之”。所以五言古诗，还不过是唐人诗歌创作的继承和发展，而七言古诗，则是唐人诗歌的革新与创造。五古和七古，除了句有定字（五字或七字），韵有定规（一句、两句或三句押一个韵）之外，是十分自由的。它有话则长，无话则短，篇幅的大小没有限制。它可以押平韵，也可以押仄韵；可以换韵，也可以重韵。七古还可以兼用长短不齐的杂言。因此，它可以汪洋恣肆，纵横驰骋，不受任何束缚，特别适宜于表现大喜大悲的感情和大是大非的题材。近体诗到了唐代才定型，所以又叫作“今体诗”，分为绝句和律诗。绝句导源于南北朝的“吴歌”，经过声律化的过程，到了唐代才正式定型。它又分为五绝和七绝。一首四句，一般要求押平韵，也可以押仄韵。押仄韵的叫作“古绝”，因其带有更多的古体诗的韵味。一般不要求对偶，也可以部分对、通首对。清代施补华在《岘傭说诗》中说：“绝句，盖截律诗之半。或截首尾两联，或截中间两联而成。”有人认为这不符合由简到繁的艺术规律，但从绝句的实际情况来看，确有截取律诗之前半首或后半首者；有截取律诗的前后两联者，这是大量的常见的一种形式；也有截取律诗中间两联的，如王之涣的《登鹳雀楼》。律诗则分为五律、七律和排律三种形式。五、七言律诗，必须遵守下列的规律，即篇有定句（每首八句），句有定字（五字或七字），字有定声（平声或仄声），韵脚要平声，隔句一韵，不得换韵，不宜重字，中间两联，要求对偶。五律与七律分别完成于唐初的“四杰”和沈佺期、宋之问。“排律”一名，创自元人杨士宏。它是诗律的延长，每首自六韵至百韵，均无不可。除首尾两联可以不对外，中间各联都要求对偶。五排唐初已有，七排则创自杜甫。这是唐代诗歌比较固定的形式。正如明人胡应麟说的：“甚矣！诗之盛于唐也。其体则三、四、五言，六、七杂言，乐府、歌行、近体、绝句，靡弗备矣。”此就其体而言。谈到它对后世的影响，特别是伟大的诗人李白和杜甫，自中、晚唐以来，无论在精神上和表现手法上，无不是以他们为师法，但又没有突破他们的藩篱。我们可以从唐代的李贺、宋代的苏轼、明代的高启、清代的龚自珍的作品中，看到李白的影子，却没有一个像李白那样以惊天动地的声威、开天辟地的气势，给广大的读者以一种威慑的力量。而张籍的简丽、姚合的清雅、贾岛的奇僻、李商隐的浓艳、陆龟蒙的赡博、杜牧的豪健，又都是杜甫诗歌的一体，但却没有一个能够尽得杜老之所长，像杜诗那样的密度大、容量大，具有丰富的暗示性和无穷的延展性，以“精光万丈，力量万钧”的艺术魅力去征服读者。所以明代的方孝孺、清代的赵翼在《论诗》中说“举世皆宗李杜诗”“李杜诗歌万口传”，说明他们对后世诗人的影响，是何等的巨大和深远啊。

唐诗，的确在我国诗歌的发展史上，呈现出空前繁荣的景象。但这种景象到底是怎么形成的呢？这是一个值得全面探讨的问题。历代的论者，从不同的角度，提出了自己的解释，综合起来，主要有以下几个方面：

第一，经济繁荣的必然趋势。唐代建立了在当时的世界范围内最繁荣、最昌盛的文明大国，改变了东晋以来长期分裂的动乱局面，并在一定程度上推行了北魏的“均田制”，实行了“租庸调法”，减轻了农民的负担，促进了农业的发展。在农业发展的基础上，手工业、商业、对外贸易和水陆交通，都出现了前所未有的繁荣景象，正如李白所描绘的“鱼盐满市井，布帛如云烟”，杜甫所回忆的“齐纨鲁缟车班班，男耕女桑不相失”。就是在安史乱后，由于长江流域和它的以南地区，不但没有直接遭到战祸的破坏，而且随着北方士族的避祸南下，财富相对集中到江南来，使南方得到进一步的开发，经济增长的势头并没有因此而停滞、萎缩。经济的发展，必然导致文化的繁荣。

第二，文化交流的必然结果。唐代是南北文化交融的汇合点，也是中外文化交流的高潮期。南北朝时代，南方和北方的文风和学风，有着明显的差别。南方的文风华靡，呈现着一种阴柔的美；北方的文风质朴，呈现出一种阳刚的美。经过“五胡十六国”的混乱到隋、唐的统一，把北朝文风的刚劲、粗犷、厚重、质朴的气息，吸收和融合到南方的华艳、绮靡、轻浮、纤弱中去，产生了一种新的、健康的文学，所谓“各去所短，合其两长，则文质彬彬，尽善尽美矣”（《隋书·文学传序》）。在统一、繁荣、强盛的基础上，盛唐的文化不仅兼容南北，而且贯通中外，音乐、舞蹈、美术等都吸取和消化了域外文化的有益部分，使自己不断得到新的营养，以提高诗人的艺术素质，丰富诗人的精神生活，开拓诗人的艺术视野，使之具有博大宏放、灿烂辉煌的盛唐气象。那种兼收并蓄的伟大气魄，无拘无束的自由精神，给诗歌带来了极大的生机和活力，令其攀登到前所未有的光辉的顶点。

第三，艺术经验的积累。在诗歌发展的历史长河中，唐代积累了正反两方面的经验，从《诗》《骚》到鲍（照）、谢（朓），构成了源远流长的优良传统。但齐、梁以来，强调了“四声八病”之说，把诗歌引到了“竞一韵之奇，争一字之巧”的歧途，一时淫靡纤浮之风，弥漫文坛。同时，人们也把纯文学的“文”和非文学的“笔”分离开来，使纯文学成为一个独立的部门，这是文学观念上的一个大进步。它促使人们更自觉地去研究艺术技巧，积累艺术经验，大大地提高了诗人的表现力。虽然，陈子昂、李白对齐、梁的绮靡诗风，展开了彻底的批判；白居易、元稹又片面地强调了诗歌“补察时政、泄导人情”的政治作用，强调了“稍存寄兴，颇近讴谣”的通俗化问题，不适当地把内容放在首要的地位，把通俗化作为唯一的艺术追求，忽视了语言的提炼，忽视了艺术形式的美。但杜甫却对陈子昂、李白的诗歌理论作了必要的修正，对齐、梁以来积累的艺术经验加以继承和发扬，而扬弃其绮靡浮艳的诗风，所谓“前辈飞腾入，余波绮丽为。后贤兼旧制，历代各清规”（杜甫《偶题》），正是他“递相祖述”“转益多师”地对待遗产的正确态度。而这也是促使唐代诗歌攀登顶峰的原因。

第四，诗赋取士的促进。魏晋南北朝以来，推行“九品中正”选拔人才的制度，形成了“上品无寒门，下品无世族”的特权阶级。隋唐统治者为了打破这种高门大族垄断仕途的局面，推行了从庶族地主中选拔人才的科举制度。而科举考试的最高层次是进士，考进士的主要内容又是诗赋，这也调动了人们对诗歌艺术研究的积极性。那些庶族出身的知识分子，比较熟悉社会生活，比较接近底层群众，对他们的呼声和要求，有着不同程度的了解和同情，因而能够从“连篇累牍，不出月露之形；积案盈箱，唯是风云之状”（李谔《请革文华书》）的狭窄天地中解放出来，写出许多动人心魄的反映阶级矛盾、民族矛盾和各种社会矛盾的篇什来。这也大大地开拓了诗歌的领域，提高了诗歌的价值。

当然，促成诗歌高峰在唐代的出现，直接和间接的原因还可以列举一些，但我认为上面所说的，是最重要的原因。

二　绚丽多彩的唐代诗廊

唐代诗人在创作实践中发展了各种体裁和形式，形成了各种风格和流派，在绚丽多彩的唐代诗廊上，蔚成五光十色、万紫千红的奇观。我们把唐代二百八十多年的诗歌发展史分成四个展点，即初、盛、中、晚“四唐”。其实首先提出这个方案的是宋代的严羽，他在《沧浪诗话 · 诗体》中说：“以时而论，则有……唐初体，盛唐体，大历体，元和体，晚唐体。”明代高棅在《唐诗品汇总叙》中明确提出“略而言之，则有初唐、盛唐、中唐、晚唐之不同”。于是人们便沿用他的设想，把唐代诗廊分成四大展点，让我们一个一个来导游吧。

唐初的诗廊。这是从扭转齐、梁的绮丽遗风走向健康发展的时期，它从唐高祖武德元年（618）到玄宗先天元年（712），共九十五年。其中前三四十年，诗坛上弥漫着“陈、梁宫掖之风”，一代英主李世民，自己就是一个“宫体诗”的作者。有一次，考官王师旦把名动京师的“宫体诗”作者张昌龄、王公瑾列为下等，李世民向他提出疑问，师旦对曰：“此辈诚有词华，然其体轻薄，文章浮艳”，“臣擢之，恐生仿效，有变陛下风俗”（封演《封氏见闻记》）。说得李世民也无词以对。连李世民最敬重的包括虞世南、李百药、姚思廉、薛收等在内的“十八学士”，也写了大量的“宫体诗”和“应制诗”，可见笼罩当时诗坛的是“宫掖之风”了。此外，还有“以绮错婉媚为本”的“上官体”，它的代表作家是上官仪和他的孙女上官婉儿。他们也是写适合宫廷需要的应制诗，是宫廷的御用诗人，真可谓“调入初唐，时带六朝锦色”。说明六朝的颓靡诗风仍然占据着统治的地位。但这时的诗坛，也不是清一色的。由隋入唐的诗人王绩，就崇尚自然，糠秕礼教，倾心陶渊明，写了一些表现闲适情趣的田园诗，摆脱了雕饰华靡的六朝习气。“近体诗”奠基人之一的杜审言，也写了一些内容充实、情调健康的好诗。就连宫廷御用诗人沈佺期和宋之问，在他们被贬以后的作品中，也表现出失意者的真情实感，引起读者的共鸣。特别是久经酝酿的五、七言律诗，在格律，体制的定型化方面有着不可磨灭的功绩。

但真正转变六朝诗风呈现出自己的面貌的，是陆续登坛的“唐初四杰”王勃、杨炯、卢照邻、骆宾王。他们虽然还没有完全摆脱六朝的旧习，可他们都是位下名高、气盛才大的诗人，在他们的人生历程上，充满着理想与现实的矛盾，宏伟抱负与坎坷经历的矛盾，因而在诗歌内容上常常流露出知识分子的“不平之鸣”，在诗歌风格上，呈现出清新、刚健的气息。特别是在完善五言律诗、创建七言歌行方面，有着较大的建树。值得大书而特书的是树起复古旗帜、倡导诗歌革新的大诗人陈子昂，他严厉批评了“采丽竞繁，而兴寄都绝”的六朝诗风，提倡恢复风雅比兴、汉魏风骨的优良传统，大大开拓了唐代诗歌的疆宇，创建了一代新的诗风。正如韩愈《荐士》一诗所说的“国朝盛文章，子昂始高蹈”。这是初唐诗廊的轮廓。

盛唐的诗廊。这是唐代诗歌大放异彩的时期，是唐代诗廊上最壮观、最绚丽的一个展点。它从玄宗开元元年（713）到代宗永泰元年（765），约半个世纪。在这个展点上，从题材的角度来考察，就有以王维、孟浩然为代表的“田园诗派”，围绕在他们的周围的有祖咏、裴迪、常建等。他们继承和发扬了谢灵运、陶渊明的艺术传统，在反映自然美和传达手法上都达到了一个新的高度。他们的成就，以王维为最高。他既是杰出的诗人，又是著名的画家和音乐家，他的诗歌中往往呈现鲜明的色彩，优美的旋律，是诗、画、乐三者互相渗透的结果，是诗、画、乐的统一，也是客观景物和主观抒情的统一。此外，是以高适、岑参为代表的“边塞诗派”，这一派的主要作家还有王昌龄、李颀、王翰等。他们继承和发展了刘琨、鲍照的艺术传统，塑造了许多抗敌御侮的英雄形象，描绘了一幅幅辽阔、壮丽的大漠风光，反映了征夫思妇对于和平生活的渴望，对于扩边战争的不满，创作了许多动人心弦的优秀作品。从创作方法的角度来考察，无疑是以李白为代表的浪漫主义和以杜甫为代表的现实主义两大流派。他们是我国诗坛上闪耀着万丈光芒的“双子星座”。他们运用不同的创作方法，建立不同的艺术流派，并以精湛的艺术，强烈的感情，丰富多彩的画面，为我们创造了“千汇万状”的优秀作品，把诗歌艺术推向高峰，代表着我国古典诗歌的最高成就。此外，还有一批优秀的诗人，如王之涣、崔颢、贺知章、王湾等，他们流传下来的作品虽然不多，而吉光片羽，弥足珍贵，足以使他们永垂不朽。

中唐的诗廊。这也是一个名家辈出、风格多样的时代。它从代宗大历元年（766）到敬宗宝历二年（826），约六十年时间。它的前二十多年，可以说是盛唐诗廊的延伸，在思想上和艺术上没有新的创建，但它也产生了“五言长城”刘长卿、田园诗人韦应物、边塞诗人李益那样一批优秀作家。还有继承王维、孟浩然的创作道路的“大历十子”，他们的成员究竟是哪些，说法也不一致，其中名望最大的是钱起、郎士元、卢纶、李端、韩翃、司空曙等。他们都是长于写景和抒情的，有些抒情小诗富于人情味，深深打动着人们的心弦。在这以后的三十多年中，诗坛中又呈现出万紫千红的繁荣景象，诗歌作品不但在数量上超过了初唐和盛唐的总和，而且在思想内容和艺术风格上都出现了新的面貌，几乎可以与盛唐媲美。真是“诗到元和体变新”。这个时期有三个极其重要的派别，值得我们注意。一是以韩愈、孟郊为代表的“韩孟诗派”，他们竞尚新奇，追求险怪，喜欢推敲字句，以散文句法入诗，贾岛、卢仝、李贺、刘叉是他的追随者，在刻意求新、求奇、求怪、求险方面，李贺达到的高度是很不寻常的。“险语破鬼胆”，一语可以道出这一派诗歌风格的特点，所以诗歌理论家叶燮赞美韩愈说：“韩愈为唐诗之一大变，其力大，其思雄，崛起特为鼻祖。”二是以白居易、元稹为代表的“元白诗派”，他们的理论核心是“文章合为时而著，歌诗合为事而作”，是“为君、为民、为物、为事而作”，他们的主要创作实践是“新乐府”，要求创新题，写时事，干预当时的政治生活。跟他们站在一起的有李绅、张籍、王建等。他们写出了大量有深远影响的作品，揭发了政治的黑暗，反映了人民的疾苦，给中唐的诗廊添上了一束束的鲜花。三是以柳宗元、刘禹锡为代表的政治讽刺诗，他们是政治家、思想家，又是文学家，有伟大的政治抱负，坚定的斗争精神，在“永贞革新”失败以后，写了大量的寓言诗、咏史诗，托物寄兴，借古讽今，像匕首，像投枪，刺向统治阶级的心脏，对现实是尖锐的讽刺和深刻的批评，而又富于启发性，在唐人诗中独树一帜。

晚唐的诗廊。这是唐诗发展的最后阶段，也是回光返照的阶段。它从文宗大和元年（827）到宣宗天祐四年（907），约八十年。它的前三十多年，是被称为“小李杜”的李商隐和杜牧活跃在诗坛的时代。杜牧长于七绝，李商隐长于七律。许学夷《诗源辨体》称杜牧的七绝是“开成（唐文宗年号）以后，当为独胜”。可以与“七绝圣手”李太白、王昌龄以及刘禹锡并驾齐驱。这是因为他在七绝中把清新与峻拔熔于一炉，取得令人赞叹的成就。李商隐的七律，音调和谐，对仗工整，用典恰切，遣词用字，都是经过千锤百炼的。他能用华丽的语言，构成优美的形象，传达真挚的感情，形成自己独特的艺术风格，成为唐代最后的一位大诗人，但他的诗，过于晦涩，过于朦胧，使人不易探索它的真谛，所以元好问在《论诗绝句》中说：“诗家总爱‘西昆’好，独恨无人作郑笺。”还有与李商隐齐名的温庭筠，世号“温、李”，以其才思敏捷，“凡八叉手而成赋”，所以又叫作“温八叉”，但比起李商隐来，内容要单薄一些，风格要单调一些。在晚唐的后五十多年中，涌现了一大批现实主义作家，他们是皮日休、杜荀鹤、聂夷中、陆龟蒙、于𣸣、罗隐等。这些诗人从多角度多侧面反映了当时的阶级矛盾和政治黑暗，是晚唐社会的一面镜子。此外，还有司空图、吴融、韩偓、韦庄等，他们的艺术特点是繁缛绮丽，刻翠雕红，以凄婉轻艳的风格，抒发伤离悼乱的感情，其中也有一些清新的好诗，给人以艺术的享受。但总的来说，是在走下坡路了。

三　唐代第一个贤相诗人

有人一谈到“官诗”就摇头，认为“官”写的诗，“官味”多而“诗味”少。但我们翻开《全唐诗》一看，打头就辑录了从唐太宗至唐昭宗十位皇帝的诗歌。

如唐太宗《咏李》：“盘根直盈渚，交干横倚天。舒华光四海，卷叶荫三川。”真是帝王气象。唐玄宗《经邹鲁祭孔子而叹之》的中间两联：“地犹鄹氏邑，宅接鲁王宫。叹凤嗟身否，伤麟怨道穷。”用典之切，属对之工，也是不易企及的。至于“一品当朝为宰相”的诗作，《全唐诗》就辑录得更多了。像张说、张九龄、李德裕等，都有专集流传，今天我们读起来，仍然感到“诗味”盎然，能给人以充分的美的享受。魏徵，是唐代的第一个贤相，也是唐代诗坛中最早透露出清新健康的诗歌气息的诗人之一。让我简单地介绍如下：

魏徵（580—642），字玄成，魏州曲城（今山东掖县）人，少落魄，有大志。后辅佐太宗，出谋划策，利国安民，知无不言，言无不“尽底蕴无所隐”，致成“贞观之治”，成为一代名臣。他的《谏太宗十思疏》，是我国历史上一篇有名的奏疏，犯颜敢谏，虑深思远，忠君爱国之情溢于言表。的确，在我国漫长的封建历史中，勇于纳谏的君主，没有超过唐太宗的；敢于进谏的大臣，也没有超过魏徵的。他所进的“二百余奏，无不剀切”；太宗亦尝“以所上疏，列为屏障，庶朝夕见之。”说明他们君臣之间的关系，真是如鱼得水，堪称封建时代的楷模。所以魏徵逝世的时候，太宗叹息说："以铜为鉴，可正衣冠；以古为鉴，可知兴替；以人为鉴，可明得失。朕尝保此三鉴。今魏徵逝，一鉴亡矣。"（《新唐书·魏徵传》）赋诗悼念道："哀笳时断续，悲旌乍舒卷。望望情何极，浪浪泪空泫。无复昔时人，芳春共谁遣。"可见其哀悼之情是真挚而深厚的。魏徵的高风亮节，得到了当时人的一致赞许。柳芳说他是"三代遗直"，吕温说他"危言正色，保太宗德"。

魏徵不但在政治上有很大的建树，在文化建设上也有着不可磨灭的功绩。他曾建议搜集和整理图书典籍，由国家集中力量进行编辑，并亲自参加《隋书》的编写工作，许多重要的叙论，都出自他的手笔，他也因之获得了"良史"的称号。他是在陈子昂之前，从创作实践上学习"汉魏风骨"的诗人。现存诗歌三十五首，绝大部分是郊祀乐章，亦多有汉乐府的韵味。还有两章奉和应制的作品，每寓讽谏之意，与一般歌功颂德者迥异其趣。如太宗游幸洛阳，宴群臣于积翠池，要求群臣各赋一事，魏徵写了《赋西汉》一首，历叙了刘邦鸿门赴宴、轵道受降、细柳观兵、柏人遇刺之后，结以"终借叔孙礼，方知皇帝尊"，太宗见了叹曰"徵未尝不约我以礼"，便是一个雄辩的说明。此外，便是两篇述志言怀的作品，一是《暮秋言怀》，一是《述怀》，也有题作《出关》的，均收入《唐人选唐诗》的《搜玉小集》中。都是五言古诗，简练遒劲，慷慨多气，一扫六朝浮华的诗风，一变唐初绮靡的格调，是十分难能可贵的。

"中原方逐鹿，投笔事戎轩。纵横计不就，慷慨志犹存。杖策谒天子，驱马出关门。请缨系南越，凭轼下东藩。郁纡陟高岫，出没望平原。古木鸣寒鸟，空山啼夜猿。既伤千里目，还惊九逝魂。岂不惮艰险，深怀国士恩。季布无二诺，侯嬴重一言。人生感意气，功名谁复论。"《述怀》这首诗是魏徵投唐之初，自请赴华山以东地区，说服李密旧部，归顺于唐，以完成统一大业时所作。他以十分自负的心情，把自己比作投笔从戎的班超，比作身佩六国相印的苏秦，比作杖策入关的邓禹，比作请缨杀敌的终军。历叙其在中原大乱、群雄角逐之际，投笔从戎、廓清寰宇的雄心壮志，游说群雄、未获重用的曲折道路，杖策出关、请缨杀敌的喜悦心情，道路险阻、猿鸟哀啼的艰苦历程，以及有恩必报、既诺必践的国士襟怀。

苍劲悲凉，意气风发，清而且雅，豪而且健，有汉、魏的风骨，无齐、梁的气息，在唐初的诗坛上，有凤鸣朝阳、鹏搏九霄的气概，非一般“凡鸟”可同日而语。这样的“官诗”是诗歌革新的先声，因而魏徵是最早的塑造唐诗新面貌的诗人之一。

四　从虞世南谈到唐代三首著名的咏蝉诗

咏物诗是很不容易写的。我国最早的咏物诗，恐怕要推屈原的《橘颂》。其所以难写，是因为“体认稍真，则拘而不畅；模写差远，则晦而难明”（张炎《词源》）。所谓“体认稍真”，就是像摄影机似的将客观景物拍了下来，只讲“形似”，不求“神似”；所谓“模写差远”，就是没有把客观事物的外貌和特征描摹出来，只追求“神似”，而忽视了“形似”。走向两个极端，都不可能把咏物诗写好。唐代最早托物寄兴、借物言志，把咏物诗提到新的高度的，是“人伦准的”之名臣虞世南。

虞世南（558—638），字伯施，越州余姚（今属浙江）人。早年学于著名学者顾野王，受知于著名文学家徐陵，学问博赡，文章婉缛。隋亡入唐，得到太宗的信任，官至秘书监，封永兴县子，故又称为“虞永兴”。他是图影于凌烟阁的“十八学士”之一，太宗尝称其有五绝：“一曰德行，二曰忠直，三曰博学，四曰文辞，五曰书翰。”（《旧唐书·虞世南传》）

虞世南在文化建设方面，有两大不可磨灭的功绩：一是编写大型类书《北堂书钞》173卷。书至北宋时已多散佚，经清严可均、孙星衍、王引之等校辑，现存160卷。二是抵制浮艳的“宫体诗”。他尝拒绝赓和太宗的诗云：“圣作诚工，然体非正。上之所好，下必有甚者。臣恐此诗一传，天下风靡，不敢奉诏。”（《新唐书·虞世南传》）太宗只好苦笑着加以掩饰说“朕试卿耳”。《全唐诗》共收其诗三十一首，在隋所作的七首，除

《嘲司花女》外，几乎都是内容空洞、辞语绮丽的颂词，无可取者。入唐以后，诗风大变，所作二十四首，有乐府九首，咏物诗六首，皆峻洁雅健，严整工致，为五言近体诗的形成，做出了不容忽视的贡献。特别是他所作的咏舞、咏萤、咏雁、咏蝉、咏日午、咏临池竹等，为诗歌扩大了抒情言志的广阔天地，是值得我们高度重视的。

“垂緌饮清露，流响出疏桐。居高声自远，非是借秋风。”这首托物言志的小诗，一直脍炙人口。第一、二句是写蝉的生活习性：它饮的是清露，栖的是高梧，叫的声音传得很远。第三、四句是在前两句的基础上，从蝉的品德着眼生发出来的一番议论。明是咏蝉，暗是言志，句句是咏蝉，句句又是写人。意思是他的声名之所以远扬，并不是凭借什么外在的力量，而是自己努力的结果。正如屈原《离骚》所说的“纷吾既有此内美兮，又重之以修能”，曹丕《典论 · 论文》所说的“不假良史之辞，不托飞驰之势”。从这里可以看出诗人内心的美，品德的美，跟那些“好风凭借力，送我上青云”的人是不可同日而语的。我们知道，咏物诗既要描摹客观事物的形象，又要表现所咏的客观事物的精神，还要寄托自己独特的生活感受和思想，从而使读者得到深刻的启示，才是成功的作品。所以阮葵生《茶余客话》说：“咏物徒比拟形似，若剪彩为花，毫发毕肖，而生气无有”，“咏物诗须诗中有人，尤须诗中有我”。从这些理论的概括中，我们可以更好地理解诗人这首咏蝉诗之所以具有强大的艺术生命力，正是因为它有寄托，因为它“诗中有我”。

唐代还有骆宾王和李商隐两首咏蝉诗，与虞世南诗并称“三绝”。

众所周知，一切成功的咏物诗，都必须遵循“不粘不脱，不即不离”的艺术规律，骆宾王的《在狱咏蝉》正是如此。诗云：“西陆蝉声唱，南冠客思侵。不堪玄鬓影，来对白头吟。露重飞难进，风高响易沉。无人信高洁，谁为表予心。”因这首诗作于高宗仪凤三年（678），诗人因上疏论事，触怒了武则天，被诬以贪赃罪下狱。诗人在狱中触景生情，因物托兴，写下了这首流传众口的好诗。这首诗的特点是由物说到人，又由人说到物。物中有人，人中有物，达到了物我一体的境界。起二句用“兴”的手法，以秋天的蝉声勾起狱中的客思。三、四句以“流水对”的形式，把物和我关合在一起。语意双关，用典恰切。用蝉的“玄鬓”衬托我的“白头”，曲折地表达了“我”在政治上像卓文君似的被遗弃了。五、六句用“比”的手法，无一字不在说蝉，也无一字不在说“我”。“露重”“风多”，既是蝉的自然环境，又是“我”的政治环境；“飞难进”“响易沉”，既描写了蝉在“露重”“风多”的环境中的狼狈相，又是“我”在政治上受压制、被打击的艰苦历程。亦物亦我，打成一片，显出咏物的非同凡响。结句用询问的方式，表现出一种强烈的无可告语、无法辩解的心情。蝉栖高梧，餐风饮露，够清高了，可有谁相信它是高洁的呢？如今“我”也是以极清之品，蒙不洁之名，跟蝉的命运何其相似啊！在这里蝉和“我”融为一体，不可分离，便是它成为咏蝉名作的道理。

晚唐诗人李商隐的《蝉》，也是作者自己的影子。它的前半表面是写蝉，骨子里是写“我”，它的后半表面上撇开了蝉，转到了“我”，实际上却仍然是从蝉生发出来的一种强烈的不平之鸣。诗云：“本以高难饱，徒劳恨费声。五更疏欲断，一树碧无情。薄宦梗犹泛，故园芜已平。烦君最相警，我亦举家清。”诗人生活在“牛李党争”的夹缝中，当了一辈子幕僚，受了一辈子压抑，走了一辈子曲折艰难的道路，好像大水中的“桃梗”一样到处漂流，不知哪儿是自己的归宿。于是见到蝉而联想到自己生活中的一些与蝉类似的东西，因而托物寄兴，抒发出自己压抑在心头的许多感慨。头两句以蝉的饮露哀鸣，比喻“我”的位卑人微，告诉无门。三、四句以蝉的声嘶力竭，得不到“树”的同情，比喻“我”的到处伸出求援的手，得不到人的青睐。语似无理，而情实真挚，从而更加耐人寻味。五、六两句，好像与咏蝉无关，而意脉却是联系得很紧的。“薄宦”是“高难饱”的根源，“恨费声”是“碧无情”的结果。于是引起了诗人“田园将芜胡不归”的感叹，抒情线索的发展是顺理成章的。末联又以“君”“我”对举，就蝉来说是拟人；就“我”来说，是物化，这样把咏物和抒情紧密地结合了起来。蝉自鸣其所鸣，与我何干，而诗人却认为是“最相警”，蝉自“高难饱”“恨费声”，与我何干，而诗人却要与之攀附，说自己也是“举家亲”的。越无理越觉得有情，越有情越觉得憨得可爱。因而被朱彝尊誉为“咏物最上乘”的作品。清代施补华说：“三百篇比兴为多，唐人犹得此意。同一咏蝉，虞世南‘居高声自远，非是借秋风’，是清华人语；骆宾王‘露重飞难进，风高响易沉’，是患难人语；李商隐‘本以高难饱，徒劳恨费声’，是牢骚人语。比兴不同如此。”（《岘佣说诗》）结合这一番议论来体会上面的三首诗，我们就可以体会到：咏物诗与诗人的气质、遭遇和地位有着极其密切的关系。不同的人在不同的环境中，可以塑造许多富有个性的艺术形象来；咏物诗要有寄托，要把自己的理想、情操和志趣寄托在客观事物之中，所谓“有寄托则表里相宜，斐然成章”（周济《宋四家词选序论》）。但一味追求寄托，而忽视对客观事物样貌的刻画，就容易流于晦涩，使人不易理解，所以周济另文又提出“非寄托不入，专寄托不出”的主张，说明了咏物诗没有寄托，就深入不下去；只讲寄托，而忽视对事物的描摹，又不能让读者了解自己所说的理，所命的意。从这里，我们可以获得创作咏物诗的丰富而深刻的启示。

五　“宫体诗”可以一棍子打死吗

“宫体诗”，就是以宫廷生活为题材的诗。它辞采浮艳，格调婉媚，具有浓厚的富贵气和脂粉气。始于梁简文帝萧纲，他与文学侍从之臣徐摛、徐陵、庾肩吾等，在宫中互相唱和，内容不出宫廷生活和男女私情，时人号为“宫体”，一直为世人所诟病。唐初的诗坛，承齐、梁的余风，“宫体诗”仍然风靡一时。其中影响最大的“宫体诗人”，便是上官仪。

上官仪（约608—664），字游韶，陕州陕县（今属河南）人。涉猎经史，善为诗文，深得太宗的赏识，文稿由其审阅，诗歌索其唱和，公私饮宴，召其参加。“仪工诗，其词绮错婉媚。及贵显，人皆效之，号为‘上官体’。”（《新唐书·上官仪传》）及高宗即位，武后得志，擅作威福，帝不能堪，欲废之，使仪草诏废后。由是武后深以为恨，卒以此获罪被杀。《全唐诗》收其诗二十首，奉和应制之作几占一半，都是描绘歌妓舞女的体态、丛台重帏的富丽的。如“翠钗低舞席，文杏散歌尘”，“楼台相掩映，城阙互相望”，内容是空虚的，看不出什么积极意义。但他总结了六朝以来诗歌的对偶形式，提出了“六对”“八对”之说，对律诗的形成，起到了催化的作用。我们从魏庆之的《诗人玉屑》中，知道他所说的“六对”是：“诗有六对：一曰正名对，天地日月是也；二曰同类对，花叶草芽是也；三曰连珠对，萧萧赫赫是也；四曰双声对，黄槐绿柳是也；五曰迭韵对，徬徨放旷是也；六曰双拟对，春树秋池是也。”所谓“八对”，就是除上述的“六对”外，加上“回文对”与“隔句对”，而把“正名对”改称“的名对”，把“同类对”变为“异类对”。他这么把对偶的基本形式，作了较好的概括，对于提高对偶艺术的水平起到了良好的作用，是值得我们称道的。这是第一个方面。他虽说工于五言，写得最多的也是五言，但他却勇于实践，敢于尝试。他所写的《和太尉戏赠高阳公》一诗，虽则对还欠工，音还欠谐，但已经呈现出七言排律的雏形。他的《八韵应制》二首，杂糅了三、五、七言的句式，运用了顶真、对偶、换韵等手法，韵随意转，气由内运，为杂言诗提供了很好的范例。这是第二个方面。他的诗虽多浮艳，盈篇累牍，多是“燕姝”“荆艳”“翠钗”“玉步”之属，“金堂”“风阁”“上苑”“青楼”之类，既缺乏感情，又缺乏形象。但也有“音韵清亮”的好诗，如他的《入朝洛堤步月》，就有新意，就有寄托，就有他自己的形象。诗云：“脉脉广川流，驱马历长洲。鹊飞山月曙，蝉噪野风秋。”这首诗是诗人侵晨入朝时的即兴之作。据刘悚《隋唐嘉话》所载，唐高宗“承贞观之后，天下无事，仪独揽国政。尝凌晨入朝，巡洛水堤，步月徐辔”，即兴写了这首诗。“广川”，指洛水，“长洲”，自然是洛堤了。诗一开头，就巧妙地化用了“盈盈一水间，脉脉不得语”的诗意，既表现了他对君主的“含情脉脉”，又流露了他“春风得意马蹄疾”的神态。后二句，既是当时的目之所见，耳之所闻，又翻用了曹操的“月明星稀，乌鹊南飞。绕树三匝，无枝可依”和张朝见的“寒蝉噪杨柳，朔风犯梧桐”“还因摇落处，零落尽秋风”的诗意，说明自己已经不是“无枝可依”的乌鹊，而是奋飞于“曙色已明”的太平盛世了，不是诉说不平的“寒蝉”，而是当时的伟大歌手了。寥寥二十个字，就委婉曲折地反映了诗人当时内心深处的活动，不只是巧于构思、工于用典而已。这是第三个方面。从这三个方面来看，“宫体诗”也是百花中的一花，不应该一棍子打死的。

下面还要谈谈他的孙女上官婉儿。她是当时有名的才女，武则天闻而试之，“援笔立成，皆如宿构”，于是被召入宫，任为昭容，不但主持文柄，品第甲乙，即“军国谋猷，杀生大柄”，都掌握在她手里。在她得势的二十年间，“幽求英俊，郁兴辞藻，国有好文之士，朝稀不学之臣，野无遗贤，皆婉力也。”（《太平广记 · 才妇》）有一次，中宗游昆明池，群臣唱和，要她从中挑出最好的一首翻作新曲。她从百余首诗歌中选中了宋之问的那一首，沈佺期不服，昭容曰：“二诗工力悉敌。沈诗落句云：‘微臣虽朽质，羞睹豫章材’，盖词气已竭。宋诗云：‘不愁明月尽，自有夜珠来’，犹陡健骞举。沈乃服，不敢复争。”（计有功《唐诗纪事》）说明她的鉴赏力是超群轶伦的。其实，她不仅具有卓越的鉴赏力，而且是一个天才的女诗人，具有异乎寻常的创作才能。她常常为帝、后及公主捉刀，一题数篇，词旨益新。《全唐诗》收其诗三十二首，其中《游长宁公主流杯池》的诗作就有二十五首。包括三言、四言、五言和七言，诗风虽和其祖上官仪近似，而感情之自然，格调之清新，却超过了乃祖。如四言中的“烟霞问讯，风月相知”“山林作伴，松桂为邻”，五言中的“书引藤为架，人将薜作衣”“渐觉心神远，俄看云雾低”，七言中的“倩语张骞莫辛苦，人今从此识天河”“余雪依林成玉树，残霙点岫即瑶岑”。诗的内容，已从宫廷生活扩大到林泉逸趣；诗的风格，已从注意浮艳的辞藻，变而为追求高雅的意境了。说明“宫体诗”在变，“宫体诗”的作者也在变，随着时代的推移，逐渐演变出唐诗的新面貌、新风格。从上官婉儿诗中透露出来的这点信息，是值得我们予以高度重视的。

六 “斗酒学士”王绩

在我国，“诗”和“酒”好像一对孪生姊妹。阮籍的“酣饮为常”，陶潜的“篇篇有酒”，诗仙李白，颇为“高谈满四座，一日倾千觞”而自豪，就连诗圣杜甫也公开声称“谁能更拘束，烂醉是生涯”，说明“诗”和“酒”是诗人的两根精神支柱。从儒家礼教中解脱出来的初唐诗人王绩，一面对现实不满，喊出了“礼乐囚姬旦，诗书缚孔丘”，而向往一种自然、散诞的田园生活；一面又不绝地赞美阮籍、嵇康、陶潜的生活情趣，宣称“阮籍醒时少，陶潜醉日多”，“阮籍生涯懒，嵇康意气疏”。在他现存的五十六首诗中，涉及酒的就有二十六首，说明他与酒是结了不解之缘的。

王绩（585—644)，字无功，绛州龙门（今山西河津）人。是隋末的大儒王通的弟弟，尝耕于东皋，因自号为“东皋子”。及唐统一天下，因为他曾在隋代做过官，便要他在门下省做“待诏”，按例，政府每日给酒三升。有人问他做“待诏”有什么意思，他说：“良酿可恋耳!”侍中陈叔达知其嗜酒，乃日给一斗，故当时称之为“斗酒学士”。不久，他听说太乐署史焦革善酿酒，便要求到那里去工作。没有多久，焦革死了，他叹息曰：“天不使我酣美酿耶?”于是编辑焦革的酿酒术为《酒经》，编辑仪狄、杜康以来的善酿者为《酒谱》，并建立杜康祠，以焦革配享。他的酒量很大，饮五斗不醉。曾作《五斗先生传》以配陶潜的《五柳先生传》，为《醉乡记》以次刘伶的《酒德颂》，其脱略形骸，不拘礼俗，宁愿“长醉”不愿“独醒”的生活态度，跟阮籍、嵇康、刘伶、陶潜完全是一致的。

他流传下来的诗作，谈到酒的很多。如《田家三首》的“琴伴前庭月，酒劝后园春”，《山中叙志》的“风鸣静夜琴，月照芳春酒”，《赠学仙者》的“春酿煎松酒，秋杯浸菊花”，《独酌》的“不如多酿酒，时向竹林倾”，《过酒家》的“竹叶连糟翠，葡萄带曲红”，《薛记室收过庄见寻，题古意以赠》的“散诞时须酒，萧条懒看书”，《初春》的“稍觉池亭好，偏宜酒瓮香”。可以看到诗人不可须臾离的是酒，作为酒的助兴的东西则是一张琴，一轮月，一卷书，一片竹林，一所池亭。其情趣之闲逸，品德之高雅，简直可以祛鄙吝之心，抑奔竞之想。蔑视权贵，横制颓波。这是对现实的一种抗议，对统治阶级的一种抗争。所以他的诗并不都是“槁项同枯木，丹心等死灰”的消极思想，也还有“明经思待诏，学剑觅封侯”的进取精神。只是严酷的现实告诉他“位大招讥嫌，禄极生祸殃”，以及竹有用被裁为管、龟有灵而被刳为卜、松凌云而遭斧斤、凤戾天而被缯缴，才寄迹于酒，退隐到“三玄”中去的。《易》《老》《庄》是我国学术界的“三玄”，一些不满现实而又无法改变现实的知识分子，往往到那里去找寄托，找安慰，以求得精神上的解脱。这就是诗人“以《周易》《老子》《庄子》置床头，他书罕读也”的道理。

他的诗歌，在初唐的诗坛上是独树一帜的。他不抒写男女的私情，而向往田园的生活；他不斗巧于一字一韵之奇，而追求至淡至朴之境。如《过酒家》《题酒家壁》《赠处士》诸作，就具有冲淡而不浅俗、自然而不雕饰的风格。翁方纲《石洲诗话》说得好：“王无功以真率疏浅之格，入初唐诸家中，如鸾凤群飞，忽逢野鹿，正是不可多得也。”说明他的诗感情真率，风格疏宕，与初唐诗人之缺乏感情，追求艳丽，是迥异其趣的。如他的代表作《野望》云：“东皋薄暮望，徙倚欲何依？树树皆秋色，山山惟落晖。牧童驱犊返，猎马带禽归。相顾无相识，长歌怀采薇。”这首诗从形式上说，对仗工整，音韵和谐，已具备五律的完美形式，有人把它和他的《九月九日》《咏妓》两诗看作唐人五律的鼻祖。从韵味上说，他在闲适的情调中，带几分百无聊赖的彷徨心情，在山家的秋景中，淡淡地抹上了一层牧歌式的田园风光，使人在读厌了齐梁浓艳淫靡的诗歌之后，忽然读到这样的作品，便会感到一种清新的美，自然的美，就像吃了过多的油腻，忽然得到一杯甘露似的。杨慎《升庵诗话》说得好：王绩“隐节既高，诗律又盛，盖王、杨、卢、骆之滥觞，陈（子昂）、杜（审言）、沈（佺期）、宋（之问）之先鞭也”。从他完善五律的形式，以寻常之语写寻常之景，从宫廷生活的狭小天地里，走到广阔的田园生活中来，创作富有诗味、富有生活气息的诗歌来看，是完全符合实际的。

更可贵的，是他在创作实践中，勇于探索，具有开拓的能力和精神，既有一题数篇之连章体，为杜甫导夫先路；又有互相诘难的问答体，作陶潜形影问答之后劲。他的《在京思故园见乡人问》，一连提出了十一个问题，表达了他对故园的深厚感情。诗云：“旅泊多年岁，老去不知回。忽逢门前客，道发故乡来。敛眉俱握手，破涕共衔杯。殷勤访朋旧，屈曲问童孩。衰宗多弟侄，若个赏池台？旧园今在否？新树也应栽。柳行疏密布，茅斋宽窄裁。经移何处竹？别种几树梅？渠当无绝水，石计总生苔。院果谁先熟？林花那后开？羁心祇欲问，为报不须猜。行当驱下泽，去剪故园菜。”他从弟侄的爱好、园林的管理，一直问到院里的果树、林间的花草。字字从肺腑中流出，所以只见其情之真挚，而忘其话之啰唆，真是故乡的一草一木，无不在他的关切之中。通过这么一连串的问讯，把一个漂泊他乡的游子思念故乡的心情写得惟妙惟肖，跃然纸上。但如果我们拿严羽《沧浪诗话·考证》所引的陶潜那首《问来使》对照起来，就可以清楚发现它是从陶诗中脱胎出来的。不过，它的篇幅更大，感情更细腻，大有“青胜于蓝”的势头。陶诗云：“尔从山中来，早晚发天目？我屋南山下，今生几丛菊？蔷薇叶已抽，秋兰气当馥。归去来山中，山中酒应熟。”此诗陶集不录，有人怀疑是太白的逸诗，也有人认为是后人拟陶的作品。但李白的《浔阳感秋》，有“陶令归去来，田家酒应熟”，显然是从这首诗点化出来的，似乎不应怀疑陶潜的著作权。陶诗只有四问，而王诗却有十一问；陶诗只问及物，而王诗兼问了人。这就使得它袭故翻新，焕发出耀眼的光辉，所以它的影响很大，模仿它的不少。王维的“君自故乡来，应知故乡事。来日绮窗前，寒梅着花未”，王安石的“道人从何来，问松我东冈。举手指屋脊，云今如许长”，显然都是从这里得到启示的。不过，前者是尽情倾泻，细大不捐，感情的闸门一打开，便一发而不可收；后者是以少总多，惜墨如金，使之更加诗化、更加典型化，但都在提问中，透露出一种天真烂漫的感情，想要在一刹那间，把自己魂牵梦萦的故乡情况，全部都装到自己的心目中去。正是这种强烈的故乡之情，使他所问之物，成为故乡的象征，成为思乡之情的载体，从而大大地加强了诗歌的艺术生命力。

七　王、杨、卢、骆当时体

王勃、杨炯、卢照邻、骆宾王突起于唐太宗贞观年间，时人称为“四杰”，杨炯对它的排列次序深表不满，扬言“吾愧在卢前，耻居王后”。著名的诗人张说也认为杨炯“文思如悬河注水，酌之不竭。既优于卢，亦不减王。‘耻居王后’，信也；‘愧在卢前’，谦也”。但从他们流传下来的诗文看，应该说王、骆为优，杨、卢稍逊。他们早年都受过陈、隋诗风的影响，但又逐渐认识到那种“骨气都尽，刚健不闻”的诗风是必须改革的，于是相继提出“体物成章，必寓情于小雅”“以适意为宗”“不以繁辞为贵”的改革主张，即认为诗歌创作要有真感情、真寄托，要重在立意，不在竞为雕刻。这种诗歌革新的主张，与陈子昂提出的“兴寄”“风骨”，基本上是一致的，却在时间上，大约早了半个世纪。他们虽然在理论上、实践上远未能使“积年绮碎，一朝齐廓”，却使“翰苑豁如，词林增峻”，在诗歌革新方面做出了自己的贡献。这是不容忽视的第一点。他们还是五言律诗的最后定型者，五言排律和七言歌行也在他们的创作实践中基本上成熟了。从卢照邻、杨炯用《陇头水》《巫山高》《折杨柳》《梅花落》《有所思》《紫骝马》《战城南》等乐府古题写工整的五言律诗，以及他们许多音韵和谐、对仗工整的五言诗，失粘之处和不合定型后的常格者还比比皆是来看，说明他们是五言律诗的最早、最大量的创作实践者，也雄辩地说明他们那种披荆斩棘、勇于探索的精神。骆宾王的五言古诗，不仅对偶工整，而且在换韵处，多用“顶真”的句法。如他的《在江南赠宋五之问》一诗，韵凡八换，每换必以“顶真”出之，使人读起来如贯珠，如连环，气已断而音相续，意虽转而韵仍谐，大大地加强了诗的音乐性和旋律美。说明他们在完成五律的体制、摸索诗歌的传达手法方面所做的贡献，是应该给予充分的肯定和高度的评价的，这是第二点。正因为他们在诗歌发展的历史上有着如此重大的贡献，所以杜甫高度评价他们说：“王杨卢骆当时体，轻薄为文哂未休。尔曹身与名俱灭，不废江河万古流。”明代王世贞肯定他们为“五言律家正始”，清代李调元《雨村诗话》也高度评价他们建立新的诗风说：“浑厚朴茂，犹是开国风气。”从他们现存的诗歌来考察，是完全符合诗歌发展的史实的。现分别作如下介绍。

（一）善于打“腹稿”的王勃（649—676），字子安。原居太原，后来移居龙门（今山西稷县）。兼有祖父王通、叔祖王绩两人之长，成为唐初的学者兼诗人。他为文前，磨墨数升，然后饮酒酣卧，一觉醒来，援笔立就，不易一字，时人谓之“腹稿”。相传勃往交趾探望他的父亲，路过南昌，适都督阎伯屿于九月九日大宴宾客于滕王阁，预先命其婿作了序言，以便夸耀其才，并故意遍请宾客为文，皆婉谢不敢应命。及勃，便欣然命笔，写至“落霞与孤鹜齐飞，秋水共长天一色”一联时，阎公称赞为“天才也”，遂尽欢而散。其实这一联，并不是他的创作，而是从庾信《射马赋》的“落花与芝盖同飞，杨柳共春旗一色”中点化出来的，但他能够形象地描绘出前人从未道出过的景物，可谓青出于蓝而胜于蓝矣。可惜他在旅途中渡海溺水，惊悸而死，年仅二十八岁。这个短命的诗人，给我们留下了内容丰富、形式多样的诗文，题作《王子安集》，在“唐初四杰”中他是无可争议的冠军。诗中既有“天未厌乱，吾将谁辅”的壮志，又有“于嗟代网，卒予来继”的不平之鸣；既有“草绿萦新带，榆青缀古钱”“云间迷树影，雾里失峰形”那样的写景之什，又有“心事同漂泊，生涯共苦辛”“九秋良会少，千里故人稀”那样的抒情之作；既有《江南弄》《采莲曲》那样的民歌形式，又有《倬彼我系》那样的庙堂雅乐，真是思想充实，形式多样，显示出初唐诗歌的新面貌、新风格。兹将他的《送杜少府之任蜀川》赏析如下：“城阙辅三秦，风烟望五津。与君离别意，同是宦游人。海内存知己，天涯若比邻。无为在歧路，儿女共沾巾。”这首诗一变儿女惜别之情，为豁达乐观之语。惜别中见真情，真情中有至理。颔联是“流水对”，活泼流转。颈联以“海内”之至大与“知己”之至小，“天涯”之至远与“比邻”之最近，形成鲜明的对比，增强了作品的张力，遂成为脍炙人口的名句。他的七言绝句，虽然还不大符合定型后的格律，但却命意清新，抒情真切，能够打动人的心弦，引起人的共鸣。如他的《秋江送别》云：“早是他乡值早秋，江亭明月带江流。已觉逝川伤别意，复看津树隐离舟。”《蜀中九日》云：“九月九日望乡台，他席他乡送客怀。人情已厌南中苦，鸿雁那从北地来?”把他乡送别、佳节思亲的游子心情，通过“已觉”而“复看”、“已厌”而“那从”的“加一倍”写法，更加突出地表现了诗人年华似水的悲哀，黯然魂销的别意。

（二）“点鬼簿”杨炯（650—693），陕西华阴人。因做过盈川令，故其诗文集叫《盈川集》。他为官残酷，张说曾为箴以诫之，但他仍然榜杀吏民，不加顾恤，以故引起人们的非议。他擅长五律，又好以古人姓名作对，故时人称其作品为“点鬼簿”。如“亭逢李广骑，门接邵平瓜”（《送李庶子致仕还洛》），“汉帝求仙日，相如作赋才”（《和刘侍郎入隆唐观》），“共许陶元亮，同推周伯仁”“钟仪琴未奏，苏武节犹新“(《和刘长史答十九》）等。在文章里用人名作对的就更多了。“张平子固其陋矣，仲长统何足知之”，“张平子之略谈，陆士衡之所记”，就是大家所熟悉的。不过，他的诗充满了为国建功的战斗精神，为唐代的“边塞诗”开了先河，却是值得高度评价的。“丈夫皆有志，会见立功勋”（《出塞》），“匈奴今未灭，画地取封侯”（《紫骝马》），“边地遥无极，征夫去不还”（《折杨柳》），“坐谋资庙略，飞檄贮雄文”（《送刘校书从军》），这些充满力量、充满信心的诗句，是唐代国力兵威的反映，能够给人以激励和鼓舞。特别是他那首有名的《从军行》，具有更加昂扬的战斗精神，与陈、隋纤弱的诗风是不可同日而语的。诗云：“烽火照西京，心中自不平。牙璋辞凤阙，铁骑绕龙城。雪暗凋旗画，风多杂鼓声。宁为百夫长，胜作一书生。”诗的首联，形象地表现了军情的紧急，战士的情绪；颔联以典重之笔，烘托出出师场面的庄严隆重；颈联描绘战争的激烈和战士的英勇，结句抒发了书生从戎的壮志豪情，慷慨激昂，给人以积极向上的鼓舞力量。

（三）残疾诗人卢照邻（636—695?），字升之，号幽忧子，范阳（今河北涿州）人。他不仅在政治上失意，只做过短时的新都尉，因而一生潦倒，未能得志，而且得了恶疾，“足挛，一手又废”，曾求诊大医药家孙思邈，也没有办法挽救。于是著《释疾文》《五悲文》以自解，并豫为墓，与亲属诀，自沉颍水而死，年只四十，是诗人中最不幸的人。他的诗歌成就，主要体现在七言歌行和骚体的创作上。《长安古意》揭露了统治阶级“挟弹飞鹰”“燕歌赵舞”的荒淫生活；《行路难》抒发了“条枯叶落任风吹，一朝零落无人问”的感慨，是初唐诗歌中的力作之一。他的《明月引》《怀仙引》《狱中学骚体》《释疾文二歌》，抒发了自己“忧与忧兮相积，欢与欢兮两忘”的痛苦心情，是初唐骚体的瑰宝。

（四）“算博士”骆宾王（626—?），义乌（今属浙江）人。“鹅、鹅、鹅，曲项向天歌。白毛浮绿水，红掌拨清波。”七岁时所写的《咏鹅》诗，至今仍然流传在人们的口中。关于他的传说极多，给他蒙上了一层传奇的色彩。如云宋之问游灵隐寺得诗两句，“鹫岭郁岧峣，龙宫锁寂寥”，欲足成之，终不如意。遇一老僧代为续之云：“楼观沧海日，门对浙江潮。”宋为之愕然，及旦访之，已不知所往，寺僧有知之者告曰：“此骆宾王也。”（《太平广记·异僧》）此事还见于唐代孟棨的《本事诗》。但这是好事者为之，不足征信的。因为骆、宋之间的友谊很笃，来往甚密，至今骆诗中尚有《在江南赠宋五之问》《在兖州饯宋五之问》《送宋五之问得凉字》等篇什。诗中洋溢着“别后相思曲”“歧路在他乡”的离情别意，岂有当面为之续诗而不相识之理？还说，徐敬业欲起兵讨伐武则天，骆为传檄天下，痛斥武后的罪行。武后读至“一抔之土未干，六尺之孤安在”时，惊问之曰：“谁为之?”或以宾王对，后曰：“宰相安得失此人?”（《新唐书·骆宾王传》）说明他的才华确实是超群的。敬业失败，或以为骆被杀，或以为骆落发为僧，不知所终。他在诗文中，喜欢用数字作对，如“秦塞重关一百二，汉家离宫三十六”“小堂绮帐三千户，大道青楼十二重”“且论三万六千是，宁知四十九年非”（均见《帝京篇》），“三十二余罢，鬓是潘安仁；四十九仍入，年非朱买臣”（《咏怀古意上裴侍郎》），“二三物外友，一百杖头钱”（《冬日宴》），“百年三万日，一别几千秋”（《乐大夫挽词》），等等，所以被称为“算博士”。数字固然有助于突出某种观点，叙述某一事物，但用得过当，也会成为创作上的一个累赘。他也以七言歌行著称，其脍炙人口的《帝京篇》，以参差不齐的句式，流利工致的笔锋，叙述了京都的繁华，权贵的骄奢，抒发了自己的孤愤，而警之以“古来荣利若浮云，人生倚伏信难分”，思想的高度，认识的深度，艺术的精度，都达到了很高的水平。他的一些小诗，也写得自然流走，清新可爱。如《于易水送人》云：“此地别燕丹，壮士发冲冠。昔时人已没，今日水犹寒。”诗题只说是“送人”，但未确指为谁，也没有说明被送的人去干什么。但从他用“易水送别”的故事直接入题的情况来看，我认为其人很可能与徐敬业起事有关。诗人以一种不可遏抑的愤激之情，借古慨今，把昔时“荆轲刺秦”的壮举与今日“易水送人”的别情融为一体，是有深意的。结句用一“已”字、一“犹”字关合起来，不仅表达了诗人对荆轲“视死如归”精神的崇拜之情，而且暗示了诗人对今日被送的人寄予了胜利的希望。是抒情，也是咏史；是怀古，也是讽今。着墨不多而艺术容量甚大，是一首值得咀嚼的好诗。

八 以杜审言为代表的“文章四友”

诗圣杜甫常常对自己的家学感到无比的自豪，一则说“吾祖诗冠古”，再则说“诗是吾家事”，指的就是他的祖父杜审言。从他祖孙俩现存的诗歌来考察，也确实可以看到杜甫的诗作深深地打上了他祖父的烙印。其祖有“绾雾青丝弱，牵风紫蔓长”（《和韦承庆过义阳公主山池》），他就有“林花着雨胭脂落，水荇牵风翠带长”（《曲江对雨》）；其祖有“飞雪遥渡海，残月迥临边”（《和李大夫嗣真奉使存抚河东》），他便有“无风云出塞，不夜月临关“（《秦州杂诗》）；其祖有“梅花落处疑残雪，柳叶开时任好风”（《大酺》），他则有“侵凌雪色还萱草，漏泄春光有柳条”（《腊日》）；其祖有“寄语洛阳风日道，明年春色倍还人”（《春日京中有怀》），他也有“传语风光共流转，暂时相赏莫相违”（《曲江》）。在字面、神情、气象方面，都可以觉察到他从祖父诗中借鉴和点化的痕迹来，说明杜甫对其祖父是十分尊重和崇拜的。

杜审言（645—708），字必简。原籍襄阳（今属湖北），后迁巩县（今河南巩义）。咸亨中举进士，累官至膳部侍郎，因坐与张易之兄弟相勾结，流放峰州（今越南河内西北）。擅长五言，工于书翰，与李峤、苏味道、崔融俱以“文章显时”，号称“文章四友”。恃才傲物，骄纵绝伦，颇为时人所诟病。可他笃于友谊，其《送崔融》《赠崔融二十韵》《赠苏味道》的诗，流露了互相鼓励、互相爱慕的深厚友谊。崔融死后，他还为之服丧呢！他在“文章四友”中，是最有成就的一个。其诗作除了应制的外，一般都是感情深厚，形象鲜明，对仗工整，音韵和谐的。特别是在五言律诗的定型和七言绝句的完善方面，做出了积极的贡献。王夫之《姜斋诗话》说得好："近体梁、陈已有，至杜审言而始叶于度。"这评价是符合实际的。《和晋陵陆丞早春游望》写道："独有宦游人，偏惊物候新。云霞出海曙，梅柳渡江春。淑气催黄鸟，晴光转绿萍。忽闻歌古调，归思欲沾巾。"诗的整体构思，是以江南的春光比中原的物候，明是句句讲江南，暗是句句怀故乡。以对他乡春光的敏感，烘托出对故乡怀念的深切。一开头便用"独有"和"偏惊"来突出游子对异乡风光的特殊感受，写得很别致。中间两联，处处是写江南之"新"，又处处是怀中原之"旧"。在那"早春"的时节，中原正在"东风解冻，蛰虫始振"，而江南已是和风送暖，云霞满天了；中原还是雪压梅梢，风绽柳芽，而江南已是梅红柳绿、春意盎然了；中原还是"鸧鹒始鸣"，浮萍始生，而江南已是黄莺百啭、绿萍映水了。说明"惊新"是由于"怀旧"，故赏心而不乐；写景是为了抒情，故景虽美而情更伤。结句既点明了"归思"，又说明了和意。构思是完整的严密的，因而能够获得很高的评价。他的七言绝句，也写得清新别致，不同凡响。如《渡湘江》："迟日园林悲昔游，今春花鸟作边愁。独怜京国人南窜，不似湘江水北流。"这是诗人坐与张易之勾结，被流放到峰州，途经湘江时所作。诗以乐景写哀，一句之中，前半渲染乐景，后半突出悲情。"迟日园林""今春花鸟"，是眼前的乐景，是赏心悦目的，而引起诗人回忆昔日之游乐，想到今日之放逐，不禁"悲"从中来，"愁"向心生。这悲和愁，是今昔对比的结果，是情景相融的结果。眼看今日之"园林"，回忆昔时之游乐；面对今日之"花鸟"，想起此后之流放的生涯，自然是难以平静的。末二句以湘江之"北流"，衬托自己之"南窜"，对比鲜明，感情激荡，具有动人心弦的力量。明代胡应麟《诗薮》说初唐七绝"初变梁、陈，音律未谐，韵度尚乏。惟杜审言《渡湘江》《赠苏绾》二首，结皆作对，而工致天然，风味可掬"，是很中肯的评语。

下面分别简介一下其他"三友"。

李峤（644—713），字巨山，赵州赞皇（今属河北）人。二十举进士，累转监察御史。时酷吏来俊臣构陷狄仁杰、李嗣真、裴宣礼，欲处以极刑。武后令他与大理少卿张德裕、侍御史刘宪进行复查。德裕等虽知其枉，然慑于权势，不敢持异议。李峤愤然说：“岂有知其枉滥而不为之声明哉！孔子曰：‘见义不为，无勇也。’”乃列其枉状，奏请平反，由是得罪被贬为润州司马。后官至宰相，封赵国公，活到七十岁，上与王勃、杨炯相接，后与崔融、苏味道齐名，影响极大。他写了一百二十五首咏物诗，包括自然现象、物质文明以及动植物之属，是我国唐代最早有计划地写咏物诗的诗人，然而它们都缺乏形象，缺乏寄托，还停留在用典描形的低层次上，还没有跳出“儿童猜谜”“剪彩为花”的初级阶段。如咏牛则云“在吴频喘月”，咏松则云“鹤栖君子树，风拂大夫枝”，完全靠拼凑典故来表现所咏的对象，是不足取的。但他所写的七言歌行《汾阴行》，却抒发了浮云富贵、梦幻人生的感情，能够引起人们的共鸣。据说唐明皇听到梨园子弟弹唱这首诗的“山川满目泪沾衣，富贵荣华能几时。不见只今汾水上，惟有年年秋雁飞”，不禁“凄然涕下”，连呼“李峤真才子也”（《旧唐书·苏味道传》）说明它的感染力是很强的。

苏味道（648—705），赵州栾城（今属河北）人。与同乡李峤俱以文辞知名，做宰相时遇事模棱两可，时人号之为“苏摸棱”或“摸棱宰相”（“摸棱”同“模棱”）。他留下来的诗只有十七首，其中有咏物诗五首，比起李峤的来要高明一些，如咏雾的“乍似含龙剑，还疑映蜃楼”，咏虹的“空因壮士见，还共美人沉”，咏石的“声应天地雨，影触岱宗云”，虽乏寄兴，亦颇清新。他最为人称道的是《正月十五夜》的五律：“火树银花合，星桥铁锁开。暗尘随马去，明月照人来。游妓皆秾李，行歌尽落梅。金吾不禁夜，玉漏莫相催。”把长安城的元宵之夜，渲染得灯光如昼，繁花似锦。诗中的“火树”“银花”“星桥”，都是写元宵的灯火；“暗尘随马”“明月照人”，也不过是写万人空巷，人潮似海；然后写歌妓们打扮得花枝招展，边走边唱着《梅花落》的曲子，以打情买俏，招蜂惹蝶，并没有什么新意。但却能自铸伟词，把元宵灯火形容得淋漓尽致，因而得到很高的评价。

崔融（653—706），字安成，齐州全节（今山东济南）人。以司礼少卿知制诰，为文典丽华婉，为时人所不及，“朝廷大笔，多手敕委之”，以预修《则天实录》，封清河县子。又因附和张易之，被贬为袁州刺史。他的诗风骨遒劲，形象鲜明，较之李峤、苏味道，更富于韵味。如《关山月》的“万里度关山，苍茫非一状”，写大漠风光，如在目前。《塞垣行》的“岂要黄河誓，须勒燕山石”，写书生抱负，如见其人。《和宋之问寒食题黄梅临江驿》的“明王阍难叫，孤臣逐未堪”，写满腔孤愤，力透纸背。特别是被杨慎称为“绝唱”的《从军行》中“天子旌旗过细柳，匈奴运数尽枯杨。关头落月横西岭，塞下凝云断北荒。漠漠边尘飞众鸟，昏昏朔气聚群羊”诸联，气势雄浑，对仗工整，是唐初“边塞诗”不可多得之作。

九　七言律诗的定型者

沈佺期和宋之问的作品为诗家一体，律家正宗，早已得到学术界的公认。元稹《杜工部墓系铭序》最早提出“沈宋之流，研练精切，稳顺声势，谓之律诗”，其后王世贞根据这些评论加以发挥说：“沈詹事、宋考功始裁成六律，彰施五彩，使言之而中伦，歌之而成声，缘情绮靡之功，至是始备。”说明沈、宋不仅擅长律诗，而且对于律诗的发展定型起到了决定性的作用。从他们现存的作品来看，宋之间的五言律诗较多，对仗极为工致，音律也比较严格，无疑是在王绩、杜审言和“四杰”之后，对五律的完善与定型起过重要作用的。所以《旧唐书·文苑·宋之问传》说：“之问弱冠知名，尤善五言诗，当时无能出其右者。”这话是符合实际的。但他能称得上七言律的只有三首，音律还不够精密，显然还处在尝试的阶段。至于沈佺期的七言律诗，不仅在数量上多至十七首，而且音律对仗，大都十分严密和工整。所以《旧唐书·文苑·沈佺期传》说他“善属文，尤长七言之作”。陆时雍《诗镜总论》说得更具体：“沈佺期吞吐含芳，安详合度，亭亭整整，喁喁叮叮，觉其句自能言，字自能语，品之所以为美。”特别是他的《独不见》一诗，具有很高的艺术成就，曾被何景明推为唐人“七言律之压卷”。说明真正使七言律定型化、格律化的是沈佺期。应该承认，沈、宋总结了沈约提出“四声八病”以来的艺术经验，在声律和对仗方面作出了很大的成绩。但他们都是趋炎附势之徒，丑态毕露，甘愿充当宫廷弄臣，在士林中是声名狼藉的。

沈佺期（656—714），字云卿，相州内黄（今属河南）人。上元（唐高宗年号）进士，官至太子少詹事。他在任考功郎时，因贪污被劾。又因依附张易之，流放驩州（今越南荣市），后遇赦复官。一次趁着侍宴的机会，作《回波乐》词以求取悦于中宗。词云：“回波尔时佺期，流向岭外生归。身名已蒙齿录，袍笏未复牙绯。”中宗听了，立即赐予绯鱼袋。说明他是十分热衷于名利的。但他的诗确实有很高的成就，被称为“燕许大手笔”的张说也不能不承认“沈三兄诗，须还他第一”。被称为唐人七律“压卷”的《独不见》写道：“卢家少妇郁金堂，海燕双栖玳瑁梁。九月寒砧催木叶，十年征戍忆辽阳。白狼河北音书断，丹凤城头秋夜长。谁谓含愁独不见，更教明月照流黄。”这是一首拟古乐府的诗，所以又题作《古意呈补阙乔知之》，内容是写少妇怀念久戍不归的丈夫。诗人以夸张的手法，重彩浓墨地描绘出女主人公闺房的富贵华丽：四壁涂以郁金，玳瑁装饰顶梁，连海燕也被逗引得双双地栖宿到这里来了。颔联从上句的“双栖”生发开去，让少妇从九月的捣衣声中，想到十年远征不归的丈夫，眼前的物质生活越富裕，心里的精神生活越显得空虚；客观的景物越欢快，主观的感情越显得寂寥，从而更加引起她的伤感。颈联从“忆”字上做文章，继续深化这个少妇的感情。“白狼河北”是征夫的戍所，那里的音书已经断绝很久了，现在是生死未卜，吉凶难料。“丹凤城头”是思妇的住处，这里是空闺独守已经十年了，落叶萧萧，砧杵声声，真叫人愈思愈愁，愈想愈怕，一种不祥的预感噬咬着她的寸寸柔肠，以至于无从自解。末联转为思妇的独白，自己不胜其愁，反而迁怒于月，愈无理愈显得有情，愈有情愈觉得诗味盎然。比兴甚多，感情甚细，从而大大地增强了诗的抒情色彩。这便是它的艺术生命力的所在。

至于宋之问呢，品格比沈佺期还要卑下，不仅对张易之“倾心媚附”，甚至为张捧“溺器”，又上书告密，出卖朋友，得到武三思的青睐，以故“天下丑其行”。宋之问（约 656—712），一名少连，字延清，汾州（今山西汾阳）人（也有说他是虢州弘农人的）。上元进士，官至考功员外郎。他口才辩给，擅场五言诗。有一次，武后游洛阳龙门，诏群臣赋诗。左史东方虬最早完卷，武后赐以锦袍。不久，他也交了卷，武后看了，极为赞赏，竟夺袍以赐之。他看到其甥刘希夷的《代悲白头翁》诗，非常喜欢，知其尚未出以示人，恳求把这首诗的著作权让给他，其甥不与。之问怒，竟以土袋压杀之。(《全唐诗》卷82) 这事虽然有王若虚等为之辩解，但杨慎认为刘希夷的诗“柔情绮语，绝妙一时，宜乎宋延清之妒也”。说明贪生求荣往往和欺世盗名联系在一起。但他的五言近体，确实代表唐人近体诗的成熟阶段，具有高度的艺术技巧，是应该不以人废言的。下面是他的小诗《渡汉江》：“岭外音书绝，经冬复历春。近乡情更怯，不敢问来人。”这是宋之问从贬所泷州（今广东罗定）逃回洛阳途经汉江时所写的一首诗。开头两句，诗人以极其寻常的语言，在读者面前逐渐展示出空间之大、隔绝之久、时间之长的三个不同层次，以强化自已对故乡、对亲人的怀念感情。接下来诗人却完全出人意外地把“近乡情更切，急欲问来人”的内心活动，来了个一百八十度的大转弯，写成“近乡情更怯，不敢问来人”，以突出自已心理上的变化和感情上的矛盾。照常理说，与亲人隔绝的时间越长，想念亲人的心理越切；越不了解亲人的情况，对亲人的疑虑越多，因而愈要急于去问来人。然而这种内心活动，在离家越近的时候，却发生了戏剧性的变化，那便是多年来的担心、忧虑和那些又模糊又强烈的不祥的预感，似乎马上要被严酷的现实所证实，与亲人剪烛共话的团圆之梦，很快就会被那个“来人”所粉碎，因而把来人的“情更切”变成了“情更怯”，“急欲问”变成了“不敢问”了。这种生活中常有的矛盾现象，具有极大的典型性和普遍性，宋之问是第一个真切而细致地表现出来的，因而能够很好地调动读者的生活经验和审美经验，引起感情上的共鸣。后来许多卓越的诗人从这里得到启示，吸取营养，写出许多动人心弦的好诗。杜甫的《述怀》“自寄一封书，今已十月后。反畏消息来，寸心亦何有”是脱胎于此的。陈后山的《寄外舅郭大夫》“巴蜀通归使，妻孥且定居。深知报消息，不敢问何如？身健何妨远，情深未肯疏。功名欺老病，泪尽数行书”也是脱胎于此的。无论是杜甫还是陈后山，其经历和身份都不能和宋之问相提并论，但他们在特定条件下所产生的戏剧性的心理变化则是相通的。因而他们能够在借鉴和点化的基础上，加以翻新，加以再创造，使之焕发出新的艺术生命的光辉。

十　两支“万口流传”的七言歌行

《红楼梦》里有林黛玉作的两首脍炙人口的绝妙好辞，一首叫作《代别离》，也就是一般所谓的“风雨词”，明明写着是“拟《春江花月夜》之格，乃名其词为《秋窗风雨夕》”。那《春江花月夜》出现了十五次“月”字，这《秋窗风雨夕》恰好也出现了十五个“秋”字。另一首是《葬花吟》，它虽没有说明是拟《代悲白头翁》的“今年落花颜色改，明年花开复谁在”，“年年岁岁花相似，岁岁年年人不同”，借鲜花零落，抒发年华似水、红颜薄命的感慨，但其中“桃李明年能再发，明年闺中知有谁”“试看春残花渐落，便是红颜老死时”的命意、炼句、造境，与前者如出一辙。其所以能引起贾宝玉的无限伤感，“痛倒在山坡上”，还不是想到“黛玉的花容月貌，将来亦到无可寻觅之时，宁不心碎肠断”，由此推而广之，“将来斯处、斯园、斯花、斯柳，又不知当属谁姓？因此一而二，二而三，反复推求了去，真不知此时此际，如何解释这段悲伤？”这一番动人心扉的心理描写，还不是《代悲白头翁》一诗的散文化？《红楼梦》里这两首著名的词，就足以雄辩地说明《春江花月夜》和《代悲白头翁》的深远影响了。然而这两首绝妙好词，并不是一诞生就引起人们的注意的。前者直到明代李攀龙把它选入《古今诗删》，胡应麟又推崇它“流畅婉转，出刘希夷《白头翁》上”，人们才逐渐发现它是我们文学遗产中的瑰宝。后者也是在作者死了以后，孙昱（季良）把它收入《正声集》中，并大加赞赏说：“刘希夷诗为集中之最，由是大为时人所称。”说明美是存在于客观事物之中的，而要从客观事物中发现固有的美，却往往需要一个认识的过程。美学家达朗贝说得好：“在造成一种学音乐的艺术之后，还应该造出一种听音乐的艺术。”就是说艺术创作是有条件的，艺术欣赏也同样是有条件的。下面就让我们对这两首“万口流传”的诗篇作一番艺术欣赏吧。

《春江花月夜》的作者张若虚（约660—约720），扬州（今属江苏）人。只做过掌管门禁、田猎、驿传等事的小吏，但文辞俊秀，名扬于上京，是位沉抑下僚的知识分子。他流传下来的诗，也只有两首。一首五古《代答闺梦还》，犹带隋、唐余习，没有超出唐初的诗歌水平。只有这首七古《春江花月夜》，清丽婉畅，情景交融，富有生活气息。它的优美的旋律，绚丽的色彩，浓烈的抒情气氛，千百年来为无数读者所陶醉、所倾倒。被闻一多先生誉为“诗中的诗，顶峰上的顶峰”，真是“孤篇横绝”，奠定了他的“大家”地位。诗云：“春江潮水连海平，海上明月共潮生。滟滟随波千万里，何处春江无月明？江流宛转绕芳甸，月照花林皆似霰。空里流霜不觉飞，汀上白沙看不见。江天一色无纤尘，皎皎空中孤月轮。江畔何人初见月？江月何年初照人？人生代代无穷已，江月年年只相似。不知江月待何人，但见长江送流水。白云一片去悠悠，青枫浦上不胜愁。谁家今夜扁舟子，何处相思明月楼？可怜楼上月徘徊，应照离人妆镜台。玉户帘中卷不去，捣衣砧上拂还来。此时相望不相闻，愿逐月华流照君。鸿雁长飞光不度，鱼龙潜跃水成文。昨夜闲潭梦落花，可怜春半不还家。江水流春去欲尽，江潭落月复西斜。斜月沉沉藏海雾，碣石潇湘无限路。不知乘月几人归，落月摇情满江树。”

这是一首乐府古题，郭茂倩在《乐府诗集》中把它编在《清商曲辞·吴声歌曲》中。陈、隋时代，人们都是用五言短章来描写宫廷生活。诗人第一次用七言诗的形式，别开生面，跳出传统体裁和题材的窠臼，再现了江南春夜的景色，进而探索了宇宙人生的真谛和奥妙，讴歌了人间纯洁的爱情，融诗情、画意、哲理于一炉，造成一种迷离惝恍的氛围，幽美邈远的意境，给人以深刻的启示和丰富的美感。全诗分为四大段，而以“月”贯串全诗。第一段八句，扣紧题目，把江、月、水的具体形象，编织成一幅壮阔、浩渺、流动、变幻的彩画。潮连海平，月共潮生，江水弯弯曲曲地绕过繁花似锦的原野，月色在花树上覆上一层晶莹的雪珠，给大地披上了淡淡的、梦幻似的轻纱，把人们带进一个既幽雅又神奇的世界中去。第二段也是八句，以浓郁的抒情笔调，扣紧江、月的变化，面对茫茫的宇宙，浩浩的长江，发出了“羡长江之无穷，哀人生之须臾”的感叹。但又辩证地认识到人生虽然短促而“代代无穷”，明月虽然永恒而“年年相似”，因而在愁苦中找到了解脱，在伤感中获得了欣慰，所以能够“哀而不伤”。第三段十二句，从上段的江月有待、流水无情，引出思妇对离人的怀念，离人乘舟远去，是那样的无情，明月徘徊绣楼，是那样的有意。它把那柔和的清辉洒在妆台间、玉帘中、捣衣砧上，本想为思妇解寂寥，解愁苦，不料反而使思妇觉得月色恼人，想把它赶走。可它还是那样的真诚，“卷不去”，“拂还来”，于是她想起了“鱼雁传书”既不可能，只好依托明月，遥寄愁思了。这使人自然地联想到李白的“我寄愁心与明月，随君直到夜郎西”的名句来。最后八句，是以景结情，是思妇感情的继续深化。她从现实飞到梦境，又从梦境回到现实。花落春老，水流月斜，年华像流水般逝去，北望碣石，南极潇湘，道路是那样的辽远，于是楼头思妇的缠绵悱恻之情，便淋漓尽致地表现了出来。我们只要拿这首“万口流传”的名篇跟卢照邻的《明月引》对照一看，就可以发现两者都是以明月之流动，潇湘、碣石之悬隔，鸿雁之不可托，来表现思妇的离愁的。然而卢作是铺陈，有骚意，尚未脱离拟古之樊篱；而张作则融情于景，寓乐于诗，已经显示了创新的威力。两者是有上下床之别的。

刘希夷（约 651—678?），字延之，一作庭芝，汝州（今河南临汝）人。上元进士，少有才华，善弹琵琶，擅长长篇歌行。所写闺情哀怨，词旨悲苦。他的代表作《白头吟》（即《代悲白头翁》），本来是一首拟古乐府的诗。据《西京杂记》载，卓文君作《白头吟》以讽刺司马相如的喜新厌旧。后来的作者如李白的“妾有秦楼镜，照心胜照井。愿持照新人，双对可怜影”，张籍的“春天百草秋始衰，弃我不待白头时。罗襦玉珥色未暗，今朝已道不相宜”，都是写弃妇的哀怨和悲愤。只有刘希夷这首诗，是言男为女所弃的。这大概就是人们批评他“多依古调，体势与时不合”的原因吧？正因为它有变化，有创新，所以一直受到人们的推崇，也产生了许多传说。有的说他写到“今年花落颜色改，明年花开复谁在”时，觉得与石崇的“白首同所归”一样是不祥之兆，于是改为“年年岁岁花相似，岁岁年年人不同”，仍然觉得是诗谶。果然不到一年，诗人便为奸人所杀。元代王若虚说：“年年岁岁，岁岁年年，何等陋语。”不知“年年岁岁”“岁岁年年”，这么颠倒重复，不仅回环跌宕，增加了诗的旋律美，而且突出了“花落人亡”的无可奈何的情绪。如果我们仔细玩味“今年花落颜色改”一联诗句，就会很自然地联想到杜甫的“明年此会知谁健，醉把茱萸仔细看”（《九日蓝田崔氏庄》），戴叔伦的“明年此夕游何处，纵有清光知对谁”（《对月》），苏东坡的“此生此夜不长好，明月明年何处看”（《中秋月》）。这样一些诗的构思、造境，都和刘诗有着近似的地方，其间脱胎、点化的痕迹，是很清楚的。至于全诗的构思，也比较别致。它的前半幅写洛阳女子见到落花纷飞而叹息红颜易老，后半幅写白头翁的卧病沦落而感叹人生无常、人海沉浮。并以“寄言全盛红颜子，应怜半死白头翁”作为过渡，把前后两幅联成一个有机的艺术整体，暗示红颜女子的未来就是白头老翁的现实，白头老翁昔日的“清歌妙舞”，也就是红颜女儿今天“全盛”之时，深沉有力，起到了“暮鼓晨钟”的作用。

十一　陈子昂短暂的人生与永恒的艺术

唐初从理论和创作两个方面，“扫六朝之绮丽，开一代之正声”的是陈子昂。尽管他现存的一百二十多首诗中，形象的塑造还不够鲜明，技巧的传达还不够成熟，反映的社会面还不够广阔，但唐代以及后世的诗人都给予他以很高的评价。杜甫说他“有才继《骚》《雅》，哲匠不比肩。公生扬马后，名与日月悬”。韩愈说他是“国朝盛文章，子昂始高蹈”。白居易说他是“杜甫陈子昂，才名括天地”。其后宋人戴复古在《论诗十绝》之六中推崇他说：“飘零忧国杜陵老，感遇伤时陈子昂。”金人元好问在《论诗三十首》之八中赞美他说：“论功若准平吴例，合着黄金铸子昂。”揆其所以得到如此崇高的评价，正是因为他在理论上首先响起革命的春雷，在创作上首先反映时代的脉搏。明代胡震亨《唐音癸签》说得好：“子昂自以复古反正，于有唐一代诗功为大耳。正如伙涉为王，殿屋非必沉沉，但大泽一呼，为群雄驱先，自不得不取冠汉史。”这就是陈子昂“名与日月悬”“才名括天地”的原因。

陈子昂（661—702），字伯玉，梓州射洪（今属四川）人。少时以富家公子任侠使气，弋博自如。十八岁尚未知书。一日偶入乡校，忽感叹悔悟，折节读书。二十一岁上京应试，不第而归，今其诗中有“莫言长落羽，贫贱一交情”“转蓬方不定，落羽自惊弦”这些充满落魄哀叹的诗句，正好反映了他当时的心境。二十四岁中进士，得到武后的赏识，擢为麟台正字，后转为右拾遗。他是一个有政治抱负的人，“感时思报国，拔剑起蒿莱”（《感遇》之二十七），“勿使燕然上，惟留汉将功”（《送魏大从军》），这些正是他在政治上的追求。王夫之《读通鉴论》曾说：“陈子昂以诗名于唐，非但文士之选也，使得明君以尽其才，驾马周而颉颃姚崇，以为大臣可矣。”是极为中肯的。他虽然位卑人微，仍然不断地向武后提出自己的政治主张，其中措刑、官人、知贤、去疑、招谏、劝赏、息兵、安宗子八项政治纲领，就是针对当时的弊政而提出的医国药方。他自知言不能用，加之体素羸弱，不乐在职，不久便回到了故乡，死于非命。

陈子昂在诗歌发展史上的贡献，一是理论的建树，一是创作的业绩。而《修竹篇序》则是他的理论纲领。在这个纲领中，他批评了统治诗坛近五百年的形式主义诗风，它们“采丽竞繁，而兴寄都绝”，即片面地追求华丽的辞藻，堆砌大量的典故，而全无社会的内容，所谓“文章道弊五百年矣”。从而提出恢复“汉魏风骨”“正始之音”的现实主义传统。主张诗歌要“骨气端翔，音情顿挫”，即既有现实的内容，又有真挚的情感。这个理论，对于改变唐初的诗风起了积极的作用，宋代刘克庄推崇说：“独陈拾遗首倡高雅清淡之音，一扫六代之纤弱，趋于黄初、建安矣。”但他并没有扬弃六朝以来的艺术经验，只是否定没有寄托、没有内容的东西。观其现存之文及诗中的十二篇序言，无不属对工整，用典恰切，音韵和谐，文辞藻丽，就可以雄辩地说明这一点。至于他创作上的业绩，历代学者都认为他的《感遇》三十八首，“尽割浮靡，一振古雅，唐初自是杰出”（胡应麟《诗薮》），“奇奥变化，莫可端倪，真又是一天地矣”（谭元春《唐诗归》）。我认为《感遇》这组诗，除了《丁亥岁云暮》《朔风吹海树》《朝入云中郡》等篇什，既歌颂了战士的爱国精神，又谴责了武后的黩武主义，为唐代的边塞诗奠定了基础，开拓了疆宇外，在艺术上则质胜于文，词多粗率，在内容上则流露了祸福无常的消极思想，不宜予以过高的评价。倒是一些篇幅很小的古近体诗，值得我们重视。如他的名篇《登幽州台歌》云：“前不见古人，后不见来者。念天地之悠悠，独怆然而涕下。”此诗当作于神功元年（697），这时他以极大的热情，参加了武攸宜的戎幕。亲眼看到主帅的轻率寡谋，导致前锋失利，于是挺身而出，愿率万人为前驱，擒契丹于军前。竟以此遭到主帅的愤忌，把他从参谋部撵了出去。诗人眼看报国的壮志已成泡影，满怀孤愤，写下了这首令人一唱三叹的小诗来。把理想与现实的深刻矛盾，通过质朴苍劲的语言，沉郁雄浑的基调，不粘不脱、不即不离地烘托出来。前三句是“观古今于须臾，抚四海于一瞬”，把漫长的时间和广阔的空间压缩在一个很小的平面上。在这里只有茫茫的宇宙，悠悠的天地，既看不到古代明君贤相的风云际会，也看不到后来的英雄豪杰在历史舞台上演出更加威武雄壮的剧来，只剩下了他这个孤独而寂寞的人，一种天地无穷而人生有限的感慨袭上心头，怎么能不怆然而涕下呢？这种理想破灭的孤独心理，是许多人共有的生活经历，因而能够获得广泛的共鸣。它虽然是从《楚辞 · 远游》的“惟天地之无穷兮，哀人生之长勤。往者余弗及兮，来者吾不闻”的句意中脱胎出来的，但熔铸了诗人自己的感情，塑造了诗人自己的形象，因而能够感人至深。

他的《送魏大从军》是一首成熟的五律。元代方回《瀛奎髓律》说：“陈拾遗子昂，唐之诗祖也。不但《感遇》诗三十八首为古体之祖，其律诗亦近体之祖也。”这是很有眼光的。诗云：“匈奴犹未灭，魏绛复从戎。怅别三河道，言追六郡雄。雁山横代北，狐塞接云中。勿使燕然上，惟留汉将功。”从“怅别三河道”一语来看，这首诗可能写于垂拱年间。其时突厥屡次入寇，武后也不断派遣将军前去讨伐。魏大从戎，可能就是参加讨伐突厥之战。诗的头二句，化用了《史记》霍去病的“匈奴未灭，何以家为”和《左传》“魏绛和戎”的典故，并以魏绛喻魏大，表现了诗人御敌报国的雄心。三、四句点明送别之地，并以六郡豪雄的赵充国砥砺魏大。五、六句点出魏大从征之处，它是中原的屏障，是国家的咽喉，以表明此行的责任重大。结句又以东汉车骑将军窦宪立功绝域、勒石燕然，以激励魏大平寇立功，完全摆脱了一般送别诗的儿女之情，突出了建功立业的风云之气，因而能给人以鼓舞，给人以力量。他如《题祀山烽树赠乔十二侍御》：“汉廷荣巧宦，云阁薄边功。可怜骢马使，白首为谁雄？”《初入峡苦风寄故乡亲友》：“故乡今日友，欢会坐应同。宁知巴峡路，辛苦石尤风。”或以乔知之的白首沦落，讽喻武后任用小人，不赏功臣；或描绘旅途艰辛，以加强对故乡之怀念。皆命意深沉，清新可诵。

十二 “四明狂客”贺知章

“知章骑马似行船，眼花落井水底眠。”杜甫《饮中八仙歌》把贺知章的狂态、醉态，淋漓尽致地勾画了出来，跃然纸上，呼之欲出。

贺知章（659—744），字季真，自号“四明狂客”，越州永兴（今浙江萧山）人。武周证圣元年（695）状元，曾任礼部侍郎，累官至太子宾客、秘书监，故又被称为“贺监”。玄宗天宝初，自请还乡为道士，归隐镜湖。少以文词知名，性旷放，善谈笑，晚尤诞纵。擅长草书和隶书，意有所惬，求者不拒。（“吴中四士”中以书法名家者还有被尊为“草圣”的张旭，杜甫《饮中八仙歌》说他是“脱帽露顶王公前，挥毫落纸如云烟”。其狂放之态，堪与贺知章比肩。）他还善于知人，勇于奖掖后进。当李白自蜀来京，舍于逆旅，他第一个访问了那位“诗仙”，当他读到《蜀道难》时，就连声叹美李白为“谪仙人”，读到《乌栖曲》时，又不禁赞美它说：“此诗可以泣鬼神矣！”于是解下金龟，换取美酒，与李白尽醉而返。这就是有名的“金龟换酒”的故事。正因为他对李白有着没齿难忘的知遇之恩，所以李白在他去世以后，写了《对酒忆贺监二首》和《重忆一首》来纪念他：“四明有狂客，风流贺季真。长安一相见，呼我‘谪仙人’。昔好杯中物，今为松下尘。金龟换酒处，却忆泪沾巾。”诗中流露出来的生死交情，至今读起来，还可以想见他们第一次见面时那种倾盖如故、对酒当歌的逸兴豪情。后来贺知章告老还乡，已经八十六岁，距离家时已有五十多年了。光阴易老，人事消磨，不免触景生情，感慨万千，发而为诗，写下了永远放出艺术光辉的《回乡偶书二首》。诗云："少小离家老大回，乡音无改鬓毛衰。儿童相见不相识，笑问客从何处来。""离别家乡岁月多，近来人事半消磨。惟有门前镜湖水，春风不改旧时波。"

第一首诗，抒发了诗人久别伤老的感慨。前两句用两极对比的手法，突出了时间距离之远。以"少小"对比"老大"，以"乡音无改"对比"鬓毛衰"，从两个极端的对比中，既塑造了前后两个不同的形象，又概括了宦海浮沉的惊险历程。然而尽管"尘海阔，无日不风波"，毕竟自己没有在"风波"中遭到灭顶之灾，而是平平安安地回到了阔别多年的故乡，似乎又在无穷的感慨中找到了一点欣慰之情。所以诗人此时此地的心境，既有一点苦味，又有一点甜意，是欣慰和感慨的交织，是久别和乍归的百感交集，绝不是某一个方面所能概括的。三、四句，通过儿童们不经意的一问，引出诗人无穷的感慨，那种"道是主人原是客"的戏剧性场面，充满了生活的情趣，给人以美好的艺术享受。这个鬓毛已衰的老头，本来是这里的主人，而被那些"不相识"的第三代、第四代的人唤作了"客"。这种反主为宾的戏剧性场面，不能不使诗人心潮起伏，感慨万千，觉得自己对于故乡太疏远了，太没有尽到责任了，而今发已星星，视已茫茫，"老夫耄矣，无能为也"了，怎么能不扪心有愧呢？这是一个方面。另一个方面，是"少小离家"，仕途奔波，往事历历，不堪回首，多少豪情壮志，已经付诸东流。一行作吏，两袖空空，又怎么不引起"白了少年头，空悲切"的感叹呢？全诗虽然在有问无答中戛然而止，但它的内蕴是深广的，余韵是无穷的，收到了"余音绕梁，三日不绝"的艺术效果。

第二首是在第一首的基础上，继续抒发诗人久客乍归的感想。它删略了与亲朋交谈的细节，仅仅用"近来人事半消磨"七个字，概括了故乡几十年来的巨大变化。那种"访旧半为鬼"的惊呼，那种"儿女忽成行"的喜悦，那种"时挑野菜和根煮，旋砍生柴带叶烧"的贫困生活，那种"旧时王谢堂前燕，飞入寻常百姓家"的兴衰更迭的现象，一齐涌上他的心头，使他感到故乡的确变了，已经与他"少小离家"时的情况判若隔世了。唯一没有改变的，就只三百里镜湖，还是在春风骀荡中掀起一圈圈的碧波。这里的"不改"，正是加倍地衬托那里的"人事半消磨"，这里的

“惟有”，正是强调一切都发生了巨大的变化，从而进一步增强“物是人非”的感叹！这些抒情小诗之所以能够打动人的心扉，引起人的共鸣，正是因为它是真情的流露，生活的概括。“千古文章，传真不传伪”，这个“真”字，使它能够超越时间和空间，获得永恒的艺术生命力。自从它问世以后，多少诗人从这里得到启示，写出了大量的扣人心弦的抒情小诗。杜甫的“九载一相逢，百年能几何”（《别唐十五》），顾况的“一别二十年，依依过故辙。湖上非往态，梦想频虚结”（《上湖至破山赠文周萧元植》），张籍的“说尽向来无限事，相看摩捋白髭须”（《逢故人》）和“昔年旧宅今谁在，君看西塘与问人”（《送陆畅》），贾岛的“旧国别多日，故人无少年”（《旅游》），以及宋人严坦叔的“旧时巷陌浑忘记，却问新移来住人”（《还家》），这些“貌异而心同”的艺术构思，无疑都是脱胎于贺知章的这个名篇，说明它的影响是何等的深远啊！

十三　“燕许大手笔”张说和苏颋

张说在玄宗时任中书令，封燕国公，苏颋在开元中居相位，袭封许国公。当时朝廷的重要文告，多出自两人之手，时人号称“燕许大手笔”。王世贞《艺苑卮言》中“开元彩笔，无过燕许”是符合实际的。张说（667—730），字道济，一字说之，祖籍河东，后迁洛阳。武后策贤良方正，说所对第一。他博学多识，勤劳国事，有胆略，敢直言，敦义气，重然诺。张易之诬陷御史大夫魏元忠谋反，引说为助。时易之兄弟势焰熏天，炙手可热，而说在廷对时，仗义执言，无所顾忌地说：“元忠实不反，此是易之诬构耳。”（《旧唐书·张说传》）一句话挽救了魏元忠，而自己却以忤旨流放钦州。他在处理民族矛盾方面也是很有远见的。朔方军节度大使王晙诛戮河曲降卒一千余人，引起同罗、拔曳固等九族部落的震愤，一场更大的民族战争迫在眉睫。他为了抚慰那些少数民族，平息这场尚未形成的民族斗争，率轻骑二十余人，直抵那些部落的帐下，进行宣抚，卒使九姓感义，没有发生骚乱。说明他是有胆有识，不怕牺牲的。他倡议设集贤院，在整理图书、弘扬文化方面作出了巨大的贡献。他虽然得到君主的信任，但仍然一再遭到构陷，遭到贬谪。也正因为在贬谪途中“得江山之助”，所以他到岳阳以后的诗歌，感慨多工，“着色成文，吹气成律”。许多抒情小诗，能够曲尽人情，言前人未道之言，造前人未造之境，确实是值得称道的。如他的《送客》诗云：“同居洛阳陌，经日懒相求。及尔江湖去，念别思悠悠。”以极寻常之语，抒极寻常之情，而能唤起读者的生活经验，不啻若自其口出。所以吴筠的《别章叟》便模仿其艺术构思说：“平昔同邑里，经年不相思。今日成远别，相对心凄其!”他的《深渡驿》前半说：“旅泊青山夜，荒庭白露秋。洞房悬月影，高枕听江流。”杜甫的《客夜》的前半也模仿其意云：“客睡何曾著，秋天不肯明。卷帘残月影，高枕远江声。”说明他的诗在当时就有很大的影响。

《全唐诗》收张说诗五卷，形式有三、四、五、七言之别，内容有咏史、咏物、写景、抒情之作。除应制奉和之作以外，大都有可观者。特别是他的一些五、七言抒情小诗，平淡而有深意，清新而有韵味。胡应麟《诗薮》说“张说《巴陵》之什，王翰《出塞》之吟，句格成就，渐入盛唐”，是很有见地的。如《蜀道后期》云：“客心争日月，来往预期程。秋风不相待，先到洛阳城。”这首诗是诗人出使西蜀，因事羁留，不能按时回洛所抒发的乡思。张说诗中有《被使在蜀》《再使蜀道》《过蜀道山》《蜀路》等诗篇，说明他曾经两次出使四川。“我行春三月，山中百花开”（《过蜀道山》），“忆昨出门日，春风发鲜荣”（《蜀路》之二），足证他有一次出使四川时是在明媚的春天。另一次则可能在肃杀的秋季，因为他的《再使蜀道》明明有“青春客岷岭，白露摇江服”，“蟋蟀鸣户庭，蟏蛸网琴筑”的话。但新、旧《唐书》均没有关于诗人使蜀的记载。这首诗应该是诗人第一次出使四川时的作品。这次留蜀的时间很长，自春徂秋，都没能设法北归，那种“客心久无绪”“别家乡念盈”的离愁，始终在缠扰他，啮噬他。他总是像“鱼游恋深水，鸟迁恋乔木”似的热恋着故乡。在别人北归的时候，他难过得要“将余去国泪，洒子入乡衣”；自己留蜀的时候，总是扳着指头算归期，“即今三伏尽，尚自在临邛”就是这种感情的流露。这首诗的“争日月”，表现出游子思归的紧迫心情，“预期程”反映游子预先定下归期的如意算盘。然而客观情况的变化，是不以游子的主观愿望为转移的。一些阻碍归期的因素，使得他秋前回到洛阳的希望成了泡影。这对于“人情已厌南中苦”的游子来说，自然是一个沉重的打击。然而诗人并没有直接抒发这种不满的情绪，而是把“秋风”人格化，让自己的满腔怨恨，归罪于秋风的不肯稍待，便抢先跑到了洛阳，连“南中不可说，书此示京畿”（《岭南送使》）的信息，也没有捎带了去，那么亲友们看到秋风回到了洛阳，而游子却没有消息，该是多么的难以遣怀啊！这种感情越含蓄越显得深沉，越委婉越耐人寻味，在尺幅之中蕴藏着丰富的感情。

苏颋（670—727），字廷硕，京兆武功（今属陕西）人。据说他很小的时候，有人献兔于其父，悬于廊庑之下，其父要他做一首诗加以吟咏。他略加思索便说："兔子死阑弹，持来挂竹竿。试将明镜照，何如月中看？"（《太平广记·幼敏》）一次，有京兆尹前来探望他的父亲，听说他很有才华，便以"尹"字为题，要他做一首诗。他应声立就，语带讥刺地说："丑虽有足，甲不全身。见君无口，知伊少人。"每一句话，都含一个"尹"字。这两首诗都收在《全唐诗》内，并注明了它写作的背景，说明他的才华确实是出类拔萃的。及为中书舍人，主持朝廷诏令，才思之敏捷，迥非他人之所能及。他居相位，常以忠谠自励，不断向玄宗进行讽谏。他还敬重人才，笃于友谊。张说谪居岳州，郁郁不乐，作《五君咏》送给苏颋，其中包括对其父苏瓌的赞颂，苏即向玄宗陈说张说"忠正謇谔，人望所属，不宜沦滞遐方"，不久，张说便迁为荆州长史。他的诗多应制之作，《全唐诗》收录其诗二卷。其中五、七言抒情小诗，清新流利，诗味盎然。如所作《山鹧鸪词》之二云："人坐青楼晚，莺语百花时。愁多人易老，断肠君不知。"《将赴益州题小园壁》云："岁穷惟益老，春至却辞家。可惜东园树，无人也作花。"借题发挥，感慨遥深，着墨不多，而内涵极其丰富。

"北风吹白云，万里渡河汾。心绪逢摇落，秋声不可闻。"名篇《汾上惊秋》大概是诗人任礼部尚书时，从驾参加在汾阴祭祀后土的典礼后所作。汾阴，是汉武帝时，有人在这里掘获黄帝所铸宝鼎，而把年号改为"元鼎"的地方，唐明皇欲追踪汉武，开疆拓宇，在这里祭祀后土，而把它易名为"宝鼎县"。历史上的惊人相似之处，唤起了诗人的某些联想和忧虑，于是即景生情，把国家的隐忧和个人的失意交织在一起，写出了这首寄托深远的小诗。国家的隐忧，无疑是指唐明皇的好大喜功，加剧了民族矛盾和阶级矛盾；个人的失意，当是他在参加这次祭典后，忽然被贬为益州大都督府长史。诗人王冷然曾经为此上书张说云："相公《五君咏》

曰：‘凄凉丞相府，余庆在玄成。’苏公一闻此诗，移公于荆州，积渐至相，由苏得也。今苏屈居益郡，公坐庙堂，投木报琼，义将安在?”（《全唐诗话》卷一）这说明他的被贬，是得到了广大知识分子的同情的。这首诗的传达手法，多系化用汉武帝的《秋风辞》来曲折地表达诗人的隐微之情。它的首二句，显然是从《秋风辞》的“秋风起兮白云飞”和“泛楼船兮济河汾”点化而来的，使人很自然地联想到汉武帝穷兵黩武的历史往事，再与唐明皇“开边意未已”的勃勃雄心挂上钩来，一个“惊”字，便画龙点睛地把诗人的隐忧点了出来。后两句，既化用了《秋风辞》“草木黄落兮雁南归”的语意，又暗用了宋玉《九辩》“悲哉秋之为气也，萧瑟兮草木摇落而变衰”的构想，更加说明诗人叹老嗟卑，不满现实，所发出的感伤、哀愁的不平之鸣了。诗人正在情绪摇落的时候，听到那肃杀的秋声，自然会更加悲伤，更加纷乱，更加“不可闻”了。这“秋声”与其说是自然现象，无宁说是思想情绪的象征，是政教得失的征兆。这种隐约迷离的幽思，在似虚而实、似晦而显的意境中透露出来，愈饶有韵味，耐人寻思。

十四　初唐的殿军，盛唐的先导

张九龄（673—740），字子寿，又名博物，韶州曲江（今广东韶关）人。唐中宗景龙间进士，累迁右拾遗，开元二十一年（733），被任为中书侍郎同中书门下平章事，迁中书令。他直言敢谏，是唐代一个著名的宰相，时人称“曲江公而不名”，在当时享有崇高的声誉。他在相位，李林甫心怀妒嫉，伺机在明皇面前中伤他。由是明皇逐渐疏远了他，并赐以白羽扇，以寄寓其将要弃捐之意，他也意识到了明皇的用心，乃献赋以自明云：“纵秋气之移夺，终感恩于箧中。”（《新唐书 · 张九龄传》）但也没有赢得明皇的同情。他为了缓解与李林甫之间的矛盾，又为《燕诗》以贻林甫曰：“海燕何微眇，乘春亦暂来。岂知泥滓溅，只见玉堂开。绣户时双入，华轩日几回。无心与物竞，鹰隼莫相猜。”林甫看了，知其就要隐退，恚怒稍解。（《全唐诗话》卷一）在这首诗里，诗人以海燕自比，以鹰隼比李林甫，并表明自己偶出为官，便将归隐，无心与别人争权夺利。所以刘禹锡说他“托讽禽鸟，寄词草树，郁然与骚人同风”。从《燕诗》中，可以看到诗人愠于群小之间的慄慄危惧之心了。

张九龄在文学上的造诣，早为当时和后世的学者所论定。张说认为他的作品“如轻缣素练，实济时用”。宋代严羽把他的诗叫作“张曲江体”，就是说他的诗风是“清而淡”的，追求的不是辞藻的富丽，而是平淡自然的风格。明代胡震亨《唐音癸签》说：“陈子昂独开古雅之源，张子寿首创清淡之派。盛唐继起，孟浩然、王维、储光羲、常建、韦应物，本曲江之清淡，而益之以风神者也。”就是说他是盛唐一个重要诗派的奠基人，王、孟、储、韦都是从他那里吸取养料而形成自己的风格的。清代刘熙载《艺概》甚至认为他“独能超出一格，为李、杜开先”，就是说李白、杜甫也是他导夫先路的。从这些评论来看，说他是初唐的殿军，盛唐的先导，应该是当之无愧的。

他有《张曲江集》行世，《全唐诗》收其诗三卷，除了三十多首应制奉和的诗外，大都寓兴深远，韵味悠长，感情真挚，风格清淡，为盛唐诗歌的发展铺平了道路。特别是他的《感遇》诗十二首，运用了比兴的手法，寄托了遥深的意旨，继承了汉魏以来的优良传统。我以为较之陈子昂的《感遇》诗，其诗在内容上更加健康，在寄托上更加深远，在艺术上更加成熟。从那里，我们可以听到盛唐诗歌早春的信息，看到盛唐诗歌前进的步伐。如《江南有丹橘》一首，化用了屈原《橘颂》的诗意，以“丹橘”自喻，虽有岁寒之心，荐宾之质，但却到处是压制它生长的阻力，不让它枝叶参天，绿阴垂地。托物感怀，抒发了他心中的抑郁不平之气。他被贬以后所写的那些小诗，大抵都清新自然，明白如话，而又有着深沉的寄托，能给人以丰富的启示。如他的《赋得自君之出矣》云：“自君之出矣，不复理残机。思君如满月，夜夜减清辉。”这是诗人利用乐府杂曲歌辞的旧题，抒发他被贬以后“身在江湖，心存魏阙”的依恋心情。他化用了《诗经·伯兮》的“自伯之东，首如飞蓬。岂无膏沐？谁适为容”的诗意，以夫妇之情，写君臣之义，把自己那颗皎洁得像明月的心，消瘦得像缺月的形，十分形象地表达了出来。特别是他那美妙的比喻，构思新颖，出人意表，而又富有生活的气息。不说思妇如何“为伊消得人憔悴”，而说她像一轮团圆的明月，逐日逐夜地在减弱自己的清辉，终于变成了一弯缺月。真是妙喻解颐，匪夷所思。他还有一些诗，看似平淡，而实富新意。质而能文，俗而能雅，没有雅的痕迹，而有雅的韵味；富有俗的形状，而无俗的滋味。大概是寓俗于雅、由雅返俗的艺术造境，为白居易一派开了先河。如他的《答陆澧》云：“松叶堪为酒，春来酿几多？不辞山路远，踏雪也相过。”以口语入诗，往往能增强作品的生活气息和动人情味。俗与雅，本来没有一道不可逾越的鸿沟，本来不是互相排斥，而是相辅相成的。宋人葛立方《韵语阳秋》说："大抵欲造平淡，当自组练中来，落其华芬，然后可以造平淡之境。"贺拉斯《诗艺》也说："如果你安排得巧妙，家喻户晓的字便会取得新义，表达就能尽善尽美。"这首诗好就好在洗尽铅华，显得自然清新；安排巧妙，表达尽善尽美。它不假雕饰，而有天然之美；不避浅俗，而有深婉之致。读了它，使人很容易联想到白居易那首《问刘十九》的诗："绿蚁新醅酒，红泥小火炉。晚来天欲雪，能饮一杯无？"都是在平易中创造了新奇的境界，说明一个有才能的诗人，总是能够在抒常情、写常景、用常语中，表现出不寻常的才调来。袁子才说："夕阳芳草寻常物，解用都成绝妙辞。"从张九龄的这类诗中，可以得到很好的印证。

十五　唐代三次有名的诗歌大比赛

唐代是诗人如林、诗歌如潮的诗的时代。为了选拔诗豪，砌磋诗艺，常常有着各种不同形式的诗歌比赛。有官办的，也有自发的。前者如武后时多次以上官婉儿为衡量诗歌优劣的试官；后者则诗人相聚，分韵共赋，载籍所录，更仆难数。但在诗坛上传为佳话的，只有下述三大诗赛：

第一次是官办的。武后游龙门诏令群臣赋诗，谁最先交卷，就赏给谁一领锦袍。左史东方虬第一个交卷，自然得到了锦袍一袭。东方虬拜谢之后，坐犹未安，宋之问也交了卷。武后一看，认为宋诗“文理兼美”，比起东方虬的诗来更好，便夺了东方虬的锦袍给他。这就是后人称那些有超人才华的为“夺锦才”的典故。今宋诗尚在，是一首五、七言杂言诗，换韵处，多用“顶真”手法。如“洛阳花柳此时浓，山水楼台映几重。群公拂雾朝翔凤，天子乘春幸凿龙。凿龙近出王城外，羽从琳琅引轩盖”，都是一些“善颂善祷”之辞，没有什么特别警策的地方。可惜东方虬的诗没有保存下来，不然，让我们用今天的美学观点重评一下，说不定锦袍还可以夺回来的。我这么说至少有两个根据：一是陈子昂盛赞东方虬的《孤桐篇》“骨气端翔，音韵顿挫”，说明他的诗是内容充实，富有音乐美的。二是从他仅存的四首五言绝句来看，都是构思新颖、着手成春的。如《昭君怨》的“汉道方全盛，朝廷足武臣。何须薄命妾，辛苦事和亲”；《春雪》的“春雪满空来，触处似花开。不知园里树，若个是真梅”。或借古讽今、字挟风霜，或即景生情、寄慨遥深，倒真是“文理兼美”的好诗。

第二次是自发的。相传王之涣、王昌龄、高适，在开元年间是齐名诗坛的三位明星。有一次三人到旗亭去贳酒同饮，碰上十多名梨园艺人也在那里开宴。内中走出四个色艺绝妙的歌妓前来奏乐，奏的都是当时有名的乐曲。王昌龄他们私下里约定说："我辈各擅诗名，每不自定甲乙。今者可以密观诸伶所讴，若诗入歌词之多者为优。"于是相约歌妓唱到谁的诗，就在谁的名下记一画，结果王昌龄得了两画，高适得了一画，而王之涣的名下还是个零，但他并不气馁，指着梳着双鬟的那个美妙绝伦的歌妓说，如果她唱的不是我的作品，我便终身甘拜下风，果然那个双鬟唱的正是他的《凉州词》"黄河远上白云间"，三人相与大笑。这就是家喻户晓的"旗亭画壁"的故事。自然这一次的诗歌比赛是旗鼓相当、优劣难分的。

王之涣字季凌，并州（今山西太原）人，幼而聪敏，秀发颖悟，与其兄之咸、之贲皆有文名，一生只做过主簿、县尉等小官。他留下的虽然只有六七首绝句，包括《唐诗外编》补的那首一作张旭的《山行留客》，但都意境高妙，音韵优美，语言凝炼，称得上唐人绝句中的瑰宝。王世懋《艺圃撷余》甚至推崇他的《凉州词》是唐人绝句的"压卷"，说明他的诗名将永远在我国诗歌的发展史上发出不熄的光辉。

第三次便是李白和崔颢的角逐了。相传崔氏"游武昌，登黄鹤楼，感慨赋诗。及李白来，曰：'眼前有景道不得，崔颢题诗在上头。'无作而去，哲匠为之敛手云。"（辛文房《唐才子传》）但诗仙李白并没有真的"敛手"，而是写了一首《登金陵凤凰台》的诗，来与崔氏一决胜负。这大概是可靠的，因为先于《唐才子传》的有宋代胡仔的《苕溪渔隐丛话》、计有功的《唐诗纪事》，后于《唐才子传》的有明代杨慎的《升庵诗话》、王世懋的《艺圃撷余》和瞿佑的《归田诗话》，都有类似的记载。当然，杨慎只承认李白见崔诗而袖手，去而赋《登金陵凤凰台》诗，是"其事本如此"的，而否认"崔颢题诗在上头"一诗为李白所作。他说，那是和尚们针对此事所作的偈语。第一个和尚说："一拳捶碎黄鹤楼，一脚踢翻鹦鹉洲。眼前有景道不得，崔颢题诗在上头。"第二个和尚接着说："有意气时消意气，不风流处也风流。"第三个和尚说："酒逢知己，艺压当行。"后人不察，竟把和尚的偈语，编进李白的诗集里去了，这是李白的不幸。那么，到底这次诗赛谁胜谁负呢？论者纷纭，莫衷一是。严羽《沧浪诗话》说“唐人七言律诗，当以崔颢《黄鹤楼》为第一”，把金牌判归了崔颢。刘克庄则认为是“真敌手棋”，元代方回也附和说“格律气势，难以甲乙”，又成了两个第一。而瞿佑《归田诗话》则说：“崔颢题《黄鹤楼》，太白过之不更作，时人有‘眼前有景道不得，崔颢题诗在上头’之讥。及登凤凰台作诗，可谓十倍曹丕矣。盖颢结句云‘日暮乡关何处是，烟波江上使人愁’，而太白结句为‘总为浮云能蔽日，长安不见使人愁’，爱君忧国之心，善占地步矣。”又把金牌判归了李白。而清代沈德潜则说崔诗“意得象先，纵笔所到，遂擅古今之奇”，又把金牌判给了崔氏。各执一是，颇费评章。

“昔人已乘黄鹤去，此地空余黄鹤楼。黄鹤一去不复返，白云千载空悠悠。晴川历历汉阳树，芳草萋萋鹦鹉洲。日暮乡关何处是，烟波江上使人愁。”崔氏这首《黄鹤楼》诗，前半幅是以古体入律，虽然意境浑厚，语言流转，而对仗稍欠工整。他是汴州（今河南开封）人，开元进士，做过司功员外郎。青年时期的诗歌，论者认为多写闺情，流于浮艳。但后历边塞，诗风大变，颇多激昂慷慨之作。殷璠说他“晚节忽变常体，风骨凛然。一窥塞垣，写尽戎旅”，可与鲍照并驱。其实从他现存的诗来看，他所写的一些反映妇女生活的诗，倒是富于生活气息，诗中人物，栩栩如生。如《长干行》四首中的“君家何处住？妾住在横塘。停船暂借问，或恐是同乡。”“家临九江水，来去九江侧。同是长干人，生小不相识。”真是声态俱肖，如见其人。有的则对宫女的生活寄予深切的同情，如《邯郸宫人怨》的“忆昨尚如春日花，悲今已作秋时草”，“非我今日独如此，古今歇薄皆共然”，岂非红颜薄命、古今同慨的永恒题材么？即如被李邕叱为“小儿无礼”的《王家少妇》诗，也是对贵妇人空虚无聊生活的揭露，看不出什么“浮艳”“轻薄”来，说明他还是有资格获得金牌的。

“凤凰台上凤凰游，凤去台空江自流。吴宫花草埋幽径，晋代衣冠成古丘。三山半落青天外，一水中分白鹭洲。总为浮云能蔽日，长安不见使人愁。”李白《登金陵凤凰台》这首脍炙人口的名作，气象雄伟，对仗工整，意余言外，饶有韵味，则是唐人律诗中的珍品。

十六 “淡到看不见诗了”的孟浩然

孟浩然是唐代山水诗派的创始人，他运用诗律严格，写了大量的山水诗，把诗歌从咏物、应制的狭窄题材中解放了出来，给盛唐的诗歌带来了新鲜的气息，博得了赫赫声誉。诗仙李白推崇他“高山安可仰，徒此揖清芬”，诗圣杜甫称许他“忽忆襄阳孟浩然，清诗句句尽堪传”，皮日休说他的诗是“遇景入咏，不钩奇抉异”，王维还把他的像画于郢州刺史亭内，名其亭曰“浩然亭”。后来马致远还把他的一些事迹写成杂剧《孟浩然踏雪寻梅》。一个“沦落明代，终于布衣”的诗人，获得人们如此的爱戴和推崇，绝不是偶然的。

孟浩然（689—740），襄州襄阳（今属湖北）人。他在壮年时期曾经漫游吴越，隐居鹿门山，以诗歌自适。开元二十八年（740），王昌龄游襄阳，两人相聚甚欢，时诗人病疽，“食鲜疾动”，卒于故乡之南园，年五十二。他的才名很高，又有张九龄、韩朝宗等显宦为之推毂，王维、李白、王昌龄等为之揄扬，而始终不遇，良可慨叹。唐代殷璠《河岳英灵集》说他“磬折谦让，才名日高，天下籍台，竟沦落明代”。元代吴师道亦说他“高抗有节，一时豪杰，翕然慕仰，非特以其诗也”。说明孟浩然不但诗是超群的，人也是出类拔萃的。究其不遇的原因，有其偶然性，也有其必然性。所谓偶然性，相传有一天，诗人被王维私自邀至内署，恰巧碰上唐明皇驾到，诗人匿于床下，王维只好如实告诉明皇。明皇喜曰：“朕闻其人而未见也，何惧而匿?”因索诗，诗人诵至《岁暮南山》诗的“不才明主弃”时，明皇怒曰：“卿不求仕，而朕未尝弃卿，奈何诬我!”因放还。（王定保《唐摭言》）假使诗人诵的是另外一首诗，就有可能平步青云，飞黄腾达；诵了这首诗，就只能隐居鹿门，终老布衣了。这就是偶然性。谈到它的必然性，则是诗人性格的悲剧所造成的。据说采访使韩朝宗约与偕往京师，欲荐之于朝。会故人至，浩然与之欢饮，有人提醒他说：“君与韩公有期。”浩然斥曰：“业已饮，遑恤他?”卒未赴约，朝宗怒而去，浩然也丝毫没有后悔的意思。（《新唐书·文艺·孟浩然传》）证之以李白的“红颜弃轩冕，白首卧松云。醉月频中圣，迷花不事君”，杜甫的“吾怜孟浩然，短褐即长夜。赋诗何必多，往往凌鲍谢”，说明他是一个“不汲汲于富贵，不戚戚于贫贱”的知识分子，是一个“北山白云里，隐者自怡悦”的高士，这种性格是他终生不遇的必然性。当然，他并不是“身如槁木，心如死灰”的忘怀世事的人，而是得不到仕进的机会，曾经十分苦闷和盘桓，“魏阙心常在，金门诏不忘”，正是他积极用世的心情的写照。“未逢鼎调用，徒有济川心”，正是他怀才不遇的感叹，“忠欲事明主，孝思侍老亲”，则是他仕进与退隐的思想矛盾的流露。总之，他不是一个淡忘世事、不慕荣利的人。

至于孟浩然在诗歌创作方面的造诣，自唐以来，都认为他是李、杜以外的第一人。首倡此论的是晚唐的现实主义诗人皮日休，他在《孟亭记》说：“明皇世，章句之风，大得建安体。论者推李翰林、杜工部为尤，介其间能不愧者，惟我乡之孟先生也。”宋代许觊《彦周诗话》继承他的论点，明确提出“孟浩然、王摩诘诗，自李、杜而下，当为第一”。明代李东阳《麓堂诗话》亦主此说，认为“唐诗，李、杜之外，孟浩然、王摩诘足称大家。王诗丰缛而不华靡，孟却专心古淡，而悠远深厚，自无寒俭枯瘠之病”，“由此言之，则孟为尤胜”。谢榛《四溟诗话》卷四也说：“王摩诘、孟浩然、韦应物，典雅冲穆，入妙通玄，观宝玉于东序，听广乐于钧天，三家其选也。”说明孟浩然的诗，在历代诗论家的眼中，是仅次于李、杜而与王维、韦应物相伯仲，有的甚至认为他是高出王、韦的。他现存二百六十三首诗，其艺术之造诣，往往压倒初唐，我们可以听到他向盛唐诗歌前进的脚步声，说明上述那些诗歌评论，是符合孟浩然诗歌创作之实际的。

“八月湖水平，涵虚混太清。气蒸云梦泽，波撼岳阳城。欲济无舟楫，端居耻圣明。坐观垂钓者，徒有羡鱼情。”《登岳阳楼赠张丞相》是一首“干谒”诗，目的是想得到张九龄的荐引，以实现其“事明主”“调鼎鼐”的雄心壮志，但写得委婉含蓄，极有分寸，几乎抹尽了“干谒”的痕迹，在艺术上又极有特色，因而获得了不朽的艺术生命。沈德潜《唐诗别裁》评价这首诗说：“起法高浑，三、四雄阔，足与题称。”就是说它的前半幅描绘了“洞庭天下水”的壮观景象，八百里洞庭和万里长空通过一个“混”字、一个“撼”字，就把它的气象和声势，从读者的视觉和听觉中有声有色地传达了出来。宋人曾季狸在《艇斋诗话》中说：“老杜有《岳阳楼》诗，孟浩然亦有。浩然虽不及老杜，然‘气蒸云梦泽，波撼岳阳城’，亦自雄壮。”这评论是公允的。诗的后半幅是由写景转到抒情，向张丞相发出了求援的呼吁，但又含而不露，引而不发，不卑不亢，不落俗套，绝无“口将言而嗫嚅”的乞怜之态，所以不同于一般的“干谒”诗。

孟浩然最擅长的是山水田园诗，写得真挚生动，含蓄清丽，具有平淡清远的诗风。有的“冲淡之中有壮逸之气”，有的“淡得看不见诗了”，“只是谈话而已”。（闻一多《唐诗杂论》）如那首脍炙人口的《过故人庄》，就充满了生活情趣，流露了诗人与那位村居的朋友亲密无间的友谊，体现了诗人淡泊明志的态度。诗云：“故人具鸡黍，邀我至田家。绿树村边合，青山郭外斜。开轩面场圃，把酒话桑麻。待到重阳日，还来就菊花。”简直是一幅田园风景画。村庄周围，绿树成阴，一个“合”字，化静为动，使静静的绿树具有动的态势。郭外青山，隐隐在望，一个“斜”字，也赋予了静静的青山以飞动的气韵。后半幅把田家的生活情趣，朋友之间的亲密情谊，以及谈话时那副“风神散朗”的情态，都活脱脱地表现了出来。最后一结，情真语挚，耐人寻味。杨慎《升庵诗话》卷八说“还来就菊花”之句，“刻本脱一‘就’字，有拟补者，或作‘醉’，或作‘赏’，或作‘泛’，或作‘对’，皆不同。后得善本是‘就’字，乃知其妙”。清何文焕《历代诗话考索》云：“升庵论孟襄阳‘待到重阳日，还来就菊花’，‘就’字之妙，历引古诗证其出处，不知‘处士就闲宴’，

《国语》早先之矣。”可见“就”字用得很早，也用得很多，因为它把主、客之间的融洽之情，欢聚之乐，后约之趣，都不着痕迹地表现出来了。

诗人还有一些小诗。写得自然清新，饶有韵味，如至今妇孺皆知的那首《春晓》，就蕴含着挖掘不尽的宝藏。诗云：“春眠不觉晓，处处闻啼鸟。夜来风雨声，花落知多少？”看似平淡无奇，而诗味十分隽永。寥寥二十字，让春鸟、春风、春雨、春花，在诗人的听觉和想象中，透露出无边的春意，无限的春情，把读者引向广阔的大自然，一同领略大自然的真趣，欣赏大自然的神妙。后来不少的诗人，从这里得到启迪，创作了许多闪耀着艺术光辉的好诗。晚唐诗人韩偓《懒起》的“昨夜三更雨，临明一阵寒。海棠花在否？侧卧卷帘看”显然是从这里获得优美的意境的。北宋著名女词人李清照《如梦令》的“昨夜风疏雨骤，浓睡不消残酒。试问卷帘人，却道‘海棠依旧’，知否？知否？应是绿肥红瘦”也是脱胎于此。陆时雍《诗镜总论》也说孟浩然的诗“语气清亮，读之有泉流石上、风来松下之音”。明代朱承爵《存余堂诗话》说得好：“诗非苦吟不工，信乎！古人如孟浩然眉毛尽落，裴祐袖手，衣袖至穿，王维走入醋瓮，皆苦吟之验也。”孟诗自然、清新、流走、优美，是从平淡中来，从苦吟中来，他以非凡的艺术造诣，把诗歌推向盛唐的顶峰，绝不是一蹴而就的。

十七　王维的生平与思想

王维有“诗佛”之称，他的诗是禅理和诗意的结合，所以清代徐增《而庵诗话》说：“摩诘精大雄氏之学，篇章字句，皆合圣教。”王维是“文人画”的始祖，是“南宗画”的开山，所以宋代阮阅《诗话总龟》说：“顾长康善画而不能诗，杜子美善作诗而不能画，从容二子之间者，王右丞也。”王维是著名的音乐家，出任过大乐丞，所以《新唐书》本传说：“人有得奏乐图，不知其名。维视之曰：‘此霓裳第三迭第一拍也。’好事者集乐工按之，无一差，咸服其精思。”说明他在音乐上的造诣是很高的。能够把诗歌的情韵、绘画的色彩、音乐的旋律冶为一炉，熔成一体，形成“诗中有画，画中有诗”的独特艺术风格的，我以为自有诗人以来，没有超过王维的。

王维（701—761），唐蒲州（今山西永济）人。他向往《维摩诘经》中维摩居士过着世俗贵族的奢华生活，而身为佛门弟子，在得到宋之问的辋川别业后，也过着亦官亦隐的居士生活，故以“摩诘”为字。他少有才名，蜚声于开元、天宝之间。当时有“朝廷左相（指其弟王缙）笔，天下右丞诗”之誉。他自己也十分自负地说“夙世谬词客，前身应画师”，以“词”和“画”为自己之绝技。他吸收了著名画家吴道子、李师训绘画之长，加以融会变化，绝去浮华，自成一家，创造了水墨山水。《旧唐书》本传说他“书画特臻其妙，笔踪措思，参于造化。而创意经图，即有所缺，如山水平远，云峰石色，绝迹天机，非绘者所能及也”。《唐画断》说他的山水画“盘谷郁然，云水飞动。意出尘外，怪生笔端”。《梦溪笔谈》说他的花卉画“得心应手，意到便成。故造理入神，迥得天意”。说明他的绘画艺术，已经达到了出神入化的境界。他以颜色线条为媒介，唤起人们丰富的联想和想象，最大限度地发挥直接诉诸直觉形象的艺术魅力，给人以美的享受和思想的启迪。托名王维写的《画学秘诀》说：“凡画山水，意在笔先”，“咫尺之图，写千里之景，东西南北，宛在目前”。王维把这样一些绘画技巧都运用到诗歌创作中来，因而他的诗特别富于层次感、立体感和画面感。

王维自幼生活在佛教气氛非常浓厚的家庭里，其母崔氏是一个虔诚的佛教徒，他自然受到很深的影响。《旧唐书》本传说他“居常蔬食，不茹荤血；晚年长斋，不衣文彩”，“在京师日饭数于僧，玄谈为乐。斋中无所有，惟茶铛、药臼、经案、绳床而已。退朝后，焚香独坐，以禅诵为事”。说明佛教是他思想的一个重要组成部分。他二十一岁中进士，传说当时张九皋声名籍甚，权倾朝野的安乐公主以词牒京兆试官，令以九皋为解头。王维在岐王的策划下，抱着琵琶在公主家里独奏新曲《郁轮袍》，声调哀切，满座动容，加以他丰姿俊美，风流蕴藉，大得公主的赏识。岐王乘机大加吹嘘，促使公主面谕试官，改荐王维为解头，于是诗人一举成名，誉满京华。（见《全唐诗话》）明代戏剧家王衡还据此创作了传奇《郁轮袍》。他以歌舞受到赏识，被任命为大乐丞；又以歌舞遭到贬斥，出为济州司仓参军。薛用弱《集异记》写他曾“为伶人舞黄狮子”，“黄狮子者，非一人不得舞也”。这里所谓“一人”，指的就是皇帝。因为在封建社会里，黄色是帝皇的象征。舞黄色的狮子，自然触犯了皇帝的特权，当然免不了要削官降职的。这是他在官场上第一次受到的挫折。直到张九龄执政，才被擢为右拾遗、监察御史。不久，张九龄被奸相李林甫所排挤，罢相后贬为荆州长史，诗人也受到冷遇，一度出使塞上，在凉州住了一个时期，然后回京。安禄山攻陷长安，明皇仓皇入蜀，诗人未及扈从，为贼所得，乃服药取痢，伪称瘖病。禄山素重其才，迎置洛阳，拘于普救寺，强迫其为给事中。一日，禄山召集梨园子弟于凝碧池，歌舞庆贺，梨园乐工相对泣下。乐工雷海青投乐器于地，西向痛哭，禄山将其肢解示众，闻者莫不悲泣。诗人为诗以纪之云："万户伤心生野烟，百官何日更朝天？秋梧叶落空宫里，凝碧池头奏管弦。"及两京收复，"凡污于贼者，以五等定罪"，诗人本应受到严厉的处分，因为这首诗才得到肃宗的宽宥；加之其弟王缙又表请削去自己的刑部侍郎，以赎诗人之罪，乃责授太子中允。这是他在官场上受到最大的打击。从此便摒弃世事，一心奉佛，以求得精神上的解脱。他在《谢除太子中允表》中感激陈词说："朝容罪人食禄，必招屈法之嫌；臣得奉佛报恩，自宽不死之痛。"于是便在辋川"与道友裴迪，浮舟往来，弹琴赋诗，啸咏终日"。这就是他晚年的生活。他活到六十一岁，自知大化已到，其弟"缙在凤翔，作书与别。又遗亲故书数幅，停笔而化"。诗人就这么走完了自己人生的道路。

诗人虽然奉佛参禅，但他的思想却是儒、释、道互相渗透、互相融合的产物。佛教在他身上虽然有着深厚的影响，但植根在我国文化土壤中的儒教和道教，也在他的思想深处生了根。我们常常可以在他的诗歌中看到"三教合流"的痕迹。因为佛教追求的"自我解脱"，与道教宣扬的"去欲守静"，儒家提倡的"安贫乐道"，使人很容易找到思想上的契合点。如《山中示弟》诗云："山林吾丧我，冠带尔成人。莫学嵇康懒。且安原宪贫。山阴多北户，泉水在东邻。安知广成子，不是老夫身？"这里的"吾丧我"，是《庄子·齐物》中南郭子綦的话；"广成子"是《庄子·在宥》中所说的一个黄帝时代的仙人。二者都是道家的典故。而"冠带"则是儒家的穿戴，儒家的礼仪。《后汉书·儒林传》说汉明帝行乡射礼，"冠带缙绅之人，圜桥门而观者盖亿万计"。原宪是仲尼的弟子，是一个"安贫乐道"的典型，据说他"蓬户、蔬食、褐衣，不减其乐"。《史记·仲尼弟子列传》说子贡结驷连骑去见原宪，"原宪摄敝衣冠而见之，子贡曰：'夫子岂病乎？'原宪曰：'吾闻之，无财谓之贫，学道而不能行者谓之病。若宪贫也，非病也。'"一席话说得子贡面红耳赤，不怿而退。而"缘合""性空"则分别用了佛教的经典《大般若经》的"缘合谓生，缘离谓灭"和《严华经》的"性空即是佛，不可得思量"。说明诗人把佛家的"无我"、道家的"随遇"和儒家的"内省"融合和统一起来了。这种"三教合流"的思想在他的《戏赠张五弟諲》和《酬居士浙川作》等诗中，也得到了充分的体现。

正因为诗人思想上有着儒家积极用世的一面，大概在张九龄开元二十四年（736）罢相以前，即诗人三十五岁以前的作品，充满着慷慨激昂的情调，蓬勃向上的精神。既有“读书三十年，腰间无寸组”的不平之鸣；也有“忘身辞凤阙，报国取龙庭。岂学书生辈，窗间老一经”的伟大抱负；还有“几回欲奋飞，踟蹰复相顾”的思想矛盾。他的《陇头行》《老将行》《燕支行》《少年行》等，虽然对于“身经大小百余战，麾下偏裨万户侯”，“一身转战三千里，一剑曾当百万师”和“卫霍才堪一骑将，朝廷不数贰师功”深感不平，深表怨怼；但在字里行间仍然洋溢着“孰知不向边庭苦，纵死犹闻侠骨香”的爱国主义精神。他看不惯那些依靠父母的权势过着“斗鸡平乐馆，射雉上林园”的“衙内们”，他以诗歌为武器，对他们进行尖锐的批判和揭露，“翩翩繁华子，多出金张门。幸有先人业，早蒙明主恩”，“朱绂谁家子，无乃金张孙”，“问尔何功德，多承明主恩”，便是他投向权门贵族“繁华子”的匕首。他甚至对那些以知识为商品，靠阿谀死人去聚敛钱财的，也给予了幽默的讽刺。据说“宰相王玙好与人作碑志，有送润毫，误扣右丞王维门，维曰：‘大作家在那边。’”说明他是针砭时弊、积极用世的人，只有在官场中遭受挫折之后，才“杜门不复出，久与世情疏”（《送孟六归襄阳》），才“中年颇好道，晚家南山陲”（《终南别业》），才“晚年惟好静，万事不关心”（《酬张少府》）。他的出世的消极的人生态度，是随着多次挫折逐渐形成和加深的。

十八　“诗中有画”的山水田园诗

王维善于把绘画的技法巧妙地运用到诗歌创作中来，所以他的山水田园诗往往是一幅有声有色的图画。尽管有人认为他的诗歌消极的东西太多，但他在艺术上的造诣则是无一人有闲言的。对他的诗歌最有权威性和代表性的评论，一是唐代的殷璠，其《何岳英灵集》说王维的诗“词秀调雅，意新理惬。在泉为珠，着壁成绘。一字一句，皆出常境”。强调了他的构图之妙，运思之神，往往出人意表。二是宋代的苏轼，他也从王维的诗、画互相渗透的角度，提出“味摩诘之诗，诗中有画，观摩诘之画，画中有诗”的著名论断，赞美王维善于把以语言为媒介，诉诸听觉的抒情诗歌，变为以颜色、线条为媒介，诉诸视觉的具体形象，以唤起广大读者对色彩和动态的丰富联想，在头脑中形成一幅幅生动形象的图画。这便是王维山水田园诗的艺术特点。这种审美趣味的体验，《红楼梦》第四十八回《慕雅女雅集苦吟诗》中，黛玉教香菱学诗时说得好：“你若真心要学，我这里有《王摩诘全集》，你且把他的五言律一百首细心地揣摩透了；然后再读一百二十首老杜的七言律；次之，再读李青莲的七言绝句一二百首；肚子里有了这三个人做底子，……不用一年工夫，不愁不是诗翁了。”这一段话既是诗歌创作入门的秘诀，又是对王维五言律诗的高度评价。到底王维的五律有什么艺术特色呢？我以为至少有如下突出的三点：

第一，具有动静相形的画面感。王维善于从纷繁变化的客观事物中，截取最引人入胜的动态，通过色彩和线条，把诗和画沟通起来，产生耀眼的艺术光辉，让读者结合自己的生活体验，在头脑中幻化出一幅生动形象的图画。如他《使至塞上》的“大漠孤烟直，长河落日圆”和《辋川闲居赠裴秀才迪》的“渡头余落日，墟里上孤烟”两联名句，就一直活在人们的口中，具有永恒的艺术生命力。前一首诗是诗人奉命于开元二十五年（737）以监察御史的身分，到居延（今甘肃张掖西北）去宣慰河西节度副使崔希逸时所写的。诗人以“征蓬”和“孤雁”自比，抒发其在张九龄罢相后受到冷遇的郁愤心情，而把重点放在他第一次看到的塞外风光的描绘上。“大漠”写出沙漠的浩瀚无边，雄浑壮阔，是静态，是大景；“孤烟”写出塞外的景物单调，孤寂苍凉，是动态，是小景。这样的“大小相形，动静相衬”，包孕着“独立苍茫”之感，最后用一个“直”字绾合起来，使之在孤寂荒凉中呈现出挺拔劲直之美。“长河”指横贯黄土高原的黄河，在一望无际的大漠中，黄河不过像一条狭长的玉带，也是静态，是大景；“落日”虽也是大景，但却呈现出逐渐下沉、逐渐暗淡的态势，容易引起游子的伤感，诗人用一个“圆”字加以形容，又给人以希望和幸福的快感，这就不仅是王国维所称誉的“千古壮语”，而且是诗人的一时感受了。后一首诗是诗人晚年在辋川别墅与道友裴迪“游于其中，赋诗相酬为乐”而写的。它写出了诗人“倚杖听蝉”的闲情逸致，也写出了日近黄昏的深秋景色，特别是“渡头余落日”一联，是从陶渊明《归园田居》的“暧暧远人村，依依墟里烟”点化而成的。陶是拟人，表现了袅袅炊烟、依依难舍的情意；而王是写景，截取了落日与秋水相接，炊烟与村墟相映的动态美。一个“余”字，一个“上”字，在时空设计中，给读者留下了充分的想象余地，构成一幅和谐宁静的风景画。正如《红楼梦》第四十八回香菱所体味的那样：“据我看来，诗的好处有口里说不出来的意思，想去却是逼真的；又似乎无理，想去竟是有理有情的。”黛玉笑道：“这话有些意思，但不知你从何处见得?”香菱笑道：“我从《塞上》一首，内一联云：‘大漠孤烟直，长河落日圆’，想来烟如何直？日自然是圆的。这‘直’字似无理，‘圆’似太俗。合上书一想，倒像见了这景似的。要说再找两个字换这两个，竟再也找不出两个字来。……还有‘渡头余落日，墟里上孤烟’，这个‘余’字合‘上’字，难为他怎么想来？我们那年上京来，那日下晚便挽住船，岸上又没有人，只有几棵树，远远的人家做晚饭，那个炊烟竟是青碧连云。谁知我昨儿晚上看了这两句，倒像我又到了那地方去了。”香菱没有见过塞上的景色，只能从诗人用颜色和线条组成的画面中，“合上书一想”，在头脑里幻化出一幅大漠风光的画图来。但香菱在自己的记忆中，储存着“渡头余落日，墟里上孤烟”的生活情景，所以读到这两句诗，往日的一段生活经历又在脑子里浮现出来，因而在审美过程中特别感到真切。

第二，具有冷热相济的色彩美。一切视觉形象，都是由色彩的明暗和冷热造成的。而色彩的感觉，又是一般美感中最大众化的形式，所以色彩是绘画艺术最基本的技能。作为语言艺术的诗，只能用描摹和暗示的手法，使之具有深浅浓淡的层次，在人们的想象中构成视觉形象。王维是把色彩美运用到诗歌创作中来的“圣手”。如他《送邢桂州》的“日落江湖白，潮来天地青”，《过香积寺》的“泉声咽危石，日色冷青松”两联，就是运用色彩美的典型。前一首诗，如果没有“日落”一联，就会在历史的洪流里消失得无影无踪；有了这一联，便有了永恒的艺术生命力。因为它从光线的变化中，摄取了动人的色彩美，淡淡的落日，斜射在碧波粼粼的水面上，泛起一层白茫茫的云影；而晚潮一来，碧波涌起，水天相连，云水一色，好像天地都抹上了青翠的颜色。这画面上出现的视觉形象，都是色彩的明暗度所造成的。还是香菱说得好：“这‘白’、‘青’两个字，也似无理。想来必得这两个字才形容得尽，念在嘴里，倒像有千斤重的一个橄榄似的。”（《红楼梦》48 回）橄榄是有嚼头的，越嚼越有滋味。橄榄而重千斤，其味之浓烈，自不待言了。后一首诗很完整地写出了诗人在古木参天、层峦蔽日中所见所闻的景物。“泉声咽危石”是听觉的感受，这一“咽”字，便把一道清泉在危石堕岩中艰难地流驶的情状表现了出来，它不是在欢笑，而是在泣咽，使人不禁联想起《陈州粜米》“柔软莫过溪涧水，到了不平地上也高声”的曲文来。清泉与危石相击时所发出的声响，如泣如诉，如怨如怒，都在“咽”字中得到了充分的表现。“日色冷青松”是视觉形象，一个“冷”字，把诗人的感情色彩写活了。那淡淡的斜晖，洒在一片幽深的松林上，使人感到格外的空寂寒冷，浑身都起着鸡皮疙瘩，这还不冷么？陆时雍说：“摩诘写色清微，已望陶、谢之藩矣。”就是说他诗歌的色彩美，具有凄清幽微的风神；至于“望陶，谢之藩”，就是说他的山水田园诗已经达到了陶渊明、谢灵运的境地。这在陆时雍生活的明代来说，自然是对王维山水田园诗的最高的评价。但从王维的艺术造诣来看，我以为不是“望”的问题，而是“破”的问题，“超”的问题。

第三，具有远近相映的层次感。画家要善于在远与近的布置中，叠映出各种大景和小景，使之层次分明，具有纵深感。这本来是诉诸视觉形象的“空间艺术”所特有的传达手段，而王维把它运用到诗歌中，让“空间艺术”转化为“时间艺术”，诉之于人们的想象，使之有身临其境的实感。如《汉江临泛》的“江流天地外，山色有无中”，《终南山》的“白云回望合，青霭入看无”，就是运用画家远近法的成功经验。前诗中的“江流”一联，以水光山色为远景。只见那浩浩渺渺的汉江，一直流到碧空尽处，似乎要流到天地之外去了；迷迷蒙蒙的远山，似青似翠，若有若无，给人以朦胧的美感。王世贞《艺苑卮言》把这两句诗看成是“诗家俊语，却入画三昧”，是很有审美见解的。难怪后来不少杰出的诗人都在他那里得到启迪，写出了一些不朽的诗篇。权德舆“远岫有无中，片帆烟水上”，是脱胎于此。欧阳修“平山栏槛倚长空，山色有无中”，就完全袭用了这个诗句，苏轼竟然把它的创作权也归之于“让他出一头地”的老师欧阳修了，他说：“认得（一作‘认取’或‘记取’）醉翁语，山色有无中。”说明这句诗是惹得无数骚人尽折腰的。后一首诗的“白云”一联，也写得像一幅多层次的画。诗人在攀登终南山时，仰视顶上的白云朵朵，回头一望，那朵朵的白云却连成了一片；遥看青霭蒙蒙，走向前去，却又什么也看不见了。这是峻岭迭嶂中常见的景象，凡是有游山经验的，都有这样的生活体验，但只有王维第一次把它表现得如此真切，如此生动。谁说韩愈的“天街小雨润如酥，草色遥看近却无”不是从这里获得意境的？

王维不仅把山水田园诗写得像一幅幅无形的画，他的抒情小诗也写得情真语挚，意新理惬，使人读起来如饮春醪，如沐春风，陶醉在那优美的意境中。如《相思》的“愿君多采撷，此物最相思”，《山中送别》的

“春草明年绿，王孙归不归”，《九月九日忆山东兄弟》的“遥知兄弟登高处，遍插茱萸少一人”，《送元二使安西》的“劝君更尽一杯酒，西出阳关无故人”，就一直活在人们的口头。有的成了诗词中常用的典故，如“红豆相思”“佳节思亲”“阳关三迭”之类；有的在当时就产生了极大的影响，如刘禹锡《与歌者何勘》的“旧人惟有何勘在，更与殷勤唱渭城”，白居易《南园试小乐》的“高调管色吹银字，慢拽歌声唱渭城”，《对酒》的“相逢切莫推辞饮，听唱阳关第四声”，可见诗人的《渭城曲》（即《送元二使安西》），早已成为当时最流行的歌曲了。

正因为王维善于把诗情画意统一起来，形成优美的意境，所以自唐以来的诗歌理论家，从皎然的《诗式》、司空图《诗品》、姜夔《白石道人诗说》、严羽《沧浪诗话》，一直到王士祯的《带经堂诗话》、马住的《秋窗随笔》，都是以总结王维为代表的艺术经验为主的。自唐以来的诗歌创作者，不少从他那里得到启示，获得灵感，写了不少富有艺术生命力的诗。如杜甫把他的“九天阊阖开宫殿，万国衣冠拜冕旒”（《和贾舍人早朝大明宫之作》）浓缩为“阊阖开黄道，衣冠拜紫宸”（《太岁日》）；崔涂把他的“他乡绝俦侣，孤客亲僮仆”（《郑州》）改写为“渐与骨肉远，转于僮仆亲”（《旅中》）。白居易的“树初黄叶日，人欲白头时”（《途中感秋》），韦应物的“窗里人将老，门前树已秋”（《淮上过洛阳李主簿》），司空曙的“雨中黄叶树，灯下白头人”（《喜外弟卢纶见宿》），也都从他“雨中山果落，灯下草虫鸣”（《秋夜独坐》）的诗句中脱胎出来。李嘉佑的“细雨湿衣看不见，闲花落地听无声”（《送严员外》），王安石的“细数落花因坐久，缓寻芳草得归迟”（《闲居》），也是从他“兴阑啼鸟换，坐久落花多”（《从岐王过杨氏别业应教》）的诗句中袭取意境的。冯延巳的“罗幕遮香，柳外秋千出画墙”（《上行杯》），欧阳修的“堤上游人逐画船，拍堤春水四垂天，绿杨楼外出秋千”（《浣溪纱》）的“出”字，亦是从他“蹴踘屡过飞鸟上，秋千竟出绿杨里”（《寒食城中即事》）的诗句中学来的。至于王安石的“山中十日雨，雨晴门始开。坐看苍苔文，欲上人衣来”简直就是他的“轻阴阁小雨，深院昼慵开。坐看苍苔色，欲上人衣来”（《书事》）的翻版了。不管他们是偶合，还是因袭，都说明王维的诗是历代诗人所喜爱的，所推崇的，并且已经化成了自己的血肉。最后，让我用苏轼《次韵黄鲁直书李伯时画王摩诘》的话来总结王维诗歌的艺术特点吧：“前身陶彭泽，后身韦苏州。欲觅王右丞，还从五字求。诗人与画手，兰菊芳春秋。又恐两皆是，分身来入流。”

十九　活跃在开元、天宝间的“王孟派”诗人

与王维唱和于开元、天宝之间，以写山水田园的景色和情趣为基调的诗人，还有祖咏、綦毋潜和储光羲。他们之间有着共同的生活情趣，有着深厚的手足情谊，诗歌酬答，杯盘交接，往往是不拘形迹的。今《王右丞集》中有《赠祖三咏》《喜祖三至留宿》《送綦毋秘书弃官还江东》《送綦毋秘书落第还乡》《别綦毋潜》。诗中对祖咏充满了深情厚谊，说是“结交二十载，不得一日展。贫病子既深，契阔予不浅”。对綦毋潜也寄予了深切的同情，既有“明时久不达，弃置与君同”的慨叹；又有“吾谋适不用，勿谓知音稀”的解释。祖咏现存的诗中，也有《答王维留宿》诗，字里行间，洋溢着对王维的真挚友情。“四年不相见，相见复何为？握手言未毕，却令伤别离。升堂还驻马，酌醴便呼儿。语默自相对，安用旁人知？”那种握手言欢，酌醴呼儿，相对无语，默契于心的情态，真是跃然纸上，呼之欲出了。綦毋潜现存的诗中，只有《冬夜寓居寄储太祝》和《送储十二还庄城》两诗，诗中谈到“自为洛阳客，夫子吾知音。尽义能下士，时人无此心”，对储的谦恭下士，成为他在洛阳的知音，表示深切的仰慕之忱。而储光羲现存的诗中则有《同王十三维偶然作十首》《同王十三维哭殷遥》《答王十三维》《蓝上茅茨期王维补阙》四诗，以及《酬綦毋校书梦耶溪见赠之作》，分别对王维和綦毋潜的隐居生活和情趣，加以赞扬和安慰。储光羲和王维的《偶然作》与《哭殷遥》，都可以在王集

中找到原作，而储的《答王十三维》，却找不到王的首唱了。王集中保存了送綦毋潜的三个作品，而綦毋潜的诗作中却没有一个字提到王维，这在情理上雄辩地说明他们的诗歌散佚得太多了。他们的生平，史书残缺；他们的诗歌，复多散佚，这就给我们的评介和研究带来了极大的困难。下面是对他们的简略评述：

（一）祖咏（699—746?），洛阳（今属河南）人。开元十二年（724）进士，在张说的推荐下做过驾部员外郎。他除了跟王维有很深的友谊外，还与诗人卢象、苗发，丘为等互有唱酬。《全唐诗》录存他的诗三十六首，形式大都是五言，内容大都是描写自然山水的。但他并不是一开始就向往田园生活的，而是积极用世，希望能干出一番事业的。“谁念迷方客，长怀魏阙情”（《扈从御宿池》），“谁念穷居者，明时嗟隐沦”（《家园夜坐寄郭微》），“何必桃源里，深居作隐沦”（《清明宴司勋刘郎中别业》），说明他并不甘心于老死林泉。至于“少小虽非投笔吏，论功还欲请长缨”（《望蓟门》），那简直是一个要求立功于万里之外的“燕赵豪侠”了。这位诗人是很有个性的，相传他所写的《终南望余雪》，是他在长安应试的作品，按照试官的要求，应该写成六韵，十二句，六十字，但他只写了“终南阴岭秀，积雪浮云端。林表明霁色，城中增暮寒”四句就交了卷。试官诘问他，对曰：“意尽。”说明他考虑的是诗艺的优劣，而不是功名的得失。清代王士祯认为这首诗的末二句与陶渊明的“倾耳无希声，在目皓已洁”、王维的“洒空深巷静，积素广庭闲”，是我国诗史上咏雪的最佳作品。他的山水田园诗，写得省净秀整，中间有很多的警句，如《夕次圃田店》的“落日桑柘阴，遥村烟火起”，《陆浑水亭》的“浅沙平有路，流水漫无声”，《过郑曲》的“岸势迷行客，秋声乱草虫”，《江南旅情》的“海色晴看雨，江声夜听潮”，《过扬子津》的“林藏初过雨，风退欲归潮”，《晚泊金陵水亭》的“夕照明残垒，寒潮涨古濠”，皆能将身之所历，目之所见，摄入诗中，赋予鲜明的形象和优美的意境，给人带来美的自然和自然的美。唐代殷璠说他的诗“剪刻省净，用思尤苦。气虽不高，调颇凌俗”。这是符合诗人的艺术特点的。他的七律仅有《望蓟门》一首，中间两联的“万里寒光生积雪，三边曙色动危旌。沙场烽火侵胡月，海畔云山拥蓟城"，写得雄浑壮丽，与他的基本风格迥异其趣，但却成为活在人们口中的一首不朽之作。

（二）綦毋潜（692—749?），字孝通，一作季通，荆南（今湖北荆州）人。有文名，美风仪，王维称他"盛得江左风，弥工建安体"，王湾称他"词学张平子，风仪许彦回"，生平与诗人李颀、卢象、储光羲等相友善。《全唐诗》收录其诗二十六首，以善写方外之情、山水之胜著称于世。前者如"少凭水木兴，暂令身心调"（《题鹤林寺》），"塔影挂清汉，钟声和白云"（《题灵隐寺山顶禅院》），"灯明方丈室，珠系比丘衣"（《宿龙兴寺》）"黄昏半在下山路，却听钟声连翠微"（（过融上人兰若》）。后者如"晚风吹行舟，花路入溪口"（《春泛若耶溪》），"一川花送客，二月柳宜春"（《送郑务拜伯父》），"潭影竹间动，岩阴檐外斜"（《若耶溪逢孔九》），"鱼乐随性理，船行任去留"（《题沈东美员外山池》），"幽见夕阳霁，高逢暮雨阴"（《登天竺寺》），都写得清新自然，饶有韵味。殷璠赞美他的诗是"举体清秀，萧萧跨俗"，并说"荆南分野，数百年来，独秀斯人"。这并不是溢美之词。

诗人曾经做过右拾遗、著作郎等官，在宦海中浮沉了一段时期以后，觉得抑居下僚，无所作为，便怀着"十五能文西入秦，三十无家作路人。时命不将明主合，布衣空惹洛阳尘"（《早发上东门》）的悲愤，弃官归隐了。当时许多著名的诗人都写了热情洋溢的诗，来赞美他的"不事王侯，高尚其志"的特立独行。王维说他是"天命无怨色，人生有素风。念君拂衣去，四海将安穷"？李颀说他"外物非本意，此生空淡如"，"徒言青琐闼，不爱承明庐"，卢象说他"夫君不得意，本自沧海来。高足未云骋，虚舟空复回"。这些诗或者赞美他不慕荣利，弃官归隐，乃是他的"素风"，或者同情他不合于时，未展其才，乃是朝廷的损失。诗人就这么离开了官场，归隐于林泉，度过了他默默的一生，身后异常萧条，连墓地和坟木都是别人提供的。王湾在《哭补阙亡友綦毋学士》一诗中，不胜悲愤地说："反哭魂犹寄，终丧子尚孩。葬田门吏给，坟木路人栽。"也是对"圣代无隐者"一个尖锐的讽刺。

（三）储光羲（707—760?），兖州（今属山东）人。开元十四年

（726）进士，做过监察御史。安禄山攻陷长安后，被迫接受伪官，两京恢复后，被贬岭南。他与王维、孟浩然、韦应物、柳宗元一起被称为田园诗派的代表作家。但李慈铭《越缦堂读书记》认为他“远逊王、韦，次惭孟、柳”。他以五古的形式，写了《田家即事》《田家杂兴八首》《田家即事答崔二东皋作》《樵父词》《渔父词》《采莲词》等，显然受了陶渊明《归田园居》的影响。如“蒲叶日已长，杏花日已滋。老农要看此，贵不违天时。”“满园植葵藿，绕屋树桑榆。禽雀知我闲，翔集依我庐。”从语言的运用到意境的构成，都是从陶诗中获得营养的。但他并不是一开始就向往田园生活的。他所写的“翰林有客卿，独负苍生忧。中夜起踯躅，思欲献厥谋。君门峻且深，踠足空夷犹”，宋代陈岩肖就说它是“怀忠而不获吐”的慨叹。他写的“良辰方在兹，志士安得休？成名苟有地，何必东陵侯”，就是他要求建立功名的自白。正因为他有积极用世的一面，所以他除了写作大量的诗以外，还写了许多反映现实、批判现实的诗，在开元、天宝年间，除了杜甫以外，在这方面是很少有诗人超过他的。他的“群鸱随天车，夜满新丰树。所思在腐余，不复畏霜露”，是讽刺杨国忠兄弟姊妹的；他的“妇人役州县，丁男事征讨。老幼相别离，哭泣无昏早”，是揭露战争给人民带来深重灾难的；他的“洛水春冰开，洛城春水绿。朝看大道上，落花乱马足”，“鸣鞭过酒肆，袨服游倡门，百万一时尽，含情无片言”，是鞭挞那些权豪势要之家的“贵游子弟”的。这些诗，是讽刺的烈火，是批评的武器，是田园诗派中不可多得的珍品。殷氏《河岳英灵集》说他的诗“格高调逸，趣远情深，削尽常言，挟风雅之迹，浩然之气”。我以为这主要不是指他的田园诗，而是指他揭露现实、批判现实的诗。

二十 唐代边塞诗的前驱

边塞诗是唐代诗歌的一个重要组成部分，这和唐代强大的军事力量和经济力量有关。卫边和拓疆的战争吸引了大量知识分子投身到军旅生活中去。“宁为百夫长，胜作一书生”，“功名只向马上取，真是英雄一丈夫”，乃是初、盛唐时期知识分子的共同心态和共同追求。他们描绘了壮丽辽阔的边塞风光，讴歌了抗敌御侮的卫国战士，抒发了投笔从戎的爱国思想，同情着征夫思妇的离愁别恨，也揭发了将军和士兵之间的深刻矛盾，批判了庸懦无能、丧师辱国的边关守将。这些扣人心弦的边塞诗，与人民的命运、国家的兴衰是息息相关的，因而受到人民的喜爱，成为我国文学遗产中的瑰宝。

初、盛唐时期的边塞诗人，名家辈出，作品如林。在高适、岑参以前，脍炙人口的边塞诗就有杨炯、崔融的《从军行》，王翰、王之涣的《凉州词》，那种激情满怀、壮志遄飞的昂扬精神，一直鼓舞着人们为国献身，立功建业。但代表着这一时期最高成就的边塞诗人，就不能不推王昌龄和李颀为首选了。

王昌龄（698—757），字少伯，京兆（今陕西西安）人。二十七岁时，到过河陇、玉门一带，对边塞的风光和征戍的生活有着亲身的体验，为他创作以边塞为题材的诗歌打下了深厚的生活基础。开元十五年（727）中进士，后又中博学宏词科，改授汜水校尉。四十一岁时贬官岭南，遇赦回到长安，被任命为江宁县丞，因此被后人称为“王江宁”。五十一岁时又被贬为龙标县尉，所以后人又称之为“王龙标”。他两次被贬，都是因为在生活小节上不够检点，被人抓住了把柄，加以罗织成罪。对于他的被贬，表示无限同情的是李白的“我寄愁心与明月，随君直到夜郎西”；认为他是蒙冤受屈的，要数常建的“谪居未为叹，谗枉何由分”；推崇他品德高尚、明洁如水的，则是岑参的“王兄尚谪官，屡见秋云生。孤城带后湖，心与湖水清”。在他自己的诗中，除了“洛阳亲友如相问，一片冰心在玉壶”给自己有所洗刷外，虽然多次提到被谪的事，大都是“臣罪当诛，天子圣明”一类的套话，压根儿没有涉及实质性的问题。如“皇恩暂迁谪，待罪逢知己”（《留别武陵袁丞》），“明时无弃才，谪去随孤舟”（《九江口作》），“辰阳太守念王孙，远谪沅溪何可论”（《留别司马太守》），这些诗有的抱着不切实际的幻想，有的是故作旷达之语，有的甚至采取玩世不恭的态度，对统治阶级所加的迫害表示蔑视和抗争。但值得我们高度重视的是他的宫怨诗，如《西宫春怨》《西宫秋怨》《长信秋词五首》等，都可以看作诗人借宫女被遗弃之怨，发自己迁谪之感；借宫人的邀宠之意，抒自己的恋阙之情。只要我们仔细玩味着“斜抱云和深见月，朦胧树色隐昭阳”（《西宫春怨》），“谁分含啼掩秋扇，空悬明月待君王”（《西宫秋怨》），“玉颜不及寒鸦色，犹带昭阳日影来”（《长信秋词五首》之三）等诗，就可以发现那是宫人在倾诉自己的幽怨，也是诗人在抒发自己的哀愁，似乎是宫人的形象，又似乎有诗人的影子。正因为诗人巧妙地把自己的思想感情寄托在这些诗中，才更能令人从弦外之音中品出它的味外之旨来。理解到这一点，就能进一步理解官怨诗何以成为王昌龄诗歌的两大主题之一，也能理解沈德潜评他的《长信秋词》之三是“含蕴无穷，使人一唱而三叹”的真谛了。

诗人最大的悲剧还是安史乱起，归隐乡里，竟被谯郡太守闾丘晓所杀。《新唐书》本传说：张镐按军河南，檄各州率兵会救睢阳，谯郡太守闾丘晓后期，睢阳陷落，张巡、许远殉国，镐将戮闾丘晓以殉军。晓以老母在，乞免死。镐曰：“王昌龄之亲，欲与谁养?”晓默然，卒杖杀之。是为王昌龄报仇者乃张镐。但范摅《云溪友议》卷上《严黄门条》则云：“章仇剑南为陈子昂雪狱，高适侍御为王江宁申冤，当时用为义士也。”王世贞《艺苑卮言》卷八引此语后不胜感慨地说："此事殊快人，足立艺林一帜，但不见正史及他书耳。"则为王昌龄申冤者乃高适。当时高适所部归张镐指挥，大抵《新唐书》以其事隶系于主帅，而《云溪友议》则归之于具体执行之高适，是完全可以理解的。

王昌龄有"诗家天子"（一作"夫子"）之誉，是"七绝圣手"，论者往往把他与太白并提，如杨慎说："唐人乐府，多唱诗人绝句，王少伯、李太白为多。"此就两人的诗歌在艺人中流传的情况而言。王世贞说："七言绝句，王江宁与李太白争胜毫厘，俱是神品。"胡震亨在《唐音癸签》中引徐献忠的话说："少伯天才流丽，音唱疏越，几与太白比肩。"此就两人在艺术上的造诣而言。胡应麟说："大概李写景入神，王言情造极。"陆时雍又说："昌龄得之锤炼，太白出于自然，然昌龄之意象深矣。"此就两人各自的偏长而言。说明王昌龄的七言绝句在盛唐诗人中是有极其崇高的地位的。在他现存的一百八十多首诗中，七绝几乎占了一半，共七十四首。而在他的七绝中，又以边塞诗影响最大。他的《从军行》和《出塞》两个组诗，一部分充满了必胜的信心和昂扬的精神，是"盛唐气象"的充分体现者，如"黄沙百战穿金甲，不破楼兰终不还"，"前军夜战洮河北，已报生擒吐谷浑"。一部分反映了征夫思妇的幽怨情绪，在细微处突现了人物的内心活动，如"更吹羌笛关山月，无那金闺万里愁"，"撩乱边愁听不尽，高高秋月照长城"。特别是他那首至今活在人们口头的"秦时明月汉时关，万里长征人未还。但使龙城飞将在，不教胡马度阴山"，曾被明代大诗人李攀龙誉为唐人七绝的压卷之作，《升庵诗话》也认为此诗"可入神品。'秦时明月'四字，横空盘硬语也，人所难解"。清人沈德潜说："秦时明月一章，前人推之而未言其妙。盖言师老力竭，而功不成，由将非其人之故；得飞将军备边，边烽自熄，即高常侍《燕歌行》归重'至今人说李将军'也。"他们所说的"人所难解"，"推之而未言其妙"，说穿了，就是不了解诗人以极其精炼的语言，浓缩了时空的关系，把历史和现实糅合在一起，而以震慑人心的警戒，要求最高统治者善于任用边将，不要让历史的悲剧重演，故其义蕴丰赡，具有强大的艺术力量。陆时雍《诗镜总论》说得好："王龙标七言绝句，自是唐人骚语。深情苦恨，襞积重重，使人测之无端，玩之无尽，惜后人不善读耳。”正因为他的七绝意境高远，感情深厚，形象鲜明，义蕴丰富，有着强烈的生活气息，所以许多著名的诗人也不惜袭其意，用其句，如《长信秋词》有“玉颜不及寒鸦色，犹带朝阳日影来”之句，孟迟的《长信宫》诗亦云“自恨身轻不如燕，春来还绕玉帘飞”。诗人的《闺怨》有“忽见陌头杨柳色，悔教夫婿觅封侯”之句，李颀的《春闺怨》亦云“自怨愁容长照镜，悔教征戍觅封侯”。模拟之迹，虽有工拙；而影响所及，宁有先后？可见王昌龄七绝在当时是超群逸伦的。宋荦《漫堂说诗》说得好：“太白、龙标，绝伦逸群，龙标更有‘诗家天子’之号。”这个“诗家天子”的生活道路是坎坷的，而他的艺术造诣则是很高的，殆亦“诗穷而后工”之一验欤？

李颀（690—751），东川（今属四川）人。早年好任侠，二十多岁始折节读书。三十五岁中进士，做过新乡尉，由于长期沉抑下僚，郁郁不得志，便弃官归隐了。他与王维、裴迪、高适、崔颢、张旭、张堙、綦毋潜、王昌龄等，都有深厚的友谊。晚年好道炼丹，与当时著名的道士往来甚密。“始知世上客，不如山中人”，便是他学道的心态。“闻君饵丹砂，甚有好颜色”，便是他学道的收获。李颀现存的诗共一百二十多首，而边塞诗仅有《古意》《古从军行》《古塞下曲》等五首，可他却以边塞诗人得名，说明他的边塞诗是有很高的质量的。“白日登山望烽火，黄昏饮马傍交河。行人刁斗风沙暗，公主琵琶幽怨多。野云万里无城郭，雨雪纷纷连大漠。胡雁哀鸣夜夜飞，胡儿眼泪双双落。闻道玉门犹被遮，应将性命逐轻车。年年战骨埋荒外，空见葡桃入汉家。”这首《古从军行》以磅礴的气势，昂扬的精神，曲折的层次，宛转的声情，揭露了统治阶级用战士的白骨，换来胡地的葡萄，表达了战士们愤激的抗议，有着明显的反战情绪。殷璠说他的诗“发调既清，修辞亦绣”，吴师道说他的诗“于诸人中尤有古意”，都抓住了李颀诗歌歌行体的艺术特点。

二十一　将军原来是诗人

新、旧《唐书》本传说“有唐以来，诗人之达者，唯适而已”，这句话是不符合事实的。张说、苏颋、张九龄、李德裕等，都是官居极品，而又有大量的诗歌流传下来，比起官只刑部侍郎、散骑常侍的高适，官阶要高得多，不过他们不以诗人名，而以功业著。高适则恰恰相反，他的功绩完全被他的诗名所掩盖了。一般人只知道他拓宽了边塞诗的领域，提高了边塞诗的地位，而很少注意他是“喜言王霸大略”“以安危为己任”的政治家和军事家。

新、旧《唐书》本传还说“适年过五十，始留意诗什”，“五十始为诗，即工”，也是不符合事实的。在高适现存的诗中，有二十岁左右作的《行路难》二首和《宋中十首》，有三十岁左右作的为殷璠所深爱的《邯郸少年行》，有三十五岁作的边塞诗的代表作《燕歌行》，其他如脍炙人口的《别韦参军》《送浑将军出塞》等名篇，皆五十岁以前的作品，可见年过五十才开始做诗的说法是不足信的。可能高适在五十岁以前，因家贫而无法专心致志地从事诗歌创作，所谓“托身从陇亩，浪迹初自得。雨泽感天时，耕耘忘帝力”（《酬庞十兵曹》），“余亦惬所从，渔樵十二年。种瓜漆园里，凿井卢门边”（《赠别李少府》）。他托身陇亩，从事耕耘，要种瓜，要凿井，以解决生活和生存的问题，自然不能花很多的精力和时间去“为诗”，去“留意诗什”了。直到五十岁，碰到了“深奇”其才的伯乐张九皋，推荐他中了“有道科”，才有条件专心“为诗”，可惜后人习而不察。辨正了上述两点，让我们再来评介“以诗人为戎帅”的高适吧！

高适（702—765），字达夫，渤海蓨（今河北景县）人。少年落魄，三十二岁时曾赴长安应试，却到处碰壁。他以十分愤激的心情，叙述他失意而归的辛酸与狼狈相道：“忆昔游京华，自言生羽翼”，“许国未成名，还家有惭色”（《酬庞十兵曹》）；“兔园为农岁不登，雁池垂钓心常苦”（《别韦参军》）；“苏秦憔悴人多厌，蔡泽栖迟世看丑。纵使登高只断肠，不如独坐空搔首”（《九日酬颜少府》）。他以苏秦、蔡泽自比，既无负郭之田，又无斗粟之储，耕植则岁不登，攻读则志难酬，历尽了人生的坎坷，受足了妻嫂的白眼。在这样的生活环境中，诗人对自己的“鸿鹄志”“庙堂谟”，也曾产生过消极的、动摇的情绪。“不然买山田，一身与耕凿。且欲同鷦鷯，焉能志鸿鹄”（《淇上酬薛三据兼寄郭少府微》）；“耕耘有山田，纺绩有山妻。人生若如此，何必组与圭”（《宋中遇林虑、杨十七山人因而有别》）；“一生徒羡鱼，四十犹聚萤。从此日闲放，焉能怀拾青”（《奉酬北海李太守丈人夏日平阴亭》）。这里有哀怨，有愤激，有自我解嘲，也有随遇而安的消极思想。他觉得年过四十，还在“聚萤”苦读，垂手“拾青”的希望，冲天鸿鹄的壮志，已经成了泡影，而不能不安于“耕凿”“纺绩”的清苦生活。但事情总是一分为二的。这一段清苦的生活，使他有机会接近下层群众，了解他们的愿望和痛苦。“试共野人言，深觉农夫苦”（《自淇涉河途中作》之九），“酒肆或淹留，渔潭屡栖泊”（《淇上酬薛三据兼寄郭少府微》），这些“野人”“酒肆”“渔潭”，恰好成了诗人了解“民瘼”的窗口，也使他更加清醒地认识到两个阶级的尖锐对立，一方面是“耕耘日勤劳，租税兼舄卤，园蔬空寥落，产业不足数”（《自淇涉河途中作》）；另一方面是“周旋多燕乐，门馆列车骑，美人芙蓉姿，狭室兰麝气，金炉陈兽炭，谈笑正得意”（《效古赠崔二》），这些使他产生了“拜迎长官心欲碎，鞭挞黎庶令人悲”（《封丘作》）的民主思想，也是他后来写了大量的反映现实、批判现实的诗歌的动力。

他毕竟是一个“大笑向文士，一经何足穷”（《塞下曲》）的政治家和军事家，正如李颀所推崇他的“五十无产业，心轻百万资”（《赠别高三十五》），杜甫所赞美他的“当代论才子，如公能几人？骅骝开道路，鹰隼出风尘”（《奉简高三十五使君》）。一旦得到宋州刺史张九皋的推荐，中了“有道科”，被任命为一个小小的封丘县尉，这对于一个“以气质自高”的诗人来说，自然会感到“吏道顿羁束，生涯难重陈”（《答侯少府》）。于是他把这顶乌纱帽一掼，被河西节度使任为记室参军，迁左拾遗，转监察御史，协助哥舒翰防守潼关，这才得以初步发挥其“庙堂运良筹”的“王佐之才”。不久，迁侍御史，擢谏议大夫，“负气敢言，权近侧目”，表现出一个正直知识分子的历史责任感。后以平段子璋之乱有功，任成都尹兼剑南节度使，累官至刑部侍郎、散骑常侍，封渤海县侯。这对于一个诗人来说，确实算是飞黄腾达的了。

高适是盛唐边塞诗派最负盛名的诗人。他所写的四十多首边塞诗，以强烈的报国思想和立功愿望为主调，闪耀着理智的火花。一方面鼓励人们“料君终自致，勋业在临洮”（《送蹇秀才赴临洮》），“长策须当用，男儿莫顾身”（《送董判官》），要求自己的朋友立功万里，奋不顾身；另一方面又希望结束流血的战争，向往和平的生活，“到处尽逢欢洽事，相看总是太平人”，“青海只今将饮马，黄河不用更防秋”（《九曲词》之一及之三），便是他当时所憧憬、所追求的和平生活。所以《河岳英灵集》说他的诗“多胸臆语，兼有气骨”，《沧浪诗话》说“高、岑之诗悲壮，读之使人感慨”，就是说他的诗所表现出来的感情是从肺腑中流出来的，所创造的意境和风格是雄浑悲壮的，因而“朝野通赏其文”，“每吟一篇，已为好事者称诵”。

“汉家烟尘在东北，汉将辞家破残贼。男儿本自重横行，天子非常赐颜色。摐金伐鼓下榆关，旌旗逶迤碣石间。校尉羽书飞瀚海，单于猎火照狼山。山川萧条极边土，胡骑凭陵杂风雨。战士军前半死生，美人帐下犹歌舞。大漠穷秋塞草腓，孤城落日斗兵稀。身当恩遇恒轻敌，力尽关山未解围。铁衣远度辛勤久，玉箸应啼别离后。少妇城南欲断肠，征人蓟北空回首。边庭飘飖哪可度，绝域苍茫更何有？杀气三时作阵云，寒声一夜传刁斗。相看白刃血纷纷，死节从来岂顾勋？君不见沙场征战苦，至今犹忆李将军。”不朽诗人高适这首借乐府古题而写“感征戍之事”的《燕歌行》，全面地描写了征战的生活。一开始就把整个的战斗场面和紧张气氛，有声有色地描写了出来，由衷地歌颂了“男儿本自重横行”的英雄气概和勇敢精神。接着以极其愤激的心情，揭露了“战士军前半死生，美人帐下犹歌舞”的不平等现象，把两个阶级、两种生活作了尖锐的对比，让边帅的腐朽无能和战士的英勇牺牲的形象，深深地印在读者的脑海里。最后以饱蘸着爱和恨的笔触，对征夫思妇的两地相思寄予了高度的同情。“少妇城南欲断肠，征人蓟北空回首”，是多少征夫思妇的血泪凝结而成的动人心弦的诗句。诗人的这首边塞诗既热情地歌颂了战士们“死节从来不顾勋”的崇高精神，又冷静地认识到“沙场征战苦”给人民带来的深重的灾难。这就使得它时而慷慨激昂，时而缠绵宛转；时而像大海的怒潮，时而像幽涧的细流；时而若怒若号，时而如泣如诉。各种复杂的感情，错综交织，变化起伏，把闪光的思想和多变的韵律纳入一个完整的结构之中，使人们从中得到沉挚而悲壮的审美享受。与曹丕以来的同题之作相比，无论在思想的深度还是艺术的高度上，都要高出一筹。徐献忠《唐诗品》卷首引他人说此诗“直举胸臆，摹画景象，气骨琅然，而词锋华润，感赏之情，殆出常表”。宋育仁说他的诗“才力纵横，意态雄杰，妙于造语，每以俊言取致”，“排奡骋妍，自然沉郁，骈语之中独能顿宕，启后人无限法门，当为七言不祧之祖”。我们从他的《燕歌行》中，可以得到很好的印证；从他的感怀、咏史、刺世、嫉邪的作品中，也可以看出这种艺术的魅力。

二十二　岑参是怎样描写出一幅幅塞外风光的

与高适齐名、以边塞诗著称于唐代诗坛的是岑参。

岑参（715—770），荆州江陵（今属湖北）人。他出身于一个官僚家庭，曾祖父、伯祖父、堂伯父都做过宰相。但他还没有诞生，他的伯父就得罪被杀了，家里受到株连而衰落下来。他奋发图强，以恢复“世业”为己任。三十岁进士高第，三十五岁出塞至安西，在节度使高仙芝幕中掌书记，以“寂寞不得意”，而感到傍徨、苦闷。两年后回到长安，曾僻居终南，过着亦官亦隐的生活。四十岁第二次出塞，任北庭都护、伊西节度使封常清幕中的判官。诗人跟主帅的关系很和谐，情绪因而高涨，那些豪气横溢的七言歌行，大部分都是在这个期间创作的。在北庭大约生活了六年才回到长安，出任过右补阙，因直言敢谏，受到排挤，出为虢州长史。仕途偃蹇，郁郁不得志，写了一些伤时悯乱和叹穷嗟卑的诗歌。到了代宗大历元年（766），诗人入蜀为剑南西川节度使陆鸿渐的僚属，不久转嘉州（今四川乐山）刺史，世称“岑嘉州”，秩满罢官，流寓成都，卒于旅舍。这个时期的诗歌创作，是他着力刻画了巴山蜀水的险峻与浩渺，语奇景奇，清新俊逸，在艺术上更加成熟。

诗人两度出塞，久佐戎幕，对于征战的生活，边地的风光，有着长期的体察和深刻的认识，因而大大地开拓了他的诗境。火山的酷热，雪海的奇寒，万里黄沙，满眼白草，以及千变万化的边地风光，都被他以奔腾浪漫的热情写入诗中。他所描绘的光怪陆离、瑰奇壮丽的风光，不仅是过去的诗人“未写之景，未辟之境”，而且是“古今传记所不载”的。特别值得注意的是，他以满腔的热情，讴歌了边塞将士英勇战斗的精神，揭露了军中生活苦乐不均的现象，抒发了自己为国安边的豪情壮志。他的诗，想象之丰富，构思之奇特，感情之强烈，语言之悲壮，形象之鲜明，风格之俊丽，显然超过了与之并称的高适。元吴师道谓高、岑“皆唐诗巨擘”，而“高适才高，颇有雄气”（《吴礼部诗话》）；明王世贞谓高、岑“不易上下”，而岑的“气骨不如达夫（高适）遒上”（《艺苑卮言》）。显然是被偏见和传统的评论所左右的一种看法。

岑参的七言歌行，真可谓“迥拔孤秀，出于常情”（见杜确《岑嘉州诗集序》），显露出语奇、意奇的艺术特色。他那被人誉为“鼎足三杰作”的《走马川行奉送出师西征》《轮台歌奉送封大夫出师西征》《白雪歌送武判官归京》，都是七言歌行，而吴师道却说他“长于五言”，可谓“宝碔砆而贱连城矣”。现在把他的《走马川行奉送出师西征》录之于下：“君不见，走马川，雪海边，平沙莽莽黄入天。轮台九月风夜吼，一川碎石大如斗，随风满地石乱走。匈奴草黄马正肥，金山西见烟尘飞，汉家大将西出师。将军金甲夜不脱，半夜军行戈相拨，风头如刀面如割。马毛带雪汗气蒸，五花连钱旋作冰，幕中草檄砚水凝。虏骑闻之胆应慑，料知短兵不敢接，车师西门伫献捷。”这是诗人送封常清出兵征讨播仙族的叛乱而作的一首歌行。它十分形象地描绘了走马川一带险恶而奇特的风光，黄沙莽莽，朔风拂拂，石随风而乱走，马冒汗而成冰，戈相拨，风如割，在奇语奇景中，把行军的艰苦和将士们的大无畏精神烘托了出来。全诗句句用韵，三句一转，节奏急促，声调激昂，形成一种压倒敌人的强大声势，读起来令人精神振奋。

又如《白雪歌送武判官归京》云：“北风卷地白草折，胡天八月即飞雪。忽如一夜春风来，千树万树梨花开。散入珠帘湿罗幕，狐裘不暖锦衾薄。将军角弓不得控，都护铁衣冷难着。瀚海阑干百丈冰，愁云惨淡万里凝。中军置酒饮归客，胡琴琵琶与羌笛。纷纷暮雪下辕门，风掣红旗冻不翻。轮台东门送君去，去时雪满天山路。山回路转不见君，雪上空留马行处。”这是诗人在绝塞轮台送友人回京所作的诗。从它的生动而夸张的画面中，呈现出一幅奇特而壮丽的塞外景象。全诗以“雪”字为主干，描绘出绝塞的风光，比喻新颖，落笔奇特。画面的设置，色彩的调配，无不独具匠心。结语写惜别之情，无儿女之态，而有不胜依依留恋之思。意在象外，耐人寻味。元代范德机说得好：一般说来，古体诗分段要均匀，过脉要贯串，最后要回照题目，“稍有异者，突兀万仞，则不用过句，陡顿便说他事。杜如此，岑参专尚此法，为一家数。字贯前后，重三迭四，用两三字贯串，极精神好诵，岑参所长”（《木天禁语》）。从这两首歌行来看，诗人确实善于在过处陡转，并用二三字贯串前后，如走马川的“风”，《白雪歌》的“雪”，既是这首诗的画面上的自然背景，又是贯串前后的一个字眼。它们在描绘风雪造成的威胁，增加将士生活和行军的困难之后，或陡转到“虏骑闻之应胆慑”来，或径写入“中军置酒饮归客”的事，中间没有任何过渡的句子，所以读起来十分精神，十分劲峭。

此外，诗人还写了一些清新自然的小诗，抒发自己思乡忆旧的感情。《逢入京使》的“故园东望路漫漫，双袖龙钟泪不干。马上相逢无纸笔，凭君传报语平安”，《春梦》的“洞房昨夜春风起，遥忆美人湘江水。枕上片时春梦中，行尽江南数千里”，都是善于把大家的生活经历，触发的感情，口里要说而说不出的话，那么不假雕琢、不费经营、自然而然地从肺腑里抒发了出来，使大家觉得“不啻若自其口出”，从而具有普遍的典型意义。难怪殷氏《河岳英灵集》说“参诗语奇体峻，意亦造奇”；宋代大诗人陆游也说：“予自少时，绝好岑嘉州诗。往在山中，每醉归，倚胡床睡，辄令儿童诵之，至酒醒，或睡熟，乃已。尝以为太白、子美之后，一人而已。”（《跋岑嘉州诗集》）可见他的诗，在当时获得了很高的评价，受到读者的欢迎；在后世有着深远的影响，得到人们的敬重。

二十三　高适和岑参在诗风上的异同

高适和岑参，都是唐代边塞诗人的优秀代表。在我国诗歌理论史上，一直是“高岑”并称的。严羽《沧浪诗话》说“高岑之诗悲壮”，王世贞《艺苑卮言》说“高岑一时不易上下”，胡应麟《诗薮》也说“高岑并工起语，岑尤奇峭”，王士祯《师友诗传续录》说“高岑迥别，高悲壮而厚，岑奇逸而峭”，方东树《续昭昧詹言》也说“高岑二家，大概亦是尚兴象”。说明自宋以来的诗歌理论家，无一不是将“高岑”相提并论的，自然也谈到了他们诗风的异同。现在考察起来，的确他们有许多相同的地方，也有许多相异的地方。

先谈他们相同的地方。首先，他们都曾投身戎幕，远赴塞外，经历过战争的生活，领略过塞外的风光，因而在诗歌创作中多以边塞为题材，而且成了他们诗歌的代表作。在这些诗中，他们热情地歌颂了将士们为国杀敌的英雄气概，深刻地揭露了军中阶级对立、苦乐不均的现象，同时也抒发了自己建功立业的强烈愿望。高适的“戍卒厌糟糠，降胡饱衣食”（《蓟门五首》之二），“战士军前半死生，美人帐下犹歌舞”（《燕歌行》），皆以鲜明的对比，极其深刻地揭露了那种不合理的现象，被陈沆《诗比兴笺》誉为“非泛咏边塞……无病之呻也”，是完全符合实际的。岑参也同样对军中的生活悬殊，表现了强烈的不满。他在《玉门关盖将军歌》中是这样描绘将军们的奢侈生活的：“暖屋绣帘红地炉，织成壁衣花氍毹。灯前侍婢泻玉壶，金铛乱点野驼酥”，而另一方面却是“战士尝苦饥，糗粮不相继”，也是以强烈的对比，鞭挞了那种不合理的现象。他们也都有自己的追求，自己的理想，特别在出塞的时候，表现出强烈的建立功业的愿望。高适的“万里不惜死，一朝得成功。画图麒麟阁，入朝明光宫。大笑向文士，一经何足穷”（《塞下曲》），简直是以凯旋的英雄姿态来嘲笑老于牖下的“文士”了。岑参也同样抒发了这样的豪情壮志：“万里奉王事，一身无所求。也知塞垣苦，岂为妻子谋”（《初过陇山途中呈宇文判官》），“上马带胡钩，翩翩度陇头。小来思报国，不是爱封侯”（《送人赴安西》）。甚至也说过“丈夫三十不富贵，安能终日守笔砚”（《银山碛西馆》）的豪言壮语。不同的是，岑参在军中并没有像高适那样的春风得意，平步青云，而是屈居下僚，志不得伸，也流露过一些伤感的情绪。“沙上见日出，沙上见日没。悔向万里来，功名是何物”（《日没贺延碛作》），就是这种感情的典型表现。其次，他们都是早岁贫寒，壮不得志，遭到社会上的许多白眼，因此自伤不遇的诗很多，揭露封建王朝压抑人才的牢骚也不少。高适的“逢时事多谬，失路心弥折”（《蓟门不遇王之涣郭密之因以留赠》），“十年守章句，万事空寥落”（《淇上酬薛三据兼寄郭少府征》），以及“苏秦憔悴人多厌，蔡泽栖迟世看丑”（《九月酬颜府》），“白璧皆言赐近臣，布衣不得干明主”（《别韦参军》）等诗句，都是向把持政柄的特权阶级投出的一柄柄锋利无比的匕首，并以它的诗歌艺术赢得人们的同情和赞赏。岑参的“来亦一布衣，去亦一布衣。羞见关城吏，还从旧道归”（《戏题关门》），“错料一生事，蹉跎今白头。纵横皆失计，妻子也堪羞”（《题虢州西楼》），这些诗的眼光虽然还是拘限在个人的狭小圈子之内，但也反映出即使是处在上升阶段的封建社会，压抑人才的现象同样是极其普遍的。最后，他们都拓宽了边塞诗的题材，提高了边塞诗的社会作用。举凡战斗的生活，塞外的风光，将帅的荒淫，士卒的苦难，边民的穷困，胡骑的侵凌，以及酷热的火山，严寒的雪海，茫茫的沙漠，拂拂的朔风，无不在他们的笔端形象地再现出来。高适的诗悠扬婉转，在浓厚的抒情意味中，表现了奔放的气势和慷慨激昂的精神。岑参则以急促的节奏，高亢的音调，奇峭俊丽的风格，描绘了一幅幅奇特而壮伟的塞外图景，从而提高了边塞诗的地位，形成一个重要的诗歌流派。

谈到他们相异的地方，在内容上，反映现实的深度和广度，高是优于岑的。因为他接近过底层群众，自己还从事过一些农业劳动，因而对农民的疾苦很关心，写了大量反映农民疾苦的诗歌，闪耀着民主性的光辉。他听说向农民征收的苛捐杂税多了，就写了组诗《自淇涉黄河途中作》的“去秋虽薄熟，今夏犹未雨，耕耘日勤劳，租税兼舄卤。园蔬空寥落，产业不足数”；他看到农民遭到严重的水灾，又写了《东平路中遇大水》的“傍沿巨野泽，大水纵横流。虫蛇拥独树，麋鹿奔行舟，稼穑随波涛，西成不可求……农夫无倚着，野老生殷忧”。正因为他深刻地了解底层人民的痛苦生活，所以他坚决不愿做压迫人民的罪恶工具，发出了那震古烁今的“拜迎长官心欲碎，鞭挞黎庶使人悲”（《封丘作》）的呼声。总之，他的诗闪耀着现实主义的光辉，多慷慨悲壮之音，这与他“种瓜漆园里，凿井卢门边”（《赠别李少府》），“兔苑为农岁不登，雁池垂钓心长苦”（《赠韦参军》）的生活经历是分不开的。而岑参则缺乏这方面的生活感受，但有着比高适更深的塞外生活感受。他到过天山、轮台、瀚海、交河，那里有大风、大热、大雪、大漠，有激烈的战争，有变幻莫测的奇特风光，使他形成了想象丰富，气势磅礴，诗风奇峭的浪漫主义色彩。所以他描写边地风光那么样的绚丽多彩，反映生活面那样的丰富广阔，是高适无法与之抗衡的。

大概可以这么说，高、岑的诗风，自其同的方面来说，他们诗歌的精华都是取材于边塞的，都是擅长七言歌行的，都是在拓宽边塞诗的领域，提高边塞诗的艺术表现力方面，作出过杰出的贡献的。自其异的方面来看，主要是创作方法的问题。高适侧重于反映现实，揭露军旅生活和社会生活中的阶级矛盾比较深刻，以现实主义为他的主要创作倾向，表现为直抒胸臆，浑朴质实，在豪迈中给人以深沉之感，更加接近于汉魏风骨。而岑参则想象丰富，热情奔放，音节急促而高亢，笔致瑰丽而多变，表现出浪漫主义的主要倾向。故其诗多绚烂的画面，夸张的比喻，变化的韵律，奇峭的风格，在雄壮中有俊逸的一面，更多地融会了六朝以来的诗歌艺术。这与《唐音癸签》所引陈绎曾所说的“高适诗尚质主理，岑参诗尚巧主景”，胡震亨所说的“岑词胜意，句格壮丽，而神韵未扬；高意胜词，情致缠绵，而筋骨未逮”的话，大体上是没有什么出入的。

二十四 “笔落惊风雨”的“诗仙”

李白（701—762），字太白。据说其母在分娩的前夕，“长庚入梦，故生而名白，以太白字之”，这便是他命名的由来。原籍陇西成纪（今甘肃秦安西北），隋末其先人因故被流放西域，所以他出生在碎叶城（今吉尔吉斯斯坦托克马克城西南，唐时属安西督护府）。五岁时，随父迁居绵州昌明县（今四川江油）的青莲乡，故后来诗人又自称为“青莲居士”。他接受前人的思想影响是比较复杂的。自称“五岁诵六甲，十四观百家”（《上安州裴长史书》），“十五观奇书，作赋凌相如”（《赠张相镐》），说明道家的思想在他少年时代就发生过影响，也说明他在少年时代就是“通诗书，观百家”的。但至今四川眉山一带还流传着一个“铁杵磨针”的故事，据南宋祝穆《方舆览胜》云：“磨针溪，在眉山象耳山下。世传李白读书山中，未成弃去。过小溪，逢老媪，方磨铁杵，问之，曰：‘欲作针。’太白感其意，还，卒业。”后来李白熟读了儒家、道家和法家的许多经典著作，而且怀着“使寰区大定，海县清一”的积极用世精神，出蜀漫游，欲以“平交诸侯”，一展抱负，经洞庭，过江夏，趋扬州，转吴越，以后又北游洛阳、太原等地，但都没有什么结果。天宝元年（742），得到道士兼诗人吴筠的推荐，奉召赴京，自以为从此可以实现自己的政治理想了，满怀着抑制不住的内心喜悦，喊出了“仰天大笑出门去，我辈岂是蓬蒿人”（《南陵别儿童入京》）。到了长安，太子宾客贺知章一见而“奇其姿”，当李白拿出《蜀道难》给他看时，他“读未竟，称叹数四，号为谪仙人”，并“解金龟换酒，与倾尽醉”（见孟棨《本事诗》）。李白对他的知音之感，一直记在心里。后来他写了一首回忆的诗云：“四明有狂客，风流贺季真（即贺知章）。长安一相见，呼我‘谪仙人’”（《对酒忆贺监》）。从此“李谪仙”的名字就流传千古了。

李白在长安三年，抱着“戏万乘若僚友，视俦列如草芥”（苏轼《李太白碑阴记》）的傲岸态度，日与贺知章、张旭等人纵酒豪饮，号为“酒中八仙”。杜甫曾作《饮中八仙歌》以咏之云：“李白斗酒诗百篇，长安市上酒家眠，天子呼来不上船，自称臣是酒中仙。”这就是他“戏万乘”的一种表现，至于他“一醉累月轻王侯”的事例就更多了。据说他为明皇草和番书，写《清平调》，曾经要求高力士脱靴，力士深以为耻，谗之于杨贵妃，因而得不到重用。事见乐史《李翰林别集序》。这是一。又据宋赵令畤《侯鲭录》记载：“李白开元中谒宰相，封一板上，题云：‘海上钓鳌客李白’。相问曰：‘先生临沧海，钓巨鳌……以何物为饵？’曰：‘以天下无义丈夫为饵。’时相悚然。”这是二。正因为他在权臣贵戚面前，没有丝毫的奴颜婢膝，所以不断地遭到谗言和诽谤，唐明皇也认为他“非廊庙器”，而“赐金放还”。他的长安三年，虽然在政治上毫无建树，但却因此而加深了他对政治和社会的清醒认识，给他的诗歌带来了更加深刻的思想内容。

李白离开长安之后，又在梁、宋一带漫游了十年，并和杜甫、高适等建立了亲密的友谊，杜甫后来回忆他和李白的来往时说：“醉眠秋共被，携手日同行。”（《与李十二同寻范十隐居》）其亲密无间的友谊，已经成了我国诗坛上的佳话。安史乱起，唐肃宗的弟弟永王李璘率领水军自江陵东下，慕李白的才名，请他出山参赞戎幕。他又一次以为有了报国立功的机会，极其兴奋地写出了“宁知草间人，腰下有龙泉。浮云在一决，誓欲清幽燕”（《在水军宴赠幕府诸侍御》）那样意气风发的诗。他还把自己比作晋朝的谢安石，只要充分发挥他的才能，就一定能够克敌制胜。他说“三川北虏乱如麻，四海南奔似永嘉。但用东山谢安石，为君谈笑静胡沙”（《永王东巡歌》之二），根本没有想到李璘阴怀发动内战、争夺帝位的野心。等到李璘的部队在丹阳被肃宗击溃，自己在浔阳被捕入狱，落得个长流夜郎的处分，中途遇赦释归，已经是五十八岁了。杜甫在秦州听到李白被捕的消息，写下了“文章憎命达，魑魅喜人过”（《天末怀李白》）和“世人皆欲杀，吾意独怜才”（《不见》）那样一些洋溢着真挚友情的诗句，为他的不幸遭遇掬了一把同情之泪。但他并未因此而放弃“申管晏之谈，谋帝王之术”《代寿山答孟少府移文》）的政治抱负，就在去世的前一年，听说李光弼率领百万大军到临淮追击史朝义，又激发了他投笔从戎的雄心，决心到李光弼那里去贡献自己的才智，只是走到金陵因病折了回来。不久，就在他的族叔当涂县令李阳冰家里停止了呼吸。这位“敏捷诗千首”的伟大诗人，就这么在困顿和漂泊中度过了六十二个春秋。

李白不仅始终如一地对政治十分关心，也有着很强的政治敏感性。当别人还陶醉在天宝初年的“太平盛世”时，他便深深地感到潜在的政治危机，在《古风五十九首》中，对唐明皇的信神求仙、寻欢作乐、轻启边衅、信任外戚宦官各方面，作了揭露和批判。并曾亲赴幽燕，深入虎穴，窥探安禄山阴谋叛乱的虚实情况。然而，在安禄山得到绝对信任的当时，他只能满怀忧愤地喊出“欲献济时策，此心谁见明”的话来！安史乱后，他更是忧心如焚，一心要报国请缨，“中夜四五叹，常为大国忧”，“誓欲斩鲸鲵，澄清洛阳水”，便是他内心的自白。

李白不泥古，不僵化，经常以吕尚、张良、诸葛亮、谢安等人自比，很想轰轰烈烈为唐王朝干一番大事业，因而对于那些“白首死章句”的腐儒，加以嘲笑和讽刺，甚至连儒家的开山孔丘和被儒家理想化了的尧舜，也加以嘲弄和鄙视。他说“我本楚狂人，凤歌笑孔丘”，“尧舜之事不足惊，自余嚣嚣直可轻”，这种冲决一切网罗的伟大气概，是任何礼教所束缚不了的。愤世嫉俗，傲岸不屈，追求理想，探讨个性解放的道路，是他诗歌中积极浪漫主义的精神实质。

李白还热爱祖国的大好河山。举凡壮丽的山川，奔腾咆哮的黄河，崎岖险阻的蜀道，落自九天的瀑布，以及他所梦游的“半壁见海日，空中闻天鸡”的天姥峰，无不在他的笔下再现它们的雄姿异态。

他在中国诗歌史上第一个描写和赞美冶炼工人，再现了“炉火照天地，红星乱紫烟”的冶炼场面。他还以不同的笔调，塑造了各种类型的妇女形象，歌颂了她们的斗争精神，并对那些商人妇、征人妇寄予了深切的同情。

李白的乐府，是他诗歌的重要组成部分。他吸取了古乐府健爽、真挚、明朗的特色，融合自己飘逸、奔放、雄奇的诗风，形成“情深词显”的新体乐府，表现了推陈出新的创造力。他也是七绝的圣手，历来的诗歌评论家都把他和王昌龄的七绝视为有唐三百年的典范。《唐诗品汇》说：“七言绝句，太白高于诸人，王少伯（昌龄）次之。”《诗薮》说：“七言绝，太白、江宁（王昌龄）各有至处。大概李写景入神，王言情造极。”说明他的七绝的确是卓绝千古的。韵味的醇美，音节的流畅，感情的真率，语言的生动，是他的七绝的艺术特色。

总的说来，丰富的想象，奔放的热情，新奇大胆的夸张，生动活泼的语言，惊世绝俗的笔墨，豪迈爽朗的风格，成了他积极浪漫主义诗歌的艺术特色。他把自己炽热的感情注入他所描写的对象之中，以抒发个人的抑郁不平，鞭挞社会的魑魅魍魉，表现出强烈的爱憎之情和动人心魄的艺术魅力，达到了“笔落惊风雨，诗成泣鬼神”的艺术境界。他被晚唐诗人杜荀鹤在其《经谢公青山吊李翰林》的诗中称为“千古一诗人”，是当之无愧的。

二十五　“语不惊人死不休”的“诗圣”

杜甫是一位穷于一时、达于千秋的伟大诗人。他的诗雄视百代，光焰万丈，有如长江大河，万古长流。其崇高的价值，历久弥彰，自有诗人以来，一人而已。

他的十三世祖杜预世居京兆杜陵（今陕西长安），所以他自称为“杜陵布衣”，以示慎终追远之意。又因杜陵东南有一小陵，叫作少陵，所以他又自称为“少陵野老”。肃宗时，他做过左拾遗，后来剑南节度使严武又保举他做了工部员外郎，所以后人称他为“杜拾遗”“杜工部”。他流寓成都浣花溪时，建筑了一座草堂，紧靠着草堂寺，所以他的诗又被称为“草堂诗”。

杜甫生活在唐王朝由盛转衰的大动乱时代。他的最伟大、最有价值的地方，是他把一生的智慧和活力都贡献给诗歌的艺术，让诗歌走向人民、走向现实生活，是他把许多富有社会意义的题材带进了诗歌的领域，是他用血和泪重绘了一个战乱频仍、民不聊生的社会，是他转益多师，博采众长，把前人的艺术成就加以融冶、吸收和创造，形成“无体不备”“无法不具”的艺术宝库。这位千古公认的“诗圣”，为什么能够“具众美”“集大成”呢？

第一，“不薄今人爱古人”，“转益多师是吾师”，是他能够“地负海涵，包罗万汇”的关键。他善于撷取《诗经》《楚辞》以及汉魏、六朝以来诗歌的技艺，放在自己的艺术熔炉里加以提炼、铸造，形成自己“沉郁顿挫”的独特的艺术风格。元稹说得好：“好古者遗近，务华者去实；效齐、梁则不逮于魏、晋，工乐府则力屈于五言；律切则骨格不存，闲暇则纤秾莫备。至于子美，盖所谓上薄风、骚，下该沈、宋，言夺苏、李，气吞曹、刘，掩颜、谢之孤高，杂徐、庾之流丽，尽得占人之体势，而兼今人之所独专矣！”（《唐故检校工部员外郎杜君墓系铭》）说明他是海汇百川，兼涵众长，尽得《风》《骚》以来的艺术精英。宋代大诗人秦观更进一步论述了他“集众流之长”，说：“杜子美之于诗，实集众流之长，适当其时而已。昔苏武、李陵之诗，长于高妙；曹植、刘公干之诗，长于豪迈；陶潜、阮籍之诗，长于冲淡；谢灵运、鲍照之诗，长于峻洁；徐陵、庾信之诗，长于藻丽。于是子美穷高妙之格，极豪迈之气，包冲淡之趣，兼峻洁之姿，备藻丽之态，而诸家之作，所不及焉。然不集诸家之长，子美亦不能独至于斯也，岂非适当其时故耶?”（见蔡梦弼《草堂诗话》卷一引）这是从诗的风格角度，说明杜诗具有高妙、豪迈、冲淡、峻洁、藻丽等各种不同的艺术风格，才能达到“优入圣域”的艺术境界的。杜甫不但继承和超越了他的前辈诗人，把他们在艺术上的成就都熔化到自己的艺术熔炉里来，铸造成一种有机的统一的更加高级的产品，而且还撷取同时代的诗人的菁华，以丰富和提高自己的艺术修养。他说“唐初四杰”是“王杨卢骆当时体”“不废江河万古流”，说陈子昂是“有才继骚雅，哲匠不比肩，公生扬马后，名与日月悬”，说王维是“最传秀句寰宇满”，说孟浩然是“清诗句句尽堪传”，说高适是“美名人不及，佳句法如何”“骅骝开道路，鹰隼出风尘”，是“方驾曹刘不啻过”，说岑参是“谢朓每篇堪讽诵”“岑参兄弟皆好奇”，还说“高岑殊缓步，沈鲍得同行。意惬关飞动，篇终接混茫”，说元结是“道州忧黎庶，词气浩纵横，两章对秋月，一字偕华星”。特别是对李白的称誉，真是连篇累牍，赞不绝口，言其敏捷则曰“斗酒诗百篇”“敏捷诗千首”，言其风格则曰“清新庾开府，峻逸鲍参军”，言其造诣则曰“笔落惊风雨，诗成泣鬼神”。这是他“不薄今人”的具体表现，也是他虚心向今人学习的最好说明。胡应麟《诗薮》对此作了很好的概括，他指出“唐人则王、杨之繁富，陈、杜（审言）之孤高，沈、宋之精工，储、孟之闲旷，高、岑之浑厚，王、李之风华，昌龄之神秀，常建之幽玄，云卿之古苍，任华之朴拙，皆所专也，兼之者杜也”。元人虚谷说得更为具体，他指出杜甫的诗“盖出于其祖审言及同时诸友陈子昂、宋之问、沈佺期也”“此四人者，老杜诗之所自出也。特老杜才高气劲，又能致广大而尽精微耳”。（虚谷批《瀛奎律髓》卷四）这就有力地说明杜甫在诗歌艺术上如何继承古人，学习今人，所谓“泰山不让土壤，故能成其高；河海不择细流，故能就其深”，正是“诗圣”之所以为“诗圣”的道理。

第二，“法自儒家有”“学业醇儒富”，是杜甫诗歌创作的思想基础。儒家思想中的积极部分，如“民贵君轻”“匡时济世”等，成了诗人立身处世、致君泽民的指导思想。他虽然以“奉儒守官，未坠素业”而感到自豪，以“乾坤一腐儒”“时论以儒称”而不无沾沾自喜之意，但困顿的人生，冷酷的现实，使他在一定程度上突破了儒家思想的某些束缚，如“不怨天，不尤人”“怨而不怒，哀而不伤”的教条，就被他抛弃了，践踏了。他不断发出“健儿胜腐儒”“壮士耻为儒”的慨叹，甚至愤怒地喊出过“儒术于我何有哉，孔丘盗跖俱尘埃”那样的叛逆呼声，这使他成为一个改良了的新儒家，具体表现之一就是“致君尧舜”。他栖栖遑遑，奔走流离，愿意尽其智能，使其君成为尧舜一般的圣君，把“致君尧舜上，再使风俗淳”作为自己毕生奋斗的政治理想。他对于实现这个政治思想，曾经满怀信心地说“稷契易为力，犬戎何足吞”。他为此曾经吃尽了苦头，付出了代价，“麻鞋见天子，衣袖露两肘”“挥涕恋行在，道路犹恍惚”“不眠忧战伐，无力正乾坤”“穷年忧黎元，叹息肠内热”，都是为了实现这个政治理想而作出的种种努力。直到他意识到自己无法实现这个理想时，还念念不忘，十分遗憾地说：“死为星辰终不灭，致君尧舜焉可朽?”当他流落潭州，老病垂危的时候，还把这个自己无法实现的政治理想，殷勤地嘱托给他的朋友说：“致君尧舜付公等，早据要路思捐躯。”这种执着地为实现自己的政治理想而奋斗不息的精神，是可以惊天地而泣鬼神的。改良儒家思想的具体表现之二是“仁民爱物”。杜甫有着“民胞物与”之怀，“己饥己溺”之心，以极其远大的胸怀，来看待发生在他的周围的一切。大而“谁能叩君门，下令减征赋”“几时高议排金门，长使苍生有环堵”

“安得广厦千万间，大庇天下寒士俱欢颜，风雨不动安如山”，小而至于“堂前扑枣任西邻，无食无儿一妇人”“筑场怜穴蚁，拾穗许村童”，甚至对于病马、小鸡，无不表现出他的恻隐之心。“乘尔亦已久，天寒关塞深。尘中老尽力，岁晚病伤心”，就是写给供他骑过多年的病马的。“小奴缚鸡向市卖，鸡被缚急相喧呼”“虫鸡于人何厚薄，吾叱奴人解其缚”，就是他发于一个“仁”字，不忍看到小鸡无罪而就死地为它解脱的。金圣叹说这是“借《孟子·牵牛章》‘牛羊何择’，演成妙义”，是颇有见地的。苏轼“谓老杜似孟子”，黄彻亦以老杜“仁心广大，真得孟子所存矣”，也是从老杜“仁民爱物”这一点来立论的。孟子曾经尖锐地批判过“庖有肥肉，厩有肥马，民有饥色，野有饿殍”那种“率兽食人”的罪恶现象，老杜也有“朱门酒肉臭，路有冻死骨”那样的光辉诗句来揭露当时阶级对立的情况。这是杜甫继承并发展儒家思想的民主性的精华的重要表现。改良儒家思想的具体表现之三是“忧时恤民”。十年长安困顿，长期流离失所，使他有机会接近广大的底层群众，了解他们的痛苦和愿望，丰富了他的爱国思想，提高了他的现实主义精神。“三吏”“三别”，就是诗人从洛阳回华州的路上所见到的惨象。他从“仁政”思想出发，用现实主义的手法，描绘出那个“吏不恤民”“民不堪命”的活地狱。他认为战争给人民带来的灾难，是“十室几人在”，是“千村万落生荆杞”，因而不断呼吁着“安得壮士挽天河，净洗甲兵长不用”“焉得铸甲作农器，一寸荒田牛得耕”“安得务农息战斗，普天无吏横索钱”。杜甫这种非战的思想，并不是一般地反对战争，而是反对轻启边衅、扩充领土的不义战争。所以当史思明长驱河朔、蹂躏中原的时候，他想到“安得一万人，疾驱塞芦子”，当西北少数民族头人叛乱，破坏祖国统一的时候，他也认为“去秋群胡反，不得无电扫”。不过，他不主张残酷地进行镇压，而是从一个“仁”字出发，提出“苟能制侵凌，岂在多杀戮”“不过行俭德，盗贼本王臣”。这些都说明儒家的“仁政”思想，是杜甫诗歌的主要思想倾向。

第三，“为人性僻耽佳句，语不惊人死不休”，是杜甫诗歌艺术达到“出神入化”境界的奥秘。他从炼字、铸句、谋篇、协律各个环节上花力气，下功夫。《文心雕龙·章句》篇说：“篇之彪炳，章无疵也；章之明靡，句无玷也；句之清英，字不妄也。”杜甫诗艺之所以工妙，就是因为他有着对艺术的热爱和追求的精神。“遣辞必中律”，是炼字，也是协律；“新诗改罢自长吟”，是不断修改、一丝不苟的创作态度；“赋诗新句稳，不觉自长吟”，是自得其乐的内心写照；“老去渐于诗律细”，是诗艺更加成熟的表现；“思飘云物外，律中鬼神惊”，是生活的积累和学养的娴熟，在一定的程度和环境中所激发出来的灵感的体验；“读书破万卷，下笔如有神”，是诗人经过艰苦的努力所达到的出神入化的艺术境界。有人说：“李白长于才，故一气贯注；子美长于学，故极重锻炼。”这是有道理的。然而要求自己的作品“毫发无遗憾”，任何天才的作家，也不能放弃炉锤的工夫。正因为杜甫积累了炼字炼句、声律对仗等完整的艺术经验，而又能以极其严谨的创作态度不断对自己的作品进行推敲和锤炼，才能最大限度地发挥诗的表现力和感染力，才能使整个诗的音乐美像乐曲似的编织在诗的形象里，才能独步千古，具有“一句一世界”的艺术概括能力。如诗人把何逊的“白云岩际出，清月波中上”，改为“薄云岩际宿，孤月浪中翻”。着一“宿”字，而“云过山头，停岩欲宿”之状毕见；着一“翻”字，而“月浮水面，浪动若翻”之形如画。又如把李白的“山随平野尽，江入大荒流”易作“星垂平野阔，月涌大江流”，亦因着一“垂”字而更加显出“野”之阔，着一“涌”字，而更显出波光荡漾的景象，真有“点睛欲飞”之妙。从这里，我们可以看出他的炉锤工夫。

二十六　唐代社会的一面镜子

杜诗一直被人们称为“诗史”。所谓“诗史”，就是说他的诗歌既具有“史”的性质，又具有“诗”的韵味，既是时代的剪影，又是个人的抒情。最早称他的诗歌为“诗史”的是孟棨的《本事诗》。他说：“杜甫逢禄山之难，流离陇蜀，毕陈于诗，推见至隐，殆无遗事，故当时号为‘诗史’。”可见他的诗之所以被当时的人称为“诗史”，正是因为在安史之乱发生以后，许多重大的历史事件都在他的作品中得到了生动而形象的反映。如《资治通鉴·唐纪》记载着唐明皇发动的远征南诏的战争，因为死伤惨重，兵源缺乏，于是政府分道捕人，押送军所，造成“行者愁怨，父母妻子送之，所在哭声振野”的惨象。诗人便在《兵车行》中，形象地再现了这个“哭声振野”的悲惨场面：“耶娘妻子走相送，尘埃不见咸阳桥。牵衣顿足拦道哭，哭声直上干云霄。道旁过者问行人，行人但云点行频。或从十五北防河，便至四十西营田；去时里正与裹头，归来头白还戍边。”这就把统治阶级发动的不义战争给人民来的深重灾难，生动而具体地记录了下来。又如《唐书·房琯传》记载房氏自请讨伐安禄山，遇贼于陈陶斜，接战败绩，诗人在《悲陈陶》《悲青坂》两诗中悲壮地予以表现：“孟冬十郡良家子，血作陈陶泽中水。野旷天青无战声，四万义军同日死。群胡归来雪洗箭，仍唱夷歌饮都市。都人回面向北啼，日夜更望官军至。”就在这短小的篇幅中，诗人把官军的全军覆没，胡骑的骄横残暴，人民的掩面悲啼，盼望收复，这悲惨的氛围重现了出来。特别是诗人的著名组诗“三吏”“三别”，把战争给社会带来的残破景象，反映得更为集中，更为深刻。在人们所熟悉的《石壕吏》中，诗人用戏剧的手法，把官吏的呼斥，老妪的哀诉，以及老翁在吏走人去以后的咽泣，形象地搬到读者的眼前。胡适曾经对此做过通俗而深刻的分析说：“这首诗写天宝之乱，只写一个过路投宿的客人夜里偷听得的事。不插一句议论，能使人觉得那个时代征兵制度之大害，百姓的痛苦，丁壮死亡的多，差役捉人的横行，一一都在眼前。捉人捉到一位抱孙的祖老太太，别的更可想而知了。”诗人的心弦上弹出来的不只是国家破碎、民生凋弊的悲哀，也弹出了收复失地、结伴还乡的喜悦。他那有名的《闻官军收河南河北》：“剑外忽传收蓟北，初闻涕泪满衣裳。却看妻子愁何在，漫卷诗书喜欲狂。白日放歌须纵酒，青春作伴好还乡。即从巴峡穿巫峡，便下襄阳向洛阳。”这首诗的每一个形象都洋溢着喜悦的感情，每一个音节都奏出了欢快的调子。仇兆鳌注解说：“此诗句句有喜跃意，一气流注，而曲折尽情，绝无妆点，愈朴愈真，他人决不能道。”浦起龙《读杜心解》说这是老杜“生平第一首快诗”。他们都可以够得上老杜的知音，对此诗作出了恰切的评论。杜甫就是这么把历史的真实，记录在他所描绘的一幅幅历史的画面中，为后人留下了比历史更真实、更形象的史料，所以是“诗史”，是唐代社会的一面镜子。

杜甫诗歌的影响极其深远，我国诗歌史上还没有一个诗人，像他一样拥有那么多的追随者和崇拜者。可以说，在他以后绝大多数的诗人都曾经向他学习过，并从他那里吸取营养，得到启迪，拓宽了诗境，提高了诗艺。其衣被后人，沾溉来学，唐代以来，一人而已。这不是我一个人的偏爱，而是天下的公论。宋孙仅在《读杜工部诗集序》中就说过：“公之诗，支而为六家：孟郊得其气焰，张籍得其简丽，姚合得其清雅，贾岛得其奇僻，杜牧、薛能得其豪健，陆龟蒙得其赡博，皆出公之奇偏耳，尚轩轩然自号一家，爀世烜俗。后人师拟不暇，矧合之乎？风骚而下，唐而上，一人而已。”汪立名在《白香山诗集序》中也说：“昔人谓大历以后，以诗名家者，靡不由杜出。韩（愈）之《南山》，白（居易）之讽喻，其最著矣。就二公论之，大抵韩得杜之变，白得杜之正，盖各得其一体而造乎其极者。”从孙、汪两人的论述中，可见中唐以后两个影响极大的诗派，即以韩愈为代表的“险怪诗派”，包括孟郊、贾岛之伦，和以白居易为代表的“乐府诗派”，包括张籍、陆龟蒙之属，都是从杜诗派生出来的，不过一得“杜之变”一得“杜之正”而已。其实还有一个被称为“唯美诗派”的，也是学杜的，这一派的代表是被称为“小李杜”的李商隐和杜牧。清代冯浩在《玉溪生诗笺序》说：“商隐感时伤事，颇得风人之旨，故《蔡宽夫诗话》载王安石之语，以为唐人能学老杜而得其藩篱者，惟商隐一人而已。”不仅王安石有这种看法，宋代叶梦得《石林诗话》也如此说。后来祖其说者，指不胜屈。何义门《读书记》说：“晚唐中，牧之、义山，俱学子美。牧之豪健跌宕，不免过于放……不如义山顿挫曲折，有声有色，有情有味，所得为多。”薛雪《一瓢诗话》也说：“有唐一代诗人，惟李玉溪直入浣花之室。”说明杜甫的诗歌在中晚唐的诗坛上产生过深远的影响，韩愈、白居易、李商隐各从不同的方面学得杜诗的一体，从而建立起自己的流派和风格。

随着时间的推移，杜诗以它的思想性和艺术性，日益赢得人们的推崇，宋代的一些大诗人，除欧阳修不甚推尊杜甫外，几乎无一不尊崇老杜，并受到他的巨大的影响。吴孟举在《宋诗钞》中说：“安石精严深刻，皆步骤老杜所得。”此言王安石是学杜的。王世贞在《艺苑卮言》中说：“鲁直用生拗句法，或拙或巧，从老杜歌行中来。”此言黄山谷是学杜的。胡应麟《诗薮外编》说：“宋之学杜者，无出二陈。师道得杜骨，与义得杜肉；无己（师道）瘦而劲，去非（与义）赡而雄；后山（师道）多用杜虚字，简斋（与义）多用杜实字。”此言“江西诗派”的巨擘陈师道和陈与义也是学杜的。至于南宋的爱国诗人陆游，无论是在爱国忠君的思想上，还是在沉郁苍凉的风格上，都是与老杜很相近的。所以赵翼在《瓯北诗话》中说：“放翁诗凡三变。宗派本出于杜，中年以后，则益自出机杼，尽其才而后止。”可见宋代的诗人，也都是从不同的侧面向杜甫学习，而后形成自己的风格的。其后明代的李梦阳、何景明，清代的屈大均、沈德潜，也各在不同的方面向老杜学习，所得的虽有粗细之分，高下之别，然其瓣香杜甫，沾溉于杜甫，则是莫之能外的。

二十七　李白、杜甫诗歌比较

李白和杜甫是我国诗坛上最光辉的“双子星座”，他们双峰并峙，二水分流，一个是浪漫主义的大师，一个是现实主义的哲匠，固不宜有所轩轾，妄加抑扬。然自元稹提出杜甫“尽得古今之体势，而兼人人之所独专”的论点以后，“李、杜优劣论”便成了学术界聚讼纷纭的问题。扬杜抑李者，自唐以来，层见迭出，又皆诗坛泰斗，影响极大。如白居易说：“夫诗之豪者，世称李、杜。李之作，才矣奇矣，人不逮矣，索其风、雅、比、兴，十无一焉。杜诗最多，可传者千余首。至于贯串古今，覼缕格律，尽工尽善，又过于李。”（《与元九书》）很显然他是从是否合乎所谓“风人之旨”的标准来抑李，从讲求格律、毫发无瑕的角度来扬杜的。杜牧在《读韩杜集》的七言绝句中说“杜诗韩笔愁来读，似倩麻姑痒处搔”，虽没有直接抑李，但却是把杜诗、韩文推为唐人第一的。所以宋人葛立方在《韵语阳秋》中评论此诗说：“杜甫诗，唐朝以来，一人而已，岂白所能望也?”又成了扬杜抑李的最强音。赵次公则从诗的教化作用，扬杜而抑李说：“李杜号诗人之雄，而白之诗多在于风月草木之间，神仙虚无之说，亦何补于教化哉？惟杜陵野老，负王佐之才，有意当世，而肮脏（刚直傲岸）不偶，胸中所蕴，一切写之于诗。”（《草堂记略》）陆游在推崇杜甫的诗“直薄风雅”时说：“空回英概入笔墨，《生民》《清庙》非唐诗。”（《读杜诗》）“尝憎晚辈言诗史，《清庙》《生民》伯仲间。”（《读杜》）而对李白的“浅陋语”“索客风”则多所讥弹：“白识度甚浅，观其诗中，如‘中宵出饮三百杯，明朝归依二千石’，‘揄扬九重万乘主，谑浪赤墀青琐人’，‘王公大人借颜色，金章紫绶来相趋'，……'高冠佩雄剑，长挥韩荆州'之类，浅陋有索客之风，集中此等语至多，世但以其辞豪俊动人，故不深考耳。"（《老学庵笔记》）至于以诗来扬杜抑李的更是数见不鲜，孔平仲《题老杜集》的"吏部（韩愈）徒能叹光焰，翰林（李白）何敢望藩篱"，李纲《杜子美》的"岂徒号诗史，诚足继风雅。呜呼诗人师，万世谁为亚"，就是最有影响的。这些评论，不是没有道理的，但从总体上各有所能来说，更多的人主张"李杜并驾论"，而不同意"李杜优劣论"。首倡此说者是古文运动的领导者韩愈，他在《调张籍》的诗中明确地提出"李杜文章在，光焰万丈长。不知群儿愚，那用故谤伤！蚍蜉撼大树，可笑不自量。"显然把批判的锋芒指向"李杜优劣论"的倡导者。其后黄山谷也说："予评李白诗，如黄帝张乐于洞庭之野，无首无尾，不主故常，非墨工椠人所可议拟。吾友黄介读李杜优劣论曰：'论文正不当如此。'予以为知言。"（《黄山谷文集·题李白诗草后》）可见他也是不主张"李杜优劣论"的。严羽《沧浪诗话》详细地分析了李白和杜甫各自的妙处和风格说："李、杜二公，正不当优劣。太白有一二妙处，子美不能道；子美有一二妙处，太白不能作""子美不能为太白之飘逸，太白不能为子美之沉郁。太白《梦游天姥吟》《远别离》等，子美不能道；子美《北征》《兵车行》《垂老别》等，太白不能作"。其后清人吴梅村进一步申其说云："诗之尊李、杜，文之尚韩、欧，此犹山之有太、华，水之有江、河，无不仰止而取益焉。"（《与宋尚木论诗书》）于是人服其善，议论才比较一致起来。而我们今天对李、杜进行比较研究，不是比较他们的优劣，而是比较他们在理论和风格上的异同，这对于进一步了解和研究李、杜是大有益处的。

第一，李杜在诗歌理论上的异同。李白和杜甫都是开创"以诗论诗"的先导，是内容和形式高度统一论的倡导者。他们在诗歌理论上都没有留下系统的论述，李白的诗歌主张见于他的《古风》第一、第三十、第三十五和孟棨《本事诗》所引的他的论诗的话，杜甫的诗歌理论见于他的《戏为六绝句》和《解闷十二首》的第四、五、六、七、八首。但我们仍然可以从这些文献中看出他们的异同来。李白是在复古的旗号下，提出革新诗歌的理想和抱负。他竭力推崇"风雅"为"正声"，主张恢复它的现实主义传统，而对于建安以后的诗歌则予以否定和批判，"自从建安来，绮丽不足珍"，就是他对六朝文学的总的评价。虽然他对谢朓的诗歌极其赞赏，

“蓬莱文章建安骨，中间小谢又清发”（《宣州谢朓楼饯别校书叔云》），“解道澄江静如练，令人常忆谢玄晖”（《金陵城西楼月下吟》），“我吟谢朓诗上句，朔风飒飒吹飞雨”（《酬殷明佐见赠五云裘歌》），都是对谢氏的推崇，却不能改变他对六朝文学的总的评价。杜甫对六朝的诗歌则是采取具体分析的态度，他对庾信、鲍照、谢朓、阴铿，以至“唐初四杰”的艺术经验，都给予了历史的评价。“庾信文章老更成，凌云健笔意纵横”（《戏为六绝句》），“庾信生平最萧瑟，暮年词赋动江关”（《咏怀古迹》），“清新庾开府，俊逸鲍参军”（《春日忆李白》），认为庾信的诗歌兼有“老成”“清新”两种艺术风格。杨慎在《丹铅总录》中解释什么叫作“老成”时说：“子山（庾信）之诗，绮而有质，艳而有骨，清而不薄，新而不尖，所以为老成也。”过去的许多评论家，一提到庾信，就用“绮丽”两个字把他框住，而没有发现他的艺术风格是“老成”与“清新”的结合，这便是老杜高人一筹的地方。特别是他那“当时体”的历史唯物的观点，对于历代诗歌的评价，导致了具体的分析，而不是笼统的排斥，在理论的指导思想上是值得大书而特书的。其次，李白在创作上主张独创，反对模仿，主张自然，反对雕琢。他用“丑女来效颦”和“寿陵失故步”两个寓言来嘲弄那些以模仿为能事的人。又用“清水出芙蓉，天然去雕饰”来表明他的诗的美学观点，这对于促进唐代诗歌艺术的发展是有积极意义的。但杜甫的道路更加宽广，他既主张“亲风雅”，又主张“转益多师”，既“不薄今人”，又“爱古人”，既欣赏“掣鲸碧海”的雄浑、豪放风格，又赞美“翡翠兰苕”那样纤秾、绮丽的作品。所以他的诗能够达到“海汇百川、兼涵众长”的艺术效果，成为诗歌史上的“集大成”者。

第二，李杜在诗歌风格上的异同。李白和杜甫都曾以诗歌为武器，对腐败的统治者投以批判的匕首，进行无情的揭露，富有民主主义的色彩。但李白是继屈原以后我国最伟大的浪漫主义诗人，他驰骋丰富的想象力，巧妙地把神话、幻想和夸张等表现手法运用到他所要描写的对象和所要表达的思想中来，在我们面前展现出一个无限宽广的幻想世界，以抒发其美好的理想和愿望，鞭挞那丑恶的社会与现实。《蜀道难》就是把神话、历史、自然和现实熔于一炉，有声有色地描绘蜀道上奇险壮丽的山川形象，既有对祖国河山的赞叹，又有对封建社会动乱局面的忧虑。所以贺知章看了惊为“谪仙”，殷璠也说它“可谓奇之又奇”。《梦游天姥吟留别》，也是驰骋着想象的翅膀，描绘他想象中的天姥山的惊险奇丽，梦幻中神仙世界的瑰丽美好，强烈地表现了他鄙视丑恶现实的思想、蔑视封建权贵的精神。这样的“想落天外”“笔惊风雨”，是杜甫所不能为的。而杜甫则是我国古代最伟大的现实主义诗人，他全力把诗歌引向政治、社会。举凡政治的黑暗，社会的动乱，流离困踬的悲哀，战争徭役的罪恶，他都倾注着真挚的感情，通过诗的语言和艺术的形象，作了极深刻、全方位的反映。他的代表作“三吏”“三别”，以及《兵车行》《悲陈陶》《北征》《赴奉先咏怀五百字》等，亦诗亦史，忠实地反映出当时的社会情况和历史面貌。难怪叶梦得称赞他是“穷极笔力，如太史公记传”（《石林诗话》）。像他这样的千锤百炼，精益求精，即事名篇，无复依傍，正而能变，大而能化，也是李白所不能为的。

二十八 “数篇今见古人诗”的孟云卿

孟云卿，河南人。天宝间应举不第，意颇不平，有“二十学已成，三十名不彰”的牢骚语。一生落魄，仕途失意，只做过“校书郎”的小吏。退而隐居山林，从事一些农业劳动，“贫贱少情欲，借荒种南陂。我非老农圃，安得良土宜？秋成不廉俭，岁余多馁饥。顾视仓廪间，有粮不成炊”（《田园观雨兼晴后作》），就是他贫贱生活的写照，劳动生活的剪影。这也就是元结赞叹他“正直而无禄位，忠信而久贫贱”，辛元房《唐才子传》嗟美他“怀通济之才，沦吞噬之俗”的生活依据。他跟当时的著名诗人杜甫、元结、韦应物、薛据等有很深的交谊，并得到他们的敬重和爱慕。杜甫在《解闷十二首》中，论到当代的诗人只有他和王维、孟浩然、薛据四人，并称赞他是“一饭未曾留俗客，数篇今见古人诗”。第一句赞美他不肯随波逐流，不与庸俗小人为伍；第二句肯定他的诗歌继承《风》《雅》，独挺于流俗之中。元结所选的《箧中集》，只选了七位诗人的二十四首诗，他就有五首诗入选。元结还在《送孟校书往南海》的诗序中推崇他说：“材业次山（元结）不如云卿，词赋次山不如云卿，通和次山不如云卿。”被杜甫誉为“词气浩纵横”的诗人元结，公开对他承认自己“三不如”，其爱重之情，可以想见了。孟云卿在当时的诗名很大，无论同时的诗人还是后来的诗人，无不对他的诗艺给予高度的评价，对他的遭遇寄予深切的同情。韦应物由衷地赞美他的诗说：“高文激颓波，四海靡不传。西施且一笑，众女安得妍？”（《广陵遇孟九云卿》）这里不但印证了元结曾经说过他“名满天下”，而且把他比作“西施”，把别的诗人看作“众女”，可见对于他的诗艺推崇到了何等的程度！孟郊是略后于他的著名诗人，也对他的遭遇表示无限的同情说："戚戚抱幽独，宴宴沉荒居。不闻新欢笑，但睹旧诗书。艺蘖意弥苦，耕山食无余。"（《哀孟云卿嵩阳荒居》）这是我们所能了解到的关于诗人生平的吉光片羽。他现在保存下来的诗歌仅《全唐诗》收录的十七首。元结《箧中集》所收的五首，高仲武《中兴闲气集》所收的六首，都包括在这里面。细研其诗，有两点值得我们足够的重视：

第一，在内容上，他敢于揭露社会的黑暗、人情的冷暖，是一位有成就的现实主义诗人。他生活在被繁荣的假象掩盖的天宝初年，看到了一般人民"朝亦常苦饥，暮亦常苦饥"（《悲哉行》），"贫居往往无烟火，不独明朝为子推"（《寒食》），喊出了"虎豹不相食，哀哉人食人"（《伤时》）的既愤怒又沉痛的呼声。生活在那个时代的知识分子，也是"岁余多馁饥""有粮不成炊""出门先踌躇，入户亦傍徨"（《伤情》）的。面对着"兄弟先我没，孤幼盈我旁"的困境，要求别人伸出援助的手来，是很不容易的。"岂无同门友，贵贱易中肠"（《伤怀赠故人》），"及到求人地，始知为客情"（《途中寄友人》），正是他在遭到了许多白眼之后所体验到的人情和世态。读到这里，使我们很容易联想起陶渊明的"饥来驱我去，不知竟何之！行行至斯里，叩门拙言辞"（《乞食》）和杜甫的"朝叩富儿门，暮随肥马尘，残羹与冷炙，到处潜悲辛"（《奉赠韦左丞丈二十二韵》）的辛酸话来。没有这种生活体验的人，是不能"道其只字"的。

第二，在形式上，当"拘限声病，喜尚形似"的诗风还残余着一定势力的时候，他却能"独挺于流俗之中，强攘于已溺之后，凡所为文，皆与时异"（《箧中集序》），创作大量的古乐府，倾注自己的真感情，达到忧时伤乱、刺世嫉邪的目的。如他的《古别离》《今别离》《悲哉行》《放歌行》《行路难》《行行且游猎篇》等，无不是在"古乐府"的掩护下，向黑暗的现实投出的"批判的武器"。其中的"远道行既难，家贫衣复单。严风吹积雪，晨起鼻何酸"（《今别离》）、"飘飘万余里，贫贱多是非。少年莫远游，远游多不归"（《悲哉行》），固然"皆为当代推服"（《唐才子传》），而且有的作品，竟驰骋着想象的翅膀，突破了当时地理知识的拘限，认识到地球是十分渺小的。他说"吾观天地图，世界亦何小！落落大海中，飘浮数洲岛"（《放歌行》），既表现了诗人心胸的豁达，也体现了诗人想象的丰富。近代王国维认为：“稼轩中秋饮酒达旦，用《天问》体作《木兰花慢》以送月云：‘可怜今夕月，向何处，去悠悠？是别有人间，那边才见，光景东头？’词人想象，直悟月轮绕地之理，与科学家密合，以谓神悟！”（《人间词话》）我觉得孟云卿在这首中所想象的，也有这种“神悟”。《唐才子传》说“当时古调，无出其右，一时之英也”，绝不是溢美之词。

二十九　现实主义诗人元结

元结（719—772），字次山，汝州鲁山（今属河南）人。自幼倜傥不羁，年十七始折节读书，举天宝十二载进士，其诗文和才识在当时已受到重视。天宝之乱，率家人邻里南逃至猗玕洞，得以保全的有千余家，在那里著《猗玕子》一卷，因自号为“猗玕子”。那里的渔翁、酒徒又亲昵地呼之为聱叟、漫叟、浪士、漫郎（见李肇《国史补》）。后来得到国子司业苏源明的推荐，被肃宗召见，随上《时议》三篇，肃宗大悦，擢为右金吾兵曹参军，累迁御史、道州刺史、容管经略使。他是儒家“仁政爱民”思想的积极推行者，对当时政治的腐败以及当时的苛政给人民带来的灾难深致不满，他所写的组诗《系乐府十二首》中的《贫妇词》《去乡悲》《农臣怨》，就比较深刻地揭露了民不聊生的惨状。特别是他在道州刺史任上，看到道州人民经过兵灾以后的惨不忍睹的惨象，写出了震烁古今的人道主义诗篇《舂陵行》，其中一段云：“州小经乱亡，遗人实困疲。大乡无十家，大族命单羸。朝餐是草根，暮食仍木皮。出言气欲绝，意速行步迟。追呼尚不忍，况乃鞭扑之！”他宁肯丢掉乌纱帽，也不肯执行朝廷搜刮民脂民膏的命令。他明明知道“若不应命，又即获罪戾，必不免也”（《舂陵行序》），但他还是顶住了那限期征收赋税的二百余封符牒，“逋缓违诏令，蒙责固其宜”“亦云贵守官，不爱能适时”。这种“为政以德”“爱民如子”的思想，在他的《贼退示官吏》一诗中，也表现得极为突出。其中一段云：“城小贼不屠，人贫伤可怜。是以陷邻境，此州独见全。使臣将王命，岂不如贼焉？今彼征敛者，迫之如火煎。谁能绝人命，以作时世贤？”以上两篇闪耀着人道主义思想光辉的诗歌，得到了历代许多诗人的赞赏。“诗圣”杜甫说：“观乎舂陵作，欻见俊哲情。复览贼退篇，结也实国桢。”又说：“道州忧黎庶，词气浩纵横。两章对秋月，一字偕华星。”还说：“今盗贼未息，得结辈十数公，落落然参错天下为邦伯，万物吐气，天下小安可矣!”（《同元使君舂陵行并序》）宋代黄彻曰：“余谓漫叟之所以能然者，先民后己，轻官爵、重人命故也。观其赋《石鱼》诗云‘金玉吾不须，轩冕吾不爱’，此所以能不徇权势而专务爱民也。”（《䂬溪诗话》）葛立方《韵语阳秋》还说：“元结刺道州，承兵乱之后，征率烦重，民不堪命，作《舂陵行》”，“以传考之，结以人困甚不忍加赋，尝奏免税租及和市杂物十三万缗，又奏免租庸十余万缗，困乏流亡尽归。乃知贤者所存，不特空言而已”。这说明这两首诗一直得到人们的高度评价。

元结一直反对那些“拘限声韵，喜尚形似”的作品，而主张诗歌应该起到“救世劝俗”（《文编序》）、“可以上感于上，下化于下”（《系乐府序》）的社会作用。所以他以质朴无华的语言，写了《治风诗》和《乱风诗》各五篇，把至仁、至慈、至劳、至正、至理归之于治风，而把至荒、至乱、至虐、至惑、至伤归之于乱风，欲以“极帝王理乱之道，系古人规讽之流”（《二风诗论》）。他的作品大都是在这种指导思想下创作出来的。他常常告诫部属说：“兵兴向十年，所见堪叹哭。相逢是遗人，当合识荣辱”（《喻旧部曲》），“山泽多饥人，闾里多坏屋。战争且未息，征敛何时足？不能救人患，不合食天粟”（《喻常吾直》）。这种“仁民爱物”的思想，是他的诗歌的基调。正因为他能够如此体察民情，爱护百姓，所以他跟人民群众的关系很好。“我尝有匮乏，邻里能相分；我尝有不安，邻里能相存”（《与瀼西邻里》），这是他领兵驻节九江时写给他的老邻里的。后来他的官做大了，瀼溪的老邻居见到他有些拘束了，他感到很不安，又写了《喻瀼西乡旧游》，表明自己的心迹。诗云：“往年在瀼西，瀼人皆忘情；今来游瀼溪，瀼人见我惊。我心与瀼人，岂有辱与荣？瀼人异其心，应为我冠缨。昔贤恶如此，所以辞公卿。”然而有什么办法呢？地位变了，与底层群众自然产生了隔膜，所谓“公为二千石，我为山海客。志业岂不同，今已殊名迹。相里不相类，相友且相异”（《漫问相里黄州》）。因此他总是希望辞官归隐，跟那些老农老圃为伍。“实欲辞无能，归耕守吾分”（《忝官引》），“将家就鱼麦，归老江湖边”（《贼退示官吏》），“且欲学耕钓，于斯求老焉”（《樊上漫作》），“吾欲解缨佩，便为泉上翁”（《引东泉作》），这些都是他在不同的场合、不同的时间所作的自我表白。也许他更习惯于闲散的生活，所谓“漫醉人不嗔，漫眠人不唤。漫游无远近，漫乐无早晏。漫中漫亦忘，名利谁能算”（《漫酬贾沔州》），所以要离开官场，归隐山林，但更多的恐怕还是不愿意迎合长官的意图，昧着良心去鞭挞黎庶吧。“追呼尚不忍，况乃鞭扑之”“谁能绝人命，以作时世贤”，正是这种思想的流露。至于他接受民歌的影响，写《演兴四首》作为邑人祈田的唱词，作《欸乃曲五首》付给渔人歌唱，也还是受这种思想感情支配的。甚至他在浯溪筑了几椽茅屋，名其堂曰“三吾”，即“因水而吾之，则曰浯溪；因屋而吾之，则曰吾亭；因石而吾之，则曰峿台”，也是这种思想感情的流露。

三十　诙谐滑稽、不修边幅的诗人顾况

与元结的诗歌主张相近，以反映现实为诗歌创作的主要内容的是顾况。

顾况（727—820），字逋翁，晚年又自号悲翁，有“悲翁更忆太平年”（《听刘安唱歌》）、“悲翁回首望承明”（《八月五日歌》）之句可证。善为歌诗，兼工山水，性诙谐，不修边幅。至德间举进士。与刘长卿、张继、皎然、包佶为友，并相与唱和。又与李泌、柳浑交情甚笃。柳浑辅政，荐为秘书郎。及泌为相，“久之方迁著作郎”，意颇不快。及泌卒，不哭，作《海鸥咏》以讽刺权贵云：“万里飞来为客鸟，曾蒙丹凤借枝柯。一朝凤去梧桐死，满目鸱鸢奈尔何！”盖以“鸱鸢”比喻当时的权贵，大为所嫉，被贬为饶州司户，久不起用，郁郁不得志，乃为诗《寄秘书包监》云：“一别长安路几千，遥知旧日主人怜。贾生只是三年谪，独自无才已四年。”可见他至少在饶州贬所生活了四年，然后隐居茅山，自号“华阳真逸”，卒年九十四岁，是唐代诗人中享年最高的一个。后人编其诗文为《华阳集》。今《全唐诗》收录其诗四卷，大都为古诗和绝句。对于看不惯的事，他往往恣意嘲弄，但却重视诗的社会作用，尝谓诗乃“理乱之所经，王化之所兴，信无逃于声教，岂徒文采之丽耶”（《悲歌序》）。他的《上古之什补亡训传十三章》，每一章前面都有一个小序说明其主旨，为白居易《新乐府》的“首章标其意，卒章显其志”提供了范例。十三章中以《囝》一章最有名。诗云：“囝生闽方，闽吏得之，乃绝其阳。为臧为获，致金满屋；为髡为钳，视如草木。天道无知，我罹其毒；神道无知，彼受其福。郎罢别囝：‘吾悔生汝！及汝既生，人劝不举。不从人言，果获是苦。’囝别郎罢，心摧血下，隔地绝天，及至黄泉，不得在郎罢前。”这首诗运用口语俗语，揭露当时福建一种掠卖奴隶的野蛮风俗，诗人并没有在诗中加以任何评论，只是朴质无华地摆出了全部事实，就收到“信无逃于声教”的艺术效果，与后来白居易在《新乐府》中所写的《道州民》控诉进贡矮奴的故事，具有同样深刻的社会意义。他的《公子行》《行路难》《长安道》等，都有着深刻的讽刺意义。皇浦湜说他“偏于长歌逸句”“非常人所能及”，严羽说他的诗“多在元、白之上，稍有盛唐风骨处”。从他现存的诗来看，这些评论是有见地的。

关于他的传说很多，往往跟他诙谐滑稽的性格联系在一起，而且往往被后世的诗人作为典故来引用，所以录其尤著者三则如下：

一是白居易未成名时，曾经拿着自己创作的诗歌去拜谒他，希望得到他的延誉和提携。这时他在长安秘书监任著作郎，他一看到“居易”这个名字便嘲笑白说：“长安米贵，居大不易。”及他读到白的“野火烧不尽，春风吹又生”时，又加以赞叹说：“有才如此，居亦何难？老夫前言，特戏之耳！”此事见于《幽闲鼓吹》、《唐摭言》以及宋代尤袤的《全唐诗话》和明代瞿佑的《归田诗话》等。

二是说他在洛阳与二三友人游于苑中，水中流出一片大梧叶，上有诗云：“一入深宫里，年年不见春。聊题一片叶，寄与有情人。”他便在水的上游，题一诗于叶上，放之波中曰：“花落深宫莺亦悲，上阳宫女断肠时。帝城不禁东流水，叶上题诗欲寄谁？”后十余日，有人于苑中寻春，又于叶上得一诗云：“一叶题诗出禁城，谁人酬和独含情？自嗟不及波中叶，荡漾寻春取次行。”这就成了“红叶题诗”的典故，与《云溪友议》所载卢渥和于佑赴京应举，偶临御沟拾得红叶一片，上有诗云“流水何太急，深宫尽日闲。殷勤谢红叶，好自到人间”的故事，共同演绎而成了“红叶题诗”的美丽传说。后人还把它敷衍成为传奇《题红记》《红叶记》等。事见孟棨《本事诗》。

三是说他暮年丧子，悲伤不已，因作《伤子》诗，一边哭泣一边吟诵曰：“老人丧爱子，日暮泣成血。心逐断猿悲，迹追鸟飞灭。老人年七十，不作多时别。”其子魂游，听到了十分感动，说：“忽若作人，当再为顾家子。”过了一天，其子似被人执至一处，令其再生顾家，开目一看，无论屋宇亲戚，都是他很熟悉的，只是口不能言而已。这个孩子，就是后来的进士顾非熊。事见段成式《酉阳杂俎》卷13，并说：“式常访之（顾非熊），涕泣为成式言。”

这是一个荒诞不经的故事，当为况七十得子，遂附会以鬼神之事。且非熊亦似其父，滑稽好辩，凌轹别人，为众所怨，故人亦以此来揶揄他。辛文房也将其事收入了《唐才子传》。

三十一　“五言长城”刘长卿

刘长卿（？—786），字文房，河间（今属河北）人。天宝间（《唐才子传》作开元二十一年）进士，授苏州长洲尉。以“刚而犯上”，两次被谪。第一次在肃宗时，由苏州长洲尉贬潘州南巴尉。独孤及《送长洲刘少府贬南巴使牒留洪州序》谈到他被贬的原因说：“曩子之尉于是邦也，傲其迹而峻其政，能使纲不紊，吏不欺。夫迹傲则合不苟，政峻则物忤。故绩未书也，而谤及之，臧仓之徒得骋其媒孽，子于是竟谪为巴尉。”可见这次被贬完全是别人妒功嫉能，加以陷害的。第二次在代宗大历间，由鄂岳转运留后贬为睦州司马，据《唐会要》卷59“刑部员外郎”条云：“近大历中，鄂岳观察吴仲孺与转运使判官刘长卿纷竞，仲孺奏长卿犯赃三千贯。”吴仲孺是郭子仪的次婿，权势很大，大概又是刘长卿“刚而犯上”才遭到吴的诬陷。所以他在被贬时写下了不少为自己鸣冤叫屈的诗，“直道天何在？愁容镜亦怜”（《赴巴南书情寄故人》），“冶长空得罪，夷甫岂言钱”（《罪所留系寄张十四》），“斗间谁与看冤气，盆下无由见太阳”（《罪所上御史惟则》），“青阳振蛰初颁历，白首衔冤欲问天。绛老更能经几岁，贾生何事又三年”（《岁日见新历因寄都官裴郎中》）。此案后来得到苗丕的秉公处理，得以减轻罪责，量移睦州司马。他有诗庆幸自己脱离虎口，并对苗丕表示谢意云：“地远心难达，天高谤亦成。羊肠留覆辙，虎口脱余生。”（《按覆后归睦州赠苗侍御》）最后做到随州刺史，所以又被称为“刘随州”。他的交游很广，李白、张继、严维、薛据、包佶、皇甫曾、独孤及等著名的诗人，以及灵沏、灵一等著名的诗僧和妓女李秀兰，都跟他有诗词唱和。他在当时的诗名很大，尝“自谓五言长城"。《云溪友议》等载他的话说:"今人谓前有沈、宋、王、杜,后有钱、郎、刘、李。李嘉裕、郎士元,焉得与余齐称也?""每题诗,不言姓,但书长卿,以天下无不知其名者。"(《唐才子传》)其自负也如此。别人对他的诗评价甚高,唐皇甫湜在《答李第二书》中曾说:"诗未有刘长卿一句,已呼宋玉为老兵矣;语未有骆宾王一字,已骂宋玉为罪人矣!"(《全唐诗话》)宋张戒《岁寒堂诗话》甚至说:"随州诗,韵度不能如韦苏州之高简,意味不能如王摩诘、孟浩然之胜绝,然笔力豪赡,气格老成,则皆过之。与杜子美并时,其得意处,子美之匹亚也。"明陆时雍《诗镜总论》也说:"刘长卿体物情深,工于铸意,其胜处有迥出盛唐者。"他们或把刘长卿看成"子美之亚匹",或把他说成是"胜处有迥出盛唐者",虽不免有些过高,但其诗歌一直受到人们的推崇和爱好,则是毫无疑义的。当然也有对他的诗评价不甚高的,如高仲武说他"大抵十首以上,语意稍同,于落句尤甚,思锐才窄也。"王世贞也持同样的观点说:"刘随州五言长城,如'幽州白日寒'语,不可多得。惜十章以还,便自雷同,不耐检。"(《艺苑卮言》)这些也确实是他诗歌的弱点。

他的诗多写政治失意之感,也有反映乱离之作,内容是比较丰富的。各体诗都有佳作,特别是五言律诗写得很出色,善于描写自然景物。如《穆陵关北逢人归渔阳》云:"逢君穆陵路,匹马向桑乾。楚国苍山古,幽州白日寒。城池百战后,耆旧几家残。处处蓬蒿遍,归人掩泪看。"这首诗韵律之美,对仗之工,达到了很高的艺术水平。"楚国苍山古"一联,用诗人的主观感情,渲染了北国和南国两地的景色,既贴切,又沉郁。同时把战争之祸,民生之惨,在字里行间透露了出来。"城池"四句,语语沉痛,字字血泪,具有极大的感染力。如他《新年作》的"老至居人后,春归在客先",《余干旅舍》的"孤城向水闭,独鸟背人飞",《陪王明府泛舟》的"山含秋色近,鸟度夕阳迟",《移使鄂州次岘阳馆怀旧居》的"万里通秋雁,千山共夕阳",都是写景如画,景中含情,向来被称为五律中的名句。还有一些写景的小诗,流丽自然,生动形象,使人从中得到很好的美的享受。如五绝《逢雪宿芙蓉主人》云:"日暮苍山远,天寒白屋贫。柴门闻犬吠,风雪夜归人。"寥寥数语,便把山路逢雪、茅屋投宿、柴门犬吠、风雪夜归等一系列情景,从画面上清晰地表现出来。羁旅之苦,喜悦之情,都在字里行间得到充分的表现。

画家们就曾根据他的诗意绘成画卷，成为《唐诗画谱》中的艺术珍品。

人们但知他的五言诗写得好，其实他的七言诗也写得清新自然，饶有余味，决不仅仅是长于声律、工于雕琢而已。如《七里滩重送》诗云："秋江渺渺水空波，越客孤舟欲榜歌。手折衰杨悲老大，故人零落已无多。"首句"秋江渺渺"，空有寒波，却没有留住那个"越客"，构思甚巧，造语亦新。手折衰杨，心悲老大，故人零落，屈指无多，垂老惜别之情，纯发自肺腑，真挚感人，令人不忍卒读。这足以代表刘长卿诗歌的风格和成就。

三十二　傲骨凌霜、有道者风的诗人张继

张继，字懿孙，襄州（今湖北襄樊市）人，天宝十二载进士。大历末，官检校祠部员外郎，主管祠祀、享祭、天文、卜筮、医药、僧尼之属。又曾在洪州做过盐铁判官，是个闲散的小吏。他傲骨凌霜，颇矜气节，不肯与权贵往来。曾赋《感怀》诗以见志："调与时人背，心将静者论。终年帝城里，不识五侯门。"他到当时的政治中心长安，本来是充满信心，打算干一番事业的。"贫贱非吾事，西游思自强"（《洛阳作》），便是他这种思想的自我表露。他"识治体""博览有识"，应该是有所作为的，可能是他看到官场的丑恶，才发出了"古来芳饵下，谁是不吞钩"（《题严陵钓台》）的感叹，才萌生"心事数茎白发，生涯一片青山"（《归山》）的隐逸思想，甚至要学起禅来，"试向东林问禅伯，遣将心事学琉璃"（《安公房问法》），希望自己能够一尘不染，晶莹透彻得像"琉璃"似的。这便是高仲武说他"诗体清迥，有道者风"的原因。

他的诗，不事雕饰，而韵味深长。无论是纪游之作，还是咏史之什，都倾注了自己的感情，寄寓了自己的理想，如《读峄山碑》刺秦皇之暴虐，《上清词》讥汉武之求仙，都是借古讽今，把矛头直接指向唐明皇的。特别是那些反映战乱频仍、民生凋弊的作品，更闪耀着现实主义的光芒。如《阊门即事》云："耕夫召募逐楼船，春草青青万顷田。试上吴门窥郡郭，清明几处有新烟?"此诗就是通过生动的形象，白描的语言，深沉的感喟，反映壮丁都被征去打仗，田里长满了青草，到了清明时节家里就揭不开锅的现实，真是"事理双切""比兴深矣"（《中兴闲气集》）。如他"女停襄邑杼，农废汾阳

耕”（《送邹判官往陈留》）、“量空海陵粟，赐乏水衡钱”（《酬李书记校书越城秋夜见赠》）、“汉月经时掩，胡尘与岁深”，都表现了诗人忧国忧民的感情。叶梦得说他的诗“往往多佳句”，大概包括这些感喟遥深的诗句在内。

当然，使他在诗坛上享有盛名的，还是那首《枫桥夜泊》：“月落乌啼霜满天，江枫渔火对愁眠。姑苏城外寒山寺，夜半钟声到客船。”这首诗通过月落乌啼、霜天寒夜、江枫渔火、孤舟客子等一系列的形象，表现了诗人羁旅孤独的情怀。特别是“夜半钟声”一语，不仅把夜的谧静、清冷和幽寂的氛围表现了出来，而且把人的孤另、凄凉和愁苦的感情也描绘得淋漓尽致。全诗完全用白描的手法，把自己的所见、所闻、所感，层次分明地组织在一个和谐统一的画面中，使读者从中领略到一种情味隽永的诗意美。这就是《枫桥夜泊》诗“世多传诵”的道理。但欧阳修认为是“诗人贪求好句，而理有不通”“句则佳矣，其如三更不是打钟时”（《六一诗话》），从而引起不少的争论，宋代陈岩肖驳之曰：“然余昔官姑苏，每三鼓尽四鼓初，则诸寺钟皆鸣，想自唐时已然也。后观于鹄诗云‘定知别后家中伴，遥听维山半夜钟’，白乐天云‘新秋松影下，半夜钟声后’，温庭筠云‘悠然旅榜频回首，无复松窗半夜钟’，则前人言之，不独张继也。”（《庚溪诗话》）其实唐代诗人写过“夜半钟声”的还很多，皇甫冉有“秋深临水月，夜半隔山钟”，司空曙有“杳杳疏钟发，中宵独听时”，王建有“未卧尝闻半夜钟”，陈羽有“隔水悠悠半夜钟”，许浑有“月照千山半夜钟”，说明“半夜钟”乃唐代寺院的风习，欧阳公大概没有深察罢了。清人马位《秋窗随笔》说得好：“今吴中山寺，实以夜半打钟。然亦何必深辩？即不打钟，不害诗之佳也。”诗人借景抒情，重在意与象合，情与景惬，这“夜半钟声”，正好创造了远方游子愁绪满怀所需要的氛围和意境，让诗的色彩、音响，与人的心境互相融合，从而提高了诗的艺术感染力量，便是最好的诗歌创作，何必深究夜半是否打钟呢？

张继的年辈较顾况为高，尝有“吴乡岁贡足嘉宾，后进之中见此人”（《送顾况泗上觐叔父》）的诗句。与皇甫冉有很深的友谊，故有“兴因尊酒洽，愁为故人轻”（《春夜皇甫冉宅欢宴》）。皇甫冉在《酬张继》的诗序中亦说他是旧好。他受到刘长卿的推崇，其《哭张员外继》的五言排律中说：“独继先贤传，谁刊有道碑。”说明他在当时诗坛的地位和影响都是不容忽视的。

三十三　“真而不朴，华而不绮”的诗人韦应物

韦应物（737—792?），长安（今陕西西安）人。少尚侠义，狂放不羁，曾任“三卫郎”扈从过唐明皇，后来他回忆这段历史说：“少事武皇帝，无赖恃恩私。身作里中横，家藏亡命儿。朝持摴蒲局，暮窃东邻姬。司隶不敢捕，立在白玉墀。”（《逢杨开府》）十分形象地勾画出自己少年时代的无赖骄横的面貌，那时他还只有十五岁呢！“与君十五侍皇闱，晓拂炉烟上赤墀。花开上苑经过处，雪下骊山沐浴时”（《宴李录事诗》），“北风惨惨投温泉，忽忆先皇游幸年。身骑厩马引天仗，直入华清列御前”（《温泉行》），又把他扈从明皇的年龄和情况写了出来。是什么原故使他改变原来的品性呢？“武皇升仙去，憔悴被人欺。读书事已晚，把笔学题诗”（《逢杨开府》），于是才折节读书，终于举了进士，历官滁州、江州、苏州刺史，后人因称他为“韦江州”或“韦苏州”。又因为他曾经任过左司郎中，所以又被称为“韦左司”。他与顾况、刘长卿、秦系、李端、豆卢、皎然、畅当、孟云卿、吉中孚、司空曙等诗人均有唱酬，是当时诗坛中很活跃的人物。他的诗效法陶渊明，写了不少“效陶”的诗，因写的是山水田园诗为主，故世称“陶韦”。又因为他的诗风与柳宗元很相近，所以二人又并称“韦柳”。宋代周紫芝《竹坡诗话》说：韦苏州效陶体，“不惟语似，而意亦似，盖意到而语随之也”。葛立方《韵语阳秋》则持相反的意见：“韦应物诗拟陶渊明，作者甚多，然终不近也。”明代陆时雍则说：“韦苏州诗有色有韵，吐秀含芳，不必渊明之深情，康乐之灵悟，而已

自佳矣。”（《诗镜总论》）他们的观点虽然是不同的，但却可以说明韦应物诗歌的主导倾向，是接近“陶谢”和“王孟”的，是属于“田园诗派”的。当然由于他的生活经历比较复杂，始而狂放不羁，继而折节读书，反映在他的诗歌创作方面，就有简淡与豪放两种对立的风格。“丈夫当为国，破敌如摧山。何必事州府，坐使鬓毛斑”（《寄畅当》）、“望阙应怀恋，遭时贵立功。万方如已静，何处欲输忠”（《送崔押衙相州》），就近于豪放。而“今朝郡斋冷，忽念山中客。涧底束荆薪，归来煮白石，欲持一瓢酒，远慰风雨夕。落叶满空山，何处寻行迹”（《寄全椒山中道士》），就是简淡，淡得没有人间烟火气了。这是诗人的主导倾向。

韦应物除了田园诗之外，还有许多讽刺现实、同情人民的现实主义诗篇，如《经函谷关》的“圣朝及天宝，豺虎起东北。下沉战死魂，上结穷冤色”，《广德中洛阳作》的“饮药本攻病，毒肠翻自残。王师涉河洛，玉石俱不完”，《始至郡》的“斯民本乐生，逃逝竟何为？早岁属荒歉，旧逋积如坻”，《观田家》的“仓廪无宿储，徭役犹未已。方惭不耕者，禄食出闾里”。这些诗有的揭露王师的本质和战争的罪恶，有的同情人民的疾苦，洞察逃亡的原因。正如黄彻《䂬溪诗话》所说的：“韦苏州《赠李儋》云‘身多疾病思田里，邑有流亡愧俸钱’，《郡中燕集》云‘自惭居处崇，未睹斯民康’。余谓有官君子，当切切作此语。彼有一意供租，专事土木，而视民如仇者，得无愧此诗乎！”韦应物还写了许多感情深厚、怀念兄弟的抒情小诗，总计约在二十首以上。昔人谓杜甫笃于骨肉之情，蔼然仁者之言，所以更加为人所尊重。韦氏也有这方面的优点值得我们珍视。如《冬至夜寄京师诸弟》的“已怀时节感，更抱别离酸”，《元日寄诸弟》的“日月昧还期，念君何时歇”，《京师叛乱寄诸弟》的“上怀犬马恋，下有骨肉情”，《寒食寄京师诸弟》的“把酒看花想诸弟，杜陵寒食草青青”，《岁日寄京师诸弟》的“常患亲爱离，始觉世务牵”，《广陵觐兄》的“俯仰叙存没，哀肠发酸悲，收情且为欢，累日不知饥”，《清明日忆诸弟》的“杏粥犹堪食，榆羹已稍煎，惟恨乖亲燕，坐度此芳年”，等等，友爱之情，溢于言表。“每逢佳节倍思亲”，几乎没有一个佳节，诗人没有怀念兄弟的诗歌，而且情真语挚，出自肺腑，具有极大的艺术感染力。此外，诗人还有一组咏物的诗，有的寄托遥深，有的颇含哲理，是他诗歌中一个重要的组成部分。如《咏玉》的“乾坤有精物，至宝无文章。

雕琢为世器，真性一朝伤”，便寄寓了崇尚自然、反对雕琢的思想。《咏声》的“万物自生听，太空恒寂寥。还从静中起，却向静中消”，就包含着盈虚消长的许多哲理。

当然，奠定韦应物在诗坛中的崇高地位的还是他那些写景抒情的诗歌。如“杨柳散和风，青山淡吾虑”（《东郊》）、“漠漠帆来重，冥冥鸟去迟”（《赋得暮雨送李曹》）、“寒雨暗深更，流萤度高阁”（《寺居独夜寄崔主簿》），每一个句子中的色彩和线条，都构成了一幅动人的画面。特别是他《游开元精舍》的“绿阴生昼静，孤花表春余”一联，得到了历代诗人的崇高评价。曾季貍《艇斋诗话》认为它是写晚春景物中的“最有思致”者，较之杜牧的“晚花红艳静，高树绿阴初”更有“雍容气象”，较之张文潜的“草青春去后，麦秀日长时”则无“刻画见骨”之弊，甚至认为比刘梦得的“神林社日鼓，茅屋午时鸡”、温庭筠的“鸡声茅店月，人迹板桥霜”这些公认的千古名句也要好。叶梦得《石林诗话》则认为它是“韦苏州集中最为警策”的诗句，王荆公“意所喜处”“不觉误用为己语”，而有“绿阴生昼寂，幽草弄秋妍”的诗。这说明诗人在写景抒情方面达到了很高的艺术水平。所以司空图说他的诗“澄淡精致，格在其中”（《升庵诗话》卷三引），白居易说他的歌行“才丽之外，颇近兴讽”，五言诗“高雅闲淡，自成一家之体”（《观林诗话》引）。王士祯《论诗绝句》甚至说“风怀澄淡推韦柳，佳处多从五字求。解识无声弦指妙，柳州那得比苏州”。历代对他的诗歌评价得如此之高，其中必有大过人者。现在让我们简略地谈谈他的两首代表作吧：

“江汉曾为客，相逢每醉还。浮云一别后，流水十年间。欢笑情如旧，萧疏鬓已斑。何因不归去，淮上有秋山。”《淮上喜会梁州故人》这首五言律诗，回顾了过去的友谊，描写了阔别十年后重逢的悲喜心情，表达了归去偕隐的期望，悲喜交错，情景互衬，自然流畅，洗练概括，有着极其丰富的艺术容量。“独怜幽草涧边生，上有黄鹂深树鸣。春潮带雨晚来急，野渡无人舟自横。”《滁州西涧》是诗人在任滁州刺史时写的，他把幽草、黄鹂、春潮、野渡、孤舟安排在一个画面中，有声有色，有动有静，构成了浓厚的诗意，表现了诗人向往自然、恬淡自适的生活情趣。所以传诵得很广，正不必穿凿地去求它的寄托所在了。这种“真而不朴，华而不绮”的风格，是白居易诗中所没有的，所以白在答刘禹锡的诗说“敢有文章替左司”，左司，就是韦应物。苏东坡也说“乐天长短三千首，却爱韦郎五字诗”，以白居易在诗歌发展史上的崇高地位，而如此推崇韦应物，自然不是偶然的。

三十四　“草莽英雄”苏涣

苏涣是个草莽英雄，善用白弩，往来剽盗于巴蜀之间，巴蜀商人称之为“强足以拒敌，辩足以饰非”的“白跖”。后忽悔悟，折节从学，中广德二年（764）进士，累迁至侍御史，又被潭州刺史崔瓘辟为幕府从事。一改过去“不平者”的性格，变为“不交州府之客，人事都绝久矣”的“静者”。杜甫漂泊湖湘的时候，这个“闭门不出”的人忽然枉驾拜望了他。杜老先请其诵诗，觉得苏涣“才力素壮，辞句动人”“书箧几杖之外殷殷留金石声”，于是又赋诗赠之，就品德而言，把苏比作“未尝入城府”的高人庞德公。就诗艺而言，又认为苏超过了“黄初七子”，应该与杨、马同时。就期望而言，竟把扶持国家、安定社会的希望寄托在他身上：“致君尧舜付公等，早据要路思捐躯。”推崇之高，期望之殷，在老杜诗中还是不多见的。说也奇怪，在苏涣现存的四首诗中，除三首“变律”外，还有一首《赠零陵僧》的七古，是赞美怀素的草书“兴来走笔如旋风”“钩锁相连势不绝”的。可见苏涣平生的交游，不是大诗人，便是大书法家。大历五年（770），湖南兵马使臧玠叛乱，崔瓘遇害，涣乃逾岭煽动哥舒晃杀了岭南节度使吕崇贲，窃据府中，南方萧然。直到大历十年（775），江西连帅路嗣恭承诏出师，攻破广州，生擒哥舒晃和苏涣，斩之于泔溪（见权德舆《唐故光禄大夫检校尚书右仆射兼右卫上将军南充郡王赠太子太保伊公神道碑铭》）。这位“草莽英雄”诗人才带着他的“不平之气”离开了人间。

据高仲武《中兴闲气集》云：涣曾将其变律诗九首（《唐才子传》作十九首）送给广州节度使李勉。李以其“文意长于讽刺，亦育陈拾遗一鳞半甲，故善之”。可见他的“变律”诗，是得到当时许多人的赞赏的。变律诗其实就是古体诗，不过意在讽刺，语主质朴，文字不求藻饰，音律不求工巧而已。

“毒蜂成一窠，高挂恶木枝。行人百步外，目断魂亦飞。长安大道边，挟弹谁家儿？右手持金丸，引满无所疑。一中纷下来，势若风雨随。身如万箭攒，宛转迷所之。徒有疾恶心，奈何不知几！”这首诗告诉人们要捅马蜂窝，也得等待条件具备，时机成熟，如果徒有疾恶如仇的心，而没有除恶务尽之才，冒冒失失地去捅，就要受到“身如万箭攒”的危险。很显然，他是以人们所熟悉的小事来阐明政治斗争的大道理的，也是以毒蜂成窠、高挂树枝，来比喻小人结帮拉派、占据高位的社会现实的。

“养蚕为素丝，叶尽蚕不老。倾筐对空林，此意向谁道？一女不得织，万夫受其寒；一夫不得意，四海行路难。祸亦不在大，福亦不在先。世路险孟门，吾徒当勉旃。”这是诗人自抒其“不平之气”的。他告诫统治者要人尽其材，物尽其用，不要在社会上造成不公平的现象。否则就会招致“一夫不得意，四海行路难”的动乱局面。这正是“草莽英雄”的口吻和气概，决不是安贫乐道的腐儒所能说得出的。宋代范晞文《对床夜语》评这首诗说：“言语如此，则涣亦非寻常之盗也！”这确是一语中的、十分确切的评论。

三十五 “大历十才子”诗歌纵横谈

唐代大历年间，涌现了一大批很有成就的诗人，他们互相唱酬，互为依傍，誉满诗坛，名驰遐迩，被称为“大历十才子”。他们的诗风虽不尽相同，但正如皎然在《诗式》中所说的：“大历中词人窃占青山、白云、春风、芳草等以为己有，吾知诗道初丧，正在于此。”这话说中了当时诗人们的通病。不过后来他们的诗风逐渐有所改变，造诣也有高低，像李益、卢纶、钱起、郎士元等，就是“大历十才子”中的杰出诗人，下面将为他们设立专讲，这里只谈谈他们以外的一些诗人。

“大历十才子”这个名称最早见于姚合的《极玄集》。他在“李端”条下说：“（端）与卢纶、吉中孚、韩翃、钱起、司空曙、苗发、崔峒、耿湋、夏侯审唱和，号十才子。”其后五代刘昫等人所撰《旧唐书·李仲虞传》也说：“（仲虞）父端，登进士第，工诗。大历中，与韩翃、钱起、卢纶等，文咏唱和，驰名都下，号大历十才子。”于是“大历十才子”之名才正式确立下来。然《极玄集》只言“十才子”，而未冠以“大历”，《旧唐书》说了“大历十才子”的名称，而没有全部举出十人的名字。到了北宋欧阳修、宋祁撰《新唐书》时，才在《文艺志·卢纶传》中把《极玄集》和《旧唐书》加以综合，“大历十才子”的名称和具体的人名才真正被统一在一部书内。但“大历十才子”的成员，在后来的典籍中多有所出入，如计有功撰的《唐诗纪事》中则进李益、李嘉佑、皇甫曾而退夏侯审、吉中孚，或只去夏侯审而增李益、李嘉佑和皇甫曾，使“大历十才子”变成了十一人。严羽所撰《沧浪诗话·诗评》中又说“冷朝阳在大历才子中为最下”，于是“大历十才子”又变成了十二人。若将上述五书所记载的“大历十才子”的成员加起来已不下十四、五人。可见当时对于“大历十才子”既无定员，亦无定数，故各书所载，大同而小异。兹略述数人如次：

李端（752？—784），字正已，别号“衡岳幽人”，赵州（今河北赵县）人。早年曾在庐山学诗于皎然，颇负诗名。他才思敏捷，又是奕棋的高手。卢纶在酬畅当“感怀前踪”的诗中说：“校书（李端）才智雄，举世一娉婷。赌墅鬼神变，属词鸾凤惊。”卫象《伤李端》诗亦云：“才子浮生促，泉台此路赊，官卑扬执戟（扬雄），年少贾长沙。”从这两首诗来看，他确是一个具有多方面的艺术才能而又短命的诗人。《旧唐书·李仲虞传》还记载着一段这样的故事：“郭尚父（子仪）少子暧，尚代宗女升平公主，贤明有才思，尤喜诗人，而端等十人多在暧之门下。每宴集赋诗，公主坐视帘中，诗之美者，赏百缣。暧因拜官，会十子曰：‘诗先成者赏。’时端先献，警句云：‘薰香荀令偏怜小，傅粉何郎不解愁。’主即以百缣赏之。钱起曰：‘李校书诚有才，此篇宿构也，愿赋一韵正之，请以起姓为韵。’端即襞笺而献曰：‘方塘似镜草芊芊，初月如钩未上弦。新开金埒看调马，旧赐铜山许铸钱。’暧曰：‘此愈工也。’起等始服。”两诗均收在《全唐诗》中，可见诗人的才思是十分敏捷的。

李端是大历中进士，出任过秘书省校书郎和杭州司马。他与司空曙的诗风颇相近，但比较率直，比较露骨，不及司空曙那样含蓄。他们都是追求词章的流美、音韵的和谐，而忽视社会意义的诗人。他的诗大部分是送别、寄赠之作，与“大历十才子”互相酬唱的诗占了很大的分量。有一点值得提出的是，他的五言古诗和七言歌行在“大历十才子”中是佼佼者。他所作的《古别离》《折杨柳》《巫山高》，一直受到诗人的赞誉。相传白居易过巫山，秭归县令繁知一事先在壁上大书一诗曰：“忠州刺史今才子，行到巫山必有诗。为报高唐神女道，速排云雨待清词。”白居易看了，邀繁共舟，并告之曰：“历阳刘郎中禹锡三年理白帝，欲作一诗而不能。罢郡经过，悉去千余诗，但留四诗而已。”（四诗即王无兢、沈佺期、皇甫曾和李端的《巫山高》。）“竟不肯作，古人之服善无我如此。”又说：李端的《古别离》“真情实景，婉转惆怅，求之徐、庾之间且罕，况晚唐乎？

大历以后，五言古诗可选者，惟端此篇与刘禹锡《捣衣曲》、陆龟蒙《茱萸箧中镜》、温飞卿《悠悠复悠悠》四首耳”（见《全唐诗话》《升庵诗话》）。其七言歌行如《胡腾儿》《赠康洽》等，也还带些李颀、高适的余风。《胡腾儿》一诗，通过描绘沦陷区少数民族的艺人流落内地的悲惨生活，表达了作者要求收复失地、统一国家的强烈愿望。

与李端的诗风相近，而又有着童年的交情的是司空曙。李端《江上逢司空曙》的诗有“共尔髫年故，相逢万里余。新春两行泪，故旧一封书”。司空曙《酬李端校书见赠》诗有“青镜流年看发变，白云芳草与心违”之句，说明他们之间的交谊是十分深厚的。

司空曙，字文明，广平（今河北永年县）人。天宝末进士。安史乱后，历任洛阳主簿、左拾遗等，以为人耿直，不干谒权贵，被贬为长林县丞，官至虞部郎中。他的诗多写羁旅之感和山林之兴，但语言清新，感情真朴，突破了大历诗人的一般诗风。如那些为人们所传诵的“乍见翻疑梦，相悲各问年”（《云阳馆与韩绅宿别》），谢榛《四溟诗话》以为超过戴叔伦的“还作江南会，翻疑梦里逢”。其“雨中黄叶树，灯下白头人”（《喜外弟卢纶见宿》），范晞文《对床夜语》以为它的句法源于王维的“雨中山果落，灯下草虫鸣”，意境出于白居易的“树初黄叶日，人欲白头时”，而“诗家不以为袭”，因为“发兴造语，往往不约而合”。谢榛则以为善状目前之景，无限凄感，见于言表，较之韦应物的“窗里人将老，门前树已秋”，白居易的“树初黄叶日，人欲白头时”为优。其“蒹葭新有雁，云雨不离猿”（《送史申之峡州》），陆时雍《诗镜总论》又认为是“似不落思虑所得。意何襞积？语何浑成？语云‘已雕已琢，复归于朴’”。他如“他乡生白发，旧国见青山”（《贼平后送人北归》），“远山芳草外，流水落花中”（《题鲜于秋林园》），都能把一些客观景物不露痕迹地组织在一起，让它们互相烘托，形成一种新的意境，丰富了诗的含蕴，增加了诗的艺术效果。最能说明诗人的这种创作手法的，是他那首传诵得很广的绝句《江村即事》：“钓罢归来不系船，江村月落正堪眠。纵然一夜风吹去，只在芦花浅水边。”妙在诗人并不去直接写江村的眼前情事，而是通过“钓罢归来不系船”这样一个细小的动作和内心的活动，写出江村生活的一个侧面。而在说明“不系船”的原因时，又不是径情直遂地把它一语道破，而是通过“纵然”“只”这样一些关系连词，曲折而含蓄地表达出来，让诗情画意的优美意境，真切恬适的生活情趣，生动而形象地展现在读者的面前。

李嘉佑，字从一，赵州（今河北赵县）人。天宝七载（749）进士，授秘书省正字，官至台、袁两州刺史。他的诗风婉丽，诗名甚大，高仲武表彰说：“中兴高流，与钱、郎别为一体，往往涉于齐梁，绮靡婉丽，盖吴均、何逊之敌也。如‘野渡花争发，春塘水乱流’，又‘朝霞晴作雨，湿气晚生寒’，文章之冠冕也。”刘长卿则抑之曰：“今人谓前有沈、宋、王、杜，后有钱、郎、刘、李。李嘉佑、郎士元焉得与余齐称也?”但他的诗中，诚如吴师道所说的“往往多奇语”，为历代的著名诗人所模仿、所欣赏。如“水田飞白鹭，夏木啭黄鹂”，王维加上“漠漠”“阴阴”四字而成为名句；“细雨湿衣看不见，闲花落地听无声”，王安石效之而成“细数落花因坐久，缓寻芳草得归迟”；“据梧听高鸟，行药寄名花”，又被王安石增为“各据槁梧同不寐，偶然闻雨落阶除”，皆袭其意境，用其词语。“清明桑叶少，谷雨杏花稀”之句，又被周朴改作“晓来山鸟闹，雨过杏花稀”，亦甚有清趣。至其“傲吏身闲笑五侯，西江取竹起高楼。南风不用蒲葵扇，纱帽闲眠对水鸥”一诗，《升庵诗话》谓其写“长夏之景，清丽潇洒，读之使人神爽”。《诗镜总论》对其“野棠自发空流水，江燕初归不见人”一联，亦认为“风味最佳。‘野棠’句带琢，‘江燕’句则真相自然矣”。说明李嘉佑的诗，在“大历十才子”中是有自己的特色的。

韩翃，字君平，南阳（今属河南）人。是“大历十才子”中一个带传奇性的人物。中天宝十三载（754）进士。曾任淄青节度使侯希逸幕府从事，侯为部将驱逐，韩随之入京，闲居十年。及李勉镇夷门，又署为幕吏。时韩已是迟暮之年，同职者皆新进后生，都把他看作“恶诗韩翃”，殊不得意，辞疾家居。一日夜将半，有人扣门甚急，开门接见，其人贺以新擢驾部郎中，知制诰。韩非常惊愕，以为是一个同姓名的闹此一场误会。果有一同姓名的时任江淮刺史。中书问皇上把这个官职给谁，德宗批曰：“与‘春城无处不飞花，寒食东风御柳斜’的作者。”（《本事诗》及《全唐诗话》）又传韩有一爱妾柳氏，因战乱频仍，不敢携之同行，留居都下，久未能迎，乃寄以诗云：“章台柳，章台柳，往日青青今在否？纵使长条似旧长，也应攀折他人手。”柳氏读了以后复之曰：“杨柳枝，芳菲节，可恨年年赠离别。一叶随风忽报秋，纵使君来岂堪折？”不久，果然为番将沙吒利所劫，宠以专房。后得虞侯许俊劫持柳氏以归，并得到德宗批示云：“沙吒利宜赐绢二千匹，柳氏却归韩翃。”他们才得以破镜重圆。（《本事诗》）

韩翃的诗歌十之八九是送行赠别的诗，但却很少倾吐离愁别绪，而是悬想行人的旅程及其所经过的名胜古迹，抒情的成分少，叙事的成分多。例如《送客水路归峡》的“枕上未醒秦地酒，舟前已见陕人家”，其欢快之情，令人想起了李白的“两岸猿声啼不住，轻舟已过万重山”来。所以《中兴闲气集》评他的诗说：“兴致繁富，一篇一咏，朝野珍之，多士之选也。至于‘星河秋一雁，砧杵夜千家’；又‘客衣筒布细，山舍荔枝繁’；又‘疏帘看雪卷，深户映花关’，方之前载，则芙蓉出水，未足多也。”兹录其为德宗所赏识的《寒食》诗如下：“春城无处不飞花，寒食东风御柳斜。日暮汉宫传蜡烛，轻烟散入五侯家。”这首诗，与其说是一首节日诗，无宁说是一首讽喻诗。寒食，是我国的一个传统节日，宋代的理学家邵雍曾经说过“人间佳节唯寒食”，所以诗人写“寒食”的诗很多，但像诗人这么借汉讽唐，寓意深远，使人意识到在充满春意的美好风光下面，隐藏着的政治危机的则很少。中晚唐时宦官专横，决不亚于汉桓帝同日所封的“五侯”，此诗就表达了诗人一种深沉的忧虑。

总之，“大历十才子”的诗歌，是追求新巧，讲究新奇，所以大都写的是格律诗，初、盛唐时代那种古朴、雄浑的诗风，已经不容易看到了，但他们的诗歌，上承盛唐，下开中唐，并影响到晚唐的诗歌创作，在构思、铸句、炼字、协律方面，积累了一整套的诗歌艺术经验，为诗歌的进一步发展，作出了历史的贡献，这是谁也否认不了的。

三十六　“大历十才子”中的翘楚

李益（748—827），字君虞，姑臧（今甘肃武威）人。大历四年（769）进士。授郑县尉，岁久不调，乃弃官游燕赵间。幽州节度使刘济辟为从事，在边地居住了十八年，写了大量的以边塞为题材的诗歌，每有新作，辄被教坊乐工以赂求取，谱入管弦，或被画师画为屏风。他早著诗名，韦应物说他“二十挥翰墨，三十穷典坟。辟书五府至，名为四海闻”（《送李侍御益赴幽州幕》）。他的诗风跟“大历十才子”中的其他诗人不相似，颇多雄浑豪放之作。张为在《诗人主客图》中把他尊为“清奇雅正主”，严羽认为他是“大历以后”最可取的诗人之一，吴师道又认为他在“大历十才子中号为翘楚”，杨升庵说他的诗“不坠盛唐风格，不可以晚唐目之”。他的诗风确实还有盛唐的遗风，在艺术上吸收乐府民歌的长处，运用精炼优美的语言，激昂和谐的节奏，写出了许多形象鲜明、风格遒上的好诗。他于各体皆能，陆时雍说他的五古“得太白之深，所不能者澹荡耳”；王世贞认为大历间的诗人，“绝句，李益为胜，韩翃次之”，甚至认为他的七言绝句的成就，“何必王龙标、李供奉”。可见他的诗歌，得到了历代诗歌评论家的充分肯定和最高的评价。

《全唐诗》现存其诗两卷，以边塞为题材的占了很大的篇幅。因为他久居边陲，有着深厚的生活基础，能够较为深刻地写出战士们慷慨激昂、英勇杀敌的精神及其久戍思乡的忧伤，也反映了广大人民要求安边定远的愿望。这类题材的七言绝句，与王昌龄的诗风是接近的。如《塞下曲》的

“请书塞北阴山石，愿比燕然车骑功”，《暖川》的“塞外征行无尽日，年年移帐雪中天”，《夜上西城听梁州曲》的“金河戍客肠应断，更在秋风百尺台”，《边思》的“莫将关西将家子，只将诗思入凉州”，《从军北征》的“碛里征人三十万，一时回首月中看”，《统汉峰下》的“只今已勒燕然石，此地无人空月明”，《临滹沱见蕃使列名》的“万里关山今不闭，汉家频许郅支和”，《上黄堆烽》的“青发已从书剑老，戎衣更逐霍将军”，《听晓角》的“无限塞鸿飞不度，春风卷入《小单于》”，《夜上受降城闻笛》的“不知何处吹芦管，一夜征人尽望乡”，《塞下曲》的“莫遣只轮归海窟，仍留一箭定天山”。这些诗无不节奏明快，气势雄浑，使人意气风发，精神昂扬，饶有盛唐的气象。有人把他列入“边塞诗派”，我认为从他创作边塞诗的数量和质量来看，是很有道理的。

李益还善于言情，往往能够把眼中景、心中情，在短短的篇幅中生动细腻地表现出来，使人拍案叫绝。如“开门风动竹，疑是故人来”（《竹窗闻风寄苗发司空曙》），“片云归海暮，流水背城闲”（《送同落第者东归》），“思绪蓬初断，归期燕暂留”（《宿冯翊夜雨赠主人》）。都是把主观的情，巧妙地织进客观的景中，形成一幅饶有诗意的画面，让人从中去细细地咀嚼，慢慢地回味，得到他的“言外之意”“韵外之致”。“十年离乱后，长大一相逢。问姓惊初见，称名忆旧容。别来沧海事，语罢暮天钟。明日巴陵道，秋山又几重。”《喜见外弟又言别》这首诗，艺术地再现了诗人同表弟久别重逢的生动场面。他从生活的实际出发，通过典型的细节描写，在一“问”一“称”、一“惊”一“忆”的神情变化中，绘声绘形地把至亲重逢的真挚情谊表现得淋漓尽致，语语都从诗人的肺腑中流出，自是天地间第一流真诗，也是天地间第一流好诗，一直跟司空曙的“乍见翻疑梦，相悲各问年”流传在广大的群众口头，被誉为写“骨肉情、离别感”的典范。

诗人还善于从民歌中吸取营养，他的许多小诗不仅抒情的意味很浓，而且带着民间歌谣的风韵。如《江南词》：“嫁得瞿塘贾，朝朝误妾期。早知潮有信，嫁与弄潮儿。”《江南曲》是一个乐府民歌的旧题，是清商曲《江南弄》的七曲之一，多写江南水乡的生活和爱情生活。诗人用白描的手法，把商人妇的那种可悲可叹的内心活动，曲折而传神地表达了出来。特别是下半首，诗人忽然妙想天开，让这位商人妇发出“嫁与弄潮儿”的痴语、苦语，真可谓“无理而妙”。钟惺在《唐诗归》中评这首诗说：“荒唐之想，写怨情却真切。”黄叔灿在《唐诗笺注》中也说：“不知如何落想，得此急切情至语！”是说得十分中肯的。

李益这样一个有才华的诗人，竟因为他“少有痴病，而多猜忌，防闲妻妾，过为严酷，而有散灰扃户之谈闻于时，故时谓妒痴为‘李益疾’，以是久之不调”（《旧唐书·李益传》）。宪宗闻其诗名，始将他从河北召至京师，授以秘书少监、集贤殿学士。文宗初，以礼部尚书致仕。明代著名的戏剧家汤显祖，以他和霍小玉的爱情纠葛为线索，创作了传奇《紫钗记》和《紫箫记》，使他又成了文学作品中的人物。

三十七　以边塞诗著称的大历诗人卢纶

在“大历十才子”中，以边塞诗著称的除了李益，还有卢纶。

卢纶，字允言，河中蒲（今山西永济）人。天宝末，参加进士考试不中，避乱居鄱阳十年。代宗大历间，三考进士又不中。德宗时，累官至户部郎中。一日，德宗忽问其舅韦渠牟曰：“卢纶、李益何在?”答以在河中浑瑊的戎幕。驿召之，适纶以病卒。卢纶偃蹇场屋，迍邅仕途，故诗中多愤懑不平之气。文宗尤爱其诗，尝问宰相曰：“卢纶文章几何？亦有子否?”李德裕答以“纶四子，皆擢进士第，在台阁”，于是文宗使人索其家笥，得诗五百篇（见《全唐诗话》卷二）。今《全唐诗》仅录其诗三百二十二首，余皆散佚。诗中也有大量的应酬诗，但足以代表他的诗歌艺术水平的，却是他那雄劲而有气概的边塞诗和清新而有韵味的描写自然风光的小诗。历来的诗论家，都把他看作钱起的亚军，然而像他那些写边塞风光、写自然风景的诗，在钱起的诗歌中是找不到的。如他的《塞下曲六首》之二和之三云：“林暗草惊风，将军夜引弓。平明寻白羽，没在石棱中。”“月黑雁飞高，单于夜遁逃。欲将轻骑逐，大雪满弓刀。”前一首诗，写一个将军夜猎，见丛林深处风吹草动，以为是虎，于是引弓发箭，对准它猛射过去。天亮一看，箭镞竟然陷入石棱中去了。通过这一典型的情节，描绘出将军的英武形象。此诗取材于司马迁的《史记·李广列传》：“广出猎，见草中石，以为虎而射之。中石没镞，视之石也。”诗人把司马迁这段文章，用诗的语言，美的旋律，写成一首歌颂边防将士的小诗，希望他们像汉代的飞将军李广一样，叫敌人听了丧胆。司马迁一文，卢纶一诗，珠联璧合，先后辉映。但文是炊米而为饭，诗是酿米而为酒，韵味毕竟是不同的。第二首是一幅《追奔逐北图》，前半写敌人乘着月黑风高的夜晚，悄悄地弃甲曳兵而跑了。当我们发现这个意外的情况时，便准备派遣一支轻骑去追击。但诗人只写了准备追击的场面和气氛，而没有交代追击的结果，留着广阔的想象余地，让读者展开想象的翅膀去联想，去思索，更加丰富和提高了艺术的效果，增强了艺术的表现力。

他的抒情写景小诗，往往构思新颖，造语自然，读起来饶有韵味。如《春词》云："北苑罗裙带，尘衢锦绣鞋。醉眠花树下，半被落花埋。"把一位少女天真烂漫的形态，自由自在的生活情趣，刻画得神态毕现。曹雪芹从他那里得到启示，勾画出史湘云的憨态道："果见湘云卧于山石僻处的一个石磴子上，业经香梦沉酣，四面芍药飞了一身，满头脸衣襟上皆是红香散乱。手中扇子在地下，也半被落花埋了，一群蜜蜂蝴蝶闹嚷嚷的围着。"（见《红楼梦》62 回）我们只要闭着眼睛一想，卢诗中"半被落花埋"的少女，不就是曹雪芹笔下的史湘云么？又如《山中古木》云："坠叶鸣荒竹，斜根拥断蓬。半侵山影里，长在水声中。"句句是写古木，又句句是在讽刺当时社会的人际关系，互相依存，互相利用，形成一个冲不破、剪不断的关系网，可谓寓意深远，感喟遥深。范晞文说这首诗"思致亦不浅"，体会是很深的。

这里还要补充一点，就是他的那些送别投赠的应酬诗，也往往情与景惬，意到笔随，有着感人甚深的艺术魅力。如"路出寒云外，人归暮雪时"（《送李端》），"浪清风乍息，山白月犹明"（《送永阳崔明府》），"如何与君别，又是菊花时"（《赠别司空曙》），"路湿云初上，山明日正中"（《送何召下第后归蜀》），"川平人去远，日暖雁飞迟"（《春日灞亭寄皇甫侍御》），"风倾竹上雪，山对酒边人"（《题苗员外竹间亭》），以及"路绕寒山人独去，月临秋水雁空惊"（《至德中途中书事却寄李僩》），"估客昼眠知浪静，舟人夜语觉潮生"（《晚次鄂州》）。都是情藏景中，把依依惜别之情，纷纷羁旅之思，融入所睹、所历、所闻的客观景物中，有力地烘托出诗人当时当地的心境。既明朗，又含蓄；既平淡，又炽热。体物入微，曲尽情致，给人以很好的美的享受。

三十八 前有沈、宋，后有钱、郎

钱起和郎士元在“大历十才子”中享有极高的声誉，时人有“前有沈、宋，后有钱、郎”的话，朝廷自丞相以下，更出作牧，没有他们送行的诗，便觉得不光彩。高仲武在《中兴闲气集》中说“右丞（王维）以往，与钱更长”，就是说自从王维去世以后，钱起和郎士元就相继称雄于诗坛了。并在它的上、下卷，分别将钱起、郎士元列于卷首，明白地表示分别“压卷”的意思。但比较起来，高对郎的评价更高，他说：“两君体调，大抵欲同。就中郎公稍更闲雅，近于康乐（谢灵运）。”但葛立方则与高的观点完全对立，一则曰“然郎岂敢望钱哉”，再则曰“余读其诗，尽帙未见有可喜处，以是知不及起远甚”（《韵语阳秋》）。其实他们都是应酬官场的诗人，没有写出有社会意义和闪耀着艺术光辉的好诗。内容浅薄，才力单弱，在“大历十才子”中，是远不如李益和卢纶的。

钱起（722—780），字仲文，吴兴（今属浙江）人。天宝十载进士，官至考功郎中。以《省试湘灵鼓瑟》的“曲终人不见，江上数峰青”两语，赢得很高的声誉。有《钱考功集》。他的诗，以五言律诗为主要形式，以酬唱赠答为主要内容，虽有佳句，而无全篇。如《送僧归日本》的“浮天沧海远，去世法舟轻”，《送僧自吴游蜀》的“人烟一饭少，山雪独行深”，《裴迪书斋玩月》的“影闭重门静，寒生独树秋”，《题玉山村叟壁》的“牛羊上山小，烟火隔林深”，《谷口书斋奇杨补阙》的“竹怜新雨后，山爱夕阳时”，《送邬三落第还乡》的“十年失路谁知己，千里思亲独远归”，《赠阙下裴舍人》的“长乐钟声花外尽，龙池柳色雨中深”。都能观察入微，描写细腻，有着纯熟的艺术技巧，被高仲武誉为“特出意外，标准古今”。然观其全诗，则往往瑕瑜互见，篇不称句，远不及与他齐名的刘长卿。王世贞《艺苑卮言》说得好：“钱、刘并称固尔，钱似不及刘。钱意扬，刘意沉；钱调轻，刘调重。”从钱诗的总体来看，王氏的评论是符合实际的。当然，钱起也有比较完整匀称的好诗，如他的代表作《归雁》云：“潇湘何事等闲回？水碧沙明两岸苔。二十五弦弹夜月，不胜清怨却飞来。”这首诗通过“秋雁南飞，不过衡阳”和“湘灵鼓瑟，其声哀怨”的传说和神话，用一问一答的方式，曲折地抒发了诗人的“迁客”之思。诗一开头，便对归雁为什么要放弃那环境优美、水草丰盛的湘江而北归提出了询问，然后按照“迁客”的思想感情塑造出旅居潇湘的秋雁形象，让那多愁善感的秋雁作出“不胜清怨”、羁思难耐而不得不离开“虽信美而非吾土”的潇湘的回答。构思新颖，寄托遥深，抒情婉转，笔致含蓄，从而成为咏雁的名篇。

与钱起并称、世称“钱郎”的郎士元，字君胄，中山（今河北定县）人，天宝末进士，官至郢州刺史。他和钱起的诗风相近，但存诗很少，亦以五律擅长，在他现存的七十多首诗中，五律占了四十多首，送别题赠的作品，多至五十余篇，体裁和题材都比较单一，读起来自然感到平淡而缺少变化。但也还有一些警策的佳句，如“荒城背流水，远雁入寒云”（《周至县郑礒宅送钱大》），“岸明残雪在，潮满夕阳多”（《送韩司直路出延陵》），“吴岫新经雨，江天正落潮”（《朱方南郭留别皇甫冉》），“散漫三秋雨，疏芜万里烟”（《赋得长洲苑送李惠》），“蝉声静空馆，雨色隔秋原”（《送钱拾遗归兼寄刘校书》）。这些都是送别之作，每一个联语都是一幅彩色的图画，并且浸透了诗人依依惜别的感情在里面，所以既能悦目，又能感人。他的《周至县郑礒宅送钱大》诗，起联“暮蝉不可听，落叶岂堪闻”，高仲武以为“工于发端”，可以使谢朓感到“惭沮”，而王世懋却说此句“果谓发端工乎？谢宣城地下当为拊掌大笑”（《艺圃撷余》）。发端是诗歌创作的一个难题，要求突兀挺拔，笼罩全篇，所以有“对句好易得，起句好难得”的感叹。我国诗歌史上妙于发端的，据说谢朓以后，只有王维一人，未免说得太玄。其实郎士元的作品中，顿入题旨、气摄全篇的，也还是有的。如《长安逢故人》的“数年音信断，不意在长安”，《送林宗配雷州》的“昨日三峰尉，今朝万里人”，《送李遂之越》的“未习风波事，初为东越游”，《闻蝉寄友人》的“昨日始闻莺，今朝蝉又鸣”，皆能一下擒住题旨，笔所未到，气已先吞。高氏固然将他拔得太高，王氏亦未免把他说得过头，各有偏爱，抑扬失实，也是可以理解的。论者多认为诗人擅长五言，我倒觉得他的写景抒情的七绝小诗，清新可喜，别具风味。如《柏林寺南望》云：“溪上遥闻精舍钟，泊舟微径度深松。青山霁后云犹在，画出西南四五峰。”这是一首写景的小诗。诗人因钟声而引起寻山的兴致，步入幽深的松林，只见青山如洗，浮云若飞，远处的四五座矗立在那里的山峰，像自然之神用丹青妙笔画出来的一样。诗中没有用一个喜悦的字眼，而诗人那种欢快之情，赞美之声，仿佛可以看得见、听得到似的，而且这生动的画面，优美的韵律，很好地传达到读者的心灵深处，引起极大的美感。

三十九　姓名不入“大历十才子”的杰出诗人

当“大历十才子”把诗歌的题材主要局限在青山、白云、春风、芳草上面的时候，有些诗人却把犀利的目光注视着动乱的现实，举凡战争给人民带来的灾难，异族上层统治者的乘机入侵和劫掠，社会的黑暗与不合理的现象，都一齐收入他们的笔底，成为当时社会的一面镜子。他们的代表作家就是戎昱和戴叔伦。戎、戴二人的诗歌，无论在主题的深刻性，题材的多样性，体制的完备性诸方面，比起“大历十才子”中的许多诗人都要高明得多。严羽却以为戎昱之诗“绝似晚唐”而斥其“在盛唐为最下”，杨慎亦以其诗“乃盛唐之晚唐”，直斥其为唐人中的“极恶劣者”，谢榛亦以戴叔伦的诗歌“体轻气薄如叶子金，非锭子金也”。范晞文则以戴叔伦《对月》的“明年此夕游何处，纵有清光知对谁”是欲脱胎老杜的“明年此会知谁健，醉把茱萸仔细看”，而远不及原作，“盖才力不逮也”。上承盛唐，下开晚唐，正是戎昱在诗歌发展史上的贡献。至于戴叔伦的人格、诗格、才力、学力，更是昭昭在人耳目，不待辩而自明的。以上这些评论是可以进一步商榷的。

戎昱，两《唐书》无传，荆南（今湖北荆门）人。善诗歌，工书法，“当时赏音，喧传翰苑”，初佐浙西节度颜真卿幕，后被荆南节度观察使卫伯玉辟为从事，官至辰州、虔州刺史，晚年流寓蜀中。相传湖南都团练使崔瓘欲妻以女，而不喜其姓戎，暗示如能改姓，即可议婚，昱即谢以诗云：“千金未必能移性（姓），一诺从来许杀身”，说明他是不肯易姓求荣的（事见范摅《云溪友议》及计有功《唐诗纪事》）。戎昱的诗，多以反映现实为题材，如他的《塞上曲》六首，反映了胡马驰骤、杀气成云、将军庸懦、战士苦辛的情况；《塞下曲》的“汉将归来虏塞空，旌旗初下玉关东。高蹄战马三千匹，落日平原秋草中”，写出了唐军凯旋归来，驻节玉关，放马秋郊，字里行间流露出将士的无限喜悦与自豪的感情，饶有盛唐气象；《苦哉行》记录了唐王朝借助回纥、吐蕃的兵力，平定安史的叛乱，洛阳虽告收复，但妇女被奸污，财产被掳掠，结果是“冀雪大国耻，翻是大国辱”；《赠别张驸马》揭露了那个“天子爱婿皇后弟，独步明时负权势”的张驸马，他“飞龙骑马三十匹，玉勒雕鞍照初日，数里衣香遥扑人，长衢雨歇无纤尘”，那样肆无忌惮地挥霍民脂民膏，去支持他那豪华糜烂的生活；《苦辛行》控诉了社会财富的分配不公，知识分子触手荆棘，贫困不堪，出现了“如今刀笔士，不及屠沽儿”的怪现象。如此深刻地反映现实的作品，在钱起、郎士元的诗歌中是找不到的。

诗人还写了许多情真语挚、意切景惬的小诗，如《长安秋夕》的“远客归去来，在家贫亦好”，被白居易点窜为“始知为客苦，不及在家贫”，都成为传诵千古的名句；《题李明府壁》的“料钱供客尽，家计到官贫”，被黄彻《䂬溪诗话》誉为“情状可喜”，“虽欲不喜不得也”；《霁雪》的“檐前数片无人扫，又得书窗一夜明”，杨慎认为“暗用孙康事，妙”；《咏史》的“社稷依明主，安危托妇人”，被陆时雍誉为“议论之佳者”。特别是他那首《移家湖上亭》，情味隽永，构思新奇，充满了诗情画意。诗云：“好是春风湖上亭，柳条藤蔓系离情。黄莺久住浑相识，欲别频啼四五声。”在诗人的笔下，柳条、藤蔓、黄莺，都有着依恋难舍的感情。在习习的春风中，柳条、藤蔓像伸出手来与他握别，黄莺的啼唤，像同他话别，像为他祝福。这不是周邦彦《兰陵王·柳》“隋堤上、曾见几番，拂水飘绵送行色”的同一构思吗？不是周邦彦《六丑·蔷薇谢后作》“长条故惹行客，似牵衣待话，别情无极”的情景吗？可见诗人这种情景交融的诗艺、物我两忘的意境，对后人的启迪和哺育是不容否认的。至于《云溪友议》及《本事诗》说这首是诗人赠其“情属甚厚”的爱姬的，并因为这首诗的缘故，使襄阳公或韩晋公不忍夺其所爱，赠以缣帛，复得破镜重圆，不过是给这首诗增加一层浪漫主义的色彩而已，不必细究其事之真伪与否也。

戴叔伦（732—789），字幼公，润州金坛（今属浙江）人。贞元十六年进士。曾任抚州刺史，迁容管经略使。刘晏任吏部尚书时，对他作出很高的评价，说“博访群伦，揖对宾客，无如戴叔伦”。说明他是很有吏治才能的。晚年自请出家为道士。《全唐诗》收录其诗二卷。

他的诗名很高，各体兼长，并在词的创作方面进行了新的尝试，其《调笑令》（《全唐诗》作《转应词》）“边草，边草，边草近来共老。山南山北雪晴，千里万里月明。明月，明月，胡笳一声愁绝”，就是一首比较成熟的词。他的诗论对后来的“神韵说”有很大的影响，皎然在《诗式》中引用的“诗家之景，如蓝田日暖，良玉生烟，可望而不可置于眉睫之前也”，就强调了诗要有余韵远景。他的诗广泛地揭露了社会的矛盾，既有反映农民疾苦的乐府诗，又有昂扬豪放的边塞诗，也还有不少清新可喜、委婉有致的寄怀写景的小诗。如《女耕田行》写了“无人无牛不及犁，持刀斫地翻作泥。自言家贫母年老，长兄从军未娶嫂”的农家少女；《屯田词》写了“新禾未熟飞蝗至，青苗食尽余枯茎。捕蝗归来守空屋，囊无寸帛瓶无粟”的“移屯者”，这两首诗把乱后农村的破败景象，移民的穷困生活，具体地描绘了出来。《从军行》写了“丈夫四方志，结发事远游”“酬恩仗孤剑，十年弊貂裘”的豪言壮语，《边城曲》写了“黄砂碛下八月时，霜风裂肤百草衰，尘沙晴天迷道路，河水悠悠向东去”的塞外风光，《行路难》抒发了“淮阴不免恶少辱，阮生亦作穷途悲，颠倒英雄古来有，封侯却属屠沽儿”的不平之鸣。这些都是他诗歌中人民性、民主性的表现，是大历诗人中很少见的。而诗人却以具体的描绘，真挚的感情，给我们留下了鲜明的时代烙印。

特别值得一提的，是戴氏那些写景抒情的小诗，真切动人，感人肺腑，如那些传诵不衰的名句：“一年将尽夜，万里未归人”（《除夜宿石头驿》），“还作江南会，翻疑梦里逢”（《夜与故人偶集》），“长醉非关酒，多愁不为贫”（《江上别张欢》），“如何百年内，不见一闲人”（《别友人》），“双树含秋色，孤峰起夕阴”（《游少林寺》），“客心双去翼，归梦一扁舟”（《崇德道中》），“病多知药性，客久见人心”（《卧病》），“夜静月初上，江空天更低”（《泛舟》），“京洛风尘久，江湖音信稀”（《送郭太祝归江东》），以及“黄鸟数声催柳变，清溪一路踏花归”（《越溪村居》），“落花飞絮成春梦，剩水残山异昔游”（《暮春感怀》），“却是梅花无世态，隔墙分送一枝春”（《旅次寄湖南张郎中》），“愿得此身常报国，何须生入玉门关”（《塞上曲》），“燕子不归春事晚，一汀烟雨杏花寒”（《苏溪亭》）。真是好语如珠，琳琅满目。言情则沁人心脾，尽得人之所欲言；写景则形象生动，色彩鲜明，构图优美，给读者以如临其境的美感；说理则鞭辟入里，极有思致，使人从他的生活感受中，产生感情上的共振共鸣。不愧是大历间一个成就很高、影响极大的诗人。他与当时的诗坛联系极为广泛，“大历十才子”中的钱起、卢纶、郎士元、皇甫冉、耿沣、崔峒等跟他有唱酬，李贺、孟郊、刘禹锡、郑谷等也跟他有交谊。戴氏受到他们的赞美和尊重，绝不是偶然的。

四十　韩愈的“以文为诗”

韩愈是“文起八代之衰”的唐代古文运动的主要领导者，也是开创中唐时期一个重要诗歌流派——“险怪诗派”的祖师爷。他的“以文为诗”，应该说是诗歌艺术上的一次革新，一种开拓，但却引起了诗歌理论界的争论不休。推崇他的人说：“韩吏部歌诗数百首，其驱驾气势，若掀雷挟电，撑抉于天地之间，物状奇怪，不得不鼓舞而徇其呼吸也。”这是司空图在《题柳柳州集后》所说的一段话。司空图本来是“王孟诗派”诗歌艺术的鼓吹者，却对这位“险语破鬼胆，高词媲皇坟”的韩愈大唱其赞歌来。宋代张戒《岁寒堂诗话》也说他的诗“能擒能纵，颠倒崛奇，无施不可……姿态横生，变怪百出，可喜可愕，可畏可服也”，予以表彰。而反对他的却说：“诗文各有体，韩以文为诗，杜以诗为文，故不工尔。”又说：“退之以文为诗，子瞻以诗为词，如教坊雷大使之舞，虽极天下之工，要非本色。”这是陈师道在《后山诗话》中的评论，然而杜诗、韩文、苏词的成就，却是我国文学史上所一致认同的。更奇怪的还是具有改革、开拓思想的沈括，也反对起韩愈在诗歌革新上的尝试与探索，他说：“退之诗，押韵之文耳。虽健美富赡，然终不是诗。”（见《冷斋夜话》）但无论赞成他的也好，反对他的也好，都没有从诗歌革新的角度上来进行评论，因而缺乏应有的说服力。只有清代的赵翼和叶燮看到了韩愈之所以要“改弦而更张之”的苦心。《瓯北诗话》说：“至昌黎时，李、杜已在前，纵极力变化，终不能再辟一径。惟少陵奇险处，尚有可推扩，故一眼觑定，欲从此辟山开道，自成一家。此昌黎注意所在也。”叶氏更进一步分析其进行革新的原因说：“愈尝自谓陈言之务去，想其陈言之为祸，必有出于目不忍见、耳不堪闻者，使天下人之心思智慧，日腐烂埋没于陈言中，排之者比于救焚拯溺，可不力乎?”这就是韩愈要进行诗歌革新的社会原因。在韩愈的倡导下，孟郊、贾岛等又从而附和之，果然在中唐的诗坛上输入了新的活力，建立了新的流派，正如叶氏《原诗》所说的那样：“韩愈为唐诗之一大变，其力大，其思雄，崛起特为鼻祖。”

韩愈不仅在形式上主张“以文为诗”，还提出了“不平则鸣”“穷而后工”的诗歌主张。其《送孟东野序》说：“大凡物不得其平则鸣，草木之无声，风挠之鸣，水之无声，风荡之鸣……人之于言也亦然，有不得已者而后言，其歌也有思，其哭也有怀。”他第一次明确地指出诗歌创作与诗人所处的时代环境和生活经历是分不开的。唐、虞那样的太平时代，诗人就会情不自禁地出来“鸣国家之盛”，而在政治腐败、社会黑暗的时代，诗人就要通过切身的感受，“自鸣其不幸”来反映那个时代。屈原、李白、杜甫，就是“发愤以抒情”来表现那个时代的。他还认为只有“穷饿其身，思愁其心肠”的失意者，才能写出代表那个时代、反映那个时代的真文学，“王公贵人，志满意得”，是写不出好的作品来的。并进一步提出“和平之音淡薄，而愁思之声要妙；欢愉之辞难工，而穷苦之言易好”（《荆潭唱和诗序》）的著名论点，还拿李白、杜甫、柳宗元的成就和遭遇来印证这个道理是颠扑不破的。他说“惟此两夫子（李、杜），家居率荒凉”“平生千万篇，金薤垂琳琅”。（《调张籍》）意思是说如果李白和杜甫不是那么穷愁潦倒，就写不出那么琳琅满目的千万篇好诗来。他还说：“然子厚斥不久，穷不极，虽有出于人，其文学辞章，必不能自力以必传于后如今，无疑也。”（《柳子厚墓志铭》）就是说柳宗元的文学作品之所以传之千古，跟他的“斥久”“穷极”有着密切的关系。这些有关诗歌创作的主张，无疑是对文学现象的一个非常重要的认识，是对文学理论的一个飞跃的发展。

韩愈“以文为诗”的艺术特点，主要是表现在“搜奇抉怪，雕镂文字”（《荆潭唱和诗序》），“不专一能，怪怪奇奇”（《送穷文》），“神施鬼设，间见层出”（《贞曜先生墓志铭》），“横空盘硬语，妥帖力排奡”（《荐士》）。用我们今天的话来说，就是探险入幽的构思，佶屈聱牙的语句，错综变化的结构，违背常规的格律，汪洋恣肆的长篇大论。正如欧阳修所说的：“退之笔力，无施不可。……其资诙笑，助谐谑，叙人情，状物态，一寓于诗，而曲尽其妙。”（《六一诗话》）其实韩氏那些逞才使气、因难见巧的作品，主要是一些唱酬投赠的诗歌，至于描写自然、抒发个人不得志的篇什，则还是平易晓畅的。如他的代表作《山石》的“黄昏到寺蝙蝠飞”“芭蕉叶大栀子肥”，就是非常通俗明白的语言，其所以成为名句，正是因为他善于捕捉自然界的典型形象：看到“蝙蝠飞”，就好像看到黄昏的朦胧景色；看到叶大与花肥，感觉到“新雨足”的湿润天候。在另一首代表作《南山》中，也是用明白晓畅的语言，层次井然的结构，铺排山势的奇特和四时景物的变化，给人一种美的享受，不过在多达一百零二韵的诗中，不得不用一些险韵而已。他还写了一些很有韵味、非常新颖的小诗，为读者所喜爱。如《早春》云：“天街小雨润如酥，草色遥看近却无。最是一年春好处，绝胜烟柳满皇都。”用极其平易的语言，通过“小雨”“草色”，描绘出一幅早春的风光图。像一个高明的画家，用一种淡素的、似有却无的色彩，隐隐地勾勒出青青的草色，远远望去，像一片薄薄的绿茵铺在地面上，走到近处，却淡得看不见了。真是传神妙笔，能够摄取早春的魂来。

四十一　读后“有如食橄榄”的孟郊诗

“险怪诗派”又称为“韩孟诗派”，是以韩愈、孟郊为代表的一个重要流派。主要成员还有贾岛、马异、卢仝、刘叉等。他们所追求的艺术境界是险怪、新巧和奇特。《唐语林》所说的“元和之风尚怪也”，主要是针对这个诗派的诗风而言的。

孟郊（751—814），字东野，湖州武康（今属浙江）人。喜为穷苦之言，以苦吟著名。曾在湖州与皎然组织诗社，互相唱酬。四十六岁才中进士，五十岁出任溧阳尉。又瞧不起县尉这个芝麻绿豆儿官，终日行吟，不问政事，县令只好“分其半俸”，另觅雇员代行他的职务，他也只好挂冠辞归。以“穷愁不能养其亲”，在郑余庆的推荐下，出任协律郎，他一生穷愁潦倒，不肯与世俗同流合污。虽有韩愈、李翱、李观等人为之游扬，却始终免不了饥寒冻馁，他的好友刘叉常呼之为“寒酸孟夫子”。六十四岁，被饥寒驱至山南西道兴元军任参谋，暴卒于赴任途中。亲友们以其耿介孤直，私谥为“贞曜先生”。有《孟东野集》传世。

他的诗大多是“不平之鸣”，是啼饥号寒之作。如“借车载家具，家具少于车”（《借车》），“欲饮井泉竭，欲医囊用单”（《路病》），“秋至老更贫，破屋无门扉。一片月落床，四壁风入衣”（《秋怀》）。这是写他穷愁潦倒的物质生活。“出门即有碍，谁谓天地宽”（《赠崔纯亮》），“吾欲载车马，太行路峥嵘”（《感兴》），“九门不可入，一犬吠千门”（《楚怨》）。这是写他受压抑、被打击的精神生活。他既看不惯富豪子弟那样寻欢作乐、醉生梦死，“公子醉不起，美人争探春”（《长安早春》），更不满意教坊里的歌童舞女享受优厚的待遇，而像他那样的知识分子却是“浅井不供饮，瘦田长废耕”（《秋夕贫居述怀》），“三旬九过饮，每食唯旧贫”（《长安羁旅行》），怎能不发出“本望文字达，今因文字穷”（《叹命》）的感叹？又怎么不发出“能诗不如歌，怅望三百篇”（《教坊歌儿》）的“不平之鸣”？

由于孟郊亲身经历过“渴饮浊清泉，饥食无名蔬”（《靖安寄居》）的清苦生活，对贫苦人民的疾苦，自然有着切肤的感受。他所写的《织妇辞》，就愤怒地提出“如何织纨素，自着褴褛衣”的质问，同时还揭露了“官家榜村路，更索栽桑树”的苛政。《寒地百姓吟》又对当时阶级对立的情况，进行有力的揭露和鞭挞，一边是“无火炙地眠，半夜皆立号”；一边是“高堂捶钟饮，到晓闻烹炮”。其情绪的激烈，讽刺的辛辣，是一般文人诗歌中所不容易找到的。又因为他几次落第，一生坎坷，受尽了人间的白眼，从而对世态炎凉、人情冷暖洞若观火。那种“弃置复弃置，情如刀剑伤”（《落第》）的失落感，“两度长安陌，空将泪见花”（《再下第》）的失意，“失意容貌改，畏途性命轻”（《下第东南行》）的愤激，都在回应着人们对他的轻蔑、讪笑。他那传得很广的《登科后》的“春风得意马蹄疾，一日看尽长安花”，与其说是诗人发自内心的喜悦，无宁说是诗人用发自内心深处的苦笑，来回答那些“有财有势即相识，无财无势同路人”（《伤时》）的市侩们。他看透了那些“明似一盆火，暗是一把刀”的两面派的嘴脸：“令人表似人，兽心安可测？虽笑未必和，虽哭未必戚。面结口头交，肚里生荆棘。”（《择友》）这种“两面三刀”者的嘴脸，我们都感到似曾相识，说明他们是哪一个朝代、哪一个社会都会有的。正因为如此，所以诗人一再声称要“审交”，要“择友”，他深深地知道“结交若失人，中道生谤言”“小人槿花心，朝在不夕存”（《审交》），“求友须在良，得良终相善；求友若非良，非良中道变”（《求友》）。这些都是诗人付出了很高的代价，换来的处理人际关系的宝贵经验。

孟郊是韩愈诗歌革新的积极参加者，他主张诗歌应该充分发挥教育作用和社会作用，要充分发扬《风》《骚》以来的现实主义传统，所以他明确地提出“下笔证兴亡，陈词备风骨”（《读张碧集》），“何当补风教，为荐三百篇”（《送魏公入朝》）。而他之所以创作大量的乐府诗，无论是讽刺苛政虐民，还是批评社会风气，甚至是抒发自己的不平之鸣，都是为了要改变“大雅难具陈，正声易漂沦”（《答姚怤见寄》）的诗风的。明了这一点，我们才能真正认识到他“夜学晓未休，苦吟神鬼愁，如何不自闲，心与身为仇”（《夜感自遣》）的深刻意义。

他的《游子吟》就是“补风教”的最好的范例。诗云：“慈母手中线，游子身上衣。临行密密缝，意恐迟迟归。谁言寸草心，报得三春晖?”这是在任溧阳县尉时，迎养母亲有感而作的一首诗，它歌颂了伟大的母爱，闪耀着人性美的光辉。千百年来一直活在人们的口头。结语以温和的春晖比喻深厚的母爱，以区区的小草比喻儿女的孝心，可以说是《小雅·蓼莪》“欲报之德，昊天罔极”的形象化。韩愈说他的诗是“规模背时利，文字觑天巧”（《答孟郊》），苏轼说他的诗是“诗从肺腑出，出辄愁肺腑”（《读孟郊诗二首》之二）。我以为是符合孟诗的思想内容和艺术特点的。但苏轼又说：读他的诗，“初如食小鱼，所得不偿劳；又如煮彭蜞，竟日持空螯”。那就不如欧阳修所说的“初如食橄榄，真味久愈在”（《欧阳文忠公集》卷二），更加切合孟诗的实际。

四十二　“苦吟诗人”贾岛

“两句三年得，一吟双泪流”，“一日不作诗，心源如废井”，这是贾岛自道其诗歌创作的艰苦体验。相传“当其苦吟，虽逢公卿贵人，不之觉也”（《新唐书》本传）。他曾经“跨驴张盖，横截天街。时秋风正厉，黄叶可扫，岛忽吟曰‘落叶满长安’，求联句不可得，因搪突大京兆刘栖楚，被系一夕而释之”（《唐摭言》）。又传他“骑驴赋诗，吟得‘鸟宿池边树，僧敲月下门’之句，初拟用‘推’字，又思改为‘敲’字，在驴上引手作推敲之势，不觉冲撞京尹韩愈。愈询其故，岛具言所以。愈立马良久思之，谓岛曰：‘敲字佳矣。’遂并辔共论诗道。”（见何光蕴《鉴戒录》八）两次唐突，结果虽然不同，但他“身心无别念，余习在诗章”（《送天台僧》）的苦吟精神则是一致的。他是这么“苦吟不辍”，成了“诗痴”“诗僻”，是因为他心上有一杆秤，“金玉重四句，秕糠轻九流”（《题岸上人郡内闲居》），这就是他心理平衡的结果。

贾岛（779—843），字浪仙，一作阆仙，范阳（今北京市）人。曾经做过和尚，法名无本。后来得到韩愈的奖掖，这就是他在诗中曾经引以自豪的“心被通人见，文叨大匠称”（《即事》）的依据，“通人”和“大匠”都是指的韩愈。并因此得到张籍、姚合他们的揄扬而诗名大振。还俗应进士考，由于出身卑微，未被录取，失意之余，作《病蝉》诗以讽云：“病蝉飞不得，向我掌中行。折翼犹能薄，酸吟尚极清。露华凝在腹，尘点误侵睛。黄雀并乌鸟，俱怀害尔情。”诗以“病蝉”喻自己，以“黄雀”“乌鸟”喻公卿，被人弹劾，目为举场“十恶”之一。（事见《全唐诗话》卷三）大中末，授长江主簿，因被称为“贾长江”，有《贾长江集》。

他的作品，题材多写闲居的生活情趣，幽静的自然景物，几乎没有涉及国计民生的重大题材的。体裁多为五言律诗，对仗工整，语言清新，不乏佳句，如“秋风吹渭水，落叶满长安”（《忆江上吴处士》），“樵人归白屋，寒日下危峰”（《雪晴晚望》），“怪禽啼旷野，落日恐行人”（《暮过山村》），“鸟宿池边树，僧敲月下门”（《题李凝幽居》），“旧国别多日，故人无少年”（《旅游》），或以雄浑胜，或以清幽称，或以真挚见誉。正如苏绛铭其墓说：“孤绝之句，记在人口。”诗风平淡，既不喜欢堆砌典故，又不愿意雕琢辞藻，而是用寻常的话，写眼前的景，显得清淡而素雅，所以韩愈以“往往造平淡”（《送无本师归范阳》）来赞美他的诗，苏轼也以“郊寒岛瘦”（《祭柳子玉文》）来品评他的作品。如果说“寒”是“高”是“深”，那么“瘦”就是“平淡”是“质朴”。

他虽然是“险怪诗派”的主要成员，但“险怪”并不是他刻意追求的艺术境界，而“平淡”却成了他诗歌的主要倾向。有些小诗写得自然清新，感情真切，很有情致。如《剑客》云：“十年磨一剑，霜刃未曾试。今日把示君，谁有不平事?”诗人在这里以“剑客”喻自己，以“剑”喻自己的才能和抱负。他没有谈自己如何“敬德修业”，如何“下帷攻苦”，而是把自己的才能和抱负融入到“剑客”和“剑”的形象里，而诗人的豪情壮志跃然纸上，真可谓“思落天外”，“出人意表”。怪底韩愈说：“孟郊死葬北邙山，日月星辰顿觉闲。天恐文章中断绝，再生贾岛在人间。”

对于贾岛的诗歌，毁誉不一。毁之者说“贾岛衲气终身不除，语虽佳，其气韵自枯寂耳”（陆时雍《诗镜总论》）；誉之者说“齐己、湛然辈，略有唐调。其真有所得者，惟无本为多，岂不以读书故耶?”（李东阳《麓堂诗话》）一个说他“衲气不除”，一个说他在“僧诗”中最佳，自然牵涉到评论者的审美趣味问题。然而不管如何，他的诗对后来的影响是很深远的。晚唐诗人李峒就十分崇拜贾岛，他在《题晰上人贾岛诗卷》说：“贾生诗卷惠休装，百叶莲花万里香。供得半年吟不足，长须字字顶司仓。”“司仓”，官名，因为贾岛曾任普州司仓参军，故以代指贾岛。他还手抄贾岛的诗送给别人说：“此无异佛经，归焚拜之。”后来南唐的孙晟真的把贾岛的像画在壁上，朝夕礼拜（见晁公武《邵斋读书志》卷18）。南宋的重要诗派——四灵和江湖诗派也宗法贾岛，号为“唐宗”（见《沧浪诗话 · 诗辨》）。“四灵”中的赵师秀还选贾岛、姚合的诗为《二妙集》。贾岛的诗受到后人的尊重，远远地超过了其他的诗人，可能是他那清苦平淡的诗风，与生活在唐末、南宋时代的诗人的没落感和灰色的情绪合拍的结果；但对于拨正浮靡轻艳的诗风，也还是有积极意义的。

四十三　理想和现实矛盾着的柳宗元

柳宗元是一位伟大的政治家，也是一位杰出的诗人。他的山水田园诗与韦应物齐名而并称为“韦柳”，他的反映现实的诗与刘禹锡齐名而并称为“刘柳”。世之论者，又以为唐代最伟大的诗人，“前有李、杜，后有韩、柳”。杨慎亦说：“晚唐惟韩、柳为大家。韩、柳之外，元、白皆自成家。”（《升庵诗话》卷十一）说明韩愈、柳宗元不仅散文是唐代的冠冕，诗歌也在唐代诗坛中有着崇高的地位。但明代李东阳又说：“昔人论诗，谓‘韩不如柳，苏不如黄’。”（《麓堂诗话》）范氏《对床夜话》引刘克庄的话说：“唐文人皆能诗，柳尤高，韩尚非本色。”王世贞说得更加偏颇：“韩退之于诗本无所解，宋人呼为大家，直是势利他语。”（《艺苑卮言》卷四）这些抑韩扬柳的评论，显然没有认识到韩愈改革诗风，建立诗派的深刻意义，而是从传统的诗歌艺术的角度着眼的。宋人张戒说得比较平允，他认为“柳柳州诗，字字如珠玉，精则精矣，然不若退之之变态百出也。使退之收敛而为子厚则易；使子厚开拓而为退之则难。意味可学，而才气则不可强也”（《岁寒堂诗话》卷上）。这里从“变态”和“开拓”着眼来品评韩、柳，我认为是独具只眼的。从传统的诗艺而言，柳诗是“字字珠玉”；从改革的角度而言，韩诗是“变态百出”。我想这样应该可以为大家所认同、所接受。

柳宗元的诗歌，大都写于被贬之后，表现了他坚持自己的政治主张，反映了劳动人民的苦难，描写了自然风光，并以寓言的形式，谴责了政敌们的卑劣和凶残。比起他的散文来，更多地抒发了诗人忧伤悲凉的情怀，也流露了诗人的愤怒不平之气，具有很强的现实意义。他的诗歌，大致可以分为如下三类：

一是描写自然山水的诗。构思精密，着力于字句的选择和锤炼，追求峻洁、澄沏、生动自然的艺术境界，吸取了南北朝诗人的某些长处，寄托了自己的思想和情绪。其中许多为人们所传诵的好诗，由于对客观景物的观察细致而深刻，并以诗人独有的敏锐的眼光，发现了前人所没有发现的美，而受到历代诗人的推崇。如他的名篇《渔翁》云："渔翁夜傍西岩宿，晓汲清湘燃楚竹。烟消日出不见人，欸乃一声山水绿。回看天际下中流，岩上无心云相逐。"这个独来独往、无拘无束的渔翁，就有诗人自己的影子。诗中描绘了诗人在不自由的贬谪生活中所向往的生活环境。他可以"汲清湘""燃楚竹"以为炊，又可以在青山绿水中悠闲自在地唱着渔歌，抒发自己胸中的磊块。诗人那种孤芳自赏的情绪，孤高自命的节操，都在渔翁这个形象里体现了出来。苏东坡既赞美这首诗"有奇趣"，又认为它的结句"虽不必亦可"（《全唐诗话续编》卷上），在诗歌评论界掀起一场持续千年的大辩论。严羽《沧浪诗话·诗评》说："柳子厚'渔翁夜傍西岩宿'之诗，东坡删去后二句，使子厚复生，亦必心服。"这是从审美情趣的"奇"和"趣"出发来立论的。李东阳《麓堂诗话》则说："柳子厚'回看天际下中流，岩上无心云相逐'，坡翁欲削此二句，论诗者类不免矮人看场之病。予谓若止用前四句，则与晚唐何异？"王世贞则说："独苏氏欲去柳宗元'遥看天际'……吾所未解耳！"这是从"尊盛唐""抑晚唐"的角度来立言的。各人的审美角度不同，得出来的结论自然也就不同了。这一类诗清朗疏淡，历来为人所推崇。苏东坡所谓"外枯而中膏，似淡而实美"（《东坡题跋》卷二《评韩柳诗》）"发纤秾于简古，寄至味于淡薄"（《书黄子思诗集后》），是对它的最恰当的评价。

二是反映民生疾苦和自己的逐客生涯的。长期的贬谪，在诗人内心深处烙下了深深的创伤，因而常常借题发挥，把理想与现实的矛盾，羁愁与别情的感发，巧妙地组织在诗里面。调子虽然比较低沉，但却具有感人至深的艺术力量。严羽说得好："唐人好诗，多是征戍、迁谪、行旅、别离之作。往往能感动激发人意。”这是极有眼光的艺术概括。如诗人的名篇《别舍弟宗一》：“零落残魂倍黯然，双垂别泪越江边。一身去国六千里，万死投荒十二年。桂岭瘴来云似墨，洞庭春尽水如天。欲知此后相思梦，长在荆门郢树烟。”这是元和十一年（816）春夏之交，诗人送他的堂弟宗一自柳州赴江陵时所写的一首诗，全诗感慨遥深，情绪激动，渗透着对自己不幸遭遇的悲愤。特别是三、四两句写得尤其沉痛。诗人善于用数字写难写之情，“一身”“万死”“六千里”“十二年”的这些数字，不仅是对他“永贞革新”失败后政治遭遇的客观实写，而且透露了诗人受打击、被排挤的抑郁不平之气。葛立方《韵语阳秋》以为从这两句诗中，可知诗人“之穷极矣”。所以许多诗人都摹仿它，苏东坡的“七千里外二毛人，十八滩头一叶身”，黄山谷的“五更归梦三千里，一日思亲十二时”以及《对床夜语》卷五所引之僧诗“七千里外一家住，十二峰前独自行”，不都是脱胎于此？

三是像《跂乌词》《笼鹰词》《放鹧鸪词》一类的“寓言诗”，都是以飞鸟自况，借以抒发自己的沦落失意之感。如《跂乌词》即把自己比作一只伤了脚的乌鸦，寄寓“永贞革新”失败后所遭受的挫折。《笼鹰词》又把自己比作“羽毛脱落”的苍鹰，希望有一天能够“拔去万累云间翔”，以寄寓自己的政治理想未能实现的悲愤。诗中的“还顾泥涂备蝼蚁，仰看栋梁防燕雀”（《跂乌词》），“草中狸鼠足为患，一夕千顾惊且伤”（《笼鹰词》），则是以“蝼蚁”“狸鼠”比喻那些保守派，他们躲在阴暗的角落里，伺机陷害，结党营私，是一群可憎恶的家伙。诗人就是这样巧妙地来打击敌人，保护自己的。至于他的五言古诗，尤其擅场。严羽说他“尚在韦苏州之上，岂元、白同时诸公所可望耶？”曾季狸《艇斋诗话》也说：“五言古诗，句雅淡而味深长者，陶渊明、柳子厚也。”如《田家》《溪居》《掩役夫张进骸》等，有的揭露了农民在残酷的经济剥削和政治压迫下的痛苦遭遇，有的抒发了自己孤独寂寞、偃蹇坎坷的生活苦闷，有的表现了诗人“我心得所安，不谓尔有知”的仁义之心和朴素的唯物主义思想，都是光照日月的不朽名篇。

四十四　“诗豪”刘禹锡

白居易是中唐的现实主义大师。但他对刘禹锡的诗才和诗艺，表示由衷的赞佩。他说“彭城刘梦得，诗豪者也。其锋森然，少敢当者”（《刘白唱和集解》），从此，刘禹锡便赢得了“诗豪”的美誉。

刘禹锡的诗歌成就是多方面的。周履靖《骚坛秘语》说他“祖风骚，宗盛唐”，管世铭《读雪山房唐诗抄》说他“无体不备，蔚为大家，绝句中之山海也”。的确，长期的贬谪生活，使他更广泛地接触了社会，积累了生活，锻炼了意志，提高了思想，从而创作了许多不朽的名篇。他的政治讽刺诗，观点鲜明，风格刚健，笔致辛辣而有力。他的《竹枝词》，语言生动，风格清新，富有生活气息。他的抒情写景的小诗，韵调优美，感情炽烈，具有极大的诗的魅力。他的咏史诗，精警高迈，识见卓越，立足于古，着眼于今，足以垂戒千古。他的寓言诗短小精悍，含蓄蕴借，借远喻近，因小见大，寓深奥的道理于浅显的故事之中，寓难言之隐于巧妙的构思之中，达到了其他的诗歌形式所不易取得的艺术效果。总之，无论是乐府还是近体，是五言还是七言，是文人的诗词还是民间的歌谣，在他的笔下，都出现了生动的形象，优美的画面，都具备感人肺腑的艺术力量。

七绝是诗人很负盛名的一种体制。严羽认为“大历以后，刘梦得之绝句”，是其“所深取”的。他的《金陵五题》的“山围故国周遭在，潮打空城寂寞回。淮水东边旧时月，夜深还过女墙来”一诗，白居易看了，“掉头苦吟，叹赏良久，曰：‘我知后之诗人，不复措词矣！’”（《全唐诗话》卷三）。其赞美佩服之情，到了如此的地步。他的另一首“朱雀桥边野草花，乌衣巷口夕阳斜。旧时王谢堂前燕，飞入寻常百姓家”，又成了后代诗人竞相引用的热门典故，如辛弃疾的“春深何处说兴亡，燕双双”（《酒泉子》），邓剡的“乌衣日又斜，说兴亡、燕入谁家”（《唐多令》），张炎的“当年燕子知何处？但苔深韦曲，草暗斜川”（《高阳台·西湖春感》），也都成了传诵的名句。说明诗人在这方面的成就之高，影响之大。

诗人长期生活在巴山楚水之间，受到了当地民歌的熏陶和影响，创作了大量富有生活气息的《竹枝词》《浪淘沙》《纥那曲》等，有的后来发展成了词的词牌。他自述其创作这种民歌形式的诗词的动机说：“里中儿联歌《竹枝》……虽伧佇不可分，而含思宛转，有淇澳之艳音。昔屈原居沅湘间，其民迎神，词多鄙陋，乃为作《九歌》，到于今荆楚歌舞之。故予亦作《竹枝》九篇，俾善歌者扬之。”（《竹枝词九首序》）说明诗人是想学习屈原，吸收和融会民间歌谣的精华，创造一种健康爽朗的新体诗。这些诗借助于比兴的手法或谐音的双关语，保存了民歌的情调和节奏感，大胆地展示了主人公的内心活动，使人感到感情真挚，刻画细腻，旋律优美，具有很强的感染力。所以人们对它的评价很高，说“词意高妙”“优于大篇”，翁方纲《石洲诗话》甚至说：“刘宾客之能事，全在《竹枝词》。”

“杨柳青青江水平，闻郎江上唱歌声。东边日出西边雨，道是无晴却有晴。”这首《竹枝词》明显地保存了民歌喜欢运用双关隐语的特点。“晴”与“情”同音，“有晴”“无晴”是“有情”“无情”的隐语。“东边日出西边雨”，表面上是“有晴”“无晴”的说明，实际上是“有情”“无情”的比喻，它既写了江上阵雨的气候，又写了女子犹豫、迟疑和矛盾的内心活动。

“瞿塘嘈嘈十二滩，人言道路古来难。长恨人心不如水，等闲平地起波澜。”这是借瞿塘的险恶形势，喻世态人情的阴险、狡黠。瞿塘滩多流急，但没有遇到礁石，是不会激起轩然大波的；而阴险的人心，却可以无事生非，平白无故地兴风作浪，陷害无辜。这显然是诗人在“永贞革新”

失败以后，多次遭到保守派的诬陷和打击，长期蕴藏在内心的苦闷愤激之情，借此倾泻出来。比喻巧妙，构思新颖，把难言之隐曲折而含蓄地表达出来，给人以极其深刻的感受。

诗人还借鸟类、虫类以及其他的事物，写了不少的寄托深远的寓言诗，以鞭挞社会的丑恶现象，讽刺权贵们的丑恶嘴脸。《飞鸢操》《聚蚊谣》《昏镜词》，就是这类诗歌的代表作。如在《飞鸢操》的结尾说："鹰隼仪形蝼蚁心，虽能戾天何足贵?" 对那些貌似鹰隼、心如蝼蚁的家伙，表示了极大的轻蔑。《聚蚊谣》的"我躯七尺尔如芒，我孤尔众能我伤。天生有时不可遏，为尔设幄潜匡床。清商一来秋日晓，羞尔微形饲丹鸟。"对那群躲在黑暗中的吸血鬼表示极大的憎恨，又对将来充满了信心和希望。《昏镜词》的"陋容多自欺，谓若他镜明。瑕疵既不见，妍态随意生"，对那些颠倒黑白、混淆妍媸的统治者，粉饰太平、自欺欺人的权奸们，给予了有力的鞭挞和讽刺。以上这些发人深省、引人深思的作品，奠定了刘禹锡"诗豪"的地位。

说也奇怪，刘禹锡在诗歌方面有着很好的创新精神，但有时也突不破旧东西的框框。他认为"作诗押韵，需要有出处""为诗用僻字，须要有来处"（《韵语阳秋》卷五引），《六经》中没有"糕"字，他便不敢用。所以宋祁嘲笑他说："刘郎不敢题糕字，虚负诗家一代豪。"（《九日食糕》）

四十五　“天才俊拔，文采赡逸”的吕温

吕温（771—811），字和叔，又字化光，河中（今山西永济）人。少从陆质攻读《春秋》，又从梁肃学为文章，举贞元末进士。与翰林学士韦执谊相友善，被王叔文所契重，骤升为左拾遗。他“天才俊拔，文采赡逸”（《旧唐书》本传），得到柳宗元、刘禹锡的称誉，并成为亲密的朋友。及王叔文失败，“八司马”被贬，他正好出使吐蕃，羁留经年，因而成为这次政治风暴中的幸运儿。回京后，升户部员外郎。遭到宰相李吉甫的排挤，贬道州刺史，转衡州刺史。因为他既有年龄的优势，又有政治的才能，“八司马”之徒曾经把“东山再起”的希望寄托在他身上。刘禹锡在《望衡山》一诗中透露了这个讯息，曾说“还闻肤寸阴，能致弥天泽”，就是希望他能够利用衡州这个小小的据点，干出一番惊天动地的大事业来。他自己对此也充满了信心说：“但令毛羽在，何处不翻飞”（《赋得失群鹤》），“天下起兵诛董卓，长沙子弟最先来”（《题阳人城》），这种坚定乐观的精神，正是他要驱风雷、除腐恶，重新举起政治改革大旗的自白。所以当他逝世的消息传出以后，“八司马”们的幻想破灭了，希望落空了，自然要情不自禁地对他的死表示极大的震惊和哀悼。刘禹锡哭之以诗说：“一夜霜风凋玉芝，苍生绝望士林悲。”（《哭吕衡州时予方谪居》）柳宗元悲不自胜地说：“衡岳新摧天柱峰，士林憔悴泣相逢。只令文字传青简，不使功名上景钟。”（《同刘二十八哭吕衡州》）一个小小的衡州刺史死了，苍生何至于绝望，士林何至于憔悴，功名又怎么能上“景

钟”呢？原来是他们心目中的“改革之星”殒落了，才发出“玉芝凋”“天柱摧”的惊呼的。

吕温的诗，往往直抒胸臆，简炼明快，政治性比较强。无论是感怀、咏史之作，还是寄友、思乡之什，大多寄托了自己的政治抱负。加以辞采富艳，立言精当，得到诗坛的好评。《新唐书》本传说他“操翰精富，一时流辈推尚”，绝不是偶然的。

他是一个开明的政治家，比较关心人民的疾苦，国家的盛衰。当他看到那些达官贵人争辟花圃，移种花卉，只顾个人的享乐，丝毫不以国计民生为念，便发出了“四月带花移芍药，不知忧国是何人”（《贞元十四年旱盛，见权门移芍药花》）的呼问！他看到使臣要急着赶路，把农民渴望的“喜雨”看作“苦雨”时，又把全部的同情倾注在农民一边，说：“农人辛苦绿苗齐，正爱梅天水满堤。知汝使车行意速，但令骢马着障泥。”（《宗礼欲往桂州苦雨，因以戏赠》）意思是说农民们是欢迎这场“喜雨”的，你要急着赶路，怕沾上了泥泞，那就披上马鞯吧。特别是他出任道州刺史后，看到那里州小民贫，生活艰难，便把“家有京坻咏，人无沟壑戚”（《道州观野火》）作为治理道州的目标。他采取了烧畬、垦草、栽桑等一系列发展生产的措施，一时不能奏效，就感到焦虑说：“废田方垦草，新柘未成阴。术浅功难就，人疲感易深。”（《道州弘道县主簿知县三年颇著廉慎，秩满县阙，申使请留》）他经常以“不扰疲人”“仁贤待物”作为自己的安慰，说：“吏中习隐好跻攀，不扰疲人便自闲”（《初发道州答崔三》），“悠悠世路自浮沉，岂闻仁贤待物心”（《道州奉寄襄阳裴相公》）。他在离开道州时，还一再叮嘱他的部属要爱民、恤民，不要扰民、虐民：“明朝别后无他嘱，虽是蒲鞭也莫施。”（《道州将赴衡州酬别江华毛令》）一个“能吏”“良吏”的高大形象，在这些诗中被完满地塑造了出来。

诗人还写了一些有寄托、有识见的咏史诗，其中不少是借以抒发自己的政治抱负的。《读勾践传》的“更生更聚终须报，二十年间死即休”，《题阳人城》的“天下起兵诛董卓，长沙子弟最先来”，《题石勒城》的“建业乌栖何足问？慨然归去王中州”，《晋王龙骧墓》的“孙皓小儿何足取，便令千载笑争功”，《刘郎浦口号》的“谁将一女轻天下，欲换刘郎鼎峙心”，如果我们把这些诗，跟他“永贞革新”失败的生活经历结合起来考察，跟他一些感兴抒情的诗，如“中夜兀然坐，无言空涕洟。丈夫志气事，儿女安得知”（《偶然作》）结合起来考察，就可以发现大多是借他人的酒杯，浇自己的磊块的，是取材于古而着眼于今的。严羽《沧浪诗话》谓“刘沧、吕温，亦胜诸人”，是有眼光的。

四十六　“老妪能解”的白话诗人

白居易的诗歌，深入浅出，雅俗共赏，没有任何雕琢的痕迹，因而赢得很多的读者。他的好友元稹说：“自篇章以来，未有流传如是之广者。”（《白氏长庆集序》）他自己也说：“自长安抵江西，三四千里，凡乡校、佛寺、逆旅、行舟之中，往往有题仆诗者；士庶、僧徒、孀妇、处女之口，每每有咏仆诗者。”（《与元九书》）段成式《酉阳杂俎》记载说：“荆舟街子葛清，勇不肤挠，自颈以下，遍刺白居易舍人诗。”他的诗不但在国内受到人们如此的倾慕和酷爱，而且在国外也被争相抄写和贩卖，“鸡林行贾，以白诗售与国相，率篇易一金”（《新唐书》本传）。这就是“鸡林声价”的来源。对于他这种平易自然的诗风，并不是所有的人都欣赏的。唐代李肇就说过：元和以后，“学矫激于孟郊，学浅切于白居易”（《国史补》卷下）。王安石也说：“天下好语，已被杜子美道尽；天下俚语，又被白乐天道尽。”（《苕溪渔隐丛话》引）说明人们的审美趣味是千差万别的。欢迎他的诗歌的是因为它明白如话，妇孺皆晓；批评他的诗歌的，又因为它“浅”、它“俚”。然而他的“俚”与“浅”，并不是摇笔即来的，而是经过无数次的修改和推敲才脱稿的，或者说是“浓后之淡，琢后之朴”。传说：“白乐天每作诗，令一老妪解之。问曰：‘解否?’妪曰：‘解。’则录之；不解，则又易之。”（《冷斋夜话》卷一）周必大《跋宋景文唐史稿》也说：“香山（白居易）诗语平易，疑若信手而成者，间观遗稿，则窜定甚多。”可见他是把平易浅近作为艺术的追求的。王闿运说得好：“居易急求人知，意陈于词，遂令老妪能解。”（《湘绮楼论唐诗》）“非求宫律高，不务文字奇”（《寄唐生》），“但伤民病痛，不识时忌讳”（《伤唐衢》），是诗人的追求，也是诗人的最可宝贵之处。

白居易的诗歌，确实做到了他所提出的“篇篇无空文，句句必尽规”（《寄唐生》）的要求。他把观察社会的犀利目光，投向社会的各个方面，“遇事托讽”，使魑魅魍魉无所逃于天地之间，因而“言未已而谤已成”，憎恶他的人，“号为沽誉，号为诋讦，号为讪谤”（《旧唐书》本传）。执政柄者为之扼腕，握军要者因而切齿，权豪贵近者以此而变色，美刺比兴之功，远远超过了一般的现实主义诗人。然而他自己最满意的是：“一篇《长恨》有风情，十首《秦吟》近正声。”现在就让我们来谈谈他的长篇叙事诗《长恨歌》吧：

《长恨歌》是脍炙人口的千古名篇，在当时就产生过很大的影响，所以他自己说：“今仆之诗，人所爱者，悉不过杂律诗与《长恨歌》已下耳!”（《与元九书》）唐宣宗在悼念他的诗中也说：“童子解吟长恨曲，胡儿能唱琵琶篇。”甚至当时的歌妓以能唱这首诗而身价十倍，他在《与元九书》中说：“军使高霞寓，邀妓侑客。妓曰：‘我读得白学士《长恨歌》，岂他比哉?’由是增价。”说明这篇以唐明皇李隆基与杨贵妃的爱情纠葛为题材的诗，在当时是受到广泛的欢迎与重视的。诗人在写这个历史题材时，并不拘泥于有关李、杨的史实，而是博采民间的传说，使之蒙上一层神秘的色彩，增加了它的艺术魅力。诗以“汉皇重色思倾国”开端，揭示出李、杨爱情悲剧的真正原因是重色，是纵欲，是缓歌慢舞的荒淫无耻生活。而“渔阳鼙鼓动地来”则是这个爱情悲剧的外因，是这个爱情悲剧的导火线。这一杯苦酒，是李、杨亲手酿成，又由李、杨亲口把它喝掉。这是诗人对唐明皇的重色和杨贵妃的恃宠提出的讽刺和批评。应该说这是符合历史的真实的。但下半篇则由讽刺转为同情，由历史的真实转化为艺术的真实。“六军不发无奈何，宛转蛾眉马前死”是这个悲剧的高潮，这一幕生离死别的悲剧，引起了人们的同情和感叹。而“蜀江水碧蜀山青，圣主朝朝暮暮情”，又以叙事和抒情相结合的手法，极力宣扬了唐明皇对杨贵妃的真挚的爱情。他在蜀中的悲伤，途中的回忆，宫中的睹物思人，一片缠绵悱恻之情，进一步赢得了读者的同情。应该说这里只是一点历史的影子，由诗人驰骋着想象的翅膀，大大提高和丰富了唐明皇这个人物形象的精神世界，从而引起读者在感情上的共鸣。从“临邛道士鸿都客”到诗的末尾，则完全采用浪漫主义的手法，让杨贵妃在仙宫中重现“梨花一枝春带雨”的美丽形象，并托物寄情，重申旧盟，以深化“此恨绵绵无绝期”的主题思想。这就完全是传说，是虚构了。全诗虚实结合，层层渲染，细腻地刻画了人物的内心活动，缠绵悱恻，宛转动人，具有十分感人的艺术魅力，使之成为千古绝唱，也使诗人获得光昭日月的诗名。赵翼说得好：“盖其得名在《长恨歌》一篇。其事本易传，以易传之事，为绝妙之词，有声有情，可歌可泣，文人学士既叹为不可及，妇人女子亦喜闻而乐诵之，是以不胫而走，传遍天下。”（《瓯北诗话》卷四）对这首诗之所以能够一直活在人们的口头，作了很好的回答。

他的乐府诗《秦中吟》十首，广泛地反映了现实，触及社会生活的各个领域，起到了“救济人病，裨补时阙”的作用。一般都是通过对比的手法，把贫富两个阶级、美丑两种现象尖锐地对立起来，使读者从中得到深刻的感受与教育。如《重赋》是抨击统治阶级对人民的残酷剥削的。诗中写出一边是“幼者形不蔽，老者体无温”；一边是“缯帛如山积，丝絮似云屯”。最后以极其愤激的语言，怒斥那些“夺我身上暖，买尔眼前恩”的官僚们。《轻肥》《歌舞》和《买花》是揭露权门贵族的豪华荒淫的生活的。诗中有的写出一边是“尊罍溢九醞，水陆罗八珍”；一边是“是岁江南旱，衢州人食人”。有的写出一边是“欢酣促密坐，醉暖脱重裘”；一边是“岂知阌乡狱，中有冻死囚”。有的写了一边是不惜用“戋戋五束素”的高昂代价去购买“灼灼百朵红”，一边却长长地叹息着“一丛深色花，十户中人赋”。这种强烈的对比手法，使那些可悲而又可恨的丑恶现象，在众目睽睽之下曝光，收到了很好的讽刺效果。赵翼说：白居易的笔“快如并剪，锐如昆刀，无不达之隐，无稍晦之词，工夫又锻炼至洁，看似平易，其实精纯。刘梦得所谓‘郢人斤斫无痕迹，仙人衣裳弃刀尺’者，此古体所以独绝也”（《瓯北诗话》卷四）。正是诗人善于用对比的手法，通俗的语言，揭示深刻的主题，鞭挞丑恶的现象，才能这么娓娓动人，博得人们永远的传诵。

四十七　白居易的诗歌理论和新乐府运动

唐代的诗歌理论，一直存在着两大营垒。以皎然、司空图为代表的一大营垒，主要总结陶、谢、王、孟一派的艺术经验，比较注意于诗歌形式的探讨，包括炼字、修辞、协律以及各种传达手法。以陈子昂、白居易为代表的一大营垒，主要总结汉、魏以来现实主义诗人的创作规律，比较注意于诗歌内容的研究，包括立意、风骨以及它的社会作用和教育作用。两大营垒的诗歌理论，各有所偏，亦各有所长，互补则双美，互斥则两伤。能够合两者之长，集众美于一身的，则是诗圣杜甫。

白居易的诗歌理论，就其总体意义来说，在我国诗歌发展史上是起到了积极的作用的。但有些地方，未免失之偏颇，对于繁荣我国的诗歌艺术，也有不利的一面。

第一，关于诗歌的指导思想。“文章合为时而著，歌诗合为事而作”（《与元九书》）；“为君、为臣、为民、为物而作，不为文而作也”（《新乐府序》）；“上可裨教化，舒之济万民；下可理情性，卷之善一身”（《读张籍古乐府》）。这些是白居易诗歌理论的总纲领。在这个总纲领里面，他强调了诗歌创作为谁服务的问题，强调了诗歌的教化作用问题。当然，他反映人民痛苦的实质，无疑是维护封建统治的。“愿得天子知”（《寄唐生》），“时得闻至尊”（《读张籍古乐府》），其目的当然是为了“广宸聪，副忧勤”（《与元九书》），即要最高统治者采取适当的措施，改善统治的方法，以巩固其封建统治。这种历史的局限性，我以为是不当苛求于古人的。特别是他在这个总纲领下，提出了“但伤民病痛，不识时忌讳”（《伤唐衢》），“欲开壅塞达人情，先向歌诗求讽刺”（《采诗官》）的要求。并强调诗歌的题材是“唯歌生民病”，诗歌的作用在于“讽喻”，要求“篇篇无空文，句句必尽规”（《寄唐生》），以达到“补察时政，泄导人情”的目的。用现代的话来说，就是要揭露黑暗，加强批评，以提高诗歌的战斗作用。并且要排除一切干扰，不顾权豪势要的“变色”“扼腕”和“切齿”，要有“不惧权豪怒，亦任亲朋讥”（《寄唐生》）的大无畏精神。这是十分难能可贵的。当然，从题材的广阔性来看，还是狭窄了一些。他自己不是也有“闲适诗”“杂律诗”么？甚至在他经历了多次的排挤和打击以后，在诗歌创作方面，不是走到了“苦词无一字，忧叹无一声”（《序洛诗》）的另一个极端吗？

第二，关于诗歌的内容和形式的问题。我以为把诗歌创作的内容摆在第一位，形式摆在次要的地位是完全正确的。所以白居易提出“诗者，根情、苗言、华声、实义”（《与元九书》），如果说“情”和“义”指的是内容，“苗”和“华”指的是形式的话，似乎承认了内容和形式应该统一在一个机体之内，不当有所偏废、有所排斥。但他在别的地方，往往不恰当地强调内容的重要，而忽视形式在诗歌创作中的应有地位。如“黜华于枝叶，反实于根源”（《策林 · 议文章》），“稂莠秕稗生于谷，反害谷者也；淫辞丽藻生于文，反伤文者也”（同上）。以及“非求宫律高，不务文字奇”（《寄唐生》），“篇无定句，句无定字，系于意而不系于文”（《新乐府序》），“古人唱歌兼唱情，今人唱歌唯唱声”（《问杨琼》）。又都否定了“文”，否定了“辞藻”，否定了“宫律”，给诗歌创作带来了忽视形式的倾向。他自己也因此而蒙受了“元轻白俗”（苏轼《祭柳子玉文》）之讥，张戒甚至说他是“其词浅近，其气卑弱”的典型。王世贞还说他的诗“冗易可厌”“千篇一律”“张打油、胡钉铰，此老便是作俑”（《艺苑卮言》卷四）。张、王的批评虽然有些偏颇，而苏氏之论，则已取得学术界的认同。

第三，关于诗歌批评的标准。白居易拿“风雅比兴”作为衡量诗歌好坏的标准，并把文士和诗人的“褒贬”“美刺”作用，强调到极不现实的程度。他说："且古之为文者，上以纽王教，系国风；下以存炯戒，通讽喻。故惩劝善恶之柄，执于文士褒贬之际焉；补察得失之端，操于诗人美刺之间焉。"（《策林·议文章》）如果说他只是提倡写文章要寓褒贬，作诗歌要有美刺，那是完全正确的。如果要求文士、诗人在政治的公开性和透明度还很不够的情况下，负起"惩劝善恶""补察得失"的责任，则是"责乞人以千金"，强人"挟泰山以超北海"，简直是不可想象的。他还根据这样一个批评标准，衡量了初、盛唐的主要作者，认为"唐兴二百年，其间诗人不可胜数。所可举者，陈子昂有《感遇诗》二十首，鲍防有《感兴诗》十五首。又诗之豪者，世称李、杜。李之作，才矣奇矣，人不逮矣。索其风雅比兴，十无一焉。杜诗最多，可传者千余首。至于贯串今古，覙缕格律，尽工尽善，又过于李。然撮其《新安吏》《石壕吏》《潼关吏》《塞芦子》《留花门》之章，'朱门酒肉臭，路有冻死骨'之句，亦不过三四十首。杜尚如此，况不逮杜者乎！"（《与元九书》）这种极端的批评标准，简直是横扫千军，目无余子，给后世带来了很多不良的影响。一定时期内，学术界在"左"的路线指导下，否定一切，打倒一切，穷源竟委，不能说与他的这种思想观点，不是"心有灵犀一点通"的。

白居易的诗歌理论指导了他的创作实践。他继承了杜甫用乐府诗的体制来歌咏时事，把"即事名篇，无复依傍"的新体乐府，作为自己进行诗歌创作的准则。元稹说得非常明白，认为"沿袭古题，唱和重复，于文或有短长，于义咸为赘剩；尚不如寓意古题，刺美见事，犹有古诗人引古以讽之义焉"（《古题乐府序》）。在这里，元稹明确地指出"沿袭古题，唱和重复"不如"寓意古题，刺美见事"，更具有现实的讽喻意义。接着元氏又说："近代唯诗人杜甫《悲陈陶》《哀江头》《兵车》《丽人》等，凡所歌行，率皆即事名篇，无复依傍。予少时与友人乐天、李公垂辈，谓是为当，遂不复拟赋古题。"说明新体乐府是在杜甫那些"即事名篇"的诗歌启迪下，首先由李绅、白居易和他倡导起来的。于是李绅带头创作了新题乐府二十首（已佚），元稹择和了十二首，到白居易的《新乐府》五十首问世，加以张籍、王建为之前驱，才出现了新乐府运动的高潮。特别是白居易提出了一整套有关新乐府的理论，从纲领、作用、内容和语言形式，都作了明确的规定，对于进一步完善新乐府的体制，起了积极的作用。所以这个运动持续的时间虽然不长，但它的业绩很大，影响很深。正如赵翼《瓯北诗话》所说的：它“触景生情，因事起意。眼前景，口头谚，自能沁人心脾，耐人咀嚼。”这就是新体乐府风行一时、传诵千古的原因。我认为白居易的创作业绩比起他的理论成就，对后世来说，更具有积极的意义。

四十八　与白居易齐名的诗人元稹

元稹少有才名，宫中称为“才子”，与白居易齐名，《旧唐书·元稹传》说他“工为诗，善状咏风态物色。当时言诗者，称元白焉”。现在看来，“元白”之所以并称，一是他们有共同的创作倾向，强调反映现实，揭露黑暗，让诗歌为政治服务，为教化服务，把文艺的社会功能看得过于狭窄。他们写作的题材和内容，表现的手法和风格，都极其相似。白有长篇叙事诗《长恨歌》，元有《连昌宫词》；白有“驱驾文字，穷极声韵”的《东南行一百韵》，元亦有《酬乐天东南行一百韵》。两人都是“元和体”的代表，新乐府运动的倡导者。二是他们有“爱等兄弟”的友谊。辛文房《唐才子传》说：“微之与白乐天最密，虽骨肉未至。爱慕之情，可欺金石；千里之交，若合符契。唱和之多，毋逾二公者。”他们之间，一直流传着这样一个故事：身为御史的元稹，到梓潼去勘察大狱，白与一些名流游慈恩寺，小酌花下，为诗以寄元云：“花时同醉破春愁，醉折花枝作酒筹。忽忆故人天际去，计程今日到梁州。”果然元稹是那一天到达梁州的。更奇怪的是元稹于同一天还在梦里与白同游慈恩寺，并寄以诗云：“梦君兄弟曲江头，也向慈恩院里游。驿吏唤人排马去，忽惊身在古梁州。”真所谓“千里神交，合若符契，友朋之道，不期至欤”（《本事诗·征游》）。辛文房大概就是根据这个故事写的上述那段话。这就是“元白”并称的主要原因。

元稹（779—831），字微之，河南洛阳人。十五岁举明经，授校书郎。

后任监察御史，与宦官及守旧官僚做过斗争，遭到贬谪，转而依附宦官，官至同中书门下平章事。最后以暴疾卒于武昌军节度使任所。有《元氏长庆集》。他不但会写诗，而且会写小说，其《会真记》所写的张生与莺莺的恋爱纠纷故事，就是金董解元《西厢记诸宫调》和元代王实甫《西厢记》的蓝本。他的诗歌在反映现实的深度上不及白居易，如同是写《上阳白发人》和《缚戎人》，而他的就没有白居易的集中、生动，引人入胜。但他的《田家词》表现了农民对于“六十年来兵簇簇，月月食粮车辘辘”的埋怨情绪，《估客乐》对奸商的重利盘剥，过着优厚的生活，充满了不平之气，《连昌宫词》通过连昌宫的盛衰对照，委婉地谴责了唐明皇的荒淫腐朽，笔调细腻，感慨万千，冶历史、小说、诗笔于一炉，形象地反映了历史和社会生活的本质方面，在我国叙事诗中独具特色。他的短诗《行宫》“寥落故行宫，宫花寂寞红。白头宫女在，闲坐说玄宗”，寥寥二十个字，概括了白居易《上阳白发人》的主要内容，以乐写哀，以少总多，给读者留下了浮想联翩的广阔天地，是一篇有名的千古绝唱。

元稹的艳体诗和悼亡诗，感情真挚，描写细致，具有极大的感人的艺术力量，是白居易诗歌中所没有的。大抵白长于逻辑思维，故说理透彻，辨析入微；元长于形象思维，故生动细腻，秀丽隽永，回肠荡气，令人经久不忘。下面是他一首著名的悼亡诗《遣悲怀》：

“昔日戏言身后意，今朝都到眼前来。衣裳已施行看尽，针线犹存未忍开。尚想旧情怜婢仆，也曾因梦送钱财。诚知此恨人人有，贫贱夫妻百事哀。”这是诗人悼念亡妻韦丛组诗三首中的第二首。韦是太子少保韦夏卿的女儿。她们结婚时，诗人的生活还很清苦，但她甘愿过着“野蔬充膳”“落叶添薪”的艰苦生活而毫无怨言。她死后的第二年，元稹已是“俸钱过十万”的监察御史了。他想起了辛苦一辈子的亡妻，面对着那“物在人亡”的凄凉景况，不胜悲痛，便写下了这首悼亡的诗。他通过日常生活的几件小事，不矫饰，不夸张，直抒胸臆，给人留下了深刻的印象。她穿过的衣裳已经施舍光了，但用过的针线盒却仍然原封不动地保存在那儿。她虽然已经作古，但看到她贴身的丫头就引起他的回忆。他现在的地位变了，生活优裕了，但没有忘记在梦中给她送些钱财。这些身边的小事，娓娓道来，越琐屑越显得真切，越荒唐越觉得痴情，因而能够深深地扣动着读者的心弦。蘅塘退士在评论这个组诗说："古今悼亡诗充栋，终无能出此三首范围者。"是完全符合它的实际的。晚唐黄滔《答陈磻隐论诗书》说："大唐前有李、杜，后有元、白，信若沧溟无际，华岳干天。"说明"元白"并称，基本上是符合他们在诗歌发展史上所作的巨大贡献的。

四十九　看似寻常最奇崛，成如容易却艰辛

张籍是韩愈的学生，但他并不走韩愈的路线，韩以奇字险韵为能，而张的诗歌却以平易浅近为高。他是一位关心现实、同情人民的诗人。社会的黑暗，政治的腐败，官吏的残暴，人民的疾苦，都在他的诗歌中得到全面而深刻的反映。尤其是他的乐府诗，得到了当时和后世很高的评价。白居易《读张籍古乐府》说："张君何为者，业文三十春。尤工乐府诗，举代少其伦。"王安石《题张司业集》说他的诗："看似寻常最奇崛，成如容易却艰辛。"元代范德机《木天禁语》说："乐府篇法，张籍为第一；王建近体次之。"人们对于他的乐府诗异口同声地给予最高的赞赏，绝不是偶然的。

张籍（765—830?），字文昌，原籍吴郡（今江苏苏州），后迁和州（今安徽和县）。贞元十五年进士，因得到韩愈的帮助，任国子博士，迁水部员外郎及国子司业。所以他的诗集题作《张水部集》或《张司业集》。他沉抑下僚，半生潦倒，加上个性耿介，不肯与世浮沉，所以生活是很清苦的，仕途是很偃蹇的。在他的诗中曾经忠实地记录了他那穷愁潦倒的生活，如"无刍怜马瘦，少食信儿娇"（《酬韩祭酒雨中见寄》），"家贫常畏客，身老转怜儿"（《晚秋闲居》），"长安多病无生计，药铺医人乱索钱"（《赠任道人》），"身病多时又客居，满城亲旧尽相疏"（《答刘明府》）。这些诗句，是恨和泪写成的，它淋漓尽致地勾画出一个失意知识

分子的物质生活和精神世界。但他耿介自守，不肯依附权贵，相传当时炙手可热的平卢淄青节度使李师道曾经以重币卑礼去拉拢他，被他以“还君明珠双泪垂，恨不相逢未嫁时”（《节妇吟》）的诗句委婉地谢绝了。说明他对藩镇割据的恶势力是有认识的。他甘守清贫，吟咏不辍，尊崇杜甫，偏爱杜诗。唐冯贽《云仙杂记》说：“张籍取杜诗一帙，焚取灰烬，副以膏蜜，频饮之曰：‘令吾肝肠，从此改易。’”这虽然是小说家的话，免不了有些夸张，但却说明他是无限崇拜“诗圣”杜甫的。的确，他的诗也像杜甫一样，以悲天悯人的怀抱，写国难民穷的悲愤。他的乐府诗暴露战争罪恶的，如《关山月》的“可怜万里关山道，年年战骨多秋草”，《塞上曲》的“年年征战不得闲，边人杀尽惟空山”，《征妇怨》的“夫死战场子在腹，妾身虽存如昼烛”。讽刺社会黑暗的，如《野老歌》的“西江贾客珠百斛，船中养犬常食肉”，而农民呢？则是“苗疏税多不得食”，“呼儿登山收橡实”。《贾客乐》的贾客是“金多众中为上客，夜夜算缗眠独迟”，而另一方面则是“农夫税多长辛苦，弃业长为贩卖翁”。为妇女鸣不平的，如《别离曲》的“早知今日当别离，成君家计良为谁？男儿生身自有役，那得误我少年时”，《离妇》的“昔日初为妇，当君贫贱时。昼夜常纺绩，不得事蛾眉。辛勤积黄金，济君寒与饥。洛阳买大宅，邯郸买侍儿”，而现在呢？“薄命不生子，古制有分离。托身言同穴，今日事乖违。”诗人继承了汉魏乐府的优良传统，勇于暴露现实，为底层群众的苦难而呐喊，而战斗，闪耀着永不熄灭的现实主义光辉。

诗人还善于摄取生活中的一些最寻常的琐事，用很平淡、很自然、很简练的语言，表现一种最深厚、最曲折、最丰富的感情，特别耐人咀嚼，耐人玩味。如那首脍炙人口的《秋思》：“洛阳城里见秋风，欲作家书意万重。复恐匆匆说不尽，行人临发又开封。”这“临发又开封”的神经质的、戏剧性的动作，非常真切而细腻地刻画出一个久客他乡的游子的内心活动。本来因秋风而思家，因思家而修书，乃是生活中司空见惯的小事，但诗人撇开修书的具体内容，而突出发书的一个细节，并把这个“又开封”的细节跟“复恐匆匆说不尽”的心理联系起来，就使得这个平凡的生活素材，更富于诗情，更富于戏剧性，也更加典型化，从而取得了语言精练、含蕴丰富的艺术效果。宋人张戒《岁寒堂诗话》说得好："张司业诗与元、白一律，专以道得人心中事为工。但白才多而意切，张思深而语精，元体轻而词躁尔。"我们且不说他对于元、白的评价是否完全符合实际，但张籍这首诗之所以能够打动读者的心扉，引起读者的共鸣，正是由于它"道得人心中事""思深而语精"的缘故。

五十　与张籍齐名的乐府诗人王建

清代毛先舒《诗辩坻》说："中唐乐府，人称张、王。"王士祯也说："草堂乐府擅惊奇，杜老哀时托兴微。元、白、张、王皆古意，不曾辛苦学妃豨。"（《戏仿元遗山论诗绝句三十二首》之九）这里说了两个问题：一是王建创作的乐府与张籍齐名，世称"张王"，有人还把他们的乐府诗合编在一起，题作《张王乐府》；二是张王乐府继承了杜老"哀时托兴"的优良传统，并不是刻板地去模仿古乐府的内容和形式。因为古乐府《有所思》中有"妃呼豨，秋风飒飒晨风飔"的句子，故这里以"妃豨"代古乐府。（"妃呼豨"是乐府诗中的助声词，没有实际意义。）

王建，字仲初，颍川（今河南许昌）人。大历十年（775）进士，初任渭南尉，后从军塞上，归任昭应县丞，大和中出任陕州司马。因为他出身寒微，得不到有权势的人的提拔，一生都沉抑在下僚。他曾在《自伤》一诗中说："衰门海内几多人，满眼公卿总不亲。四授官职元七品，再经婚娶尚单身。图书亦为频移尽，兄弟还因数散贫。独自在家长似客，黄昏哭向野田春。"从这首诗中，可以看出他是那样的"门衰祚薄"，那样的"位卑人微"，自然充满了低沉凄凉的情调。他与韩愈、张籍的交谊很深，但韩、张却没有力量援助他。他对韩愈推崇备至，曾经在《寄上韩愈侍郎》的诗中说："重登大学领儒流，学浪词锋压九州。不以雄名疏野贱，唯将直气折王侯。"从韩愈的学问到品格，他都表示了由衷的敬佩。他对张籍的友谊十分珍重，曾在《送张籍归江东》一诗中说："出处两相因，如彼衣与裳”，“相亲惜昼夜，寝息不异床”。说明他们在“出处”中是互相支持的，在生活中是形影不离的。王建晚年卜居于咸阳原，生活十分潦倒和穷困：“春来梨枣尽，啼哭小儿饥”，“长安无旧识，百里是天涯”（《原上新居》）；“旧绵衣不暖，新草屋多风”（《林居》），“气嘘寒被湿，霜入破窗凝”（《冬夜感怀》）。真是食不裹腹，衣不蔽体，屋不足以避风雨，穷愁潦倒到了极点。他不但生活很苦，而且不断受到病魔的折腾：“万愁生旅夜，百病凑衰年”（《照镜》），“近来身不健，时就六壬占”（《贫居》），“眇身多病唯亲药，空院无钱不要关”（《昭应官舍》），“病多体痛无心力，更被头边药气薰”（《晚秋病中》）。可谓贫病交加，愁苦万分，简直无法活下去了。这就是诗人生活的那个时代的知识分子，特别是出身寒微、秉性耿介的知识分子的生活写照。

诗人以写《宫词百首》，得到“特妙前古”的美誉。但真正有价值的还是他的乐府诗。然而《宫词百首》既使他誉满天下，又几乎断送了他的脑袋。原来枢密使王守澄跟他有同宗之谊，把宫闱秘事作为幕后新闻或掌故透露给他，他便据以写进诗中。后因故与王守澄发生了矛盾，守澄勃然作色威吓他说：“吾弟所作《宫词》，内廷深邃，何由知之？明当奏上。”他便写了一首诗，一边向王守澄道歉，一边也回敬了一记重重的耳光说：“自是姓同亲向说（一作“当家频向说”），九重争得外人知？”守澄看了，深恐自己受到株连，只好再不提起这件了。（事见范摅《云溪友议》）我们不想去谈他的《宫词》，只想谈谈他的乐府诗。因为它从多方面表现了当时的社会生活，反映了统治阶级的残暴，形象地描绘了一幅幅富有生活气息的面面，给读者留下了不可磨灭的印象。

他的乐府诗内容大致可以分为：一是关于厌战反战思想的。因为他生活在安史乱后，接着是藩镇割据，征战不休，加上他从军塞上，亲自经历过战斗生活，所以感受特别深刻，描绘也极为真实。如《古从军》的“来时高堂上，父母亲结束。回首不见家，风吹破衣服”；《渡辽水》的“来时父母知隔生，重着衣裳如送死。亦有白骨归咸阳，茔冢各与题本乡”。把战争给人民带来的痛苦，造成的死伤，血泪斑斑地描绘了出来，给人以极其深刻的印象。二是关于分配不均、贫富悬殊的。诗人看到苛税重赋，民不堪命，加以分配不公，不劳动者反而过着优裕的生活，从而提出愤怒的控诉。如《当窗织》的“输官上头有零落，姑未得衣身不着。当窗却羡青楼倡，十指不动衣盈箱”；《田家行》的“麦收上场绢在轴，的知输得官家足。不望入口复上身，且免向城卖黄犊。田家衣食无厚薄，不见县门身即乐”。真是一字一泪，如泣如诉，令人不堪卒读。三是为妇女鸣不平的。封建时代的妇女，既要负担沉重的家务劳动，又要背上沉重的精神枷锁。或夫戍边关，独守空房；或遇人不淑，中途离异。诗人对她们寄予了深切的同情，替她们喊出了内心的痛苦。如《送衣曲》的“絮时厚厚绵纂纂，贵欲征人身上暖。愿身莫着裹尸归，愿妾不死长送衣”；《去妇》的“当初为取旁人语，岂道如今自辛苦？在时纵嫌织绢迟，有丝不上邻家机。”写征妇的悲愤，去妇的哀怨，都在一颗金子般的心里发出来。她们和平幸福的生活，遭到了无端的破坏，是不应该由她们来负责的。然而她们却含着眼泪，挑起了那因袭的重担，吞下了那辛酸的苦酒。诗人为她们洒了一掬同情的眼泪，赢得了无数读者的同情。清人谓乐府“至唐人多与诗无别。惟张籍、王建犹能近古，而气象虽别，亦可宗也”（郎廷槐《师友诗传录》）。说明张籍和王建的乐府，在唐人乐府是成就最大、造诣最高的。

五十一“笔补造化天无功”的“鬼才”

李贺是我国诗歌史上的一位怪杰，是位只活了二十七岁的短命诗人。他继承了屈原的浪漫主义精神，发扬了汉魏乐府的优良传统，他以丰富的想象力和“未经人道过”的语言，“未经人辟过”的蹊径，创造出“波谲云诡”“鲸呿鳌掷”的神秘境界，形成自己独特的艺术风格，真可谓“二十八宿罗心胸”“笔补造化天无功”。宋人看到他的幽旨奥趣、奇构巧思，便视之为“鬼才”。第一个以“鬼才”称呼李贺的是宋祁。《文献通考》说：“宋景文诸公在馆，尝评唐人诗云：‘太白仙才，长吉鬼才’。”钱易接着说：“李白为天才绝，白居易为人才绝，李贺为鬼才绝。”（《南部新书》）严羽则说：“人言‘太白仙才，长吉鬼才’。不然，太白天仙之词，长吉鬼仙之词耳。”（《沧浪诗话·诗评》）于是“鬼才”就成了李贺的才气与鬼气的综合代称了。认为李贺具有超群绝伦的才气者，古今多有，明代高棅说“若长吉者，天纵奇才，惊迈时辈，所得离绝凡近，远去笔墨畦径”（《唐诗品汇》），便是其中的一例。至于明确地说他的诗有“鬼气”的，亦不乏人。清代施补华《岘佣说诗》说：“李长吉七古虽幽僻多鬼气，其源实自《离骚》来。哀艳荒诞之语，殊不可废，惜成章者少耳!”高、施二氏在这里既概括了李贺诗歌艺术的特点，又指明了李贺诗歌艺术的渊源。然而，这些观点首先导源于唐代大诗人杜牧的《李长吉歌诗叙》：“云烟绵联，不足为其态也；水之迢迢，不足为其情也；春之盎盎，不足为其和也；秋之明洁，不足为其格也；风樯阵马，不足为其勇也；瓦棺篆鼎，不足为其古也；时花美女，不足为其色也；荒国陊殿，梗莽丘垅，不足为其怨恨悲愁也；鲸呿鳌掷，牛鬼蛇神，不足为其虚荒诞幻也。盖《骚》之苗裔，理虽未及，辞或过之。”说明李贺诗歌受到《楚辞》的影响的，除了李贺自己外，恐怕杜牧要算第一位了。命运的迍邅，现实的打击，迫使李贺不得不引屈原为同调，不得不从沉郁缠绵的《离骚》《九章》和绮靡伤情的《九歌》《招魂》中去汲取养料，以求得精神上的解脱。所以他在诗歌中反复地说过要“斫取青光写楚辞”（《昌谷北园新笋》之二），“咽咽学楚吟”（《伤心行》），“楞伽堆案前，《楚辞》系肘后”（《赠陈商》），就足以雄辩地证明《楚辞》乃李贺诗歌的渊源。其后人们评他的诗歌，也往往跟《楚辞》联系起来。姚文燮《昌谷集注序》说：“唐才人皆《诗》，而白与贺独《骚》。”沈德潜《说诗晬语》也说他的诗“每近《天问》《招魂》，《楚辞》之苗裔也。”从李贺诗歌的构思新颖，想象丰富，意境奇丽，色彩浓郁，善于运用比兴手法，塑造各种动人的艺术形象来看，这些评论是完全恰当的，是符合李贺诗歌的艺术特征的。

李贺虽然出身于唐代的宗室，但到了他出生以后，家境已经沦落了。相传他七岁即“名动京华”，有“东京才子，文章巨公”之誉的韩愈、皇甫湜怀疑是虚夸的传言，亲自前去探试，李贺“欣然操觚染瀚”，挥笔写下了《高轩过》，二公看了大惊。后来他到洛阳拜望韩愈，愈方倦极欲眠，门下呈上李贺诗卷，愈开卷读了他的《雁门太守行》，倦意顿消，马上邀请相见。伯乐一顾，声价十倍，李贺的声名更加远扬了。可他于二十一岁时去参加进士考试，因为他的父亲名叫晋肃，而“晋”与“进”谐音，与他“争名”的人便以“避讳”为由，攻击他不该参加进士考试。韩愈爱惜他的才华，为作《讳辩》一文，力斥其妄，也不能改变他的命运。可怜他云程始轫，便遭到了致命的打击。从此坎坷一生，只好向诗歌中求得精神上的安慰，终日以苦吟为乐。据说他“恒从小奚奴，骑距驴，背一古破锦囊，遇有所得，即书投囊中。及暮归，太夫人使婢受囊出之，见所书多，辄曰：‘是儿要当呕出心乃已耳！’”（李商隐《李长吉小传》）他就是这么寄情于诗，以弥补现实生活的不足，以补偿自己心灵的空虚，使抑郁的灵魂得到解脱，并且深信自己的才华完全可以取得这方面的补偿。

“唯留一简书，泥金泰山顶”（《咏怀二首》），“眼大心雄知所以，莫忘作歌人姓李”（《唐儿歌》），就是他的信心的表现。

李贺生活在贞元、元和之际，正是藩镇割据、宦官专权、政治极端混乱的时代。这使他的诗歌除了抒发自己的失意、不平之外，还充满了时代的忧虑。《吕将军歌》就是讽刺朝廷用宦官统帅军队，以致指挥失误，一触即溃；《荣华乐》就是借东汉外戚梁冀的兴衰，讽刺贵戚的骄奢淫逸；《感讽》和《老夫采玉歌》就是对劳动人民被剥削的悲惨生活寄予深切的同情；《苦昼短》《官街鼓》是讽刺最高统治者求仙服药、妄想长生不老。正如清代宋琬《昌谷集注序》所说的：“贺，王孙也，所忧者宗国也：和亲之非也；求仙之妄也；藩镇之专权也；阉宦之典兵也；朋党之衅成，而戎寇之祸结也。”从上述诗歌的内容来看，诗人忧时忧国之心，确实有点像屈原的“忧愁幽思”。他的诗歌风格，可以用险怪冷艳来概括。在命意遣辞上，力求深刻，力求新颖和独到。正如王琦《李长吉歌诗叙》所说的“务为劲拔，不屑作经人道过语”，常常在读者心目中塑造一种特殊的形象，放射出丰富的暗示力，激起一种新鲜的心理感受。如《秦王饮酒》就是极力渲染李世民的英武，描写饮酒和乐舞的场面，以表现诗人对统一国家的英雄人物的神往和怀念；《金铜仙人辞汉歌》就是通过金铜仙人对汉宫的无限留恋，来表达自己的家国之痛和身世之悲。《浩歌》的“王母桃花千遍红，彭祖巫咸几回死”，是写时间的无限长；《梦天》的“遥望齐州九点烟，一泓海水杯中泻”，是写空间的无限大；《李凭箜篌引》的“女娲炼石补天处，石破天惊逗风雨”，是写乐声的无限美，《雁门太守行》的“黑云压城城欲摧，甲光向日金鳞开”，是写战斗气氛的无限壮烈。这种构思的奇特，语言的怪诞，色彩的斑驳，意境的幽眇，往往是人所意想不到的。这就是李贺，这就是李贺的诗歌艺术。

为了进一步了解这位诗歌史上的怪杰，下面让我们来欣赏他写的组诗《南园十三首》中的两首（南园是李贺挂冠回到昌谷时的住处）。这是诗人抒发怀才不遇的悲愤情怀的，是李贺的心声，也是失意知识分子的共同心声：

“男儿何不带吴钩，收取关山五十州。请君暂上凌烟阁，若个书生万户侯?”

“寻章摘句老雕虫，晓月当帘挂玉弓。不见年年辽海上，文章何处哭秋风!”

这两首诗都是写书生无用、知识无用的。前一首用诘问的语气，表现了诗人急于想请缨杀敌、立功万里的强烈愿望，然而冷静一想，自古以来，封侯拜相，绘像于凌烟阁之上的，有哪一个是书生出身的呢?后一首用叙述的手法，极力写知识分子如何俾昼作夜，下帷攻苦，然而文章有什么用呢?表面是发牢骚，实际上是通过身世之悲，寄托了诗人的忧国之情，所以可贵。

五十二　晚唐诗坛的一颗明星

李商隐（813—858），字义山，号玉溪生，怀州河内（今河南沁阳）人。生活在藩镇作乱、宦官专权、朋党倾轧的大动乱时代。他少年时期已崭露头角，深得令狐楚的赏识，叫他与其子令狐绹一起学习，并教他做四六文。二十五岁登进士第，入泾原节度使王茂元幕，并与其女儿结婚。一生仕途偃蹇，只做过校书郎、县尉一类的小官，长期寄人篱下，抑居幕僚，只活了四十六岁，便结束了他悲剧的一生。他曾经无限悲愤地诉说自己的遭遇说："三试于宗伯，始忝一名，三选于天官，方阶九品。俸微五斗，病满十旬。"（《献舍人彭城公启》）又说："无文通半顷之田，乏元亮数间之屋。"（《上尚书范阳公启》）说明这位晚唐诗坛的明星，在仕途上、在生活上，都遭到了命运之神的无情捉弄。他绝不是一个"诡薄无行""放利偷合"的无行文人，而是一个敢作敢为、敢于同宦官势力作坚决斗争的大丈夫。下面两个事例，足以雄辩地说明这一点。一是"耿介嫉恶"的刘蕡，曾经"切论黄门太横，将危宗社"，主张改革朝政，被宦官仇士良斥为"疯汉"，贬为柳州司户。诗人敢于犯难，写了满怀悲愤的《赠刘蕡诗》。及刘蕡抑郁去世，他又接连写了四首哭刘氏的诗，为之呼冤，为之鸣不平。至今读到"上帝深宫闭九阍，巫咸不下问衔冤"以及"路有论冤谪，言皆在中兴""一叫千回首，天高不为闻""并将添恨泪，一洒问乾坤"的诗句，犹能激起人们对宦官势力的切齿痛恨，对刘氏被贬的深切同情。二是大和九年（835）的"甘露之变"中，宦官幽禁文宗，杀了宰相王涯等人。大家都噤若寒蝉，生怕惹祸上身。不少平时洁身自好受到人们尊敬的人，也迫于形势，依附宦官势力，元稹之结交崔潭峻，韩愈之赞美俱文珍，就是很好的例子。白居易虽然写了《九年十一月二十一日感事而作》的诗，却只是庆幸自己没有卷入这个政治漩涡而“白首同归”。只有李商隐不顾危险，写了许多义正词严声讨宦官的《有感》和《重有感》的光辉篇章，对宦官势力提出了严重的抗议。这难道是“诡薄无行”“放利偷合”的人所能做得到的么？许多人对他的这两首诗都给了很高的评价，而且都是从他的立论方面来进行肯定的。钱木庵说此诗“用意精严，立论婉挚，少陵又何加焉”，钱龙惕说“义山诗感情激烈，有不同于众论者”，冯浩说“义山措语皆有分寸”（均见《玉溪生诗集笺注》卷一本诗注评）。论者拿“不同众论”“少陵何加”的赞语来评价他这两首诗，更进一步说明他的人格是伟大的，心地是光明的。

李商隐的诗歌，在内容方面，有直接反映民生疾苦的《行次西郊一百韵》，它继承了杜甫《北征》《赴奉先咏怀》的现实主义传统，全面地反映了社会的各种矛盾，对当权者的祸国殃民、腐败横暴的情况揭露得比较大胆，“国蹙赋更重，人稀役弥繁”“生为人所惮，死非人所怜”，这样把群众的惨烈的呼声，毫无顾忌地喊了出来，充分表现了“史诗”的精神。最后又明确地指出“又闻理与乱，系人不系天”，把批判的矛头直接指向最高统治者，具有强烈的现实性。也有借古喻今的“咏史”诗，不仅数量多，而且质量高，如《南朝》《北齐》《马嵬》《隋宫》等，对古代统治者的骄奢淫逸，荒唐迷信，横征暴敛，害人虐物的种种恶迹，作了有力的鞭挞，以寄托诗人对现实的批判。并总结出“历览前贤国与家，成由勤俭破由奢”（《咏史》）的历史规律，作为给统治者的鉴戒，是有极大的积极意义的。还有一些寄托遥深的“咏物”诗，如《蝉》《柳》《落花》《流莺》等，都是托物咏怀，寄托自己的高尚情操和身世之感的。写得有情韵，有声色，情景无垠，物我两化，具有很高的思想性和艺术性。当然，最有特色的还是他的爱情诗，情致缠绵，意境朦胧，蕴藏着一颗纯洁而美丽、真挚而热烈的心。人们还没有来得及理解它的内涵，已经被它那特有的艺术魅力所征服了。关于他的《无题》诗，主要是爱情诗，我们将专门来研究它，这里就不赘言了。

李商隐在诗歌发展史上的卓越贡献，是他那构思极巧、唱叹多情的七言律诗。七律在杜甫手里，极尽变化之能事，达到了很高的艺术境界。但这种形式并没有引起诗人们的足够重视，白居易公开声称律诗“非平生所尚”，元稹甚至流露出轻蔑的口气说“律诗卑庳，格力不扬”（《上令狐相公诗启》），张籍、王建，则勠力于乐府；孟郊、贾岛，则属意于五言。韩愈以其深厚之学，桀骜之才，驰骋其笔力于古体之中，七律几乎无人问津。直到李商隐出来，创作了一百二十首极为秾丽、极为精微的七律，才在杜甫所达到的艺术境界的基础上，进一步完善它、发展它。正如袁枚所说的：“七律始于盛唐，如国家缔造之初，宫室初备，故不过树立架子，创建规模；而其中之洞房曲室，网户罘罳，尚未齐备。至中晚而始备，至宋、元而愈出愈奇。”（《随园诗话》）如果说杜甫是“树立架子，创建规模”，那么李商隐就是在这个“规模”上使之“齐备”起来、完善起来的大匠。所以世之论者，往往把李商隐作为杜甫的真正传人。薛雪说：“有唐一代诗人，唯李玉溪直入浣花之室。”（《一瓢诗话》）施补华也说：“义山七律，得于少陵者深，故秾丽之中时带沉郁，如《重有感》《筹笔驿》等篇，气足神完，直登其堂入其室矣。”（《岘佣说诗》）他们说得好极了，但还只是就李商隐学习杜甫而言，继承杜甫而言，而不是认为李商隐发展了杜甫，把七律推到了登峰造极的境界。

五十三　难于作笺的《无题》诗

《无题》诗是李商隐的一个创造，也是李商隐诗歌中的艺术珍品。他写了十七首《无题》诗，如果把借篇首二字为题的诗如《为有》《锦瑟》《碧城》《一片》之类计算在一起，便超过了二十首。但由于这些《无题》诗，意境要眇，托兴深微，往往旨归难求，成了聚讼纷纭的“无头公案”。有人说它是爱情生活的秘密记录，有人说它是君臣遭际的哀怨申诉，也有人说它是求友呼援的干谒请托，各执一是，难以确求。大概其中有寄托遥深的政治诗，有情致缠绵的爱情诗，已逐渐成为学术界的共识。而这些《无题》诗，又以秾艳的辞藻，鲜明的色彩，生动的形象，炽热的感情，征服了无数的读者。但如果要坐实某篇某句的比兴之义和寄托所在，则又往往失之穿凿附会。如果硬说李商隐的“蜡炬成灰泪始干”就是屈原的“虽九死其犹未悔”，那恐怕很难为学术界所接受；如果简单地认为“唐人诗中有曰《无题》者，率杯酒狭邪之语，以其不可指言，故谓之‘无题’，非真无题也”（陆游《老学庵笔记》卷八），那也很难说服别人。何况李商隐的《无题》诗，绝无“杯酒狭邪”的庸俗气味，只有执着追求的纯真爱情。无论是写短暂的欢乐，还是写长期的隔离，都以美丽的意象来表现，都以炽热的激情来表现，都只写对于爱情的感受和对于爱情的态度，都只写诗人以整个的生命投注于爱情之中的那种“至死不渝”的感情，跟韩偓的《香奁诗》是不可同日而语的。

“虬龙以喻君子，云霓以譬谗邪”（《文心雕龙·辨骚》），这是我国诗歌的传统比喻手法。李商隐所写的《无题》诗，有憧憬，有希冀，有沮丧，有哀怨，有辛酸，有甜蜜，有早春的和风，也有深秋的严霜。那种隔绝的悲哀，相思的激情，往往把爱情的追求与理想的追求沟通起来，把爱情的歌唱与人生的感叹融成一片，所以何者为政治诗，何者为爱情诗，并没有一道不可逾越的鸿沟。即以那首公认为爱情诗的“相见时难别亦难”来说，首联是会少离多的感叹，颔联是脍炙人口的名句，言爱情之深厚，颈联是关心被怀念的女子的生活，尾联是想托人探望她的消息，无疑是爱情诗了。然而诗中所表现的至死方休的坚贞意志，年华消逝的迟暮之感，明知其不可为而为之的执着追求，是否有更深层次的政治上的隐喻，像作者在《行次西郊一百韵》中所写的“九重暗已隔，涕泗空沾唇”那样的感叹呢？似乎爱情诗和政治诗之间存在着某种共通性，是很难以一语“决狐疑”的。不过我总觉得李商隐的《无题》诗，如果没有确凿的历史资料，还是作为爱情诗读的好。“身无彩凤双飞翼，心有灵犀一点通”，自然是写隔离之苦，爱慕之殷；“扇裁月魄羞难掩，车走雷声语未通”，自然是写邂逅一面、未通一语的惆怅；“刘郎已恨蓬山远，更隔蓬山一万重”，难道不是写思慕的人儿越来越隔得远了吗？“直道相思无了益，未妨惆怅是清狂”，难道不是在爱情纠葛中自我解嘲吗？“未容言语还分散，少得团圆足怨嗟”，难道不是埋怨匆匆一面，又要分散，反而更添惆怅么？而这些都有人认为是别有寄托，渗透了诗人对政治理想的执着追求，是他“欲回天地”的幻想破灭以后的哀叹，是他“匡国无分”的绝望情绪的曲折的表现。到底是展示爱情的心理，还是闪烁理想的光辉？又成了打不完的官司，辩不清的问题了。难怪元好问要发出：“望帝春心托杜鹃，佳人锦瑟怨华年。诗家总爱西昆好，独恨无人作郑笺”（《论诗绝句》）的感叹了。

《无题》诗是李商隐诗歌中的一个重要组成部分，它音调和谐，对仗工整，用华丽的辞藻构成生动的形象，传达出真挚的感情，给后人以深刻的影响。晚唐的许多诗人都继承了他的唯美的浪漫的诗风，杨大年就说过唐彦谦“为诗慕玉溪”。《四库总目提要》又说宋初西昆体的诗，“宗法唐李商隐，词取妍华而不乏兴象”；《风月堂诗话》还说“黄鲁直独用昆体工夫，而造老杜浑全之境，禅家所谓更高一着”。这里说明晚唐、宋初以及黄山谷都是宗法李商隐的，不过有的只学了他的皮毛，有的得了他的精髓，造诣有高低，成就有大小而已。

五十四　与李商隐齐名的风流才子

杜牧和李商隐都是晚唐的杰出诗人。在我国诗歌发展史上，李商隐继杜甫之后，把七律这一诗歌形式推向了新的高峰；杜牧继李白、王昌龄之后，把七绝这一诗歌形式引导到健康繁荣的发展道路。人们赞赏其在诗歌发展史上所作的巨大贡献，给了他们以“小李杜”的光荣称号。

杜牧生活在阶级矛盾十分尖锐的晚唐时代，他死后不到三十年，就爆发了以黄巢为首的农民大起义。诗人是一个有政治抱负的人，面对着藩镇跋扈、宦官贪暴、朋党倾轧的动乱社会，力主加强中央集权，逐步削平藩镇的势力，抗击少数民族统治者的骚扰，收复被吐蕃占据的河湟地区，减轻赋税，发展生产，以期恢复盛唐时期的统一和繁荣。他不是“徒托空言”，高谈阔论，而是对于“治乱兴亡之际，财赋兵甲之事，地形之险易远近，古人之长短得失”（《上李中丞书》），做过认真的研究，提出削平河北藩镇、抗击回鹘南侵的军事策略，宰相李德裕部分采纳了他的意见，并表示了赞赏。

杜牧在诗歌理论的建设方面，也作出过自己的贡献。他主张“凡为文以意为主，以气为辅，以辞色章句为之兵卫。未有主强盛而辅不飘逸者，兵卫不华赫而庄整者”（《答庄充书》）。把“立意”放在创作的首要位置，而把“辞色章句”等形式方面的因素放在从属的位置，是完全正确的。接着他又论证了“立意”与遣词、布局的辩证关系说：“意全胜者，辞愈朴而文愈高；意不胜者，辞愈华而文愈鄙。”这一具有积极意义的文学见解，在诗人自己的创作中也得到了较好的贯彻。他说："某苦心为诗，本求高绝。不务奇丽，不涉习俗，不今不古，处于中间。"（《献诗启》）这里所说的"奇丽"，当是指李贺的险怪诗风。所说的"习俗"，当是指元、白为代表的"元和体"。诗人对元、白的诗风极为不满，他说："尝痛自元和以来，有元、白者，纤艳不逞，非庄士雅人，多为其所破坏。流于民间，疏于屏壁，子女父母，交口教授，淫辞媟语，冬寒夏酷，入人肌骨，不可除去。"（《唐故平卢节度巡官陇西李府君墓志铭》）厌恶不满之情，达到了至欲"以法治之"的程度，也太过分了。杨慎和王世贞对此都提出了意见，杨氏说："牧之诗淫媟者与元、白等耳，岂所谓睫在眼前犹不见乎?"（《升庵诗话》）王氏说："杜紫微掊击元、白，不减霜台之笔，至赋《杜秋》诗，乃全法其遗响，何也?"（《艺苑卮言》）说明诗人抵制"元轻白俗"虽然有其正确的一面，但贬抑过实，议论偏颇，也不易为别人所接受。

诗人恢复盛唐统一繁荣的理想，在他《郡斋独酌》一诗中表达得很明朗："平生五色丝，愿补舜衣裳。弦歌教燕赵，兰芷浴河湟。腥膻一洒扫，凶狠皆披攘。生人但眠食，寿域富农桑。"他所梦寐以求的"洒扫腥膻""发展农桑"的理想逐渐破灭以后，乃纵情声色，以发泄其抑郁不平之气，于是有关他的"风流韵事"便流传了下来。相传他曾在湖州以重币聘一少女，曰："吾不十年，必守此郡。十年不来，乃从尔所适可也。"后以偃蹇仕途，未能如愿，等到他出任湖州刺史时，所聘之女，已从人三载，生三子矣。牧因赋诗以自伤曰："自是寻春去已迟，不须惆怅怨芳时。狂风落尽深红色，绿叶成阴子满枝。"又说他在生活上极不检点，经常出入青楼，醉酒狎妓，在牛僧孺幕府任掌书记时，牛常派人在暗中保护他。及他擢任侍御史，牛设宴中堂为之饯行，并讽以检点行止，必能一帆风顺。他却欺骗牛僧孺说："某幸常自检守，不至贻尊忧耳。"僧孺笑而不答，即命侍儿取一小书簏，打开一看，全是街卒检举他风流韵事的密报。杜牧感愧交集，泣拜致谢。（均见《太平广记·妇女》引《唐阙史》）后来他回忆起这段荒唐的生活，写了一首流传很广的《遣怀》诗云："落魄江湖载酒行，楚腰纤细掌中轻。十年一觉扬州梦，赢得青楼薄幸名。"这些虽然是生活上的细节，但仍然是诗人之累。

杜牧的诗歌艺术是晚唐诗人中极为出色的。他在诗歌领域是一个全面发展的人，无论是古体诗、近体诗，他都写得很好。特别是他的七律与七绝，写得情韵缠绵，风华流美，一直得到后人很高的评价。杨慎说：“律诗至晚唐，李义山而下，惟杜牧之为最。宋人评其诗豪而艳，宕而丽，于律诗中特寓拗峭，以矫时弊，信然。”（《升庵诗话》卷五）又说：唐人绝句“擅场则王江宁（昌龄），骖乘则李彰明（李白），偏美则刘中山（禹锡），遗响则杜樊川（杜牧）。”（《唐音癸签》卷十引）翁方纲《石洲诗话》也说：“小杜之才，自王右丞后未见其比。其笔力回斡处，亦与王龙标（王昌龄）、李东川（李白）相视而笑。”说明他的七律，在晚唐诗人中，除了李商隐以外，是最突出的一个。至于他的七绝，简直可以与“七绝圣手”王昌龄和李白争“一日之长”了。他的七律如《河湟》的“牧羊驱马虽戎服，白发丹心尽汉臣”，《早雁》的“仙掌月明孤影过，长门灯暗数声来”，《九日齐山登高》的“尘世难逢开口笑，菊花须插满头归”，《题宣州开元寺水阁》的“深秋帘幕千家雨，落日楼台一笛风”，都已脍炙人口，成了千古的名句。他的七绝，最受人欢迎的是他的“咏史”诗和抒情诗。前者如《赤壁》《题乌江亭》《金谷园》《题桃花夫人庙》《过华清宫》，使他获得了很高的声誉，有的说它“含蓄深窈”“妙绝千古”，有的说它“俱用翻案法，跌入一层，正意益醒，谢迭山所谓死中求活也”（《历代诗话》引吴旦生的话）。胡仔亦说“牧之题咏，好异于人。如《赤壁》云：‘东风不与周郎便，铜雀春深锁二乔。’《题商山四皓庙》云：‘南军不袒左边袖，四皓安刘是灭刘。’皆反说其事。至《题乌江亭》，则好异而畔于理。诗云：‘胜败兵家未可期，包羞忍辱是男儿。江东子弟多才俊，卷土重来未可知。’项氏以八千人渡江，败亡之余，无一还者，其失人心为甚，谁肯复附之？其不能卷土重来，决矣”（《苕溪渔隐丛话》）。杜牧咏史的诗，好为议论，而且往往出奇立异，发人之所未敢发，形成自己独到的见解和风格。他的抒情小诗如《将赴吴兴登乐游原一绝》《江南春》《泊秦淮》《寄扬州韩绰判官》《山行》《秋夕》等，都是脍炙人口的佳作。而最足以代表他的艺术风格的，我以为是《赠别二首》。

诗云：

“娉娉袅袅十三余，豆蔻梢头二月初。春风十里扬州路，卷上珠帘总不如。”

“多情却是总无情，惟觉樽前笑不成。蜡烛有心还惜别，替人垂泪到天明。”

这是诗人赠给歌妓的两首绝句，前一首是赞美，后一首是惜别。赞美则以含苞待放之花，喻“娉娉袅袅”之美人；又以压低扬州之无数美人，来突出诗人意中之美人。惜别则用蜡烛替人垂泪这一拟人化的形象，来刻画离别时的心情。构思新颖，比喻奇妙，风流蕴藉，情思缠绵，足见诗人超群逸伦的才华。

五十五　“八叉手而成八韵”的捷才

温庭筠的诗艳丽精巧，与李商隐齐名，世号“温李”。他的词风秾丽，与韦庄齐名，世号“温韦”。然而他的诗和词，无论从内容的丰富性，题材的广泛性，还是从传达手法的多样性来看，都赶不上李商隐和韦庄。

温庭筠（812—870），字飞卿，原名岐，山西太原人。少颖悟，“能逐弦吹之音，为侧艳之词”（《旧唐书》本传）。“每入试，押官韵作赋，凡八叉手而八韵成，时号‘温八吟’（一作“叉”）”（《全唐诗话》）。其才思的敏捷，是很少有人能够企及的。但其貌“甚陋，号‘温钟馗’，不称才名。最善鼓琴吹笛，云：‘有丝即弹，有孔即吹，不必苛亭爨桐也’。”（《桐薪》）这里要替诗人辩诬的，是过去的记载中说他“士行尘杂，不修边幅”（《旧唐书》本传），“士行玷缺，缙绅薄之”（《全唐诗话》），而考察起来，则不过是少年宴游，蒲饮过度而已，这是封建社会知识分子的流行病，何以他便成为“众矢之的”，以至“累举不第”呢？原来他性情傲慢，对统治阶级的上层人物每多不敬，因而遭到他们的忌恨与打击。相传唐宣宗一次化装微行，在一家旅店中遇到温庭筠，温傲然顶撞了他，被贬为方城尉，并在“制辞”中说：“尔既德行无取，文章何以称焉？徒负不羁之才，罕有适时之用。”（《全唐诗话》）他又常常讽刺相国不学无术，说“中书堂内坐将军”。有一次宰相令狐绹向他请教一个典故的出处，对曰：“事出《南华》，非僻书也。或冀相公燮理之暇，时宜览古。”于是宰相气急败坏，控告他“有才无行，不宜与第”。后来他从自己的坎坷道路中，认识到自己受排挤、遭打击的原因，写了一首诗云：“因知此恨人多积，悔读《南华》第二篇。”（《唐诗纪事》）很清楚，原来那些古籍上的记载，都是依据最高统治者的“制辞”和宰相的“奏议”写的，并不真正反映温庭筠及其遭遇的实际情况。在这里，我并不否认诗人在生活上有失检点，好为狭邪之游，段成式的“曾见当垆一个人，入时装束好腰身”的《嘲飞卿》的诗，便是一个铁的事实。但他的失意落魄，则是讥刺权贵，不肯同流合污的结果。

温庭筠的诗歌，存在着形式主义的倾向，反映现实、批判现实的作品比较少，但因为他落魄终身，与统治阶级有一定的矛盾，对当时的许多不合理的现象有所认识，也写过一些关心劳动人民疾苦的好诗，如《烧歌》就是用朴实的语言，细致地描写了南方某些地区烧畲种田的过程，结句以“谁知苍翠容，尽入官家税”，把批判的矛头指向统治阶级。《鸡鸣埭歌》写齐武帝的荒于田猎，《春江花月夜》写隋炀帝的游乐江南，都是借亡人的幽灵，讽刺当时正在行使权力的统治阶级。这些都是值得我们重视的优秀作品。特别是他近体诗中那些吊古伤今、抒怀奇愤以及羁旅游览的作品，往往感喟遥深，体物工细，呈现出生动优美的艺术形象。如《经五丈原》的“下国卧龙空寤主，中原得鹿不由人”，《蔡中郎坟》的“今日爱才非昔日，莫抛心力作词人”，《苏武庙》的“回日楼台非甲账，去时冠剑是丁年”，皆寄托遥深，属对工巧，具有很高的艺术水平。其《送人东归》的“江上几人在，天涯孤棹还”，《商山早行》的“鸡声茅店月，人迹板桥霜”，《处士卢岵幽居》的“千峰随雨暗，一径入云斜”，都是淡淡几笔，不加雕琢，通过一些物象的组合，在读者头脑中构成一幅情景交融的图画。下面请看他一首咏史的名篇《过陈琳墓》：

“曾于青史见遗文，今日飘蓬过此坟。词客有灵应识我，霸才无主始怜君。石麟埋没藏春草，铜雀荒凉对暮云。莫怪临风倍惆怅，欲将书剑学从军。”

这首诗是作者通过过陈琳墓所产生的“萧条异代不同时”的感想，抒发自己“枉抛心力作词人”的牢骚。既表达了诗人的自负和自信，又抒发了诗人的自怨和自艾。以陈琳的“霸才有主”，青史名垂，反衬自己的

“霸才无主”，书剑飘零，以陈琳墓前的“石麟埋没”，暗示当代的鄙弃人才，曹操的“铜雀荒凉”，暗示“唯才是举”“弃瑕录用”的贤君已经不可复得了。最后以“霸才无主”，文章无用，只好弃文就武，仗剑从军。一种生不逢时的感慨，在字里行间淋漓尽致地流露出来，含蕴至深，文采极美，直抒胸臆，精彩动人，给人以深刻的印象，不愧是一篇咏史的名作。

五十六　千首诗轻万户侯

张祜是杜牧的“诗酒之友”，字承吉，清河（今属河北）人。长庆间，令狐楚非常赏识他，亲自起草荐表，并令祜录新旧诗三百篇随表进献，希望能在中书省门下谋得一官半职。时君以问元稹，对曰：“祜雕虫小巧，壮夫不为。或奖激之，恐变陛下风教。”（事见《全唐诗话》卷四）从此他便落魄江湖，一生没有做过官，过着放浪的生活。“喜是狂奴态，羞为老婢声”（《酬郑模司直见寄》），是他的处世哲学；“长年无爱物，深话少情人”（《将之衡阳道中作》），是他的寂寞生活；“三十未封侯，颠狂遍九州。平生莫邪剑，不报小人仇”（《书愤》），是他的侠胆义肠。他平居以侠客自命，写过《侠客传》以见志，尝与进士崔涯以侠士互相推许。具有讽刺意味的是，他竟被一个“妆束甚武，腰剑手囊”冒充侠客的骗子，以“豕首”假冒人头，以“赴汤蹈火，誓无所惮”的诺言，赢得他的信任，骗走了他的全部行囊（《太平广记·诡诈》引《桂苑丛谈》）。《儒林外史》中“张铁臂虚设人头会”的那个故事，就是以他为原型的。还有一个具有讽刺意味的是，他和徐凝同时以诗谒白居易于杭州，要求为之延誉，白每扬徐而抑祜，杜牧为之不平。尝为诗故意提高其声价曰，“谁人得似张公子，千首诗轻万户侯”，“如何故国三千里，虚唱歌词满六宫”（《全唐诗话》卷三）。这自然是“苟异于白，而曲成于张”的，所以郑谷说：“张生故国三千里，知者惟应杜紫微（杜牧）。”说明他和白居易之间的矛盾，在当时就公开化了，可是张为在他所作的《诗人主客图》

中，硬把张祜拉进“广大教化主”的白居易一派，并把他列为“入室”的三人之一。谁都知道张祜是以“宫词”著称的，他的“故国三千里，深宫二十年。一声何满子，双泪落君前”，以高度的艺术概括能力，把空间和时间的距离浓缩在短短的两个五字句中；又以一声悲歌、双泪齐下的悲剧氛围，把宫人埋藏极深、蓄积已久的哀怨情绪淋漓尽致地表达出来，早已赢得人们的赞赏，一直活在人们的口头。毫无疑问，张祜应该属于王建一派。

《全唐诗》录存张祜的两卷诗，大都为游山玩景之作。葛立方《韵语阳秋》说：“张祜喜游山而多苦吟，凡历僧寺，往往题咏。如《题僧壁》云：‘客地多逢酒，僧房却厌花。’《万道人禅房》云：‘残阳过远水，落叶满疏钟。’《题金山寺》云：‘寺影中流见，钟声两岸闻。’《题孤山寺》云：‘不雨山长润，无风水自阴。’如杭之灵隐、天竺，苏之灵岩、楞伽，常之惠山、善卷，润之甘露、招隐，皆有佳作。”上面引的这些诗都是清美之至，宁静之至，仿佛闻不到人间的烟火气了。但诗人并没有忘怀世事，也没有忘怀功名，而是往往以诗歌为武器，批判当时的社会现实，抒发胸中的不平之鸣。如《公子行》的“买笑歌桃李，寻欢折柳枝。可怜明月夜，长是管弦随”，《少年乐》的“二十使封侯，名居第一流。绿鬟深小院，清管下高楼。醉把金船（大酒杯）掷，闲敲玉镫游”，揭露了那些公子哥儿，利用父兄的特权，取得高官厚禄，整日醉生梦死，寻欢作乐，把压榨得来的民脂民膏，浪费在声色狗马之中，具有强烈的批判精神。他还写了一系列的“观柘枝”诗，把歌妓们的艳妆、舞姿、娇态，以及那些达官贵人的千金买笑、暗赴云雨的丑行绘声绘形地描画出来。“红铅拂脸细腰人，金绣罗衫软着身”（《李家柘枝》），“红罨画衫缠腕出，碧排方胯背腰来”（《观杭州柘枝》），“鸾影乍回头并举，凤声初歇翅齐张。一时欻腕招残拍，斜敛轻身拜玉郎”（《周员外席上观柘枝》），“微动翠蛾抛旧态，缓遮檀口唱新词。看看舞罢轻云起，却赴襄王梦里期”（《观杨瑗柘枝》）。这种灯红酒绿、打情卖俏的歌舞会，正是统治阶级荒淫腐朽生活的一个侧面，诗人通过一系列的艺术形象把它展示出来，比一般的历史记载，数字统计，更具有感人的力量。又如《偶题》的“古来名下岂虚为？李白颠狂自称时。唯恨世间无贺老，谪仙长在没人知。”《感归》的“行却江南路几千，归来不把一文钱。乡人笑我穷寒鬼，还似襄阳孟浩然。”前一首是以李白的癫狂自比，可惜没有一个像贺知章的人，一见而知其为“谪仙人”；后一首以孟浩然自比，穷寒一世，沉沦终身，都是无限悲愤的不平之鸣。当然，诗人诗歌中最受人们欢迎的，还是那些讽刺小诗和写景小诗。前者如“虢国夫人承主恩，平明骑马入宫门。却嫌脂粉污颜色，淡扫蛾眉朝至尊”（《集灵台二首》之二），它婉而多讽，似褒实贬，以极其含蓄的语言，作了十分深刻的讽刺，具有很高的艺术水平。后者如“金陵津渡小山楼，一宿行人自可愁。潮落夜江斜月里，两三星火是瓜洲”（《题金陵渡》），它着墨不多，诗意盎然，近处是斜月笼罩的夜江，远处是闪烁着的点点星火，一幅美妙的图画，宛然在目。

五十七 “字字清新句句奇”的许浑

许浑也是杜牧的诗友。字用晦，一字仲晦，润州丹阳（今属江苏）人。少时读书很刻苦，但在科举场中却屡战屡北，直到大和六年（832）才中进士。历任当涂、太平县令，监察御史，虞部员外郎，出为睦州、郢州刺史。后因病辞官，隐居于润州的丁卯涧，因名其集为《丁卯集》，世亦称之为“许丁卯”。他的诗集中没有一首古体诗，五、七言律诗几占百分之九十，其他则是绝句。内容多登临怀古之作，一般缺少社会意义。但他“才思翩翩”“格调豪丽”，不愧为“慷慨悲歌之士”（《唐才子传》）。由盛唐的高华转为晚唐的绮丽，寓古雅于清秀，熔天然于冶炼，标志着唐代的律诗已经达到了尽善尽变的境界。他的诗在当时和后世都得到了很高的评价。韦庄对他无限崇拜地说：“江南才子许浑诗，字字清新句句奇。十斛明珠量不尽，惠休虚作碧云词。”（《题许浑诗卷》）陆游也说他的诗，“在大中以后，亦可称杰作”（《跋许用晦丁卯集》）。清代田雯《古欢堂集杂著》也说：“声律之熟，无如浑者”，“许浑琢句之秀，拗字之工，亦称杰作”。当然，并不是所有的人都是这么评价他的。宋代陈后山就有“近世无高学，举俗爱许浑”的诗，葛立方又说他的诗句意重复，一典多用，“盖其源不长，其流不远，则波澜不致于汪洋浩渺”。《升庵诗话》也说：“唐诗至许浑，浅陋极矣，而俗喜传之，至今不废。”不过这里透露了一个消息，不管许浑的诗如何“浅陋”，但大家还是爱它、传它，说明他的诗歌艺术是富有吸引力的。平心而论，许浑的一些律句，确实很形象，很有风致，很能说出人心中所欲说的话，五律如“道直去官早，家贫为客多”（《送前缑氏韦明府南游》），“管弦愁里老，书剑梦中忙”（《洛东兰若夜归》），“心期荣辱外，名挂是非中”（《寄天乡寺仲仪上人》），“雁来秋水阔，鸦尽夕阳沉”（《寄契盈上人》），“霄汉力犹怯，稻粱心已违”（《孤雁》），“性拙难趋世，心孤易感恩”（《闻两河用兵因贻友人》）。七律如“楸梧远近千官冢，禾黍高低六代宫”（《金陵怀古》），“东归万里惭张翰，西上四年羞卞和”（《长安岁暮》），“贫后始知为吏拙，病来还喜识人疏”（《姑熟官舍》），“水声东去市朝变，山势北来宫殿高”（《故洛城》），“孤舟移棹一江月，高阁卷帘千树风”（《夜归驿楼》），“残花几日小斋闭，大笑一声幽抱开”（《客至》）。这样的属对工整，音律和谐，形象优美，娓娓道出内心的活动，细腻婉曲，好像诗人所已说的，正是自己所欲说的，要叫人不爱、不传，自然是办不到的。

“一上高城万里愁，蒹葭杨柳似汀洲。溪云初起日沉阁，山雨欲来风满楼。鸟下绿芜秦苑夕，蝉鸣黄叶汉宫秋。行人莫问当年事，故国东来渭水流。”《咸阳城西楼晚眺》这首律诗，跟李商隐的《安定城楼》的构思、用韵、风致都很相似，一直被人看作晚唐吊古伤怀的“双璧”。它之所以被人重视，不仅在于它语言优美，富有诗情画意，主要还在于“山雨欲来风满楼”这个传诵千古的名句，形象地写出了暴风雨欲来的前兆。它含蕴丰富，寓意深远，既是写自然景象的变化，是写眼前的实景，又是象征当时的政治形势，“风云易色”，“石破天惊”，把诗人的生活敏感和政治敏感都统一在这一联中表现了出来，所以至今还被人广泛地运用到自然景象和政治生活中，成为具有强大艺术生命力的名句。韦庄说他“字字清新句句奇”，田雯说他“声律熟”“琢句秀”，从这首七律来看，绝不是溢美之词。范氏《对床夜话》还说“用物而不为物所赘，写情而不为情所牵，李、杜之后，当学者许浑而已”，从这首七律来看，也是说得很恰切的。

五十八　朴中有巧、淡而实浓的诗人

姚合，是唐代名相姚崇的曾孙。元和十一年（816）进士。曾任武功主簿，故被称为“姚武功”。敬宗宝历间，官监察御史，出任荆、杭两州刺史。他对杭州的山水无限留恋，一则说“如今来此地，无复有前心”（《题杭州南亭》），再则曰“他年婚嫁了，终老此江头”（《别杭州》），表示要终老杭州，不再想升迁到别的地方去了。但他后来还是奉召入京，官刑部郎中、谏议大夫、陕西观察使，终秘书少监，故其诗集叫《姚少监集》。他的交游极广，上自白居易、刘禹锡、李绅、张籍、王建、贾岛、马戴、刘叉，下至李群玉、朱庆余、李频，他都有诗词唱和（李频还拜他为师），并在任陕西观察使时，结识了青年诗人李商隐。李商隐任宏农尉期间，因事忤观察使孙简，将要受到严重的打击，恰好姚合前来接任，一场风波才得以平静下来。姚合在诗坛上结交的朋友，没有门户之见，也没有辈分之分，所以受到各方面的尊重。方干在《哭姚监》的诗中说“入室几人成弟子，为儒是处哭先生”，就可以想见他在当时诗坛上的人际关系了。

姚合的诗大部分是酬赠唱和之作，社会意义不大。但往往朴中有巧，淡而实浓，所以宋代的“永嘉四灵”和江湖诗派都很推崇他的作品。严羽《沧浪诗话》说：“近世赵紫芝、翁灵舒辈，独喜贾岛、姚合之诗，稍稍复就清苦之风。江湖诗人多效其体。”明代胡震亨《唐音癸签》也说他的诗“洗濯既净，挺拔欲高”。清代贺裳甚至认为他的诗远胜顾况，脱窠臼，有新意，气格与贾岛相近，但无其酸言。并举出他的近体诗“酒熟听琴酌，诗成削树题”（《过杨处士幽居》），“过门无马迹，满宅是蝉声”（《闲居》），“看月嫌松密，垂纶爱水深”（《闲居遣怀》），“弄日莺狂语，迎风蝶倒飞”（《游春》）加上按语说：“俱为宋人所尊，观之果亦警策。”（《载酒园诗话》又编）说明姚合的诗，在宋代的部分诗人中是很受欢迎的。

姚合的诗，看起来很通俗，很朴质，但常常能在通俗中表达深刻的思想，在朴质中体现精湛的艺术，使人从中得到深刻的印象。如那首具有强烈的批判精神的《庄居野行》云：“客行野田间，比屋皆闭户。借问屋中人，尽去作商贾。官家不税商，税农服作苦。居人尽东西，道路侵垄亩。采玉上山巅，探珠入水府。边兵索衣食，此物同泥土。古来一人耕，三人食犹饥；如今千万家，无一把锄犁。我仓常空虚，我田生蒺藜。上天不雨粟，何由活烝黎?!”这首诗针对当时的统治者采取“税农不税商”的错误政策，导致人们弃农经商，土地荒芜，仓库空虚，军民都无法正常供应粮食的现象，表示严重的关注和忧虑。明白晓畅，朴质动人，至今仍然有非常现实的借鉴意义。

诗人不仅善于运用诗歌这个武器来揭露黑暗，批判现实，而且也善于歌颂光明，扶持正气。他的《穷边词》，就是一个适例。诗云：“将军作镇古汧州，水腻山春节气柔。清夜满城丝管散，行人不信是边头。”“箭利弓调四镇兵，蕃人不敢近东行。沿边千里浑无事，唯见平安火入城。”以上两绝，都是歌颂朔方、泾原、陇右、河东四镇的守边将领的。他们“箭利弓调”，防守不懈，使蕃人不敢向东越雷池一步，边城得以平安无事，呈现出“水腻山春”“满城丝管”的和平繁荣景象。“行人不信是边头”，一句十分寻常的语言，让人们想象中的边城与现实中的边城，形成心理上的距离，从而强调和深化了现实边城的和平气氛，给读者以深刻的感受。

五十九　长笛一声人倚楼

诗人常以一篇一句之佳，而骤得大名。如郑谷以咏鹧鸪诗而被称为“郑鹧鸪”，张先以有“云破月来花弄影”“隔墙送过秋千影”“无数杨花过无影”之句，而被称为“张三影”。赵嘏也因为有“残星几点雁横塞，长笛一声人倚楼”之句，杜牧看了，“吟味不已，因目嘏为‘赵倚楼’”（《唐诗纪事》卷五十六）。赵嘏的诗名，因此而大振。

赵嘏，字承祐，山阳（今江苏淮安）人。会昌二年（842）进士。官渭南尉，因名其诗为《渭南集》。他的诗，富于文采，饶有兴味。特别是他的七言律诗，写得圆熟秀丽，警句甚多。《韵语阳秋》说：赵氏的《长安秋望》诗，“当时人诵咏之，以为佳作，遂有‘赵倚楼’之目。又有《长安秋夜与友人话归故山》诗云：‘杨柳风多潮未落，蒹葭霜在雁初飞。’亦不减‘倚楼’之句。”其实诗人的作品中，“不减倚楼”之句的还很多，如“两见梨花归不得，每逢寒食一潸然”（《东望》），“故园何处风吹柳，新雁南来雪满衣”（《曲江春望怀江南故人》），“霜蹄晓驻秦云断，野旆晴翻郢树秋”（《送令狐郎中赴郢州》），“江连故国无穷恨，日带残云一片秋”（《自遣》），“八斗已闻传姓字，一枝何足计行藏”（《广陵答崔琛》），“新霜何处雁初下，故国穷秋首正回”（《重阳日示舍弟》），皆语意幽静，形象鲜明，将主观之情注入客观之景，耐人寻味。他的五律，风韵上不如七律，而警句亦复不少。如“穷秋南国泪，残日故乡心”（《经无锡县醉后吟》），“星星一镜发，草草百年身”（《东归道中》），“马嘶芳草渡，门掩百花塘”（《送权先辈归觐信安》），“春山和雪尽，寒水带冰流”（《洛中逢卢郢石归觐》），也都写得气象万千，兴味淋漓。范氏《对床夜语》说他的七言，“间类许浑，但不全耳”，吴师道也说“赵嘏多警句，能为律诗，盖小才也”（《吴礼部诗语》）。范、吴两氏，既肯定他的律诗有一定的造诣，又指出他还“不全”，是“小才”，我以为是很有鉴赏力的。特别是他的《十无诗寄桂府杨中丞》和《昔昔盐二十首》，完全是骋其小慧，卖弄才情，刻意揣摩，扭捏作态，开了后人熟烂的套子，未免小家子气。当然，我不是说它中间没有佳句，没有好诗。如《十无诗》的“不知贵拥旌旗后，犹暇怜诗爱酒无”“初筵尽辟知名士，许到风前月下无”，意婉而讽，语淡而切，亦足以令人解颐。至其所为《昔昔盐》二十首，范晞文早已说过他“以一句为一题，亦复绮丽”，并举出其中的“魂飞沙帐北，肠断玉关中。尚自无消息，锦衾那得同”和“边风悲晓角，营月怨春鼙。未道休征战，愁眉又复低”两首，作为“绮丽”的范例。但从其总的倾向来看，是不应给予很高的评价的。

应该说七律是诗人最擅长的一种形式，但我却比较喜欢他的一些抒情小诗，写得情味隽永，极可人意。如五绝的《寒塘》云：“晓发梳临水，寒塘坐见秋。乡心正无限，一雁度南楼。”这首小诗，语意浑成，含蕴极其丰富。前二句以倒装的句式，写其临水梳发，蓦然感到秋意，从而引起悲秋的感情。这“秋”字双关时序和年华，流露了岁将暮而人亦老的慨叹。后二句是进一层、加一倍的写法，言蕴蓄已久的无限相思，因秋而触发，因雁而加剧。初看只是写景，实则是言雁归而人未归，雁来而书未来。层层转进，耐人咀嚼。

又如七绝《江楼感旧》云：“独上江楼思渺然，月光如水水如天。同来望月人何处？风景依稀似去年。”这首诗语言清新，甚有情致，表达了“物是人非”的感伤情怀，赋予了全诗以空灵含蓄的艺术美，使读者有着充分广阔的联想天地。

六十 “居住沅湘，宗师屈宋”的李群玉

李群玉，字文山，湖南澧县人。曾官弘文馆校书郎，是唐代有名的诗人。他一生很不得志，又自负才高，不甘老死牖下。相信“男儿白日间，变化未可量”“遐想鱼鹏化，开襟九万风”，总有一天会出现这个奇迹的。为了促使这个奇迹的早日出现，他不断要求达官贵人“垂青”，并曾“徒步负琴，远至辇下”，向最高统治者进献各体诗三百首。“庶期白雪调，一奏惊凡聋”，后来由于裴休和令狐绹的推荐，总算得到一个弘文馆校书郎的冷官，这使他喜出望外，说：“昨忝丞相召，扬鞭指冥鸿。姓名挂丹诏，文句飞天聪。”辛文房在《唐才子传》中说他“不乐仕进，专以吟咏自适”，实在是一种皮相之谈。

不过，诗人的出山，并没有像他所憧憬的那样“群贤垂重价”“三辅付夔龙”，而是很快就“请告南归”了。这是为什么呢？据他自己说是“十口系心抛不得”“桂玉愁居帝里贫”，既离不开牵肠挂肚的小家庭，亦无力承受京城里昂贵的物质生活。其实这也不足为凭，方干在《过李群玉故居》一诗中，透露他是“衔冤下世”的，韦庄在奏请唐昭宗恤录儒士的表章中，也说过他“衔冤抱恨”的话，“抱恨”可以理解为怀才不遇，“衔冤”则应有更具体的内容。我想这事恐怕跟令狐绹的失宠和裴休的罢相不无牵连。

令狐氏于大中九年（868）被解除淮南节度使之职，十三年去相。裴休于大中十年罢相。李群玉是大中八年进京，十三年出京的。从时间

上可以窥见此中消息。诗人在回顾自己从得官到失官的过程时写道：“俱笑一尺绳，三年绊骐骥。”“须知香饵下，触口是铦钩。”“《达生》书一卷，名利付春冰。”短暂的官场生活，给他的感受无非是垂钓的“香饵”暗藏着“铦钩”，名利亦不过如“春冰”之薄，说明他是中了别人的暗箭的。

诗人感到生活的前景暗淡无光，于是发出了这样的感叹：“已作庄生梦，谁知惠子鱼？人间无乐事，直拟到华胥。”“翻复深沉百岁中，前途一半已成空。浮生暂寄梦中梦，世事如闻风里风。”他把一切人世间的事都看作“梦中梦”“风里风”，并且宣布现实生活中只有“翻复升沉”，没有真正的“乐事”，只有在“华胥”梦中，才能找到自己的慰藉，至于娥皇、女英邀作云雨之游的荒诞而美丽的“经历”，恐怕也是这种心理所幻化出来的。

诗人就是在这灰暗的人生中，带着难以排遣的苦闷，离开了这冷漠的世界的。“居住沅湘，宗师屈宋，枫江兰渚，荡思摇情。”李群玉的遭际，固不能与屈子并论，而其怀瑾握瑜，牢愁不遇，自亦不无窃比骚人萧条异代之感了。

李群玉现存的诗歌，既没有写重大的题材，又没有反映社会的动荡和人民的痛苦，而是在登山临水、怀人送归的诗篇中，隐藏着一种压抑的感情，表现着一种强烈的向往，从而带来了他诗歌风格上的清越悲凉、沉郁顿挫的色彩。唐代张为在《诗人主客图》中，把他列入“博解宏拔主”的“上入室”，给他在诗歌史上以相当高的地位。此后的诗歌理论家或就其风格，或就其一体，或就其表达人情、刻画物态等方面，也给予了颇高的评价。如《升庵诗话》认为他《人日梅花》诗的“玉鳞寂寂飞斜月”一联，“真奇句也，‘暗香浮动’，恐未可比。”《唐才子传》举出“远客坐长夜，风雨孤寺秋。请量东海水，看取浅深愁”等句，谓“已曲尽羁旅坎壈之情”。《石洲诗话》说“李群玉五古，实胜司空表圣，不可以名誉而甲乙之也”。这些评论，不管是否确切，至少可以说明两点：一是李群玉的创作成就在诗歌史上是不容忽视的，二是李群玉的诗歌对当时和后世的影响是相当深远的。

李群玉诗歌的艺术特色，首先是风格的沉郁悲凉。这与他的人生历程直接相联系。我们看到他的《雨夜呈长官》就不禁想起杜甫的《揽镜呈柏中丞》。杜甫写的是“胆消豺虎扇，泪入犬羊天”的血泪生活，而李群玉写的是“愁穷重于山，终年压人头”的困厄命运；杜甫是强压着屈辱的感情，向人发出“镜中衰谢色，万一故人怜”的哀鸣，而李群玉则是满怀得意的幻想，对人抒发“鳞翼思风水，青云方阻修”的悲叹。“不逐笼下翼”“岂是池中物”，是李群玉最大的自信，然而摆在他面前的却是“孤灯冷素艳，虫响寒房幽”，于是不得不借酒浇愁，“无因一酩酊，高枕万情休”了。这种在追求中的幻想破灭，在失望中的强烈追求，正是他沉郁悲凉的诗风形成的基因。

其次是感情的热烈真挚。李群玉的诗歌，无论是登山临水，还是怀人送归，尤其那些有关情爱的作品，都闪耀着诗人的眼泪，蕴藏着诗人真挚的感情，他自己说过“向为情爱累”，清人余成教也说：“读其《同郑相并歌姬小饮》《醉后赠冯姬》二诗，又何其情韵缠绵也！”（《石园诗话》卷二）说明诗人写的情诗，是“情韵缠绵”，极其动人的。请看：

“寄语双莲子，须知用意深。莫嫌一点苦，便拟弃莲心。”“见面知何益，闻名忆转深。拳挛荷叶子，未得展莲心。”这两首民歌体的情诗，是以“莲子”“莲心”双关“怜子”“怜心”的。放在南朝乐府的子夜吴歌中，是可以乱真的。他的另外一些情调流转、语言妩媚的诗，如“多情草色怨还绿，无主杏花春自红”“桂影浅拂梁家黛，瓜字初分碧玉年”，直可以摩李商隐《无题》诗之垒，而与之争长毫厘了。

第三是语言的绚丽多彩。“湖山四五点，湘雁两三声”“鸟惊林下梦，风展枕前书”“白云蔽黄鹤，绿树藏鹦鹉”“黄叶黄花古城路，秋雨秋风别家人”“半岭残阳衔树落，一行斜雁向人来”“市朝迁变秋芜绿，古冢高低落照红”等诗句，使人感到诗人以特有的敏感心灵和细腻笔法，去捕捉和讴歌一瞬间的自然景物，同时又把喜悦和惆怅的情感丝缕，编入这天机云锦般的画卷之中，别有一种感人的艺术魅力。

不容否认，由于诗人的生活圈子太窄，生活内容太单调，没有远大的政治抱负，因而在诗中反映出来的，一半是委屈和不平，一半是空虚和浪漫，以致在创作实践上虽有很深的炉锤工夫，却很难在思想上得到升华，放出耀眼的光辉来，这就是李群玉最终不能成为唐代一流诗人的原因。

六十一　咏史专家汪遵、胡曾、周昙和孙元晏

我国古典诗歌中的咏史诗，往往是别有寄托，借题发挥，或讽喻现实，或抒写怀抱，言在此而意在彼，语不多而情无限。如左思的《咏史》诗八首，皆托古讽今，抒发其对门阀制度的不满，便是一个很好的例证。大抵法网愈密，文禁愈严，则人们越不敢以现实为题材，以免偶触文网，得罪当路。于是只好借古人的酒杯，浇自己的磊块，把自己的抑郁愤激之情，刺世嫉邪之意，从评骘古人的诗歌中曲折地表现出来。所以咏史之作，能够蔚为风气，形成潮流。历代诗人大都写过咏史的诗，但专门从事历史题材的写作者，到唐代后期才成批地涌现出来。收入《全唐诗》中的，就有汪遵的咏史诗六十一首，胡曾的咏史诗一百五十二首，周昙的咏史诗一百九十五首，孙元晏的咏史诗七十五首，而且全都是七言绝句。下限只到六朝，上限则最早的起自唐虞，最后的起自三国。说明时代愈近，风险愈大，染指的也愈少。他们的咏史诗，大都用笔婉转，寓意精深，截取历史上的一时一事，画龙点睛般描绘了封建王朝一幅幅盛衰兴亡的历史图画，塑造了中华民族一个个壮烈崇高的英雄形象，许多被讲唱文学或历史小说所引用，故能不胫而走，为广大群众所喜闻乐见，给诗歌艺术重新走向民间开拓了一条广阔的道路。又由于它们短小精悍，好读好记，有声有色，为唐诗宝库增添了一批耀眼的明珠。

汪遵，宣城（今属安徽）人。咸通七年（866）进士。家贫为小吏，

好读书而无力购置，只好向人借取，日夜攻读，思想缜密，善为绝句。相传他和诗人许棠是同乡，他第一次上京应举，许棠已参加多次应举的考试了，彼此相遇于途，棠问遵为何进京，答以“就贡”，棠听了大发雷霆说：“小吏无礼。”后来遵中了进士五年，棠始登第（见《全唐诗话》卷五）。他的咏史诗，起自春秋，迄于东晋，善于运用对比的手法，突出他的讽刺意义。如《长城》的“秦筑长城比铁牢，蕃戎不敢过临洮。虽然万里连云际，争及尧阶三尺高”，以“三尺尧阶”与“万里长城”对比，突出了“暴政”不如“德政”、武力不如仁义的思想，是对秦始皇的极大的讽刺，也是对后世统治者“穷兵黩武”“开边启衅”的一个警告。又如《昭君》的“汉家天子镇寰瀛，塞北羌胡未罢兵。猛将谋臣徒自贵，蛾眉一笑塞尘清”，也是以“蛾眉”与“猛将谋臣”对比，以“塞尘清”与“未罢兵”对比，从而突出“猛将谋臣”的庸懦无能，具有很好的讽刺效果。

胡曾，长沙（一说邵阳）人。咸通中进士。曾为汉南从事，得以游览名山大川，凭吊历史陈迹，所作咏史诗一百五十首，或歌颂，或批判，多是取材于历史，着眼于现实的。如《南阳》：“世乱英雄百战余，孔明方此乐耕锄。蜀王不自垂三顾，争得先生出草庐？”明里是歌颂蜀王的重视人才，不辞三顾草庐，终成三分之业；暗里是批评当时的统治者，不能识人、用人。事实上他的诗是起到了讽刺的作用的。相传王衍宴饮无度，内侍宋光溥吟胡的《姑苏台》诗以讽之云：“吴王恃霸弃雄才，贪向姑苏醉醁醅。不觉钱塘江上月，一宵西送越兵来。”王衍听了，大怒罢宴。（见《全唐诗话》卷五）不管王衍如何大发雷霆，毕竟是罢了宴嘛。正因为他的咏史诗能够用通俗的语言，说明某些艰深的道理，所以《三国演义》及其他的历史小说，多引用他的诗歌作为人物的“定场诗”。而明代谢榛《四溟诗话》却斥之为“百篇一律，但抚景感慨而已”。杨慎《升庵诗话》也认为“近日儿童村学教以胡曾咏史诗，入门先坏了声口矣”，又说他的诗“鄙猥俚贱，优人羞道”。这些批评不管是否确切，都透露出一个事实，那就是胡曾的咏史诗在明代已成了村学的教材、剧场的脚本，影响可谓大矣！

周昙，唐末任国子直讲。所作咏史诗，分为“唐虞门”“三代门”“春秋战国门”“秦门”“前汉门”“后汉门”“三国门”“晋门”“六朝门”“隋门”，显然是有计划的创作。他在“六朝门”中把隋另立一门，不知是何用意。然其诗大部分缺乏情韵，使人感到有些板滞和枯涩。亦有写得比较精彩的，如《陈涉》：“秦法烦苛霸业隳，一夫攘臂万夫随。王侯无种英雄志，燕雀喧喧安得知？”《王夷甫》：“六合谁为辅弼臣？八风昏处尽胡尘。是知济弱扶倾术，不属高谈虚论人！”对于那些胸无大志的“喧喧燕雀”，对于那些“高谈虚论”的夸夸其谈者，也是一副很好的清凉剂。

孙元晏，生平不详。所作咏史诗，分为吴、晋、宋、齐、梁、陈等六个朝代，命意平庸，语言亦欠生动，能够给人以思想上的启迪和艺术上的陶冶者不多。杨慎举出其《武帝蚌盘》云“金翠丝簧略不舒，蚌盘清宴意何如。岂知三阁繁华主，解为君王妙破除”，并说：“孙元晏有咏史百首，胡曾、汪遵之比也，惟此一首，差强人意。”我觉得他的《临春阁》比这一首的命意要新颖，语言要生动，似乎更“差强人意”。诗云：“临春高阁上侵云，风起香飘数里闻。自是君王正沉醉，岂知消息报隋军？”揭露嘲笑，入情入理，具有较好的讽喻效果。

总之，他们的咏史绝句，虽然篇幅很短，艺术容量却很大。它们之中的好诗，能以极浅近的语言，表达极丰富的思想，善于用旁敲侧击的手法，创造引人入胜的意境。它们之中，不少思想解放，见解新颖，体现了诗人们的真知灼见。他们不怕与“己事相触，时政相关”，以咏史来讽今，本身就是难能可贵的。

六十二　咏物诗的射雕手

罗隐（833—909），字昭谏，余杭（今属浙江）人。生活在黄巢起义和朱温篡唐的大动荡时代，是晚唐杰出的现实主义诗人。《旧五代史》本传说他“诗名闻于天下，尤长于咏史，然多所讥讽”。鲁迅说他所著的《谗书》，“几乎全部是抗争和愤激之谈”（《小品文的危机》）。讥讽、抗争和愤激，是他对晚唐社会的态度，也是他诗文的风格特点。正因为如此，所以他不断受到当局的排挤和打击，十举进士而没有被取录。“一枝丹桂未入手，万里沧波常负心”（《西京道德里》），“难将白发期公道，不觉丹枝属别人”（《东归》），是他科场失意的真实写照，也是他恃才傲物的不平之鸣。他把这种不平之鸣，在五十多首咏物诗中倾泻了出来。或借梅、竹、菊、松的傲寒本质，象征自己的高尚情操；或借莺、燕、蜂、蝉的自然属性，寄托自己的讽喻情怀。其命意的新颖，描写的细致，寄托的深远，是历代汗牛充栋的咏物诗中不可多得的珍品。张炎《词源》说得好：“诗难于咏物，体认稍真，则拘而不畅；模写差远，则晦而不明。”所谓“体认稍真”，就是把注意力放在描写客观事物的“形似”上。所咏之物，虽然纤细毕现，栩栩如生，但没有深远的寄托，也不能给人以应有的启迪，所以苏轼说“赋诗必此诗，定知非诗人”（《书鄢陵王主簿所画折枝）。所谓“模写差远”，就是不能把客观事物的性格特征、神情意态，擘肌分理地描绘出来，而去高谈神似，侈言兴味，就会变成令人不知所云的哑谜，所以赵翼说“作诗必此诗，乃是真诗人”（《瓯北集》卷四十六）。

苏轼和赵翼的说法并不矛盾，前者强调“神似”，是诗的更高境界；后者强调“形似”，是诗的基本工夫。王若虚对此曾经有个恰当的解释：“论妙在形似之外，而非遗其形似；不窘于题，而要不失其题，如是而已耳。”（《滹南诗话》）《远志斋词衷》也说：“咏物固不可不似，尤忌刻意太似。取形不如取神，用事不若用意。”罗隐的咏物诗之所以有着强大的生命力和浓厚的时代气息，正是由于他不失题意，重在取神，“咏物而不滞于物”，把“形似”和“神似”恰到好处地结合起来。

罗隐的咏物诗，字字刻画，字字天然，既有抒发个人的身世之感，又有讽刺社会的病态之作，进而对于当时的时事政治多所干预。不过比较曲折隐蔽，须要拨云见天，才能理解诗中的微言大义。这就是他的咏物诗耐人寻味的秘密，也是他的咏物诗为别人不易达到的艺术境界的原因。他的咏物诗，一般使用了刻画、讽喻和寄托三种手法。刻画是基础，讽喻是目的，而寄托则是它的生命力。三者相得而益彰。他的那些脍炙人口的咏物诗，继承了诗人的比兴之旨，既有题中的精蕴，又有题外的远致，用事浑成，别有寄托。比之杜工部的《胡马》《画鹰》《病柏》，也不遑多让。所以杨慎《升庵诗话》说罗隐的《梅花》诗，乃“晚唐之绝唱，可与盛唐峥嵘”。

其咏物诗有些什么特色呢?

刻画客观事物，情辞俱到，这是罗隐咏物诗的第一个特点。沈义父在《乐府指迷》中说：“咏物词，最忌说出题字。”咏物诗也是如此。因为一说出题字，便容易流于浅露，使人一览便知，了无余味。自然命意乃第一要义，如果构思甚巧，虽偶犯题字，亦不害其为佳。然而罗隐的五十多首咏物诗中，大都注意了这个规律，题中的主要字，犯者绝少。如他咏《牡丹》的两首诗云：“若教解语能倾国，任是无情也动人”，“当庭始觉春风贵，带雨方知国色寒”。牡丹，花之富贵者。诗人在描写它时，并没有脂粉气和富贵气；也没有出现牡丹的字样，使人感到浅露而缺乏韵味；更没有把注意力放在“形似”上面，着意去描写它的色相和姿态，而是在“神似”上下功夫。第一例是用假设和让步的手法，把它比作不会说话的美人，没有感情的尤物。第二例也是用拟人法，把它比作国色。都是用美人来比牡丹，而不失其为牡丹；都没有从正面描写他的色相之美，而它的艳色丽质却历历呈现在读者的眉目之间。这两首诗的第二个特点是用典恰切，而没有一点斧凿痕迹。况周颐《蕙风词话》认为咏物诗之所以不易出色，在于用典太呆。诗人在前一诗中化用了李白《清平调》的“名花倾国两相欢，长得君王带笑看”的诗句。后一诗中，又熔铸了刘禹锡《赏牡丹》的“惟有牡丹真国色，花开时节动京城”的词语。诗中有了“倾国”和“国色”的字眼，便只能是咏牡丹，而不能移之于其他的名花。像这样的咏物诗很多，如咏《粉》的“郎若姓何该解傅，女能窥宋不劳施”；咏《绣》的“花随玉指添春色，鸟逐金针长羽毛”；咏《言》的“成名成事皆因慎，亡国亡家只为多”。真是信手拈来，皆成妙谛。

用冷嘲热讽的手法，暴露和鞭挞落后的事物，以达到否定的目的，是罗隐咏物诗的又一个特点。它反映了当时的社会矛盾，具有深刻的现实意义。如咏《香》云：“怜君亦是无端物，贪作馨香忘却身。”字字刻画了“香”的特点，又字字讽刺了那些不惜身败名裂而追名逐利的小人。咏《金钱花》云：“若教此物堪收贮，该被豪门尽劚将。”把豪门的贪婪成性、垄断财富的狰狞面目，淋漓尽致地刻画出来。咏《春风》云：“但是秕糠微细物，等闲捧举到青云。”这就把统治阶级任用私人、颠倒贤愚的现象，形象地描绘了出来。他们把那些无用的“秕糠”，捧到“青云”之上；而把那些栋梁之材，弃之于草莽之间，从而导致“黄钟毁弃，瓦釜雷鸣”“鸾凤伏窜，鸱鸮翱翔”的可悲局面，这是历代诗人所不胜慨叹的。他的咏《雪》诗，更是为挣扎在饥寒线上的老百姓立言：“尽道丰年瑞，丰年事若何？长安有贫者，为瑞不须多。”在那大雪纷飞的日子里，富贵人家围炉赏雪，把酒消寒，自然是惬意的，而那些鹑衣百结、饥肠九转的劳苦大众，却瑟缩在尖风虐雪中，啼饥号寒，这就是“丰年瑞”给两个敌对阶级所造成的不平等的待遇。在咏《蜂》一诗中，又对终年辛苦的贫民，不能享受自己的劳动果实，而那些不劳而获的寄生虫，却可以尽情享受，表示极大的愤慨：“不论平地与山尖，无限风光尽被占。采得百花成蜜后，为谁辛苦为谁甜？”这就是抗争，这就是愤激！他把千古以来的不平事，千古以来的不平鸣，都倾注在自己的笔底下，显得特别难能可贵。

罗隐咏物诗的第三个特点，是把自己的思想、情操和志趣，寄托在所咏的客观事物之中。周济主张诗歌要有寄托，认为“有寄托则表里相宜，斐然成章”，意思是说诗歌有寄托，就显得深刻，显得有文采，使内容和形式很好地统一起来。罗隐的许多咏物诗都是别有寄托的。如咏《梅》的“虽然未得和羹便，曾与将军止渴来”。它的前一句是用《尚书 · 说命下》“若作和羹，尔维盐梅”的典，以喻大臣辅佐君主、治理国家。后一句是用《世说新语 · 假谲》的故事：“魏武行役失汲道，军皆渴，乃令曰：‘前有大梅林，饶子，甘酸可以解渴。’士卒闻之，口皆出水，乘此得及泉源。”这首咏梅的诗，用的全是有关梅的掌故，所以不泛。又象征诗人在那个社会里，不能充分发挥他的才华，为国家作出一番事业，只能为“将军止渴”，即为他们办点“口惠而实不至”的文字宣传工作。这是诗人自嘲自解的话，所谓苦笑甚于痛哭也。在咏《小松》中说：“陵迁谷变须高节，莫向人间作大夫。”这里用了秦始皇在泰山封禅时，“风雨暴至，休于树下，因封其树为五大夫”的典故。我们读了这首诗，不禁想到诗人在朱温篡唐以后，曾经拒绝朱的“右谏议大夫”的征召，并劝吴越王钱璆举兵讨伐朱温说：“纵无成功，犹可退保杭越，自为东帝，奈何交臂事贼，为终古之羞乎！”（《纲鉴易知录》卷六十）改朝换代，当然是“陵迁谷变”，拒绝征聘，当然是“莫向人间作大夫”。所以《小松》这首诗，正是诗人托物咏志，明显地有着自己的影子在里面。姜夔《白石诗说》说：“小诗精深，短章蕴藉，大篇有开阖，乃妙。”罗隐这些咏物的小诗短章，都具有“精深”和“蕴藉”的特点，因而使人读起来感到珠圆玉润，颇耐咀嚼。特别是他所说的理，所命的意，往往出人意表，十分高妙，足以提高人们的思想情操，净化人们的内心世界，具有很高的思想价值和美学价值。

六十三　绿林豪客夜知闻

李涉，自号清溪子，洛阳人。曾与其弟李渤隐居庐山，后来从军做幕僚，大概提过一些有关边防方面的意见，没有受到重视，所以他有“一出纵知边上事，满朝谁信语堪听”（《题连云堡》）的慨叹。他的弟弟李渤也说过：“长兄年少曾落托，拔剑沙场随卫霍。口里虽谈周孔文，怀中不舍孙吴略。”（《喜弟激再至为长歌》）看来李涉是自命不凡的，“大智思济物，道行心始休”（《咏古》），“徒怀教化心，纡郁不能伸”（《怀古》），“青光好去莫惆怅，必斩长鲸须少壮”（《与弟渤新罗剑歌》，“早谋侯印佩腰间，莫遣看花鬓如霰”（《醉中赠崔膺》）。一种急于用世、要求建功立业的愿望，在这些诗句中自然流露了出来。但他的愿望没有成为现实，宦海的风波，不断地颠簸他，掀翻他，使他无法到达理想的彼岸。在任用还是罢免突吐承璀的问题上，他不顾群众的议论，大臣的反对，上书言“兵不可罢，承璀亲近信臣不可出”，知匦使孔戣拒绝为他转奏，他便采取行贿的手段，通过别的途径把奏章送到宪宗手里。孔戣因以“奸罔滔天”的罪名对他进行弹劾，最终他被贬为硖州司仓参军。吴师道认为：“其为人如此，而诗句精熟，有足赏者。世方以言取人，果可信乎?”（《吴礼部诗话》）我认为，从他“顺天行杀机，所向协良谋”“霸国不务仁，兵戈恣相酬”（《咏古》）的观点来看，不见得是迎合朝廷的意旨，而是他的政治主张跟其他的大臣有分歧，他是主张用兵、反对退让的。经过这次政治上的打击，他的锐气没有了，并且逐渐消沉下来，“当时谪宦向夷陵，愿得身闲便作僧”（《再谪夷陵题长乐寺》），这便是他贬居硖州时的心情。直到文宗大和年间，才由宰相推荐他任太常博士，也没有重新点起他的希望之火，他回到长安时，写了一首抒怀的诗道：“十年谪宦鬼方人，三遇鸿恩始到秦。今日九衢骑马望，却疑浑似刹那身。”（《再至长安》）一种人生如梦之感，在诗的字里行间流露了出来。不久，他又被流放到康州（今广东德庆），他悲愤地写了一诗寄给他弟弟李渤说：“唯将直道信苍苍，可料无名抵宪章。阴骘却应先有谓，已交鸿雁早随阳。”他埋怨“苍苍”，相信“阴骘”，对于自己以“直道”取咎，感到惶惑、踟蹰，转而自我解嘲起来，其内心的矛盾是可以想见的。

他的诗大都是七言绝句。由于他一再被贬，早年那种抨击权贵“但将钟鼓悦私爱，肯以犬羊为国羞”（《六叹》）的精神没有了，那种大气磅礴、雄浑豪放的歌行也不作了。宋代曾季狸《艇斋诗话》说：“唐人李涉善为歌行，如《才调集》所载《鸡鸣曲》，荆公大喜。……全篇有思致，而词近古。”说明他不但绝句写得很好，歌行也写得很好。相传他有一次在九江皖口，“遇盗，问何人。从者曰：‘李博士也。’其豪酋曰：‘若是李涉博士，不用剽夺，久闻诗名，愿题一篇足矣。’”涉欣然挥笔写了一首绝句给他们：“暮雨潇潇江上村，绿林豪客夜知闻。他时不用逃名姓，世上如今半是君。”（见《唐诗纪事》卷四十六）宋代尤袤还说这个“盗”的“豪首”叫韦思明。韦曾对李汇征说：“老身弱龄不肖，浪游江湖，交结奸徒，为不平事。后遇李涉博士，蒙简一诗，因而跧迹。……遂隐罗浮，经于一纪。”（《全唐诗话》卷四）这个故事不仅说明李涉的诗在民间拥有广大的读者，而且说明他的诗能够起到巨大的感化作用。特别是它的结句“世上如今半是君”，是对当时社会现实的极大不满和深刻讽刺，是封建社会的知识分子所不敢说、所不愿说的。

严羽说过，大历以后的诗人，李涉是他“所深取者”之一。他的诗歌何以能够在后世受到诗歌理论家的赞赏，在当时受到广大群众的欢迎呢？我们不妨欣赏他的两首代表作《润州听暮角》和《再宿武关》吧：

“江城吹角水茫茫，曲引边声怨思长。惊起暮天沙上雁，海门斜去两三行。”这首诗写得很自然，很有韵味，寥寥几笔，就涂抹出一幅有声有色、有情有景的画面：暮色笼罩着的江城，茫茫的江水，惊起的飞雁，以及画面外传来的悲凉的角声，把一个游子的羁旅之愁很好地烘托了出来。真是“这次第，怎一个愁字了得”！

“远别秦城万里游，乱山高下出商州。关门不锁寒溪水，一夜潺湲送客愁。”《再宿武关》是李涉再次贬谪康州、离开长安时写的。诗人通过当时的所见、所闻和所感，把自己心潮起伏的不安情绪熔铸在“乱山高下”的客观景物中，使山与人，景与情合而为一。特别是把自己整夜在潺湲的溪水声中未能合眼的责任，推给“关门不锁”，真是愈无理而愈妙，意思是你这雄关能够锁住千军万马，却不能锁住引起愁人不眠的溪声。这样的构思，岂非出人意表，匪夷所思？

六十四　杰出的政治家、优秀的诗人李德裕

李德裕（789—849），字文饶，赵郡（今河北赵县）人。宰相李吉甫的儿子，是晚唐杰出的政治家。武宗时，他任宰相，在他执政的短短六年中，内制宦官，外复幽燕，抵制回纥，削平泽潞，使唐王朝长期以来积弱积贫的局面得以扭转，出现了复兴的希望和势头。被李商隐誉为“万古之良相”，司马光也说他“号令既简，将帅得以施其谋略，故所向有功”（《通鉴·唐纪》六十四）。他执政时，夙兴夜寐，忧勤国事，“率午漏下还第”（《新唐书》本传），他自己也有诗记录这一段生活：“内官传诏问戎机，载笔金銮夜始归。万户千门皆寂寂，月中清露点朝衣。”（《长安秋夜》）人们在宁静和平的环境中睡得很沉，而他却踏着月色，迎着清露，刚刚运筹帷幄、经纶天下归来，一个忧勤国事、夙夜在公的大臣形象活脱脱地出现在人们的眼前。他执政时，奖善惩恶，选贤任能，为贫寒的知识分子开辟了一条从政的道路，所以在他谪官南去时，有人写了一首诗说：“八百孤寒齐下泪，一时回首望崖州。”（见《摭言》）可惜这么一位“语文章，则严（忌）、马（司马相如）扶轮；论政事，则萧（何）、曹（参）避席”（《旧唐书》本传赞）的名宰相，竟在朋党斗争中贬死于崖州了。而当时打击他最多的，就有他一手提拔为翰林学士的白敏中。他们结帮拉派，交相构陷，坏了国家的栋梁，毁了国家的长城，“不然，功烈光明，佐武（唐武宗）中兴，与姚（崇）、宋（璟）等矣”（《新唐书》本传赞）。这是李德裕的悲剧，也是唐王朝的一个历史悲剧。

李德裕“幼有壮志，苦心力学，尤精《西汉书》《左氏春秋》”，“明辩有风采，善为文章，虽至大位，尤不去书”（《新、旧唐书》本传）。他著述比较丰富，有《李文饶集》（又名《会昌一品集》）流传下来。其中有一篇《文章论》，主张诗文应以表达思想感情为目的，而不应该过于讲究声律和雕琢词句。他说：“古人辞高者，盖以言妙而工，适情不取于音韵；意尽而止，成篇不拘于只耦。篇无足曲，辞寡累句。”又说：“譬如日月，终古常见，而光景常新。”（《唐诗纪事》与《艺苑卮言》均引此论）。这种有关文学创作的见解是非常精辟的。特别是“日月常新”之喻，一直被文学理论界广泛引用，影响是非常深远的。

他现存诗一百四十首左右，《全唐诗》将其编为一卷，各体诗都有一些。其中有怀念他的故居平泉别业的组诗四组四十六首，表达了他终将归隐的愿望，“七十难可期，一丘乃微尚”（《自叙》），是他对自己的命运和前途所作的预测。他深深地了解“人生不如意，十乃居七八”（《怀山居邀松杨子同作》），也清醒地意识到宦海风波的险恶，“人事升沉才十载，宦海飘泊过千峰”（《忆金门旧游奉寄江西沈大夫》），十分形象地把官场上互相倾轧、排挤的人际关系描绘了出来。他虽然很自负，也建立过很多的功勋，有时不免滋长着一种骄傲自满的情绪，“迥若戈回日，高疑剑倚天”（《题剑门》），把自己的形象跟“危乎高哉”的剑门融合在一起；“黑山永破和亲虏，乌岭全坑跋扈臣”（《离平泉马上作》），又把自己外制回纥、内平泽潞的功劳表白一番。但他马上想到“自是功高临尽处，祸来名灭不由人!”这些诗歌反映了他的生活和思想，是研究他的第一手资料。

但真正有价值的，是他贬谪南荒后那些抒情感怀的诗。这些诗是他诗歌理论的实践，是他感情的真实流露。如《登崖州城作》云：“独上高楼望帝京，鸟飞犹是半年程。青山似欲留人住，百匝千遭绕郡城。”这首诗是诗人贬为崖州司户参军时所作的。瞿佑曾经拿它跟柳宗元的“海畔尖山似剑芒，秋来处处割愁肠。若为化作身千亿，散上峰头望故乡”对比，认为李诗“怨而不迫，且有恋阙之意”（《归田诗话》卷上），似较柳诗为长。因为柳诗主要抒发的是思乡之情，故情惨而意悲；李诗望的是“帝京”，主要透露了依恋君国之情，故在优游舒缓的语气之中，流露出深沉悲凉的抑郁情怀，两人站的高度是不一样的，给人的感受自然也不一样。宋代王谠《唐语林》说：“李卫公（李德裕）在珠崖郡，北亭谓之望阙亭。公每登临，未尝不北睇悲咽，题诗云云。”所题的就是这首诗，正好说明诗人所怀念的确有屈原那种“哀故都之日远”的思想感情。诗人的被放逐，从未引起他对君主的埋怨，而只有对朋党的愤怒，“都缘靳尚图专国，岂是怀王厌直臣”（《汨罗》），“青蝇岂独悲虞氏，黄犬应闻笑李斯”（《到恶溪夜泊芦岛》），那些诗总是为君主开脱，而把攻击的矛头指向“图专国”的靳尚，指向污白以为黑的“青蝇”，说明李德裕的胸襟怀抱，始终有大臣风度。

六十五　农民起义领袖兼诗人黄巢

黄巢（？—884），唐末著名的农民起义领袖，曾经攻陷长安，赶走僖宗，建立大齐，改元金统，在我国农民起义史上写下了光辉的一页。他祖籍曹州冤句（今山东菏泽），世代做盐生意，颇有资产。性格豪迈，能文能武，会写诗，会作文，会骑马、射箭，喜欢济困扶危。《新唐书》本传也说他“善击剑骑射，稍通书记，辩给，喜养亡命”。可是这样一个多才多艺的人，多次到长安应举，都没有考中。考试制度的腐败，加深了他对唐末政治的黑暗的认识。碰上关东连年水旱，民不聊生，“百姓流殍，无所控诉，相聚为盗，所在蜂起”（《通鉴·唐纪》），乃募得数千人，与自称“天补平均大将军”的王仙芝相会合，“民之困于重敛者争归之，数月之间，众至数万”（《通鉴·唐纪》），形成叱咤风云的革命声势。但王仙芝在唐王朝的威胁利诱下，妥协动摇，接受了“左神策军押衙”的封号。巢责之曰：“君降，独得官，五千众且奈何？丐我兵，无留。”（《新唐书》本传）因领导农民起义军与官军继续奋战。第一次由山东到河南，转入安徽、湖北，再回到山东。第二次又由山东到河南，转江西，经浙东，到福建、广东，经广西、湖南到湖北，东进安徽、浙江等地，然后挥师渡淮，陷洛阳，破潼关，据有长安，义军所到之处，深得广大农民的拥护。“见穷民，抵金帛与之”，并晓喻群众说：“黄王非如唐家不惜尔辈，各安毋恐。”（《新唐书》本传）因而很快就收拾民心，建立了大齐国。后因内部分裂，朱温降唐，又受到沙陀族酋长李克用的进攻，长安失守，退至山东莱芜的狼虎谷，陷入唐军的包围圈而壮烈牺牲。这支农民起义军转战万里，持续十年，终于被唐王朝镇压下去了。但他的经验和教训，却成了后世农民起义军的宝贵财富。

黄巢存下的诗不多，《全唐诗》仅收其三首，其中的《自题像》显系后人的伪托。其他两首，无论在思想上和艺术上都有自己的特色。其气魄之伟大，胸襟之广阔，笔力之雄浑，是一般文人的诗歌所不能比拟的。与他同时的诗人林宽说得好："莫言马上得天下，自古英雄尽解诗。"（《歌风台》）刘邦的《大风歌》、项羽的《垓下歌》，说明了这个带规律性的真理，黄巢的《题菊花》和《赋菊》，也证明了这个带规律性的真理。

"飒飒西风满院栽，蕊寒香冷蝶难来。他年我若为青帝，报与桃花一处开。"这首《题菊花》的诗，自然是托物言志的。咏物而有寄托，是咏物诗的一条规律，但他的这首咏物诗，却表现出一种崭新的思想境界和艺术风格，体现了他的斗争精神和必胜信念。傲霜的菊花，开在寒冷的深秋；而争艳的桃花，却开在艳阳的早春。这就是"青帝"的不公平。桃开的季节，蛱蝶翻飞，给它喝彩，给它捧场；而菊开的时候，却是蝶死蜂黄，没有谁来欣赏它，歌颂它，这又是"青帝"的不公平。要改变这种不公平的局面，就要重新安排菊花开放的时令。谁来安排呢？诗人当仁不让地说："舍我其谁！"这种出人意表的浪漫主义设想，暗寓着诗人对现存政治秩序的不满和力图改变现状的雄心壮志。南宋张端义《贵耳集》卷下说，它是黄巢五岁时的作品。如果认为诗人是"天亶之聪"，自然是不可信的；如果认为诗人早就有造反的思想，那倒是说对了的。

"待到秋来九月八，我花开后百花杀。冲天香阵透长安，满城尽带黄金甲。"这首诗也是托物喻志。明代郎瑛《七修类稿》卷三十七引《清暇录》说，《菊花》诗是黄巢落第后的作品，《全唐诗》也题作《不第后赋菊》。它又赋予了菊花一种刚强的美，战斗的美。"我花"与"百花"形成鲜明的对比：一个能够怒放于严霜之中，一个早已凋零于秋来之先；一个有"冲天"的"香阵"，一个是扑鼻的微香；一个是带着"黄金甲"的勇士，一个是花枝招展、招蜂惹蝶的妖女。特别是"冲天香阵透长安"这样的奇语，"满城尽带黄金甲"这样的异想，还暗寓着打破唐皇朝的腐朽统治的战斗精神。如果说这是诗人落第后发出的豪情壮语，那么他后来攻破长安、建立大齐，就是实现他这首诗所寄托的伟大抱负。相传朱元璋在元末大起义前就模仿这首诗写了“百花发，我不发。我若发，都骇杀。要与西风战一场，遍身穿就黄金甲”的《咏菊》诗（见《七修类稿》卷三十七引《清暇录》），说明它的影响是非常深远的。

六十六　做过农民军翰林学士的诗人

皮日休，字袭美，又字逸少，外号闲气布衣、醉吟先生、鹿门子。襄阳（今属湖北）人。咸通八年（867）进士。曾任著作郎和国子博士等职。广明八年（880），出为毗陵副使，在离长安南下途中，参加了黄巢领导的农民起义军；同年十二月，黄巢进据长安，建立大齐，他当了翰林学士。大约死于中和三年（883）黄巢义军退出长安之际。

皮日休既是诗人，又是散文家。在散文方面的成就和影响比诗要高。他所写的小品文，闪耀着托古讽今、鞭挞现实的批判精神，它针对晚唐的政治现实和社会现实展开了激烈的抨击和尖锐的讽刺。如说："古之取天下也，以民心；今之取天下也，以民命"；"古之置吏也，将以逐盗；今之置吏也，将以为盗"；"古之官人也，以天下为己累，故己忧之；今之官人也，以己为天下累，故人忧之"；"呜呼！尧舜之大圣也，民且谤之；后之王天下者，有不为尧舜之行者，则民扼其吭，捽其首，辱而逐之，折而族之，不为甚矣！"（以上引文均见《皮子文薮·鹿门隐书》）这种鲜明的爱憎感情，深刻的民主思想，强烈的反叛意识，正是唐末阶级斗争日趋激化的反映，也是他参加黄巢领导的农民起义军的思想基础。

他的诗歌的主要倾向，是继承乐府古诗的现实主义传统，对白居易的诗歌和理论，都给予了极高的评价。他认为白是"真才"，是"龟镜"。所以他在《七爱诗》中由衷地赞美白居易说："吾爱白乐天，逸才生天然。谁谓辞翰器，乃是经纶贤。欻从浮艳诗，作得典诰篇。立身百行足，为文六艺全。”从白居易的政治才能，到品德修养，到诗歌创作的成就，作了全面的最高的赞美，显然是将白居易作为自己学习的榜样的。他的《正乐府十篇》，就是学习白居易《新乐府五十首》的产物。他在序中说：“诗之美也，闻之足以劝乎功；诗之刺也，闻之足以戒乎政。”就是白居易倡导的讽喻、美刺的原则，就是白居易“褒贬之文无核实，则惩劝之道缺矣；美刺之诗不稽政，则补察之义废矣”（《策林》六十八）的简释。皮序中的“故尝有可悲可惧者，时宣于歌咏。总十篇，故命曰正乐府诗”，就是白居易《秦中吟十首序》的“贞元、元和之际，予在长安，闻见之间，有足悲者。因直歌其事，命为《秦中吟》”的翻版。现在看来，这个组诗确系皮日休诗歌中的精华，具有强烈的现实主义精神。如《卒妻怨》的“其夫死锋刃，其室委尘埃”，《贪官怨》的“伤哉尧舜民，肉袒受鞭棰”，《农父谣》的“难将一人农，可备十人征”，《哀陇民》的“胡为轻人命，奉此玩好端”，把统治阶级不顾人民死活征兵征粮，强迫人民贡献珍禽玩好以供自己淫乐，以满足其穷奢极欲的罪恶，作了十分尖锐的揭露，并对处于残酷压迫下的人民群众，寄予了深切的同情。特别是这个组诗的代表作《橡媪叹》，更是以质朴的语言，写实的手法，通过一个拾橡子充饥的老妇人的悲惨遭遇，揭露了晚唐广大农村的破败景象和统治阶级的残酷剥削。读起来使人感到极端的愤恨，受到极深的教育。诗云：“秋深橡子熟，散落榛芜冈。伛偻黄发媪，拾之践晨霜。移时始盈掬，尽日方满筐。几曝复几蒸，用作三冬粮。山前有熟稻，紫穗袭人香。细获又精舂，粒粒如玉珰。持之纳于官，私室无仓箱。如何一石余，只作五斗量？狡吏不畏刑，贪官不避赃。典时作私债，农毕归官仓。自冬及于春，橡实诳饥肠。吾闻田成子，诈仁犹自王。吁嗟逢橡媪，不觉泪沾裳。”这首诗是晚唐社会的一面镜子，苛捐杂税，横征暴敛，使终年劳动的农民在丰收的年成里，也只能拿橡实来“诳饥肠”；而那些贪官污吏，敲诈勒索，硬是把一石晶莹壮实得像玉耳坠似的谷子，作为五斗量了去，趁机大捞一把，以饱私囊，甚至连假仁假义的田成子都不如，什么遮羞布都不要了。叫人如何不扼腕！叫人如何不切齿！

皮日休的诗歌，大量的是与陆龟蒙互相唱和的，完全是抖学问，趁才华，缺乏充实的社会内容。严羽《沧浪诗话》说：“和韵最害人诗，古人酬唱不次韵，此风始盛于元、白、皮、陆。而本朝诸贤乃以此而斗工，遂至往复有八九和者。”都穆《南濠诗话》也说：“古人诗有唱和者，盖彼唱而我和之，初不拘体制兼袭其韵也。……至元、白、皮、陆诸公，始尚次韵，争奇斗险，多至数百言，往来至数十首。而其流弊至于今极矣！”说明和韵诗，元、白、皮、陆，是始作俑者，影响也是极坏的。至其所作之回文、离合等游戏之作，就更不足道了。

六十七　吴江“三高”之一的陆龟蒙

陆龟蒙，字鲁望，与皮日休在诗坛上同享盛名，世称“皮陆”。与春秋越范蠡、晋代张翰同享高名，世称“三高”。他除了一度在湖州、苏州刺史那里当过幕僚外，一直隐居在松江甫里，以吟诗饮酒为生涯，世称甫里先生。自号江湖散人、天随子。但他并没有忘怀世事，而是忧念民生，对社会上的黑暗现象，进行过有力的讽刺与鞭挞。他的《笠泽丛书》里的那些小品文，全是愤激与抗争之谈，如《野庙碑》《招野龙对》《记稻鼠》之类，对统治阶级极尽嘲讽、鞭挞之能事。他说：“平居无事，指为贤良，一旦有大夫之忧，当报国之日，则佪挠脆怯，颠蹶窜踣，乞为囚虏之不暇，此乃缨弁言语之土木，又何责其真土木耶?”又从而为之诗曰：“土木其形，窃吾民之酒牲，固无以名；土木其智，窃吾君之禄位，如何可仪!”（《野庙碑并诗》）诗人是借野庙的土木之神，骗取群众的酒牲，来讽刺朝廷的土木之吏窃取国家的俸禄的，使读者在这鲜明的对比之中深刻地认识到那些“发悍吏，肆淫刑，殴之以就事”的“假土木”较之骗取群众“大者椎牛，次者击豕，小不下犬鸡”的“真土木”，为害要大得多。文笔辛辣，讽刺深刻，发人深省，耐人寻味。

他的诗，更多的是表现闲适隐逸的生活情趣，不及他的小品文那样鲜明、泼辣，对荒淫腐朽的统治者极尽嬉笑怒骂之能事，但也不是没有愤慨世事的作品，例如《杂讽九首》《村居二篇》，就对那些“朝趋九韶音，暮列五鼎食”的统治阶级进行了尖锐的讽刺。他们把压榨得来的民脂民膏，像粪土似的浪费掉。“万户膏血穷，一筵歌舞价”，比起白居易的“一丛深色花，十户中人赋”，更加令人触目惊心，更加令人发指眥裂！他还写了一些小诗，揭露了统治阶级对农民敲骨吸髓的残酷压榨，他们无孔不入，有物皆税，贪婪地抓住每一个可以进行剥削和压榨的机会，响起榨取赋税的如意算盘。设想新颖，寓意深刻，使人从嘲笑声中，清楚地认识到统治阶级的残酷和贪婪的本质。如《新沙》的“渤澥声中涨小堤，官家知后海鸥知。蓬莱有路教人到，亦应年年税紫芝”，前二句写“官家”抢在海鸥之前盯住了那片刚刚淤积起来的“新沙”，三四句写如果蓬莱仙境有路可通，“官家”也会到那里去征收紫芝税的。这自然是极度的夸张，尖锐的讽刺，乍看起来，似乎是荒谬的。但正是在这个荒谬的表象中，蕴藏着一个颠扑不破的事实，那就是统治阶级的贪婪本质。真可谓思落天外，想入非非了。但最有韵味的，还是他那些咏物抒情的小诗，如那首脍炙人口的《白莲》云：“素花多蒙别艳欺，此花端合在瑶池。无情有恨何人觉，月晓风轻欲堕时。”这首咏物诗，似乎是有寄托的，但却是那样的含蓄蕴藉，余味无穷。白莲是纯洁的，是高尚的，是应该生活在瑶池仙境的，然而它却带着满腔的幽恨，在月色朦胧、清风吹拂之中凋零了。暗喻洁身自好的知识分子，生活在“世既贱文章”的社会里，总是受到冷落和排挤，最后带着满腔的悲愤离开了这个世界，表现了知识分子孤芳自赏、怀才不遇的心理。杨慎认为这诗的后二句，虽与李贺《昌谷北园新笋》的“无情有恨何人见，露压烟啼千万枝”语同意似，但“以情恨咏竹，似是不类”，“终不若《咏白莲》之妙。李长吉在前，陆鲁望诗句非相蹈袭，盖着题不得避耳”（《升庵诗话》卷五）。这话是很有艺术见解的。又如那首有名的《和袭美春夕酒醒》云：“几年无事傍江湖，醉倒黄公旧酒垆。觉后不知明月上，满身花影倩人扶。”这首诗的后两句，广泛地被运用在后来的词曲中，说明它是很受人喜爱的。原因是诗人以清新自然的笔致，写潇洒闲适的心情，把花与月、影与人融为一体，在充满诗情的画面中，一个高人逸士的形象呼之欲出，情趣盎然，具有很高的艺术欣赏价值。

不过，说也奇怪，陆龟蒙那样崇拜白居易，却去摹仿韩愈那种险涩的句法，不免“多学为累，苦欲以赋料为诗”（胡震亨《唐音癸签》）。在一些诗中嵌了不少的怪字僻典，如“鱼鸟空聱耴”（《初入太湖》）的“耴”，他自注为“鱼乙切”，就是怪字。“羯末相携藉草塘”（《袭美病中闻余游颜家园见寄次韵酬之》）的“羯末”，自注云：“羯，谢玄小字。末，谢川小字。”就是僻典。还写了一些回文诗、双声诗、人名诗、药名诗、离合诗等，以自炫其博奥，自逞其才华，则是以文字为游戏，完全不足取的。

六十八　同情农民、痛斥豪富的聂夷中

聂夷中（837—884?），字坦之，河东（今山西永济）人。出身贫苦，“奋身草泽，备尝辛楚”（《唐才子传》），始中咸通十二年（871）进士。这一届是“高湜知举，榜内孤寒者夷中、公乘亿、许棠。夷中尤贫苦，精古诗”（《全唐诗话》卷五）。正由于他出身贫寒，与底层群众有着同呼吸、共命运的血肉关系，因而能够深切地了解劳动人民的愿望，同情劳动人民的疾苦，而对于权豪们骄奢淫逸的生活有着深刻的不满。他现存的三十二首诗（不包括一作孟郊及李绅的五首诗），全都是关心民生疾苦或讽喻现实的作品，没有一篇是酬赠唱和的，也没有一篇是游山玩水的，这在晚唐诗人中找不到第二个。他的诗是农民的呼声，是征妇的哀叹，是怀才不遇的知识分子的感慨，所以杨慎说他的诗“有三百篇意”，胡震亨也说他的诗“尤关教化”。他的诗明白晓畅，质朴自然，但讽刺深刻，鞭辟入里，具有很强的感染力，所以胡震亨又说他的诗“洗剥到极净极省，不觉自成一体”（《唐音癸签》）。说明聂夷中的诗无论在内容上还是艺术上都有自己的特色。

《咏田家》和《田家》是诗人的代表作，也是代表农民的呼声。“二月卖新丝，五月粜新谷。医得眼前疮，剜却心头肉。”诗人以质朴明快的语言，沉痛激切的感情，对农民的被剥削被压迫表示极大的同情。特别是“剜肉医疮”的惨痛形象，既深刻又典型，因而成了流行的成语，千古的名句。沈德潜曾经拿这首诗与柳宗元的《捕蛇者说》加以对照，认为“此诗言简意足，可匹柳文”（《唐诗别裁》卷四）。“父耕原上田，子劚山下荒，六月禾未秀，官家已修仓。”诗人在《田家》这首诗中，更加深刻地揭露了封建统治阶级如何处心积虑地想夺取农民的劳动果实，禾苗还没有扬花，“官家”已经修好了仓在那里等着了。一个“未”字，一个“已”字，活脱脱地把封建统治阶级的贪婪而残酷的本质刻画了出来。语言更加省净，形象更加鲜明，感人的力量也更加强烈。

农民在残酷的剥削和压迫下，已经是“食不果腹，衣不蔽体”了，而那些权豪势要之家的公子哥儿又是怎么样呢？他们是“走马踏杀人，街吏不敢诘”，他们是“一行书不读，身封万户侯”（《公子行》）。他们是“四体不勤，五谷不分”“花下一禾生，去之为恶草”（《公子家》）。这些公子哥儿凭借父兄的权势，醉生梦死，横行霸道，什么知识也没有，却可以腰金佩紫，高据要路，这就是晚唐的社会。在那个社会里，“佞是福身本，忠作丧己源”（《过比干墓》）。而那些“不读战国书，不览黄石经”的人，却可以“更愿生羽翼，飞身入青冥”（《胡无人行》）。这样的忠奸不分，贤愚倒置，使那些怀瑾握瑜的知识分子，这壁厢阻住仕途，那壁厢又挡住贤路，尤其像诗人这样出身寒微的人，就只能叹息着“我亦二十年，直似戴盆行”（《客有追叹后时者作诗勉之》）。他踯躅在长安道上，寻求知音，“不离十二街，日行一百里”，然而谁也没有给他投以青睐，只好归来自怨自艾“自嫌性如石，不达荣辱理”（《住京寄同志》）了。他多么希望有一个像燕昭王那样的君主，筑起黄金台，“贵得贤士来”啊！然而眼前的现实是“燕台高百尺，燕灭台亦平”（《燕台二首》），再也看不到燕昭王了。于是他只好躲进醉乡里去，用酒来麻醉自己：“一饮解百结，再饮破百忧。白发欺贫贱，不入醉人头。”（《饮酒乐》）但是诗人是一个关心民生、系心国事的人，又怎忍看到唐末广大农村“村落日中眠虎豹，田园雨后长蒿莱”（《闻人说海北事有感》）的破产的惨象？诗人就这么用血和泪为广大群众呐喊，为广大知识分子鸣不平。也许正是因为这种呐喊，这种不平之鸣，触怒了统治阶级，所以他一生只做过华阴县尉那么一个芝麻绿豆的官儿。

六十九 宁为宇宙闲吟客

杜荀鹤继承了杜甫、白居易的现实主义传统，是一个敢于直面血淋淋现实的诗人。他现存的诗三百多首，广泛地反映了晚唐社会的现实生活，揭露了那个时代的阶级矛盾，为陷入水深火热的底层人民提出了有力的控诉，因而具有深刻的人民性。它不愧是当时社会的一面镜子，不愧是当时人民思想情绪的表现者。在晚唐诗人中，无疑是值得大书而特书的。可是由于他出身寒微，仕途坎坷，史书对他的记载太简略了。《旧五代史》本传仅仅用了百多个字，说他是“池州（今属安徽）人，善为诗，辞句切理，为时所许”，还说他在朱全忠那里，做过十来天的翰林学士和主客员外郎。《洞微志》说他在大顺间（891）中第八名进士，其友王希羽以诗祝之曰：“九华山色高千尺，未必高于第八枝。”此外，唐代顾云的《唐风集序》、宋代计有功的《唐诗纪事》、周必大的《二老堂诗话》、元代辛文房的《唐才子传》，都说他是杜牧的妾怀孕以后嫁给杜筠所生的。周必大还为此写过一首诗说：“千古风流杜牧之，诗材犹及杜筠儿。向来稍喜《唐风集》，今悟樊川（即杜牧）是父师。”这就是有关他的生平历史的全部记载。然而我们却可以从他流传下来的诗歌中，勾勒出诗人的历史轮廓来：

第一，从“三族不当路，长年犹布衣”（《寄从叔》），“帝里不相识，何门迹可亲”（《辞九江李郎中入关》），“空有篇章惊海内，更无亲族在朝中”（《报从叔补阙》）等诗中，说明诗人出身寒微，与达官贵人毫无瓜葛。

第二，从“食无三亩地，衣绝一株桑”（《秋日寄友》），“四海无寸地，一生唯苦吟”（《湘中秋日呈所知》），“江湖苦吟士，天地最穷人”（《郊居即事投所知》）等诗中，知道他生活清苦，甚至连基本的生活资料也没有。

第三，从“朋友登第尽，白发出山来”（《出山》），“上国献诗还不遇，故园经乱又空归”（《下第东归将及故园有作》），“男儿三十尚蹉跎，未逐青云一桂科”（《辞郑员外入关》）等诗中，得知他科场失利，屡战屡北，穷愁潦倒到了极点。

第四，从“开口有所忌，此心无以为”（《出常山界使回有寄》），“用心常合道，出语或伤时”（《自述》），“无人开口不言利，只我白头空爱吟”（《山居自遣》）等诗中，说明他要保持“独清”“独醒”的操守，决不摧眉折腰，出卖灵魂。这就是诗人杜荀鹤的生平和品德。

我们还可以从他的诗歌中，看到进步的诗歌主张。他认为诗歌应该继承风雅的传统，起到“正得失”“移风俗”的作用，应该紧密地联系现实的生活，起到“关时务”“含教化”的作用，反对追求辞藻的绮丽，音韵的工巧。他说：“言论关时务，篇章见国风”（《秋日山中寄李处士》），“外却浮华景，中含教化情”（《读友人诗》），“诗旨未能忘救物，世情奈直不容真”（《自述》）。诗人正是忠实地实践了他自己提出的诗歌要求，饱蘸着自己的血和泪，写下了反映了那个时代的史诗，并非常自豪地说：“雅篇三百首，留作后来师。”（《维扬逢诗友张齐》）请看诗人笔下的晚唐社会吧：

第一，惨重的阶级剥削和阶级压迫，使人民欲生不能，求死不得。晚唐的统治者，不顾战祸连年，民生凋敝，为了满足自己的糜烂生活，照样敲骨吸髓，把繁重的赋税加在老百姓身上。诗人用生动的语言，鲜明的形象，一字一血，一声一泪，把老百姓“撤屋伐木，卖妻鬻子”，以“供酒食”“完租税”的历史再现了出来：“桑柘废来犹纳税，田园荒后尚征苗”（《山中寡妇》），“还似平宁征赋税，未曾州县略安存”（《乱后逢村叟》），“家随兵尽屋空存，税额宁容减一分”（《题所居村舍》）。这真是虎豹当关，人间何世？诗人把自己的满腔同情，倾注在这些被剥削被压迫者的身上。至今读之，还不能不为他们一洒同情之泪。

第二，长期的军阀混战，弄得十室九空，满目疮痍。诗人又怀着愤怒的心情，记录了那个强迫征兵、拉伕、劳军的混乱世界：“四海兵戈无静处，人家废业望烽烟”（《赠崔道士》），“因供寨木无桑柘，为点乡兵绝子孙”（《乱后逢村叟》），“蚕无夏织桑充寨，田废春耕犊劳军”（《题所居村舍》），“农夫背上题军号，贾客船头插战旗”（《赠秋浦张明府》）。诗人这么形象地描绘出世乱年荒的晚唐社会，那时到处是烽烟，到处是兵戈；那些军阀们残民以逞，为所欲为。他们为了修筑营寨，砍光了桑柘；为了犒劳军队，宰尽了耕牛；为了补充兵源，抽完了壮丁，甚至在农夫背上题上军号，在贾客船头插上战旗。真是天昏地暗，日惨风悲，哪还有老百姓的一条活路？

第三，吏治的黑暗，官军的凶残，他们用老百姓的鲜血，染红自己的顶子；用老百姓的枯骨，垒起自己的“凌烟阁”。诗人对“如此数州谁会得，杀人将尽更邀勋”（《题所居村舍》）的罪恶现实，也揭露得淋漓尽致。如《再经胡城县》云：“去岁曾经此县城，县民无口不冤声。今来县宰加朱绂，便是生灵血染成。”在这看似平静的语言后面，隐藏着多少平民的血泪仇，多少平民的生死恨啊！然而这样的贪官脏吏，不但没有得到应有的惩罚，反而飞黄腾达，加官晋爵，该是多么的昏天黑地啊！还有一种钩牙锯齿、害人虐物的豺狼，他们更是无法无天，草菅人命。因为他们是朝廷的鹰犬，朝廷是他们的靠山，所以他们是杀人无罪，掠夺有功。诗人在《旅泊遇郡中叛乱示同志》一诗中，作了深刻的揭露：“握手相看谁敢言，军家刀剑在腰边。搜遍宝货无藏处，乱杀平民不怕天。”在光天化日之下，杀人越货，既不怕天，更不怕法，到底是谁给的权力呢？很明显，诗人是把批判的矛头对准最高的统治者的。

第四，在惨烈的人祸之后，继之以严重的天灾，造成赤地千里、满目萧条的惨状。据《通鉴纪事本末》卷三七载：僖宗咸通十四年，关东发生特大的旱灾，“麦才半收，夏稼几无，冬菜至少，贫者硙蓬实为面，蓄槐叶为齑……坐守乡闾，待尽沟壑”。诗人把这座人间地狱的真相，如实地描写在他的诗歌里。如《寄顾云》的“侯国兵虽敛，吾乡业已空”，《山中寡妇》的“时挑野菜和根煮，旋斫生柴带叶烧”，《自江西归九华》的“无衣织女桑犹小，缺食农夫麦未黄”。诗人看到许多州县，都是室如悬磬，野无青草，吃的是连根的野菜，烧的是带叶的生柴。等着要衣穿了而“桑犹小”，等着要饭吃了而“麦未黄”，这是多么凄凉的岁月！诗人敢于直面这不幸的现实，并以无限的同情，代广大人民抒发了不平之鸣。

杜荀鹤诗歌的审美价值，在于他以朴素的语言，写重大的题材；以激切的心情，写平民的呼声。陈义甚高，命意甚深，平中见奇，易中寓巧，给人以深刻的感受。他的朋友顾云甚至赞美他可以“左揽工部（杜甫）袂，右拍翰林（李白）肩”，我认为这并非完全溢美之词。他之所以成为晚唐杰出的诗人，固然是时代孕育的结果，而起着决定作用的，是他对待诗歌艺术的严肃认真态度，是他那“生应无辍日，死是不吟时”（《苦吟》）的自强不息精神。这与诗圣杜甫的“为人性僻耽佳句，语不惊人死不休”的精神是一致的。这种精神首先体现在他爱不忍释、乐此不疲方面。他说：“自小僻于诗，篇篇恨不奇”（《投李大夫》），“苦吟天与性，直道世将非”（《寄从叔》），“此心闲未得，到处被诗磨”（《泗上客思》）。原来“苦吟”是他的天性，是他的癖好，以至于甘愿“被诗磨”。到底“磨”成什么样子呢?“吟苦猿三叫，形枯柏一枝”（《长安冬日》），“鬓白只因秋炼句，眼昏多为夜抄书”（《闲居书事》）。可见诗人“苦吟”的结果，是鬓白了，眼昏了，瘦躯也干瘪得像一枝枯柏了，可他始终坚持下去，毫不动摇，这就需要超人的毅力，把人家的非笑和议论付之一笑，才能得到成功的喜悦。他说：“乍可百年无称意，难教一日不吟诗”（《秋日闲居寄先达》），“宁为宇宙闲吟客，怕作人间窃禄人”（《自叙》）。诗人在这里一再表明自己宁可穷愁潦倒以死，决不摧眉折腰以生；宁可做宇宙的“闲吟客”，决不做人间的“窃禄人”。这种不肯“以身之察察，受物之汶汶”的精神，正是他的诗艺和诗品高于晚唐其他诗人的原因。

七十 “官无一寸禄，名传千万里”的方干

方干，字雄飞，死后他的学生私谥为“玄英先生”，新定（今浙江淳安）人。是一个“官无一寸禄，名传千万里”的“苦吟”诗人。他常常以作诗的艰苦来自勉和自豪：“才吟五字句，又白几茎髭”（《赠喻凫》），“吟成五字句，用破一生心”（《感怀》），“万虑全离方寸内，一生多在五言中”（《赠式上人》），“蟾蜍影里清吟苦，舴艋舟中白发生”（《赠钱塘湖上唐处士》）。说明他是十分严肃地对待诗歌创作的。他在进行创作时，万虑全消，一心专注，并且无论是在清夜的“蟾蜍影里”，还是在行旅的“舴艋舟中”，他都在为诗歌创作付出了全部的心血。他的诗大部分是流连风物、抒发牢骚之作，远不是他自己所声明的“澄心不出风骚外，落笔全归教化间”（《赠郑仁规》），“只用篇章为教化，不知夷夏望陶钧”（《献王大夫二首》之二）。但他也不是忘怀世事、超然物外的人。他看到申州在战争的破坏下，没有“几户免刀兵”，而感到十分难过，“井邑初安堵，儿童未长成”（《过申州作》），一种又喜又悲、又幸又不幸的矛盾心情，恰切地表达了出来。喜的是战争已息，人民可以安居乐业了；悲的是丁壮们都在战争中伤亡了，剩下的儿童还承担不了恢复生产的重任。他在《送汶上王明府之任》时，也殷勤地叮嘱着说：那里已经是“亲友移家尽，闾阎百战伤”了，希望王明府能够采取一些措施，与民休息，使之能够较快地复苏过来。这些诗歌，自然可以算得上“继风骚”“为教化”的。但这

类作品在他的诗歌中占的比重太小了。

诗人曾经学诗律于徐凝，受赏识于姚合，跟李频、喻凫、章碣、陈陶、戴叔伦等都有唱和，在当时享有很高的声誉，江南几乎没有人能赶上他。咸通中，他曾经参加过一次进士考试，没有得志，便隐居会稽，渔于鉴湖，再也没有参加文场上和官场上的角逐了。“举目无平地，何心恋直钩”（《早发洞庭》），仕途的险恶，使他萌发了隐居不仕的思想。甚至他还后悔不该参加那次进士考试的角逐：“此日早知无爵位，当时便合把渔竿”（《初归故里献侯郎中》），这里面自然还包含几分牢骚、几分不平之气。所以如果我们真的认为他无心仕宦，甘心渔樵，那也太天真了。我们只要看看下面的诗句，就可以发现他的内心深处，还是热衷于功名的。“青云应有望，白发未相侵”（《将谒商州吕郎中道出楚州留献章中丞》），“未甘明圣日，终作钓渔翁”（《山中》），“空为梁甫吟，谁竟是知音”（《暮冬书怀呈友人》），“临歧再拜无余事，愿取文章达圣聪”（《别从兄部》），“满枝犹待春风力，数朵先欺腊雪寒”（《海石榴》），“寸心似火频求荐，两鬓如霜始息机”（《出山寄苏从事》），“羽翼便从吟处出，珠玑续向笔头生”（《赠孙百篇》）。这些几乎都是诗人直抒胸臆，全是心坎里掏出的真心话。那种求引荐、觅知音、生羽翼、上青云的愿望，多么的强烈，真是他自己所说的“寸心如火”啊！宋代葛立方说得好：“方干隐居鉴湖，任情于渔钓，似无心于仕宦者。观《山中言事》诗云‘山阴钓叟无知己，窥镜挦多鬓欲空’，《别胡中丞》云‘吹嘘若自毫端出，羽翼应从肉上生’等语，岂全能忘情者耶?”（《韵语阳秋》卷十一）这也难怪，一个人的出处，总是要受到各个方面的制约的。“文字不得力，桑麻难救贫”（《镜湖西岛言事寄陶校书》），生活就是一个制约的因素。“禅生知见理，妻子笑无名”（《山中寄吴磻十韵》），围绕在自己身边的妻儿子女也是一个制约的因素。隐居也得有条件呀，陶渊明没有负郭两亩田，恐怕还得“为五斗米折腰”啊。

对于方干的诗歌艺术，一直有着不同的评价。赞扬他的如孙郃曰：“其秀也，仙蕊于常花；其鸣也，灵鼍于众响。”王赞也说：“丽不芬葩，苦不癯棘，当其得志，倏与神会。”（引自《韵语阳秋》卷二）不满他的如葛立方说："造语皆工，得句皆奇，但韵格不高"，"清润小巧，盖未升曹、刘之堂"（《韵语阳秋》卷二）。杨慎也说："余尝笑之，彼之视诗道也狭矣。三百篇皆民间士女所作，何尝拈须？今不读书而徒事苦吟，拈断筋骨亦何益哉!"（《升庵诗话》卷十一）从方干现存的诗来看，韵格确实不高，才气确实不大，说他的诗在晚唐的诗歌中是"仙蕊"，是"灵鼍"，未免溢美。但也有一些好诗，如《旅次洋州寓居郝氏林亭》云："举目纵然非我有，思量似在故乡时。鹤盘远势投孤屿，蝉曳残声过别枝。凉月照窗欹枕倦，澄泉绕石泛觞迟。青云未得平行去，梦到江南身旅羁。"这首诗，是诗人旅居洋州（今陕西洋县）时写的。起得很突兀，暗用王粲《登楼赋》的"虽信美而非吾土兮，曾何足以少留"的句意，又以"似在故山"足成其正话反说的艺术效果，委婉地流露出诗人羁旅他乡的孤独之情。"鹤盘远势"一联是千古名句，尤袤《全唐诗话》以为"齐、梁以来，未有之句也"。鹤本来积蓄了力量，准备一举冲天，而竟投向了孤屿；蝉本来是饮清露、栖高梧的，而竟拖着尾声飞到了别枝，以喻己之不能展翅高飞，声闻遐迩，而乃落魄他乡，寂寞无闻。是写当前的景，也是写当时的情。情在景中，景与情合，所以耐人玩味。诗人曾经以"何如且破望中叶，未可便攀低处枝"（《赠进士章碣》勉励过章碣，而自己却要"曳着残声"飞向"别枝"，自然是更难为情了。下半虽略欠含蕴，但却是从诗人肺腑中流出来的，因而倍觉真切。

七十一 “乾坤大半属偷儿”的大胆提出

章碣，诗人章孝标的儿子，桐庐（今属浙江）人，《全唐诗》收录其诗二十六首，其中二十三首是七律，二首是七绝，还有一首“变体诗”，严羽在《沧浪诗话·诗体》中说：“有律诗上下句双用韵者，第一句，第三、五、七句押一仄韵；第二句，第四、六、八句押一平韵。唐章碣有此体，不足为法，漫列于此，以备其体耳。”《蔡宽夫诗话·律诗体格》亦说：“唐末有章碣者，乃以八句诗平侧各有一韵，自号变体，此尤可怪者也。”这是诗人在诗歌形式方面所作的尝试和探讨，却被后之论者以“不足为法”和“尤可怪者”加以抹煞，只有他的朋友方干给予他肯定的评价说：“织锦虽云用旧机，投梭起样更新奇。”（《赠进士章碣》）诗人惯于用七律的形式来创作，是“用旧机”织锦，但却尝试着用“变体”来写，自然是“起样更新奇”了。当然方干赞美他的，可能不限于形式，还包括他的命意、取材，以及尖锐泼辣的批判精神。

章碣是乾符间的进士，但后来流落不知所终，这也是很自然的。试想在唐末那个军阀割据、宦官专权的黑暗时代，如何能够容忍诗人“尘土十分归举子，乾坤大半属偷儿”（《癸卯岁毗陵登高会中贻同志》）、“小儒末座频倾耳，祗怕城里画角催”（《陪浙西王侍郎夜宴》）这种愤激之谈？前一联当然是骂军阀，骂宦官，盗窃神器，掌握国柄；后一联则是讽刺那些当权者陶醉在歌舞声中，总有一天要乐极生悲，招致兵灾人祸的，因为画角是古时军队中用以警晓的。这当然要引起当权者的疾恨，使他无法在偌大的国土找到一块立足地的。诗人还会借古讽今，指桑骂槐，对封建统治阶级进行辛辣的讽刺和批判。如《焚书坑》的“竹帛烟消帝业虚，关河空锁祖龙居。坑灰未冷山东乱，刘项原来不读书”，就是借秦始皇的“焚书坑儒”，来讽刺晚唐统治者压制人才、排挤和打击知识分子的。明代谢榛《四溟诗话》认为“咏史宜明白断案”，并以这首诗为例加以说明。我以为它对于秦始皇来说，是“明白断案”，而对于晚唐的统治者来，则是含蓄的讽刺。诗人还看不惯豪门贵族的荒淫腐朽的生活，对它做过多方面的揭露，如“六宫罗绮同时泊，九陌烟花一样飞”（《长安春日》），“日暮骅骝相拥去，几人沉醉失金鞭”（《观锡宴》），这样的语含讥刺，自然也是当道者所不能容忍的。可见诗人的“流落不知所终”，绝不是偶然的。

诗人主要是写七律，但他的绝句写得新颖别致，富有韵味，如《东都望幸》云：“懒修珠翠上高台，眉月连娟恨不开。纵使东巡也无益，君王自领美人来。”这表面上看来，是一首“宫怨”诗，说的是东都的宫女日夜盼望君主东巡到洛阳来，希望得到一点恩宠，可君主却同时带了他所爱幸的“美人”来了，于是她们的希望也成了泡影。实际上却是借写“宫怨”来讽刺唐代科举制度中的徇私舞弊。这首诗的本事，五代王定保说：“邵安石，连州人也。高湘侍郎南迁归阙，途次连江，安石以所业投献遇知，遂挈至辇下。湘主文，安石擢第，诗人章碣赋《东都望幸》诗刺之。”（引见《唐摭言》卷九）可见诗中的宫女是喻士人的，君王是喻主考官的，而“美人”则是喻走主考官后门的邵安石之流的。这里运用的比喻贴切，讽刺深刻。宫女之怨愈深，君王之恶愈彰；美人之恩愈重，宫女之遇弥惨。其构思之巧妙，寓意之深远，是一般讽喻诗所不及的。这大概也是用“旧机”织出“更新奇”的“锦”的花样吧？

七十二　高呼“一将功成万骨枯”的曹松

曹松，字梦徵，舒州（今安徽潜山）人。早年栖居洪都西山，后依建州刺史李频。他曾写过“吾道不当路，鄙人甘入林”（《林下书怀寄建州李频员外》）的诗寄给李频，倾泻了自己怀才不遇的牢骚，李频因此录用了他。可惜李频不久就病死在任所，身后也非常萧条，“瘴中无子奠，岭外一妻孀”（《哭李频员外》），他也只好流落江湖，过着穷愁潦倒的生活。在那烽火连天的岁月里，知识分子当然得不到重用，所以诗人时时埋怨说：“岂料为文日，翻成用武年”（《言怀》），“吟诗应有罪，当路却如仇”（《书怀》）。但他却自负才华，坚信总有一天会平步青云的。“岂能穷到老，未信达无时”（《言怀》），便是他充满自信心的表现。然而命运是捉弄人的，他天涯沦落，到处碰壁，不但没有捞到一官半职，就连一个进士也到七十多岁才弄到手。与他同榜的王希羽，刘象、柯崇、郑希颜等，也都年过古稀，时人讥之为“五老榜”。这才喊出“世路不妨平处少，才人唯是屈声多”（《赠镜湖处士方干》）的感叹。

他的诗学贾岛，工于铸字炼句，把许多精力都花在字句的推敲上。“平生五字句，一夕满头丝”（《崇义里言怀》），“忍苦待知音，无时省废吟”（《金陵道中寄》），“为觅出人句，只求当路知”（《言怀》），是他自道其为诗的艰苦历程。不过，他比别的“苦吟”诗人更热衷于功名。他“苦吟”的目的，主要是为了“待知音”，是为了求得“当路知”，这就使他的诗中有不少庸俗的东西，因而总的说来诗格是不高的。但由于他长期漂泊江湖，积累了许多生活的经验，往往在诗中闪耀着一种人生哲学的光辉。如“红尘不待晓，白首有谁闲”（《贻世》），“不圆争得破，才正又须倾”（《月》）。他还在一些咏物诗中，寄托自己的希望和理想，言简意丰，颇有嚼头。如“春风有余力，引上古城墙”（《春草》），“空知百余尺，未定几多年”（《僧院松》）。前者是希望得到有力者的援引，使他能一步一步往上爬；后者是他自信能够成为栋梁之材，上干云霄，但需要时间，需要耐心而已。他有的诗，字琢句炼，调圆格熟，观察与描摹自然景物，细致入微，有较高的美学价值。如“华岳影寒清露掌，海门风急白潮头”（断句），杨慎以为“差有中唐之意”。“半夜腊因风卷去，五更春被角吹来”（《江外除夜》），吴幵“以为美”，并被后来的诗人模仿，成为“日边雁带腊寒去，雪里梅将春信来”（见《优古堂诗话》）。此外如咏《天台瀑布》的“喷向林梢成夏雪，倾来石上作春雷”，《南海旅次》的“城头早角吹霜尽，郭里残潮荡月回”，《巫峡》的“不逐彩云归碧落，却为暮雨扑行人”，《送僧入庐山》的“庐山瀑布三千仞，画破青霄始落斜”，都是借景抒情，注情于景，在自然景物的描摹中，融入了诗人自己的感情，倾吐了诗人自己的心声，从而取得了物我两化、情景交融的双重艺术效果。

奠定诗人不朽的地位的，是他的代表作《己亥岁二首》之一：“泽国江山入战图，生民何计乐樵苏？凭君莫话封侯事，一将功成万骨枯！”这是一首讽刺当时社会现实的诗。“己亥岁”，就是僖宗乾符六年（879）。这年镇海节度使高骈遣将分道镇压黄巢起义军，以取得首级甚多而受到奖励。所以这“一将功成万骨枯”，是有现实的针对性的，但它的典型意义，远远超过某一历史事件，而成为带有规律性的真理。世界上哪一座“凯旋门”、哪一座“纪功碑”，不是成千上万的白骨垒起来的？略后于他的诗人张蠙也写了意义相近的两句诗：“可怜白骨攒孤冢，尽为将军觅战功。”（《吊万人冢》）化一句为两句，违反了“词约意丰”的艺术原则，又缺乏感情色彩极其强烈的“一”与“万”“荣”与“枯”的对比，因而它的感人的艺术力量就要小得多，两两相较，是很容易看出它们的高下来的。

七十三　对丑恶现实的讽刺和诅咒

曹邺（816—875?），字邺之，一作业之，桂林（今属广西）人。大中四年（850）进士。曾任祠部郎中、洋州刺史，是唐末很有特色的现实主义诗人。他的诗简净质朴，自然清新，采用了大量的民间口语入诗，有着浓厚的歌谣色彩，幽默冷隽，泼辣尖锐，跟日趋靡丽、纤巧的晚唐诗风，大异其趣。明代陆时雍《诗镜总论》说他的五古“以意撑持，虽不逮古，亦所谓‘铁中铮铮，庸中佼佼’矣”。清代贺裳《载酒园诗话》则说他的“长律亦卑浅不足观，惟绝句工妙。如《长安春雨》云‘半夜五侯池馆里，美人惊起为花愁’，便是开得一宝山，至今犹为人盗用不已”。说明陆、贺两人的审美情趣是不同的。陆所强调者是“意”，贺所关注者是所谓“卑浅”，实际上构成曹邺诗风的特点的，正是是它浅近如话，不加雕饰。如《读李斯传》的“难将一人手，掩得天下目”，《东武吟》的“心如山上虎，身若仓中鼠”，《偶怀》的“开目不见路，常如夜中行”等语，都是以口语入诗，平朴可爱，与“嘲云戏月，刻翠粘红”的纤靡诗风，是完全对立的。

曹邺的诗歌，内容丰富，题材多样，继承了汉魏乐府的现实主义传统，能够着眼于现实，在较大程度上传达了底层群众的呼声。曹邺诗歌的第一类主题是反映当时社会的阶级矛盾，揭露封建统治阶级的腐朽黑暗的。如“州民言刺史，蠹物甚于蝗”（《奉命齐州推事毕寄本府尚书》），“杀尽田野人，将军犹爱武”（《战城南》），“未曾分得谷，空得老农名”

（《四怨三愁五情诗》）。它们或诅咒官吏的贪残，或讽刺不义的战争，或同情农民的被剥削被压迫，无不像一团烈火，要把那些丑恶的事物统统烧掉。这一类主题的代表作是《官仓鼠》："官仓老鼠大如斗，见人开仓亦不走。健儿无粮百姓饥，谁遣朝朝入君口。"此诗对吮吸人民鲜血的贪官污吏进行口诛笔伐，它显然受到《诗经 · 硕鼠》的启发，但《硕鼠》诗中，人们对待它的办法，是退让，是逃避，是逃到并不存在的"乐土""乐国"去；而这里却是在挖它的后台，掘它的老根，"谁遣朝朝入君口"，显然是把讽刺的矛头指向"官仓鼠"的纵容者和庇护者——最高统治者。其感情色彩的强烈，讽刺意义的深刻，应该说比起《诗经 · 硕鼠》是一个很大的进步。又如："天子好征战，百姓不种桑；天子好年少，无人荐冯唐；天子好美女，夫妇不成双。"这首《捕鱼谣》在写法上，显然受到《城中谣》"城中好高髻，四方高一尺；城中好广眉，四方且半额；城中好大袖，四方全匹帛"的影响。但《城中谣》讽刺的主题是"上有好者，下必有甚焉"，而这里讽刺的主题则是最高统治者的任情纵欲给国家和人民带来的严重灾难。批判的意义，显然要深刻得多，重大得多，读起来也更加令人触目惊心。

曹邺诗歌的第二类主题，是同情妇女的遭遇，为她们的生存和幸福而呼吁，而呐喊。在唐末那个徭役十分繁重的社会里，一些丁壮的男子都被强迫去当兵、服役了，征妇们不但要受到精神上的折磨，而且要负起全家生活的重担。如"不辞嫁与郎，筑城无休日"，"力尽土不尽，得归亦无家"（《筑城三首》），"远水犹归壑，征人合忆乡。泣多盈袖血，吟苦满头霜"（《长城下》），"喜闻有行役，结束不待车。官田赠娼妇，留妾侍舅姑"（《怨歌行》）。还有更多的妇女，无端遭到丈夫的遗弃。喜新厌旧，色衰爱弛，是造成她们悲剧命运的主要根源。诗人把自己的全部同情倾注在这些不幸的人身上，为她们鸣不平。如"妾颜与日空，君心与日新。三年得一书，犹在湘之滨"（《相思极》），"薄命常恻恻，出门见南北"，"知君绿桑下，更有新相识"（《薄命妾》），"自从嫁黔娄，终岁不长在。君梦有双影，妾梦空四邻"（《不可见》），"嫁来未曾出，此去长别离。父母亦有家，羞言何以归"（《弃妇》），"郎车不暂停，妾貌宁长春”，“遣妾空床梦，夜夜随车轮”（《长相思》），“君从此路去，妾向此路啼。但得见君面，不辞插荆钗”（《去不返》）。这些弃妇，都有一颗善良的心，她们是那样忠于爱情，那样甘于贫贱，然而“君心无定波，咫尺流不回”（《代班姬》）的薄幸人，却因为有了新欢而把她们像敝屣似的遗弃了。诗人甚至十分气愤地认为，既然男子薄幸，女子又何必钟情呢？他从同情心理出发，讥笑她们不该为这些薄幸的人去殉情。“但见出门踪，不见入门迹。却笑山头女，无端化为石”（《思不见》），这种同情妇女，重视妇女，希望妇女能够得到与男子平等的权利的思想，在晚唐诗歌中，一直闪耀着民主性的光辉。“无端化为石”，是气愤语，又是伤心语；是同情语，又是激励语。能够感人肺腑，也能够发人深省。

曹邺诗歌的第三类主题是叹穷嗟卑，抒发自己的不平之鸣，讽刺社会的冷暖之态。诗人在文场上、官场上都有过失败的记录，往往把得意时所受到的“青眼”和失意时所受到的“白眼”加以对比，周围的人那种“前倨后恭”的态度，被淋漓尽致地刻画了出来。如“白日探得珠，不待骊龙睡。匆匆出九衢，僮仆颜色异”（《杏园即席上同年》），“居处绝人事，门前雀罗施。谁遣辟书至，仆隶皆展眉”（《将赴天平职书怀寄翰林从兄》）。葛立方《韵语阳秋》以为这是诗人“自生疑尔，僮仆岂遽如是哉”，不知世态冷暖，人面高低，自古如此，曹邺所描绘的，正是他的身之所历，决不是他的神经质所引起的一些猜疑。但他中了进士以后，生活的道路也不像他所想象的那样平坦，所憧憬的那样美丽。“忽然风雷至，惊起池中物。拔上青云巅，轻如一毫发”（《成名后献恩门》）；“君看山上草，尽有干云势。结根既不然，何必更掩袂”（《送厉图南》）。诗人想得多么天真，多么惬意，以为从此便可以平步青云、飞黄腾达了。而摆在他面前的严酷现实是什么呢？是“其下有孤侄，其上有孀嫂。黄粮贱于土，一饭常不饱”（《翠孤至渚宫寄座主相公》），“作诗二十载，阙下名不闻。无人为开口，君子独有言。身为苦寒士，一笑亦感恩”（《城南野居寄知己》）。这里面蕴藏着诗人的多少悲愤，多少凄凉，多少恩恩怨怨！然而，它是唐末知识分子的生活写照，是唐末知识分子的共同呼声。真是“诗从肺腑出，出辄愁肺腑”啊！

七十四　不为时所重的现实主义诗人于濆

于濆，字子漪，咸通二年（861）进士，只做过泗州判官。他是唐末一位颇有特色的现实主义诗人，写过不少反映现实、批判现实的作品。他写的全是古体诗，短小精悍，质朴无华，尖锐泼辣，明快直切，一般都有着深刻而严肃的主题。《唐才子传》说他“患当时作诗者拘束声律而入轻浮，故作古风三十篇以矫敝俗”；《载酒园诗话》又篇也说“晚唐诗人，余最喜于濆、曹邺”，还说他的一些诗歌，“真当备矇叟之诵”，“至其无关风化而工者，更不胜举”。说明他的诗歌大都是有关风化的，是以反映社会现实和民生疾苦为主要内容的，是与当时讲求格律的形式主义诗风相对立的。但这样一位诗人却不为当时所重视，在后来的研究中，也没有取得应有的历史地位，这是很不应该的。

综观诗人的作品，全部用对比的手法，控诉了社会分配不公、苦乐不均的不合理现象，而这些现象又集中体现在广大的农民和战士身上。因此，诗人以愤怒的心情，明快的语言，典型的事例，辛辣的笔致，在揭露和鞭挞了这种丑恶的社会现实时，为被压迫被剥削的农民和战士申诉、呐喊，把这种愤怒的呼声传到社会、引进历史，以激发读者的同情，促起改革者的注意。首先，诗人创作了大量的诗歌，揭露了耕者无食，织者无衣，而不劳动者却可以一掷千金，把压榨来的民脂民膏随随便便地浪费掉。如《田翁叹》的“手植千树桑，文杏作中梁。频年徭役重，尽属富家郎。富家田业广，用此买金章”；《古宴曲》的“燕娥奉卮酒，低鬟若无力。十户手胼胝，凤凰钗一只”；《山村叟》的“虽沾巾覆形，不及贵门犬。驱牛耕白石，课女经黄茧。岁暮霜霰浓，画楼人饱暖”。这里的“田翁”“村叟”是那样的种桑耕石，终年辛苦，而过的生活，却赶不上一只“贵门犬”；而那些“富家郎”“画楼人”，却可以拿着底层群众的劳动果实，去买“金章”（买官），买“凤凰钗”，拥“燕娥”，赏雪景，过着荒淫腐朽的生活。这种不合理的人间地狱，难道不应该推倒、不应该踏平吗？但由于历史的局限，诗人只在《辛苦吟》中提出了一种浪漫主义的幻想来改变这种不合理的世界。他说：“垅上舞犁儿，手种腹长饥；窗下投梭女，手织身无衣。我愿燕赵姝，化为嫫母姿。一笑不值钱，自然家国肥。”耕者挨饿，织者挨冻，这是封建社会最普遍的现象。怎么改变这种不合理的现象呢？诗人想到如果让美女都变成丑妇，权贵们就不会花千金去买笑，花十户人家的劳动果实去买“凤凰钗”了。这么一来，剥削压迫就有可能减轻，无衣无食的情况，就有可能得到改变。这种天真的幻想，虽然是可笑的，但这种幽默的讽刺，却产生了极大的艺术效果。

其次，诗人以深邃的观察，辛辣的讽刺，揭露了士卒卖命、将军受封的不合理现象。如《塞下曲》的“战鼓声未齐，乌鸢已相贺”“卫霍徒富贵，岂能清乾坤”；《边游录戍卒言》的“今来客鬓改，知学弯弓错。赤肉痛金疮，他人成卫霍”；《陇头水》的“寒沙战鬼愁，白骨风霜切”“杀成边将名，名著生灵灭”。战争是残酷的。诗人把乌鸢啄食、白骨埋沙的悲惨景象，作了令人不忍卒睹的描写。理应让这些出生入死的战士们得到应有的封赏，但“死是战士死，功是将军功”，已经成了一条普遍的规律。那些英勇负伤的战士们，抚摩着自己的疮伤，怎么不发出“他人成卫霍”的感叹呢！特别是那些边将因为“坑降卒”“屠城邑”而获得了“英雄”的称号，在他拥有这个“英雄”称号的同时，那里的“生灵”也就被斩尽杀绝了。这是多么深刻的揭露，多么严峻的批判！这一类题材的代表作是他的《戍卒伤春》：“连年戍边塞，过却芳菲节。东风气力尽，不减阴山雪。萧条柳一株，南枝叶微发。为带故乡情，依依藉攀折。晚风吹碛砂，夜泪啼乡月。凌烟阁上人，未必皆忠烈。”这首诗以细腻的笔致，描绘了塞北的严寒，为战士触景思乡，创造了必要的气氛。结句的怀疑和质问，把战士们经历的艰苦、委屈和怨愤的感情，一股脑儿倾泻出来，深刻地揭露出军队分配的不合理。

历史往往有着惊人的相似之处，诗人生活的那个极端黑暗和混乱的唐末社会里，在财富和权力的分配上，往往是付出的劳动越多，得到的回报越少。诗人对于这种不合理的分情况，也发出了许多不平之鸣。“何如幽并儿，一箭取功勋”（《述己叹》），“劝尔画长眉，学歌饱亲戚”（《织素谣》），就是对那种付出血汗的农民反而不如当兵的、唱歌人的现象所表示的极端不满。

七十五 “诗轻太白，功薄孔明”的薛能

薛能（817—880），字大拙，汾州（今山西汾阳）人。会昌六年（846）进士。大中末，书判中选，补周至尉。李福镇守滑州，表署观察判官。李福徙西川，取为节度副使。咸通中，摄嘉州刺史，迁主客、度支、刑部郎中，权知京兆尹事，授工部尚书。后复节度徐州。他爱诗成癖，日赋一章，并以官居武职为耻，时时见诸吟咏：“未为时彦徒经国，尚有边兵耻佐戎”（《江上寄情》），“尽觉文章尊万事，却嫌官职剩双旌”（《彭门解嘲》），就是他耻为武职的思想表现。后为大将周岌所杀，全家被屠。是晚唐诗人中官阶最高、死伤最惨的一个。

他的诗，有的写得比较清新自然，有的写得雄浑豪放。前人称赞他的诗“尽废前规，另辟我境”，有一定的开拓和创新的精神，跟当时追求雕饰、日趋靡弱的诗风是大相径庭的。如五言的“庭树人书匝，栏花鸟坐低”（《赠隐者》），“小丛初散蝶，高柳即闻蝉”（《惜春》），“边心生落日，乡思羡归云”（《麟中寓居寄蒲中友人》），“楼台新邸第，歌舞小婵娟”（《柘枝词》），“对面如千里，回肠似七盘”（《行路难》），写得自然清新，甚有风致，使人感到一种诗的美、艺术的美，洋溢在齿牙耳目之间。七言如“青春背我堂堂去，白发欺人故故生”（《春月使府寓怀》），“惟觉宦情如水薄，不知人事有山高”（同上），“朝廷有道青春好，门馆无私白日闲”（《献仆射相公》），“身外不思簪组事，耳中唯要管弦声”（《彭门解嘲》），“旧将已成三仆射，老身犹是六尚书”（《闲题》）。写

得感慨淋漓，逸兴遄飞，虽有牢骚，无伤风雅，具有相当高的艺术水平。但他自视甚高，瞧不起当代的诗人，如“无端梦得钧天乐，尽觉宫商不是音”（《偶题》），“纵到缑山也无益，四方联络尽蛙声”（《题后集》）。“淫哇满眼《关雎》弱，犹贺清朝有此身”（《寓题》），“百首如一首，卷初如卷终”，把别人的诗歌一笔抹煞，认为是“蛙声”，是“淫哇”，是千篇一律，完全“不是音”，而自己则是“道僻惟忧国，诗深不敢论”（《春早选寓长安》），“尝感道孤吟有泪，却缘风坏语无情”（《题后集》），“唯有一般酬圣主，胜于东晋是文章”（《加阶》），“官职已辜疲瘵望，诗名空被后生传”（《春日重游平湖》），“道困古来应有分，诗传身后亦何荣”（《春日使府寓怀》），俨然以振兴诗道、领袖文坛为己任，认为自己的作品，“胜于东晋”，必“传身后”，已经过于自负了。更有甚者，是他自认“诗轻太白，功薄孔明”。以为“李白终无取，陶潜固不刊”（《论诗》断句），“我身若在开元日，争遣名为李翰林”（《寄荇郎中》断句）。狂妄到了要压倒李白，成为开元诗坛中的第一人，堪笑太不自量了。他还不过是一个节度使，一个工部尚书，是一个“贫得俸钱还乍喜，晚登朝序却无荣”（《寄唐州杨郎中》）的平庸官吏，却鄙薄起“功盖三分国，名成八阵图”的诸葛亮来了。他说“焚却蜀书宜不读，武侯无可律吾身”（《早春书事》），“生欺仲达徒增气，死见王阳合厚颜”（《筹笔驿》），“当时诸葛成何事，只合终身作卧龙”（《游嘉州后溪》）。口气之大，语意之狂，在历代诗人中还是很少见的。昔吕东莱认为薛能的某些诗“只如市井人叹世之词，有何好处”（转引自《艇斋诗话》），清代贺裳亦说“薛能诗虽不恶，原无当于高流”，而乃轻太白，薄孔明，“浮薄不足尽之，何无忌惮”（《载酒园诗话》又编）。吕氏的批评，似乎有些过头；贺氏的论定，我认为是公允的。“小有风致”“无当高流”，可以作为他的诗歌的定评。

他虽然浮沉宦海，与底层群众接触不多，但也写过一些反映现实的诗，写过一些带有民歌色彩的《折杨柳》和《柳枝词》。这些诗，语言虽然比较平易，但却有一些富贵气，如“谁能更近丹墀种，解播皇风入九州”“隋家力尽虚栽得，无限春风属圣朝”（以上《折杨柳》）。“应有旧枝无觅处，万株风里卓旌旃”“牵断绿丝攀不得，半空悬着玉搔头”（以上《柳枝词》）。终不若刘禹锡学习民歌那样的形神俱似，那样的富有生活气息。至于反映现实的诗，数量虽然极少，却也有一定的深度和典型意义。如他的《题逃户》云：“几界事农桑，凶年竟失乡。朽关生湿菌，倾屋照斜阳。雨水淹残臼，葵花压倒墙。明时岂致此？应自负苍苍。”这首诗，从一个侧面反映了唐末农村的破败景象。朽关、倾屋、残臼、倒墙，勾勒出一幅凄凉悲惨的图景，使人目不忍睹。结句一问，使主题进一步深化，把批判的矛头指向最高统治阶级。因为唐末的封建统治者穷奢极侈，不断加重对农民的剥削，农民为了逃避苛政，不得不忍痛抛弃家园，流落异乡，成为当时十分严重的社会现象。诗人抓住这一题材，作出了尖锐的揭露与批判，还是很可贵的。

七十六　布衣诗人来鹄

来鹄，一作来鹏，豫章（今江西南昌）人。咸通间参加过进士考试，但没有考中。于是隐居山林，往来于湖南、湖北、江西、安徽一带。《全唐诗》收录其诗二十九首，其中七言绝句就有二十首。这二十首七绝中，咏物之作又超过一半。大都寓意深远，言在此而意在彼，具有较高的艺术水平和较深的社会意义。如咏《云》云："千形万象竟还空，映水藏山片复重。无限旱苗枯欲尽，悠悠闲处作奇峰。"它表面上是写云的形状与变化，千形万象，映水藏山，化作奇峰，都是大家所熟悉的自然景观。然而正当人们怀着极大的希望，渴望它普降甘霖，来救活那"枯欲尽"的"旱苗"时，它却悠闲自在，无动于衷，陶醉在自己的广大神通中。这就把憎恨"云"的感情推向了高潮。其实诗人哪里是在写"云"？而是以高度的概括力，通过"云"的形象概括了那些伪善的、不负责任的、大言惑众的、弄虚作假的官僚们的本质特征。他们故作恣态，向老百姓说假话，许空愿，把人民和国家的前途描绘得如花似锦，以骗取群众的信任。但他们心里从来就没有群众，从来就不关心民间的疾苦，也从来没有想过要把自己的许诺变为现实。这种人在历史记载中，在社会生活中，我们也"似曾相识"过。《鹦鹉》云："色白还应及雪衣，嘴红毛绿语仍奇。年年锁在金笼里，何似陇山闲处飞？"也是借鹦鹉锁在金笼，虽然享受优厚的生活，但受人控制，失去自由，不如生活在出产鹦鹉的陇山，可以在空中自由自在地展翅飞翔，以讽刺那些在名缰利锁、高官好爵的羁縻中，仰人鼻息、供人驱使的“名利客”的。它的巧妙构思，给咏物诗开辟了一条广阔的道路。欧阳修的《画眉鸟》就是从这里得到启示的：“始知锁向金笼里，不及林间自在啼”，不就是它的翻版么？他如《鹭鸶》的“若使见鱼无羡意，向人姿态更应闲”，《子规》的“千声万血谁哀尔，争得如花笑不言”，《古剑》的“不决浮云斩邪佞，直成龙去欲何为”，都是别有寄托，寓意深微，使读者通过它的表象，看到它所讽刺的真正目标。“坐观垂钓者，徒有羡鱼情”，是孟浩然的干谒诗，希望得到张九龄的援引和赏识。这只人格化了的“鹭鸶”，如果没有“羡鱼”之情，就不会怀着“机心”，生怕失去任何一个抓“鱼”的机会，因而总是那么紧张，不得悠闲，可见诗人真正的讽刺目标，是那些费尽心机、削尖脑袋的钻营者。不言之花，往往得到人们的怜爱；而啼血之鸟，却往往得不到人们的同情。千声万血，乞求别人的哀怜是没有用的。这哪里是写“子规”？分明是讽刺那些“昏夜乞怜”的可怜虫。决浮云，斩邪佞，是剑的义不容辞的责任，如果完不成自己的使命，即使是丰城的剑，化而为龙，又有什么用呢？这当然也不是写“剑”，而是讽刺那些不能为民除害、为国去蠹的官吏的。可见诗人的咏物诗，都是言近旨远，有着丰富的内蕴，深刻的主题，耐人咀嚼和玩味的。

诗人另一类诗的主题，是写自己漂泊异乡、穷愁潦倒的生活的。社会意义虽不及他的咏物诗，但感情真挚，真切动人，以一个侧面反映了唐末知识分子的苦闷心情。如“难归故国干戈后，欲告何人雨雪天”（《鄂渚除夜书怀》），“事关休戚已成空，万里相思一夜中（《除夜》），“水边箕踞静书空，欲解愁肠酒不浓（《偶题》），“莫道闻时总惆怅，有愁人有不愁人”（《闻蝉》）。这些诗，有异乡漂泊之思，有怀才不遇之感，有故园残破之悲，有孤立无援之叹，都是诗人蘸着血和泪写成的，至今读起来，仍然不能不为诗人洒一掬同情之泪。

特别是他那首《山中避难作》，更能引起人们感情上的共鸣。它很含蓄，也很尖锐，还包含着一点哲理在里面。诗云：“山头烽火水边营，鬼哭人悲夜夜声。唯有碧天无一事，日还西下月还明。”说它含蓄，是因为它只写了诗人在避难时的所见、所闻和所感，而没有什么怨愤之情，讽刺之意。说它尖锐，是因为它写了天老爷还是按照自己的生活规律办事，并没有因为“鬼哭人悲”而改变其固有的生活方式，好像根本没有发生什么事情一样。这虽然是借“碧天”的不改常态，来讽刺唐末的统治者并不因为战乱频仍，民生凋敝，而减轻人民的负担，改变自己的生活。说它还带点哲理的意味，是指它揭示出如下的一条真理：地位越高，与人民的距离越远，与人民同呼吸、共患难的感情也越少。诗中的“碧天”就没有因为烽火漫天和疮痍满目，而感到不安和忧虑嘛！

七十七　被誉为“在晚唐诸人之上”的马戴

马戴，字虞臣，曲阳（今江苏东海）人。会昌四年（844）进士。任太原幕府掌书记，以直言得罪，被贬为龙阳（今湖南汉寿）尉。得赦回京，写过“道在猜谗息，仁深疾苦除”（《新春闻赦》）的感恩诗。官太常博士。他和贾岛、姚合的交谊很好，赠唱很多，但诗风各不相同。他长于五律，清微婉约，沉着痛快，有较高的艺术水平。如“云侵帆影尽，风逼雁行斜”（《江行留别》），“微阳下乔木，远色隐秋山”（《落日怅望》），“汀洲延夕照，枫叶坠寒波”（《赠别江客》），“落叶他乡树，寒灯独夜人”（《灞上秋居》）等句，都能把主观的情融入客观的景中，使情和景水乳交融地凝聚在一个载体之中，浑然一体，密合无垠，大大地增强了作品的艺术感染力。所以历来的诗歌评论家，都给予他很高的评价。严羽《沧浪诗话》说“马戴在晚唐诸人之上”，辛文房《唐才子传》也说：“戴诗壮丽，在晚唐诸公之上。优游不迫，沉着痛快，两不相伤，佳作也！”明代钟惺《诗归》说：“晚唐诗有极妙而与盛唐人远者，有不必妙而气脉神韵与盛唐人近者。‘不必妙’三字甚难到，亦难言，妙不足以拟之矣。惟马戴犹存此意，然皆近体耳。”清代翁方纲《石洲诗话》还说：“马戴五律，又在许丁卯（浑）之上，直可与盛唐诸贤侪伍。”这些评论，完全是从艺术技巧的角度来着眼的，至其思想内容，社会意义，则较之聂夷中、杜荀鹤、于渍、罗邺诸人的作品，还是有很大差距的。马戴除了有关征戍的题材对晚唐社会有所反映、有所讽喻外，大都是写景投赠之作，工夫都下在镂云雕月、刻翠粘红上面，很难挖掘出它的社会意义来。但就其艺术造诣而言，确有不易企及的地方。如他的代表作《楚江怀古》："露气寒光集，微阳下楚丘。猿啼洞庭树，人在木兰舟。广泽生明月，苍山夹乱流。云中君不见，竟夕自悲秋！"这首诗是吊古伤怀，诗人以直言获罪，被贬为龙阳尉，踯躅于枉渚之上，徘徊于沅水之滨，缅怀先哲，感叹身世，写下了这首悲凉低沉的小诗。以露气、微阳、明月、苍山为背景，以猿的哀鸣，人的沉思为画面的主体，人猿互衬，情景交融，从时空的变化上加强了诗人的沧桑之感和羁旅之愁。而又深微婉曲，含而不露，越咀嚼越有味，使人玩之不尽，挹之有余。特别是"猿啼洞庭树"一联，被人赞誉不止，成为千古名句，杨慎一再击节叹赏："虽柳吴兴（恽）无以过也！""晚唐有此，亦希声乎！"（《升庵诗话》卷七）吴乔《围炉诗话》也说："马戴《楚江怀古》《淮上春思》《落日》《寻王处士》，不似晚唐人诗。"一句话，就是这首诗写景逼真，情在景中，有盛唐诗的风韵。

他的那些为数不多的有关征戍的诗，颇多讽喻，而一直没有受到人们的重视。如《关山曲》的"勒兵临汉水，惊雁散胡天"，"箭疮殊未合，更遣击兰州"；《塞下曲》的"夜救龙城急，朝焚虏帐空。骨销金簇在，鬓改玉关中"；《赠淮南将》的"度碛黄云远，防秋白发生。密机曾制敌，忧国更论兵"；《边将》的"塞回连天雪，河深彻底冰。谁言提一剑，勤苦事中兴"；《出塞》的"金带连环束战袍，马头冲雪渡临洮。卷旗夜劫单于帐，乱砍胡儿缺宝刀"。它们有的描绘了塞外的奇异风光，有的状写了战斗的紧张气氛，有的反映了将士们的艰苦生活和英勇杀敌的牺牲精神，有的揭露了统治阶级穷兵黩武、好大喜功的好战心理，不顾战士的箭疮未合，又要向别处"出击"了。尤其是代表作《征妇叹》，贺裳《载酒园诗话》又编认为"最有讽喻，从不见选者"，"哀伤惨恻，殊胜平日溪山云月之作"，我认为是很有见解的。兹录其诗如下：

"稚子在我抱，送君登远道。稚子今已行，念君上边城。蓬根既无定，蓬子焉用生？但见请防胡，不闻言罢兵。及老能得归，少者还长征。"

这首诗，讽喻精深，音节悲凉，凄恻感慨之情，溢于言表。通过"稚子在抱”与“稚子已行”的今昔对比，将征戍时间之长富有感情地表现了出来；“但见防胡”“不闻罢兵”，将统治阶级的好战本质揭露无遗；老者未归，“少者还征”，底层群众疲于奔命、苦于征戍之情毕见。尺幅之中，波浪迭起，语虽浅近，意极深厚。明代谢榛《四溟诗话》以为马戴的诗，“虽瘦而健，虽粗而雅”，从这首诗中，可以得到很好的印证。

七十八　“《秦妇吟》秀才”韦庄

《秦妇吟》是诗人韦庄写的一首长篇叙事诗。它通过一个少妇的自述，描写她在长安遇到黄巢起义军入城的所见所闻。诗中揭露了官军残害人民的行为，但也对义军有所诋毁。孙光宪《北梦琐言》说韦庄“著《秦妇吟》一篇，内一联云：‘内库烧为锦绣灰，天街踏尽公卿骨。’尔后公卿亦多垂讶，庄乃讳之。”《十国春秋 · 韦庄传》也说他“著《秦妇吟》人称为‘《秦妇吟》秀才’”。大概这首有名的《秦妇吟》由于他“讳之”的缘故，《浣花集》中未收。直到清末，始于敦煌所藏唐五代写本中发现。

韦庄（836—910），字端己，杜陵（今陕西西安）人。他生活在唐帝国由衰弱到灭亡、五代十国分裂混乱的时代，饱经乱离漂泊之苦，唐昭宗乾宁元年（894）方中进士，时已五十九岁。在这以前，他的生活很穷苦，常常“数米而炊，称薪而爨”（《太平广记 · 廉俭》引《朝野佥载》）。后来为蜀主王建所倚重，擢为安抚副使，拥护王建称帝，建立割据政权，进左散骑常侍，判中书门下事。“凡开国制度、号令、刑政、礼乐，皆由庄所定”（《十国春秋 · 韦庄传》），可谓“位极人臣”，大权在握了。但他只“红”了三四年就去世了。

他是诗人，更是词家。其词与温庭筠齐名，号称“温韦”，是花间派的代表作家。中唐的大诗人韦应物是他的四世祖，但他的诗风却与韦应物的很不相同。他的诗写得情致缠绵，语意清新，在技巧上有着很高的成就。伤时、思乡、怀旧、感时的情绪往往交织在一起，成为他诗歌的艺术特色，也成了诗歌的重要主题。他弟弟韦蔼说“流离飘泛，寓目缘情，子期怀旧之作，王粲伤时之制”（《浣花集序》），是他诗歌的主要内容。即使是那些伤时咏史之作，也都倾注着对唐室衰微的无限感慨，对黄巢义军的相对仇恨。如“九衢漂杵已成川，塞上黄云战马闲。但有羸兵填渭水，更无奇士出商山”（《辛丑年》）；“几时闻唱凯旋歌，处处屯兵未倒戈”，“尸填汉水连荆阜，血染湘云接楚波”（《又闻湖南荆渚相次陷没》）；“五运未教移汉鼎，六韬何必待秦师。几时鸾凤归丹阙，到处乌鸢从白旗”（《喻东军》）；“嫖姚何日破重围？秋草深来战马肥。已有孔明传将略，更闻王导得神机”（《闻官军继至未睹凯旋》）。可见他对这次震撼历史的农民革命战争，是抱着敌视态度的。他哀叹着“九衢漂杵”，重围未破；渲染着“尸填汉水”“血染湘云”，希望商山四皓出来定“安刘”之计，孔明、王导、霍去病出来运筹帷幄，决胜千里，高奏凯歌回来。这些当然是他的阶级意识和历史局限所决定的。但由于无可争辩的现实摆在他的面前，纠正了他的一些阶级偏见，对于统治阶级的朝歌暮舞、醉生梦死，“官军”的趁火打劫，到处掳掠，农民被压迫被剥削，挣扎在死亡线上的情况，也做过一些接近于真实的反映。如“满眼笙歌满眼花，满楼珠翠胜吴娃。因知海上神仙窟，只是人间富贵家”（《陪金陵府相中堂夜宴》）；“咸通时代物情奢，欢杀金张许史家。破产竟留天上乐，铸山争买洞中花”（《咸通》）；“十里旌旗十万兵，等闲游猎出军城”，“归来一路笙歌满，更有仙娥载酒迎”（《观浙西府相畋游》）。诗人抓住了咸通那个干戈满眼、哀鸿遍野的典型时代，金、张、许、史那样的皇亲国戚，金陵府相、浙西府相那样的高级官吏，不顾国家的安危，人民的死活，拿着民脂民膏在花天酒地浪费掉，就是接近真实的反映。“匣中秋水拔青蛇，旗上高风吹白虎。入门下马若旋风，罄室倾囊如卷土”（《秦妇吟》），就形象地写出“官军”如何闯进“村坞”掳掠平民的悲惨场面，也是接近真实的反映，“何代何王不战争，尽从离乱见清平。如今暴骨多于土，犹点乡兵作戍兵”（《悯耕者》），又把农村人民死于战争，暴骨原野的惨象描绘了出来，而且还要继续抽兵远戍塞外，这也是接近真实的反映。像以上这些反映现实的作品，无论在内容还是形式上都是晚唐诗歌中的珍品，都是我国文化遗产中的瑰宝。

当然，人们最喜欢的还是他那些抒情意味很浓的小诗，它清新流走，包蕴丰富，给人以愉快的美的享受。杨慎说他有的诗“乃晚唐之绝唱，可与盛唐峥嵘”，贺裳说他的诗“飘逸，有轻燕受风之致”。我认为他的七绝确实又飘逸，又清新，又圆润，又响亮，说是晚唐的绝唱，也是当之而无愧的。如他的代表作《台城》云：“江雨霏霏江草齐，六朝如梦鸟空啼。无情最是台城柳，依旧烟笼十里堤。”这是一首吊古之作，但诗人采取烘云托月的手法，把自己的哀愁，渗透到霏霏的江雨、萋萋的江草、断续的鸟啼、凄迷的烟柳中去，让读者从荒凉寂寞的氛围中，从纡缓低沉的旋律中，去体会作者的无穷感慨。并以自然景物的“依旧”反衬六朝繁华的“如梦”；以烟柳的“无情”，反衬诗人的多感。历史是那样的无情，六朝的悲剧，又在一幕一幕地重演，人们将来在凭吊唐王朝的历史陈迹时，也会像我们今天凭吊六朝的历史陈迹一样，一种世事沧桑、人生如梦的悲叹，也会情不自禁地从心底深处发出来的。这就是它所要表达的丰富的内蕴。

七十九　“一字师”诗人郑谷

相传著名的诗僧齐己写了一首《早梅》诗，送给诗人郑谷看，郑将诗的“前村风雪里，昨夜数枝开”的“数枝”改为“一枝”，使之更加扣紧题中的“早”字。时人因称郑谷为“一字师”。真是一个字像一粒璀璨的珍珠，闪耀着艺术光辉，增加了艺术的效果。

郑谷，字守愚，袁州（今江西宜春）人。光启八年（887）中第八名进士，官至都官郎中，被称为“郑都官”。他认为薛能、李频，“皆一时骚雅宗师”，均曾出任此官，今忝此任，“何以相继前贤耶”（《全唐诗话》卷五），说明他是很满意这个“官”的。但后来他又常常在诗中自称为“老郎”，流露出一些厌倦之意。如“惟恐兴来飞锡去，老郎无路更追攀”（《赠秀上人》），“初尘芸阁辞禅阁，却访支郎是老郎”（《访策禅者》）。“舞燕歌莺莫相认，老郎心是老僧心”（《春阴》）。自嘲之意，溢于言表，大概是“郎”官做得太久了吧？又因为他以赋得《鹧鸪》诗的“雨昏青草湖边过，花落黄凌庙里啼”之句而得名，被时人呼为“郑鹧鸪”。但诗的内容限于咏物，缺乏寄托，故李东阳《麓堂诗话》贬之曰：“郑谷《鹧鸪》诗二联，皆学究之高者。至于起结，则不成语矣！”但就“形似”而言，它毕竟对于鹧鸪的啼声、习性，描绘得惟妙惟肖。所以范氏《对床夜语》说他的《鹧鸪》诗，“不用钩辀格磔等字，而鹧鸪之意自见，善咏物者也”。

他的诗名很大。从小就受到别人的赞誉，司空图一见到他，就抚着他的背说“当为一代风骚主”（《唐诗纪事》卷七、《全唐诗话》卷五）。他自己也说“七岁侍行湖外去，岳阳楼上敢题诗”（《卷末偶题》），说明他从小就崭露头角。他的诗平易浅近，巧丽明快，给人一种明秀清新的美感享受。欧阳修《六一诗话》说：“郑谷诗名盛于唐末，号《云台篇》……其诗极有意思，亦多佳句，但其格不甚高。以其易晓，人家多以教小儿，余为儿时犹诵之。”的确，他的绝句，在抒情性、形象性和音乐性方面，在晚唐诗歌中是不多见的。如他的代表作《淮上与友人别》云：“扬子江头杨柳春，杨花愁杀渡江人。数声风笛离亭晚，君向潇湘我向秦。”这是一首送别的诗。它以抒情的语言，疏疏几笔，就勾画出了杨柳青青、杨花飘飘的画面，并从杨柳依依中流露出依依惜别之情；在杨花飘荡中寄寓着萍踪不定之感，加上有意的重复，让“扬子”“杨柳”“杨花”等同音字，出现在邻近的音距中，形成一种回环往复，余韵悠然的音乐美。结句又以“君”“我”对比，“向”字重迭，加强了咏叹的情味，言虽尽而意不尽，像有的抒情乐曲一样，虽然演奏已毕，而它的旋律和情绪仍然在听众的心中萦绕，所谓“余音绕梁，三日不绝”，就是这样一种艺术效果，葛立方《韵语阳秋》说“郑谷诗，皆一句内好用二字相叠”，可能正是为了增加这种回环往复、一唱三叹的音乐美而采取的手法。

郑谷的诗，虽然大量的是刻画景物、感伤身世的作品，但也有一些反映现实、讽刺现实的诗歌，值得我们珍视。他自己说“旧制诗多讽，分忧俗必康”（《送祠部曹郎中郯出守洋州》），又说“虽属对声律未畅，而不无旨讽”（《自序》），但从他现存的诗歌来看，虽也有关心民间疾苦的一些诗句，如“乱兵何日息，故老几人全”（《中秋》），“平楚干戈后，田园失耦耕”（《送太学颜明经及第东归》）之类，但真正有讽喻成分的，只有《感兴》的“翻令力耕者，半作卖花人”，以讽喻封建统治者不重视农业生产，却提倡欣赏花卉，导致农民不去生产粮食，而去培植花木。《偶书》的“不会苍苍主何事，忍饥多是力耕人”，直接把批判的矛头指向最高统治阶级，对社会财富分配如此不公，对农民的剥削压迫如此重，提出了严正的质问和控诉，有一定的思想深度和高度，是难能可贵的。可惜这类作品的数量太少了。

还值得一提的，郑谷的诗歌有时还能摆脱晚唐那种纤弱柔靡的诗风，继承杜甫的流风余响。如《摇落》的“故国无消息，流年有乱离”，《江行》的“关东多事日，天末未归心”，《咏怀》的“薄宦浑无味，平生粗有诗”，《漂泊》的“十口飘零犹寄食，两川消息未休兵，”《美陂》的“乱前别业依稀在，雨里繁花寂寞开”，《春暮咏怀》的“长安一夜残春雨，右省三年老拾遗”，沉郁深厚，置之工部诗中，是可以乱真的。

八十　雏凤清于老凤声

韩偓自幼能诗，得到他的姨父李商隐的赏识。据《唐诗纪事》卷六十五载：“义山云：‘（偓）尝即席为诗相送，一座尽惊，句有老成之风。’因有诗云：‘十岁裁诗走马成，冷灰残烛乱离情。桐花万里丹山路，雏凤清于老凤声’。”按此诗现存《玉溪生诗集》卷二。“老凤”指他的父亲韩瞻。意思是说他自己的诗比他父亲的要好。

韩偓（844—923），字致光，一作致尧，小字冬郎，自号玉山樵人。京兆万年（今陕西西安）人。唐昭宗龙纪元年（889）进士。历任翰林学士、兵部侍郎等要职。因不肯阿附朱全忠，受到排挤，贬为濮州司马。天祐元年（904），诏复原官，他不敢入朝，于是携带家属入闽，投靠军阀王审知而卒。著有《玉山樵人集》和《香奁集》。

韩氏的诗，轻快流畅，善于刻画，能以新鲜的色调，描绘出诗意盎然的画面。这也是他所追求的艺术境界，所谓“景状入诗兼入画”（《冬日》），“入意云山输画匠”（《格卑》），正好说明他是自觉地要求以画入诗、融情于景的。《深院》就是“诗中有画”的范例。诗云：“鹅儿唼喋栀黄嘴，凤子轻盈腻粉腰。深院下帘人昼寝，红蔷薇架碧芭蕉。”这真是“满园春色关不住”“红杏枝头春意闹”的景象：鹅儿在那里戏水，蝶儿（凤子）在那里戏花，红的蔷薇映衬着绿的芭蕉，隐藏着画帘内的人儿在那里昼寝。鹅雏和蛱蝶越欢腾，红蔷与绿蕉越生气勃勃，庭院越显得深沉、幽静，画帘内的人儿越感到孤独和寂寞。这就是“鸟鸣山更幽”的道理。诗人通过他的配色、选声、铸字和构图，把自己主观的感情色彩水乳交融地凝结在画面上，取得了即景即情、情与景合的艺术效果。即使那些为人所诟病的“香奁诗”，也是景中见意，诗中有画的。如《深夜》一诗，就是一幅春色浓艳而意象凄迷的画。诗云：“恻恻轻寒翦翦风，小梅飘雪杏花红。夜深斜搭秋千索，楼阁朦胧烟雨中。”严羽认为“韩偓之诗，皆裙裾脂粉之语”，许顗认为“韩偓《香奁集》艳而无骨”，吴师道也说他的诗“过于纤巧，淫靡特甚”。一句话，就是封建社会上层士大夫沉湎于享乐生活的腐朽情调。只有钟惺说他的诗是“细而慧，所以艳”“即情艳亦自有妙理”（《诗归》卷三十六评语）。这样来评价香艳诗，在当时颇有点离经叛道的意味。平心而论，韩氏的“香奁体”诗，并不都是淫词媟语，而是对人体美的一种挖掘，对人性美的一种探索，写出了他大胆的追求和细微的心理活动。所以宋代诗人李端叔就很喜欢他的诗，往往情不自禁地吟诵《香奁集序》云：“咀五色之灵芝，香生九窍；咽三危之瑞露，美动七情。”（见《彦周诗话》）好一个“美动七情”！就让我们看看上面引的那首诗吧：它写的是一个多情的青年，在烟雨朦胧的深夜，凝望着斜搭在木架上的秋千索，希望能看到那打秋千的人儿。那薄薄的寒意，微微的凉风，全不在他的意下；那像雪似的梅，那红得像彩霞似的杏，也全没有引起他的注意。说明他的感情是专一的，是圣洁的，绝不是什么庸俗的、低级的乃至色情的。沈括不欲否定韩氏这个人，把《香奁集》的著作权判给了和凝，结论说：“《香奁集》，和鲁公之词也。惟其艳丽，故贵后嫁其名于偓。”（《梦溪笔谈》）。吴师道也表示怀疑说：韩氏“以文章领袖众作。方昭宗时，群邪内讧，凶顽外擅，致光间关其间，执义弥坚，凛然有烈丈夫之风。然其诗过于纤巧，淫靡特甚，不类其所为”（《吴礼部诗话》）。葛立方针对沈括的话，引证《香奁集》中的《无题诗序》，力辩其确为韩氏的作品（《韵语阳秋》卷五）。何文焕也说：“韩偓《香奁集》，传是和凝之作。盖因和鲁公亦有集名《香奁》，不知曲子相公之集，亦属词曲，前人辩之详矣!”（《历代诗话考索》）这一聚讼已久的公案，实质上就是对《香奁集》缺乏全面的正确的评价，而又不愿意损害韩氏的形象，才引起的长期的争论。我认为韩偓的《玉山樵人集》中的诗也好，

《香奁集》中的诗也好，在艺术上都有很高的造诣，有统一的风格；在内容上主要是抒发个人的感慨，其次是描绘情爱的心理状态。这些都是诗歌中应有的主题和题材，任何时候也不能偏废的。我们既喜欢他的“水自潺湲日自斜，尽无鸡犬有鸣鸦。千村万落如寒食，不见人烟空见花”（《白沙县抵龙溪县，值泉州军过后村落皆空，因有一绝》）那样的伤时感事的诗歌，也喜欢他的“碧阑干外绣帘垂，猩色屏风画折枝。八尺龙须方锦褥，已凉天气未寒时”（《已凉》）这样构思精巧、笔意婉曲的情诗。

八十一　万里桥边女校书

历数我国的名妓，没有一个像薛涛那样，生前名满天下，广交时贤，与当时的著名诗人如元稹、白居易、刘禹锡、张籍、王建、吴武陵、杜牧、张祜、严绶、胡曾等竞相唱和，并为大家所倾倒；死后芳名不朽，前往凭吊者，至今络绎不绝。留下了薛涛墓、薛涛井、吟诗楼、望江楼等遗迹，供人题咏。还有薛涛笺、薛涛酒等，为骚人、逸士所沿用、所品尝，明人陈与郊还把她的事迹敷衍入传奇《鹦鹉洲》。后来又有人将《云溪友议》所载韦南康（皋）二室事，与《唐语林》所载薛涛事合而传之，名曰《重编鹦鹉洲》传奇。于是薛涛又成了戏剧人物。《唐才子传》说："薛涛流落歌舞，以灵慧获名当时，此亦难矣！"我说薛涛以她的艳史佳什，赢得千秋的芳名，就更难了。

薛涛，字洪度，随其父郧因官寓蜀，幼聪慧，晓音律。一日，父坐亭中，指着井梧示之曰："庭除一古桐，耸干入云中。"令涛续之。涛应声曰："枝迎南北鸟，叶送往来风。"其父听了，为之愀然不乐，知其将来必不贞也。不久，父卒。其母含辛茹苦，养涛及笄。善行书，工词翰，辩慧巧黠，有题花咏月之才，加以天生丽质，妙善酬酢，遂为当时的权豪名流所倾倒。韦皋镇蜀，闻其名，被召侍酒赋诗，僚佐多士，为之震惊。拟任为校书郎，护军以为不可，遂止。后因事获怒，被罚赴边。涛有《罚赴边有怀上韦相公》云："闻道边城苦，而今到始知。却将门下曲，唱与陇头儿。"并作《十离诗》以献，因得召回。其后历事武元衡、李德裕、高骈、王播以至段文昌等凡十四镇，并与元稹发生过恋爱关系。薛涛曾制深红小彩笺，先后寄诗百幅给元稹，时谓她所用的松花小笺为"薛涛笺"。她暮年屏居浣花溪，着女冠服，创吟诗楼，游息其上。及卒，适段文昌再镇成都，因为之撰墓志铭。有诗五百余首，编为《洪度集》。今《全唐诗》收其诗一卷，共八十九首。

“万里桥边女校书，枇杷巷里闭门居。扫眉才子知多少，管领春风总不如。”读了王建这首《寄蜀中薛涛校书》的诗，就可以清楚地知道这位“校书诗人”是如何为当时的诗坛所倾慕了。她的诗空灵蕴藉，新颖别致，而又情意缠绵，感慨淋漓，有一种醉人的艺术魅力。唐代张为在《诗人主客图》中把她列为“清奇雅正主”的“升堂”八人之一。明代杨慎甚至认为她那首《赴边有怀》的诗，“有讽喻而不露，得诗人之妙。使李白见之，亦当叩首。元、白之流，纷纷停笔，不亦宜乎!”杨氏的赞誉，虽然不免溢美，但至少可以说明她的诗达到了很高的艺术水平。请看她的《筹边楼》:

“平临云鸟八窗秋，壮压西川四十州。诸将莫贪羌族马，最高层处见边头。”

“筹边楼”是李德裕任剑南西川节度使时所建，四壁绘山川险要，日与熟悉边事的人运筹帷幄。果在李的任内，收复了被吐蕃占据的维州城，并一直保持着边境的安定。这首诗有描写，有议论，有感慨。首两句描写楼中所见，极言边楼之巍峨，地势之险要雄壮，是全蜀的心脏，是西川的制高点。第三句是讽喻边将不要贪图小利，轻启边衅。第四句是慨叹边事的严峻形势，外族的势力已经逼近楼头了。可谓有胆有识，有情有文，寓今昔之感、盛衰之叹于景物的描写和边事的议论之中，婉而多讽，含而不露，极曲折吞吐之妙，给人以很深的感受。有人说她“工绝句，无雌声”，从这首小诗中可以得到很好的印证。

八十二　著名女道士鱼玄机

鱼玄机，字蕙兰，又字幼微，长安人。好读书，尤工诗，甚有才思。及笄，嫁给补阙李亿为妾。夫人妒，不能容，亿乃遣送她至咸宜观为女道士。鱼玄机内心不平，有“易求无价宝，难得有心郎”（《寄李亿员外》）的怨诗，为大家所传诵。但她对李亿仍然依恋情深，旧情难割，写了很多情意缠绵的诗给他，表示自己的无限思恋之情。希望能够言归于好，破镜重圆。如“秦镜欲分愁坠鹊，舜琴将弄怨飞鸿”（《书情寄李子安》），“如松匪石盟长在，比翼连襟会肯迟”（《春情寄子安》），“聚散已悲云不定，恩情须学水长流”（《寄子安》）。缠绵悱恻，情真语挚，令人不忍卒读。特别是她那首《江陵愁望寄子安》的诗，情意之深，风韵之美，一直为人们所喜爱。诗云：“枫叶千枝复万枝，江桥掩映暮帆迟。忆君心似西江水，日夜东流无歇时。”这诗的起两句，写她在那里含情脉脉地凝望着情人的到来，视线被掩映于江桥的枫林所遮断了。一种“过尽千帆都不是”的惆怅之情袭上心头，不言“愁望”开始之时，但言江上的远帆慢慢地消失于春色苍茫之中，而“愁望”时间之长，在言语之外得到了充分的表现。结句以通俗易懂的比喻，十分形象地把自己的愁思表现了出来。通首在字面上没有一个愁字，却无处不是扣紧题目的“愁望”来抒发自己的情思的。构思的巧妙。旋律的优美，使人从中感到浓烈的醉人的艺术美来。

但覆水难收，破镜难圆，这位感情十分丰富的女诗人，痛恨自己的感情被别人所玩弄、所欺骗，因而产生一种感情的变态心理，也任情纵怀起来。她跟温庭筠和李郢的交往，就超越了一般的感情，从而引起了不少的议论。如她寄给温庭筠的诗云："珍簟凉风着，瑶琴寄恨生。嵇君懒书札，底物慰秋情"（《寄飞卿》）；"苦忆搜诗灯下吟，不眠长夜怕寒衾"（《冬夜寄温飞卿》）。她跟李郢同住在一条小巷，诗简往来，唱酬甚密，开始还是"住处虽同巷，经年不一过"（《酬李郢夏日钓鱼回见示》），后来竟发展到"西看已有登垣意，远望能无化石心"（《次韵西邻新居兼乞酒》）了。生活在封建社会里的女道士，在男女之大防上，自然要受到极大的舆论压力的。

她非常自负，认为如果自己是一个男子，以自己的才华，在文场的角逐中一枝丹桂是可以攀折到手的。她在参观新进士题名处之后，充满信心地写下了《游崇贞观南楼新及第题名处》的诗云："云峰满目放春晴，历历银钩指下生。自恨罗衣掩诗句，举头空羡榜中名。"一个"恨"字，一个"空"字，充分表现了她那豪言壮语中，包孕着一颗"鹏搏万里"的雄心。是的，在我国历史上，不是有女学士孔贵嫔、女校书薛涛、女进士林妙玉、女状元黄崇嘏么？

这位才气横溢、命途坎坷的女诗人，后因妒杀侍婢绿翘，为京兆尹温璋判处斩罪，许多在朝的文士出来为她说话，也无济于事，终于带着愧悔的心情离开了人间。

八十三　唐代女诗人的绚烂画卷

唐代这个诗歌创作的黄金时代，孕育了许多值得称道的女诗人。收入《全唐诗》的女作家就有一百零八位。其中收诗最多的是花蕊夫人的一百六十首，除《述国亡诗》外，全是宫词。其次是薛涛八十九首，鱼玄机五十首，李冶十六首，余皆不足十首。然皆怨绿愁红，荡思摇情，吉光片羽，弥足珍贵。正如《唐才子传》所说的，她们在“花雨春夜，月露秋天”的时候，“濡毫命素，写怨书怀，一语一联，俱堪堕泪”。就作者而言，有妃嫔、贵妇、宫女、侍儿、歌妓，以及商人妇、宕子妇等。清代贺贻孙《诗筏》云：“唐诗大振，妇女奴仆，无不知诗。”妇女则李季兰有诗豪之誉，薛涛有校书之称，鱼玄机、徐月英各著诗集，步非烟、崔仲庸并骋俪词，然桑濮之音耳。至于诗人妻女以诗名者，则元微之夫人裴柔之，有《赠夫之武昌》之篇；吉中孚妻张夫人，有《拜新月》之作；杨盈川侄女名容华者，《新妆》诗有“自怜终不已，欲去复徘徊”之句；杜羔妻刘氏《寄羔下第》诗，有“如今妾面羞君面，君到来时近夜来”之语。又进士孟昌期妻孙氏，为夫代笔。而宋若昭、若荀姊妹五人皆能诗，欲以学名家，不愿归人。德宗召入禁中，呼为学士，每咨经史大义；穆、敬、文三朝皆呼先生，尤奇事也。其他如葛鸦儿、薛媛、关盼盼辈，不啻百家，并垂名篇，可谓盛矣。奴仆，则咸阳郭氏之捧剑者是也。外域，则新罗王（按：名金真德，新罗王金真平之女，平卒，无子，嗣立为王）献五言《太平颂》，亦自可观；而杨奇鲲有“风里浪花吹更白，雨中山色洗还青”之句，竟是大历佳作也。“似有唐三百年，人人能诗矣！”这是唐代妇女诗歌的一篇很好的总结，它概括了有唐三百年妇女诗歌的大致轮廓。但其中的观点是值得商榷的，如以“桑濮之音”否定了李季兰、薛涛、鱼玄机、徐月英、步非烟、崔仲庸等人的作品；而详细论述和较高评价了“诗人妻女”的诗歌。从她们现存的诗歌来看，恰好是那些受压迫被打击的失意者，“郁于中而泄于外”“其歌也有思，其哭也有怀”，通过切身的感受，以“自鸣其不幸”，才写出了有真情实感的诗歌。所谓“诗穷而后工”，所谓“欢愉之词难工，穷苦之音易好”，就是这个道理。花蕊夫人写了一百五十九首《宫词》，充满了富贵气、脂粉气，以赞赏的语意，写宫中的乐事，没有什么意义，但她的“君王城上树降旗，妾在深宫那得知？十四万人齐解甲，更无一个是男儿”（《述国亡诗》），就写得很有激情，很有个性，表现出亡国的沉痛和对误国者的憎恨，一直脍炙人口，成为爱国主义的好教材，不正是因为她对于亡国之痛有切身之感吗？因此，我打算在下面介绍一些命途坎坷的作者、感情真挚的作品。

第一，历尽坎坷，遁入空门的女道士。她们都是“锦心绣口，蕙情兰性”，外为云水之游，内怀风月之思，陶写幽怀，往往发自肺腑。《全唐诗》收录的作者有鱼玄机、李季兰、元淳、海印等。除鱼玄机已有专讲外，下面再谈谈李季兰。

季兰名冶，美姿容，善弹琴，专心翰墨，尤工格律。诗人刘长卿说她是“女中诗豪”，高仲武评她是“形气既雄，诗意亦荡，自鲍昭以下，罕有其伦”（《中兴闲气集》评）。唐玄宗闻其诗才，召入宫中，优赐甚厚。她有“无才多病分龙钟，不料虚名达九重”的感恩诗。与山人陆羽、诗僧皎然，情谊甚深，唱酬甚多。她给陆羽的诗有“相逢仍卧病，欲语泪先垂”（《湖上卧病喜陆鸿渐至》）的话，可见其感情之深。皎然给她的诗有“天女来相试，将花欲染衣。禅心竟不起，还捧旧花归”（《答李季兰》，见《唐诗纪事》卷七三）。谑浪戏笑，达到如此肆无忌惮的地步，亦足以说明他们之间的关系非同一般了。她的《相思怨》写得情真意切，感人至深，可以说是她的代表作。诗云：“人道海水深，不抵相思半。海水尚有涯，相思渺无畔。携琴上高楼，楼虚月华满。弹着相思曲，弦肠一时断。”她的《八至》诗，能以寻常的景物为比，说明复杂对立的辩证关系，而又没有平板枯燥的说教意味。诗云：“至近至远东西，至深至浅清溪，至高至明日月，至亲至疏夫妻。”说明她不仅有很高的艺术修养，而且有敏锐的思辨能力。元淳《寄洛中诸弟妹》的“白发愁偏觉，归心梦独知。谁堪离乱处，掩泪向南枝”，海印《舟夜》的“举棹云先到，移舟月逐行。旋吟诗句罢，犹见远山横”，亦皆情感深厚，风韵优美，读来饶有兴味。

第二，出身微贱，生计艰难，沦为歌妓侍儿的。她们身为下贱，心比天高，偶有吟咏，便见性灵。《全唐诗》收录的作者有关盼盼、刘采春、常浩、王福娘，王苏苏、颜令宾、史凤、盛小丛、徐月英，还有不知姓名的红绡妓、太原妓、武昌妓、襄阳妓、平康妓、莲花妓、舞柘枝妓等，以及侍儿窦梁宾、程洛宾。她们都有“不能已于言”的真情要吐，都有不堪压抑的痛苦要诉，因而娓娓道来，不加雕饰，自有一种感人肺腑的真美在。限于篇幅，这里只能谈谈刘采春和徐月英。

采春，淮甸（今江苏淮安淮阴一带）人。伶工周季崇之妻，有文思，善歌唱。唐代范摅《云溪友议》说：“采春所唱一百二十首，皆当代才子所作。采春一唱是曲（指《啰唝曲》），闺妇行人，莫不涟泣。”说明她唱的内容和情调，都是十分感人的。元稹对她十分欣赏，其《赠刘采春》诗云：“言辞雅措风流足，举止低回秀媚多。更有恼人肠断处，选词能唱望夫歌。”按“望夫歌”即下面的《啰唝曲》，《全唐诗》共录其六首，这里只选三首。诗云：

“不喜秦淮水，生憎江上船。载儿夫婿去，经岁又经年。”

“莫作商人妇，金钗当卜钱。朝朝江头望，错认几人船。”

“那年离别日，只道住桐庐。桐庐人不见，今得广州书。”

这些诗都是畅抒其情，直表其意，不加藻绘，脱口而出，有着浓厚的生活气息。胡应麟《诗薮》说它“工甚，非晚唐调”，潘德舆《养一斋诗话》说它乃“天下之奇作”，管世铭甚至说“虽使王维、李白为之，未能远过”（《读雪山房唐诗抄》）。它之所以得到如此高的评价，就是因为它朴素、自然、天真、亲切，是真感情、真诗歌。

月英，江淮间的名妓。善戏谑，工诗文。曾有诗集，但已不传。《全唐诗》仅存其诗二首。相传金陵徐氏诸公子宠一营妓，死后火化，她去送葬，对徐公说："此娘平生风流，殁亦带焰。"时人传为美谈（见《北梦琐言》）。她的《叙怀》云："为失三从泣泪频，此身何用处人伦？虽然日逐笙歌乐，长羡荆钗与布裙。"真可谓身处混浊之中，心在礼仪之邦，坚贞之志，专一之诚，可表天日。"出污泥而不染"，此诗足以当之。她的《送人》诗云："惆怅人间万事违，两人同去一人归。生憎平望亭前水，忍照鸳鸯相背飞。"纯用白描，直抒胸臆，那种从肺腑中流出来的真挚感情，足以打动人的心扉，引起人的共鸣。

第三，闲居宫中，虚度年华，失去自由的宫女。她们希望能够飞出樊笼，得一佳偶，有着真正的爱情生活。要求得到这种最基本的人生权利，是应该得到广泛的支持和同情的。所以开元宫人、天宝宫人、德宗宫人、宣宗宫人，均以题诗为媒，终成良缘。相传开元中，由宫人制作棉衣，赐给边军。有人于衣中得诗曰："沙场征戍客，寒苦若为眠。战袍经手作，知落阿谁边？蓄意多添线，含情更着绵。今生已过也，愿结后生缘。"卒以白之帅，帅以报于朝。明皇以诗遍示六宫，一宫人自称万死，明皇同情她，将她嫁给得诗的边卒，并且说："朕与尔结今生缘也！"（见《全唐诗》卷七九七）。又传天宝末，洛苑的宫娥题诗于梧叶上，随着御沟流了出来。顾况见了，亦题诗叶上，泛于波中。后十余日，又于叶上得一诗云："一叶题诗出禁城，谁人酬和独含情？自嗟不及波中叶，荡漾随春取次行。"事闻于朝，这个宫娥也被遣放出宫。（见孟棨《本事诗》，但所引的诗为第一次题于梧叶上者。）又说：贞元中，进士贾全虚于御沟得一花叶，上有诗云："一入深宫里，无由得见春。题诗花叶上，寄与接流人。"全虚悲想其人，为之流泪。事被德宗知道了，乃以题诗的凤儿赐给全虚为妻。（事见宋代王铚《补侍儿小名录》）还有唐宣宗时，卢渥赴京应举，偶临御沟拾得红叶，上有诗云："流水何太急，深宫尽日闲。殷勤谢红叶，好去到人间。"后来宣宗放出部分宫女，渥得一人，即题诗红叶上的韩氏。（见范摅《云溪友议》卷十）这些都成了后世所艳称的"红叶题诗"的来源。说明人们是同情她们的，赞美她们的。

我认为上述的这些诗，才是唐代妇女诗歌中的真诗，才是唐代妇女诗歌中的精华。我不是说那些夫人、小姐们就没有好诗，像莺莺《绝微之》的“自从消瘦减容光，万转千回懒下床。不为旁人羞不起，为郎憔悴却羞郎”，陈玉兰《寄夫》的“夫戍边关妾在吴，西风吹妾妾忧夫。一行书信千行泪，寒到君边衣到无”。她们或是相国之女，或是王驾之妻，但她们的地位已经转化成了弃妇、征妇，有着不幸的生活经历，才写出了这么动人的真诗。

八十四　铁骨铮铮的衲子贯休

贯休（852—913），晚唐著名的诗僧。本姓姜，字德隐，兰溪（今属浙江）人。七岁出家，日读经书千字，过目不忘。既精释典，亦擅诗文，兼工书画。与另一诗僧处默同时剃度。“邻院而居，每隔篱论诗互吟，寻偶对。僧有见之，皆惊异焉”（《高僧传》卷三十）。他给吴越王钱镠的贺诗中，有“满堂花醉三千客，一剑霜寒十四州”之句，钱氏有称帝野心，要他把“十四州”改为“四十州”。他冷冷答道“州亦难添，诗亦难改”“闲云孤鹤，何天而不可飞”，遂拂袖而去（《全唐诗话》卷六）。后又到荆南去投奔成汭，汭希望他能传授书法。他说：“须登坛乃授。”汭大怒，将他递解到黔州。昭宗天复间，又以诗投王建，有“一瓶一钵垂垂老，千水千山得得来”之句，时人呼为“得得和尚”。建厚遇之，署号“禅月大师”。建称王后，要他吟诵自己的新作，时权贵们皆在座，他想乘机讽刺一下，乃朗吟他的《公子行》云：“锦衣鲜华手擎鹘，闲行气貌多轻忽。稼穑艰难总不知，五帝三皇是何物?”王建听了，非常赞赏，而那些权贵们却很怨恨他（见《唐诗纪事》）。从这三个故事看，他是不畏权势，铁骨铮铮的诗僧。

他的诗，有不少反映现实、讽刺现实的作品，语言平实而尖锐，思想明快而深邃，与一般的所谓“僧家本色”是大异其趣的。杨慎说他的诗“中多新句，超出晚唐”，我以为是符合他的诗歌艺术的实际的。如他的代表作《题某公宅》云：“宅成天下借图看，始笑平生眼力悭。地占百湾多是水，楼无一面不当山。荷深似入苕溪路，石怪疑行雁宕间。只恐中原方鼎沸，天心未遣主人闲。”这首诗通过对唐末“某公”豪华别墅的描写，讽刺那种不顾国计民生、只图个人享受的达官贵人。中间具体地描绘出这座别墅，近绕碧水，遥对青山，池盈绿荷，石多峥嵘，环境是那样的清幽，构筑是那样的精美，自然要暗笑自己眼界狭小，没有见过世面了。结句一转，笔力千钧，尖锐地指出在这“中原鼎沸”的形势下，老天爷恐怕不会让别墅的主人在他经营的安乐窝中，悠闲自在地享受清福吧！真是暮鼓晨钟，发人深省。这一画龙点睛之笔，是他思想深邃的表现，也是他诗艺娴熟的表现。

诗人不但善于表现重大的主题，讽刺社会上的丑恶现象；也会捕捉自然景物和生活情趣，写出富有泥土气息和人情味的东西来，给人一种清新、健康的美感。如《春晚书山家屋壁二首》云：“柴门寂寂黍饭馨，山家烟火春雨晴。庭花蒙蒙水泠泠，小儿啼索树上莺。”“水香塘黑蒲森森，鸳鸯鸂鶒如家禽。前村后垄桑柘深，东邻西舍无相侵。蚕娘洗茧前溪渌，牧童吹笛和衣浴。山翁留我宿又宿，笑指西坡瓜豆熟。”两诗勾画了一片和平丰收的景象，既是现实生活的投影，也是诗人对于宁静的和平生活的憧憬与追求。第一首诗，活画出一个顽皮的小孩，不管父母要趁着春雨抢墒春耕，一个劲儿哭着要把树上叫得正欢的黄莺儿捉来玩。这一富有生活情趣的镜头，使人很容易联想到辛弃疾《清平乐》中的“最喜小儿无赖，溪头卧剥莲蓬”的形象来。第二首的前四句，渲染山家的丰收景象和睦邻生活，桑柘满垄，邻舍相安，生气蓬勃的菖蒲，悠闲自得的水禽，给我们描绘了一幅极其生动而形象的“丰乐图”。后四句又给我们画出了一组可爱的勤劳而朴质的群像，洗茧的蚕娘，游泳的牧童，殷勤朴质的山翁，各有个性，各有特点。和衣而浴，笑着相告，把牧童和山翁写活了，大有跃然纸上、呼之欲出的快感。特别是结句巧妙，既表现了山翁对丰收在望的喜悦心情，又表现了他留客的物质基础。

八十五　与贯休齐名的诗僧齐己

齐己，俗姓胡，名得生，湖南益阳人。唐末著名的诗僧，与贯休齐名。父母早丧，七岁便为大沩山寺放牧，常取竹枝画牛背为小诗，人咸异之。与郑谷、曹松、陆龟蒙等为诗友，唱和甚多。先后在衡岳东林、江陵龙兴寺传经布道，自号“衡岳沙门”。著有《白莲集》。平生吟咏不辍，以诗自负，甚至要继承诗骚，恢复淳风：“自知清兴来无尽，谁道淳风去不还？三百正声传世后，五千真理在人间。”（《咏怀寄知己》）正因为他把自己的诗歌看作“正声”，看作“真理”，而且一定能够流传后世，所以他一直没有放弃诗歌这个武器，“余生岂必虚抛掷，未死何妨乐咏吟”（《遣怀》），“一千首出悲哀外，五十年销雪月中”（《吟兴自述》），“五七字中苦，百千年后清”（《逢诗僧》），“道出千途外，功争一字新”（《赠孙生》）。从上述诗句中，可以看到他如何爱诗成癖，如何自信必传，如何把一生的精力放在“功争一字新”中。但他这个人不趋时，不干谒，不肯向权贵折腰，所以生前并没有成为权贵们的“方外友”。他很自豪地宣称“未尝将一字，容易谒诸侯”（《自题》），“话通时事少，诗着野题多”（《渚宫莫问诗十五首》之二），“时事懒言多忌讳，野吟无主若纵横”（《偶题》）。他虽然扬言“不通时事”，也“懒言时事”，因为它“忌讳多”，怕惹祸。“行路难，君好看，惊波不在黿鼉间，小人心里藏崩湍，七盘九折寒崷崒。翻车倒盖犹堪出，未似是非唇舌危”（《行路难》）；“下浸与高盘，不为行路难。是非真险恶，翻复作峰峦”（《行路难》)。他历尽沧桑，饱经风险，知道“是非口舌”的危险，比“翻车覆盖”还要严重；小人的兴风作浪，往往“七盘九折”“翻复作峰峦”，只好隐于诗、隐于禅，“有口不他说，长年自诵经”(修睦《怀齐己上人》)了。但他的个性不允许他不谈“时事”，不允许他不关心国计民生。他认为农村的凋敝，生产的萎缩，责任完全在统治阶级，“诸侯行教化，下国自耕桑”(《村居寄怀》)，原来“耕桑”遭到了破坏，是那些地方军阀不“行教化”的恶果，他还认为兵乱不已，干戈不息，责任也全在统治阶级，“都来销帝道，浑不用兵防”(《边上》)，原来到处设防，到处筑营，是上面不行“帝道”而讲“霸道”，不尚仁义而崇武力的结果。他甚至认为唐末那个黑暗的时代，是大盗当权，大贤不容，才弄得人民受涂炭之苦，国家有累卵之危的。“国犹多聚盗，天似不容贤”(《乱中闻郑谷吴延保下世》)，就是对这种现象的揭露和控诉。他出身农家，对于农民的疾苦非常关心，非常同情。天旱了，他也像老农一样的渴望甘雨。“下土熬熬若煎煮，苍生惶惶无处处。火云峥嵘焚泬寥，东皋老农肠欲焦”(《苦热行》)，这不是《水浒传》中白胜所唱的“夏日炎炎似火烧，野田禾稻半枯焦。农夫心内如汤煮，公子王孙把扇摇”的最初的版本么？他看到农民在“苛政猛于虎”的残酷压榨下，痛苦地生活着，就愤怒地为他们控诉，为他们鸣不平。“西山中，多狼虎，去岁伤儿复伤妇。官家不问孤老身，还在前山山下住”(《西山叟》)。伤儿、伤妇，都不愿离开狼虎出没的地方，就是因为那里“官家不问”，征徭不到，这不是柳宗元《捕蛇者说》所表达的“赋敛之毒有甚于毒蛇”的思想么？特别是他所写的《耕叟》，可以说就是白居易的讽喻诗。诗云：“春风吹蓑衣，暮雨滴箬笠。夫妇耕共劳，儿孙饥对泣。田园高且瘦，赋税重复急。官仓鼠雀群，只待新租入。”这位“耕叟”冒雨顶风，种了高山上的几块瘦地，还养不活自己的儿孙，而那些“官仓鼠”却等待着新租一入，就可以大捞一把，吃得脑满肠肥，这是什么世界？哪还有老百姓的活路啊！贺贻孙说：“唐释子以诗传者数十家，然自皎然外，应推无可、清塞、齐己、贯休数人为最，以此数人诗，无钵盂气也。”(《诗筏》)我以为，没有“钵盂气”，当以齐己、贯休为最，虽皎然亦当退避玉舍，等而下之，就更不用说了。但昔贤总是高度评价皎然，而贬抑齐己、贯休，如严羽《沧浪诗话》说："释皎然之诗，在唐诸僧之上。"范氏《对床夜话》说："唐僧诗，除皎然、灵彻三两辈外，余者率皆衰败不可救，盖气宇不宏而见闻不广也!"那么，请看："谁云有句传天下，自愧无心寄岭南"（《荆渚感怀寄僧达禅》），"岁月已残衰飒鬓，风骚犹壮寂寥心"（《寄酬秦府高推官辇》），"别兴偶随云水远，知音本自国风高"（《喜得自牧上人书》），能说"气宇不宏而见闻不广"么？这只能说明时代的审美意识和个人的审美趣味，是要打上时代和阶级的烙印的。我认为与他同时的诗僧尚颜的那首《读齐已上人集》的诗，可以作为我们评价他的诗歌的参考。诗云："诗为儒者禅，此格的惟仙。古雅如周颂，清和甚舜弦。冰生听瀑句，香发早梅篇。想得吟成夜，文星照楚天。""外禅内儒"，确实是齐已的思想本质；清和古雅，也是他诗歌的艺术特点。这里所提《早梅》诗和"听瀑"句，因为他人的评论比较多，我这里就从略了。

八十六　唐代三大怪僧

刘禹锡说："释子诗，因定得境，故清；由悟遣言，故慧。"辛文房说："故有颠顿文场之人，憔悴江海之客，往往裂冠裳，拨矰缴，杳然高迈，云集萧斋。……佳句纵横，不废禅定；岩穴相迩，更唱迭酬，苦于三峡猿，清同九皋鹤，不其伟欤!"（《唐才子传》卷三）他们用"清""慧""苦"来概括"释子诗"的风格特点，从皎然、贯休和齐己的大部分诗歌来看，从王梵志、寒山、拾得的个别篇章来看，还是有道理的。如王梵志的"我昔未生时，冥冥无所知。天公强生我，生我复何为？无衣使我寒，无食使我饥。还你天公我，还我未生时。"自是"由悟遣言"的典范，当然是"慧"之至了。故皎然《诗式》把它列入"跌宕格"的"骇俗品"中。寒山的"若有人兮山楹，云卷兮霞缨。秉芳兮欲寄，路漫漫兮难征。心惆怅兮狐疑，蹇独立兮忠贞。"则是"因定得境"的产物，可谓"清"之至矣。故许顗《彦周诗话》以为"虽使屈、宋复生，不能过也"。朱承爵《存余堂诗话》也说这首诗，"昔人以为无异《离骚》。寒山子，唐人。岂亦楚狂沮、溺之流欤!"拾得的诗歌，在艺术性方面不及寒山和王梵志，观其"少年学书剑，叱驭到荆州。闻伐匈奴尽，婆娑无处游。归来翠岩下，席草玩清流。壮志志未骋，猕猴骑土牛"的诗，殆亦"颠顿文场之人，憔悴江海之客"和"楚狂沮、溺之流"？可谓"苦"之至了。

我们说他们是唐代三大怪僧，是因为不知其所来，也不知其所往，甚至连一个真姓名也没有留下来。关于他们的生平，传说都极其荒诞，充满了神秘色彩。《太平广记》卷八十二说王梵志是从朽烂的树瘿中抱胎而出的，被一个名叫王德祖的收养成人。因其生之者木，养之者王，所以叫王梵志。《太平广记》卷五十五说："寒山子者，不知其名氏。大历中，隐居天台翠屏山。其山深邃，当暑有雪，亦名寒岩。因自号寒山子。"《全唐诗》卷八百零七说："丰干禅师游松径，徐步赤城道上，见一子，年可十岁，遂引至寺。"这孩子就是拾得。这些传说，自然是不可信的。

他们的诗歌，大都是宣传人生无常、富贵无时、不如修行免除烦恼的虚无主义。语言鄙俚，议论浅近，思想性和艺术性都是不足取的。拾得就说过："我诗也是诗，有人唤作偈。诗偈总一般，读时须子细。"寒山也说："有个王秀才，笑我诗多失。云不识蜂腰，仍不会鹤膝。平侧不解压，凡言取次出。我笑你作诗，如盲徒咏日。"拾得承认自己的诗是"偈"，寒山反讥别人的诗是"盲徒咏日"，但也承认自己的作品，是平侧不调，语言鄙俗，犯了所谓"蜂腰""鹤膝"的毛病。如果用诗歌艺术的一般标准来衡量，他们的作品只能说是"偈"而不是诗。如王梵志的"兄弟须和顺，叔侄莫轻欺""好事须相让，恶事莫相推"一类的"劝世文"，寒山的"男儿大丈夫，作事莫莽鲁。劲挺铁石心，直取菩提路。邪路不用行，行之枉辛苦"一类的"警世歌"，拾得的"银星钉称衡，绿丝作称纽。买人推向前，卖人推向后。不顾他人怨，唯言我好手。死去见阎王，背后插扫帚"一类的"醒世谣"，完全是劝人为善的"道情诗"，所以他们都有一首为自己捧场的歌谣。王梵志说："家有梵志诗，生死免入狱。不论有益事，且得耳根熟。"寒山说："凡读我诗者，心中须护净。悭贪继日廉，谄曲登时止。驱遣除恶业，归依受真性。今日得佛身，急急如律令。"过去有人说他们的诗，"其言虽俚，其理归真"，有的研究工作者，还把它们捧为精神文明建设的好教材，我看是有些离谱了。叶梦得《石林清话》说："近世僧学诗者极多，皆无超然自得之气，往往反拾掇摹仿士大夫所残弃。又自作一种僧体，格律尤凡俗，世谓之酸馅气。"贺贻孙《诗筏》说释子诗大都有钵盂气："释子诗兴趣索然，尺幅易窘，枯木寒岩，全无暖气，求所谓纵横不羁、潇洒自如者，百无一二，宜其不能与才人匹敌也。"我觉得王梵志、寒山和拾得的诗，充满了"酸馅气"和"钵盂气"，

"格律凡俗""兴趣索然"，是佛教徒劝人为善、劝人修行的宣传品。除了个别的篇章外，是压根儿不能算诗的。但他们的名气很大，近来有的评论者又把他们捧得很高，所以在这里略作介绍，以备一格。

八十七　最早师法李商隐的诗人

唐彦谦，字茂业，晋阳（今山西太原）人。博学多艺，文词壮丽，善书画，擅音乐。举进士十余年不第，因隐居于孟浩然隐居过的鹿门山，自号鹿门先生。有《忆孟浩然》和《过浩然先生墓》的诗，对孟浩然极尽推崇之意。诗云："句搜明月梨花内，趣入春风柳絮中"，"行客须当下马过，故交谁复裹鸡来"。又有《和陶渊明贫士诗七首》，有"为农倘可饱，何用出柴关""低头拜野老，负米吾愿从"之句。大抵文场失意，想要学习孟隐鹿门，陶归田园。直到中和年间，王重荣镇河中，辟为从事，历节度副使，晋、绛两州刺史。著有《鹿门集》。

他的诗写得很有文采，很有韵味，用典贴切，属对工巧，是最早师法李商隐的一个诗人。计有功说他能"尽"李商隐的"一体"，杨慎也说"唐彦谦绝句，用事隐僻，而讽喻悠远似李义山"。因此宋代摹仿李商隐的"西昆体"诗人，都非常喜欢他的诗。叶梦得《石林诗语》说："杨大年、刘子仪皆喜唐彦谦诗，以其用事精巧，对偶亲切。黄鲁直诗体虽不类，然亦不以杨、刘为过。"看来唐彦谦是有意学李商隐的，而且学得很成功。李商隐的《无题》诗写得很美，很蕴藉，很有韵味，他的《无题十首》也是这样。如"寻芳陌上花如锦，折得东风第一枝""满园芳草年年恨，剔尽灯花夜夜心""多情惊起双蝴蝶，飞入巫山梦里来"等句，无论从抒情性还是音乐性来看，都是和李商隐很接近的。李商隐的"咏史诗"把抒情、写景和议论熔于一炉，文采斐然，兴味无穷，唐彦谦的"咏史诗"也是如此。如《仲山》的“千载遗踪寄薜萝，沛中乡里旧山河。长陵亦是闲丘垅，异日谁知与仲多”，《长陵》的“丰上旧居无故里，沛中原庙对荒丘。耳闻明主提三尺，眼见愚民盗一抔”，置之义山诗中，是可以乱真的。虽然“耳闻明主”一联，被叶梦得讥为“虽是着题，然语皆歇后”，明代谢榛亦讽之为“歇后郑五”，但宋代陈岩肖《庚溪诗话》为他辩护说：“余按《汉高帝纪》曰：‘吾以布衣，以三尺取天下。’又《韩安国传》高帝曰：‘提三尺取天下者，朕也。’皆无‘剑’字，唯注曰：‘三尺，谓剑也。’出处既如此，则诗家用其本语，何为不可?”说明“提三尺”“盗一抔”，是不足为病的。李商隐七律的中间两联，善于用事，工于属对，音韵铿锵，文采绚烂，一直为人民所称颂。唐彦谦的七律也是光彩夺目，韵味悠然，如“貔貅扫尽无三户，鸡犬归来识四邻”（《新丰》），“山云不卷云自薄，天气欲寒人正归”（《晚秋游中溪》），“万事渐消闲客梦，一年虚白少年头”（《寄陈少府兼简叔高》），“南望水连桃叶渡，北来山枕石头城”（《游清凉寺》），“登高有酒浑忘醉，慨古无言独倚楼”（《金陵怀古》），“愁牵白发三千丈，路入青山几万重”（《道中逢故人》）诸联，读起来恍如吟诵李商隐的佳句，口角噙香，空际来音，给人以无限的美的享受。

诗人也还有一些反映当时阶级矛盾的诗，深刻地揭露了晚唐统治阶级的横征暴敛，造成“民不堪命”的社会悲剧。如他的《采桑女》云：“春风吹蚕细如蚁，桑芽才努青鸦嘴。侵晨探采谁家女，手挽长条泪如雨。去岁初眠当此时，今岁春寒叶放迟。愁听门外催里胥，官家二月收新丝。”这首七言古诗，以生动形象的语言，用“细如蚁”描绘刚刚由卵孵化出来的蚕，用“青鸦咀”形容刚刚吐出嫩芽的桑，这是为结句作的第一层铺垫。然后写低温天气，桑叶放迟，采桑女儿的焦灼之状，用人物的动作描写与心理刻画相结合的手法，突出了采桑女的愁苦形象。这是为结句作的第二层铺垫。然后以“点睛”之笔，尖锐地揭露封建统治阶级对人民的残酷剥削，暗示出采桑女“手挽长条泪如雨”的原因，就是由于“官家二月收新丝”的横征暴敛。力透纸背，余音绕梁，耐人回味和想象。

八十八　“为他人作嫁衣裳”的悲叹

秦韬玉，字仲明，一作字中明，京兆长安（今陕西西安）人。少有辞藻，擅长吟咏，曾游衡阳入洞庭，有句云“岚收楚岫和空碧，秋染湘江到底清”（《全唐诗》题作《长安书怀》），号为绝唱，由是知名，每有诗成，人争传诵。但为人急于进取，谄事宦官田令孜，被推荐为工部侍郎，特赐进士及第，时谓“对军解头”，因为他曾经做过田令孜的神策判官，所以人们给他取了这个“诨号”。但他自己却很得意，写信给他的同榜进士说：“三条烛下，虽阻文闱；数仞墙边，幸同恩地。”（《全唐诗话》卷五）前一联说他曾经参加进士考试失败，后一联庆幸自己侥幸得掇巍科。这种侥幸的心情，在他的诗歌中往往情不自禁地流露了出来，如“会致名津搜俊彦，是张愁网绊英雄”“若使重生太平日，也应回首哭途穷”（《寄怀》）。这还比较老实地承认自己是在政纲废弛、法纪破坏的唐末乱世，才浑水摸鱼捞到了现在的“官”和“名”的；要是生活在政治清明的太平盛世，恐怕也只有痛哭穷途了。比起他在《寄李处士》的诗中，把自己打扮成“要路强干情本薄，旧山归去意偏长”的淡于功名的人，要老实得多了。

他的诗典丽工整，与温庭筠的风格相近。如《春雪》的“片才着地轻轻陷，力不禁风旋旋消”，《春游》的“小梅香里黄莺啭，垂柳阴中白马嘶”，《燕子》的“曾与佳人并头语，几回抛却绣工夫”等句，写得工丽蕴藉，颇有文采，但不免失之纤弱。他现存的诗只有三十六首，其中有三十首是七言律诗，说明他是很擅长七律这一形式的。

他也写了一些反映现实的诗，对权贵们的腐化生活有所揭露，对劳动人民的被压迫被剥削有所同情，或借历史来讽喻现实，或借咏物来寄托感情。说明人的思想是复杂的，我们是不可以人废言的。如《织锦妇》云：“桃花日日觅新奇，有镜何曾及画眉？只恐轻梭难作匹，岂辞纤手遍生胝？合蝉巧间双盘带，联雁斜衔小折枝。豪贵大堆酬曲彻，可怜辛苦一丝丝。”写出了这位织锦的劳动妇女，费尽心机，使锦上的花样翻新；终日操作，不辞纤手生胝，而织出来的美锦，被权贵们拿去买笑，拿去作缠头之资。诗的字里行间，流露出对劳动人民的无限同情，对权贵们的无情揭露。这种感情还表现在他写的《豪家》和《贵公子行》中，他们奢侈到“地衣镇角香狮子，帘额侵钩绣辟邪”，他们发展到“四邻池馆吞将尽，尚自堆金为买花”，他们并不是有什么本领，而是依仗祖先的权势编织起来的一张“关系网”，所谓“主人公业传国初，六亲联络驰朝车，斗鸡走狗家世事，抱来皆佩黄金鱼”。好家伙！斗鸡走狗，成了他们祖传的专业游戏；抱在怀里，就佩上了标志着高官厚禄的“黄金鱼”，而那些有才华的知识分子呢？“却笑儒生把书卷，学得颜回忍饥面”，这就是唐末的社会缩影，也是秦韬玉诗歌中民主性的精华。

他的代表作是那首脍炙人口的《贫女》。它以富有个性的语言，揭示出贫女内心深处的痛苦。表面上是写贫女的抑郁和牢骚，实际是“语语为贫士写照”，语语是借贫女来倾诉作者的抑郁心情，对当时社会不合理的现象表示不满。语意双关，含蕴丰富，越咀嚼越觉得意味深长。诗云：“蓬门未识绮罗香，拟托良媒意自伤。谁爱风流高格调，共怜时世俭梳妆。敢将十指夸针巧，不把双眉斗画长。苦恨年年压金线，为他人作嫁衣裳。”这简直是一篇《士不遇赋》，一种怀才不遇、寄人篱下的苦闷，通过贫女的形象恰切地表达了出来。不卑不亢，不粘不脱，句句是贫女的自伤，又句句是贫士的自负和自哀。这种比拟来源于当时社会的现实生活，既有典型意义，又有具体内容。贺裳以为此诗“弄姿处亦有小翮试风之态”“遂为古今口舌”（《载酒园诗话》又编），顾元庆以为秦韬玉善于“状富贵之象于目前”（《夷白斋诗话》）。我觉得诗人不是“小翮试风”，而是“大鹏展翅”；不惟能“状富贵之象于目前”，亦能“抒寂寞之情于言外”。特别是诗的最后一结，贫女终于突破抑郁和窒息的重压，强有力地喊出了“苦恨年年压金线，为他人作嫁衣裳”的慨叹！喊出了千百年来贫苦妇女的心声，也喊出了千百年来穷苦知识分子的不平之鸣。内含的丰富，社会意义的深广，是很不容易达到的一种境界。

八十九　秋风万里芙蓉国

谭用之，字藏用，生卒仕里不详。唐五代末人。据说他是“善为诗而官不达”的人，他大概既落魄江湖，又心存魏阙；既自负才高，又不甘寂寞。诗中常常流露出来一种极端矛盾的心情，如“无地可归堪种玉，有天教上且乘槎”（《别江上一二友生》），“未开水府珠先见，不掘丰城剑自辉”（《寄阎记室》），“时人莫笑非经济，还待中原致太平”（贻南康陈处士陶》），“天从补后星辰稳，海自潮来岛屿深”（《寄徐拾遗》）。上述的第一联，强烈地表示一有机会，便要“乘槎上天”，做一番轰轰烈烈的事业，第二联是非常自负地把自己比作藏在水府的夜明珠，埋在地下的丰城剑，它的光辉是无论如何也掩盖不住的。第三联以“致太平”为己任，认为自己是很有政治经济的才能的。第四联明确表示对新朝满怀着希望，惊天动地的政治浪潮过去之后，新的秩序已经建立起来了，自己可以大展骥足，实现“横行总是男儿事”的梦想了。然而现实对他是非常严峻的，他到处碰壁，到处挨人家的白眼，别人都飞黄腾达了，而他却还是一个老布衣。“相逢尽是云霄客，应笑歌牛一布衣”（《寄阎记室》），“尘埃满眼人情异，风雨前程马足劳”（《别洛下一二知己》），“计拙耻居岩麓老，气狂惭与斗牛平”（《别何处士陵俊老》）。他看到了世情的冷暖，气冲牛斗，然而有什么办法呢？只好作一个隐士，做一个高士，“燕歌别后休惆怅，黍已成畦菊已开”（《寄王侍御》），“谁人为向青编上，直傍巢由写一名”（《别何处士陵俊老》）。既然做不成饭牛的宁戚，那就只好做隐居岩穴的巢父、许由了。这也许就是诗人真正的归宿，所以他的生平事迹不为人所知，载籍上什么也没有留下来。

他现存诗四十首，全都是七言律诗，长于写景抒情，写得工整流畅，极有韵致，与温、李的诗风有些相近。其代表作《秋宿湘江遇雨》，为湖南的清秀河山描绘出一幅醉人的“湘江秋雨图”。后人称湖南为“芙蓉国”，最早的典故可能就是这首诗中的名句“秋风万里芙蓉国”了：

“湘上阴云锁梦魂，江边深夜舞刘琨。秋风万里芙蓉国，暮雨千家薜荔村。乡思不堪悲橘柚，旅游谁肯重王孙？渔人相见不相问，长笛一声归岛门。”

诗人以抒情的笔调，纾徐的旋律，在壮阔的画面上，抹上了诗人主观的抑郁怅惘之情，给人以美的享受和秋的悲伤。阴云密布，暮雨将临，景象是令人烦闷的；而枕戈待旦，闻鸡起舞，意气是风发的。一冷一热，一沉闷一开朗，互相映衬，更加烘托出诗人忧时爱国的高大形象。接着又以极度的夸张，绚烂的色彩，描绘出“芙蓉国”的醉人美景，把诗人的欣喜之情在画面之外表现出来。如果说“秋风万里”一联主要是写景，那么“乡思”一联，主要就是抒情。橘柚是生于南国的嘉果，这里既是即景生情，又是拿橘的“受命不迁”比喻自己的高尚情操；王孙，这里是指隐士，因为淮南小山的《招隐士》有“王孙游兮不归，芳草生兮萋萋”的句子，所以诗人借以抒发自己怀才不遇之感。结句饶有远神，言有尽而意无穷，巧妙地运用屈原《渔父》中的“渔父莞尔而笑，鼓枻而去”“不复与言”的句意，创造了一种高远幽深的境界，给读者留下了充分的想象余地。诗人不被理解的苦闷，不被重视的悲哀，报国无门的感慨，思乡有梦的愁思，都在这看来十分平淡的结句中，曲折而含蓄地表现了出来。语少意丰，言近旨远，耐人寻味，不愧为晚唐七律的佳作。

九十　伪托一些著名诗人的理论著作

由于唐代诗歌的高度繁荣和发展，诗人们在创作实践中积累了丰富的经验，创造了多姿多样的新诗体。为了使这些经验上升为理论，使这些新诗体在句式、声律、对偶和意境诸方面更加完善，以皎然、司空图为代表的诗歌理论家，在陈子昂、李白提倡汉、魏风骨，批判齐、梁以来的艳丽绮靡诗风之后，冷静地思考了齐、梁以来的作者在诗歌艺术上所作的历史贡献，总结和概括了以王、孟为代表的山水诗派的艺术经验。与他们的诗歌理论互相呼应，互为补充的，还有一批被认为是伪托的诗歌理论作品。《四库全书总目提要》说："李峤、王昌龄、皎然、贾岛、齐己、白居易、李商隐诸家之书，率多依托，鄙俗如出一手。"然而这些理论著作，在诗歌发展史上有着不可否认的积极影响，其内容又大多为遍照金刚的《文镜秘府论》所引用，后又收入南宋蔡传的《吟窗杂录》，其中接闻异辞，真伪参半，似非全部伪托。即令伪托部分，亦系唐人之作，故略加绍介如下：

（一）托名李峤的《评诗格》。此书先后收入蔡传的《吟窗杂录》、胡文焕的《诗法统宗》和顾振龙的《诗学指南》中，但陈振孙在他的《直斋书录解题》中提出"峤在昌龄之前，而引《昌龄诗格》八病，亦未然也"，说明宋人已经指出其为伪托。今考《文镜秘府论》所引唐代的新定诗体，十之八九与本书同，说明它对唐人新体诗的定型化、规范化做过重要的贡献。这本书也谈对偶、谈句法和章法，如说"诗有九对""诗有四离”之类。它的体例是：先名称，次释义，再举例，如说“诗有十体”，“一曰形似，谓貌其形而得其似也。诗曰：‘风花无定影，露竹有余清’。”它的可贵处，是它突破了对偶、句法等形式的框架，而对内容方面提出了恰当的要求，如“诗有十体”中就有“质气”“情理”“情切”“精华”四体是从内容着眼的。其中的前两体完全符合全书的体例，如“二曰质气，谓有质骨而依其气也。诗曰：‘霜峰暗无色，雪复白登道。’”“三曰情理，谓叙情以入理致也。诗曰：‘游禽知暮返，行路独未归。’”后两体则只有名称和例句，如“九曰情切，诗曰：‘猿声出峡断，月影落江寒。’”“十曰精华，诗曰：‘青田拟驾鹤，丹穴欲乘风。’”校以《文镜秘府论》地卷“十体”，知第二体“质气”的例句，应是“雾烽暗无色，霜旗冻不翻。雪复白登道，冰塞黄河源”，传抄将两联误合为一联，因而意义难明，对偶不伦。第九体“情切”，应补释义“词情而切者也”；第十体“精华”，应补释义“谓得其精而忘其粗也”。产生这种现象的原因，不是传抄者的有意删节，就是原书的残缺不全。这是我们读这本书所应当注意的。此外，我们还应该知道这本书的缺点是罗列概念，列举诗证，而缺乏比较详细的论述，以致概念不清，旨意难明，因而对诗歌创作缺乏具体的指导意义。

（二）托名王昌龄的《诗格》。此书又名《王少伯诗格》，《新唐书·艺文志》、陈振孙《直斋书录解题》均把它著录于文史类，《唐文续拾》卷十六空海（遍照金刚）《献书表》中有王昌龄《诗格》一卷，并云：“古诗格等虽有数家，近代才子切爱此格。”说明它在当时的诗坛中是受到重视的。据罗根泽及日人小西甚一的考证，《文镜秘府论》的“王氏云”“或曰”都是引用王昌龄的意见，如该书的天卷“调声”一则，地卷“体势”一则，南卷“文意”一则，均从王氏《诗格》中录出，此书的编辑距王氏之死不及五十年，它所提供的资料应该是可信的。《唐才子传》亦说王氏“又述作诗格律、意境、体例共十四篇，为《诗格》一卷，《诗中密旨》一卷”。可见此书中确有王氏在诗歌创作实践中所总结出来的宝贵经验，可能是向他问诗的弟子或时人所作的笔记。今观其所论述，有些见解是很有价值的。如认为“意是格，声是律。意高则格高，声辨则律清”，自觉地把“意”和“格”联系起来考察，就是诗歌美学的一个进步。又如把诗的境界分为物境、意境和情境，把诗的品格分为生思、感思和取思，把诗的宗旨分为立意、有以和兴寄，把诗的趣向分高格、古雅、闲逸、幽深和神仙，把诗的用例分为用字、用形、用气、用势和用神，并认为诗歌创作“不深则不精”“不奇则不新”“不正则不用”，从而提出诗歌创作有十七势，对起句、落句以及一联两句之间如何贯串、如何呼应，都提出了自己的见解，对于诗歌艺术的提高，显然起到了积极的作用。

（三）托名白居易的《金针诗格》。晁公武《郡斋读书志》云：“白居易自谓与刘禹锡、元稹，皆以诗知名。撮诗之体要为一格。病得针而愈，诗亦犹是也，故曰《金针集》。”但因未被《唐书·艺文志》所著录，一直被后人疑为伪托。平心而论，此书可能有后人羼杂增补的地方，恐非全系伪托。理由之一是：魏泰《隐居诗话》卷八引范温《诗眼》云：“世俗谓乐天《金针集》殊鄙浅，然其中有可取者，如‘炼句不如炼意’，非老于文学者不能道此。”（案今本《隐居诗话》无此条）张戒《岁寒堂诗话》卷上亦云：“乐天云：‘说喜不得言喜，说怨不得言怨’，乐天特得其粗耳。”这里所引乐天的话，分别见于《金针诗格》的“诗有四炼”和“诗有义例七”中，后一句的文字略有差异。魏泰系北宋人，张戒系南宋人，可见两宋时代还是确认这本书的著作权是属于白居易的。理由之二是：白居易有不少同类性质的著述，作为时人从事某种文学样式的学习资料。如曾杂采成语故实为《经史事类》三十卷，以备作文之用；揣摩当世之事，为《策林》四卷，以为应制之资；编辑《甲乙判》二卷，以供书判的借鉴。那么，在诗歌艺术方面，欲以“金针度人”而编辑《金针诗格》，就更加顺理成章了。理由之三是：这部诗歌理论的篇幅虽然很小，仅二十一条，但确有许多精到之论，似非白氏莫办。如说“诗有内外意”，“内意欲尽其理，理谓义理之理”，“外意欲尽其象，象谓物象之象”；“诗有四炼”，“炼字、炼句、炼意、炼格。炼句不如炼字，炼字不如炼意，炼意不如炼格”；“诗有四得”，“一曰句欲得健，二曰字欲得清，三曰意欲得圆，四曰格欲得高”；“诗有五忌”，“一曰忌格懦，二曰忌字俗，三曰忌才浮，四曰忌理短，五曰忌意杂”；“诗有四失”，“一曰失之太喜，其思放；二曰失之太备，其思躁；三曰失之太哀，其思伤；四曰失之太乐，其思荡”；“诗有二家”，“一曰有诗人之诗，二曰有词人之诗。诗人之诗雅而正，词人之诗才而辩”。这些论点，虽然打上了儒家“诗教”的印记，但对于诗美学的开拓与提高，是有积极意义的。

（四）伪托贾岛的《二南密旨》。此书《直斋书录解题》著录于集部文史类，《四库全书》收于集部诗文评类。它在“论六义”中云：“歌事曰风，布义曰赋，取类曰比，感物曰兴，正事曰雅，善德曰颂。”虽无新意，颇为简明。在“论立格渊奥”中云：“诗有三格：一曰情，二曰意，三曰事。”“外感于中而形于言，动天地，感鬼神，无出于情，三格中情最切也。”强调“情”在诗歌创作中的重要意义，是很有见解的，然而其中陈腐穿凿者甚多。

（五）托名齐己的《风骚旨格》。中晚唐以后出现各种“诗格”的论著，大都从字法、句法着眼，而它却把眼光移到“诗格”上来，谓“诗有六义”“诗有十体”“诗有十势”“诗有二十式”“诗有四十门”“诗有六断”“诗有三格”等八个部分。其中“十体”“十势”“二十式”“六断”“三格”，是谈创作的方法；“四十门”是说诗歌的题材，这些都表现了它的首倡精神。可惜所有这些，都只有细目和例句，而没有说明和论证，不免有些模糊含混。加以分类不清，义界不明，每多重复错出的地方，如“背非”分别列于“十体”和“二十式”中，“是非”“清洁”又重见于“十体”和“四十门”内。且其所列细目，每多臆造，难免穿凿，正如《蔡宽夫诗话》所说的：“唐末五代流俗，以诗自名者，多好妄立格法……甚至有狮子跳掷、毒龙顾尾等势，览之使人拊掌不已。”就是针对它的“诗有十势”说的。但它认为“上格用意，中格用气，下格用事”，把立意放在艺术的最高境界，推演皎然《诗式》的余绪，则是值得肯定的。

其他，尚有李弘宣的《缘情手鉴诗格》、虚中的《流类手鉴》、徐衍的《风骚要式》、王玄的《诗中旨格》和王梦简的《诗要格律》等，虽不无胜义，然皆非伪托，故不在此具论。

九十一 《唐人选唐诗》的审美标准

唐人选的唐诗，现存的只有敦煌石窟发现的《唐写本唐人选唐诗》、元结的《箧中集》、殷璠的《河岳英灵集》、芮挺章的《国秀集》、令狐楚的《御览诗》、高仲武的《中兴间气集》、姚合的《极玄集》、韦庄的《又玄集》、韦縠的《才调集》和无名氏的《搜玉小集》十种。此外，还有一个残本《翰林学士集》。他们选材的标准和角度各不相同，但却是当代人选当代的诗，反映了唐人的审美意识，对于研究诗歌的艺术的发展是很有价值、很有意义的，特别是元结、殷璠、高仲武和姚合的选本，更值得我们重视。

《唐写本唐人选唐诗》是一个残卷，书名及编者已无可考。入选的作家，今存者只有李昂、王昌龄、丘为、陶翰、李白、高适等六人，皆开元、天宝间的诗人，当为唐人最早的选本。所选的诗现存者只有七十四首，其中颇多佚诗，可以作为辑佚、补订的宝贵资料。

《箧中集》也是唐人选唐诗中较早的一种。入选的作家仅沈千运、王季友、于逖、孟云卿、张彪、赵微明、元季川等七人的诗共二十四首。编者是针对当时“拘限声韵，喜尚形式”的诗风，欲让“独挺于流俗之中，强攘于已溺之后”的诗作占领当时的诗坛，故其入选的作品，是多与编者诗风相近的现实主义诗歌。

《河岳英灵集》是一部很有影响的选本，入选的作家二十四人，作品二百三十四首。对每一个作家都有中肯的评论，并指出其独特的艺术风格。他根据自己的审美标准来决定诗歌的取舍，认为“王维、昌龄、储光羲等二十四人，皆河岳英灵也”，乃以《河岳英灵》为名。并认为诗歌创作有“神来”“气来”“情来”之分，有“雅体”“野体”“鄙体”“俗体”之别，诗自齐、梁以来，“都无兴象，但贵轻艳”，“专事拘忌，弥损厥道”。至开元以后，“声律风骨始备”，因而要“删略群才”，提倡“雅调”，编辑一部“既娴新声，复晓古体，文质半取，风骚两挟”（以上引文均见《河岳英灵集序》及《集论》）的风骨遒劲、宫商明协的选本来。从他对入选作家所作的品评中，可以清楚地看出其审美趣味。如谓王维的诗是“词秀调雅，意新理惬，在泉为珠，着壁成绘”；说孟浩然的诗是“文采芊茸，经纬绵密，半遵雅调，全削凡体”；评储光羲的诗是“格高调逸，趣远情深，削尽常言，挟风雅之迹，浩然之气”；论高适则说“多胸臆语，兼有气骨”；言岑参则曰“语奇体峻，意亦造奇”。可见殷氏的审美标准，是格、是调、是意、是理、是趣、是情、是文采、是胸臆语，是削尽常言和凡体。换言之，就是声律与意境的统一，文采和风骨的统一，也就是内容与形式的统一。

《国秀集》共收作家八十五人，作品二百十八首，前有楼颖所作的序，盖欲“谴谪芜秽，登纳菁英”，故尔“巡采风谣，旁求侧陋”，自谓只看作品的好坏，不问地位的高低，所谓“道苟可得，不弃于厮养；事非适理，何贵于膏粱”（《国秀集序》）。今观集中所选，确有名不见经传的作者，说明他是忠实于自己的声明的。

《御览诗》又名《元和御览》《唐歌诗》《先进集》，入选作家三十人，作品二百八十九首，全系律、绝等近体诗，是给当代的君主看的，编者微寓讽喻之意，所以选入卢纶的三十二首、李益的三十六首，以及其他的入选作品，大抵诉征戍之怨，乡关之思，以示黩武开边给人民带来的灾难，从而引起君主的反思。

《中兴间气集》选入了安史乱后，所谓中兴时期的诗歌，体例与《河岳英灵集》略同，多数入选作者都有所评骘。共选入诗人二十六，作品一百三十二，要求“体状风雅，理致清新，观者易心，听者竦耳”，故以“体格新奇，理致清赡”的钱起，“齐衡古人，掩映时辈”的郎士元，分别列于上、下卷之首。但在筛选和品题中，往往重形式而轻内容，阿所好而贬所恶，唐人郑谷批评说：“殷璠裁鉴《英灵》集，颇觉同才得旨深。何事后来高仲武，品题《间气》失公心?”（《读前集》）此书贬低号称“五言长城”的刘长卿（文房）的诗是“虽不新奇，甚能炼饰。十首以上，语意稍同，于落句尤甚，此其短也”，而对于钱起、郎士元，一则曰“前有沈、宋，后有钱、郎”；再则曰“芟齐、宋之浮游，削陈、梁之靡曼，迥然独立，莫之与京”，“谓谢朓工于发端，比之于今，有惭沮矣”。把钱、郎比之于奠定七绝、七律这一新体诗的形式的沈佺期、宋之问，并认为郎士元在“工于发端”上超过了李白所推崇的谢朓，钱起的诗在当时是“莫之与京”的，这就是郑谷批评他的“失公心”，王士祯指责他的“不解雌黄”了。

《极玄集》的入选作家二十一人，作品九十九首。除诗僧四人外，大都附有小传，一般包括籍贯、字号、科第、仕籍，树立了诗歌总集附作者小传的先声。自谓入选的作者“皆诗家射雕手也”（《极玄集自序》），元人蒋易亦说他选诗识鉴甚精，去取甚严。

《又玄集》，编者自谓收入“才子一百五十人，名诗三百篇”，皆是“诗中鼓吹，名下笙簧”的清辞丽句。韦庄继承姚合选诗之旨，沙之汰之，精益求精，所谓“颔下采珠，但求十斛；管中窥豹，但取一斑”（《又玄集序》）。惜其对作品未加品题，对作家未附小传，仅录白文，以致他的诗学审美观比较隐晦。

《才调集》共十卷，入选作家一百八十余人，作品一千首，是唐人选唐诗中篇幅最大的一个。自谓“暇日因阅李、杜集，元、白诗，其间天海茫茫，风流挺特，遂摭采奥妙，并诸贤达章句，不可备录，各有编次”。实际上杜甫的诗一首也没有入选，王维、高适、岑参、沈佺期、王昌龄等入选的诗每人也不过三五首，晚唐诗人入选的作品则较多，温飞卿六十一首，韦庄六十三首，杜牧之三十三首，李商隐四十首，说明编者是偏爱晚唐那种伤感绮丽之诗风的。可惜它在编辑中次序混乱，前后重出，甚至把不是诗的词和赋也选了进来。

《搜玉小集》，实际上只选作者三十四人，作品六十二首。所选的题材，一是塞外风光和边戍生活，二是闺中的春怨秋恨，三是催妆、剪彩、观灯、满月一类的作品，可见编者的审美情趣。

这些选本，在今天看来，虽然不够理想，但却反映了唐人的审美理想和审美标准，他们对于诗歌创作中的神、理、情、趣和格、调、声、律，以及改变常言凡体、独立创新的精神，是十分重视的，在诗美学的发展方面具有很高的研究价值。

九十二　吴兢的《乐府古题要解》

吴兢（670—749），汴州浚仪（今河南开封）人。曾任谏议大夫，兼修文馆学士，撰有《贞观政要》十卷四十篇，是一部很有影响的“唐初政治史”。他还与刘知几等编纂了《武后实录》，敢于秉笔直书，“人以董狐目之”。他对于文学也很有研究，所撰《乐府古题要解》两卷，采录史传及诸家文集中有关乐府古题命名缘起的记载，从命名缘起到歌词本事，以及古乐府、拟乐府的继承关系，内容与形式的异同，都有详细的疏记，搜罗甚富，一直为乐府研究者所重视。据其序言所说，他编纂此书的目的是要纠正那些对乐府古题断章取义、以讹传讹的积习，使后之学者有所“取正”的。明代毛晋在本书的“跋”中说：“其捃拾乐府故实，与正史互有异同，直堪与《国史补》并垂不朽。”兹就其书中涉及有关乐府的两大问题论述如次：

（一）解释乐府命名的缘起。乐府古题，往往不能从字面上去寻求它的本义。正如吴氏在《乐府古题要解序》所说的那样：“赠夫利涉，则述《公无渡河》；庆彼载诞，乃引《乌生八九子》。”望文生义，贻笑大方。吴氏博采古籍，疏记缘起，逐一加以解释，庶免以讹传讹，贻误后学。如言《薤露歌》为“丧歌，旧曲本出于田横门人，歌以葬横”，后来李延年把它分为二曲，《薤露》送王公贵人。《蒿里》送士大夫庶人。《公无渡河》乃朝鲜津卒霍里子高的妻子丽玉所作，“子高晨起刺船。有一白首狂夫，被发携壶，乱流而渡，其妻随呼止之，不及，遂溺死。于是其妻援箜篌而鼓之，作歌曰：‘公无渡河，公竟渡河。堕河而死，将耐公何！’曲终，亦投河而死。子高还，以其声语丽玉。丽玉伤之，乃引箜篌写其声，闻者莫不堕泪饮泣。”《雉朝飞》乃齐宣王时处士渎沐子所作，因他“年七十无妻，出采薪于野，见雉雄雌相随而飞，意动心悲，乃仰天而叹曰：‘圣王在上，恩及草木鸟兽，而我独不获。’因援琴而歌以自伤”。《别鹤操》乃商陵牧子所作，因他“娶妻五年无子，父兄将为之改娶。妻闻之，倚户而悲啸。牧子闻之，怆然而悲，乃援琴而歌……后人因传以为曲焉。”如此等等，如果不是吴氏把它疏记出来，后人是无法了解它的本事的。

（二）指出拟乐府与古题乐府的异同。自晋以来，文人根据乐府古题，加以摹拟，往往得其形式而遗其内容。吴氏在疏记其本事后，指出它们之间的继承关系，及其在内容形式方面的异同。如说《乌生八九子》的古词是“乌生八九子，端坐秦氏桂树间”。本意是说乌母生子，当于南山岩石之间，而来为秦氏弹丸所杀，应是寿命有定，死生有数，不必伤叹。而梁刘孝威所拟的“城上乌，一年生九雏”，纯粹成了咏乌，与本事压根儿挂不上钩。《陌上桑》本来是写邯郸女子秦罗敷，乃赵王家令王仁之妻。“罗敷采桑陌上，赵王见而悦之，置酒欲夺焉。罗敷善弹筝，作《陌上桑》以自明。”后来陆机拟其辞云“扶桑升朝晖”，变成了歌颂佳人的良会，就与本义有出入了。《白头吟》是说“司马相如将聘茂陵人女为妾，文君作《白头吟》以自绝，相如乃止”。而鲍照所拟的“直如朱丝绳”，张正见所拟的“平生怀直道”，虞世南所拟的“叶如幽径兰”，都是抒发他们以“清直芬馥”之姿，而遭到“铄金玷玉”之谤，就是以君臣之恩比夫妇之义了。《东门行》本来是“言士有不安其居者，拔剑将去，妻子牵衣留之，愿共铺糜，不求富贵”。而鲍照所拟的“伤禽恶弦惊”，但言离别之悲，而与它的本义有别了。《怨歌行》本来是言周公推心辅政，三叔流言，致有雷雨拔木之变。而梁简武帝所拟的“十五颇有余”，自言姝艳，而以谗见毁，虽意同辞异，毕竟与本义的距离太远了。如果不是吴氏在《要解》中勾勒出拟乐府与古题乐府之间的发展线索，就会给我们研究乐府带来极大的困难。

不过，这部书下卷所附的“连句”“离合诗”“回文诗”“人名诗”

"地名诗""药名诗"等，都是文人的游戏笔墨，与乐府诗毫无关系，附录于此，未免成为蛇足。这与吴氏在本书卷下"乐府杂题"后所说的"案自《相逢狭路间行》已下，皆不知所起；自《君子有所思》已下，又无本词。仲尼称'不知则缺之，以俟知者'"的严谨态度是大相径庭的。

九十三　开“以禅论诗”之先河的《诗式》

皎然，字清昼，江东名僧，吴兴（今浙江长兴）人，俗姓谢，为谢灵运十世孙。他的主要活动时间在天宝、大历、贞元之际，是吴越诗人集团的骨干，与韦应物、李端、顾况等过从甚密，唱酬不少。他的《诗式》大约成于贞元年间，第一个运用禅宗的哲学思想来系统地阐明诗歌创作的规律，对于后来“以禅喻诗”的理论著作有着深远的影响。

《诗式》是汉、魏以来抒情和写景诗歌的经验总结，是诗歌审美理论的极大发展，是探讨诗歌的法式和规律的重要成果，也为元和诗歌的新变准备了条件。《唐才子传》说它“议论精当，取舍从公，整顿狂澜，出色骚雅”，绝不是溢美之词。它共分五卷，前卷总论诗法，后卷将西汉至中唐的诗歌分别列于“五格”，即“不用事”“作用事”“直用事”“有事无事”“有事无事，情格俱下”中加以评论。其最精华之处是：

第一，它提出的“意境说”，包括“诗情缘境发”和“缘境不尽曰情”两个方面，前者是就诗歌的创作而言，谓诗人的思想感情不能直截了当地表现出来，而必须渗透在意境或形象之中艺术地暗示出来，即所谓“假象见意”。就是要通过生动鲜明的“象”把诗人的“意”表现出来，才具有审美的意义。后者是就诗歌的欣赏而言，即读者要通过诗人所创造的“意境”，获得无穷的情思和趣味，获得远远超出于意境和形象本身所包含的意义。这种情思，趣味和意蕴的获得，必须深入领会作者的“文外之情”和“言外之意”，所谓“两重意以上，皆文外之旨，”就是说作品要通过意象的组合或迭加，通过读者的想象和联想，使诗歌的意蕴形成一个立体的、多层次的艺术境界，才能够突破有限的形象，进入无限的世界，从而认识诗歌形象所包含的丰富意义。这是我国审美理论的一个重要发展，从《周易》和《老子》提出的“象”，到刘勰《文心·神思》所提出的“意象”，到殷氏《河岳英灵集》所提出的“兴象”，到皎然《诗式》所提出的“意境”，标志着各个发展阶段在审美意识上的各个里程碑。这种审美意识对后世的影响至深且远，司空图的“象外之象”“景外之景”“韵外之致”“味外之旨”，严羽的“空中之音，相中之色，水中之月，镜中之象，言有尽而意无穷”，都是皎然诗歌理论的继承和发展，都是从《诗式》中吸取营养、得到启示的。

第二，它提出取境“须至难至险”，也是诗美学的一个重要的发展。它认为在诗歌创作中，选择和提炼诗的境界，把闻之于耳、即之于目的外界景物主观化、情感化，使之达到理想的艺术境界，是一个“取境”的过程，是一个“至难至险”的艰苦的思维过程。所谓“诗人之思初发，取境偏高，则一首举体便高；取境偏逸，则一首举体便逸”，就是说通过艺术构思，把主观的情熔铸于客观的景之中，才能构成诗的意境。什么叫作“高”？它说“风韵朗畅曰高”。什么叫作“逸”？它说“体格闲放曰逸”。前者指诗境的情思，后者指诗的体貌。它第一个把意境和风格联系起来，从而扩大了风格的审美意义。最值得称道的，一是它提出真实的感情是构成诗的意境基础，没有真实的感情，就不可能产生动人心扉的抒情好诗。所以它一则曰“真于情性，尚于作用”；二则曰“但见性情，不睹文字”；三则曰“比兴等六义，本乎情思”。说明它是把真性情作为创造诗歌艺术最高境界的基础的。二是把“识理”作为构成诗的意境的重要前提。就是说“取境”要切中事理，要有高人一等的见解。没有对事物的透彻了解，对事物本质的深刻把握，就不可能创造出最佳最美的诗歌意境。所以它把“识理”列为“诗有七德”之首。在强调了“情”和“理”之后，又把“自然”看作诗的最高艺术标准。它主张“语与兴驱，势逐情起”，主张“不由作意，气格自高”，主张“不顾词采而风流自然”，说明它是崇尚自然、反对雕琢的。但它的崇尚自然，不是不要文采，而是大声疾呼“虽欲废词而尚意，而典丽不得遗”；它的崇尚“自然”，不是不要艰苦的艺术构思，而是大力提倡“不入虎穴，焉得虎子？取境之时，须至难至险，始见奇句”。所以它把“至丽而自然”，作为“诗有六至”之一。这样把“自然”与“文采”，“自然”与“苦思”和谐地统一了起来，建立自己的新的审美意识，应该说是殷璠的诗论的发展，是陈子昂的诗论的补正，对后世有着深远的影响，司空图的“妙造自然，伊谁与裁”，梅尧臣的“作诗无古今，惟造平淡难”，王安石的“看似寻常最奇崛，成如容易却艰深”，陆游的“雕琢自是文章病，奇险尤伤骨气多”，袁枚的“俱道适往，着手成春”，都可以说是从这里得到启发的。

第三，它提出“复”与“变”的辩证关系。它主张诗歌创作“复”中要有“变”，“变”中要有“复”。什么叫作“复”和“变”？它说“反古曰复，不变曰滞”，就是说在继承中要有变化，要有创新；在变化中要注意继承，注意借鉴。如果只谈继承而不谈创新，那就要停滞不前，“陷于相似之格”；如果只谈创新而不谈继承，那就是无源之水，无本之木，难免要逐渐枯竭的。这自然包含着辩证法的因素。它认为“陈子昂复多而变少，沈、宋复少而变多”，并对卢藏用“道丧五百年而得陈（子昂）君”的话表示异议，说卢氏是“欲为子昂张一尺之罗，盖弥天之宇，上掩曹、刘，下遗康乐（谢灵运），安可得耶？”（《诗式》卷三）这虽然没有对陈子昂在复古的旗帜下进行革新的意义作出最充分的评价，但从艺术手法的革新和发展来说，跟殷氏在《河岳英灵集》中推崇王昌龄是“心有灵犀一点通”的。

《诗式》还提出了“辨体”的观点，用十九个字来概括所有的诗体，显然较之前人更加细密。其中属于思想内容方面的，有贞、忠、节、志、德、诚、悲、怨、意、气等，属于艺术形式方面的，有高、逸、闲、力、达、静、远等，并认为“高”和“逸”两种风格，是诗歌的最高艺术境界。这种观点，几乎贯穿皎然诗论的始终，如在“三格四品”中把“貌逸神王，杳不可羁”的“越俗格”和“外有惊俗之貌，内藏达人之度”的“骇俗格”列为上等；而在“诗有七德”中，又将“高古”“风流”卓以前列；在“诗有四离”中，则公开提出“虽尚高逸而离迂远”的艺术观点，因而把自己的先祖谢灵运的“格高”“调逸”，说成是“发皆造极”，是“诗中之日月”。比较深刻地认识到风格是和意境紧密地相关的，是各个艺术因素有机结合而呈现出来的一种风貌，它既表现内容方面的美学特征，又表现形式方面的美学特征；既为创作的主体所决定，又为创作的客观条件所制约，像“车之有毂，众美归焉”，意即风格是诗歌的内容和形式整体美的特征，是由它的整体意境所决定的，这就赋予风格以综合的丰富的审美意义，是《诗式》对风格理论的重大发展。特别是它在风格的探讨中，严格区分了自然境界和精神境界，如说“静，非如松风不动，林狖未鸣，乃谓意中之静”；“远，非如远远望水，杳杳看山，乃谓意中之远”。“意中之静”和“意中之远”，是艺术加工的结果，是欣赏者想象和联想的结果，是意象的组合和叠加所形成的艺术世界，它是源于自然而高于自然的。这是《诗式》在诗歌美学领域中一个具有开拓意义的贡献。

九十四　中日文化交流史上的一颗明珠

文化交流史上作出重大贡献的两位唐代的高僧，一是中国去日本的鉴真，一是日本来中国的遍照金刚。

遍照金刚（774—835），是日本名僧空海的法号，俗姓佐伯，赞歧国多度郡屏风浦（今日本国香川县善通寺市）人。贞元二十一年（804）七月，随遣唐使藤原葛野麿来我国留学。元和元年（806）八月回国。在中国期间，空海多方面吸收中国文化，自谓“经律论疏传记，乃至诗、赋、碑、铭、卜，医”，无不涉猎，回国时携回“经论疏等凡三百余轴”。在佛学之外，他对于文学、语言、书法、绘画，均有极高的造诣，在日本享有极高的声誉，今日本所用的片假名，即空海所创造。据说他长于飞白，纵横涂抹，风格潇洒苍劲。保存在日本的真迹尚有“三十帖策子”“日光山碑铭”等八部。他的著作，日人壶井国三于明治三十三年、长谷宝秀在明治四十三年先后编辑，订正为《弘法大师全集》。

《文镜秘府论》是空海回国后，应日本人民学习汉语、文学的要求，就唐人崔融的《新定诗格》、王昌龄的《诗格》、元兢的《诗脑髓》和皎然的《诗式》等书加以排比编纂而成，希望学者庶几“不寻千里，蛇珠可得；不烦旁搜，雕龙可期”（《文镜秘府序》）。他认为此书“要而又玄，披诵稍难”，于是又在这本书的基础上搞了一个简本，叫作《文笔眼心抄》，以期收到“文约义广，功省蕴深”的效果。它所用的资料，在我国大部分已经散佚，赖此得以保存一部分文献。全书共分天、地、东、南、西、北六卷，天卷析声韵，地卷言体例，东卷论对偶，南卷阐理论，西卷讲声病，北卷说虚词。对于研究我国诗美学的发展，对于研究我国的诗歌从“永明体”过渡到五言律诗的轨迹，具有极其重要的价值。即对日本汉诗的兴起和繁荣，也有着不容否认的积极影响。吉田幸一说得好：“它对于文人学习诗文，可以说是修辞上很好的指针。”“在和歌的声调、表现形式、表现态度、修辞的技巧和美的形式论等创作方面，给予许多的启示。”（《文镜秘府论的诗病和歌论》）可见它不但在研究中国的诗美学方面有着重要的贡献，对研究日本汉诗的创作技巧也起过空前的积极作用。所以我们决不能以其略涉肤浅，而加以鄙弃。

第一，它强调创作应以“立意为本”。任何文学样式，都必须把“立意”放在第一位。所以在进行艺术构思时，首先要明确主旨。他认为立意的好坏与风格的高低有着密切的关系，所以立意要高，要用意于古人之上，立意于众人之先，才能“意阔心远，以小纳大”“意先语后，俪语天成”。而要达到这个目的，就要思想感情与物象融为一体，景与意惬，物与目谋，做到“以心击之，深穿其境”“心中了见”“如在掌中”，然后能够使“物色兼意”“物色带情”。

第二，它强调创作要“真”，要“自然”，要“制体创词，自我独致”。所以他一则提出要绝去依傍，不以模拟为能，要“莫用古语及今烂字旧意”，更不要“改他旧语，移头换尾”，从而大声疾呼，创作“以敌古为上，不以写古为能”。再则提出作品首先要注意感情是否真实，是否真正从肺腑中流出，如果“意好言真，光今绝古”，即使格律不合，对偶不工，亦应“书之于纸”。不但抒情如此，写景也不例外，所谓“言其状，须似其景”“假物不如真象，假色不如自然”。说明他把真实和创新看作艺术的生命所在。

第三，它强调创作应该“苦思”。他主张“置意作诗，即须凝心”。“凝心”，就是要聚精会神，心无旁骛，就是要“意出万人之表”“凝心天海之外”。因此，他批评了那些认为“苦思则丧于天真”的片面观点，反对率尔操觚，轻易命笔，只有“杰起险作”“苦心竭智”，才能“巧运言词，精练意魄”，只有“绎虑于险中，采奇于象外”，才能“状飞动之句，写冥奥之思”。而那些不愿作冥搜苦思的人，是无法写出成功的作品的，所谓“不能专心苦思，致见不成”，就是对那些浅尝辄止者的惋惜和慨叹。当然，在写成之后，要像“不思而得”，要“不见斤斧之迹”，才能算得上高手。这就把“苦思”和“自然”辩证地统一了起来。

这些有关创作的意见，都是实践上升为理论的结果，至今仍然有着重要的指导意义。

九十五　侬家自有麒麟阁，第一功名是赏诗

“诗品”就是“品诗”。我国古代的诗歌理论，以《诗品》命名而又产生深远影响的有三部，即梁钟嵘、唐司空图和清袁枚的诗歌理论著作。它们同名而异趣，殊途而同归，都是根据丰富的创作经验，对诗的审美理论、艺术规律做过深入的探讨，引起了历代文论家的重视，产生了极其深远的影响。

司空图（837—908），字表圣，自号知非子，又号耐辱居士，河中虞乡（今属山西）人。咸通十年进士，官至中书舍人，知制诰。在唐末农民大起义的浪涛中，他认为世乱已极，事不可为，乃归隐于中条山的王官谷，筑休休亭，过着消极退隐、赋诗品花的闲适生活。用他自己的话来说，就是“侬家自有麒麟阁，第一功名是赏诗”（《力疾山下吴村看杏花》），“此身闲得易为家，业是吟诗与看花”（《闲夜二首》之一）。他曾拒绝唐昭宗的征召，也拒绝了朱全忠的礼聘，后来得知唐王朝的末代皇帝哀宗被杀，遂绝食而死，成为唐王朝的“节士”，所以《新唐书》把他列入“卓行传”，以表彰其对唐王朝的忠诚。著有《司空表圣集》。他的诗文虽没有受到人们的重视，但其诗歌理论却得到人们的高度评价。

司空图的《诗品》把诗歌的风格分为二十四品，完全用形象的比喻来代替思辨的理论，有人把这种表达方式说成是“比物取象，目击道存”，我看是恰切的。它的优点是通过对各种风格、意境的形象化的描绘，以触

发人们进行形象的思维活动，领悟诗歌的意境美，从而在思想感情和艺术趣味上引起广泛的共鸣。缺点是它含思奥秘，意象混沌，带有玄学意味和不确定性，因而理解各异，歧义甚多。但这并没有影响它的价值，从内容方面来看，严羽的“妙悟说”，王士祯的“神韵说”以及后来的学者在不同的历史条件下提出的“意境说”“境界说”，都或隐或显地打上了司空图的“韵味说”的印记。从形式方面来看，不少学者运用司空图创造的体制，以韵语的形式、形象的比喻，来品词、品赋、品书、品画，余风所及，至今不绝。因此，探讨司空图的《诗品》在诗歌理论方面的贡献是颇有意义的。

第一，它提倡风格、意境的多样性。所谓“二十四诗品”，就是指诗歌的二十四种风格或意境。它以四言诗的形式，形象化的比喻，对不同风格或意境的诗歌，作出了“可以意会”的描述，尽管它在分类的角度上是不统一的，有的是从诗人的个性和气质来立论的，有的是从诗歌的艺术规律来着眼的，有的是从诗歌的语言艺术来分类的，但能够自辟蹊径，自成体系，表达他对诗歌艺术的重要见解。它既高度评价了“雄浑”与“豪放”，又由衷地赞美了“绮丽”和“纤秾”；它既肯定了“典雅”和“洗炼”，又十分重视“自然”与“冲淡”。对于这样一些对立的风格或意境，都不存任何偏见，认为每一品，都表现出诗歌的一种艺术美。有人认为它以“雄浑”起，以“流动”结，便说“雄浑”乃“流动”之端，“流动”为“雄浑”之符，其他诸品，皆“雄浑”之所生，“流动”之所行，从而把这两种风格或意境，说成是它的总纲，是它的主导美学思想，未免有些神秘。其实司空图《诗品》所列，“各体皆备，不主一格”，生活是丰富多彩的，以形象反映生活的诗歌，自然也是千姿百态，不拘一格的。这正是司空图在诗歌理论上的一个开拓。

第二，它明确地提出了诗歌的“意象”问题。“意象欲生，造化已奇”，这里所提的“意象”，是司空图诗歌创作论的中心。它准确地表述了客观事物在人的头脑中反映、加工、制作的全过程。有“境”而无“象”，有“象”而无“意”，只是一种生活的表象，远不是意与象合，思与境偕的艺术境界。只有主客观的统一，达到契合无间的程度，才能创造出“超以象外，得其环中”的好诗歌来。就是说诗人应该展开想象的翅膀，飞越事物的表象，从有限的景象描写中显示出无限的情思。所以诗歌描写的景象，不应该仅仅停留在客观事物的表面，而应该比它本身有着更深、更远的东西。换一句话，就是不仅要有“物象”，而且要有“意象”，要有真实的感情作基础，才能创造出更加高级、更加真实的艺术形象。

第三，它提出了诗歌的“韵味”问题。所谓“韵外之致”，就是要求诗歌创作比它的语言本身有着更生动、更深远的意义；所谓“味外之旨”，就是要求诗味不仅表现在诗句之内，更要洋溢于诗句之外。无论“韵”和“味”，都是说的诗歌创作不应停留在形似的水平上，而要追求更高的神似艺术境界。就是要求作者主观的情与客观的景和谐一致。只有情景相融，合而为诗，才能创造出“韵外之致”和“味外之旨”的作品来。王夫之的“情景名为二，而实不可离。神于诗者，妙合无垠”（《夕堂永日绪论·内篇》）；刘熙载的“在外者物色，在我者生意，二者相靡相荡而赋生焉”（《艺概·赋概》）；王国维的“古今词人格调之高，无如白石。惜不于意境上用力，故无言外之意，弦外之响，终落第二手”（《人间词话》）。这些论述，都是在司空图的这个观点下得到启示的。

第四，它把“含蓄”作为诗歌的极致。“不着一字，尽得风流”是诗歌艺术的高境界，是艺术反映现实的规律。它要求通过“以少总多”的艺术概括，创造出余味无穷的诗歌意境。这跟司空图所说的“近而不浮，远而不尽”（《与李生论诗书》），“诗家之境，如兰田日暖，良玉生烟，可望而不可置于眉睫之前也”（《与极浦书》），都是要求诗歌创作达到“离形得似”的境界，其阐述的艺术规律是一致的。所以翁方纳说：“不着一字，正是函盖万有。”（《神韵论》）皋兰也说：“写难状之景，仍含不尽之意。”（《课业本原解》）。翁方纲和皋兰都是强调诗歌创作一定要透过表象，写出具有更深的耐人寻味的东西，如果只知矢口而道，率意而陈，浮躁浅露，绝无余味，哪里还谈得上“咫尺万里”的艺术境界？王士祯为他的“神韵说”找依据，曾经把“不着一字”和“采采流水”说成是诗境的极致，是司空图的旨趣所在（见《香祖笔记》），虽不免失之片面，但是深得艺术三昧之谈。

当然，由于时代的局限，司空图的诗歌理论也有不少的消极成分。如“生者百岁，相去几何？欢乐苦短，忧愁实多，何如尊酒，日往烟萝”（《旷达》），“百岁如流，富贵冷灰”“萧萧落叶，漏雨苍苔”（《悲慨》），那种光阴如流，一往不回，满堂富贵，转眼成灰，不如逃入酒乡，遁入林中，以求得暂时的解脱，是一种没落心理在诗歌理论中的反映。

九十六　孟棨的《本事诗》

孟棨，字初中，生卒籍贯不详。棨，《新唐书·艺文志》及明毛晋所编《津逮秘书》都作“启”，然诸家称引，都说是“棨”，疑《新唐书》有误。五代王定保撰的《唐摭言》，曾十分简略地提到他说：“孟棨年长于小魏公（崔沆），放榜日，棨出行曲谢，沆泣曰：‘先辈，吾师也。’沆泣，棨亦泣。棨出入场屋三十余年。”说明他困顿场屋，晚始登第。其所作《本事诗序目》，自署为“前尚书司勋郎中赐紫金鱼袋孟棨序”，说明他曾经做过五品的司勋郎中。这便是我们所知道的有关他的生平仕履。

《本事诗》多记唐人作诗的背景，并在指导思想上强调了事实的真实性，自谓“疑非事实者，则略之”，因而保存了大量的唐代诗人的逸闻轶事。全书共分情感、事感、高逸、怨愤、征异、征咎、嘲戏七类。每类各记其诗的缘起。各类之前，本来都系有“小序”，可惜均已亡佚，今天流传的《津逮秘书》本、《历代诗话续编》本都看不到了，使我们失去了这份第一手的宝贵资料，应该说是我们诗歌理论史上的一个损失。

孟氏是抓住抒情诗的特性来编撰这部书的。他说：“情动于中而形于言，故怨思悲愁，常多感慨。”“触事兴咏，尤所钟情。”（《本事诗序目》）所谓“感慨”，所谓“钟情”，正好说明他重视情感在诗歌中的作用，所以他把辑录的重点放在触景生情、缘情书感的作品上。《情感第一》，录的都是男女间真挚而热烈的私情；《怨愤第四》，对诗人不得意的怨愤之情，又在字里行间表示了深切的同情。其他各类，亦皆围绕一个

“情”字作为选辑和叙述的标准。

《本事诗》所记，除《情感第一》中的乐昌公主“破镜重圆”的故事及《嘲戏第七》中的宋武帝叹赏谢庄的《月赋》而外，都是唐代诗人的轶事。它所提供的资料大都是翔实可信的，但《四库全书总目提要》所指出的一些疏漏，也是恰当的。如《情感第一》中所记朱滔军中的士子代妻所答的诗：“蓬鬓荆钗世所稀，布裙犹是嫁时衣。胡麻好种无人种，合是归时底不归?”韦庄《又玄集》卷下、韦縠《才调集》卷十均作葛鸦儿的诗，二韦均唐人，当非子虚、乌有之类。《怨愤第四》中所举贾岛的“破却千家作一池，不栽桃李种蔷薇。蔷薇花落秋风后，荆棘满庭君始知”一诗，本为讽刺裴度而作，而所记不及“本事”，但云“时方下第，或谓执政恶之，故不在选”。疑不是“为贤者讳”，便是传写脱误。又《征异第五》中所记幽州一张姓衙将之妻孔氏，死后为诗赠张云：“不忿成故人，掩涕每盈巾。死生今有隔，相见永无因。匣里残妆粉，留将与后人。黄泉无用处，恨作冢中尘。有意怀男女，无情亦任君。欲知肠断处，明月照孤坟。”事涉荒诞，恐亦有悖于不录“异传怪录”的宗旨。

孟氏此书所记，或像稗史，或像笔记小说，或像宋以后的“诗话”。有人说《本事诗》源于“笔记小说”，而宋以后的“诗话”则出于《本事诗》，这话从书的体例来看是有道理的。可见它是“笔记小说”到“诗话”之间的一座桥梁。

九十七　张为《诗人主客图》的功过

张为，唐末江南人。晚岁入钓台山访道，与薛据为友，与周朴齐名，杜甫、元结都与他有诗歌赠答。《全唐诗》收其诗三首又断句二，而以断句“到处即闭户，逢君方展眉”最佳。《全唐文》收其文一篇，即《诗人主客图序》。宋代计有功《唐诗纪事》卷六十五、《全唐诗》卷七百二十七收其《谢别毛仙翁》的诗序，均载他在长沙岳麓山惑于魅妾，偶遇仙翁得救。事极荒诞，自不可信。但张诗中确有“羸形感神药，削骨生丰肌。兰炷飘灵烟，妖怪立诛夷”的话，似非全系好事者附会之语，这是很难索解的一个疑案。

《诗人主客图》是以风格区分派别的。它所标的六“主”，就是六个诗的派别。所谓某为“主”，某为“上入室”，某为“入室”“升堂”“及门”，乃是就其风格相近、造诣有别而言。陈振孙《直斋书录解题》说：“近世诗派之说，殆本于此。”清代李调元《诗人主客图叙》也说：“宋人诗派之说，实本于此。求之前代，亦如梁参军钟嵘分古今作者为三品，名曰《诗品》，上品十一人，中品三十九人，下品六十九人之例。”首创一体，风靡后世，这大概就是此书流传至今的原因，也是此书的历史价值所在。

《诗人主客图》既多牵强附会，又多品第失当，是一部偏见甚多、排列失序的“率尔操觚”之作。李调元说得好，钟嵘《诗品》“捃拾宏富，论者称其精当无遗”，而此书却是“落落仅此数人，于唐代诗人中未及十分之三四。即所引诸人之诗，亦非其中之杰出者”（《诗人主客图叙》）。说明此书搜罗不广，抉择不精，仅就耳目所及，随手辑录而成的。甚至连震烁古今、影响世界的大诗人李白、杜甫、王维、孟浩然、高适、岑参、李商隐等等，在《诗人主客图》中也没有一席之地，这是不可索解也不可原谅的。兹就其疏漏谬误之尤著者，论述如次：

第一，风格相近，而各在一派；风格相反，而合隶一“主”。张籍与白居易的友谊很深，又是新乐府运动的积极支持者、参加者。白居易在《读张籍古乐府》的诗中说：“张君何为者，业文三十春。尤工乐府诗，举代少其伦。……风雅比兴外，未尝著空文。”他的近体诗也清快明朗，不事雕琢，与白居易的诗风很相近，应该列入“广大教化主”一派，而张为却把他归入以李益为“主”的“高古奥逸”一派。李益是唐代著名的边塞诗人，其诗以鲜明的形象，激昂的节奏，优美的语言为特点，跟张籍诗歌的风格是风马牛不相及的，而被张为强捏在一派之中。这是不可索解者一。

第二，理宜为“主”，反屈为“客”；分当为“客”，反擢为“主”。韦应物、杜牧、李贺都是唐代杰出的诗人。韦是“田园诗派”的代表作家，他在艺术上，效法陶渊明，也接受了王维的影响，形成自然淡远的艺术风格。杜与李商隐齐名，有“小李杜”之称，他的诗清丽爽朗，富有韵味，特别是那些抒情写景的小诗，意境深远，达到很高的艺术水平。李是浪漫主义的优秀诗人，他搜奇猎艳，呕心沥血，以丰富的想象，奇诡的语言，构成意想不到的意境。他们的成就和影响，远远超过了孟云卿，却都被张为拉在孟的麾下，屈居“客”位。刘禹锡以长期的贬谪，接近人民，爱好民歌，创作了许多语言生动、风格清新、有着浓厚生活气息的《竹枝词》和《柳枝词》。他的政治讽刺诗，观点鲜明，辛辣有力，具有刚健爽朗的风格。赵嘏的诗富于文采，长于兴味，语意幽远，耐人咀嚼，以“残星数点雁横塞，长笛一声人倚楼”（《长安秋望》）的诗句，被杜牧称为“赵倚楼”。他们的造诣，也都超过了武元衡，而张为却尊武元衡为“主”，屈刘禹锡、赵嘏为“客”，抑扬失当，主客倒置。这是不可索解者二。

第三，实与名乖，题与诗违，自乱其例，自悖其说。孟云卿的诗，本来是继承陈子昂、沈千运的诗风的。《唐才子传》卷二说他“祖述沈千远，渔猎陈拾遗”“模效才得升堂，犹未入室”，说明他的诗歌的造诣，还没有脱离模效的阶段，当然没有形成自己的风格，所以杜甫只从品德思想上来称许他说“一饭未曾留俗客，数篇今见古人心”（《解闷十二首》之五），元结也只称许他“正直而无禄位，忠信而久贫贱”（《箧中集序》）。没有从艺术造诣上加以赞许，而张为却尊之为“高古奥逸主”，这是“实与名乖”。张为《诗人主客图序》所说其六类，“若主人门下处其客者，以法度一则也”，但羊士谔的“雁起汀洲寒，马嘶高城暮”，元稹的“儿歌杨柳叶，妾拂石榴花”，顾况的“巫峡朝云暮不归，洞庭春水晴空满”，皇甫松的“劝僧一杯酒，共看青青山”，张为把这些都列入“广大教化主”门下的“客”，而其所举的例诗，根本谈不上什么“教化”的作用，这是“题与诗违”。按照此书的体例，不论是“主”是“客”，都应有例句，以表明其所属之派和所处之位是适当的，是公允的。但不仅“门下”的“客”有许多没有诗例，如列在“广大教化主”门下的“升堂”三人，就有卢仝、沈亚之二人没有例诗；列在“博解宏拔主”门下的“上入室”一人李群玉、“入室”二人司马退之和张为自己也都没有例诗。甚至连“瑰奇美丽主”的武元衡，也举不出一首代表作来。这是“自乱其例”。张为所标的“广大教化”“高古奥逸”“清奇雅正”“清奇僻苦”“博解宏拔”“瑰奇美丽”六类，就没有一个统一的角度。它们的大多数是从诗歌的风格的角度提出来的，但“广大教化”一类，则是突出诗歌的教化作用和社会效益；“博解宏拔”，又包括了题材、内容和语言的综合艺术。博，当然应该理解为题材博大；宏，自然指的是内容宏伟；拔，无疑说的是语言警拔了。这是“自悖其说”。以上所说，是不可索解者三。

总之，《诗人主客图》虽有创例之功，有其一定的历史价值，但充满了偏见，充满了矛盾，是不能作为评价唐代诗人的依据的。

九十八　炙毂子和他所撰的《诗格》

《新唐书·艺文志》文史类列有《炙毂子诗格》一卷，不著撰者姓名。陈振孙《直斋书录解题》卷十云：“《炙毂子》三卷，唐王睿撰。”《全唐诗》卷五百零五录诗九首，小传说是“元和后诗人，自号炙毂子。”王睿是何许人，未尝见诸史传，只有唐代杜光庭所著《神仙感遇传》云：“进士王睿，渔猎经史之士也。孜孜矻矻，穷古人之所未穷，得先儒之所未得，著《炙毂子》三卷。六经得失，子史差谬，未尝不针其膏而药其肓矣。”又说他“不拘于俗，酣畅之外，必切磋义府，研核词枢”。还说他“尝寓止温乐县，时鸷兽结尾，为害尤甚。睿醉卧草莽，露集林间，无所惮焉。斯蝉脱得道之流也”。又说他“年八十矣，殆于彭山（今属四川）道中”。《太平广记》卷四百二十四，也有从《北梦琐言》转录而来的一则记载，说王氏是四川新繁人，在秋雨后经过实地考察，辨正了濛阳湫的龙与西慈母池的龙结为婚姻的荒诞传说。这里有两点须要补充说明的。一是杜氏说他是进士，但不见于徐松的《登科记》，疑为未及第者的泛称；二是曾慥《类说》录其遗文而注其为琅邪人，疑亦指其郡望而言。

《炙毂子诗格》，今见于蔡传《吟窗杂录》卷十五。观其所论，对于诗歌的创作和鉴赏均有很好的研究价值。故其书虽已残缺不全，而诗歌理论研究者仍然给予足够的重视。它首论“章句所起”，即对“三言”至“九言”诗句的起源进行了探讨。他认为三言起于《毛诗》的“摽有梅”“殷其雷”；四言起于《毛诗》的“关关雎鸠”“鹿鹿鹿鸣”；五言起于

《毛诗》的“谁谓雀无角”；六言起于《毛诗》的“俟我于堂乎尔”，七言起于《毛诗》的“尚之以琼华乎尔”；八言起于《毛诗》的“不知我者谓我何求”。只有九言起于韦孟的诗或李白的“古来惟见白骨黄沙田”。就是说，绝大部分的句式《毛诗》已经具备了。次论唐人近体诗各种体制。唐人变革沈约碎用四声，并为平、仄两调，使诗句浮声切响，上下相协，形成一种新体诗，名之曰“律”。他在这里总结了格律诗的十四种体制：一曰“三韵体”，即一首律诗只有六句三韵，并以李益的《塞下曲》为例。二曰“连珠体”，即要求诗中句句押韵，并以《柏梁殿》为例。三曰“侧声体”，即格律诗之押仄韵者，并以常建《吊王将军》诗为例。四曰“六言体”，即一句六字的格律诗，以“白云千里万里，明月前溪后溪。独恨长沙谪去，江潭春草萋萋”为例。五曰“三五七言体”，即第一联为三字句，二联、三联分别为五字句、七字句，以“秋风清，秋月明。落叶聚还散，寒乌栖复惊。相思相见知何日，此时此夜难为情”为例。六曰“玄律体”，即首尾两句上四字全用仄，中间两句上四字全用平。如“八月九日芦花飞，南溪老翁垂钓归。秋山入檐翠滴滴，野艇倚槛云依依”。七曰“背律体”，即仄起的律诗，第五句应该用仄声带起，而用平声。平起者反是，实为“折腰格”。八曰“计（叶）调体”，即七字句的下五字全用仄，如李郢的“青蛇上竹一种色，黄蝶隔溪无限情”。这三体都是犯格犯律，为科举场中所最忌者，而王氏却给予高度的评价说：“此是大材，不拘常格。”疑王氏曾因犯格犯律而落第，故有意与主试者立异，既为自己解嘲，又为因此而落第者解脱。九曰“双关体”。这里所说的“双关”，不是修辞意义上的“双关”，而是指一诗兼用于两人。如所举李郢的诗例，就是一句哭贾岛，一句哭僧无可的。十曰“两句一意体”，即今之所谓“流水对”，如“何如百年内，不见一人闲”。十一曰“句病体”，以“河摧沙井竭，树老玉阶平”为例。乍一看来，它对仗工整，声律协调，没有什么毛病，不像平头上尾、蜂腰鹤膝、重复、相反之类那么明显。但仔细推敲，则掘沙为井，故沙摧则井竭。而树与阶没有必然的因果关系，树老阶未必平，阶平树未必老。所以出边对边，不是铢两悉称的。十二曰“句内迭韵体”，如“风吹榆荚叶，雨打木瓜花”。荚、叶与瓜、花均为句内叠韵。十三曰“摹写景象含蓄体”，以“一点孤灯人梦觉，万里寒叶雨声多”为例，言摹写灯雨的景象，在字里行间含着凄惨的感情。十四曰“一篇血脉条贯体”，以李德裕南迁路出汨罗凭吊屈原之诗为例，认为此诗章句组织的配合，一气条贯，浑然天成。诗云：“远谪南荒一病身，停舟暂吊汨罗人。都缘靳尚图专国，岂是怀王厌直臣？万里碧潭秋景净，四时愁色野花新。不劳渔父重相问，自有招魂拭泪巾。”以为首句是发端，次句承上吊屈原；颔联为吊汨罗之言，颈联是描写江畔景象，末为断章，亦紧扣题旨，一气呵成。现在看来，本书除了后两体为所有诗歌的共同要求不必立体外，其余十二体，对于巩固和完善唐人所创的新体诗是有积极意义的；对于提高读者的艺术鉴赏能力也是有益的。

九十九　徐寅《雅道机要》的价值

徐寅（《全唐诗》作“夤”），字梦昭，福建莆田人。曾游大梁，因作《过大梁赋》以献朱温，温大悦，酬以一字一绢。昭宗乾宁间（《唐才子传》作“大顺”间）始举进士，两鬓皆已白矣，授秘书正字。后归隐延寿溪，有“将名将利已无缘，深隐清溪拟学仙”（《溪隐》）之句以见志。朱温称帝，强其出仕，不从，被迫而死。他的生平，可以从他的《自咏十韵》一诗中得到一个梗概。诗的前半云：“只合沧洲钓与耕，忽依萤烛愧功成。未游宦路叨卑宦，才到名场得大名。梁苑二年陪众客，温陵十载佐双旌。钱财尽是侯王惠，骨肉偕承里巷荣。”这里谈了他平生的志趣和遭遇，也谈了他依朱温和王审知的那些岁月，以及从他们那里获得的利禄和恩宠。《全唐诗》收其诗四卷，“不浮艳，不僻涩”，颇多“含情久味之意”，可以看作他对自己诗歌理论的实践。

《雅道机要》是徐寅自己创作经验的总结，也是“苦吟诗人”诗歌艺术的概括。前半部大多采自托名齐己的《风骚旨格》。如它的“明门户差别”，即《风骚旨格》的“诗有四十门”；“明联句深浅”，即《风骚旨格》的“诗有二十式”；“明势含升降”“明体裁变通”，即《风骚旨格》的“诗有十势”和“诗有十体”，偏于“述而不作”，缺乏独创的见解，姑置毋论。但它的后半部，却有不少的真知灼见和创作甘苦之言，不乏“苦吟风尚”的色彩。书中对贾岛的评价很高。如说“惟浪仙真作者矣，辞体若淡，道理深奥，不失讽咏，语多兴味”，就是一个适例。兹就其值得我们借鉴的地方，论述如次。

第一，它强调创作必须磨炼。他说：“凡搜觅之际，宜放意深远，体理玄微，不须急就，惟在积思。孜孜矻矻，终有所得。”就是说思想要深刻，观察要细致，不要急于求成，自然能够形成较好的意象。在进行创作的时候，要勤于推敲，要善于剪裁，要有“一个字未稳，数宵心不闲”的精神。他说“凡为诗须积磨炼，一曰炼句，二曰炼意，三曰炼字”，“意须连贯，字须仔细剪裁”，“不可恃其敏捷，或有疏脱”。

第二，它强调勇于创新，不看风向。他认为诗歌创作，决不可“模拟古意”“偷窃名人句”，而要求“所得之句，古之未有，今之未述”。凡是古人用过的词句，创造过的意境，都要“迎而拒之”，不要让它涌到自己的笔端来。这自然是陆机的“怵他人之我先”，韩愈的“惟陈言之务去”的意思，但从总结“苦吟风尚”的角度来看，却显示出更有深度和力度。特别值得重视的是，他在“叙体格”中提出了“十一不”，第一个就是“不时态”；在“叙血脉”中提出了“四不”，又把“不惑众议”放在显著的位置上；在“叙分剖”中又强调了不能“逐浪随风，迷途昧理”，强调独立不迁的精神。这对于那些一味窥测方向，取悦一时，把创作沦为攫取某种利益的工具者来说，应该是一副很好的清凉剂。

第三，它强调了微意细心，不犯诸病。他要求所作的诗，意脉贯通，物象鲜明，有“内外之意”，有“含情久味之意”，而要达到这样的艺术境界，就要求在血脉的贯通方面，要“不泥题目，不惑众议，不落诸病，不犯沉暗”；在体格的建立方面，要求“不时态，不繁杂，不质朴，不才调，不囚缚，不沉静，不细碎，不怪异，不浮艳，不僻涩，不文藻”。概括起来，就是既反对逞才华，也反对束缚自己的意志和手脚；既反对追求文藻和浮艳，也反对过于质朴和僻涩；既不要赶时髦、惑众议，也不要让作品犯格律、犯诸病，而要“不失讽咏，语多兴味”，“字字有力，任是大匠名家，亦不能移一字一句”。这就要求仔细推敲，不怕缓就，像“浪仙经年，周扑盈月”那样的精雕细刻，才能达到上述的要求。

一百　景淳的《诗评》之所以值得注意

景淳生卒年不详，但《诗评》见于陈振孙《直斋书录解题》，疑当为晚唐五代人。所著《诗评》十六条，对宋人的诗论影响甚大。其中的许多提法，或为《沧浪诗话》所沿用，或为《沧浪诗话》所否定，都有着明显的渊源关系或针对性。

首先，他认为诗的语言是诗的外壳。在情感的表达中愈含蓄愈妙，所谓“但见其言，不见其意，斯为妙也”。因此。他主张“高不言高，意中含其高；远不言远，意中含其远；闲不言闲，意中含其闲；静不言静，意中含其静”，就是说要把高、远、闲、静四种情境表达出来，不宜直接用语言来达到目的，而应该像“铅中金，石中玉，水中盐，色中胶，皆不可见，意在其中”。这就告诉人们，诗是形象思维，只能用形象来说明事理，表达感情，而不能直截了当地用语言把它表达出来。所以他举出“一年将尽夜，万里未归人”“去帆看已远，临水立多时”等诗句，并没有在字面上出现羁旅之愁，离别之恨，而是通过它所构成的形象，把这种感情生动而细致地表达了出来。《沧浪诗话》提出诗歌创作，“不涉理路，不落言筌”，要如“空中之音，相中之色，水中之月，镜中之象”，人们都认为它是源于司空图《诗品》的“不著一字，尽得风流”，而不知其与《诗评》的渊源关系。当然，也有不少的学者不同意这种说法，清代的冯班在《严氏纠谬》中，一则驳之曰：“诗者，言也……但其言微，不与常同耳。安得有不落言筌者乎？”再则驳之曰：“沧浪论诗，只是浮光掠影，如有所见，其实脚跟未尝点地。故云盛唐之诗如空中之音，相中之色，水中之月，镜中之象，种种比喻，殊不如刘梦得云‘兴在象外’一语妙绝。”今人钱钟书在《谈艺录》中也说：“诗自是文字之妙，非言无以寓言外之意。水月镜花，固可见而不可捉，然必有此水而后月可浮潭，有此镜而后花可印面……去理路言筌，固无以寄神韵也。”这些意见，虽然是很有说服力的，但把“不落言筌”理解为完全排斥语言文字，而不从形象思维与逻辑思维的区别上去领会从司空图、景淳到严羽的立论，恐怕是过于片面、过于执着了。

其次，他把一些在创作实践中丰富和完善了的对偶形式，加以总结和提高，使之定型化、规律化。如《文镜秘府论》所提的“二十九种对”的“当句对”一式，他根据诗歌创作的实际情况，把它分为“当句对格”和“当字对格”两式。前者以“无人来问我，白日又黄昏”“船中江上景，晚泊早行时”为例，说明是以当句中的“无人”对“问我”，“白日”对“黄昏”，“船中”对“江上”，“晚泊”对“早行”的。后者以“大匠运斧斤，抡材无短长”和“水石秋归早，山南马去多”为例，说明句中相当的某些字各自互对，“斧”对“斤”，“短”对“长”，“水”“石”互对，“山”“南”（借“南”为“楠”）互对，就比《文镜秘府论》仅举“薰歇烬灭，光沉响绝”一例丰富得多、变化得多了。又如《文镜秘府论》中的“假对”仅举“不献胸中策，空怀海上山”为例，所假颇为隐晦，不易琢磨，而景淳则把它分为“假色对”和“假数对”两格，前者以“因游樵子径，得到葛洪家”和“卷帘黄叶落，锁印子规啼”为例。一例的“子”借为“紫”，“洪”借为“红”，上下联均为借色的字。二例借“子”为“紫”，以与上联的“黄”为对，是上联不借下联借。后者以“白首为迁客，青山远万重”和“白地一回雨，儿孙拾得金”为例，是借“迁”为“千”，以与下联的“万”为对，借“拾”为“十”，以与上联的“一”为对，而“假数对”的概念自明。《沧浪诗话》则把“假对”易为“借对”，并以孟浩然的“故人具鸡黍，稚子摘杨梅”和杜甫的“竹叶于人既无分，菊花从此不须开”等为例，实际上分为“借音”与“借字”两类。借“杨”为“羊”，以与上联的“鸡”为对，是借音，借“竹时”

为“竹叶酒”以与下联的“菊花”为对，是借字。《沧浪诗话》还沿袭《诗评》的“十字对格”和“十字句格”为“十字对”和“十字句”，分别以刘慎虚的“沧浪千万里，日夜一孤舟”和常建的“曲径通幽处，禅房花木深”为例。其所举之例，既不如《诗评》的丰富，也不如它的典型，如《诗评》以“未有一夜梦，不归千里家”和“家将未归信，说向欲行人”等诗句作为“十字对格”的范例，就比较典型，容易为人所理解。“十字对”就是“流水对”，上下联一气呵成，要合起来才能表达一个完整的意思。而“十字句”则只要求上下联说的是一种物象、一种意境，并不要求对偶，所以《诗评》把“长因送人处，记得别家时”的典型“十字对格”作为“十字句格”的例证，如果不是传写过程中发生的讹错，就容易产生概念上的混同。

最后，他从唐代诗歌创作的丰富经验中，总结出点题的四种格式，即分别在第一、第二、第三和第四句中必须点明题旨，并指出“除此四句之外，不见题者大谬也”。这就未免过于拘泥，缺乏灵活性和辩证的观点了，所以《沧浪诗话》针锋相对地提出“不必太着题”的主张。其后陶明浚《诗说杂记》中说得更为透彻，认为“诗句对于一题，不可不切，亦不可太切。不切当前之景物，不切胸中之性情，究系古人之诗，抑他人之诗乎？此不可不切者也。至于着题太过，局促如辕下之驹，屈盘如枯木之柯，又何能纵横自如，宛转遂志，润色形容，错综尽变乎？故沧浪深以着题为大戒也”。这种看法是符合诗歌艺术的辩证法的。

总之，《诗评》虽然完全从诗歌艺术的形式出发来探讨诗的审美标准，而忽略了诗歌的内容，有时不免流于唯美主义，但作为诗美学的一种开拓来说，仍然是值得我们重视的。

后　记

我滥竽湖南师范学院、湘潭大学的诗、词、曲教学三十余年，对晚唐的诗歌做过一些粗浅的研究，也发表过一些论文。可惜十年浩劫期间，我的全部讲稿均被抄走。“四凶”剪除以后，我虽重新走上了讲台，但却没有写过一份完整的讲稿，只在书本上作了眉批、夹批、尾批之类的东西，有的是有关资料，有的是时贤见解，有的是个人心得，拉杂写来，不成片断，除自己以外，是谁也看不清的。可这本书的编写，仍然得力于它，不少的资料和观点，都是从那里移录过来、加工连缀而成的。还有少数的篇章，则是把过去发表过的论文，加以压缩、改写而成的。

在编写的过程中，我充分注意了它的可读性，想把学术性和趣味性结合起来，凡是众口流传的艺林掌故，我都尽可能地编了进去，以增加它的趣味性；凡是对作家作品的评价，我都尽量地吸收了现代的研究成果，以提高它的学术性。更多的是我自己的一些不成熟的观点，为了引起学术界的争论，求得同行们的指教，我也在这里献芹献曝、抛砖引玉了。关于诗歌的格律问题，体制问题，我觉得讲深了，又力不胜任；讲浅了，又降低了它的学术性，所以我就索性来一个守愚藏拙，一个字也不提。后面的十一讲，全系唐代的诗歌理论，大部分是过去的文学史及学术论文很少涉及的，我认为它是唐代诗歌不可忽视的一个组成部分，限于水平和见闻，我以“蚊力负山”的蛮劲，作了一些极其简略、极其浅薄的论述，自知挂一漏万，在所难免，尚希海内方家，不吝赐教。

羊春秋

一九八八年十一月于湘潭大学之迎旭轩

散曲通论

前 言

我从事元曲的研究和教学工作，已经垂四十年了。尝以散曲乃元代的新体诗，与唐诗、宋词鼎足而三，成为一代文学的主流，它具有鲜明的时代精神和鲜明的艺术特色，在我国文学发展史上一直放射着耀眼的光辉。除任中敏先生在二十世纪三十年代后期，“扬榷其篇章之类别，钩稽其体调之因宜”，成《散曲概论》二卷，计六万字左右。六十年来，无继响者，难道不是因为曲之为书汗牛充栋，曲之为学茫无涯涘，而治曲的又寥若晨星么？任氏草创之功，为学术界所共仰。但毕竟为资料所限，闻见所囿，搜集欠全，论断嫌偏，不足以完全餍学子求知之欲。每思有以充实之、光大之，因在前人论曲的著作中，爬罗剔抉，刮垢磨光，虽严寒酷暑，口未尝绝吟，手未尝停披也。积之有年，而成《元曲十论》十余万字，稿甫就而“文化大革命”飙起，我很快被“揪”了出来，打成“黑帮”，视同异类，在《湖南日报》上大张挞伐，什么“封建余孽”“反动权威”等帽子，纷至沓来，令人魂悸魄动，而《十论》也在这次空前浩劫中被“抄”走了，将火化为蝴蝶，抑脚踏为粪壤，不可得而知了。迨浩劫一过，我又执教于湘潭大学，仍然担任元曲的教学工作，并负责培养这一专业的研究生，于是又重理旧业，萌发了撰写《散曲通论》的念头，而资料散佚，搜辑为艰，乃先选注了《元人散曲选》，于一九八二年交湖南人民出版社出版。嗣又应西北师范学院之邀，为其元明清文学研究生讲授元曲与清诗两个课程，有意分章、节写成讲稿，使之系统化、条理化。此后，又在教学中不断地增删润色，遂成此定稿。它是我数十年的教学积累，分娩之痛，舐犊之爱，一时都渗透在这部书稿中。“前修未密，后出转精”，我不敢这么自负；但“探赜索隐，钩深致远”，则是我私心所向往的。昔皇甫湜在《谕业》中说：“书不千轴，不可以语化；文不百代，不可以知变。”我未能读千轴之书，窥百代之文，于曲的源流变化，尚不能条分缕析，如指诸掌。其中模糊影响之谈，挂一漏万之失，自所难免。尚希大方之家，有以是正。

羊春秋

一九九二年四月

于湘潭大学之迎旭轩

目　录

绪 论

曲的名称，由来已久。汉乐府中就有所谓大曲、杂曲、鼓吹曲、横吹曲之类，但那完全是就音乐性而言的，不是指一种文学样式。到了宋、元以后，词曲又往往不分，《东坡乐府》是词，因为他“不喜剪裁以就声律”，突破了前人的藩篱，就被人称为“自是曲子中缚不住者”。和凝是一个喜欢写浮艳词的词人，他的词在汴京、洛阳一带流传很广，便被人称为“曲子相公”。敦煌石室中发现唐人手写的词三十首，都是早期的民间词，而被题作《云谣集杂曲子》，就是把词叫作曲，把词人叫作曲家的例证。元人《菉斐轩词林韵释》，本来是释曲韵的，而称之为“词林”；明、清以还，陈所闻所编的《南宫词纪》和《北宫词纪》，许宇选辑的《词林逸响》，黄文华选辑的《词林一枝》，都是散曲的选本，而皆名之曰“词”；李玄玉的《北词广正谱》，沈自晋的《南词新谱》，吕士雄的《南词定律》，都是讲曲的谱调、音韵和格律的，而概称之曰“词”；这就是把曲叫作词的明证。大抵宋、元以来，曲和词的称谓是混同的。以文字写之则为词，以声度之则为曲。也可以说，在曲还没有独立成为一种文学样式的时候，词就是曲的歌辞；到了曲已经独立出来，蔚为大国，与诗、词鼎立而三的时候，文人学士又好古求雅，喜欢沿用词的旧名，以致词、曲的名称杂出纷陈，这是我们散曲通论应当加以分辨的。

曲又有剧曲、散曲之分。剧曲是戏剧文学，是一种包含着文学、美术、音乐、舞蹈等多方面的综合艺术。不是本书所论述的范围。散曲是诗歌艺术，是诗的一个分支，一种新体，通常是指宋、元以来的南曲和北曲。可以说，曲的代兴，是词演变发展的必然结果，是词走向死胡同以后的必然产物。它既是济词之穷，承词之变，又是顺应时代的潮流，适应民间的审美需要。这些正是本书所要论述的。

第一节　曲的起源

一、前贤的见解

曲的渊源，众说纷纭，而皆语焉不详。述其荦荦大者，约有以下三说：

1. 曲源于词说

主此说者甚多，最具代表性的，是明王世贞、沈宠绥和今人任二北。王世贞是明代著名的文学家，与李攀龙同为“后七子”的领袖，主张“文必秦汉，诗必盛唐”，是复古、拟古主义的倡导者。他对戏曲也很有研究，所著《艺苑卮言》及《曲藻》等，对南北曲的产生及其审美原则，时有创见，受到学术界的重视。他说：

> 曲者，词之变。自金、元入主中国，所用胡乐，嘈杂凄紧，缓急之间，词不能按，乃更为新声以媚之。
>
> ——《曲藻序》

这里有两个要点，一为曲是从词演变而来的；二为演变的原因，是胡乐的传入。胡乐“嘈杂凄紧”，原来的词调已不能适应，于是创为新声以适应这种“胡乐”。这种“新声”，就是“曲子”。

沈宠绥，明万历年间人，是一个明于声律的度曲家。他所著的《弦索辨讹》，将《北西厢》及流行于民间的曲子，逐字加以音注，“字必求其正声，声必求其本义”，作为演唱者的规范。所谓“弦索”，是北曲清唱的别名。因为北曲清唱用类似琵琶而略小的一种乐器伴奏。这种乐器叫作

“弦索”，故清唱北曲，也就沿用了“弦索”这个名称。他说：

> 三百篇后，变而为诗，诗变而为词，词变而为曲。诗盛于唐，词盛于宋，曲盛于元之北。北曲不谐于南，而始有南曲，南曲则大备于明。明初虽有南曲，只用弦索官腔；至嘉、隆间，昆山有魏良辅者，乃渐改旧习，始备众乐，而剧场大成，至今遵之。

这里不仅明确指出了“词变而为曲”，而且说明了曲分而为南、北的原因；不仅叙述了诗、词、曲盛行的时代，而且记载了明初以来音乐伴奏的变化。

今人任二北在其所著《散曲概论·序说第一》，亦开宗明义地指出“曲始自元季，而源于宋词”。第一句讲明曲产生的时代，第二句指出曲产生的渊源。以后他又在《教坊记笺订》一书中的《曲名流变表》上，展示出唐教坊曲、唐曲子词、宋词、金元诸宫调与元北曲、元明南曲的发展轨迹，虽把元曲的渊源上溯至唐的教坊曲，递嬗至金、元的诸宫调，但宋词仍是曲的重要渊源。《教坊记》是唐开元年间崔令钦所撰的一部著作，所记多开元中教坊上所唱的俗乐，所谓“俗乐”，绝大部分来自民间，包括来自各少数民族的歌舞百戏，被宫廷所吸收、所模仿的，是我们考究当时俗乐的珍贵资料。诸宫调是流行于金、元时代的一种说唱艺术，相传是民间艺人孔三传所创，它是取同宫调的若干曲牌联成短套，首尾一韵；再用不同宫调的许多短套联成长篇，其中杂以说白，演唱长篇故事的。如董解元《西厢记诸宫调》、王伯成《天宝遗事诸宫调》（残篇）等。

2. 曲源于胡乐说

主此说者，亦夥颐称盛，近代学者，多向这方面倾斜。其中最有影响者，是徐渭、王骥德和近人吴梅。

徐渭，字文长，自号青藤道士、天池山人，明浙江山阴人。他是一位全能的文人，工诗善文，还擅长书、画、戏剧，所作《四声猿》杂剧，高华爽俊，秾丽奇伟，被王骥德誉为“词人极则”。他的《南词叙录》，是我国第一部论述南戏的源流和发展、评价作家和作品的概论性著作。

他说：

> 今之北曲，盖辽、金北鄙杀伐之音，壮伟狠戾，武夫马上之歌，流入中原，遂为民间之日用。宋词既不可被弦管，南人亦遂尚此。上下风靡，浅俗可嗤。然其间九宫、二十一调，犹唐、宋之遗也，特其止于三声，而四声亡灭耳。

这里说明北曲的产生，是因为辽、金音乐的“流入中原”；南人尚此，是因为宋词已经“不可被弦管”。还指出它的语言虽“浅俗可嗤”，但其宫调还是“唐、宋之遗”，不过没有入声，只有平、上、去三声而已。

王骥德，字伯良，号方诸生，浙江会稽（今绍兴）人，是徐渭的学生，在曲学理论方面，受徐渭影响极深。他的《曲律》，是我国第一部比较全面、比较系统的曲学理论专著，在学术界赢得了很高的声誉。明代戏曲理论家吕天成在《曲品自序》中推崇它“功令条教，胪列具备，真可谓起八代之衰，厥功伟矣”。今人任二北在《曲谐》中说：“无骥德，则谱律之精微，品藻之宏达，皆无以见，即谓今日无曲学可也。”透过这些评论，可见这部书在学术界的评价是很高的。它说：

> 曲，乐之支也。……而金章宗时，渐更为北词，如世所传董解元《西厢记》者，其声犹未纯也。入元而益漫衍其制，栉调比声，北曲遂擅盛一代；顾未免滞于弦索，且多杂胡语，其声近噍以杀，南人不习也。迨季世入我明，又变而为南曲，婉丽妩媚，一唱三叹，于是美善兼至，极声调之致。

首先，它指出曲是音乐派生出来的。王骥德曾经在《曲律 · 杂论下》，引陶宗仪《辍耕录 · 乐曲》条说：“元时北虏达达所用乐器，如筝、纂、琵琶、胡琴、浑不似之类，其所弹之曲，亦与汉人不同。”具体说明了曲与乐的关系。其次，它指出北曲始于金章宗时，但“其声犹未纯”。真正定型化、规范化，是在元初完成的。最后，它指出南曲到元末明初才逐步完善。北曲“多杂胡语”，其音噍杀；南曲“婉丽妩媚，一唱三叹”。这就是南、北曲的基本区别。

吴梅，是近现代的戏曲理论家，字瞿安，号霜崖，江苏苏州人，长期执教于北京、南京等地的高等学校。著有《顾曲麈谈》《中国戏曲概论》《南北词简谱》等。他在《曲学通论》中说：

> 适胡元入主中华，所用胡乐，嘈杂缓急之间，旧词至不能按，乃更为新声，而北曲大备。天意若悯文明禹甸，拘文牵义之无所措其手足，别辟一新文界以处之，至不惜破华夏之防，放此异彩。以吹笳鸣角之雄风，汰金粉靡丽之末习，此亦文学上至奇之局也。

这里指出“胡乐”是曲的催化剂，因袭前贤，无多新意。但认为曲是一“新文界”，是放一“异彩”，是吹笳鸣角的雄风，取代了金粉靡丽的宋词，从而肯定了曲乃一代文学之地位，则是很有见解的。

3. 曲源于乐府说

主此说者，有胡应麟、梁廷枏等。

胡应麟，明代著名文学家，字元瑞，号少室山人，浙江兰溪人。著有《诗数》《少室山房类稿》《少室山房笔丛》等。他在《庄岳委谈》中说：

> 宋词、元曲，咸以仿于唐末，然实陈、隋有之。盖齐梁月露之体，矜华角丽，固已兆端。至陈、隋二主，并富才情，俱湎声色。叔宝之《后庭花》，炀帝之《春江玉树》，宋、元人沿袭滥觞也。

这里说明词和曲，都是源于陈、隋的乐府。说词源于乐府的，宋人王灼在《碧鸡漫志》卷一中早就指出：“盖隋以来，今之所谓曲子者渐兴，至唐稍盛。今则繁声淫奏，殆不可数。古歌变为古乐府，古乐府变为今曲子，其本一也。”他所讲的“今曲子”，就是极盛于宋的词。

梁廷枏，字章冉，别号藤花主人，广东顺德人，清代文学家，做过林则徐的幕僚。通史学，善诗文，精音律，著有《藤花亭十种》。他在《曲话》中说：

> 乐府兴而古乐废，唐绝兴而乐府废，宋人歌词兴，而唐之歌诗又废，元人曲调兴，而宋人歌词之法又渐积于废。诗、词空具声音，元曲则描写实事，其体例固别为一种，然《毛诗·氓之蚩蚩》篇，综一事之始末而具言之，《木兰》诗事迹首尾分明，皆已开曲伎之先声矣。

他把乐府、唐诗、宋词、元曲的代兴之迹，作了一个简单的说明，重点虽在说明上述文学样式的格律谱调，说明元曲的“体例固别为一种”，从其强调“综一事之始末”和“事迹首尾分明”来看，讲的是剧曲而非散曲，但他认为元曲肇端于乐府，则是无庸置疑的。

二、个人的体验

以上诸说，从不同的侧面，各得曲的一源，皆不足以得其全。散曲是兴起于宋、金末年的新体诗，主要是抒情的，即使是咏物，咏史和写景，也都有着浓厚的抒情成份。它产生的原因，主要是：

1. 词的衰微

词本起于民间，流传于歌女伶工之口，原是一种通俗的文学。后来逐渐成为文人手中的专利品，体裁日趋严密，音律日益讲究，辞藻日益富丽，用事日益冷僻，过去妇孺皆晓的里巷歌谣，一变而为典雅绚丽的庙堂文学，不但一般人不能作，而且一般人也不能懂，于是词不能成为广大群众喜闻乐见的文学样式，更不能成为广大群众抒情咏物的工具，而词的生命也就衰落了。乐工们面对“卖弄学问，堆垛陈腐”的宋词，一方面在旧的歌曲中寻求变化，一方面在新的俗曲中寻找养料，经过推陈出新、加工提高，一种新型的文学样式——曲便应运而生了。它一反“贵典雅而贱粗俗，宜蕴藉而忌分明”的传统的审美标准，“话则本之街谈巷议，事则取其直说明言”，“要极新，又要极熟；要极奇，又要极稳”，“欲其流利轻滑而易歌，不欲其乖剌艰涩而难吐”。这种市民的审美标准，取代了文人的审美口味，于是作者发生了变化，艺术也发生了变化。在漫长的历史流程中，作者渐多，曲调渐富，作品渐渐地攀登了艺术的高峰，曲便逐渐取代了词的正统地位，而形成一代文学的艺术特色。王世贞在《曲藻》中说得好：“三百篇亡而后有骚、赋，骚、赋难入乐而后有古乐府，古乐府不入俗而后以唐绝句为乐府，绝句少宛转而后有词，词不快北耳而后有北曲，北曲不谐南耳而后有南曲。”这里所说的“难入乐”“不入俗”“不快北耳”“不谐南耳”也者，换一句话，就是不能适应乃至迎合广大群众的审美口味。“穷则思变”，于是一种符合大众审美口味的新文学样式便取代了已与大众相隔膜、为大众所唾弃的旧样式。

2. 边疆少数民族音乐的传入

我国古代的诗歌，从《诗经》《楚辞》《汉乐府》到唐诗、宋词，都是可以合乐的。“季札观乐”，是《诗经》在朝廷演奏的例证；僧道骞能以楚声歌《楚辞》，是《楚辞》可以演唱的史实；“旗亭画壁”的故事，是唐人绝句活在伶工口中的最好说明；至于宋词，本来是“娱宾遣兴”的玩艺，晏殊在宴饮歌乐之余，出而“呈艺”（见叶梦得《避暑录话》），欧阳修在《采桑子》序中自己说是“聊陈薄技，以佐清欢”。可以想见宋词入乐的盛况了。因为音乐的时代性极强，社会生活的变化，外族音乐的输入，乐器的改造和丰富，都会影响歌词的内涵，曲调的变化。在我国边疆少数民族音乐得到大量输入中原地区的机会，一次是唐代，“胡夷、里巷之曲”，构成了唐代文化的大融合，构成了洋溢着诗的韵味的音乐艺术（见《旧唐书·音乐志》）。一次是宋、元之际，金人、蒙古人进入中原，所谓“胡乐番曲”，也随着他们的战马，传遍了神州大地的每一个角落。曾敏行在《独醒杂志》卷五中说：“先君尝言：宣和间，客京师时，街巷鄙人，多歌番曲，名曰《异国朝》《四国朝》《六国朝》《蛮牌序》《蓬蓬花》等，其言至俚，一时士大夫亦皆歌之。”从这里，我们可以看出边疆少数民族音乐对中原文化的巨大影响，它不但影响了我们传统的音乐，也逐渐改变了我们传统的歌词。到了元代，新乐器的输入，新歌词的传播，更加速了曲的成熟和繁荣。王骥德在《曲律·杂论下》曾经记载边疆少数民族传入的大曲有《哈巴尔图》《畏吾儿》《蒙古摇落四》等十七支，小曲有《黑雀儿叫》《阿林纳》等八支，回族乐曲有《伉俚》《马黑某当当》

《清泉当当》等三支。这些都是纯粹的少数民族曲调，自然无法跟中原地区传统的雅乐合奏，于是不得不制作新声新词，以迎合居于统治地位的民族的审美趣味。这种新声新词，便是曲子。

3. 俗曲的影响

追求形式、讲究辞藻的旧词旧曲，既然不合广大群众的审美口味，广大群众便要自己创造一种符合他们的审美口味的作品来，这就是所谓“俗曲”或“小曲。”它们是通俗的、新鲜的、有着强大的生命力的，从“饥者歌其食、劳者歌其事”的十五《国风》到明代的民歌，都具有这种显著的艺术特色。李开先在《词谑》中引何大复的话说：俗曲，“诗词中状元也。如十五《国风》，出诸里巷妇女之口者，情辞婉曲，有非后世诗人墨客操觚染翰、刻骨流血所能及者，以其真也。”沈德符在《野获编・时尚小令》中也记了李梦阳的话说：“元人小令行于燕、赵后，浸淫日盛。自宣、正至成、弘后，中原又行《锁南枝》《傍妆台》《山坡羊》之属，李崆峒先生初从庆阳徙居汴、梁，闻之，以为可继《国风》之后。”他们所讲的虽然是指明代的民歌，但以此例彼，它们的感情真挚，语言通俗，有着深厚的民间气息，则无疑是共同的。何况《山坡羊》还是南北曲的常用曲牌呢？

元人小令本来叫作“叶儿”，取其小的意思。它的远祖到底是什么呢？一曰大曲。大曲汉、魏已有，只知其由“艳”“趋”“乱”三个部分组成，“艳”在曲之前，“趋”与“乱”在曲之后。唐、宋的大曲，也是众说纷纭，沈括的《梦溪笔谈》，陈旸的《乐书》，王灼的《碧鸡漫志》，均有不同的叙述。一般认为它是由同一宫调的若干“遍”所组成的大型歌舞，分为三段来演奏，第一段叫“散序”，无歌，不舞；第二段叫“中序”或“拍序”，以歌为主；第三段叫作“破”，歌舞并作，以舞为主。从现存董颖的《薄媚・西子词》和曾布的《水调歌头・冯燕传》来看，已经向词体倾斜，与曲有着密切的渊源关系。二曰曲破。它是截用大曲第三段，进行单独演出的。节奏紧促，有歌有舞，在宋代甚为流行，宫廷大宴时，常与其他节目轮番演奏。《宋史・乐志》云：“太宗洞晓音律，前后亲制大小曲及因旧曲创新声者，总三百九十。”其中有曲破二十九种。淳熙三年

（1176）教坊大使中正德进新制《万岁兴龙曲》、刘婉容进自制《十色菊》《千秋岁》，都是曲破，说明当时曲破的盛行情况。孟元老《东京梦华录》和周密《武林旧事》，均有这方面的记载。三曰传踏。它又叫作“转踏”“缠踏”，是盛行于北宋的一种亦歌亦舞的表演形式。演出时分为若干节，每节一诗一词。开演前有“勾队词”，往往用骈文数句；结束有“放队词”，往往用七绝一首。这种形式不仅盛行于民间，文人学士亦多有染指者，王灼《碧鸡漫志》卷三就记载了石曼卿作过《拂霓裳转踏》，述开元、天宝旧事，曼卿还说：“本是月宫之音，翻作人间之曲。”惜其作品已经失传。今存郑仅的《调笑转踏》，因其以《调笑》一调连续歌唱，故后来亦称“转踏”为“调笑”。这种形式到北宋末年，又演变成为“缠令”“缠达”，即“唱赚”的早期形式。耐得翁《都城纪胜》：“唱赚在京师日，有缠令、缠达。有引子、尾声为缠令；引子后以两腔互迎，循环间用者为缠达。”唱赚为张五牛所创，它的结构是集若干曲调为一套曲，前有引子，后有尾声，中间有以“赚”为名的曲调，与曲有着更加接近的渊源关系。四曰诸宫调。诸宫调的体制已如上述，它与大曲的主要区别是，大曲不管遍数多寡，始终用同一宫调，而诸宫调则合许多宫调之曲而成，它是曲的近亲。

4. 语言的发展

我国古典的抒情诗歌，为了适应丰富多采的生活和发展变化了的语言，不得不由“齐言”的四言、五言、七言的句式变而为“杂言”的长短句。七言较之四言，艺术的容量虽然大得多了，反映复杂的生活内容也方便得多了；但由于双音词和多音词的增加，社会生活的五彩缤纷，用传统的旧词旧曲来表现，是很难达到目的的。因此句型由整齐而日趋参差，由七言的长度而更加延伸，便是理有必至、势有必然了。宋词的《喝火令》末的九字一句、十一字一句，已经够长的了，但比起元曲的十七字一句，如王实甫《西厢记》四本三折的《叨叨令》“见安排着车儿马儿不由人熬熬煎煎的气”；二十三字一句，如关汉卿《南吕·一枝花·不伏老》的“我是个蒸不烂煮不熟捶不扁炒不爆响珰珰一粒铜豌豆”，那简直是小巫见大巫了。它加上衬字，可以更好地反映复杂的生活和抒发丰富的感情，可以把死句变活，可以把艰深的词句通俗化、口语化。明人凌濛初在《谭曲杂札》中说得好："元曲原于古乐府之体，故方言、常语，沓而成章，着不得一毫故实；即有用者，亦其本事，如蓝桥、妖庙、阳台、巫山之类。"他指明了"方言常语，沓而成章"是曲的语言特色，是语言运用到曲中的一个大发展。

第二节　曲的主旋律

元、明、清三代的知识分子，不是生活在民族歧视之中，便是挣扎在特务控制之下。民族的忧患，政治的黑暗，仕途的偃蹇，生命的没有保障，形成一种普遍的时代的失落感。这种失落感迫使他们从不同的角度、不同的侧面把自己的感受表现出来，把自己的心声倾吐出来。又因为摆在他们面前的严峻生活，是向整个传统的观念提出了深刻而尖锐的挑战，它包括道德观、价值观和审美观，传统上认为是有道德的、有价值的和美好的东西，现在都要重新加以确认和建立了。这就远远超出了个人的得失、荣辱、是非、功过和离合、悲欢，而关系到整个民族、整个国家、整个传统的兴衰、存亡和因革的大问题。因而他们的苦闷、愤怒、呻吟和呐喊，就带有空前的整体性和深刻性，就出现了主观目的性与客观现实的普遍分裂，从而在散曲领域中形成了三个不同的主旋律，即消极的避世、愤怒的鞭挞和执着的追求。下面将分别予以论述。

一、消极的避世

"避世"，是我国一种古老的处世哲学，孔子所谓"天下有道则见，无道则隐"（《论语 · 泰伯》），"隐"就是遁世、避世的意思。庄子所谓"就薮泽，处闲旷，钓鱼闲处，无为而已矣。此江海之士，避世之人，闲暇者之所好也"（《庄子 · 刻意》）。"江海之士""避世之人""闲暇者"，就是"隐士"。孔子的"避世"，是知其不可为而暂时退避下来，以待时而动，待价而沽，是"入世"的一种手段，是以退为进的处世哲学。而庄子的退隐，则是知其不可为而心造一种幻影，作为自己精神上的避风港，作为自己对现实的一种不肯妥协的抗争。这两种“避世”的思想，在特定的历史条件下，特定的生活环境中，往往成为知识分子强有力的精神支柱。我们的散曲作者，生活在民族歧视和特务横行的黑暗时代，大多数不愿用大声的反抗、愤怒的鞭挞，来抒发自己心中的郁闷，来揭露那个吃人的社会，只好在儒道两家的思想遗存中去找精神力量，在“隐居乐道”的题材中去找精神寄托，于是便形成了散曲的第一个主旋律——消极的避世。但以“入世”为主导面的儒家“避世”思想，和以“逍遥”“齐物”为内涵的道家“避世”思想，表面上虽然巧妙地结合起来了，骨子里却隐藏着精神的分裂症和人格的两重性。所以马致远一面不断表白自己要“种春风二顷田，远红尘千丈波”（《南吕·四块玉·叹世》），一面又忘不了那“登楼意，恨无上天梯”（《南吕·金字经》）。张养浩一面高喊着“俺住云水屋三间，风月竹千竿。一任傀儡棚中闹，且向昆仑顶上看”（《双调·雁儿落带得胜令》），一面却又陶醉在“满城都道好官人”（《中吕·喜春来》）的赞美声中。明代的大散曲家王磐也一面渲染自己要“借樵夫紫翠山居，请几个明月清风旧钓徒，谈一会羲黄上古”（《双调·沉醉东风》），一面又以“喇叭”为喻，讽刺时事，鞭挞赃官，把自己的愤激之情寄托在深沉的幽默之中。清代的朱彝尊同样声称要“归去来休，选个溪亭，作伴沙鸥”（《正宫·折桂令》），一面又满腹牢骚地说“散文章敌不过时髦手，钝舌根念不出摩登咒，穷骨相封不到富民侯，老先生去休”（《正宫·醉太平》）。这些说明他们所采取的处世态度，是儒、道两家思想的相成和互补，因而是多侧面的、立体化的，而不是单一的。

在“入世”和“出世”的矛盾中，他们既直面着血淋淋的现实，即冷酷的民族压迫和民族歧视。在选举问题上，元代的“台省元臣、郡邑长官及雄要之职”，皆由蒙古人担任，汉人只能担任“州县卑秩”（见《草木子》）。在考试问题上，他们明文规定：“试蒙古之生宜从宽，色目生稍加密，汉人生则全。”宽严的程度是：“汉人、南人试策一道，限一千字以上成；蒙古、色目人，试时务策一道，限五百字以上成。”（见《元史·选举志》）在法律问题上，蒙古人殴打汉人，汉人不得还报，即使无故被打死，也只给一点烧埋银；至于汉人打死蒙古人，则要处以死刑，甚至杀戮全家（见《元史 · 刑法志》）。清代也不是一视同仁的。如内阁大学士满、汉各一人，但满员为正一品，汉员为正二品；学士满洲六人，汉四人，满员为二品，汉员为三品（见《清史稿 · 职官志一》）。八旗子弟入学，觉罗荫生入监，都有各种优惠条件（见《清史稿 · 选举志一》）。说明民族歧视在清代，也是渗透到每个角落里的。他们也对历史作了深刻的反省，认为历史上那些为国家建功，为天子分忧的英雄豪杰，大多数是没有下梢的，只有范蠡、张良等少数几个急流勇退的人，才得保首领以殁。请看：

班定远飘零玉关，楚灵均憔悴江干。李斯有黄犬悲，陆机有华亭叹。张柬之老来遭难，把个苏子瞻长流了四五番：因此上功名意懒。

——张养浩《沉醉东风 · 隐居叹》

姜太公贱卖了磻溪岸，韩元帅博得拜将坛。羡傅说守定岩前版，叹灵辄吃了桑间饭，劝豫让吐出喉中炭。如今凌烟阁一层一个鬼门关，长安道一步一个连云栈。

——查德卿《仙吕 · 寄生草 · 感叹》

前一首列举了历史上居官得祸的一些血的教训，来说明“功名意懒”，也就是消极避世的原因。后一首从历史到现实，都作了彻底的否定。否定的对象，已经不是某一个时代，而是否定积极的用世，否定为统治者卖命，否定儒家所称道的“立德、立功、立言”“三不朽”的价值观念。自然这是他们的愤激之谈，在对历史和现实的尖锐批判中，裹着一颗儒家的积极用世的丹心。他们还特别喜欢拿屈原和陶潜来对比，并且毫不掩饰地把屈原作为否定的对象，把陶潜作为学习的榜样。如白朴的《仙吕 · 寄生草》（一作范康的作品）云：

长醉后方何碍，不醒时有甚思？糟腌两个功名字，醅淹千古兴亡事，曲埋万丈虹霓志。不达时皆笑屈原非，但知音尽说陶潜是。

马致远的《双调·拨不断·归隐》也是这么说的：

菊花开，正归来。伴虎溪僧、鹤林友、龙山客，似杜工部、陶渊明、李太白，有洞庭柑、东阳酒、西湖蟹。哎，楚三闾休怪。

还有一个维吾尔族的散曲家贯云石，他在充分肯定屈原的《离骚》可以与“日月同光”之后，大笑屈原的固执，认为他即使跳入了汨罗江，也还是洗不了他身上的污浊的。他说：

楚怀王，忠臣跳入汨罗江。《离骚》读罢空惆怅，日月同光。伤心来笑一场，笑你个三闾强，为甚不身心放？沧浪污你，你污沧浪。

——《双调·殿前欢》

这些散曲对陶潜的忘怀世事、沉湎于酒的避世态度作了充分的肯定，而对屈原的积极用世，眷顾祖国则作了极端的否定，自然是愤世嫉俗的语言，嬉笑怒骂的态度，是“抑圣为狂，长歌当哭”的艺术手法。其实屈原是作者的本来面目，而陶潜则是他被扭曲了的形象。否定他的本来面目，是否定那个时代的不足与有为；肯定他的扭曲形象，是肯定他对那个时代的抗争与不合作。儒家的积极用世，仍然是他的主导思想，自然也是有积极意义的。

寄迹于酒、退隐于野的避世思想，是我国知识分子抒发胸中的牢骚，倾泻对现实的不满，一个经久不衰的主题。明康海与王九思不是也有这样的作品吗？

杖藜，步畦，不作功名计。青山绿水绕柴扉，日与儿曹戏。问柳寻花，谈天说地，无一事萦胸臆。丑妻，布衣，自有天然味。

——康海《中吕·朝天子·遣兴》

暗想东华，五夜清霜寒控马；寻思别驾，一天残月晓排衙。路危常与虎狼狎，命乖却被儿曹骂。到如今谁管咱，葫芦提一任闲玩耍。

——王九思《双调·驻马听》

写得多么潇洒，多么超然，俨然是与人无忤、与世无争的高人了。然而在超然的外衣下面，却揾满了痛苦的眼泪。清代的著名散曲家赵庆熺和许光治，看起来好像在和元人唱对台戏，元人否定屈原，肯定陶潜，他们却唱起反调来，说“自今吾，醒眼看人醉，三闾楚大夫”（赵庆熺《南仙吕·桂枝香》）。说“龙头翰墨场，燕颔功名志，笑东篱未必渊明是”（许光治《正宫·塞鸿秋》）。其实仍然是“入世”和“出世”的思想矛盾，是不满现实的一种表现，不过是他们的感受面不同而已。

二、愤怒的鞭挞

美和刺，也就是歌颂和揭露，是我国诗歌发展史中两个传统的主题。《毛诗序》的“上以风化下，下以风刺上。”“化”自然是“教化”“教育”，“刺”自然是“言之者无罪，闻之者足戒”的讽刺和揭露了。政治的良窳，风俗的厚薄，决定了作品内容的美刺。诗歌之有讽刺，仍然植根于深厚的民族感情，强烈的爱国思想，是一颗至善的心，一双至善的手所渲染的恶，所塑造的恶，是一种布满了善的鞭痕的恶。郑玄说得好：“论功颂德，所以将顺其美；刺过讥失，所以匡救其恶。”（《诗谱序》）清人程廷祚也说：“刺诗之作，亦何往而非忠爱之所流播乎?”（《青溪集·诗论十三》）因为诗人为忠爱之心所驱使，为历史的责任感所驱使，想到为了“匡救其恶”“将顺其美”，在统治者的背上击一猛掌，使之出一身冷汗，往往急不择辞，直接而痛快地抒发自己胸中的郁闷和愤怒。这就是“乱世之音怨以怒，其政乖”（《毛诗序》），“其怒心感者，其声粗以厉”（《礼记·乐记》）的道理。何况散曲已经突破了含蓄、委婉的传统的诗歌审美范畴，即所谓“乐而不淫，哀而不伤，怨而不怒”的美学标准，而以直致、激烈、淋漓、痛快、率真、透辟为其主要的审美要求，也就是李笠翁所说的：“诗文之词采贵典雅而贱粗俗，宜蕴藉而忌分明。词曲则不然，话则本之街谈巷议，事则取其直说明言。”（《闲情偶寄·词曲部·贵显浅》）李氏虽然是就剧曲而言的，但其精神，则完全可以适用于散曲。散曲家利用散曲这个短小精悍的文学样式，作为讥刺时政、鞭挞邪恶的工具，像投枪、像匕首、像一团熊熊的烈火，投向他们所要讽刺和鞭挞的目标，往往能击中要害，烧毁邪恶，使读者发出会心的微笑。如在用人问题上，他们愤怒地鞭挞了那个“黄钟毁弃、瓦釜雷鸣”，颠倒善恶、混淆贤愚的元代统治者：

> 铺眉苫眼早三公，裸袖揎拳享万钟，胡言乱语成时用。大纲来都是哄。说英雄谁是英雄？五眼鸡岐山鸣凤，两头蛇南阳卧龙，三脚猫渭水飞熊。
>
> ——张鸣善《双调·水仙子·讥时》

> 不读书有权，不识字有钱，不晓事倒有人夸荐。老天只恁忒心偏，贤和愚无分辨。折挫英雄，消磨良善，越聪明越运蹇。志高如鲁连，德过如闵骞，依本分只落的人轻贱。
>
> ——无名氏《中吕·朝天子·志感》

它们都是以激切的语言，把用人不当、分配不公的元代社会，揭露得痛快淋漓，鞭辟入里，使读者从它们所渲染的“丑”中，获得一种“美”的享受。

还有那些奸佞当权，擅作威福，把人民推向水深火热之中，散曲家也把他们的丑恶嘴脸塑造了出来，在人民群众面前曝了光。他们有的是官贼不分，有的是唯利是图，有的是扰民滋事，有的是行贿通赂。请看下面的群丑图：

> 堂堂大元，奸佞当权。开河变钞祸根源，惹红巾万千。官法滥、刑法重、黎民怨。人吃人、钞买钞、何曾见，贼做官、官做贼、混愚贤，哀哉可怜！
>
> ——无名氏《正宫·醉太平·讥奸佞当权》

夺泥燕口，削铁针头，刮金佛面细搜求，无中觅有。鹌鹑嗉里寻豌豆，鹭鸶腿上劈精肉，蚊子腹内刳脂油，亏老先生下手。

——无名氏《前调·讥贪小利者》

第一首是揭露“官做贼，贼做官”，官贼不分，因而在官逼民反的情况下，酿成了大规模的红巾军起义。第二首表面上是说“讥贪小利者”，实际是控诉那些手握重权、口衔天宪的大官僚，敲骨吸髓，无所不用其极，连鹌鹑嗉内的豌豆，鹭鸶腿上的精肉，蚊子腹内的脂油，也不肯放过。因为元、明以来，对内阁大臣以至大小九卿，均尊之为“老先生”，明王世贞的《觚不觚录》和清赵翼的《陔余丛考》，都有详细的考稽。曲尾的“亏老先生下手”一语，正好露了馅子，泄了天机。

明、清两代，在揭露官场的丑态方面，也有不少脍炙人口的名篇。蒋一葵《尧山堂外纪》云：“正德间，阉寺当权，往来河下者无虚日。每到，辄吹号头，齐丁夫，民不堪命。王西楼有《咏喇叭·朝天子》一首。”王西楼即江苏高邮的王磐，曲云：

喇叭，锁哪，曲儿小，腔儿大。官船来往乱如麻，全仗你抬身价。军听了军愁，民听了民怕，那里去辨什么真共假。眼见的吹翻了这家，吹伤了那家，只吹的水尽鹅飞罢。

比喻恰切，讽刺深刻，真是力透纸背，入木三分，抵得柳宗元一篇《捕蛇者说》。清代顺治年间，方犹、钱开宗典试江南，备极行贿通赂之事。首题为“贫而无谄”章，榜发，人有题《南商调·黄莺儿》讽之云：

命意在题中，贱贫儿，重富翁，诗云子曰全无用。切磋未通，琢磨欠功，其斯之谓方能中。告诸公，多财子贡，货殖是家风。

“诗云子曰”，不能在考试中发挥作用，能够高中龙虎榜的，只有“多财子贡”之流，哪怕他“切磋未通，琢磨欠功”，仍然能够高掇巍科，独占鳌头。这不是在选拔人才，而是在那里折挫良善。

削尖脑袋，到处钻营，把“蜗角微名，蝇头微利”，作为自己的角逐对象，不择手段，丑态毕露，正如马致远在《双调·夜行船·秋思》中所讽刺的那样：“蛩吟罢一觉才宁贴，鸡鸣时万事无休歇，争名利何年是彻！看密匝匝蚁排兵，乱纷纷蜂酿蜜，急攘攘蝇争血。”真是形象鲜明，色彩强烈，把争名夺利者的丑态刻画得入木三分，给读者以极其强烈的感染力。与它比美的，还有马谦斋的《双调·沉醉东风·自悟》：

取富贵青蝇竞血，进功名白蚁争穴。虎狼丛甚日休，是非海何时彻？人我场慢争优劣，免使旁人做话说，咫尺韶华去也。

说是“自悟”，实是讥时。作者看不惯那些像“青蝇竞血”一样去追求富贵，像“白蚁争穴”一样去谋取功名，决定不再在“人我场”去争什么优劣了。他深刻地认识到官场只不过是一个“虎狼丛”，名场只不过是一个“是非海”，这“虎狼丛”的你争我夺，是永无休止的；这“是非海”的你是我非，是永远也说不明白的。因此他决计要摆脱“虎狼丛”，跳出“是非海”，免得被旁人作为“话说”，作为笑柄。

元代的知识分子，往往“抑居下僚，志不得伸”，过着穷愁潦倒的生活。他们用朴素的语言，玩世不恭的态度，描绘了自己生活的艰难，从另一个角度讽刺了元代知识无用、分配不公的不合理现象。工乐府、善音律，总结北曲用字用韵的规律，撰写了不朽名著《中原音韵》的周德清，写了一首《双调·折桂令·自嗟》的小令，对自己的清贫生活是这么描绘的：

倚蓬窗无语嗟呀，七件儿全无，做甚么人家？柴似灵芝，油如甘露，米若丹砂。酱瓮儿恰才梦撒，盐瓶儿动又告消乏。茶也无多，醋也无多，七件事尚且艰难，教我怎生折桂攀花！

古人言中科举曰折桂，中状元要插宫花，意即从事科举事业。《全元散曲》作“攀柳折花”，这里是据卢前《元曲别裁集》卷下校改的。

著有《录鬼簿》的钟嗣成，曾经多次参加明经科试，都名落孙山，自然更加落魄不羁，他写了三首《正宫．醉太平 · 落魄》，表现了他的突兀不平之气。下面是这个组曲的第三首：

> 风流贫最好，村沙富难交。拾灰泥补砌了旧砖窑，开一个教乞儿市学。裹一顶半新不旧乌纱帽，穿一领半长不短黄麻罩，系一条半联不断皂环绦，做一个穷风月训导。

周曲对“柴似灵芝，油如甘露，米若丹砂”的高贵生活，与自己的承受能力失去平衡，而常常困扰在“七件儿全无”的穷愁生活中，发出无可奈何的叹息。钟曲以玩世不恭的态度，漫画式地勾勒出自己一副穷酸相，那半新不旧的乌纱帽，半长不短的黄麻罩，半联不断的皂环绦，穿戴在一个“穷风月训导”身上，真叫人看了哭笑不得。这决不是用自己的眼泪，来博得别人的一笑；而是用自己的美好的灵魂，来换取无数读者一掬同情之泪。这便是散曲的第二个主旋律。

三、执着的追求

在散曲中，我们还可以看到青年男女对爱情的执着追求。这是长期以来被理学的枷锁桎梏得喘不过气来的一种反动，是“男女之大防”在蒙古族入主中原以后的一次大的决堤。人们经过痛苦历程的深刻反思，决定唾弃那种丑恶、虚伪的感情形态，而代之以正常、健康的真正爱情，从心底深处所发出来的情语，从惊世骇俗的爱情冒险中所奉献出来的一颗金子般的心，决不是打情骂俏、征歌选色的作品所可同日而语的，因而在追求爱情幸福的历程上，具有里程碑的意义。她们一方面认识到爱情的幸福来之不易：“从来好事天生俭，自古瓜儿苦后甜。你娘催逼紧拘钳，甚是严，越间阻越情忺。”（白朴《中吕 · 喜春来 · 题情》）说明要冲破封建势力的重重阻力，沉浸在幸福的爱情之中，是要经过艰苦的斗争的。但她们认识到一个真理——“从来好事天生俭，自古瓜儿苦后甜”，这就为她们争取爱情的幸福，增添了无穷的力量和勇气。这是宋、元以来市民阶层在爱情问题上的一个共识。她们另一方面又憧憬着一个美好的愿望，那就是“愿天下有情人都成眷属”的理想。“闷酒将来刚刚咽，欲饮先浇奠。频祝愿，普天下断爱心早团圆。谢神天，教俺也频频的勤相见。”（商挺《双调·步步娇·祝愿》）这支曲词，在形式上使人容易联想到白居易《赠梦得》的：“为我尽一杯，与君发三愿：一愿世清平，二愿身强健，三愿临老头，数与君相见”。后来冯延巳在《长命女》一词中袭用他的艺术构思，将朋友之情变为男女之爱，其词云：“春日宴，绿酒一杯歌一遍，再拜陈三愿：一愿郎君千岁，二愿妾身常健，三愿如同梁上燕，岁岁长相见。”但仍然停留在男欢女爱、生离死别的感情圈子里，而没有提出来“愿普天下有情的都成了眷属”的主张。其实商挺喊出的“频祝愿，普天下断爱心早团圆”，比王实甫在《西厢记》中提出这种以爱情为基础的婚姻观，大约要早半个世纪左右，所以是非常可贵的。

爱情，是文艺作品中永恒的主题。诗词中俯拾即是，美不胜收。然而写得像曲这么大胆泼辣，尖新顽艳，能够感人至深，催人泪下，使人人喷饭捧腹，破涕为笑，感到不啻若自其口出的，却是不多见的。如张可久的《中吕·山坡羊·闺思》云：

> 云松螺髻，香温鸳被，掩春闺一觉伤春睡。柳花飞，小琼姬，一声雪下呈祥瑞，团圆梦儿生唤起。谁，不做美？呸，却是你！

活活画出一位少妇嗔怪小丫头“一声雪下呈祥瑞”，唤醒她的团圆美梦时那副娇嗔薄恼的神态。使人联想起金昌绪《春怨》的“打起黄莺儿，莫教枝上啼。啼时惊妾梦，不得到辽西”这首万口流传的小诗，被大词人苏东坡巧妙地把它的意境“偷”来，写在他的《水龙吟》词中：“梦随风万里，寻郎去处，又还被莺呼起。”应该说“偷”得更加巧妙，完全抹去针线痕迹的，还是东坡的前辈词人晏殊，他在《采桑子》一词的下片说：“梧桐昨夜西风急，淡月胧明，好梦频惊，何处高楼雁一声？”把“黄莺”换成了过雁，当然是想灭尽形迹。他们同样是怀念远人，同样是惊回好梦，在诗则情胜于辞，蕴藉风流；在词则情余言外，不胜哀怨；而在曲则穷形尽相，痛快淋漓。又如徐再思的《双调 · 沉醉东风 · 春情》云：

> 一自多才间阔，几时盼得成合？今日个猛见他门前过，待唤着怕人瞧科。我这里高唱当时《水调歌》，要识得声音是我。

一个多情的少女看到久别的情人，在封建礼教的束缚下，连"唤"一声都"怕人瞧科"。但她却情急智生，高唱着当时流行的歌曲，让对方听到她那熟悉的声音。真是神态毕见，饶有风趣。也有为了捍卫自己的权利，把"一夫多妻制"的封建礼教踩在自己的脚下，向丈夫提出尖锐的挑战说：

> 想人生最苦离别，唱到阳关，休唱三叠。急煎煎抹泪揉眵，意迟揉腮撧耳，呆答孩闭口藏舌。情儿分儿你心里记者，病儿痛儿我身上添些，家儿活儿既是抛撇，书儿信儿是必休绝，花儿草儿打听得风声，车儿马儿我亲自来也。
>
> ——刘庭信《双调 · 折桂令 · 忆别》

这比起《西厢记》第四折莺莺在长桥送别张生的那支《二煞》"你休优'文齐福不齐'，我只怕你'停妻再娶妻'。休要'一春鱼雁无消息'！我这里青鸾有信频须寄，你却休'金榜无名誓不归'。此一节君须记，若见了异乡花草，再休似此处栖迟"就要大胆得多，泼辣得多。如果说莺莺是一个弱女子，那么前面那支小令中的主人公便是一个女强人。不错，莺莺也说过："但得一个并头莲，煞强如状元及第。"似乎把仕途经济、功名科第那样的"蜗角虚名，蝇头微利"，全没有放在眼里，但比起白朴在他的《中吕 · 喜春来 · 题情》中所塑造的那个少女的形象，也要温文尔雅得多。曲云：

> 笑将红袖遮银烛，不放才郎夜看书，相偎相抱取欢娱。止不过迭

应举，及第待何如？

《菉猗室曲话》说："宋词之所短，即元曲之所长。"从上述的几支曲子来看，的确是见道之言。当然，尖新泼辣，痛快淋漓，是曲所追求的艺术风格，而低回婉转，含蓄蕴藉，是词所应有的审美趣味，我们决不能用一把尺子来衡量一切艺术品，来说词短于曲、曲长于词的。

到了明、清两代，理学的罗网收得更紧了。以爱情为主题的散曲，柔情蜜意的抒发和描写更加细致了，但思想的光辉则显得有些黯淡，倒有点像诗中的"香奁体"。如沈仕的《唾窗绒》中所收的情曲，冶艳之中，生动清丽，读之令人荡思摇情，因而受谤无穷。其《南南吕·懒画眉》二首云：

倚门无语掐残花，蓦然间春色微烘上脸霞。相思薄幸那冤家，临风不敢高声骂，只教我指定名儿暗咬牙。

东风吹粉酿梨花，几日相思闷转加。偶闻人语隔窗纱，不觉猛地浑身乍，却原来是架上鹦鹉不是他。

那神态，那感情的跳动，那心理的细微变化，都在"暗咬牙"和"浑身乍"中，把一个少女的情思惟妙惟肖地刻画了出来，这就是"沈青门体"的艺术风格。这种风格是俗而不俗，俗中有雅；文而不文，文中有俗。冷隽中有热情，浅显中有蕴藉。像这种风格的作品，在明代的散曲中还很多，如张凤翼《南仙吕·醉扶归》：

相思欲见浑难见，果然是"别时容易见时难"，见时又怕起波澜。待教不见情难弃，见和不见两头担，只索向枕边梦里寻方便。

欲见又怕见，不见又想见，见和不见的思想矛盾，困扰着这位多情的少妇。虽然完全丧失了元人散曲中的蒜酪味，却在读者面前闪耀着一种阴柔之美。冯梦龙吸取了民歌的精神，泼辣大方，粗野中有温顺，缠绵时不轻浮，他的《南双调 · 江儿水》便具有这样的艺术趣味。曲云：

郎莫开船者，西风又大了些，不如依旧还奴舍。郎要东西和奴说，郎身若冷奴身热，且受用而今这一夜。明日风和，便去也奴心安贴。

用通俗的语言，写情中的悄语，嘘寒问暖，体贴入微，但觉其絮架叨叨之中，流露出一种甜甜蜜蜜的深情。清代的散曲，更加词化，更加雅化，本色自然的曲的特色，已经很少见了。但在以爱情为主题的小令中，还可以发现这样的作品。如沈谦的《双调 · 玉抱肚 · 送别》云：

临歧好生难舍，肠一寸千缕万结，逞什么喉舌。寒山一带暮云遮，眼睁睁人去也。

读了这支小令，使人很容易想起关汉卿的《南吕 · 四块玉 · 送别》来：

自送别，心难舍。一点相思几时绝，凭栏袖拂杨花雪。溪又斜，山又遮，人去也。

它们之间有没有因袭的关系，这里且不去说，但作者至少还是力求向本色自然的艺术特色方面倾斜的。真正能够保持曲的本色自然的特质的，还是无名氏的《仙吕 · 寄生草 · 圈儿信》：

相思欲寄从何寄，画个圈儿替。话在圈儿外，心在圈儿里。我密密加圈，你须密密知侬意。单圈儿是我，双圈儿是你。整圈儿是团圆，破圈儿是别离。还有那说不尽的相思，把一路圈儿圈到底。

《两般秋雨庵随笔》所载的这一支小令，虽有些近乎游戏的笔墨，但却保持了曲的本色自然的情调，因而是可取的。

除了上述三种主旋律而外，散曲中还有大量的写景、咏史、咏物的作品，但这些与作者的思想观点较少联系，所以没有把它列到主旋律里来。

第三节　曲的鉴赏

曲是元代的一种新体诗，而诗则是文学的最高形式，因而鉴赏诗歌，需要有更高层次的审美水平。鉴赏是创作的知音，而知音是很不容易的。所以屈原说："文质疏内兮，众不知余之异采。"（《九章·怀沙》）刘勰说："音实难知，知实难逢。逢其知音，千载其一乎！"（《文心雕龙·知音》）杜甫也不胜慨叹地说："百年歌自苦，未见有知音。"（《南征》）这是作家和评论家的共识，也是作家向鉴赏者提出的尖锐挑战。

首先，鉴赏者要精湛地鉴赏一首作品，必须"知人论世"，必须了解某一文学样式的艺术规律，必须了解作品的立意、内涵和意境。一句话，就是要有丰富的知识储备。储备的知识越多，就越能在鉴赏中不断扩大和加深自己的审美愉悦与审美发现，并能在自己独到的美感体验中对作品进行艺术的再创造。所以刘勰说："凡操千曲而后晓声，观千剑而后识器，故圆照之象，务先博观。"（《文心雕龙·知音》）"晓声"的灵耳是先"操千曲"，"识器"的慧眼是先"观千剑"，没有这样的直接体验，是不可能做出正确的审美判断的。何况作品的内涵越丰富、外延越宽广，就越难穷尽它的审美发现。所谓"其曲弥高，其和弥寡"，正是说的这个道理。"下里巴人"，容易为众耳所乐闻；"阳春白雪"就必须有知音的耳朵才能欣赏。没有钟子期的耳朵，就不可能辨别"高山流水"的琴趣；没有贺知章的眼睛，就不可能一见李白而呼为"谪仙人"，并解下金龟换来美酒与之对饮尽欢。李白对他的知音之感，一直记在心里。后来他写了一首回忆的诗云："四明有狂客，风流贺季真。长安一相见，呼我谪仙人。"（《对酒忆贺监》）贺季真，即贺知章，又自号为"四明狂客"，因为他做过秘书监，所以又被称为"贺监"。无论是钟子期的耳朵，还是贺知章的眼睛，都是在“操千曲”“观千剑”的反复体验中锻炼出来的。没有这种生活体验和知识储备，就不可能成为真正的鉴赏家。元曲虽然以本色自然为它的艺术特色，但时代的变迁，语言的变化，典故的运用，生活风俗的隔阂，也往往使人不容易把握曲的内涵与外延，甚至闹出笑话来。其中有因为不懂元人的方言俗语而闹的笑话，如商挺的《双调·潘妃曲》中有“投至望君回，滴尽多少关山泪”之句，有人由于不懂得“投至”为元曲中的习用语，是“比及”“待到”的意思，而望文生义，说是“把书信终于寄出了，希望信到之时夫君马上返回”。睢景臣的《般涉调·哨遍·高祖还乡》中有“瞎王留引定火乔男女”的话，有人不了解“瞎王留”在元曲中一般是指好出风头的农村青年，竟说“王留是领乐队的，‘火乔男女’是奏乐的人们”，岂非强不知以为知么？也有不懂典故出处而闹的笑话，如元好问的《中吕·喜春来·春宴》中有“休随刘阮到天台”之句，有人不知道刘晨、阮肇到天台山采药遇到仙女的故事，竟说“刘指西晋诗人刘琨，阮指诗人阮籍”，接着又加以发挥道：“元好问表示要与他们一样，不与元朝统治者合作，但又要高出他们一筹，决不隐逸避世，而是要担当起编撰金史的历史重任。”真是越说越远，不知所云了。乔吉的《双调·折桂令·风雨登虎丘》中有“千古恩仇，浪卷胥魂”的话，有人不知道“胥魂”是伍子胥被吴王夫差所杀，用鸱夷革装了他的尸体投入江中，他的魂魄化为涛神，后因称浙江涛为胥涛，便似是而非地说：“子胥的父亲伍奢，哥哥伍尚，都被楚平王所杀。伍子胥佐吴王阖闾伐楚，掘平王墓，以报父兄之仇。……如今的伍子胥呢？也消失在历史的波涛中了。”还有不懂古代的风俗习称而闹的笑话，如朱庭玉的《南吕·一枝花·女怨》中有“月下砧，风前铁，敲碎人肠”的话，有人不懂“铁”是挂在檐间的铁马，也就是风铃，竟把它释为“西风前，捣衣石边洗衣妇举起铁杵捣衣的声音”。邓玉宾的《中吕·粉蝶儿》一套中有“婴儿弱，姹女娇，亲怀抱”的话，有人不知道古代的道家称铅为“婴儿”，称汞为“姹女”，两者都是炼丹的基本元素，竟把它解释为“用比喻的手法，说明制药的用心，像对待瘦弱的婴儿、娇美的少女一样，备加关怀”。由此可以看出，知识储备，是鉴赏者首先必须具备的条件。

其次，鉴赏者必须有丰富的审美联想和想象，才能在作者提供的一星半点的字面内涵以外，“视通万里，思接千载”，获得更多的审美发现和审美愉悦。曲一般要求直截了当，淋漓痛快，潜台词比较少，不像诗、词那样，有着极大的弹性，变得出无穷的花样，装得进无限的内容，供鉴赏者展开想象的翅膀，在作者所留下的广阔的空间中去翱翔。但“形象大于思维”的艺术规律，依然是适用于曲的。何况曲有时也要“欲说还休，欲说还休”，即不把意思说尽，而把要说的内涵蕴藏在它所刻画的形象里，让读者根据自己的生活经验去补充、去联想、去丰富、去理解作者那些不尽之意，无声之言。亦即英国作家王尔德所说的：批评家应“以艺术作品为起点，从事新的创造”。

云笼月，风弄铁，两般儿助人凄切。剔银灯欲将心事写，长吁气一声吹灭。

——马致远《双调·落梅风》

这支曲子用极其孤寂幽静的景色，烘托出离人的千愁万恨。浮云笼月，晚风弄铁，使离人在窗前月下、风声铃声中越发感到百无聊赖，于是很自然地想到远在天涯的情人。她决心把自己的一缕相思，万种柔情，一股脑儿向自己的亲人倾泻出来。她剔亮银灯，铺好花笺，忽然长吁了一口气，把银灯吹灭了。这出人意表的简单的动作，反映了她丰富的内心世界，从而扩大了它的艺术容量，增强了它的艺术感染力，给读者提供了极其宽广的联想余地。因为她在无可奈何之时，所表现的无可奈何之举，是会引起读者连问几个为什么的。她的这一“吹”，到底是因为“商人重利轻别离”，还是“名成翻恐误归期”，抑或是“异乡花草留人住”呢？这一切都在“长吁气一声吹灭”的简单动作中淋漓尽致地表现了出来。它是怨、是恨、是嫉妒，是嗔、是爱、是多情。试想：如果作者在“剔银灯欲将心事写”之后，真的来一个“上写加餐饭，下写长相忆”，那就完全破坏了这个美的意境，而不成其为艺术作品了。因为作者在这里所裁取的那个生活断面，是最富于生活气息，最接近感情的高潮，最能表现人物内心世界的契机。别林斯基在《论文学》中说："有一些事件，有一些境遇，……在一瞬间集中了那么多的生活，一个世纪也用不完。"这支曲子正是在"一声吹灭"的那一瞬间，集中了丰富的生活，所以能够启发人的妙悟，引起人的美感。又如：

美人自刎乌江岸，战火曾烧赤壁山，将军空老玉门关。伤心秦汉，生民涂炭，读书人一声长叹！

——张可久《中吕·喜春来·怀古》

这支曲子开始就以"鼎足对"的形式，列举了我国历史上三个叱咤风云的人物：项羽、周瑜和班超。他们的勋名是万古不可磨灭的，然而他们勋名的垫脚石，则是战场上的累累白骨。正当他们横行万里、立功异域的时候，人民却在经历着"生灵涂炭"的苦难。只要读一读王翰的"醉卧沙场君莫笑，古来征战几人回"（《凉州词》）、陈陶的"可怜无定河边骨，犹是春闺梦里人"（《陇西行》）、曹松的"凭君莫话封侯事，一将功成万骨枯"（《己亥岁》），就可以知道战争给人民带来多么深重的苦难，战争夺去了多少人的幸福以至生命。作者没有对他们的成败得失，作出正面的评论，却在"读书人一声长叹"中寄托了自己的惋惜、赞美和批评的深意。这"一声长叹"，有"大江东去，浪淘尽千古风流人物"（苏轼《念奴娇·赤壁怀古》）的叹惋；有"兴，百姓苦；亡，百姓苦"（张养浩《山坡羊·潼关怀古》）的责难；还有"争弱争强，天丧天亡""都一枕梦黄粱"（马谦斋《柳营曲·楚汉遗事》）的感伤。这么丰富的感情，都浓缩在"读书人一声长叹"中，可见它是凝练、含蓄的典型，是意在言外、情溢辞中的杰构。如果我们只满足于作者在字面上所提供的东西，而不去充分发挥审美的联想，那就不可能深切地了解曲意，实现感情与思辨交互作用下的审美发现。当然，审美联想必须是题中应有之义，必须是合情合理的延伸与扩展，而不是外加的，牵强附会的。

最后，鉴赏者必须根据不同的文学样式，从不同的审美角度，作出不同的审美判断。诗、词、曲的风骨、情采、声律、辞藻，各有自己的要求和特质，如果用一把尺子去衡量，势必凿枘难合，窒碍不通，甚至以美为恶，以劣充良。同是写西湖的，苏轼的诗则曰：

水光潋滟晴方好，山色空蒙雨亦奇。
欲把西湖比西子，淡妆浓抹总相宜。

这首诗被人们称作“前无古人，后无来者”的“名篇”，从此人们便把“西子湖”作为西湖的别称，正如陈衍在《宋诗精华录》中所说，“遂成为西湖定评”。东坡自己对这一比喻也极为得意，曾在不同的题材和场合中多次加以运用。《次韵刘景文登介亭》的诗，有“西湖真西子，烟树点眉目”。《次前韵答马忠玉》的诗，有“只有西湖似西子，故应宛转为君容”。其所以脍炙人口，传诵不衰的原因，一是比喻神妙，一是概括性强。前者在喻体和本体之间，是遗其貌而取其神。对西湖来说，晴也好，雨也好，对西子来说，淡妆也好，浓妆也好，都不影响她的美。后者是诗人所写的西湖，不是一时之景，一角之景，而是对西湖的全面写照，既有晴，也有雨，既有貌，也有神。再看柳永的《望海潮》下片云：

重湖叠巘清嘉，有三秋桂子，十里荷花。羌管弄晴，菱歌泛夜，嬉嬉钓叟莲娃。千骑拥高牙，乘醉听箫鼓，吟赏烟霞。异日图将好景，归向凤池夸。

这首词概括了西湖的情景，在当时流传很广。据说金主完颜亮听了这首词之后，欣然有慕于“三秋桂子，十里荷花”，遂起投鞭渡江之志。所以诗人谢处厚有诗说：“谁把杭州曲子讴？荷花十里桂三秋。那知草木无情物，牵动长江万里愁！”事见罗大经《鹤林玉露》。这首词之所以产生这么大的影响，是因为它善于“状难状之景，达难达之情，而出之以自然”（冯煦《宋六十一家词选例言》）。是因为它善于铺排，把荷艳桂香，羌管菱歌，钓叟莲娃，箫鼓烟霞，妆点着重湖叠巘的清丽，表现出达官贵人的歌舞升平。但它还基本上是运用活在人们口头的通俗语言，来反映市民阶层的生活面貌的，因而属于“俚词”的范围，至于传统的“雅词”，与诗的区别就更显而易见了。一般说来，诗显而词隐，诗直而词婉，诗有时质言而词更多比兴，诗尚能敷畅而词更多蕴藉。王国维说得好：“词之为体，要眇宜修，能言诗之所不能言，而不能尽言诗之所能言，诗之境阔，词之言长。”（《人间词话》）缪钺先生更进一步把词的特征，析为“其文小”“其质轻”“其径狭”“其境隐”（《诗词散论·论词》）四端，自是探骊得珠之论。请看北宋潘阆的《酒泉子·长忆西湖》一词：

长忆西湖，尽日凭栏楼上望。三三两两钓鱼舟，岛屿正清秋。笛声依约芦花里，白鸟成行忽惊起。别来闲整钓鱼竿，思入水云寒。

据《历代诗余》引《古今词话》说，东坡非常喜欢这首词，曾把它写在玉堂屏风上。石曼卿还叫画工依据词意绘了一幅画，说明这首词在当时是获得了很高的评价的。因为它的上下片各一结，发于哀乐之深，寄其幽约之怀，使读者在其所构想的精美境界中，有着回肠荡气之感。

词和散曲虽然在形式上都是比较自由的长短句化的诗，但它们的精神、韵味、情采、辞藻却是很有区别的。王士祯论词和曲的分界时说：“‘无可奈何花落去，似曾相识燕归来’，定非香奁诗；‘良辰美景奈何天，赏心乐事谁家院’，定非草堂词。”（见《词衷》）虽然讲得很笼统，很模糊，但却可以从中悟出一点道理来。下面试把汤式一支《西湖感旧》的散曲来比较一下：

问西湖昔日如何，朝也笙歌，暮也笙歌。问西湖今日如何，朝也干戈，暮也干戈。昔日也二十里沽酒楼香风绮罗；今日个两三个打鱼船落日沧波。光景蹉跎，人物消磨。昔日西湖，今日南柯。

——《双调·天香引·西湖感旧》

纯用通俗的语言，对比的手法，从西湖今昔的变化着眼，把昔日的繁华和今日的荒凉对比起来，把过去的和平景象和眼前的混乱局面对比起来。说尽说透，不留余蕴，一种怀恋故国的感情，跃然纸上，使人从中获得淋漓痛快的美的享受。跟潘阆那首词的凄迷怅惘，哀乐交融，寄兴深微，归趣难求，显然在精神、韵味上是有区别的。如果鉴赏者以不明显，不醒豁去责潘词，以不蕴藉、不含蓄去责汤曲，必然两皆失之。因为于词必求明显，反伤浅露；于曲必求蕴藉，反失本色。所以鉴赏者决不能用一把尺子，去衡量一切文体，而应该从接受美学的角度，明其体制，别其风韵，从美的多样性中去发掘美。因为艺术之宫是一座组合式的结构，既有龙楼凤阁，又有歌台舞榭；既有深宅大院，又有幽栏曲涧。决不能以彼之崇高，轻此之纤小；亦不能以彼之宽敞，薄此之迂回。各擅其美，各有其妙，合之则兼善，析之则独美。问题在于从什么角度去欣赏它，去评论它。崇高是一种美，纤小也是一种美；宽敞是一种美，迂回也是一种美。只要我们能够用不同的尺子，去衡量不同的美的特质，就一定有更多的审美发现。

第一章　体制论

散曲，是曲的一种体制。它是对有科白之剧曲而言的。科白是散文，而散曲是韵文，有科白，便不成其为韵文了。散曲，又叫清曲，因为散曲便于清唱，即唱时不用锣鼓而用弦索。散曲也和诗词一样，抒情、叙事，写景、咏物，无适而不可。散曲是总名，以形式而言，则有小令、散套之分；以内容而言，则有黄冠、承安、玉堂、草堂、楚江、香奁、骚人、俳优之别；以作法而言，则有短柱、独木桥、叠韵、犯韵、顶真、叠字、嵌字、回文、重句诸体；以流派而言，则有丹丘、宗匠、盛元、江东、西江、东吴、淮南各派。这里仅就明朱权在《太和正音谱》内所定之乐府十五体，以及今人任讷在《散曲概论》所论述的而言。其实还有其他的不同分法，如就内容来分，明陈所闻在《南北宫词纪》中，就分北纪为宴赏、祝贺、栖逸（含归田）、送别、旅怀（附悼亡）、咏物、宫室、闺情等八个门类；分南纪为美丽、闺怨、宴赏、祝贺、题赠、寄慰、送别、写怀、伤逝、隐逸、游览、咏物、嘲笑等十三个门类。就形式来分，我主张将带过曲与集曲另列，而与小令、散套平行。就派别来分，任讷又主张仅列豪放、端谨、清丽三派，我则主张仅列本色与文采或豪放与清丽两系。这些都是可以进一步探讨的。兹分别论述如次。

第一节　散曲的一般形式

散曲的一般形式，我以为主要有小令、带过曲、集曲和散套。

一、小令

小令，又叫“叶儿”，取其小的意思。因为它是散曲中最简单的一种形式，相当于诗的一首，词的一阕，所以是曲的最小的独立单位。它跟词的小令含义不同，词中的小令，是对词的中调和长调而言的，一般指字数在六十字以下，篇幅较为短小的词；曲中的小令，是对成套的散曲而言的，不论字数的多寡都叫小令。事实上小令的篇幅都比较小，北曲三百三十五章（据《中原音韵》），六十字（不计衬字）以上的仅二十三章，八十字以上的只有七章，最长的《草池春》也不过一百四十五字，比起词中最长的《莺啼序》二百四十字来，真是小巫见大巫了。以《中原音韵·作词十法》中所列举的“定格”《中吕·喜春来》为例：

闲花酝酿峰儿蜜，细雨调和燕子泥，绿窗蝶梦觉来迟。谁唤起？帘外晓莺啼。

这是胡祗遹所写的《春景》三首之二。它描绘了花开蝶飞的明媚春光，给读者一种清新的感受。从它的体制来看，至少有以下三个特点：一是调有定句，句有定字。句式为七七七、三五，共五句二十六字。二是句句押韵，但平、上、去、入通押。“泥”“迟”“啼”为平声韵，“蜜”为入声韵，“起”为上声韵。三是字有定声。《中原音韵》评曰：“‘调’字、‘迟’字俱属阳，妙。‘蜜’字去声，好，切不可上声。但要‘唤’字去声，‘起’平、上皆可。”但《太和正音谱》举周德清自作之《中吕·喜春来》云：

雨晴花柳新梳洗，月暖蜂蝶便整齐，晓寒莺燕便收拾。催唤起，早赴牡丹期。

“洗”字正是上声，可见不拘。又上曲之“谁唤起”，此曲之“催唤起”或作“平去平”，如姚燧的“诗气豪”，马致远的“机自参”，徐再思的“深闭门”，周氏本人的“韩寿香”皆是。末句《中原音韵》云“须仄仄仄平平”，但第一字可不拘。这是从“字有定声”的角度来说的。至于“句句押韵”，亦不必过于拘泥。如马致远的《中吕 · 喜春来 · 六艺》六首之二云：

宫商律吕随时奏，散虑焚香理素琴，人和神悦在佳音。不关心，玉漏滴残淋。

“奏”字便没有押韵。以下四首的第一句——“古来射席观其德”“昔驰车骑经燕赵”“笔尖落纸生云雾”与“盈虚妙自胸中蓄”，均与“庚青”“寒山”“先天”等韵不合。说明第一句可以协韵，也可以不协韵。

甚至在字数和句数上，也有很大的伸缩性。《中原音韵》以张养浩的《双调 · 折桂令 · 过金山寺》一曲为定格，曲云：

长江浩浩西来，水面云山，山上楼台。山水相连，楼台上下，天地安排。诗句就云山失色，酒杯宽天地忘怀。醉眼睁开，回首蓬莱。一半云遮，一半烟埋。

共十二句，句式是六四四、四四四、七七、四四四四。但他的同调《中秋》一曲则为：

一轮飞镜谁磨，照彻乾坤，印透山河。玉露冷冷，洗秋空银汉无波，比常夜清光更多，尽无碍桂影婆娑。老子高歌，为问嫦娥。良夜恹恹，不醉如何。

以上两曲都是张养浩《云庄休居自适小乐府》中的名篇。且不说后面这支小令是从辛弃疾的《太常引》“一轮秋影转金波，飞镜又重磨。把酒问姮娥：被白发欺人奈何？乘风好去，长空万里，直下看山河。斫去桂婆娑，人道是清光更多”一词中变化出来的，而辛词又是袭取杜诗“斫却月中桂，清光应更多”（《一百五日夜对月诗》）的意境而来。就是在字数、句数上，两曲也有很大的出入。它只有十一句，句式是六四四、四七七七、四四四四。《钦定曲谱》和《南北词简谱》并举张可久《双调·折桂令·次白真大韵》一曲为例云：

葛花袍纸扇芭蕉，两袖仙风，万古诗豪。富贵劳劳，功名小小，车马朝朝。算只有青山不老，是谁教白发相饶。休负良宵，百斛金波，一曲琼箫。

虽然也是十一句，但句式却成了七四四、四四四、七七、四四四了。唐圭璋先生认为末四字句，一作四句，一作三句，所以少了一句，见所著《元人小令格律》。看来也不是绝对的。前面所引的张养浩那支《折桂令》，曲末的四字句，不也是四句么？可它却只有十一句。可见小令的字数和句数，都存在很大的伸缩性。

小令的另一种形式叫作“重头，”也叫“联章”。凡以同一曲调，重复填写两遍以上，多的可至百遍，句法全同，用韵各异，或分咏，或合叙。简言之，就是围绕一个中心，用同一曲调所填写的组曲。这种组曲元初即有，如白朴的《越调·天净沙》四首，分写春、夏、秋、冬四时的景色；滕斌的《中吕·普天乐》四首写酒、色、财、气四种情欲；马致远的《双调·寿阳曲》八首、鲜于必仁《中吕·普天乐》八首分写山市晴岚、远浦归帆、平沙落雁、潇湘夜雨、烟寺晚钟、渔村夕照、江天暮雪、洞庭秋月等八个景点。关汉卿的《中吕·普天乐》十六首合写“崔张十六事”；《雍熙乐府》所载，也有以《满庭芳》十首和《小桃红》一百首，合写张生、莺莺的恋爱故事的。题咏故事，自然非一调所能尽，必视其内容之多寡，以定重头的遍数。明人李开先写了《傍妆台》一百阕，王九思也和了一百首，则是围绕一个中心而写的组曲。张养浩的《中吕·山坡羊》七首，就是一个脍炙人口的重头组曲，兹录其“潼关怀古”和“未央怀古”两曲如后：

峰峦如聚，波涛如怒，山河表里潼关路。望西都，意踟蹰。伤心秦汉经行处，宫阙万间都做了土。兴，百姓苦；亡，百姓苦。

三杰当日，俱曾此地，殷勤纳谏论兴废。见遗基，怎不伤悲！山河犹带英雄气，试上最高处闲坐地。东，也在图画里；西，也在图画里。

从这两曲中，可以总结出重头的两个主要特点，一是同曲调，分写不同的内容，重复的遍数，视内容的多寡而定，可以是单数，也可以是双数。二是各调可以用不同的韵脚。前一首用“鱼模”韵，后一首用“齐微”韵。当然也不排斥用同一韵脚。如这个组曲的“骊山怀古”和“沔池怀古”，用的也是“鱼模”韵。

作小令，要蕴藉，要少用衬字，要言简而趣味无穷。王骥德在《曲律 · 论小令》中强调：“小令亦须字字看得精细：着一戾句不得，着一草率字不得。”说明小令篇幅虽小，正如诗之五、七言绝句，要以最经济的笔墨，包涵最丰富的感情，宛转绵丽，浅至儇俏，绝不是轻率操觚者所能做得好的。

二、带过曲

一般用两个或三个同一宫调的小令连在一起，共同表达一个内容，叫作“带过曲”。说“一般”是因为有例外，如正宫的“叨叨令”带双调的“折桂令”，中吕的“山坡羊”带仙吕的“青哥儿”，中吕的“醉高歌”带双调的“殿前欢”。就不是同一宫调。有人说，填曲时，一调不足以尽其意，乃续取同一宫调的另一曲牌继续填写，像后一曲调是前一曲调引带出来的，所以叫作“带过曲”。“带过”二字或连用，或任用其一，或用“兼”字，或称“兼带”。有“北带北”“南带南”“南北兼带”等形式。它有四个要点：一要同一宫调（正例）；二要一韵到底；三是至多不能超过三支曲子；四是它有逐渐形成的定格，据任中敏在《散曲概论 · 用调》一章中的统计，为前人所习用者仅三十四调，不能随心所欲，任意“拉郎配”。

现将前人所习用的带过曲调录在下面：属于正宫的有“脱布衫带小梁州”“小梁州带风入松”；属于仙吕的有“后庭花带青哥儿”“哪吒令带鹊巢枝寄生草”；属于南吕的有“骂玉郎带采茶歌”“骂玉郎带感皇恩采茶歌”“玉娇枝带四块玉”；属于中吕的有“喜春来带普天乐”“十二月带尧民歌”“醉高歌带红绣鞋”“醉高歌带喜春来”“醉高歌带摊破喜春来”“快活三带朝天子”“快活三带朝天子四边静”“快活三带朝天子四换头”“齐天乐带红衫儿”“山坡羊带青哥儿”；属于越调的有“黄蔷薇带庆元贞”；属于双调的有“雁儿落带得胜令”“雁儿落带过清江引”“雁儿落带清江引碧玉箫”“水仙子带折桂令”“一锭银带大德乐”“沽美酒带太平令”“沽美酒带快活年”“对玉环带清江引”“楚天遥带清江引”“梅花酒带七弟兄”“竹枝歌带侧砖儿”“江儿水带碧玉箫”“锦上花带清江引碧玉箫”。此外，尚有南带过曲“朝元歌带朝元令”，南北兼带的“南楚江情带北金字经”“南红绣鞋带北红绣鞋”。从这个目录来看，带过曲有三种形式，即同宫带过（主要形式）、异宫带过（少数例外）和南北带过。又从《全元散曲》中的带过曲加以统计，运用的频率最多的是双调的“雁儿落带得胜令”，共六十九首，其次是南吕的“骂玉郎带感皇恩采茶歌”，共四十八首。

现录张养浩的《双调·雁儿落带得胜令》一首如下：

> 云来山更佳，云去山如画。山因云晦明，云共山高下。　　倚杖立云沙，回首见山家。野鹿眠山草，山猿戏野花。云霞，我爱山无价，看时行踏，云山也爱咱。

这是“一带一”的格式：“得胜令”系摘调。下面是曾瑞的《南吕·骂玉郎过感皇恩采茶歌》：

> 无情杜宇闲淘气，头直上耳根底，声声聒得人心碎。你怎知，我就里，愁无际。　　帘幕低垂，重门深闭。曲栏边，雕檐外，画楼

西。把春醒唤起，将晓梦惊回。无明夜，闲聒噪，厮禁持。　　我几曾离这绣罗帏，没来由劝我道不如归。狂客江南正着迷，这声儿好去对俺那人啼。

这是“一带二”的形式。它比较直露，比较铺张，不像诗词那样含蓄和精炼。末四句埋怨杜鹃找错对象，更是无理而有理，似痴而非痴，把自己的内心活动，淋漓尽致地表现了出来。

与“带过曲”的关系至为密切的一种形式是“摘调”。即摘取套曲中的精粹曲调，来单独填写咏唱，好像词摘取大曲中美听的“遍”而为慢曲一样。周德清《中原音韵·作词十法》“用字”条有“套数中可摘为乐府者能儿”的话，这里的“乐府”指的就是小令。又在后附的“定格”四十首《雁儿落带得胜令》“咏指甲”后注一“摘”字，说明这支“带过曲”的“得胜令”是从套曲中摘出来的。其实“带过曲”中的“摘调”不少，如正宫的“脱布衫带小梁州”，“小梁州”就是“摘调”。仙吕的“哪吒令带鹊踏枝寄生草”中的“寄生草”，“快活三带朝天子”中的“朝天子”“醉高歌带红绣鞋”，“醉高歌带喜春来”的各两个曲调，都是“摘调”，但因为它没有注明摘自何套，一时难于考稽罢了。一般非小令所惯用，而在“带过曲”及“散套”中所常见，大抵便是“摘调”。现将周德清列为“定格”的《双调·雁儿落带得胜令》照录如下：

宜将斗草寻，宜把花枝浸，宜将绣线寻，宜把金针纴。　　宜操七弦琴，宜结两同心。宜托腮边玉，宜穿鞋上金。难禁，得一掐通身沁；知音，治相思十个针。

周德清评此曲曰：“俊词也。平仄、对偶、音律，皆妙。”王世贞甚至说：“艳爽之极，又出王、关上矣。”（《曲藻》）这支带过曲是否在关汉卿、王实甫之上，姑不必论，但一连用了八个“宜”字，来形容指甲的妙用，自是曲的本色，绝不是诗、词所能办到的。特别是它的“摘调”《得胜令》，确实是非常精粹，非常美听的。王骥德在《曲律·论过曲》说，过曲“最要落韵稳当”，“又不可令有败笔语”。还说，“大曲宜施文藻，然忌太深；小曲宜用本色，然忌太俚”。从以上所引的带过曲中，可以得到很好的印证。

三、集曲

集曲又叫作“犯调”。它是南曲小令孳衍而成的新曲。从同一宫调中撷取若干零星句法相连续而成的，叫作“犯本宫”；从不同的宫调撷取若干零星句法而成的，叫作“犯他宫”。它与带过曲的根本区别在于：带过曲为整个同宫之曲调相连接而成，并且把它们的曲调名称写了出来，如双调之“雁儿落带得胜令”，而集曲则是连接不同曲调中的零星句法，另立新名。如“甘州歌”就是集“八声甘州”和“排歌”而成的新曲，“罗江怨”就是集“香罗带”“皂罗袍”“一江风”三曲中各数句而成的。也有在所集的主要曲名中加上“犯”字的，如“风入松犯”“二犯江儿水”等；也有因为所集曲牌过多，往往以曲牌数目为名，如“九疑山”“巫山十二峰”“十二红”，实即集有九种曲牌、十二种曲牌的句法，集曲最多的竟达三十种，叫作“三十腔”。

集曲盛行于昆腔成熟之后，梁辰鱼或者是始作俑者，他的《江东白苎集》所载的集曲就很多。《南词新谱》中所载九百六十一个曲牌，集曲约达三分之二，如“解酲带甘州”，即集“解三酲”六句与“八声甘州”二句而成，“解袍歌”即集“解三酲”“醉罗袍”“排歌”中各数句而成。吾湘杨恩寿（1834—1891）在《续词余丛话》中说得最为透彻：

> 曲谱无新，曲牌名有新。狡狯文人，好奇斗巧，以二曲、三画串为一曲，别立新名，以炫耳目。然其名非无文义可寻也，如“金络索”“梧桐树”，本两名也，串而为一，名曰“金索挂梧桐”，以金索挂树，亦事之所或有；“倾杯序”“玉芙蓉”本两曲也，串而为一，名曰“倾杯赏芙蓉”，倾杯而赏芙蓉，固是韵事；“驻马听”“一江风”“驻云飞”本三曲也，串而为一，名曰“倚马待风云”，倚马而待风云之会，功名中人语也。此皆巧思绮合，非强为之解者。要不若

前人并不列名，仅加“犯”字，最为简便，如本曲“江儿水”，串入二别曲，则曰“二犯江儿水”，本曲“集贤宾”，串入三别曲，名曰“三犯集贤宾”。又有以“摊破”二字概之者，如本曲“簇御林”、本曲“锦地花”而串入别曲，则曰“摊破簇御林”“摊破锦地花”之类，较更浑脱。至于以十数曲串为一曲，如“六犯清音”“七贤过关”“九回肠”“十二峰”，则视串合之曲，计数立名，尤指不胜偻矣。

这样孳生出来的新曲，是文人们“好奇斗巧”的产物，也是他们不愿复用同调、力图创新的结果。但杨氏谓“曲谱无新”，则有可商者。因为自从南调繁兴，集曲盛行，愈出愈奇，抽秘逞妍，腔曰前腔，曲曰时曲，于是北曲元音，律残声冷，有牌名而谱或莫考，有曲谱而板或无征。所以沈宠绥在《度曲须知·弦律存亡》中慨乎其言之曰：

总是牌名，此套唱法，不施于彼套；总是前腔，首曲腔规，非同后曲。以变化为新奇，以合掌为卑拙，符者不及二三，异者十常八九，即使以今式今，且毫无把捉，欲一一古律绳之，不径庭哉！

说明文人率意挥毫，依声附和，按平仄例填之曲，已经成了纯文学意义的歌词，而古腔古调已荡然无存矣。集曲系从不同的曲调中撷取零星的句法而成，其于北曲元音，枘凿难合，不是很自然么？

四、散套

它是散曲中结构比较复杂、篇幅比较宏伟的一种形式。它是用同一宫调的若干曲子，按照一定的规则组织、联合在一起，形成一套有头有尾的曲调，用来表达比较复杂的内容的。一般要具备以下三个条件：一要同一宫调的曲子组成，至少有两支曲子，最多的有三十四支。最短的是吕侍中的正宫《幺令》散套，仅由一支《六幺令》带《幺篇》加《尾声》组成；最长的是刘时中的正宫《端正好·上高监司》第二套，联缀了三十四支曲子。二是一般要有尾声，表示全套的演奏已经结束。故燕南芝庵在《唱论》中说："有尾声名套数"。北曲各宫调中的尾、隔尾、尾声、煞、随煞，都可以用作尾声。只有最后一曲为《九转货郎儿》《清江引》或各种"带过曲"时，就无须另加"煞""尾"了。南曲各宫调均有"尾声"曲牌，宇数亦大致相同，均系十二板，所以它的尾声称做"十二时"，也有称为"情不尽""意有余"或"余文""余音"的。三是无论套数联缀的曲调有多少，都要一韵到底。如关汉卿《南吕·一枝花·不伏老》套共四个曲牌，用的都是"尤侯"韵，马致远《双调·夜行船·秋思》套共七个曲牌，用的都是"车遮"韵，刘时中《正宫·端正好·上高监司》第一套，共十五支曲子，用的都是"江阳"韵。

散套有北套、南套、南北合套三种形式。北套中稳定相连的"曲组群"，在首曲和排列次序上都是相当稳定的。如正宫中的"端正好""滚绣球""倘秀才""叨叨令"等为"曲组群"，而以"端正好"为首曲；其另一个"曲组群"为"菩萨蛮""月照庭""喜春来""高过金盏儿""牡丹春""醉高歌"等，则以"菩萨蛮"为首曲。仙吕中的"赏花时""点绛唇""混江龙""穿窗月""寄生草""元和令"或"村里迓鼓""元和令""上马娇""胜葫芦""后庭花""青哥儿"各为一"曲组群"，而分别以"赏花时"和"村里迓鼓"为首曲。中吕的"粉蝶儿""迎仙客""喜春来""满庭芳"为一"曲组群"，而以"粉蝶儿"为首曲。南吕中的"一枝花""梁州第七"或"牧羊关""贺新郎""骂玉郎""感皇恩""采茶歌"为"曲组群"，均以"一枝花"为首曲。黄钟的"醉花阴""喜迁莺""出队子""刮地风""四门子""水仙子""塞雁儿""神仗儿""挂金索""柳叶儿"为"曲组群"，而以"醉花阴"为首曲。双调中的"夜行船""乔木查""庆宣和""落梅风""风入松""拨不断"，"新水令""驻马听""乔牌儿""雁儿落""得胜令""沽美酒""太平令""水仙子""折桂令"，"行香子""庆宣和""锦上花""清江引""碧玉箫"等为不同的"曲组群"，而分别以"夜行船""新水令""行香子"为它们的首曲。越调中的"斗鹌鹑""紫花儿序""秃厮儿""圣药王""天净沙""寨儿令""小桃红""调笑令"等为"曲组群"，而以"斗鹌鹑"为首曲。商调中的“集贤宾”“逍遥乐”“醋葫芦”“金菊香”“浪来里”为“曲组群”，而以“集贤宾”为首曲。般涉调中的“哨遍”“耍孩儿”“麻婆子”为“曲组群”，而以“哨遍”为首曲。大石调中的“青杏子”“忆江南”“初问口”“怨别离”“擂鼓体”“催拍子”“归塞北”或“憨敦郎”“还京乐”“净瓶儿”为“曲组群”，均以“青杏子”为首曲。以上各“曲组群”均不包括“煞”和“尾”。这些“曲组群”，可以说明两点，一是北曲的曲牌几乎都可以组套，但作为散套首曲的曲牌则是很有限的，而且是相当固定的。二是北套普遍有“借宫”的现象，如上述正宫“菩萨蛮”一套，共六个曲牌，就借了中吕的“喜春来”和“醉高歌”，仙吕的“金盏儿”。甚至有全套首尾不过五六调，而借他宫之调多至四五阕者。所谓“借宫”，即在本宫曲调之外，借用他宫的曲调。周德清《中原音韵》、陶宗仪《辍耕录》所列之曲名表中，只有若干曲牌重见于不同的宫调，并无“借宫”之名。明确提出“借宫”之名的是清初李玉的《北词广正谱》，它在各个宫调专属的曲牌之后，列有“借宫”若干调，而这些曲牌大多是周氏、陶氏所列曲牌的重见于他宫调者。

南套，明显地分为引子、过曲和尾声三部分，中间各曲，比较自由，不似北套之凝固。但一般不“借宫”，只有极少的例外，如杨慎《陶情乐府》内正宫“锦缠道”“春月怀”“萧楚云”套，全套除引子与尾声外，只余三调，乃借南吕二、仙吕一。借宫之多，几与北套相似。

南北合套，由来甚早。据钟嗣成《录鬼簿》云：“以南北调合腔，自和甫始。”和甫即沈和，可见南北合套，是元人创始的。按《九宫大成谱》中，“仙吕”以下十一宫调，各举南北合套二式，末“仙吕入双调”，多至十二套。一般是一北一南，相间不乱。或南起，或北起，均无不可。北调如用带过曲，则成两北一南；也有一北之后，继以二南，又继以三北的。总之，要求南北两调的声音，恰能衔接而和美。

创作散套，须先定间架，先定主题思想，先排定曲牌，然后遣辞、造句、成章，切忌凑插，切忌将就。王骥德《曲律 · 论套数》中强调说：作散套要“意新语俊，字响调圆，增减一调不得，颠倒一调不得”。又说：“摹欢则令人神荡，写怨则令人断肠。不在快人，而在动人。此所谓‘风神’，所谓‘标韵’，所谓‘动吾天机’不知所以然而然，方是神品，方是绝技。”请看马致远的《双调·夜行船·秋思》套：

〔夜行船〕百岁光阴一梦蝶，重回首往事堪嗟。今日春来，明朝花谢，急罚盏夜阑灯灭。

〔乔木查〕想秦宫汉阙，都做了衰草牛羊野，不恁渔樵无话说。纵荒坟横断碑，不辨龙蛇。

〔庆宣和〕投至狐踪与兔穴，多少豪杰！鼎足虽坚半腰里折，魏耶，晋耶？

〔落梅风〕天教你富，莫太奢，没多时好天良夜。看钱奴硬将心似铁，空辜负锦堂风月。

〔风入松〕眼前红日又西斜，疾似下坡车。晓来清镜添白雪，上床和鞋履相别。莫笑鸠巢计拙，葫芦提一就装呆。

〔拨不断〕名利竭，是非绝，红尘不向门前惹，绿树偏宜屋角遮，青山正补墙头缺。更那堪竹篱茅舍。

〔离亭宴煞〕蛩吟一觉才宁贴，鸡鸣万事无休歇，争名利何年是彻！看密匝匝蚁排兵，乱纷纷蜂酿蜜，闹攘攘蝇争血。裴公绿野堂，陶令白莲社。爱秋来那些：和露摘黄花，带霜烹紫蟹，煮酒烧红叶。人生有限杯，几个登高节？嘱咐俺顽童记者：便北海探吾来，道东篱醉了也。

周德清评这一套说：“此方是乐府，不重韵，无衬字，韵险，语俊，谚云：‘百中无一’，余曰：‘万中无一’。”王世贞在《曲藻》评此套说：“马致远‘百岁光阴’，放逸宏丽，而不离本色，押韵尤妙。长句如‘红尘不向门前惹，绿树偏宜屋角遮，青山正补墙头缺’，又如‘和露摘黄花，带霜烹紫蟹，煮酒烧红叶’，俱入妙境。小语如‘上床与鞋履相别’，大是名言。结尤疏俊可咏。元人称为第一，真不虚也。”这是豪放派的代表作，形象鲜明，色彩强烈，语言明畅，“看密匝匝蚁排兵”三句，把当时官场争名夺利的丑恶嘴脸，刻画得入木三分，给读者以快人快语的感觉。古人说“下字贵响，造语贵圆”，“既要本色，又要当行”，才是曲的极至。这个套曲，庶几近之。

第二节　散曲的巧体

巧体，也叫“俳体”。举凡在用韵、造语、立意、构架等方面逞才弄巧，翻新出奇，调侃讥讪、滑稽游戏之作，都属于巧体或俳体。这种体裁，由来已久。宋严羽《沧浪诗话·诗体》中说：“论杂体，则有风人、藁砧、五杂俎、两头纤纤、盘中、回文、反复、离合，虽不关诗之重轻，其体制亦古。至于建除、字谜、人名、卦名、数名、药名、州名之诗，只成戏谑，不足法也。”明谢榛《四溟诗话》卷二说：“孔融‘离合体’，窦滔妻‘回文体’，鲍照‘十数体’、‘建除体’，谢庄‘道里名体’，梁简文‘卦名体’，梁元帝‘歌曲名体’、‘姓名体’、‘鸟名体’、‘兽名体’、‘龟兆名体’、‘针穴名体’、‘将军名体’、‘宫殿名体’、‘屋名体’、‘车名体’、‘船名体’、‘草名体’、‘树名体’，沈炯‘六府体’、‘八音体’、‘六甲体’、‘十二属体’。魏、晋以降，多务纤巧，此变之变也。”看来严氏、谢氏是不赞成这种“巧体”诗的，他们或以为“只成戏谑，不足法也”，或以为“多务纤巧，此变之变也”。以此来论诗，是完全正确的。然在曲中，则不宜一概否定。故王骥德在《曲律·论巧体》中，历举自一至十的“数目体”、一句两韵的“短柱体”、陈大声的“药名”散套之后，只说“倘不能穷极妙境，不如勿添蛇足之为愈也”。在《论俳谐》中，也只强调它极不易作，说“非绝颖之姿，绝俊之笔，又运以绝圆之机，不得易作。着不得一个太文字，又着不得一句张打油语；须以俗为雅，而一语之出，令人绝倒，乃妙”。接着又列举了元人《嘲秃指甲》词及明王磐、徐渭等的谐谑小曲，“大为士林传诵”，说明它在曲中，还是有其历史地位和艺术价值的。兹述其较为常见的十八种于后。

一、短柱体

通篇每句两韵，或两字一韵，也就是元人所说的“六字三韵”。如

《西厢记》的“忽听一声猛惊”，“听”“声”“惊”，都是“庚青”韵，“听”和“声”是“暗韵”，每两字一韵。如虞集的《双调·折桂令·席上偶谈蜀汉事因赋短柱体》云：

鸾舆三顾茅庐，汉祚难扶，日暮桑榆。深渡南泸，长驱西蜀，力拒东吴。美乎周瑜妙术，悲夫关羽云殂。天数盈虚，造物乘除，问汝何如，早赋归欤。

这曲两字一韵，每句有一至两个“暗韵”一个明韵。因为它用韵很密，极难稳贴，而它却写得朗畅自然，毫不板滞，可见作者的锤炼工夫。

二、独木桥体

诗词忌重韵，此则通篇用一个字的韵，天然朗畅，毫无凑韵之嫌，别有一种韵味。如元无名氏《正宫·塞鸿秋》云：

爱他时似爱初生月，喜他时似喜梅梢月，想他时道几首《西江月》，盼他时似盼辰钩月。当初意儿别，今日相抛撇，要相逢似水底捞明月。

通首都是押的“月”字韵，而皆稳妥浏亮，所以是佳构。此外，张养浩挂冠归隐时，构筑了一个绰然亭，他曾多次赞赏它说：“赏罢芙蓉秋，又见胭脂露，这的是绰然亭绝妙处。”（《双调·清江引》）“欢有余，春无限，绰然亭只疑在天上。”（《双调·沉醉东风》）说明他是非常喜欢这个处所的。特别是他用“独木桥体”写的那首《正宫·塞鸿秋》：“春来时绰然亭香雪梨花会，夏来时绰然亭云锦荷花会，秋来时绰然亭霜露黄花会，冬来时绰然亭风月梅花会。春夏与秋冬，四时皆佳会，主人此意谁能会?”通首押的都是一个“会”字韵，情趣高雅，读之令人向往不已。

三、叠韵体

除韵脚外，每一句的每一个字都是用的叠韵之字，但各句所叠之韵，不一定相同。它与“短柱体”的区别，一是短柱体是二字一韵，这是字字叠韵；二是短柱体的二字一前，须与韵脚一致，而此则不必相同。如黑老五《中吕 · 粉蝶儿》全套首尾共十二支曲子，每支曲子都是用的叠韵体。其首曲云：

从东垅风动松呼，听叮咛定睛睁觑，望苍茫旷广黄芦。却樵夫，遇渔父，递知几携物。便盘旋千转前湖，看寒山晚关滩渡。

第一句的每一个字都是“东钟”韵，第二句除韵脚外，每一个字都是“庚青”韵，第三句除韵脚外，每一个字都是“江阴”韵。此后依次用的“萧豪”“鱼模”“支思”“先天”“寒山”各韵。

四、犯韵体

每句首字犯本句末一字的韵，即每一句的第一个字与本句的最末一个字同韵。如明无名氏的《南仙吕 · 桂枝香》云：

娇娃低叫，萧郎含笑。映窗纱体态轻盈，描不就形容奇妙。想牵情这厢，想钟情那厢，撩人猜料。朝来心话照，巧推敲：原非紫玉藏春院，盗取红绡夤夜逃。

依次各句的“娇”与“叫”、“萧”与“笑”、“映”与“盈”、“描”与“妙”、“想”与“厢”、“撩”与“料”、“朝”与“照”、“巧”与“敲”、“原”与“院”、“盗”与“逃”的韵都相同。

五、顶真体

顶真体，亦称“顶真续麻体”，也叫作“联珠格”，是宋、元时一种带游戏性的文体，关汉卿《救风尘》一：“止有这个女儿，叫宋引章。俺孩儿拆白道字，顶真续麻，无般不晓，无般不会。”也作“顶针续麻”，如马致远《青衫泪》四：“爱他走笔题诗，出口成章，顶针续麻。”即后一句第一个字便是前一句的最末一字。如元乔吉的《越调·小桃红·效联珠格》云：

落花飞絮隔朱帘，帘静重门掩。掩镜羞看脸儿嬱，嬱眉尖，眉尖指屈将归期念。念他抛闪，闪咱少欠，欠你病厌厌。

全曲各句首尾相接，累累如贯珠，所以为巧。明冯惟敏《商调·集贤宾·顶真叙情》二首之二云："亏恩负义全是你，你须当服罪知非。非是俺如今不懊悔，悔只悔一向着迷。迷人难治，治不的真心实意。意儿美，美姻缘再也休提。"亦恰切自然，堪称佳构。

六、叠字体

通首全用叠字。连用许多叠字，当以李清照《声声慢》之"寻寻觅觅，冷冷清清，凄凄惨惨戚戚"为创始。前人赞美她的很多，如徐釚《词苑丛谈·品藻》云："首句连下十四个叠字，真似'大珠小珠落玉盘'也。"当然也有说它并非高调的，如陈廷焯《白雨斋词话》卷二。后来有人在这个基础上加以发展，通首都用叠字，如乔吉的《越调·天净沙·即事》云：

莺莺燕燕春春，花花柳柳真真。事事风风韵韵，娇娇嫩嫩，停停当当人人。

作者充分显示了他的艺术才能，创意出奇，确切地运用了大量的叠字，加强了感情的渲染，完全是锻炼得来，绝非偶然拈得，所以是可贵的。

七、嵌字体

曲中嵌入特定的字，如"五行""八音""四季"等字，以逞才争巧。贯云石的《双调·清江引·立春》一曲，就是嵌金、木、水、火、土五字冠于每句之首，每一句都要用一“春”字。曲云：

金钗影摇春燕斜，木杪生春叶。水塘春始波，火候春初热，土牛儿载将春到也。

出语天成，毫无斧凿痕迹，所以为妙。

八、反复体

每句中的字面，颠来倒去，反复运用，而含义一层深似一层，读起来更加美听。如元刘庭信《双调·水仙子·相思》三首之三云：

恨重叠重叠恨恨绵绵恨满晚妆楼，愁积聚积聚愁愁切切愁斟碧玉瓯。懒梳妆梳妆懒懒设设懒爇黄金兽，泪珠弹弹珠泪泪汪汪汪汪不住流，病身躯身躯病病恹恹病在我心头。花见我我见花花应憔瘦，月对咱咱对月月更害羞，与天说说与天天也还愁。

藻思绮语，妙手偶得，反复而不啰唆，缠绵而又悱恻，脍炙人口，固有由矣。

九、回文体

这一类诗体，起源很早。《文心雕龙·明诗》曰：“回文所兴，则道原为始。”道原无可考，然傅咸有《回文反复诗》、温峤有《回文诗》，惜皆不传。今所存者最早为窦滔妻苏蕙所作的《回文璇玑图诗》，往转循环，词甚凄惋，凡八百四十字。散曲中此体甚少，然琐非复序《中原音韵》中明言，周氏“所作乐府、回文、集句、连环、简梅、雪花诸体，皆作今人之所不能作者”，并举出“画家名有数家，嗔，人门闭却时来问”两句。惜此曲今已不存，其所说的“简梅”“雪花”两体，亦无可考。明人所辑的《乐府群珠》载有回文《普天乐》二十三首，署为“笼子老狂”撰，曲云：

竹敲风，虚檐转月。素秋天，爽气新，疏花菊老含清露。梧庭瘦影，梧庭瘦影，影瘦庭梧。

虽然可以倒读，却很勉强。不如明黄娥的《卷帘雁儿落》：

难离别情万千，眠孤枕愁人伴。闲庭小院深，关河传信远。鱼和雁天南，看明月中肠断。

倒起来读，便成了“断肠中月明看，南天雁和鱼远。信传河关，深院小庭闲。伴人愁、枕孤眠，千万情、别离难”。由顺读的六六、五五、五六，变成倒读的六六、四五、六六了。

十、重句体

一篇之中，句式相同或相似的甚多，读起来回环往复，十分美听。元本题评音释《西厢记》附录闺怨《蟾宫曲》四首，皆为重句体，录其一、其三于下：

锦重重春满楼台，经一度花开，又一度花开。彩云深梦断阳台，盼一纸书来，没一纸书来。染霜毫，题恨词，浓一行墨色，淡一行墨色。攒锦字，砌回文，思一段离怀，织一段离怀。倩东风寄语多才，留一股金钗，寄一股金钗。

冷清清人在西厢，叫一声张郎，骂一声张郎。乱纷纷花落东墙，问一会红娘，絮一会红娘。枕儿余，衾儿剩，温一半绣床，闲一半绣床。月儿斜，风儿细，开一扇纱窗，掩一扇纱窗。荡悠悠梦绕高唐，萦一寸柔肠，断一寸柔肠。

后一首，据《北词广正谱》及《元明小令抄》，题为元末汤式所作，语极工巧，读之使人得到美的享受。

十一、连环体

次章的首句，即前章的末句，并由此生发出来，构成新的主题思想，环环相套，紧密相连，形式上不绝如环，给人一种完整的有机的艺术的美感。如贯云石《双调 · 清江引》四首云：

闲来唱会《清江引》，解放愁和闷。富贵在于天，生死由乎命，且开怀与知音谈笑饮。

且开怀与知音谈笑饮，一曲瑶琴弄。弹出许多声，不与时人共，倚帏屏静中心自省。

倚帏屏静中心自省，万事皆前定。穷通各有时，聚散非骄吝。立忠诚步步前程稳。

立忠诚步步前程稳，勉励勤和慎。劝君且耐心，缓缓相随顺。好消息到头端的准。

次章首句的“且开怀”句即首章的末句，三章首句的“倚屏帏”句，即次章的末句，四章首句的“立忠诚”句，即三章的末句。各章的立意，均从它的首句生发、扩展出来的。

十二、足古体

通篇运用前人的成句，遇到不合调时，便略加改造，或加上衬字以足成之。它与“集古体”的区别，在于可以增字加衬以足成之，而“集古体”则只能“集”而不能“足”。如无名氏的《正宫 · 塞鸿秋》云：

到春来梨花院落溶溶月，到夏来舞低杨柳楼心月，到秋来金铃犬吠梧桐月，到冬来清香暗渡梅梢月。呀，好也么月，总不如俺寻常一样窗前月。

这曲的“梨花院落溶溶月”“舞低杨柳楼心月”“金铃犬吠梧桐月”

“清香暗渡梅梢月”和“寻常一样窗前月”，皆系古人成句，而加上“到春来”“到夏来”“到秋来”“到冬来”和“呀，好也么月”等衬字、衬句以足成之。又因为它通首都是押的“月”字韵，所以也是“独木桥体”。

十三、集古体

集古人的诗词句而成，一般都是集的唐诗。如元薛昂夫《双调·湘妃怨集句》：

几年无事傍江湖，醉倒黄公旧酒垆。人间纵有伤心处，也不到刘伶坟上土。醉乡中不辨贤愚，对风流人物，看江山画图，便醉倒何如？

又如明高石楼《懒画眉》云：

露华清冷蓼花愁，风物凄凄宿雨收。杖藜徐步立芳洲，长溪南路当群岫，闲看桥西一片秋。

十四、集谚语体

集流行的谚语而成的曲子。如明金銮《南双调·锁南枝》云：

闲言来嗑，野话儿劖，偷嘴的猫儿分外馋。只管里吓鬼瞒神，吃的明吃不的暗。搭上了他，瞒定了俺，七个头，八个胆。

十五、剧名体

集杂剧或传奇的名称而成的曲子。如元孙季昌的《正宫·端正好·集杂剧名咏情》套，首尾共十支曲子，全部集的剧名。兹录第一、第二两曲于下：

〔端正好〕鸳鸯被半床闲，蝴蝶梦孤帏静，常只是哭香囊两泪盈盈。若是这姻缘簿上合该定，有一日双驾车把香肩并。

〔滚绣球〕常记的曲江池丽日晴，正对着春风细柳营。初相逢在丽春园遣兴，便和他谒浆的崔护留情。曾和他在万花堂讲志诚，锦香亭设誓盟。谁承望下场头半星儿不应，央及杀调风月燕燕莺莺。则被这西厢待月张君瑞，送了这花月东墙董秀英，盼杀君卿。

前曲除《鸳鸯被》外，据《太和正音谱·群英所编杂剧》，曲中所集之《蝴蝶梦》《哭香囊》《姻缘簿》《双驾车》皆关汉卿所作之杂剧，除《蝴蝶梦》外，今皆不存。后曲所集的《曲江池》系石君宝所作，《细柳营》系郑德辉所作，《丽春园》《西厢记》系王实甫所作，《崔护谒浆》《东墙记》系白朴所作，《万花堂》《调风月》系关汉卿所作，《锦香亭》系王仲文所作。皆贴切自然，天衣无缝。

十六、调名体

集词牌、曲牌的名称而成。如元王仲元的《中吕·粉蝶儿·集曲名题秋怨》及同调《集曲名题情》两套，兹分录两套的首曲如次：

双雁儿声悲，景潇潇楚江秋意，胜阳关刮地风吹。满庭芳，梧桐树，金蕉叶坠。庆东原，金菊香，滴滴金堆，那更醉西湖干荷叶失翠。

金盏儿里倦饮香醪，盼到那赏花时甚实曾欢笑，别人都喜春来唯我心焦。出得那庆东园、离亭宴、暗伤怀抱，贪看那喜游蜂蝶恋花梢，想起贺新郎不知消耗。

上述两曲所集的曲牌名，计有黄钟的《刮地风》，仙吕的《赏花时》《金盏儿》，中吕的《满庭芳》《喜春来》《梧桐树》，南吕的《贺新郎》《楚江秋》《干荷叶》，双调的《庆东原（园）》《离亭宴》《拨不断》《滴滴金》《蝶恋花》，越调的《金蕉叶》，大石调的《阳关》以及商调的《金菊香》《双雁儿》。前一曲一句有集至三曲的，如“庆东原金菊香滴滴金堆”一句，就有《庆东原》《金菊香》《滴滴金》三个曲牌。后一曲是一句一个曲牌。

十七、药名体

此体由来甚古，自梁以来，将药名隐于诗中的甚多，梁简文帝、梁元帝、庾肩吾、沈约均有药名诗。如“四海无远志，一溪甘遂心”，远志和甘遂就是药名。唐张籍《答鄱阳客》诗云：“江皋岁暮相逢地，黄叶霜前半夏枝。子夜吟诗向松桂，心中万事喜君知。”逢地、半夏、松桂、君知，都是药名。散曲中亦有集药名而成的。如明无名氏《双调·折桂令》云：

> 想当归一字成亲，谁想槟榔没子无成。耽搁的半夏三冬，无影无形，独活兜零。害的我骨柴柴死禁，想的我黄芩芩仪容。恨塞川芎，埋怨砂仁。你自待官桂茴香，闪的我羌活伏苓。

曲中的当归、槟榔、半夏、独活、骨柴、黄芩、川芎、砂仁、官桂、茴香、羌活、伏苓，都是药名。

十八、檃括体

檃括前人的诗文名篇成曲的很多，如庾天锡的《双调·蟾宫曲》分别檃括欧阳修的《醉翁亭记》与王勃的《滕王阁诗》，张可久的《仙吕·点绛唇》套共十支曲子，翻写陶渊明的《归去来兮辞》，孙季昌的《仙吕·点绛唇》套八支曲子檃括苏东坡的《赤壁赋》。清人张潮写了《南仙吕·桂枝香》四套，分别檃括《出师表》《陈情表》《祭十二郎文》《吊古战场文》。下面录乔吉的《双调·沉醉东风题扇头檃括古诗》云：

> 万树枯林冻折，千山高鸟飞绝。兔径迷，人踪灭，载梨云小舟一叶。蓑笠渔翁耐冷的别，独钓寒江暮雪。

此曲系檃括柳宗元《江雪》“千山鸟飞绝，万径人踪灭。孤舟蓑笠翁，独钓寒江雪”的诗意，自然清丽，不啻若自其口出。

第三节 散曲的内容分类

曲所涉及的内容，至为广泛，其他韵文体裁，殆无有出其右者。它的主旋律，在绪论中已经作了论述。但如何就内容来进行分类，尚未加以探索。明朱权《太和正音谱》开宗明义，提出了“乐府体式”十五种，接着又列举了“杂剧十二科”，故知这里的“乐府”当专指散曲而言，不当在一书之中重见错出若是之不绝也。任中敏先生认为“乐府十五体”“含意未纯，有涉文章之派别者，有涉文字之内容者”，诚为确见，兹依其说，分类如次。

一、黄冠体

黄冠体本为道士宣扬离情绝俗、乐天知命的思想，后来演变成为散曲的一体，内容不出超脱凡尘和警醒顽俗。元人散曲中此类题材极多，正式标出“道情”二字的，有张可久的《中吕 · 齐天乐过红衫儿》《正宫 · 塞鸿秋》二首和《中吕 · 普天乐》，邓玉宾的《正宫 · 叨叨令》，王仲元的《中吕 · 粉蝶儿》套，朱庭玉的《仙吕 · 妖神急》套和宋方壶的《中吕 · 山坡羊》等。到了清代，郑燮、徐大椿等有意运用这种体裁，或为警世之谈，或写闲适之乐，大大地提高了它的文学价值。兹录张可久的《中吕 · 齐天乐过红衫儿 · 道情》二首之一云：

> 人生底事辛苦，枉被儒冠误。读书、图，驷马高车，但沾着者也之乎。区区，牢落江湖，奔走在仕途。半纸虚名，十载功夫。人传《梁父吟》，自献《长门赋》，谁三顾茅庐？白鹭洲边住，黄鹤矶头去。唤奚奴，鲙鲈鱼，何必谋诸妇。酒葫芦，醉模糊，也有安排处。

前半写仕途偃蹇，后半写隐居自适，中多见道之语，是个人的反思，也是警世的明言。邓玉宾的《正宫 · 叨叨令 · 道情》，更是醒悟后的自我解剖，像是给世人击一猛掌，顿觉昨非今是。曲云：

一个空皮囊包裹着千重气，一个干骷髅顶戴着十分罪。为儿女使尽些拖刀计，为家私费尽些担山力。您省的也么哥，您省的也么哥，这一个长生道理何人会？

到了清代的郑燮和徐大椿手里，大大地扩充了道情的内容，提高了道情的艺术价值，现在把他们一个写“老书生”的自我解嘲，一个嘲笑八股先生内心的空虚和科举制度的误人误国两首“道情”分录如下：

老书生，白屋中，说黄虞，道古风。许多后辈高科中，门前仆从雄如虎，陌上旌旗去似龙。一朝势落成春梦，倒不如蓬门僻巷，教几个小小蒙童。

这首道情，正如郑燮在开场白中所说的“聊以自遣自歌”，“正好觉人觉世”。不是么？这个“老书生”教的蒙童，有的中了高科，做了大官，仆从如虎，旌旗似龙，好不威风，可是一朝失去了权位，遭到了不测之祸，还比不上自己在蓬门僻巷做“猢狲王”呢！徐大椿的《时文叹》，更是淋漓尽致，入木三分，极尽嘲笑讽刺之能事。曲云：

读书人，最不济，烂时文，烂如泥。国家本为求才计，谁知道变作了欺人计。三句承题，两句破题，摆尾摇头，便是圣门高弟。可知道《三通》《四史》是何等文章，汉祖唐宗是那朝皇帝？案头放高头讲章，店里买新科利器。读得肩背高低，口角嘘欷，甘蔗儿嚼了又嚼有何滋味？辜负光阴，白白昏迷一世。就教他骗得高官，也是百姓朝廷的晦气。

从上述的曲词中，可以略知“黄冠体”的渊源和演变、发展的情况，无论是循旧曲，还是翻新调，都有它自己的艺术价值。

二、承安体

承安，本来是金章宗的年号。这个时期的词曲追求华丽，沉湎佚乐，庆赏祝贺之风，及时行乐之想，形成一种风尚，故有此名。如王恽的《越调 · 平湖乐 · 寿府僚》云：

锦貂千骑朔方豪，瀚海渊波浩，画戟清香看倾倒。醉仙桃，秋光虽晚人难老。烟花紫禁，玉鱼金带，新宠来气照朝袍。

辞藻华丽，气势雄伟，是富贵中人语。明朱有燉《诚斋乐府》中的《南吕 · 一枝花 · 庆赏》套云：

玳筵排翡翠屏，香篆袅狻猊兽。卷珠帘，迎五福；开宝殿，庆千秋。瑞霭轻浮，日色迟宫漏，欢声满凤楼。喜孜孜仙女擎杯，娇滴滴仙娥劝酒。

承平气象，雍容华贵，字里行间，洋溢着珠光宝气，把各种矛盾掩盖在善颂善祷之中，这是一个方面。也有看到矛盾，却不敢正视矛盾，主张醉生梦死，及时行乐的。如任昱的《越调 · 小桃红 · 宴席》云：

桃花扇底楚天秋，恰恰莺声溜。络臂珍珠翠罗袖，捧金瓯，纤纤十指春葱瘦。移花傍酒，张灯如昼，重酌更风流。

任昱并非"承安体"的代表作家，但他少年狎游平康，以小乐章流布裙钗间。及时行乐的思想，在这支小曲中表现得很充分。元无名氏的《双调 · 水仙子 · 遣怀》更具有代表性，曲云：

百年三万六千场，风雨忧愁一半妨。眼儿里觑心儿上想，教我鬓边丝怎地当？把流年子细推详，一日一个浅斟低唱，一夜一个花烛洞房，能有得多少时光？

表面是颓废的，消极的，骨子里却隐藏着无限的痛苦，无限的悲愤。

作者在经过了“眼儿里觑心儿上想”之后，觉得自己无法改变现实，便只好躲到“浅斟低唱”的温柔乡中去寻找自己的温馨的梦了。

三、玉堂体

宋、元以来，称翰林院为玉堂。这种上层知识分子所形成的典雅工丽的风格，叫“玉堂体”，它是和后面的“草堂体”相对立的。其特点是粉饰太平和歌功颂德。如张弘范的《中吕·喜春来》云：

> 金妆宝剑藏龙口，玉带红绒挂虎头，旌旗影里骤骅骝。得志秋，喧满凤凰楼。

张弘范曾为蒙古汉军都元帅，执宋丞相文天祥于五坡岭，败张世杰、陆秀夫于崖山，因以亡宋。叱咤风云之概，踌躇满志之情，溢于言表。与此相似的，有伯颜的《中吕·喜春来》：

> 金鱼玉带罗襕扣，皂盖朱幡列五侯，山河判断在俺笔头。得意秋，分破帝王忧。

伯颜以中书左丞相、同知枢密院事，总兵攻宋，平宋还朝，囊中只有衣被，其清廉有如此者。然其判断山河、分忧庙堂的英风，洋溢在曲的字里行间。《太平乐府》以为此曲乃姚燧所作，除第一句的“扣”作“就”，第三句作“山河判断笔尖头”，第四句的“得意”作“得志”外，字句全同。姚燧曾任江东廉访使、江西行省参知政事，拜太子少傅，授荣禄大夫翰林学士承旨知制诰兼修国史，倡导古文，时人拟诸唐之昌黎、宋之庐陵，他的诗文闳肆该洽，春容盛大。曲中的口吻，似亦恰如其分，然终不若伯颜之大权在握，更加符合曲中的声口。明丘汝成的《呆骨朵·上太师》套云：

> 丹书铁券金花诰，抚华夷四海名标。旌旗影款动龙蛇，金鼓响惊

飞燕雀，出落着威武飞熊兆。调鼎鼐，理阴阳，居廊庙。普天下贺太平寿域开，宰臣每整乾坤安定了。

纯系歌功颂德之言，与张弘范、伯颜的功高位隆、气大辞肆，固自不同，然其粉饰太平、形容盛德，则是没有出入的。

四、草堂体

志在林泉，身居江湖，自甘恬退，不乐仕进，举凡归田乐道之什，都属此体。此体在曲中的数量极多，质量也很好。自然也有其消极避世的一面。如卢挚的《双调·沉醉东风·闲居》云：

雨过分畦种瓜，旱时引水浇麻。共几个田舍翁，说几句庄家话。瓦盆边浊酒生涯，醉里乾坤大，任他高柳清风睡煞。

这首小令，语言浅显，富有生活气息。他把农村写得如此悠闲自得，实际上是对官场生活的不自由表示极端的厌倦。

白朴也有一首《双调·沉醉东风·渔夫》，歌颂隐居的生活。曲中的“烟波钓叟”，实际上就是作者的化身。曲云：

黄芦岸白□渡口，绿杨堤红蓼滩头。虽无刎颈交，却有忘机友，点秋江白鹭沙鸥。傲杀人间万户侯，不识字街烟波钓叟。

不但是对官场的厌倦，而且是对富贵的蔑视。写这类主题的射雕手是马致远和张可久。如马致远的《双调·拨不断·归隐》云：

菊花开，正归来。伴虎溪僧、鹤林友、龙山客，似杜工部、陶渊明、李太白，有洞庭柑、东阳酒、西湖蟹。哎，楚三闾休怪。

诗人在这里美化隐居的生活，嘲笑屈原的用世态度。中间三句的鼎足对，有力地表现了他的生活情趣和追求，给人以强烈的感染。元人散曲中的这类主题，嘲弄屈原，赞美陶潜的，不胜枚举。如张可久的《中吕·朝天子·山中杂书》三首之一云：

罢手，去休，已落在渊明后。百年心事付沙鸥，更谁是忘机友：洞口渔舟，桥边村酒。这清闲何处有？树头，锦鸠，花外啼春昼。

马致远嘲弄屈原，目的在于表明：他所生活的那个王朝不值得为它卖命。张可久赞美陶潜，目的在于表明：生活在那样的王朝只有挣脱名缰利锁，才能洁身自好。白朴在前一曲中所说的"忘机友"是"点秋江白鹭沙鸥"；张可久所说的"忘机友"是"洞口渔舟，桥边村酒"。雅致逸兴，完全是一致的。

美化田园，蔑视富贵，是诗歌的传统主题，也是散曲的传统主题。从元到清，佳作如林。兹录明冯惟敏的《黄罗歌·灌园》如下：

流水绕人家，灌田园开小闸，随弯就曲增堤坝。罢河阳种花，效东陵卖瓜，行人笑俺抬高价。自矜夸，累累满架，五色绚云霞。充饥当饭，解渴当茶；客来款待，临溪坐沙，慢条条共说无忧话。机心尽，乐意洽，汉阴抱瓮旧生涯。秋葵叶，春韭芽，四时佳味度年华。

娓娓道来，把自己的灌园生活，写得如此闲适幽雅，令人神往。显然是把美好的田园生活跟污浊的官场生活对立起来，在"慢条条说些无忧话"的后面，隐藏着"急忙忙走下连云栈"的忧患意识，所以容易引起人们的共鸣。清人黄图珌的《南中吕·念老渔·羡渔》，写得更加潇洒、清丽、幽雅、飘逸。他在序言中说："渔人之致，妙在清真，无半点浊气。盖因其生长水面，空空一心，清清两耳，日为洗涤，时加拂拭，莫不洁如霜，净如雪，清如风，白如月，寒不能改，炎不能夺，悠哉!"曲云：

〔念佛子〕江上渔蓑真堪羡，寄傲在云外山前。喜身闲志远，落得身体康健。无意中遂我幽愿。〔鲍老催〕不见这桃花如水柳如烟，可喜那春江水满，朝来堪放船。珠虾美，锦鳞鲜，把丝纶展。〔渔家傲〕一回里斜阳满载归，来晚，如何消遣？更买酒云边，醉倒月间。任他拍枕涛声，我犹安然好眠。及醒时又早见有色有声的一片潮随晓日还。

像渔夫那样常入黑甜之乡，不作繁华之梦，一叶随风，三杯酌月，闲情陡发，幽意自生，真令人奇之，羡之，思之，慕之，爱之，敬之，嗟之，叹之。这便是历代的诗人们不断地讴歌他的原因。

五、楚江体

沉抑下僚，偃蹇仕途，一切怀才不遇，感慨悲愤之作，都属于这一体。或自伤落拓，或故作旷达，或极为颓废，或极为悲壮，其表现于外者虽千差万别，而骨子里则充满了叹老嗟卑、大器小用的牢骚。这类作品在散曲中占有极大的篇幅。如乔吉的《正宫 · 绿么遍 · 自述》云：

不占龙头选，不入名贤传。时时酒圣，处处诗禅。烟霞状元，江湖醉仙，笑谈便是编修院。留连，批风抹月四十年。

这是故作旷达语，正因为他占不了龙头选，入不了名贤传，进不了编修院，才隐于酒，逃于禅，做起“烟霞状元，江湖醉仙”来。但他却对世间的功名富贵，投以蔑视的眼光；其实他的内心里，充满了悲愤，充满了哀怨，充满了抑郁不平之气。张可久的《中吕 · 普天乐 · 秋怀》，却是另一种情调。曲云：

为谁忙，莫非命。西风驿马，落月书灯。青天蜀道难，红叶吴江冷。两字功名频看镜，不饶人白发星星。钓鱼子陵，思莼季鹰，笑我飘零。

这是自伤落拓的话，“西风驿马，落月书灯”，写尽了羁旅行役的愁苦，而功名无成，白发星星，只好发出“为谁忙，莫非命”感叹了！

明、清两代的散曲，写这类主题的不少，佳构也很多。如明康海的《双调·雁儿落带过得胜令》云：

> 数年前也放狂，这几日全无况。闲中件件思，暗里般般量。　　真个是不精不细丑行藏，怪不得没头没脑受灾殃。从今后花底朝朝醉，人间事事忘。刚方，傒落了膺和谤；荒唐，周全了籍与康。

作者满度牢骚，对现实表示极端的不满，刚方如李膺、范谤，而受到了奚落；荒唐如阮籍、嵇康，反而得到了周全。混淆贤愚，颠倒黑白，使人在“闲中件件思，暗里般般量”中，得不到合理的解答，这才只好宣言要“从今后花底朝朝醉，人同事事忘”，在粗豪的风格中，暗藏着消极颓废的情绪。清人黄图珌的《南仙吕入双调·金玉之品·不计贫》一曲，更是以自己的一囊诗文，笑傲人家的千金资财。外虽豪放，内实悲苦，所谓“长歌当哭”，绝非“无病呻吟”。曲云：

> 〔四块金〕我囊中有珠滚滚的可以穿成串，我囊中有金碎碎的可以熔成片。〔玉交枝〕笑年来只愁腹未坚，幸生平不计囊中钱。〔品令〕须知道不贫为宝，贫不到此中一点。也曾经暮夜辞金，都只为僻性生来不爱钱。

囊中有珠，囊中有金，就是说自己怀瑾握瑜，而自己的价值却并没有受到重视，于是只好用精神胜利法来自解了。什么“生平不计囊中钱”“僻性生来不爱钱”，不过是“自命清高”罢了，孔老先生不也说过“富而可求也，虽执鞭之士，吾亦为之”么？这里的牢骚语，我们绝不宜作正面语看。

六、香奁体

香奁体，又名“艳体”。绮罗香泽之态，绸缪宛转之绪，止于衽席之间，思极闺闱之内，脂粉气，儿女情，都是这类作品所描写的对象。徐琰的《双调·蟾宫曲·青楼十咏》，分别描写初见、小酌、沐浴、纳凉、临床、并枕、交欢、言盟、晓起、叙别的云情雨意和欢声笑语；查德卿的《仙吕·一半儿·拟美人八咏》，分别写春梦、春困、春妆、春愁、春醉、春绣、春夜、春情的娇姿媚态和浅嗔薄恨，极其细腻而生动，是这类题材的代表作。因为篇幅太多，不便具录。兹录关汉卿的《仙吕·一半儿·题情》和徐再思的《双调·水仙子·春情》各一首于后。关曲云：

碧纱窗外静无人，跪在床前忙要亲。骂了个负心回转身。虽是我话儿嗔，一半儿推辞一半儿肯。

用通俗的语言，写活泼的情思，如见其人，如闻其声，对少女的心理特征，体会得非常深切，因而刻画得十分细腻。徐再思写得很工整，很清丽，很有锤炼工夫，但却不如关的尖新自然。徐曲云：

九分恩爱九分忧，两处相思两处愁，十年拖逗十年受。几遍成几遍休，半点事半点惭羞。三秋恨三秋感旧，三春怨三春病酒，一世害一世风流。

明、清散曲中，写这类题材的也很多。如明黄峨的《商调·梧叶儿》云：

衾如铁，信似金。玉漏沉沉。万水千山梦，三更半夜心。独枕孤眠分，这愁怀那人争信！

对于旧时代妇女的心理活动，写得很细致，很生动，也许就有她自己的影子在里面。清吴锡麟的《黄钟·人月圆·偶见》，也写得如痴如醉，似幻似真，颇有韵味。曲云：

月儿恁不和伊至，偏弄竹枝枝。影来能瘦，声来更悄，闪入心儿。斜塘也住，回塘也住，门径依稀。明朝去也，花开花落，梦也东西。

偶然一见，便写得如此情深意真。前半是愿望，希望“闪入心儿”能够翩然而至；后半是猜想，不知那人儿住在斜塘，还是住在回塘？“门径依稀”，欲觅无由。似痴而非痴，无情而有情，所以为妙。

七、骚人体

此体每以旁观的态度，调侃的口吻，对其所写的对象，加以嘲讥戏谑，大抵以咏物为主，它光明磊落，敢怒敢骂，敢于讽刺。一部分咏史的作品，也应归于这一类。咏物的如王和卿的《仙吕·醉中天·咏大蝴蝶》和《双调·拨不断·大鱼》；咏史的如睢景臣的《般涉调·哨遍·高祖还乡》。它和“俳优体”的区别在于比较正，比较雅，不似“俳优体”那样的淫亵，那样的诡异。如白朴的《仙吕·醉中天·佳人脸上黑痣》云：

疑是杨妃在，怎脱马嵬灾？曾与明皇捧砚来。美脸风流杀，叵耐挥毫李白，觑着娇态，洒松烟点破桃腮。

马致远也有一支《南吕·四块玉·马嵬坡》的小令，调侃戏谑，尖新泼辣。曲云：

睡海棠，春将晚，恨不得明皇掌中看。霓裳便是中原患，不因这玉环，引起那禄山，怎知蜀道难？

咏史的题材很多，但出以调侃，而又比较雅正的却比较的少。像薛昂夫《双调·庆东原·韩信》云：

已挂了齐王印，不撑开范蠡船，子房公身退何曾缠？不思保全，不防未然，划地据位专权。岂不闻自古太平时，不许将军见?

总结了历史上许多血的教训，提出了“自古太平时，不许将军见”的醒世明言，而又以冷眼观之，调侃出之，使富贵场中人读起来，有如醍醐灌顶，甘露洒心，顿时清醒过来。

八、俳优体

诡喻淫谑，令人捧腹。如王和卿的《越调·小桃红·胖妓》《越调·天净沙·咏秃》，清尤侗的《商调·黄莺儿》“美人乳”“美人足”“美人醋”，都是它的代表作。此在曲中为习见，而在诗词中则为淫词媟语，不足观矣。兹录王和卿的《双调·拨不断·胖妻夫》云：

一个胖双郎，就了个胖苏娘。两口儿便是熊模样，成就了风流喘豫章。绣帏中一对儿鸳鸯象，交肚皮厮撞。

双郎，即双渐；苏娘，即苏卿，他俩的爱情故事，在元人散曲中屡见不鲜。像无名氏的《中吕·十二月带尧民歌》：“看看的相思病成，怕见的是八扇帏屏。一扇双渐小卿，一扇君瑞莺莺，一扇儿越娘背灯，一扇儿煮海张生，一扇儿桃源仙子遇刘晨，一扇儿崔怀宝逢着薛琼琼，一扇儿谢天香改嫁柳耆卿，一扇儿刘盼盼昧杀八官人。哎，天公、天公，教他对对成，偏俺合孤另。”曲中一连举了八个爱情故事，而双渐苏卿赫然名列榜首，说明它在当时人们心中的地位是很高的。而作者在这里却把他俩作为揶揄的对象，所以说是“诡喻”，是“淫谑”。又如清尤侗的《商调·黄莺儿·戏惧内者》云：

何事犯娘行?跪妆台，一炷香，风流罪过难轻放。笞之太强，杀之过伤，参详惟有宫刑当。好关防，如何黑夜，越狱上牙床?

滑稽幽默，令人捧腹，也算得善于戏谑了。

第四节 散曲与词的比较

词和曲都是配乐的长短句，形式上有许多相似之处，但仔细推敲一下，就可以发现词与曲无论在形式还是特性方面，都有许多差异。如果用中国画来比喻，词是宫苑画，即工笔的花鸟；曲是风俗画，即重彩的年画。析言之，词比较严谨，曲比较自由；词比较清丽，曲比较活泼；词比较雅致，曲比较俚俗；词比较含蓄，曲比较畅达。现在加以论述如下：

一，词与曲虽同为长短句，具有参差美和变化美，但比较而言，词的字数、句数、韵位都比较固定，虽有衬字，远不如曲之运用频繁，甚至衬字比正文还多。一句话，就是曲极尽长短变化之能事，绝不会受到某种凝固形式的束缚，而影响曲的表达力与生命力。可以说是长短句诗体中的一个大的进步。如《正宫·叨叨令》的句式本来是七七七七、五五七，共七句五韵，四十五字，两个五字句的末尾，一定要用“也么哥”，也不必押韵。就拿元周文质的两首《叨叨令》来作个比较吧：

去年今日题诗处，佳人才子相逢处。世间多少伤心处，人面不知归何处？望不见也么哥，望不见也么哥，绿窗空对花深处。

这支“自叹”的《叨叨令》，除了不必用韵的两个五字句外，都是押的“处”字韵，当然是“独木桥体”。也只有这两个五字句，各多了一个衬字“望”，完全符合正格的要求。但那支题为“悲秋”的《叨叨令》，情况就完全不同了。曲云：

叮叮当当铁马儿乞留玎琅闹，啾啾唧唧促织儿依柔依然叫，滴滴点点细雨儿淅零淅留哨，潇潇洒洒梧叶儿失流疏刺落。睡不着也么哥，睡不着也么哥，孤孤另另单枕上迷彫模登靠。

因为增加了“叮叮当当”“啾啾唧唧”“滴滴点点”“潇潇洒洒”和

"孤孤另另"等许多衬字，字数由原来的四十五字增至七十二字。当然，比起《西厢记 · 草桥送别》中的《叨叨令》"见安排着车儿马儿不由人熬熬煎煎的气"来，还要少十六个字，自然是小巫见大巫。曲不但可以增加字数，而且可以增损字句。增加衬字是正文以外的东西，无论其如何增加，都不会影响正文的句数、平仄和韵位，而"增损字句"情况就不同了。王力在《汉语诗律学 · 曲》中曾以《双调 · 新水令》为例来说明"增损字句"的情况，但他引的基本上是杂剧中的套数，如白仁甫的杂剧《箭射双雕》、无名氏的杂剧《浮沤记》。当然，《新水令》一般不能单独使用，只能做套曲的首曲。《全元散曲》共收《双调 · 新水令》三十五套，大多数都符合正格的句式：七七、五五、四五共六句三十三字。如康进之的《武陵春》云：

> 当年曾避虎狼秦，是仙家幻来风韵。景因人得誉，人为景摹真。佳趣平分，人景共评论。

将中间的两个五字句，变为两个三字句的不少，如白贲的《双调 · 新水令》云：

> 离情不奈子规啼，更那堪困人天气。红玉软，绿云低。春昼迟迟，东风恨两眉系。

最后的一个五字句，增加为四个五字句的，如无名氏的《双调 · 新水令》云：

> 大明开放九重天，拜紫宸玉楼金殿。红摇银烛影，香袅御炉烟。奏凤管冰弦，唱大曲梨园，列文武官员，降玉府神仙，齐贺太平年。

"唱大曲梨国，列文武官员，降玉府神仙"三个五字句，全是增加的。也有减少一个整句的，如无名氏的另一套《双调 · 新水令》云：

闲争夺鼎沸了丽春园，欠排场不堪久恋。时间相敬爱，端的怎团圆？白没事教人笑惹人怨。

此曲少了一个四字句。一般说来，词的同一词牌，字数、句数，是没有什么变化的。而曲则有上述的各种变化。周德清在《中原音韵》所载三百五十个曲调中，注明“句字不拘，可以增损者一十四章”。即正宫的《端正好》《货郎儿》《煞尾》，仙吕的《混江龙》《后庭花》《青哥儿》，南吕的《草池春》《鹌鹑儿》《黄钟尾》，中吕的《道和》和双调的《新水令》《折桂令》《梅花酒》《尾声》。可见曲中“增损字句”，并不是个别的现象。

二，在音韵上，词曲也是很有差别的。一是曲的用韵，比词的用韵要密。往往通首句句押韵，甚至六字三韵，即一个六字句中，押了三个韵。关于这一点，明沈德符在《顾曲杂言·西厢》中说得很具体：

元人周德清评《西厢》，云六字中三用韵，如“玉宇无尘”内“忽听一声猛惊”及“玉骢骄马”内“自古相女配夫”，此皆三韵为难。予谓“古”“女”仄声，“夫”字平声，未为奇也，不如“云敛晴空”内“本宫始终不同”，俱平声，乃佳耳。然此类凡元人皆能之，不独《西厢》为然，如春景时曲云：“柳绵满天舞旋”，冬景云“臂中紧封守宫”，又云“醉烘玉容微红”，重会时曲云“女郎两相对当”，私情时曲云“玉娘粉妆生香”，《㑳梅香》杂剧云“不妨莫慌我当”，《两世姻缘》云“怎么性大便骂”，《歌舞丽春堂》云“四方八荒万邦”，俱六字八韵，稳贴圆美。

清杨恩寿《词余丛话·原律》中也说了完全相同的话。至于句句押韵之调，也是指不胜屈。如黄钟的《贺圣朝》六句六韵，《昼夜乐》二十句二十韵；正宫的《脱布衫》四句四韵，《醉太平》八句八韵；仙吕的《醉中天》七句七韵，《醉扶归》六句六韵，《一半儿》五句五韵，《游四门》六句六韵，《青哥儿》五句五韵，《四季花》六句六韵；他如中吕的《喜春来》《红绣鞋》《醉高歌》《快活三》《朝天子》《红衫儿》《山坡羊》《四边静》《四换头》，南吕的《采茶歌》《干荷叶》《玉娇枝》，双调的《步步娇》《庆宣和》《拨不断》《清江引》《碧玉箫》《水仙子》《大德歌》《春闺怨》《沽美酒》《太平令》《快活年》《一锭银》《阿纳忽》《山丹花》《殿前喜》《对玉环》《河西六娘子》，越调的《天净沙》《黄蔷薇》《庆元贞》《凭阑人》《酒旗儿》，商调的《玉抱肚》，大石调的《初生月儿》等，都是句句押韵的。

二是曲要一韵到底，中间绝对不能换韵，但可以平、上、去互叶。而词则可以换韵，词中用平韵则全调皆平，用仄韵则全调皆仄。如果平仄互叶，必然已经换韵。如陈草庵的《中吕 · 山坡羊》云：

> 晨鸡初叫，昏鸦争噪，那个不去红尘闹？路遥遥，水迢迢，功名尽在长安道。今日少年明日老。山，依旧好；人，憔悴了。

通首都是押的“萧豪”韵，其中的“遥”“迢”两韵是平韵，“老”“好”“了”是上声韵，“叫”“噪”“闹”“道”是去声韵。虽然句句押韵，似乎限制较严，但它能够平、上、去互叶，实则更加自由，是用韵方面的一大解放。

三是词韵四声俱全，宋人词中虽然出现了入声字分化到平、上、去三声中的例子，但入声韵部在词中还是独立使用的。而在曲中，入声韵部便完全失去了它的独立性，被归并到平、上、去声的韵部中去，即所谓“入派三声”。如柳永的《满江红 · 桐川》云：

> 暮雨初收，长川静、征帆夜落。临岛屿、蓼烟疏淡，苇风萧索。几许渔人飞短艇，尽载灯火归村郭。遣行客，当此念回程，伤漂泊。
>
> 桐江好，烟漠漠，波似染，山如削。绕严陵滩畔，鹭飞鱼跃。游宦区区成底事？平生况有云泉约。归去来、一曲仲宣吟，从军乐。

词中的“落”“索”“郭”“泊”“漠”“削”“跃”“约”“乐”九个

韵脚，都属第十六部入声韵，它是“三觉”和“十药”通用的。其中“烟漠漠”的第一个“漠”字，是以入代平，使之符合“平平仄”的规律，但韵脚中没有出现一个“去代”的问题。在曲中这种“去代”的问题却是十分普遍的。如卢挚的《黄钟·节节高·题洞庭鹿角庙堡》云：

雨晴云散，满江明月。风微浪息，扁舟一叶。半夜心，三生梦，万里别。闷倚篷窗睡些。

曲中的“月”“叶”“别”“些”，都是“车遮”韵，其中“月”和“叶”本应作去，这里以入声代，“别”和“些”本应作平，这里亦以入声代。句尾的“息”本应作上，也用入声代了。由于入声在散曲中消失了，不但曲韵要按平、上、去三声去押，句中的平仄，也要按平、上、去三声去搭配。这就打破了诗词中的许多规律，例如“孤平”的问题，“平三连”的问题，“平仄相间”“平仄相重”“平仄相反”的问题，在诗词中作为禁条的，在曲中都得到了解放，这也是长短句诗体中的一大解放。

三，在语言问题上，口语方言用在诗词中，总觉得有些近乎俗，伤于雅，不大符合诗词的体制与韵味；而用在曲中，便觉得生动活泼，妙趣横生。所以曲中语言要以口语为主，要以天下通语为主。曲之所以能曲达语情，曲尽人情，委曲尽情，曲尽其妙者，一是它适于自然音律的和谐美，一是它适于民间口语的生动美。如卢挚的《双调·折桂令·田家》云：

沙三伴哥来嗏，两腿青泥，只为捞虾。太公庄上，杨柳阴中，磕破西瓜。小二哥昔涎剌塔，碌轴上淹着个琵琶。看荞麦开花，绿豆生芽，无是无非，快活煞庄家。

全用口语，描写农村的质朴生活，简直是一幅民情风俗画，读起来更觉活泼风趣。又如无名氏的《中吕·红绣鞋》云：

一两句别人闲话，三四日不把门踏，五六日不来呵在谁家？七八遍买龟儿卦。久以后见他么，十分的憔悴煞。

纯用白描，纯用口语，曲中隐藏着从一到十的数目字，十分自然，毫不牵强。这叫作“数名体”，也是一种巧体。

以上就曲的形式方面，与词作了一些比较，至于特质方面，词曲也是大有差异的。缪钺先生论词的特征有四：一曰其文小。即用比兴，亦必取其轻灵细巧。是以言天象，则“微雨”“断云”“疏星”“淡月”；言地理，则“远峰”“曲岸”“烟渚”“渔汀”；言鸟兽，则“海燕”“流莺”“凉蝉”“新雁”；言草木，则“残红”“飞絮”“芳草”“垂杨”；言居室，则“藻井”“画堂”“绮疏”“雕槛”；言器物，则“银釭”“金鸭”“凤屏”“玉钟”；言衣饰，则“彩袖”“罗衣”“瑶簪”“翠钿”；言情绪，则“闲愁”“芳思”“俊赏”“幽怀”。因为词善于以小喻大，借以表达细腻的情思，使读者遇之如在耳目之前，涌之而得隽永之趣。二曰其质轻。即以轻灵之笔，写沉挚之思。晏几道《鹧鸪天 · 佳会》的“从别后，忆相逢，几回魂梦与君同。今宵剩把银釭照，犹恐相逢是梦中”，显然是脱胎于杜甫《羌村》的“夜阑更秉独，相对如梦寐”。而杜诗的量极重，晏词的质极轻。惟其轻灵，故摇曳多姿，更多妍美之致。三曰其径狭。词只能言情写景，而不宜于说理叙事。苏轼的《满庭芳 · 蜗角虚名》、辛弃疾的《哨遍 · 蜗角斗争》，皆说理之作，犹索然无味，其他更“自郐以下无讥焉”了。四曰其境隐。词人率皆灵心善感，酒边花下，一往情深，其感触于中者，往往凄迷怅惘，哀乐交融，于是借此要眇宜修之体，发其幽约难言之思，寄兴深微，若隐若显。（见《诗词散论》。）词的特征，恰好是曲的禁律。任讷《散曲概论》中就词曲内容的宽窄，亦从四个方面加以比较：一曰词仅可以抒情写景，而不可以记事言理，记事则易伤浅直，言理则易流野放。曲则记叙抒写，无施不可。这是符合散曲的实际的。叙事如关汉卿《中吕 · 普天乐 · 崔张十六事》，分叙“普救姻缘”“西厢寄寓”“酬和情诗”“随分好事”“封书退贼”“虚意谢诚”“母亲变卦”“隔墙听琴”“开书染病”“莺花配偶”“花惜风情”“张生赴选”“旅馆梦魂”“喜得家书”“远寄寒衣”“夫妇团圆”，简直是一部浓缩了的《西厢记》。他如王恽的

《正宫·双鸳鸯·乐府合欢曲》，叙杨妃的马嵬悲剧；周文质的《越调·斗鹌鹑·咏小卿》，记双渐和苏卿的爱情纠葛。说理的如姚守中的《中吕·粉蝶儿·牛诉冤》，曾瑞的《般涉调·哨遍·羊诉冤》，刘时中的《双调·新水令·代马诉冤》，三曲分别说了牛、羊、马各自的功劳和长处，表明了各自的价值，却遭到了杀戮的惨祸。这自然是借牛、马、羊之口，诉说元代知识分子心中的抑郁和不平，但说理透彻，令人折服。他如刘时中的《正宫·端正好·上高监司》二套，刘庭信的《越调·寨儿令·戒嫖荡》重头十四曲，都是很好的说理之作，或夹叙夹议，有刺有美；或耳提面命，痛斥其非。正如任先生所说的，曲"可深可浅，可浓可淡，可理想，可事实，而后所容者乃自广矣"。二曰词仅宜于悲，而不宜于喜，曲则悲喜咸宜。我认为韩愈所谓"欢愉之辞难工，愁苦之音易好"，衡之于诗，衡之于词，均为颠扑不破之论，独不能衡之于曲。词中颂祷揄扬之作，多不耐咀嚼，故寿词佳者极少，曲则不然，写愁固足以令人感慨唏嘘，写欢亦足以令人手舞足蹈。如王恽的《越调·平湖乐·寿李夫人》六首之四：

小园不惜买花钱，装点蟠桃宴。传语风光莫流转，百来年。人生几度春风面，细思谁似？君家阿妈，康健地行仙。

言欢志喜，亦无害于文字之工。清袁龙的《中吕·普天乐·寿金又愚七十》一曲，亦颇得机趣，生意盎然。曲云：

话说那疏柳桥边，数亩田园。老屋三椽，恰小于船。老先生自言自语，无挂无牵。鸡窠偕老，龟壳同仙。诗云子曰逢人说，也者之乎顺口联。忽忆重三日，将交七十年。特地做生辰，拚费缗钱。有老朋东篱野叟，涌跃来前。善戏谑频换新鲜，恣笑骂半属痴癫。画一幅寻常寿意，来闯华筵。

袁龙，号东篱野叟。重三日，即三月三。此曲俗而能雅，谑而不虐，读起来令人捧腹。三曰词仅可以雅，而不可以俗，可以纯而不可以杂。曲则雅俗咸宜，纯杂俱可。兴之所至，随遇而发，雅固可，俗亦何尝不可。我认为这正是曲的妙处：其妙在于借俗写雅，以俗为工，看似极俗极粗，实则亦雅亦细。如王和卿的《越调 · 天净沙 · 王大姐浴房内吃打》云：

假胡伶，骋聪明。你本待洗肮脏倒惹得不干净。精尻上匀排七道青，扇圈大膏药刚糊定，早难道外宣无病。

有些题目和写法，在词中是禁区，而在曲中却为习见。如元王和卿《仙吕 · 醉中天 · 咏俊妓》《越调 · 小桃红 · 胖妓》《双调 · 拨不断 · 绿毛龟》《长毛小狗》；明冯惟敏《双调 · 新水令 · 十美人被杖》《仙子步蟾宫 · 大鼻妓》《锁南枝 · 盹妓》；清尤侗《南商调 · 黄莺儿 · 美人乳》《美人足》《美人醋》；吴承烜《仙吕 · 一半儿 · 美人臂》《美人面》；项馥兰《南仙吕入双调 · 题美人沃背图》；何承燕《南正宫 · 白练序 · 咏蚤》《咏虱》《咏蛆》等。在词中将不堪入目，猥亵之至，而在曲中却别有机趣。兹录尤侗的《南商调 · 黄莺儿 · 美人乳》如下：

宝袜缠红罗，紫葡萄，白露和，软红新剥鸡头颗。膏凝玉波，香吹粉荷，兰汤浴罢花心辫。衬金诃，绣衾低卧，未许阮郎摩。

曲能容俗，于此可见一斑。正因为它能放倒面子，故能纯任自然；能不讲局面，故能扩大内容。四曰词宜于庄而不宜于谐，曲则庄谐杂出，幽默纷陈，嘲讥戏谑，极尽喜笑怒骂之能事。散曲之所以重俳体，不以其为游戏文字而卑下之，蔑视之，正因为其格式极多，制作无穷，足以尽曲之变，穷曲之妙。明人李开先所编辑的《词谑》，收录了不少讽刺滑稽的散曲。兹录其《正宫 · 叨叨令 · 咏疟疾》云：

热时节热的在蒸笼里坐，冷时节冷的在冰凌上卧，颤时节颤的牙关错，疼时节疼的天灵破。兀的不害杀人也么哥，害杀人也么哥，寒来暑往都经过。

比喻形象，刻画逼真，在痛苦之中而出之以嘲谑，令人倾倒。又如《中吕·朝天子·两人夸乖》云：

> 买乖、卖乖，各自有乖名儿在。使乖乖处最难猜，肯把乖来坏。乖卖与乖人，忒乖了谁买？买乖的必定乖。你说道你乖，我说道我乖，只怕乖乖惹的乖乖怪。

句中的字面，颠倒重复，翻来覆去，别有韵味。这是俳体散曲中的“反覆体”。

以上就词曲的特征来比较它们之间的异同。

第五节　北曲与南曲的异同

曲有南、北之分，到底如何“分”法，是值得深入探讨的。兹就涉猎所及，约略言之：

一、南、北曲产生的时代

两者产生，孰先孰后？众说纷纭，颇难求得共识。穷源者，如《文心雕龙·乐府》谓“涂山歌于《候人》，始为南音；有娀谣于‘飞燕’，始为北音”。其后王骥德《曲律·总论南北曲》也据其说曰：“《击壤》《康衢》《卿云》《南风》，《诗》之《二南》，汉之乐府，下逮关、郑、白、马之撰，词有雅郑，皆北音也；《孺子》《接舆》《越人》《紫玉》，吴歈、楚艳，以及今之戏文，皆南音也。”皆发言玄远，难寻脉络。明人论曲，又多龃龉。北曲起源于金末元初，还比较一致。王世贞《曲藻序》云：“自金、元入主中国，所用胡乐，嘈杂凄紧，缓急之间，词不能按，乃更为新声以媚之。”徐渭在《南词叙录》中一则说：“今之北曲，盖辽、金北鄙杀伐之音，壮伟狠戾，武夫马上之歌，流入中原，遂为民间之日用。”再则说："中原自金、元二虏猾乱之后，胡曲盛行。……其曲有《迎仙客》《朝天子》之类，无一器能存其旧者。"王骥德在《曲律·论曲源》中也说："金章宗时渐更为此词，如世所传董解元《西厢记》者，其声犹未纯也。入元而益漫衍其制，栉调比声，北曲遂擅盛一代。"从以上三说来看，一是北曲产生的时间在于金、元之际；二是北曲是以胡乐为基础的。这大概可以作为学术界的共识。

至于南曲产生的时代，有的说是产生于宋，有的则说产生于明。明祝允明在《猥谈》中说："南戏出于宣和之后，南渡之际，谓之温州杂剧。"宣和是宋徽宗的年号（1120—1123）。徐渭在《南词叙录》中也说："南戏始于宋光宗（1191—1194）朝，永嘉人所作《赵贞女》《王魁》二种实首之。或云：'宣和间已滥觞，其盛行则自南渡，号曰永嘉杂剧。'"近人又发现宋刘埙《水云村稿·词人吴用章传》中云："至咸淳（1265—1274）永嘉戏曲出，泼少年化之，而后淫哇盛，正声歇。"从以上三说来看，南戏当始于宋代，最早为宋徽宗的北宋之末，最迟为宋度宗的南宋之季。证以王国维《宋元戏曲考·南戏之渊源及时代》云："南曲五百四十三章，出于古曲者凡二百六十章，几占全数之半。而北曲之出于古曲者，不过能举其三分之一，可知南曲渊源之古也。"王氏虽未确言南曲始于何时，但认为它早于北曲，则是没有疑义的。钱南扬在《戏文概论》中也认为《张协状元》是南戏的早期作品，它被收入《永乐大典》，一般认为它是南宋时期的作品。则南曲始于宋代，实为明以来大多数学者所认同。说南曲始于明代的也不少。王世贞在《曲藻序》中说："大江以北，渐染胡语。时时采入，而沈约四声，遂缺其一。……稍稍复变新体，号为南曲。"沈德符《顾曲杂言·北词传授》亦云："自吴人重南曲，皆祖昆山魏良辅，而北词几废。"魏良辅是明代的戏曲音乐家。他对流行在昆山一带的戏曲腔调进行整理加工，形成一种舒徐宛转的新腔，叫作"昆腔"。据《虞初新志》中余怀的《寄畅园闻歌记》载："良辅初习北曲，绌于北人王友山，退而镂心南曲，足迹不下楼十年。当是时，南曲率平直无意致，良辅转喉押调，度为新声，疾徐高下清浊之数，一依本宫。取字唇齿间，迭换巧掇，恒以深邈助其凄戾，吴中老曲师如袁髯、尤驼者，皆瞠目以为不及也。”王骥德《曲律·论曲源》也说：“迨季世入我明，又变为南曲，婉丽妩媚，一唱三叹，于是美善兼至，极声调之致。”从以上的诸说来看，南曲当产生于明代，至魏良辅时，才加以完善、提高，逐渐取代了北曲的地位。所以何良俊在《四友斋丛说·曲论》中说：“近日多尚海盐南曲，士大夫秉心房之精，从婉娈之习者，风靡如一，甚者北土亦移而耽之。更数世后，北曲亦失传矣。”王骥德在《曲律·论曲源》中也说：“迩年以来，燕赵之歌童舞女，咸弃其捍拨，尽效南声，而北词几废。”说明南曲自魏良辅以后，对北曲显然占到了压倒的优势。日人盐谷温在所著《支那文学概论》中，想调和两派之说，提出南北曲在同一时代产生的论点，他说：“汴京陷落，为中国声曲史上画一时期，实后世南北曲之分歧点。宋乐随汴京流入金，为金、元北曲之先驱；其传入南方者，遂为南曲之渊源。”其说不仅认为南、北曲产生于同一时代，而且认为南、北曲系同一渊源。最早倡此说者，似为明何良俊。他在《曲论》中说：“金、元人呼北戏为杂剧，南戏为戏文。”王世贞也在《曲藻序》中说过：南北曲“譬之同一师承，而顿、渐分教；俱为国臣，而文武异科”。好像“杂剧”与“戏文”，只是因为地域的不同，而称呼各异；师承相同，而流衍分派，至其产生的时代都在金、元之际。我以为南曲当早于北曲，宋室南渡以前，便在民间流行。刘埙生于宋理宗嘉熙四年（1240），至咸淳年间，至少已经二十五岁，他在《词人吴用章传》中的记载，当是亲历目睹，至为可信。只是因为南宋君臣的好尚，仍是传统的诗词，缺乏像关、王、马、郑那样的既富才情，兼擅音律的作家，而北曲遂擅一代之长，南曲反而湮没无闻。至高则诚以南曲为《琵琶记》，梁辰鱼用昆腔填《浣纱记》，于是南曲始盛行海内，流传众口，所以吴梅村有“里人度曲魏良辅，高士填词梁伯龙（辰鱼）”之句，王世贞有“吴阊白面冶游儿，争唱梁郎雪艳词”之诗。

二、南、北曲性质的异同

它们在性质上的区别，王骥德在《曲律·总论南北曲》中，曾经作了详细的论述。他引胡翰在《古乐府诗类编序》的话说：“晋之东，其辞丽，递变而为南北，南音多艳曲，北曲杂毡裘。”引吴莱在《张氏大乐玄机赋论后题》的话说：“晋、宋、六朝以降，南朝之乐，多用吴音；北国之乐，仅袭夷虏。”又引康海《浒东乐府序》中的话说：“南词主激越，其变也为流丽；北曲主慷慨，其变也为朴实。”从上述三氏的话来分析，至少说明下列两点：一是南曲多吴音，北曲袭夷虏，在音乐的系统上是不同的；二是南曲比较浮艳，比较流丽，北曲比较慷慨，比较朴实，在审美感受上是不同的。其后论南、北曲的异同者，亦多从感情色彩和使用乐器方面加以比较，魏良辅在《曲律》中说：“北曲以遒劲为主，南曲以宛转为主，各有不同。至于北曲之弦索，南曲之鼓板，犹方圆之必资于规矩，其归重一也。”又说：“北力在弦索，宜和歌，故气易粗；南力在磨调，宜独奏，故气易弱。”王世贞在《曲藻序》中也说：“大抵北主劲切雄丽，南主清峭柔远，虽本才情，务谐俚俗。”在《曲藻》中又说：“凡曲：北字多而调促，促处见筋；南字少而调缓，缓处见眼。北则辞情多而声情少，南则辞情少而声情多。北力在弦，南力在板。北宜和歌，南宜独奏。北气易粗，南气易弱。此吾论曲三昧语。”魏氏与王氏的论述，可以互相发明，也是比较恰切的。可是臧晋叔在《元曲选》序中驳斥他说：“夫北之被弦索，犹南之合箫管……若板以节曲，则南北皆有力焉，如谓北筋在弦，亦谓南力在管，可乎？惜哉元美（世贞）之未知曲也。”其实初期的南曲，并不限于用箫管，用箫管当是从昆曲始。明顾起元在《客座赘语》中说得很明白：“歌者上，用小拍板，或以扇子代之，间有用鼓板者，今则吴人益以洞箫或月琴。”说明王氏所说的北弦南板是有根据的。何况王氏所说的“北字多而调促”“北辞情多而声情少”，“南字少而调缓”“南辞情少而声情多”，正是因为北曲使用的衬字多，可以随便增板移板，并不妨碍拍板和演唱。南曲使用的衬字少，俗有“衬不过三”的说法。因为它的板有定数，板有定点，如果衬字一多，就无法准确地打拍，演唱者也无法按着节拍来演唱。吴梅在《元词斠律序》中曾经明确指出这一点道：“北曲无定板，就文字之多寡，为板式之疏密，而其声随之为转移；又上下板移易处，歌者高下闪赚，极声文之美，此又随曲声之势变为准者也。”这是南、北曲在性质上的区别。

三、南、北曲声调的差异

北曲以《中原音韵》为准，入声派作平、上、去三声，不可互易。南曲以《洪武正韵》为准，入声与上、去同为仄声，仍然有其独立性。北曲共十二宫调，即黄钟、正宫、大石、小石、仙吕、中吕、南吕、双调、越调、商调、商角调和般涉调。南曲九宫十三调，即仙吕宫附以羽调，正宫附以大石，中吕附以般涉，商调附以小石，以及南吕、黄钟、越调、双调、仙吕入双调。一调又有一调的情感。据元燕南芝庵《唱论》、明朱权《太和正音谱·词林须知》及王世贞《曲藻》、王骥德《曲律》等云：北曲的仙吕宜清新绵邈，南吕宜感叹伤悲（《曲藻》作“伤惋”），中吕宜高下闪赚，黄钟宜富贵缠绵，正宫宜雄壮惆怅，道宫宜飘逸清幽，大石宜风流蕴藉，小石宜旖旎妩媚，高平宜条物（《曲藻》作“条荡”）滉漾，般涉宜拾掇坑堑，歇指宜急并虚歇，商角宜悲伤宛转，双调宜健捷激袅，商调宜凄怆怨慕，角调宜呜咽悠扬（《曲藻》作“典雅沉重”），宫调宜典雅沉重（《曲藻》无），越调宜陶写冷笑。实际上北曲缺了道宫、高平、歇指和角调。至于南曲宫调的声情，据《汉上游宧文存·曲律简说》云：“仙吕、南吕入双调，慢曲较多，宜于男女言情之作，所谓清新绵邈，宛转悠扬，均兼而有之。正宫、黄钟、大石，近于典雅端重，间寓雄壮。越调、商调、多寓悲伤怨慕，商调尤宛转。至中吕、双调，宜用于过脉短套居多。然此但言其大较耳，若细析之，则不惟每套各有性质，且每曲亦有每曲之性质。决不能如北曲以四字形容之，概括其全宫调也。”以上就南北曲之有无入声，南北曲所用之宫调，以及南北曲各宫调的声情，加以比较研究。至于有关宫调的详细论述，将在下章中予以探讨。总之，北曲显得豪放粗犷一些，南曲则显得柔和宛转一些，北曲显得严密质朴一些，南曲则显得灵活自由一些。至于宫调的声情，也只能说大体上有些区别，不能把它绝对化。一般说来，黄钟、双调，多用于喜剧；南吕、商调，多用于悲剧；中吕、正宫、大石、越调，往往兼用于悲喜剧。即所谓喜乐、悲伤、中和三者。

第二章　声律论

曲要美听，必识声律。不明声律，就不足以言曲。所以李笠翁强调说：“从来词曲之旨，首严宫调，次及声音，次及字格。”（《闲情偶寄·音律第三》）因为曲是在场上演唱的，跟音乐有着密切的关系。如果只辨平仄四声，而不及宫调律吕，自然是不够的。所以我们将在本章内，分别探讨一下宫调、曲牌、曲韵、曲谱、平仄、板眼等方面的问题。但它们都是音乐艺术方面的专门学问，这里只能尝鼎一脔，得其大略而已。

第一节　曲的宫调

自来谈宫调的，都说得比较神秘。这是因为它渊源甚古，文化积淀很厚；演变纷繁，更迭的轨迹难寻。所以王骥德在《曲律·论宫调》中说：“宫调之说，盖微眇矣；周德清习矣而不察，词隐语焉而不详。”周德清所著的《中原音韵》，被人称为“德清之韵，不独中原，乃天下之正音也”（见琐复初《中原音韵序》）。词隐即吴江派的盟主沈璟，他所著的《南九宫谱》，被冯梦龙誉为“后学之津梁”（《曲律序》），又被讥为“习而不察”“语焉不详”。可见它是不容易谈清楚的。

《国语·周语》说：“夫宫，音之主也，次第及羽。”所谓“次第及羽”，就是按我国古代最基本的五音次序排列是：宫、商、角、徵、羽。“宫”是一个音阶的首音，而“羽”则是一个音阶的尾音。相当于今天的 1（do）、2 （re）、3（mi）、5（so）、6（la）或者5、6、1、2、3。这五个高低不同的音，可以谱成供演唱的曲子。后来又增加了变徵4（fa）和变宫7（xi）两音，就成了七音。这个1、2、3、4、5、6、7，至今还是中外音乐的基本音。但这七个音，只有相对的音高，没有绝对的音高。它们的音高是随着调子而转移的。只有第一级的音高确定了，其他各级的音高才能确定下来。“宫”属于第一级，所以说是“音之主也”。由于宫、商、角、徵、羽、变徵、变宫等七个音，没有绝对的音高，故在实际歌唱中，就要用“律”来确定。所以《孟子·离娄上》说：“师旷之聪，不以六律，不能正五音。”这里所说的“六律”，包括简称为“律”的阳六律和简称为“吕”的阴六律，即属于阳六律的黄钟、太簇、姑洗、蕤宾、夷则、无射和属于阴六律的林钟、南吕、应钟、大吕、夹钟、中吕。这十二个不同的音律，统称为“十二律”。“十二律”是根据十二支长短不同的竹管所发出的清浊高下不同的音来规定的。它的次序是从低到高，依次为黄钟、大吕、太簇、夹钟、姑洗、中吕、蕤宾、林钟、夷则、南吕、无射、应钟。竹管越长，所发之音越浊；竹管越短，所发之音越清。黄钟之管最长，无射之管极短（因为“应钟”无调）。据《曲律·论宫调》：正宫律属黄钟，它的声情是“惆怅雄壮”，近乎浊音；越调律属无射，它的声情是“陶写冷笑”，近乎清音。长沙马王堆一号汉墓出土的“十二律管”，最长的为17.65厘米，最短为10.2厘米，管下墨书有黄钟、无射等名称，说明它是我国保存最早的“律管”，也说明它在运用中与上述的论点是符合的。“十二律”各有七音，以任何一声为主，都可以构成一种调式。在各种不同的调式中，有一音恒处于核心地位，称为“主音”，其余各音则围绕着或者倾向着它，跟它构成一定的音程关系。如以宫声为主的调式称“宫”，即以宫声乘律，皆称为“宫”，也叫作“宫调式”，如正宫、黄钟宫等。以其他各声为主的则称为“调”，即以商、角、羽乘律，统称曰“调”，如商调、角调等。合称之为“宫调”。以七声配十二律，在理论上可得十二宫、七十二调，合为八十四调。但实际上运用的宫调远没有那么多。隋、唐的燕乐，已经只有二十八调了。因为它是用琵琶来定音律的，而琵琶只有四弦，每弦构成七调，共为二十八调。凌廷堪《燕乐考原》说：“以《隋志》考之，则琵琶一弦具七调，四弦故二十八调也。”正是这么说的。到了宋代，据张炎《词源》所载，已只有七宫十二调。七宫即黄钟宫、仙吕宫、正宫、高宫、南吕宫、中吕宫和道宫，十二调即大石调、小石调、般涉调、歇指调、越调、仙吕调、中吕调、正平调、高平调、双调、黄钟羽调和商调。元代的北曲又亡了其中的道宫、歇指调、角调、调宫调四调，据周德清《中原音韵》所载，已只有十二个宫调，即黄钟、正宫、大石、小石、仙吕、中吕、南吕、双调、越调、商调、商角调和般涉调。《太和正音谱》所载与此全同，当以此为蓝本。到了明代，南曲又亡了商角调，但多了一个羽调，变成了“十三调”，即仙吕宫、羽调、黄钟宫、商调、正宫、大石调、中吕宫、般涉调、道宫、南吕宫、越调、小石调、双调。其中所列的仙吕宫、黄钟宫、正宫、中吕宫、道宫、南吕宫，一概呼之为“调”，而不可呼之为“宫”，如呼仙吕宫为仙吕调，正宫为正宫调。而最常用的不过五宫四调，即仙吕、南吕、中吕、黄钟、正宫五宫和大石、双调、越调、商调四调。详见沈璟《南九宫谱》和《钦定曲谱 · 凡例》。这个“九宫十三调”，是研究宫调的最重要的资料，所以李笠翁说：“九宫十三调者，南曲之门户也。小出可以不拘，其成套大曲，则分门别户，各有依归，非但彼此不可通融，决第亦难紊乱。”（《闲情偶寄 · 音律第三》）说明它是应该恪守、不容变乱的。除五宫四调外，其他各调，或有目无曲，或属曲过少，不能成套，所以不常用。实际上在元人杂剧中，属曲过少的宫调，已经与别的宫调合并，如小石并入大石，商角并入商调，般涉并入中吕。这便是有关宫调知识的 ABC。

第二节　曲的牌调

曲调，也叫曲牌，俗称牌子或牌名。任何一支曲子都隶属于一定的宫调，都有一定的唱法，它的字数、句法和平仄也都有基本的定式，可据以填写新的曲词。曲调多于词调。据清万树《词律》所载，共收词调六百六十，《钦定词谱》所收，增至八百二十六。而《九宫大成南北词宫谱》共收北曲五百八十一个，南曲一千五百一十三个（包括集曲）。南北曲合计共二千零九十四个，多了近两倍。后来王季烈在《螾庐曲话》中加以淘汰整理，还有五百左右。兹据《中原音韵》和《太和正音谱》所载北曲曲牌共三百三十五个。其中黄钟二十四调，以《醉花阴》《喜迁莺》《水仙子》《寨儿令》《人月圆》数调为最常用；正宫二十五调，以《端正好》《滚绣球》《倘秀才》《叨叨令》《塞鸿秋》《醉太平》数调为最常用；大石调二十一调，不甚常用，以《归塞北》《青杏子》较常见；小石五调，以《青杏儿》《天上谣》较常见；仙吕四十二调，以《端正好》《赏花时》《点绛唇》《混江龙》《油葫芦》《寄生草》《醉扶归》《忆王孙》《一半儿》《天下乐》《后庭花》《八声甘州》最常用；中吕三十二调，以《红绣鞋》《普天乐》《醉高歌》《喜春来》《斗鹌鹑》《满庭芳》《朝天子》《卖花》等最常用；南吕二十一调，以《一枝花》《四块玉》《骂玉郎》《感皇恩》《采茶歌》《梁州第七》等为最常用；双调一百调，以《新水令》《驻马听》《沉醉东风》《庆东原》《拨不断》《落梅风》《风入松》《水仙子》《殿前欢》《折桂令》《清江引》《捣练子》《雁儿落》《得胜令》《沽美酒》《太平令》《青玉案》等为最常用；越调三十五调，以《斗鹌鹑》《小桃红》《天净沙》《凭阑人》《调笑令》《紫花儿序》为最常用；高调十六调，以《集贤宾》《梧叶儿》《醋葫芦》《玉抱肚》等为常见；商角调六调，以《黄莺儿》《踏莎行》较常见；般涉调八调，以《哨遍》《耍孩儿》较多见。

又据任讷《散曲概论·用调》所载，南曲常用调，包括原调与集曲，共一百十六调，约当南曲全数的二十分之一。兹转录于后：

属于仙吕者，原调有《皂罗袍》《桂枝香》《排歌》《浪淘沙》《月儿高》《傍妆台》《月中花》《解三酲》《西河柳》《春从天上来》；集曲有《醉罗歌》《月云高》《甘州歌》《解袍歌》《一封书》《解酲歌》《醉花云》《香转南枝》《月照山》《闹十八》《九回肠》《十二红》《醉归花月渡》《二犯桂枝香》《二犯月儿高》《二犯傍妆台》。

属于正宫的，原调有《玉芙蓉》《锦缠道》，集曲有《锦亭乐》。

属于中吕的，原调有《泣颜回》《驻云飞》《普天乐》《驻马听》《石榴花》《永团圆》《番马舞秋风》，集曲有《榴花泣》《倚马待风云》。

属于南吕的，原调有《一江风》《懒画眉》《梁州序》《大胜乐》《贺新郎》《宜春令》《销金帐》《香罗带》，集曲有《罗江怨》《三学士》《七犯玲珑》《六犯清音》《梁州新郎》《梁沙泼大香》《浣溪刘月莲》《六犯碧桃花》《七贤过关》《巫山十二峰》《九疑山》《八宝妆》《仙桂引》《仙子步蟾宫》。

属于黄钟的，原调有《侍香金童》《传言玉女》《啄木儿》《画眉序》。

属于商调的，原调有《黄莺儿》《集贤宾》《山坡羊》《高阳台》《水红花》，集曲有《金络索》《黄罗歌》《莺花皂》《山羊五更转》《梧蓼金罗》《黄莺学画眉》。

属于羽调的，原调有《马鞍儿》，集曲有《胜如花》《四季盆花灯》。

属于双调的，原调有《玉胞肚》《锁南枝》《风入松》《四块金》《玉交枝》《柳摇金》《朝天歌》《江儿水》《孝顺歌》《步步娇》《淘金令》《转调淘金令》《锦法经》《四朝元》，集曲有《二犯江儿水》《娇莺儿》《江头金桂》《孝南歌》《二犯柳摇金》《孝南枝》《玉枝供》《六幺令犯》《落韵锁南枝》《摊破金字令》《折桂朝天令》《锦堂月》《玉江引》。

属于越调的，只有原调《绵搭絮》，属于大石调的，有原调《催拍》《两头南》《两头蛮》《红叶儿》，属于小石调的，也只有原调《骤雨打新荷》和《象牙床》。

还有待考的《征胡兵》《弥陀僧》《对美人》《美樱桃》四调。

除黄钟、越调、大石、小石无集曲外，不少的宫调，集曲反而多于原调，一般是以二曲三曲串为一曲，多至七八曲以至十几曲、几十曲串为一曲的，如《七贤过关》《八宝妆》《九回肠》《十二红》《巫山十二峰》《三十腔》等，盖文人不欲与北曲重复，故特立新名，以标新立异而已。

需要注意的是，不同体制的曲所用的曲调是有不同选择的。小令必须选择那些结构比较完整、旋律比较优美的曲调；散套和带过曲，为了便于歌唱，习于句读，便于表达感情，一般不用冷僻之调。

据李玉《北词广正谱》和任讷《散曲概论 · 用调》的考订，专用于小令的，只有下列五十个：属于黄钟的四个，即《昼夜乐》《人月圆》《红衲袄》《贺圣朝》。属于正宫的三个，即《黑漆弩》《甘草子》《汉东山》。属于仙吕的，即《锦橙梅》《太常引》《三番玉楼人》。属于南吕的仅《干荷叶》一个。属于中吕的四个，即《山坡羊》《乔捉蛇》《鹘打兔》《摊破喜春来》。属于大石的四个，即《百字令》《喜梧桐》《初生月儿》《阳关三叠》。属于小石的有《青杏儿》《天上谣》两个。属于高平的有《木兰花》《于飞乐》《青玉案》三个。属于商调的有《秦楼月》《桃花浪》《满堂红》《芭蕉延寿》四个。属于越调的有《凭阑人》《糖多令》。属于双调的最多，计有《新时令》《十棒鼓》《秋江送》《大德乐》《大德歌》《妖神急》《楚天遥》《青玉案》《殿前喜》《皂旗儿》《枳郎儿》《华严赞》《得胜乐》《山丹花》《扫睛娘》《鱼游春水》《骤雨打新荷》《河西水仙子》《河西六娘子》《百字折桂令》等二十个。以上五十调，虽为小令所专用，然冷僻者多，最习用的不过《山坡羊》《凭阑人》《人月圆》《大德歌》《百字折桂令》四五调而已。这是第一种情况。

第二种情况是小令和套曲兼用。据任讷《散曲概论·用调》的统计，共有六十九调。其中属于黄钟的有《刮地风》和《出队子》，属于正宫的有《塞鸿秋》《叨叨令》《醉太平》《小梁州》《六幺遍》《白鹤子》，属于仙吕的有《后庭花》《醉扶归》《游四门》《寄生草》《醉中天》《节节高》《金盏儿》《一半儿》《忆王孙》《赏花时》，属于南吕的有《金字经》《四块玉》《玉交枝》《小梁州》，属于中吕的有《满庭芳》《喜春来》《醉高歌》《红绣鞋》《普天乐》《朝天子》《上小楼》《迎仙客》《四边静》《四换头》《挂枝儿》十一个，属于般涉调的只有《耍孩儿》一调，属于商调的有《梧叶儿》《凉亭乐》《醋葫芦》，属于越调的有《天净沙》《小桃红》《寨儿令》《黄蔷薇》《雪里梅》，属于双调的有《折桂令》《水仙子》《庆东原》《驻马听》《拨不断》《清江引》《落梅风》《沉醉东风》《步步娇》《碧玉箫》《沽美酒》《殿前欢》《阿纳忽》《庆宣和》《卖花声》《得胜令》《春闺怨》《风入松》《胡十八》《月上海棠》《快活年》《牡丹春》等二十二调。此外，尚有待考的五调，即《丰年乐》《时新乐》《霜角》《阿姑令》《双叠翠》。以上六十九调，习见的约占半数，凡曲名下有着重号的，都是常用的曲调。

第三种情况是带过曲的调式，前人用过的只有三十四调，已在《曲的一般形式·带过曲》中作了介绍，其中最习见的不过正宫的《脱布衫》带《小凉州》，南吕的《骂玉郎》带《感皇恩》《采茶歌》，中吕的《十二月》带《尧民歌》，《醉高歌》带《喜春来》，双调的《水仙子》带《折桂令》，《雁儿落》带《得胜令》，《沽美酒》带《太平令》，《对玉环》带《清江引》等七八个调式而已。

从以上的情况说明，曲调的选择不是随意的，有的只能用于小令；有的既可以作为小令，又可以用于套曲；而带过曲更有一定的组合规律，已经成为一种凝固的形式，不能任意以某曲带某曲，还有一些曲牌，只能用于散套和剧曲，如《滚绣球》《倘秀才》等，因它可以在套曲和剧曲中连用几次，故叫作“子母调”。

还有三种情况，需要作一些交代。

第一种情况是“一牌数宫”，即同一支曲子，可以同时用两个以上的宫调来演唱，这就是通常所说的“转调”。据《中原音韵》《太和正音谱》《北词广正谱》的说明，大致有如下七个：

正宫·货郎儿：注作“入南吕转调”。

正宫·啄木儿煞：注作“亦入中吕”。

小石调·青杏儿：注作“即《青杏子》，亦入《大石调》”。

仙吕·三番玉楼人：注作“亦入越调”。

南吕·翠盘秋：注作“亦入中吕，即《干荷叶》”。

商调·玉抱肚：注作“亦入双调”。

仙吕·双雁子：注作“即商调《双雁儿》”。

由此可知，某曲列入某调，就是某曲的本调，另入某调，或即某调之某曲，便是转调。

第二种情况是曲牌相同，但分属于不同的宫调，在音乐上也是不同的，就不能视为“转调”，而应当看成两个不同的曲子。据《中原音韵》《太和正音谱》的统计，这类曲子共有十六章，即：

黄钟宫的《水仙子》与双调的《水仙子》，黄钟宫的《寨儿令》与越调的《寨儿令》，仙吕宫的《端正好》与正宫的《端正好》，仙吕宫的《妖神急》与双调的《妖神急》，仙吕宫的《上京马》与商调的《上京马》，中吕宫的《斗鹌鹑》与越调的《斗鹌鹑》，中吕宫的《红芍药》与南吕的《红芍药》，中吕宫的《醉春风》与双调的《醉春风》。

它们的曲牌虽然完全相同，但不属于同一个宫调，实际上是两个不同的曲子。请看邓玉宾的《正宫·端正好》（套曲）：

俺便是画图中，帏屏上，云游遍林影湖光。闲中气味三千丈，抵多少归去来的陶元亮。

共四句四韵，而关汉卿的《仙吕·端正好》（《鲁斋郎》的楔子），却是十四句八韵了：

你不如休和他争，忍气吞声罢；别寻个家中宝，省力的浑家。说那个鲁斋郎胆有天来大，他为臣，不守法：将官府，敢欺压；将妻女，敢夺拿；将百姓，敢践踏。赤紧的他官职大的忒希诧。

又如张养浩的《越调·寨儿令》云：

水绕门，树围村。雨初晴，满川花草新。鸡犬欣欣，鸥鹭纷纷，占断玉溪春。爱庞公不入城闉，喜陈抟高卧烟云。陆龟蒙长散诞，陶元亮自耕耘。这几君，都不是等闲人。

共十三句十二韵，而郑德辉《倩女离魂》中的《黄钟宫·寨儿令》却变成了七句五韵了：

每日价萦萦，阁不住两泪盈盈。手指着胸膛自招承。自感叹，自伤情；自悔懊，自由性。

第三种情况是有些曲子的牌名很相似，不管是同一宫调的如双调的《殿前欢》与《殿前喜》、《大德歌》与《大德乐》、《小喜人心》与《大喜人心》，仙吕的《油葫芦》与《胜葫芦》及商调的《醋葫芦》，越调的《鬼三台》与《耍三台》、《络丝娘》与《小络丝娘》，中吕的《鲍老儿》与《古鲍老》等。异调的如黄钟的《水仙子》与双调的《水仙子》及《河西水仙子》等，看起来多么相似，其实却不是一个曲子，它们多数都不能单独用于小令。试将白朴的《双调・得胜乐》与张养浩的《双调・得胜令》作一比较，便可一目了然。白曲云：

红日晚，残霞在。秋水共长天一色，寒雁儿呀呀的叫天外。怎生不捎带个字儿来？

全曲五句四韵。张曲云：

万象焦欲枯，一雨足沾濡。天地回生意，风云起壮图。农夫，舞破蓑衣绿；和余，欢喜的无是处。

全曲八句八韵，无论字数、句数、平仄、韵脚，都各不相同。

除了曲调和体制问题，我们还要谈谈词牌与曲牌的关系。王骥德在《曲律・论调名》中详细论述了调名的由来。一曰取自古人诗词中的名句，如《满庭芳》取自吴融的“满庭芳草易黄昏”，《点绛唇》取自江淹的“明珠点绛唇”，《鹧鸪天》取自郑嵎的“家在鹧鸪天”，《西江月》取自卫万的“只今惟有西江月，曾照吴王宫里人”之类。二曰取自地名，如《梁州序》《伊州令》《八声甘州》之类。三曰取自音乐的节拍，如《步步娇》《节节高》《急板令》《双声子》之类。其他或以时序，或以人物，或以花鸟，或以寄托，或偶触所见而名，纷纭繁杂，不可胜记。然词之与曲，实为两途。间有将词调之名，采入南北二曲的，或仍其调而易其声，如金的小令《醉落魄》《点绛唇》，长调的《满江红》《沁园春》；或止用其名而尽变其调，如元的小令《青玉案》《捣练子》，长调的《瑞鹤仙》《贺新郎》《满庭芳》《念奴娇》；或只用作引曲，如南曲小令的《卜算子》《生查子》《忆秦娥》《临江仙》，长调的《鹊桥仙》《喜迁莺》《称人心》《意难忘》；或只用作过曲，如《八声甘州》《桂枝香》等，也只是用其名而尽变其调。

因为此曲的曲牌跟词牌同名的，多达四分之一。兹分别其不同的情况，加以比较如后。

第一，名实俱同的，如《人月圆》《念奴娇》《忆王孙》《鹊踏枝》《秦楼月》《风入松》《南乡子》《太常引》《唐多令》《菩萨蛮》等。因为曲只有只曲，没有双调，所以只相当于一首单调词，或者词的一阕。试将晏几道的《风入松》词和张可久的《风入松》曲加以比较，便能了如指掌。晏词上阕云：

> 柳阴庭院杏梢墙，依旧巫阳。凤箫已远青楼在，水沉难暖前香。临镜舞鸾离照，倚筝飞雁辞行。

共六句四韵，句式为七四、七六、六六。张曲云：

> 琅琅新雨洗湖天，小景六桥边。西风泼眼山如画，有黄花休恨无钱。细看茱萸一笑，诗翁健似常年。

也是六句四韵，除去两个衬字外，无论句式、平仄、韵脚，都完全一样。再看苏轼的《菩萨蛮·西湖》词和侯克中的《菩萨蛮·客中寄情》套，因为没有衬字，就完全相同了。苏词的上阕云：

> 秋风湖上萧萧雨，使君欲去还留住。今日漫留君，明朝愁杀人。

侯曲的字数、句数、平仄、用韵，与此全同。曲云：

镜中两鬓皤然矣，心头一点愁而已。清瘦仗谁医？羁情只自知。

第二，基本相同，略有出入的，如《归塞北》（即《望江南》）、《青玉案》《忆帝京》《粉蝶儿》《昼夜乐》《喜迁莺》《女冠子》《醉春风》《夜行船》《梅花引》《集贤宾》《瑞鹤仙》《蓦山溪》等。请看周邦彦的《青玉案》词的上阕：

良夜灯光簇如豆，占好事，今宵有。酒罢歌阑人散后，琵琶轻放，语声低颤，灭烛来相就。

共七句四韵，句式是七三三、七四四五。再看无名氏的《青玉案》曲云：

插宫花饮御酒同欢乐，功劳簿上写上也么哥。万载标名麒麟阁，封妻荫子，进禄加官，想人生一世了。

变成了六句四韵，句式为七六、七四四五。除了第一句增加了两个衬字，并将两个三字句变成了一个六字句（衬字除外），下面四句完全相同。

第三，名存实亡的。这种情况比较的多，可能只是取了原词的旋律，作了重大的改造。如《醉太平》、《感皇恩》、《离亭宴》、《哨遍》、《应天长》、《乌夜啼》、《最高楼》（即《醉高歌》）、《调笑令》（《含笑花》）、《贺新郎》、《金盏儿》、《朝天子》、《卖花声》、《满庭芳》、《驻马听》、《黄莺儿》、《金蕉叶》等。试将张舜民的《卖花声·题岳阳楼》词上阕与乔吉的《卖花声·悟世》曲作一比较，便可以发现它们之间的差别是很大的。张词的上阕云：

木叶下君山，空水漫漫。十分斟酒敛芳颜。不是渭城西去客，休唱《阳关》。

乔曲云：

肝肠百炼炉间铁，富贵三更枕上蝶，功名两字杯中蛇。尖风薄雪，残羹冷炙，掩青灯竹篱茅舍。

第四，名异实同的，如仙吕的《一半儿》与中吕的《喜春来》即词的《忆王孙》，中吕的《朝天子》即从词的《谒金门》蜕变而来。试比较李重元的《忆王孙》词和徐再思的《仙吕·一半儿·病酒》及曾瑞的《中吕·喜春来》，除了最末一句略有变化外，其余的完全一样。李词云：

萋萋芳草忆王孙，柳外楼高空断魂，杜宇声声不忍闻。欲黄昏，雨打梨花深闭门。

全词共五句五韵，句式是七七七、三七。徐曲也是五句五韵，句式为七七七、三九。曲云：

昨宵中酒懒扶头，今日看花唯袖手，害酒愁花人问羞。病根由，一半儿因花一半儿酒。

曾瑞的《喜春来》，也是如此。曲云：

功名希望何时就，书剑飘零甚日休，算来着甚可消愁。除是酒，醉倚仲宣楼。

只第五句，由七字句变成了五字句。

第三节 曲的韵式

曲的用韵，素有北宗《中原》、南宗《洪武》的说法。所谓《中原》，指元周德清所著的《中原音韵》。周德清，字挺斋，江西高安人。生平事迹不详。他认为要作好可歌可唱的北曲，必须了解和掌握有关的方言、方音的规律，于是便搜辑前人作品中所用的韵脚，加以归纳和总结，并根据当时活在人们口头中的实际语言，形成一部颇具权威的韵书，叫作《中原音韵》，共分十九韵，每韵分为阴、阳、上、去四个部分，而将入声完全派入平、上、去三声中去。他自己对这部韵书十分自负地说："乃作词之膏肓，用字之骨髓，皆不传之妙，独余知之。"（《中原音韵自序》）同时的学者琐非复也给予了极高的评价说："德清之韵，不独中原，乃天下之正音也。"（《中原音韵序》）的确，它一问世便产生了极大的影响，诚如王骥德在《曲律 · 论韵》中说的："作北曲者，守之竞竞，无敢出入。"至于上文所说的《洪武》，系指《洪武正韵》，乃明洪武时乐韶凤、宋濂等奉诏编撰的，是曲韵南派的创始著作，但因为它不合于当时的"中原雅音"，在明代并未真正通行，后世也很少引用。所以本节所论，一以《中原音韵》为主。

一、韵的划分

随着时代的推移，语音发生了巨大的变化。最突出的现象是入声字在北方语音中消失了。《中原音韵》就是按照当时北方的语音，把字的声调重新加以划分。他把平声分为阴平和阳平，把入声分派三声。这是极其重要的发现，是对传统的诗韵和词韵一个重大的突破，是开拓今音韵学的一个创举。从而把长期以来在韵部划分方面居于统治地位的《广韵》一百零六韵，合并为十九个韵部，即：

1. 东钟

相当于诗韵平声中的"东""冬"及"庚"韵的一小部分（倾、兄、烹、崩、横、莹），仄声中的"董""送"。

2. 江阳

相当于诗韵的平声“江”“阳”，入声“讲”“绛”。

3. 支思

相当于诗韵平声“支”的齿音开口字，仄声的“纸”“置”。

4. 齐微

相当于诗韵平声中“微”“支”两韵的齿音合口字及喉、牙、唇、舌上音等的字，入声中的“质”韵。

5. 鱼模

相当于诗韵平声中的“鱼”“虞”两韵及“尤”韵中的部分唇音字，仄声中的“语”“御”“屋”韵中的字。

6. 皆来

相当于诗韵平声中的“齐”“佳”“灰”三韵中的大部分字，仄声中的“蟹”“泰”“陌”等韵中的字。

7. 真文

相当于诗韵平声中的“真”“文”两韵及“元”韵中的大部分字，仄声中的“轸”韵和“震”韵的字。

8. 寒山

相当于诗韵平声中的“删”韵和“寒”韵中的开口音、“元”韵中的唇齿音，仄声中的“阮”“愿”两韵中的字。

9. 桓欢

相当于诗韵平声中的“寒”韵合口字，仄声中“旱”“翰”两韵中的字。

10. 先天

相当于诗韵平声中的“先”韵及“元”韵中的部分字，仄声中“阮”“铣”“霰”韵中的部分字。

11. 萧豪

相当于诗韵平声中的“萧”“肴”“豪”三韵，仄声中的“筿”“巧”“皓”“啸”“效”“号”韵中的部分字及入声中的“觉”韵部分字。

12. 歌戈

相当于诗韵平声中的“歌”韵、去声中的“哿”“箇”两韵，以及入声中的“药”“合”等韵。

13. 家麻

相当于诗韵平声中“麻”“佳”两韵的部分字，仄声中的“马”韵和“祃”韵中的部分字，以及入声中的“洽”韵。

14. 车遮

相当于诗韵平声中的“麻”韵中的部分字，仄声中“马”“祃”二韵中的部分字，以及入声中的“屑”韵。

15. 庚青

相当于诗韵平声“庚”“青”两韵，仄声中“敬”“径”诸韵中的字。

16. 尤侯

相当于诗韵平声“尤”韵，仄声中的“有”“宥”两韵，以及入声中的“屋”“沃”两韵中的部分字。

17. 侵寻

相当于诗韵平声的“侵”韵，仄声中的“寝”“沁”两韵。

18. 监咸

相当于诗韵平声“覃”“咸”两韵中的大部分字，但不包括原《广韵》中的“凡”韵所属各字。仄声中的“感”“勘”两韵。

19. 廉纤

相当于诗韵平声中的“盐”韵及部分原《广韵》中“凡”韵的字，仄声中的“俭”“艳”两韵中的字。

由此可知，它主要从三个方面突破了传统韵书的樊篱，体现了“韵宽声严”的基本规律，即一是它不按四声分立韵部，而是“四声通押”，二是它取消入声，分别派入平、上、去三声中去，三是它平分阴阳，把平声分为阴平和阳平。

至于《洪武正韵》，音兼南北，不切实际，并无统一的标准。李东阳说它“终明之世，竟不能行于天下”（《怀麓堂诗话》）。王骥德说南曲“独南曲类多旁入他韵，如‘支思’之于‘齐微’、‘鱼模’，‘鱼模’之于‘家麻’、‘歌戈’、‘车遮’，‘真文’之于‘庚青’、‘侵寻’，或又之于

‘寒山’、‘桓欢’、‘先天’；‘寒山’之于‘桓欢’、‘先天’、‘监咸’、‘廉纤’，或又甚而‘东钟’之于‘庚青’：混无分别，不啻乱麻”（《曲律·论韵》）。它是以诗韵分部的方法，将《广韵》二百零六韵分为七十六类，平、上、去三声各二十二韵，并保留入声十韵，即“屋、质、曷、辖、屑、药、陌、缉、合、叶”十部。但它的韵系则与《中原音韵》大致相同。现在将它的平声韵目照录如后：

一东、二支、三齐、四鱼、五模、六皆、七灰、八真、九寒、十刚、十一先、十二萧、十三爻、十四歌、十五麻、十六遮、十七阴、十八庚、十九尤、二十侵、二一覃、二二盐

与《中原音韵》相对比，它只是将“齐微”分为“齐”“灰”两部，“萧豪”分为“萧”“爻”两部，而将“鱼模”各自独立为一部，所以多出了三个韵部。

二、用韵的方式

任何韵文，都必须按照一定的规律押韵。曲的用韵，既不同于诗，也不同于词，更不同于骈赋、骈文。兹将曲的用韵方式，简要说明如下：

1. 平仄通押

近体诗，一般只能用平韵。古绝、古律，虽能押仄声韵，却不能平仄通押。词除《西江月》《渡江云》《哨遍》《戚氏》等少数几个词牌可以平仄通押外，其他都不能够。至于它的上阕为平，下阕为仄，这叫作“转韵”，而不能说是平仄通押。只有北曲可以平仄通押，除曲谱规定押平者不能押仄，押仄者不能押平外，其他是比较自由的。如徐再思的《仙吕·一半儿·春情》：

眉传雨恨母先疑，眼送云情人早知，口散风声谁唤起？这别离，一半儿因咱一半儿你。

这支小令，共五句五韵，押了三个平韵，即疑、知、离；两个仄韵，即起和你。但都属于“齐微”韵。

2. 一韵到底

曲虽然可以平仄通押，但无论小令、带过曲和散套，都只能用一个韵，绝不能中途换韵。即使像刘时中《正宫 · 端正好 · 上高监司》那样长达三十四调的长调，也只能一韵到底，全部用的“鱼模”韵。下面录刘庭信的《双调 · 雁儿落带得胜令》的“带过曲”一支，以见一斑。曲云：

下一局不死棋，论一着长生计。服一丸延寿丹，养一口元阳气。看一片岭云飞，听一会野猿啼。化一钵千家饭，穿一领百衲衣。枕一块顽石，落一觉安然睡。对一派清溪，悟一生玄妙理。

它比小令长，比散套短，共十二句话，用了八个韵，即“棋、计、气、啼、衣、睡、溪、理”，都是“齐微”韵，中间没有换韵、转韵的现象。

3. 不避重韵

近体诗，即使出现百句以上的排律，也不能重复用一个韵脚；词除了出现叠句和特殊需要时才允许重韵外，一般是不允许的。黄周星所谓“曲有三易”“一折之中，韵可重押，二也”（《制曲枝语》），说明只有曲不避重韵，有的全曲只用一个韵脚，如元周文质《正宫 · 叨叨令 · 自叹》二首之一云：“筑墙的曾入高宗梦，钓鱼的也应飞熊梦，受贫的是个凄凉梦，做官的是个荣华梦。笑煞人也么哥，笑煞人也么哥，梦中又说人间梦。”一个“梦”字韵到底，不但没有什么重复之感，反而别有一番风味。兹录几种不同形式的重韵小令如下：

（甲）首尾两句重韵例：

西风信来家万里，问我归期未？雁啼红叶天，人醉黄花地。芭蕉雨声秋风里。

这是张可久的《双调·清江引·秋怀》，首尾两句，同用“里”字为韵脚。

（乙）中间三句重韵例：

> 烟中寺，柳外楼。乱随风雪絮飘晴昼。游人陌头，残红树头，流水溪头。百六楚风酸，三月吴姬瘦。

这是赵善庆《双调·庆东原·晚春杂兴》的小令，其中三个四字句，重复以“头”字为韵。

（丙）首两句重韵例：

> 来时春社，去时春社，年年来去搬寒热。语喃喃，忙劫劫，春风堂上寻王谢。巷陌乌衣夕阳斜。兴，多见些；亡，都尽说。

这也是赵善庆的《中吕·山坡羊·燕子》的小令。首两句重复用一个“社”字为韵。

（丁）尾两句重韵例：

> 年时节，元夜时，云鬓插小桃枝。今年早，不见你。泪珠儿，滴满了春衫袖儿。

这是元无名氏的《商调·梧叶儿·正月》的小令，尾两句，重复以“儿”字为韵。

（戊）不规则重韵例：

> 纱厨烟淡波纹簟，惊午梦恨厌厌。别离情绪难绝念，恨转添，恨转添，愁无厌。

这是曾瑞的《南吕·骂玉郎过感皇恩采茶歌·四时闺怨》的《骂玉

郎》，第二句和第六句重复以“厌”字为韵，第四、五两个三字句，又重复以“添”字为韵。又如无名氏的《商调 · 玉抱肚》：

> 休来这里闹嗑，俺奶奶知道骂我。逞甚么娄罗，当初有个郑元和，早收心休恋我。

第二句和第五句，重复以“我”字为韵。

4. 要按规定押韵

格式要求入韵的，如果没有入韵，就是“失韵”；反之，格式要求不入韵的，而作者也使它入韵，叫作“赘韵”。无论“失韵”和“赘韵”，都是不合律的。还有一种情况，除了在句末用韵之外，还有用在句子中间的，这就是所谓“暗韵”。兹各举一例如后，如《双调 · 拨不断》，按照《中原音韵》和《太和正音谱》的定格，本来是六句六韵，即句句需要押韵，而王和卿的《双调 · 拨不断 · 长毛小狗》却写成：

> 丑如驴，小如猪，《山海经》检遍了无寻处。遍体浑身都是毛，我道你有似个成精物，咬人的笤帚。

这支小令中的“驴”“猪”“处”“物”四韵，都是押的“鱼模”韵，而“毛”字忽转入“萧豪”韵，“帚”字又转入“尤侯”韵，就叫作“失韵”。

“赘韵”的，如《双调 · 寿阳曲》，按照定格，本来是五句四韵，第一句可以不押韵，而卢挚的《别珠帘秀》一曲，却写成：

> 才欢悦，早间别，痛煞煞好难割舍。画船儿载将春去也，空留下半江明月。

曲中的“悦”“别”“舍”“也”“月”五个韵，都是“车遮”韵，而“悦”字便成了“赘韵”。不过此曲第一句叶韵的很多，如卢氏的《夜忆》，也作“窗间月，檐外铁”“灯将灭，人睡些”“灯下词，寄与伊”；马致远的“芦花谢，客乍别”“云笼月，风弄铁”“人初静，月正明”“研香汁，展素纸”“蝶慵戏，莺倦啼”“香罗带，玉镜台”“青纱帐，白象床”“如年夜，人乍别”“蔷薇露，荷叶雨”“琴愁操，香倦烧”；李寿卿的“金刀利，鲤鱼肥”；珠帘秀的“山无数，烟万缕”；贯云石的“新诗句，浊酒壶”；张养浩的“门外山无数，亭中春有余”“流水高低涧，断云远近山”；张可久的“姮娥面，天宝年”“人何处，不寄书”“江村路，水墨图”“秋千院，拜扫天”“台城路，故国都”“寻梅处，泛剡图”“娇莺韵，乳燕声”“垂杨径，小院春”；徐再思的“香多处，情万缕”“心疼事，肠断词”“闲情绪，深院宇”；吴西逸的“传心素，托简书”“贪新酿，趁晚凉”“萦心事，惹恨词”“年华尽，腊味醇”；李爱山的“项羽争雄霸，刘邦起战伐”“半拥凌波被，微松金缕衣”；无名氏的“杯擎玉，泪阁珠”“潇湘夜，雨未歇”“桃千树，梅一株”等。按《全元散曲》共收此曲一百七十八首，而第一句入韵的，竟有三十九首，占四分之一强，可见起句可叶可不叶，然究以首句不入韵为第一着。至于“暗韵”的现象，我在第二章第四节“散曲与词的比较”中已经作了论述，这里就从略了。

第四节　曲的平仄

研究曲的平仄，自然离不开曲谱。曲谱是古人研究曲的唱法的书。因为曲要配合音乐来唱，所以对于平仄的要求，在有些方面，比诗词还要严格。赵朴初在《片石集》的前言中说得好：“曲也有其特殊的限制，那就是所谓‘曲律’。有一些‘律’，甚至严于诗词。……例如在关键地方字音的升降疾徐（即平仄）必须与唱腔的高低转折相适应，于是同一平声还要分‘阴’与‘阳’，同一仄声还要分‘上’与‘去’，（北曲无入声）如此等等。”从现存的曲谱来看，大致可以分为三类，一是列举不同曲牌的定格，并选出曲词为例，注明平仄，供人依谱填词的，以《太和正音谱》为代表；二是兼注工尺、板眼，既供人依谱填词，又供人依谱歌唱的，以《九宫大成南北词宫谱》为代表；三是纪录全剧，曲白齐全，并在曲词旁边注明工尺、板眼，专门供人依谱演唱的，以《纳书楹曲谱》为代表。《太和正音谱》，系明朱权所编，收入曲牌三百余个，是现存最早的北曲谱，所以又叫《北雅》。《九宫大成南北词宫谱》系清乐工周祥钰、邹金生所编辑，收入大小曲牌二千零九十四个，北套曲一百八十五个，南北合套三十六个，因为它既可据以填词，又可据以歌唱，所以又叫作“宫谱”。《纳书楹曲谱》系清叶堂所订的谱，王文治所参订的，收有汤显祖的《四梦》全谱，曲皆有谱，谱必协宫，对于淆讹的文义，四声的离合，都作了详细的辨析，因为它是专门供人演唱的，所以又叫作“工尺谱”。

从以上的曲谱来看，没有不对平仄提出严格的要求的。平仄，包含着韵书上所说的“四声”，即平、上、去、入。正如王骥德所说的：“平谓之平，上、去、入总谓之仄。”（《曲律 · 论平仄》）为什么要强调“声分平仄，字别阴阳”呢？因为只有在演唱中按照它的有关规律办，才不致于拗嗓。正如李笠翁所说的：“声之平、上、去、入，韵之清、浊、阴、阳，皆有一定不移之格。”（《闲情偶寄 · 音律第三》）平、上、去、入的音调是不同的。历代的音韵学家对于它的特征的表述，是众说纷纭的。唐人处忠所著的《元和韵谱》说：“平声哀而安，上声厉而举，去声清而远，入声直而促。”明代僧人真空的《玉钥匙歌诀》说：“平声平道莫低昂，上声高呼猛烈强，去声分明哀远道，入声短促急收藏。”王骥德《曲律 · 论平仄》中又说：“盖平声尚含蓄，上声促而未舒，去声往而不返，入声则逼侧而调不得自转矣。”这是就音质来说的。就其音型来说，即发音的强弱高低，也有各种不同的说法。王骥德说：“遇去声当高唱，遇上声当低唱，平声、入声，又当斟酌其高低，不可令混。”又说：“平有提音，上有顿音，去有送音。”沈宠绥则说：“古人谓去有送音，上有顿音。送音者，出口即高唱，其音直送不返也；而顿音，则所落低腔，欲其短，不欲其长，与丢腔相仿，一去即顿住。”又说：“阴去忌冒，阳平忌拿，上宜顿腔，入宜顿字。”“顿腔者，一落腔即停住；顿字者，一出字即停声。”（《度曲须知 · 四声批窾》）。李笠翁说得更加生动形象：“平、上、去、入四声，惟上声一音最别：用之词曲，较他音独低；用之宾白，又较他音独高。”又说：“予尝谓物有雌雄，字亦有雌雄。平、去、入三声以及阴字，乃字与声之雄飞者也；上声及阳字，乃字与声之雌伏者也。”（同书《音律第三·慎用上声》）近人王季烈在《螾庐曲谈》中也说：“阴平须直唱，阳平则须字端低出，而转声高唱。”（《论度曲》）又说：顿音要“第二腔落下，而第三、第四腔复向上是也。”（《论曲谱》）从唐到明、清各家的论述来分析，至少说明以下二点：一是平、上、去、入的音调是不同的，即平声是“哀而安”，“尚含蓄”，“莫低昂”，“有提音”；上声是“厉而举”，“猛烈强”，“促而未舒”，“有顿音”；去声是“清而远”，“有送音”，“往而不复”；入声是“直而促”，“短促急”，“逼侧而调不得自转”。二是上声最特别，“遇上声当低唱”，“所落低腔，欲其短，不欲其长”，“乃字与声之雌伏者”，“第二腔须落下，而第三、第四腔复向上”，形成“V”形的音乐效果。正因为它们有着不同的音质与音型，所以不能混淆。周德清强调要“知韵，无入声，止有平、上、去声”（《中原音韵·作词十法》）。王骥德更加具体地加以强调说：“宜平不得用仄（此仄兼上、去），宜仄不得用平；宜上不得用去，宜去不得用上；宜上去不得用去上，宜去上不得用上去。”（《曲律·论平仄》）李笠翁也从实践中加以总结说：“当平者平，用一仄字不得；当阴者阴，用一阳字不能。”（《闲情偶寄·音律第三》）三家所强调的正是这个道理。

黄周星曾经说过：“诗律宽而词律严，若曲则倍严矣。”（《制曲枝语》）到底严在什么地方？他说严在“三仄更须分上去，两平还要辨阴阳”。下面我们就来具体谈谈它的宽严问题。

一、平分阴阳的问题

《中原音韵》在“作词十法”中说：平声要分阴阳，仄声要分上去。并在“阴阳”一则中，举例说明“用阴字法”和“用阳字法”，但仍然模糊影响，不易掌握。其实所谓“阴阳”，就是指的阴平和阳平。怎么来分阴阳呢？虞集告诉我们：“高声从阳，低声从阴。”（《中原音韵序》）王骥德也告诉我们：“凡揭起字皆曰阳，抑下字皆曰阴。”（《曲律·论阴阳》）为什么要分阴阳呢？王骥德又告诉我们："倘宜揭也而或用'阴'字，则声必欺字；宜抑也而或用'阳'字，则字必欺声"。所谓"欺字"，就是在演唱中偷换了字；"欺声"就是在演唱中偷换了声。如《寄生草》末七字句的第五字，宜揭，当用"阳"字，以"归来饱饭黄昏后"为句，唱起来便协，倘易为"昏黄后"则不协，演唱者必把"昏"唱成"浑"，因为"黄"字属阳，"昏"字属阴，这就叫作"欺字"。又如《点绛唇》首句的韵脚必用"阴"字，宜抑，以贯云石的《仙吕 · 点绛唇 · 闺愁》"花落黄昏"句来演唱，则自然协调，若易作"花落昏黄"，演唱者就会把"黄"唱作"荒"，因为"荒"字属阴，而"黄"字属阳，只有偷换了声，唱起来才能够协律，这就叫作"欺声"。又因为"阳"字声调的走向为上扬，"阴"字声调的走向有下抑的趋势。乐曲旋律在某些地方有的需要平展，有的需要起伏，如果阴阳失调，唱起来就会使字音改变，使听者误以此字为彼字，影响到内容的准确表达。韵脚处往往是一个乐句的终结点，一般要拖长腔调，阴阳失调，影响自然要更大。

下面让我们来体会一下周德清在四十首曲的"定格"中赞美和批评某些阴阳协调和阴阳失调的情况，就可以更加清楚了：

1. 用阴字法

（1）《仙吕 · 雁儿》

你有出世超凡神仙分。一抹绦，九阳山。君，敢做个真人。

评曰：妙在"君"字属阴。

（2）《中吕 · 迎仙客》

雕檐红日低，画栋彩云飞，十二阑干天外倚。望中原，思故国，感慨伤悲，一片乡心碎。

评曰："原""思"字属阴，"感慨"上去，尤妙。

（3）《中吕 · 满庭芳》

知音到此，舞雩点也，修禊羲之。海棠春已无多事，雨洗胭脂。谁感慨兰亭故纸？自沉吟桃扇新词。急管催银字，哀弦玉指，忙过赏花时。

评曰：此一词，但取其平仄庶几。若“此”字是平声，属第二着。喜“羲”字属阴，尤妙。

（4）《越调·寨儿令·江上》

烟艇闲，雨蓑干，渔翁醉醒江上。啼鸟关关，流水潺潺，乐似富春山。数声柔橹江湾，一钩香饵波寒。回头观兔魄，失意放渔竿。看，流下蓼花滩。

评曰：紧要在“兔魄”二字，去上取音；且“看”字属阴，妙。

（5）《双调·折桂令·金山寺》

长江浩浩西来，水面云山，山上楼台。山水相连，楼台上下，天地安排。诗句就云山失色，酒杯宽天地忘怀。醉眼睁开，回首蓬莱，一半云遮，一半烟埋。

评曰：此词称赏者众，妙在“色”字上声以起其意，平声便属第二着。平声若是阳字，仅可；若是阴字，愈无用矣。

从以上五例来看，用阴声之所以妙，一是让乐句在过渡时莫低昂，较含蓄，显得更加平稳一些。如（1）（2）（4）例的“君”“原”“思”“看”，都是在过渡时所起到的美听作用。二是让乐句在收尾时，不会出现低昂起伏的现象，从而起到稳定的作用，例（3）的“羲”字便是如此。三是凡是乐句在进行中，要顿音，腔调要拖得短，以便于第二腔落下。第三、四腔复能向上。“色”字是上声，自然能够起到上述的作用，如果是阴平，就只能直唱、低唱，声调的走向呈下抑的趋势，自然与上述的作用相反，倘若是阳平，凡是阳声字，都有揭起的作用，即所谓“以起其意”，所以还勉强过得去。

2. 用阳字法

（1）《仙吕·寄生草·饮》

长醉后方何碍，不醒时有甚思？糟腌两个功名字，醅淹千古兴亡事，曲埋万丈虹霓志。不达时皆笑屈原非，但知音尽说陶潜是。

评曰：命意、造语、下字，俱好。最是“陶”字属阳，协音；若以“渊明”字，则“渊”字唱作“元”字：盖“渊”字属阴。

（2）《中吕·普天乐·别友》

浙江秋，吴山夜。愁随潮去，恨与山叠。鸿雁来，芙蓉谢，冷雨青灯读书舍，怕离别又早离别。今宵醉也，明朝去也，留恋些些。

评曰：妙在“芙”字属阳，取务头。造语、音律、对偶、平仄皆好。

（3）《中吕·喜春来·春思》

闲花酝酿蜂儿蜜，细雨调和燕子泥，绿窗蝶梦觉来迟。谁唤起？帘外晓莺啼。

评曰：“调”字、“迟”字俱属阳，妙。

（4）《南吕·四块玉》

买笑金，缠头锦，得遇知音可人心。怕逢狂客天生沁，扭死鹤，劈碎琴，不害碜。

评曰：“缠”字属阳，妙。

（5）《双调·沉醉东风·渔夫》

黄芦岸白□渡口，绿杨堤红蓼滩头。虽无刎颈交，却有忘机友。点秋江白鹭沙鸥。傲杀人间万户侯，不识字烟波钓叟。

评曰：妙在“杨”字属阳，以起其音。

（6）《双调·殿前欢·醉归来》

醉归来，入门下马笑盈腮。笙歌接至朱帘外，夜宴重开。十年前一秀才，黄齑菜，打傲做文章伯。江湖气慨，风月情怀。

评曰：“秀”字去声，歌至“才”字，音促。“黄”字急接，且要阳字，好。

上文中曾经提到，“高声从阳”，“凡揭起字皆曰阳”，“阳平须字端低出，而转声高唱”。从上述六个例子中，周德清赞扬用阳字的妙处，都是在行腔的“揭起”处，使声调产生抑扬有致、高下相成的音乐效果。第一例“但知音皆说陶潜是”的“陶”字，是这一句第四个音节的首字，第三例“细雨调和燕子泥”的“调”字，则是这一句第二个音节的首字，故须揭起；而第五例“绿杨堤红蓼滩头”的“绿杨”，第三例“绿窗蝶梦觉来迟”的“觉来迟”，或者是起音处，或者是结音处，更须揭起；第二例“芙蓉谢”的“芙”字，第四例“缠头锦”的“缠”字，第六例“黄齑菜”的“黄”字，都是在两句的字声衔接运行上产生鲜明的抑扬变化的音乐美感。

二、仄辨上去的问题

上、去都是仄声，在诗词中无论句中、韵脚，一般都不要辨别，而在曲中对于上去却分别得很严。当然，它不是在所有的地方都是同样的要求，同样的一刀切。曲中可上可去的地方还是很多的。但在以下三个方面，必须严格的分别“上去”：一是韵脚用字，要严格区分。该用上声的不能用去声代，该用去声的不能用上声代，该用平声的，有时可以用上声代。可见曲中的平仄，应当以去声为一个方面，以平上为一个方面，所谓

“一去对平上”，就是这个道理。二是句末二字都是仄声时，一般不能用上上或去去，而应当用上去或去上。所谓“诗头曲尾”，就是说曲的句尾，最要注意。故周德清在《中原音韵·作词十法》的“末句”中强调说：“上者必要上，去者必要去，上去者必要上去，去上者必要去上。”三是一曲尾句的平仄特别要求严格。周德清曾经把常用曲牌末句的平仄标了出来，许之衡在《曲律易知》中又指出：曲的最末一句的最末一个字，若曲谱规定用去声，万万不可改作上声或平声。现将周氏所标志的曲牌末句平仄，照录如后：

《庆宣和》的末句为“去上”

《雁儿落》《汉东山》的末句“仄平平”

《山坡羊》《四块玉》末句为“平去平”

《折桂令》《水仙子》《殿前欢》《乔木查》《普天乐》末句为“仄仄平平”

《醉太平》末句为“平平去上”

《金盏儿》《贺新郎》《喜春来》《满庭芳》《小桃红》《寨儿令》《小梁州》《赏花时》末句为“仄仄仄平平”

《呆古朵》《牧羊关》《德胜令》末句为“平平上去平”或“仄平平去平”

《乔牌儿》末句为“仄平平去平”

《凭阑人》末句为“上平平去平”

《红绣鞋》《黄钟尾》末句为“仄平平去上”

《醉扶归》《迎仙客》《朝天子》《快活三》《四换头》《庆东原》《笑和尚》《白鹤子》《尧民歌》《碧玉箫》《端正好》《步步娇》末句为“仄仄平平去”

《新水令》《胡十八》末句为“仄仄仄平平”

《越调尾》《离亭宴》末句为“平平去平上”

《天净沙》《醉中天》《调笑令》《风入松》《妖神急》末句为“平平仄仄平平”

《落梅风》《上小楼》《夜行船》《拨不断》《卖花声》末句为“仄平平仄平平去”

《太平令》末句为“平仄仄平平平去”

《村里迓古》《醉高歌》《梧叶儿》《沉醉东风》《愿成双》《金蕉叶》末句为“平仄仄平平去上”

《赚煞尾声》《采茶歌》末句为“平平仄仄仄平平”

《搅筝琶》末为“平平仄平平去平”

《江儿水》末句为“平去仄平平去上”

《寄生草》《塞鸿秋》《驻马听》末句为“平平仄仄平平去”

正宫、中吕、双调的《尾声》末句为“仄仄平平去平上”

这些“定格”所规定的末句的平仄，我们既要以它为一般规范，因为它符合大多数元人作品的实际，应当说是第一着；又不要绝对墨守它，奉之为金科玉律，因为它并不完全符合元人作品的实际。如《醉太平》的末句，周氏认为必须为“平平去上”，但检元人作品，第一字既不拘平，第四字也不拘上。张可久的“长江自流”“休呆波屈原”“诗翁醉醒”“长吟去来”，末一字皆平；贯云石的“忍着疼撞门”，刘庭信的“奈薄情未还”，第一字都不是平。又如《朝天子》的末句，周氏认为必须“仄仄平平去”，但第一字实可不据，最末一字也不尽然，如张养浩的“向云锦香中卧”“正好向灯前看”“正好向灯前听”，刘时中的“免孤负重阳节”等都是。

下面我们再来看看《中原音韵》在四十首“定格”中是如何强调要辨别上去的：

1. 用上声字

(1)《仙吕·金盏儿·岳阳楼》

据胡床，对潇湘，黄鹤送酒仙人唱，主人无量醉何妨？若卷帘邀皓月，胜开宴出红妆；但一樽留墨客，是两处梦黄粱。

评曰：妙在七字“黄鹤送酒仙人唱”，俊语也，况“酒”字上声以转其音，务头在其上。

（2）《中吕 · 迎仙客 · 登楼》

雕檐红日低，画栋彩云飞，十二玉阑天外倚。……

（见“用阴字法”例）

评曰：妙在“倚”字上声起音。一篇之中，唱此一字，况务头在其上。

（3）《中吕 · 红绣鞋 · 隐士》

叹孔子尝闻俎豆，羡严陵不事王侯。百尺云帆洞庭秋。醉呼元亮酒，懒上仲宣楼，功名不挂口。

评曰：妙在“口”字上声，务头在其上。知音杰作也。

（4）《中吕 · 醉高歌 · 感怀》

十年燕市歌声，几点吴霜鬓影。西风吹老鲈鱼兴，晚节桑榆暮景。

评曰：妙在“点”“节”二字上声起音，务头在第二句及尾。

（5）《正宫 · 塞鸿秋 · 春怨》

腕冰消松却黄金钏，粉脂残淡了芙蓉面。紫霜毫醮湿端溪砚，断肠词写在桃花扇。风轻柳絮天，月冷梨花院。恨鸳鸯不锁黄金殿。

评曰：音律浏亮，贵在“却”“湿”二字上声，音从上转，取务头也。韵脚若用上声属下着。……若得“天”字属阳，更妙；“在”字上声，尤佳。

(6)《商调·梧叶儿·别情》

别离易，相见难，何处锁雕鞍？春将去，人未还，这其间，殃及煞愁眉泪眼。

评曰：殊不知第六句只用三字（“殃及煞”），歌至此，音促急，欲过声以听末句，不可加也。兼三字是务头，字有显对展才之调。“眼”字上声，尤妙，平声属第二着。

(7)《双调·清江引·九日》

萧萧五株门外柳，屈指重阳又。霜清紫蟹肥，露冷黄花瘦，白衣不来琴当酒。

评曰：“柳”“酒”二字上声，极是，切不可作平声。

前面我们曾经谈到上声有顿音。按照沈宠绥的解释，是“所落低腔，欲其短，不欲其长”；按照王季烈的解释，是“第二腔落下，而第三、第四腔复向上”。就是说上声的音调有变化，有抑扬，它的走向是由低到高，可以起到“揭起”和“启发”的作用，所以在“转音”和“起音”时，就以上声为妙。从以上七例来看，例(1)和例(5)，欲其“转音”以美听；例(2)和例(4)是发挥其“起音”的作用；例(3)、例(6)和例(7)，则是取其起到“顿住”的作用。因为遇到上声要低唱，要一去即顿住。

2. 用去声字

(1)《中吕·喜春来·春思》

闲花酝酿蜂儿蜜，细雨调和燕子泥。

（全曲见“用阳字法”）

评曰：“蜜”字去声，好，切不可用上声，但要“唤”字去声。“起”

字，平、上皆可。

（2）《越调·凭阑人·章台行》

> 花阵赢输随镘生，桃扇炎凉逐世情。双郎空藏瓶，小卿一块冰。

评曰：“镘”“世”二字去声，皆妙。

因为去声“清而远”“往而不返”“有送音”“出口即高唱”，从上述两例看，只有“蜜”“镘”“世”等字是去声，在演唱的运行中，才能与它的前后字“搭腔”，形成最佳的音乐效果，否则就要“拗嗓”，就要“欺声”，或者“欺字”。清人黄周星在《制曲枝语》中说：“曲之难有三：叶律，一也；合调，二也；字句天然，三也。”从上述情况来看，确是当行之谈。

第五节　曲的板眼

“板”和“眼”，都是曲在演奏中的术语。传统唱曲时，通常用鼓板来按节拍。凡是强拍都要击板，故称该拍为“板”；次强拍和弱拍，则以鼓签击鼓，或以手指按拍，分别叫作“头眼”“中眼”“末眼”。合起来叫作“板眼”。一小节音乐的一拍叫“一板”。乐曲的音乐由一板一眼构成的，叫作“一眼板”，即两拍子；由一板三眼构成的，叫作“三眼板”，即四拍子；没有固定的节拍，只在行腔顿挫处敲板一记的叫作“散板”；以一拍为一小节，连续敲板的，叫作“流水板”；有板无眼的，通常叫作“快板”，或者叫“无眼板”；字音唱出以后才下板，板拍过以后再接唱下去，形成行腔当中突然休止一下，把板闪让过去的，叫作“闪板”，因为它用在两字与两音之间，有前后牵掣的意思，所以又叫作“腰板”或“掣板”。声尽而下的叫作“截板”，也叫“底板”。板先于曲的叫“促板”，板后于曲的叫“滞板”。曲谱一般用“、”和“×”作为“板”的符号，用“乚”作为“闪板”的符号。在四拍子中，即一板三眼的节拍，第一拍叫作“板”，第二个弱拍叫“头眼”，第三个弱拍叫“中眼”，第四个弱拍叫

"末眼"，"头眼"和"末眼"统称为"小眼"，一板一眼的"眼"或一板三眼的"中眼"，拍子下在前后两个音的半腰上时叫作"腰眼"，也叫"侧眼"。曲谱中通常用"。"和"·"代表"中眼"和"小眼"，而以"、"为"末眼"的符号，以"△"为"腰眼"的符号。

"板眼"的由来，是很早的。《晋书·乐志下》就有"魏、晋之际，有孙氏善弘旧曲，宋识善击节唱和"的记载。但只有拍而无谱，第一个制谱的，据说是唐代的大音乐家黄幡绰。据段安节《乐府杂录·拍板》的记载云："拍板本无谱，明皇遣黄幡绰造谱，乃于纸上画两耳以进。上问其故，对曰：'但有耳道，则无失节奏也。'"《长生殿·偷曲》中也说："仙期方响鬼神惊，铁拨争推雷海青。贺老琵琶擅场屋，黄家幡绰板尤精。"仙期，即马仙期。贺老，即贺怀智。他们都是唐明皇教坊中的著名艺术家。自从黄幡绰著了板谱以后，演唱者没有不重视它的。宋周密《齐东野语》载吴郡、平原两王家的"伶官、乐师，皆梨园国工。唱弹、击拍，各有总之者，号为'部头'"。为什么要把"唱弹"与"击拍"相提并论呢？魏良辅说："曲有三绝：字清为一绝，腔纯为二绝，板正为三绝。"（《曲律》）王骥德说："盖凡曲，句有长短，字有多寡，调有紧慢，一视'板'以为节制。"（《曲律·论板眼》）徐大椿也说："板之设，所以节字句，排腔调，齐人声也。"（《乐府传声·定板》）。说明击板在演唱中的作用至少有以下三个方面，即节制紧慢高低，指挥抑扬顿挫，整齐乐声人声。板不正，便不可能达到尽善尽美的境界。

散曲，一般只能清唱，俗谓之"冷板凳"，要求闲雅整肃，清俊温润，吐字、板眼、过腔，要求恰到好处，方为上乘。如果只摹拟腔调，而不顾板眼，或者专主板眼，而不审腔调，都是不对的。清唱，只用弦索，不用锣鼓。弦索是一种略似琵琶的乐器，所以清唱北曲，也就沿用了"弦索"这个名字。明沈宠绥曾经于弦索诸曲，"详加厘考，细辨音切"，编了《弦索辨讹》一书，虽未能"按节谐声"，然"字必其本声，声必求其本义"，确实起到了"辨讹"的作用。他把《西厢记》《千金记》《焚香记》《宝剑记》《红拂记》《西楼记》《红梨记》《珍珠衫》及流行之"时曲"，均按南、北曲谱，加以厘正。只有弦索板，因为演唱者添减无常，集中没有加以定板。

曲有南北，板亦有南北，魏良辅说："北力在弦索，宜和歌，故气易粗；南力在磨调，宜独奏，故气易弱。"（《曲律》）王世贞也说："北力在弦，南力在板。北宜和歌，南宜独奏。北气易粗，南气易弱。"（《曲藻》）沈宠绥则说："夫北词弦索，何异南词鼓板。板则其正，鼓则其赠，若弦索则兼正赠合鼓板而备之也。"（《度曲须知 · 弦律存亡》）沈氏的说法，似与魏、王二氏之说，表面似有异，其实他们在"排腔配拍，榷字厘音"的见解方面基本上是一致的。它们的区别在哪里呢？一是南曲之板，丝毫不可假借；而北曲之板，则增减无定。这是因为南曲的字数，无一调无定格；南曲的演唱，无一调无定板。而北曲则字句变化之调极多，没有实板之曲甚多。二是南曲的板繁而密，北曲的板简而疏。这是因为南曲的板，用以节字，不以节句；而北曲之板，用以节句，不以节字。节字则板必繁，节句则板必疏。所以王骥德说：南词不问宫调，只按一拍。但南曲亦有"一板四弹"之说，即遇到紧曲，则正一而赠亦一；遇到慢曲，则正一而赠乃三。在常拍之外，倍添赠拍。那么较之鼓板，不是更加繁密吗？三是南曲除引子无板外，余皆有定板。北曲则多用底板，没有实板的曲甚多。四是北曲遵《太和正音谱》，南曲宗《九宫大成曲谱》。

还有一点需要交代，那就是板眼与工尺的关系至为密切。要正确运用板眼，一定要认真研究"工尺谱"。"工尺谱"是中国传统的一种记谱法，通常在曲词右侧，注上我国传统民族音乐的音阶符号，即"合、四、一、上、尺、工、凡、六"，它相当于西洋音乐的"5、6、7、1、2、3、5、4"，习惯上把这些符号叫作"工尺"，注有"工尺"的曲谱叫作"工尺谱"。"工尺谱"的符号，历代各地所用的，并不完全一致，常见的还有"上、尺、工、凡、六、五、乙"，依次记写七声。高八度各音加"亻"旁，以为标记，写作"仩、伬、仜"等，低八度各音，除"六、五、乙"分别改用"合、四、一"外，余均以最末一划带撇以示区别，写作"上、尺"等。节奏则用板眼记号"、""×""·""。""乚""△"等表示之。

以"工尺"为音阶的符号，大概在隋、唐时代就有了。唐段安节在《乐府杂录》中就有"以合字定宫弦"的说法，《宋史 · 乐书》说得更具体："黄钟用'合'字，大吕、大簇用'四'字，夹钟、姑洗用'一'字，夷则、南吕用'工'字，无射、应钟用'凡'字，中吕用'上'字，蕤宾用'勾'（"乙"）字，林钟用'尺'字，黄钟清用'六'字，大吕、夹钟清用'五'字。"沈括的《梦溪笔谈》亦有类似的记载，说明它是源远流长的。至于这些音阶符号的读音，据清姚莹的《今乐考证》引方以智的话说："'合'字音似'呵'，'四'字似'思'，'一字似'伊'，'尺'字似'扯'，'六'字'灵悠切'，'凡'字音似'翻'，音'凡'字似'泛'，'五'字音'乌'。即今箫管七调诸法也。"又说："以笛列七，则'尺、上、乙、五、六、凡、工'也。尺生六，六生上，上生凡，凡生乙、乙生工，工生五，五生尺。轻之重之，如十六钟加清声，谓之'寄声''半声'；此则可高可低，'六'字即有'合'字，'五'字即有'四'字。每一调则闭二字，如闭'凡、上'二字则为'平调'，闭'凡、乙'二字则为'正调'，闭'五、尺'二字则为'梅花调'，闭'六、尺'二字则为"弦索调'，闭'五、工'则为'凄凉调'，闭'乙、工'则为'背工调'，闭'上、六'则为'子母调'。北调则微犯之，名曰'犯'。"说明我国民族音乐在演唱时的变化是丰富多彩的。

这些都是音乐艺术的专门学问，作者于此道，完全是门外汉。正如沈宠绥所说的："予不能词而欲尽词之妙，不能歌而欲穷歌之奥，多见其不知量也。"（《弦索辨讹序》）李笠翁也说："然究于声音之道，未尝尽解。所能解者，不过词学之章句，音理之皮毛。"（《闲情偶寄·授曲第三》）沈、李两氏，都是对于中国传统的戏曲音乐极有研究的，尚且自谦如此，我这里所谈的，只是拾取前人的余唾剩墨，作点皮毛的介绍而已。

第三章　章句论

任何一种文学样式，都要讲结构，讲造句、练字。所谓结构，就是命意构思、布局成章的问题。尽管结构千变万化，各具匠心，不能千人一面，千部一腔，形成公式化的东西。但毕竟有自己的规律可寻，自己的面貌可识。所以刘勰首先提出“设情有宅，置言有位”（《文心雕龙 · 章句》）的问题。其后王骥德也说：“作曲，犹造宫室然。工师之作室也，必先定规式。……前后、左右、高低、远近、尺寸无不了然胸中，而后可施斤斫。”（《曲律 · 论章法》）李笠翁在前人的思想启迪下，提出“独先结构”的见解。并继承王氏的表述方式，以“工师建宅”为喻说：“工师之建宅亦然：基址初平，间架未立，先筹何处建厅，何方开户，栋需何木，梁用何材；必俟成局了然，始可挥斤运斧。”（《闲情偶寄 · 结构第一》）他们的论述，虽然偏重在篇幅宏伟、结构复杂的剧曲，但也是适用于散曲的各种体制的。王氏不是批评了那些“作套数曲”“不知此窍者”么？说有的人只是“漫然随调，逐句凑泊，掇拾为之；非不间得一二好语，颠倒零碎，终是不成格局”。李氏不是也谈到“天地之间，有一种文字，即有一种文字之法脉准绳”么？所以我们应该在“引觞刻羽之先，拈韵抽毫之始”，首先考虑命意、布局的问题，只有“袖手于前，始能疾书于后”，否则作品的结构，就要像一盘散沙，开阖照应，全无线索，而遭到彻底的失败。

但任何作品，都是由字句积累而成的。往往一字之工，能使一句生色；一句之拙，能叫一章减色。刘勰说得好："夫人之立言，因字而生句，积句而成章，积章而成篇。篇之彪炳，章无疵也；章之明靡，句无玷也；句之清英，字不妄也。"（《文心雕龙·章句》）又说："句有可削，足见其疏；字不得减，乃知其密。"（《文心雕龙·熔裁》）说明遣词、造句，关系着作品的美恶成败。未有句多瑕累，字多虚妄，字句可有可无，可多可少，而作品具有艺术生命力的。所以我们将在这一章中，讨论章法、句法和字法的问题。

第一节 曲的章法

章法，虽然没有一定之格，神明变化，存乎一心，未有执一"死法"而能写出好作品的。但作品的体势、承转、熔裁，不是无法可循、无迹可寻的。

关于曲的章法问题，早在元代，著名的散曲家乔吉，就提出了"凤头、猪肚、豹尾"的精辟见解。据陶宗仪《辍耕录》引乔吉的话说：

> 作乐府亦有法：曰凤头、猪肚、豹尾是也。大概起要美丽，中要浩荡，结要响亮。尤贵在首尾贯串，意思清新。苟能若是，斯可与言乐府矣。

这里所说的"乐府"，就是指的散曲。陶宗仪曾经这么解释说："此所谓乐府，乃今乐府，如《折桂令》《水仙子》之类。"自从乔吉提出这个精辟的见解以后，明代中叶的著名散曲家李开先在他所著的《词谑》一书中，专门设立了《词尾》一章，来研究所谓"豹尾"的问题。他说："世称'诗头曲尾'，又称'豹尾'，必须急并响亮，含有余不尽之意。"并条举了十二例来加以说明，大大地丰富和发展了乔吉的理论。清人刘熙载在《艺概·词曲概》中，也推演了乔吉的理论说：

> 曲一宫之内，无论牌名几何，其篇法不出始、中、终三停。始要

含蓄有度，中要纵横尽变，终要优游不竭。

可见曲也像其他的文体一样，要工于发端，善于铺排，长于结尾，也就是乔吉所讲的“凤头”“猪肚”“豹尾”，刘熙载所说的“始”“中”“终”三停。下面让我们来分别加以论述。

一、曲的开端

任何文学作品，都有一个如何开端的问题。开端得势，便是高屋建瓴，势如破竹，能写出一篇光彩夺目的文字来；反之，就会窒息思路，阻滞意脉，“兀若枯木，豁若涸流”，虽勉强成篇，也不能给人以应有的美感享受。这里面似乎有一个“神思”的问题，“灵感”的问题，实际上则是材料的积累问题，构思的成熟与否的问题。只要积累丰富，酝酿成熟，一旦为外物所感触、所激发，便会思如泉涌，万途竞萌，“思接千载，视通万里”“登山则情满于山，观海则意溢于海”。所以古人说：谢朓工于发端，陈思极工起调。到底要怎么样才算工于发端呢？一要起得突兀，出人意表，二要境界阔大，含意深远，三要大气包举，笼罩全篇，才能打动读者，力避平庸。这是诗词发端的一般规律。曲虽然也能运用这些规律，但也有自己的艺术特色。如诗词贵典雅而贱粗俗，宜蕴藉而忌分明，而曲则恰巧与之相反，既不避浅俗，更要求分明，甚至要借俗写雅，因俗成趣；明朗透辟，一语破的。我以为曲的发端，主要有下列三种情况：

1. 开门见山

不丢圈子，不说闲话，一下就擒住题目，把读者带到他所构造的环境和气氛中去。如杨果的《越调 · 小桃红 · 采莲女》：

采莲人和采莲歌，柳外兰舟过，不管鸳鸯梦惊破。夜如何？有人独上高楼卧。伤心莫唱，南朝旧曲，司马泪痕多。

它一开头，便直接点题，从字面上把“采莲女”呼了出来。前三句写得很美，人面、莲歌、绿柳、兰舟，构成一个美丽幽雅的自然环境。舟在柳外慢慢地移，人在舟上轻轻地歌。绿柳映着红袖，碧波荡着画桡。在静的背景中，显示出动态美来。无论从颜色上，从动静上，都是令人心旷神怡的。《太和正音谱》评他的曲“如花柳芳妍”，从这支曲子中可以得到印证。

单刀直入，直接点题的开端手法，在元人散曲中是最习见的。周德清在“作词十法”中所列举的四十个“定格”，像《仙吕·寄生草·饮》，便以“长醉后方何碍，不醒时有甚思”入题；《仙吕·醉扶归·秃指甲》，就以“十指如枯笋，和袖捧金樽，搊杀银筝字不真，揉痒天生钝”开端。约略统计，四十“定格”中，竟有十五支小令是这么开端的。这大概也是曲要求明朗晓畅的特性所导致的必然结果。

2. 呼问入题

用呼问的方式，把读者的注意力一下集中到他所要谈的话题中来，抓住读者想急于了解答案的迫切心情，或摆事实，或讲道理，或卖关子，或设圈套，或提出警戒，或抒发感情，让读者自觉地入其彀中，听其谈玄。如卢挚的《双调·折桂令·箕山怀古》：

> 巢由后隐者谁何？试屈指高人，却也无多。渔夫严陵，农夫陶令，尽会婆娑。五柳庄瓷瓯瓦钵，七里滩雨笠烟蓑。好处如何？三径秋香，万古沧波。

这支小令的整个构思，显然是从“人人尽道山中好，林下何曾见一人”的唐诗中得到启发的。因为箕山相传是尧时的高士巢父、许由隐居的地方。所以一提到“巢由”，人们就会联想到“箕山”；一问到“巢由”以后的“隐者”有哪些，人们自然要迫切地希望得到答案，而作者却卖了关子，偏偏不肯直截了当地说出来，而只是慢条斯理地说“屈指高人，却也无多”，有些像说书人似的，往往一到高潮，便戛然而止，道一声：“欲知后事如何？且听下回分解。”读者越是急于要晓得究竟，说者越是慢腾腾地笑而不答，这就是艺术的魅力。所以它起得很漂亮，起得很有匠心。卢挚惯于用呼问的手法开端，把读者的注意力高度集中起来。

用呼问的手法发端的也不少，如阿鲁威的《双调·蟾宫曲·怀古》，打头就接连提出了两个呼问："鸱夷后那个清闲？谁爱雨笠烟蓑，七里严滩？""鸱夷"是指范蠡，因为他在辅佐越王勾践雪了会稽之耻以后，就携了西施，泛舟游于五湖之上，改名换姓叫作"鸱夷子皮"。另一首同调《怀古》的曲也是这么开头的："问人间谁是英雄？有酾酒临江，横槊曹公。"不过没有连问，也没有绕圈子，而是直截了当地点明了曹操是人间的英雄。查德卿的《双调·蟾官曲·怀古》，也是用的这个模式，打头就提出问题，然后作出答案，他说："问从来谁是英雄？一个农夫，一个渔翁。"这里的"农夫"，指的是"躬耕南阳"的诸葛亮，"渔翁"指的是垂钓渭滨的吕尚。著名的散曲家张可久也常常使用这种手法，作为曲的开端，如他的《中吕·齐天乐带红衫儿·道情》："人生底事辛苦？枉被儒冠误。"《中吕·普天乐·秋怀》："为谁忙？莫非命。西风驿马，落月书灯。"曹德的《双调·折桂令·江头即事》："问城南春事如何？细草如烟，小雨如酥。"汤式的《双调·天香引·西湖感旧》："问西湖昔日如何？朝也笙歌，暮也笙歌。"或感怀，或写景，或叙事，随遇而发，无不如意。

3. 比喻起兴

通过一个形象的比喻，把要状的景，要写的物，要说的话，具体而生动地表达出来，或以志喜，或以抒愤，或以寓意，或以托讽，或以渲染气氛，或以烘托情景，或以说明事理，使读者从具体的形象中，对那些难状之景，难言之理，难写之情，接之如在眉睫之前，得到具体而深刻的印象。如乔吉的《双调·水仙子·吴江垂虹桥》：

> 飞来千丈玉蜈蚣，横驾三天白蝃蝀，凿开万窍黄云洞。看星低落镜中，月华明秋影玲珑。赑屃金环重，狻猊石柱雄，铁锁囚龙。

作者用"博喻"和"夸张"的手法，状写了垂虹桥的壮丽景象。通过"玉蜈蚣""白蝃蝀"和"黄云洞"三个形象的比喻，以及"千丈""三天""万窍"的夸张数字描写，出人意表地把它的雄伟壮丽展现在读者的眼前，使读者为之惊叹，为之咋舌，为之“忽魂悸而魄动”，不愧是一个美丽的“凤头”。徐再思也有一首《中吕·普天乐·垂虹夜月》，采取了博喻的手法，把“垂虹夜月”的景色，描写得婀娜多姿，给人以丰富的美感享受。但乔吉所表现的是“阳刚”之美，而徐再思所表现的则是“阴柔”之美。曲云：

> 玉华寒，冰壶冻。云间玉兔，水面苍龙。酒一樽，琴三弄，唤起凌波仙人梦，倚阑干满面天风。楼台远近，乾坤表里，江汉西东。

曲的开头，一连用了“玉华”“冰壶”“玉兔”“苍龙”四个形象的比喻，来写云间的月，水面的桥，在洁白的夜月中，带着薄薄的寒意。诗情画意，互相渗透，同样是写得很美的。

以比喻起兴，散曲大家，几乎没有不运用它的。乔吉那首脍炙人口的《双调·卖花声·悟世》“肝肠百炼炉间铁，富贵三更枕上蝶，功名两字酒中蛇”，把自己嫉恶如仇的刚肠，视虚幻的富贵功名如“枕上蝶”“杯中蛇”的醒悟，写得如此形象、如此豁达，给人以深刻的启迪。他的另一首《双调·水仙子·重观瀑布》：“天机织罢月梭闲，石壁高垂雪练寒。冰丝带雨悬霄汉，几千年晒未干。”也是通过奇妙的想象，形象的比喻，把瀑布的景色形容得淋漓尽致。与他齐名的张可久有一首《中吕·普天乐·西湖即事》也是以比喻起兴的：“蕊珠宫，蓬莱洞。青松影里，红藕香中。千机云锦重，一片银河冻。”开头便是借传说中的神仙洞府为喻，描写西湖月夜的清寒、瑰丽，然后把读者从青松影里、红藕香中的现实世界，又引向天机云锦、一片银河的神仙世界中去，是理想与现实结合得很好的一篇佳作。与关汉卿交往甚笃、以滑稽佻达闻名于世的王和卿，也善于使用惊人的夸张手法，奇妙的形象比喻，把自己的非凡抱负，从他所塑造的形象中透露出来。如他的《双调·拨不断·大鱼》“胜神鳌，夯风涛，脊梁上轻负着蓬莱岛”，就是如此。但一般说来，比喻起兴，用于状景、咏物者多；用于说理，抒情者少。

二、曲的铺排

铺排，就是铺陈排比，或以同类事物相烘托，或用异类事物来反衬，或连续使用比喻，或连续运用排比，以丰富其内容，开拓其思想。使人感到气象万千，烟波浩渺，味之有余，揽之不尽，绝无拘束困厄之态，而有富丽堂皇之致。这就是乔吉所说的“中要浩荡”，刘熙载所说的“中要纵横尽变”。谈起铺排，人们自然容易想到套曲，因为它的篇幅比较大，容量比较多，铺排起来，容易得心应手。如关汉卿的《南吕 · 一枝花 · 不伏老》一套，中间的“梁州第七”，就是极尽铺陈排比之能事。它说：

> 我是个普天下郎君领袖，盖世界浪子班头。愿朱颜不改常依旧，花中消遣，酒内忘忧；分茶攧竹，打马藏阄，通五音六律滑熟，甚闲愁到我心头。伴的是银铮女银台前理银铮笑倚银屏，伴的是玉天仙携玉手并玉肩同登玉楼，伴的是金钗客歌金缕捧金樽满泛金瓯。你道我老也暂休，占排场风月功名首，更玲珑又剔透。我是个锦阵花营都帅首，曾玩府游州。

通过这样的铺排，把一个风流浪子的形象刻画得淋漓尽致，使人毫不怀疑他是当之无愧的“郎君领袖”“浪子班头”和“锦阵花营都帅首”，但他还意犹未尽，又在“隔尾”中拿“子弟每”的初出茅庐跟自己的老于温柔乡相对比，使之更加穷形尽相，更加“纵横尽变”。曲云：

> 子弟每是个茅草岗沙土窝初生的兔羔儿乍向围场上走，我是个经笼罩受索网苍翎毛老野鸡蹅踏的阵马儿熟。经了些窝弓冷箭镴枪头，不曾落人后。恰不道“人到中年万事休”，我怎肯虚度了春秋。

这是典型的铺排，是通过大量的事实来刻画自己的风流情性。张可久的《南吕 · 一枝花 · 湖上晚归》套，人们曾把它与马致远的《双调 · 夜行船 · 秋思》称为元人套曲中的“双璧”，全套共三支小令组成，中间的

“梁州”，也是排比得五彩缤纷，令人目不暇接。而且构思新颖，想象奇特，不愧是元人套曲中的翘楚。曲云：

挽玉手留连锦茵，据胡床指点银瓶，素娥不嫁伤孤零。想当年小小，问何处卿卿？东坡才调，西子娉婷，总相宜千古留名。吾二人此地私行，六一泉亭上诗成，三五夜花前月明，十四弦指下风生。可憎，有情，捧红牙，合和《伊州》令。万籁寂，四山静，幽咽泉流水下声，鹤怨猿惊。

他把天上的“素娥”、湖上的“西子”，埋玉湖滨的“小小”，才调无伦的“东坡”，都拉了来，指点索酒，划拨弹琴，挥毫敲诗，捻花赏月，真是异想天开，妙不可言，极尽纵横变化之能事。不过，铺排不但可以在套曲中施展才华，同样可以在小令中一角技艺。刘熙载说得好：“曲家高手，往往尤重小令。盖小令一阕中，要具事之首尾，又要言外有余味，所以为难，不似套数可以任我铺排也。”（《艺概·词曲概》）这话有两层意思：一是小令“要具事之首尾”，自然少不了要铺排；二是小令篇幅小，“不似套数可以任我铺排”。下面让我们来谈谈小令的六种习见的铺排手法：

（一）用历史事实进行铺排。如张可久的《双调·殿前欢·次酸斋韵》：

钓鱼台，十年不上野鸥猜。白云来往青山在，对酒开怀。欠伊周济世才，犯刘阮贪杯戒，还李杜吟诗债。酸斋笑我，我笑酸斋。

曲的中部“欠伊周济世才”三句，一连写了伊尹、周公、刘伶、阮籍、李白、杜甫六个历史人物，以一个“鼎足对”的形式，表明自己既然没有“伊周”的济世之才，就只好像“刘阮”喝喝酒，“李杜”吟吟诗，来“潇洒送日月”了。这自然是牢骚话。用这种方式进行铺排的很多，如白朴的《双调·庆东原·叹世》，在开端以后，立即写下“那里也能言陆贾，那里也良谋子牙，那里也豪气张华”三个排比句，把陆贾、子牙，张华请了出来，说明他们当时虽然是“一世之雄”，如今不过供渔樵闲话而已。马致远的《双调 · 折桂令 · 叹世》也是如此，它在曲的腹部说：“项废东吴，刘兴西蜀，梦说南柯。韩信功兀的般证果，蒯通言那里是风魔?”这样，就显得典雅、厚重，艺术容量大，使读者从中得到启迪，感受到美感。

（二）用连续的比喻进行铺排。如徐再思的《双调 · 折桂令 · 春情》：

> 平生不会相思，才会相思，便害相思。身似浮云，心如飞絮，气若游丝。空一缕余香在此，盼千金游子何之？症候来时，正是何时？灯半昏时，月半明时。

全曲首尾都是连环叠韵，累累如贯珠，读来自然美听，如闻天籁。“身似浮云”以下，连用三个形象的比喻，把难以言状的相思，刻画得十分真切，自是元人散曲中的上乘之作。周德清的《双调 · 折桂令 · 自嗟》也是用博喻的手法，在曲的腹部进行铺排的。他在“倚篷窗无语嗟呀，七件儿全无，做甚么人家”开端之后，便以“柴似灵芝，油如甘露，米若丹砂”三个比喻展开铺排，接着依次谈到“酱”“盐”“茶”“醋”的艰难情况，以抒发其叹穷嗟卑的感情。

（三）用几个迭对加以铺排。如王实甫的《中吕 · 十二月带尧民歌 · 别情》：

> 自别后遥山隐隐，更那堪远水粼粼。见杨柳飞绵滚滚，对桃花醉脸醺醺，透内阁香风阵阵。　掩重门暮雨纷纷，怕黄昏不觉又黄昏，不消魂怎地不消魂？新啼痕压旧啼痕，断肠人忆断肠人。今春，香肌瘦几分，裙带宽三寸。

全曲除首尾外，用了三组对偶句，即第一组的“见杨柳飞绵滚滚”的四句对，“怕黄昏不觉又黄昏”和“新啼痕压旧啼痕”两组对偶，使得曲的中部的“堂庑特大”，有如烟波之浩渺，云山之迢递，仪态万方，美不胜收。徐再思的《双调·蟾宫曲·西湖寻春》也是用三组对偶句，在曲的中部进行铺排的，意境的幽雅，辞藻的清丽，对偶的工切，令人叹为观止。曲云：

清明春色三分：湖上行舟，陌上行人。一片花阴，两行柳影，十里莎茵。不要多般排一品，休嫌少酒止三巡。处处开樽，步步寻春。花下归来，带月敲门。

全曲的首尾，十分清晰。中间的“一片花阴”三句是鼎足对，接着以“不要多般排一品”和“处处开樽”两组二句对，把寻春的雅兴逸致，推向了高潮，读来如历其境，如见其人，真正分享了他的美感享受。我们还不要忘记张可久是擅长这种铺排手法的，他的两支《双调·折桂令》就一直脍炙人口。《村庵即事》的“楼外白云，窗前翠竹，井底朱砂。五亩宅无人种瓜，一村庵有客分茶”，《九日》的“翠袖殷勤，金杯错落，玉手琵琶。人老去西风白发，蝶愁来明日黄花”，都是用一个鼎足对和两组二句对，构成“猪肚”型的结构的。

（四）用几个排句加以铺排。如刘庭信的《双调·折桂令·忆别》：

想人生最苦离别，唱到阳春，休唱三迭。急煎煎抹泪揉眵，意迟迟挠腮撧耳，呆答孩闭口藏舌。情儿分儿你心里记者，病儿痛儿我身上添些，家儿活儿既是抛撇，书儿信儿是必休绝。花儿草儿打听的风声，车儿马儿我亲自来也。

此曲以生动活泼、明快泼辣的语言，描写了一位女子在送别丈夫时那种复杂矛盾的心情。“急煎煎”三个排句，活画出她意乱如麻、情痴若呆的心理状态；“情儿分儿”四个排句，是千叮咛，万嘱咐，表现她们之间的爱情是多么的真挚深厚，希望丈夫把她的“情儿分儿”深深刻在自己的感情韧带上。“花儿草儿”两个排句，是警告，是火辣辣的临别赠言，是捍卫自己权利的声明书，表现了爱情的排他性。口吻逼真，声情毕肖，具有一种阳刚之美。

（五）用对比的手法加以铺排。如张养浩的《双调·雁儿落带得胜令》：

往常时为功名惹是非，如今对山水忘名利。往常时趁鸡声赴早朝，如今近晌午犹然睡。往常时秉笏立丹墀，如今把菊向东篱。往常时俯仰承权贵，如今逍遥谒故知。往常时狂痴，险犯着笞杖徒流罪，如今便宜，课会风花雪月题。

全曲纯用对比的手法，将宦海的生活与隐居的生活对立起来，形成强烈的对比。中间用具体的事例加以铺排："早朝"与"午睡"，"秉笏"与"把菊"，"承权贵"与"谒故知"，种种鲜明的对比，使读者强烈地感受到官场生活的险恶与隐居生活的闲适，从而表现其对现实生活的不满。语为天下之通语，感为天下之共感，因而亲切晓畅，饶有韵味。汤式的《双调·天香引·西湖感旧》也是纯用对比的手法展开的。昔日的"笙歌"，今日的"干戈"；昔日的"香风绮罗"，今日的"落日沧波"。今昔对比，形象鲜明，把作者的今昔之感，故国之思，形象地表现了出来。

（六）用说理的方法加以铺排。如卢挚的《双调·蟾宫曲》：

想人生七十犹稀，百岁光阴，先过了三十。七十年间，十岁顽童，十载尫羸。五十年除分昼黑，刚分得一半儿白日。风雨相催，兔走乌飞。子细沉吟，都不如快活了便宜。

这支小令，完全是摆事实，讲道理，把作者那种"人生不满百，何不秉烛游"的思想观点充分地表现了出来。特别是他在曲的腹部，具体地分解了"七十年间"的生活，有十岁是无知的顽童，有十载是多病的"尫羸"，剩下的五十年，又有一半是黑夜，从而得出"都不如快活了便宜"的结论，有如暮鼓晨钟，发人深省。自然，这种"人生行乐耳"的消极思想，是封建时代知识分子的流行病。卢挚这支小令就是从宋人王观的《红芍药》一词中略加变化而来的。请看王观的词：

人生百岁，七十稀少。更除十年孩童小，又十年昏老。都来五十载，一半被睡魔分了。那二十五载之中，宁无些个烦恼？　仔细思量，好追欢及早。遇酒追朋笑傲，任玉山摧倒。沉醉且沉醉，人生似垂露芳草。幸新来有酒如渑，结千秋歌笑。

无论是构思，还是造语，都几乎是相同的。

三、曲的结尾

发端难，结尾亦难。清人王德晖、徐沅澂说："北调煞尾，最为紧要。以之收拾一套之音节，结束一篇之文情。"（《顾误录》）可见曲的煞尾，尤当注意。乔吉说"结要响亮"，刘熙载说"终要优游不竭"。所谓"响亮"，就是要斩切，要有力度，要如骏马奔坡，其疾如矢。所谓"优游不竭"，就是要含蓄，要宛转，要题外传神，有余不尽。大抵豪放派的作品，往往结得响亮；清丽派的作品，往往结得含蓄。这是曲的结尾的一般规律，我们可以从李开先的《词谑》所列举的十二个"词尾"中，悟出一点道道来。下面让我们具体谈谈结尾的几种习见方法：

1. 以情结尾

要拍合，要点明题意，要有尽而不尽之意。如陈草庵的《中吕·山坡羊·叹世》：

晨鸡初叫，昏鸦争噪，那个不去红尘闹。路遥遥，水迢迢，功名尽在长安道，今日少年明日老。山，依旧好；人，憔悴了！

曲的结尾，无限感慨。看似说尽，实则水穷云起，有着无限的意蕴，在无字处指点，在无声处振荡。张养浩同曲《潼关怀古》的"兴，百姓苦；亡，百姓苦"，更是以深邃的历史眼光，揭示出一条颠扑不破的真理：

即一个王朝的兴起，是无数老百姓的白骨做了奠基石；一个王朝的灭亡，也是无数老百姓的白骨做了殉葬品。

明、清人的散曲中，以情结尾的很多。冯惟敏的《双调 · 河西六娘子》，就是一杵暮鼓，一声晨钟，引起人们的回味，也引起人们的反思。曲云：

水秀山明安乐窝，抵多少万丈风波。忙时耕种闲时卧，呀，富贵待如何？朋辈已无多，相伴着渔樵唱一会儿歌。

"相伴着渔樵唱一会儿歌"，是宕开一层，并由此生发出许多的新意：是追求闲适的雅趣，还是诉说兴亡的往事？是警惕宦海的风波，还是歌唱渔樵的生活？是这一结尾应有的含义。施绍莘的《黄钟 · 水仙子 · 幽居》也是这样一种意境，这样一种情趣和韵味。结尾的手法也是一样的：

天公还我好生涯，无是无非稳在家。看门前五柳看看大，掩柴扉推出繁华。屋三间，书一榻，或写字，或临画。觑功名眼底花，趁闲时且吃杯茶。

这煞尾两句，"觑功名眼底花，趁闲时且吃杯茶"，也是"辞尽意不尽"。"吃杯茶"是悠闲自在，无牵无挂；"吃杯茶"也是品尝这生涯的滋味："功名"么？不过是"眼底花"；"稳在家"么？又明明隐藏着不甘寂寞的牢骚与不平。所以耐人咀嚼，耐人回味。

2. 以景结尾

要迷离惝恍，不能着一实语。或通首蓄势，自然神韵；或反面映衬，倍长精神。要像黄图珌所说的："景随情至，情由景生，吐人所不能吐之情，描人所不能描之景"，方是"化工之笔"（《看山阁集闲笔》）。如乔吉的《中吕 · 满庭芳 · 渔父词》：

吴头楚尾，江山入梦，海鸟忘机。闲来得觉胡伦睡，枕着蓑衣。

钓台下风云庆会，纶竿上日月交辉。知滋味，桃花浪里，春水鳜鱼肥。

这曲带着浓厚的理想色彩，是借渔父的生活，表现对官场生活的厌倦。“钓台下风云庆会，纶竿上日月交辉”，既是对渔父的野兴逸趣，作出高度的评价；又透露了心中的抑郁不平之气，是曲中的警句。一结三句：“知滋味，桃花浪里，春水鳜鱼肥”，是以景结情，是对渔父情趣的进一步歌颂，而又放得开，收得拢，婉转含蓄，韵味更深。倪瓒的《黄钟·人月圆·感怀》，也是以景结情，以迷离称隽。曲云：

惊回一枕当年梦，渔唱起南津。画屏云嶂，池塘春草，无限消魂。旧家应在，梧桐覆井，杨柳藏门。闲身空老，孤篷听雨，灯火江村。

这“孤篷听雨”显然是从蒋捷《虞美人》的“少年听雨歌楼上，红烛昏罗帐。壮年听雨客舟中，江阔云低，断雁叫西风。而今听雨僧庐下，鬓已星星也。悲欢离合总无情，一任阶前点滴到天明”的词中得到启发的。这就大大地提高了曲的表达力，丰富了曲的艺术内容。而蕴藏在作者心中的那些漂泊生涯、凄凉生活，都在无声中表达了出来。

以景结情的曲很多，脍炙人口的也不少。如乔吉的《双调·清江引·即景》“是溪边落红昨夜雨”，只此一句，抵得多少文字。王元鼎的《正宫·醉太平·寒食》“觉来红日上窗纱，听街头卖杏花”，赵善庆的《双调·沉醉东风·秋日湘阴道中》“点破潇湘万顷秋，是几叶儿传黄败柳”，张可久的《中吕·普天乐·西湖即事》“阑干晚风，菱歌上下，渔火西东”，都是寓情于景，情景交融。正如王夫之所说的“情景名为二，而实不可离。神于诗者，妙合无垠”（《姜斋诗话》）。从而使曲的弹力和张力，得到了充分的发挥。

发端，铺排和结尾，还可以提出许多种来，这里只是举了一些常见的手法罢了。

第二节　曲的句法

任何宏篇杰构，都是由句子积累起来的。可以说句子是一个作品的基石，基石不固，则作品树立不起来。所以刘勰强调“宅情曰章，位言曰句”（《文心·章句》）。怎么样才能写出好的句子来呢？韩愈提出“文从字顺各识职，有欲从之此其躅”（《南阳樊绍述墓志铭》。躅，门径）。宋人徐林加以解释说：“达者以理，昧者以情，皆成于自然者也。文从字顺，宜乎无得而议矣。”（《韵语阳秋序》）就是说用词造句要自然妥帖，服从内容的需要和语言的规律。严羽提出“须是本色，须是当行”（《沧浪诗话·诗法》）。陶明濬加以解释说：“本色者所以保全天趣者也。……当行者，谓凡作一诗，所用之典，所使之字，无不恰如题分。”（《诗说杂记》卷七）就是说要有自然之色，要是内行的话。明胡震亨引用《白石诗说》和《诗法源流》的话，提出“句中有余味，篇中有余意，善之善者也”（《唐音癸签》卷四）。他还说：“只此五、七字叠成句，万变无穷。如人面只眼、耳、口、鼻四尔，不知如何位置来无一相肖者。诗人工巧，真侔造化哉！”（同上）说明历代的文艺理论家，没有一个不重视句子的建构的。这些原则适用于一切文学作品，当然也适用于散曲。但曲毕竟有自己的艺术特色，某些方面与诗词是大相径庭的。所以下面我们将专门探讨一下曲的句法：

周德清在《中原音韵·作词十法》中强调提出：“造语可作乐府语、经史语、天下通语，不可作俗语、蛮语、谑语、嗑语、市语、方语、书生语、讥诮语。”又具体地阐释他的话说：“造语必俊，用字必熟。太文则迂，不文则俗；文而不文，俗而不俗。要耸观，又要耸听。格调高，音律好，衬字无，平仄稳。”《中原音韵》是作曲者的指南，后人斤斤守之，无敢逾越。但这里所说的不可作俗语、方语和谑语、讥诮语，显然还没有摆脱传统诗词或传统诗教的影响；证诸元人的作品实际，也是很有出入的。请看下面两支小令：

铺眉苫眼早三公，裸袖揎拳享万钟，胡言乱语成时用。大纲来都是哄。说英雄谁是英雄？五眼鸡岐山鸣凤，两头蛇南阳卧龙，三脚猫渭水飞熊。

——张鸣善《双调·水仙子·讥时》

夺泥燕口，削铁针头，刮金佛面细搜求，无中觅有。鹌鹑嗉里寻豌豆，鹭鸶腿上劈精肉，蚊子腹内刳脂油，亏老先生下手。

——无名氏《正宫·醉太平·讥贪小利者》

两支小令都是元曲的名篇。它们在语言上都是合民间的俗语与文人的雅词，构成工整的鼎足对；在内容上，都是极尽讥诮戏谑的能事，把当朝的权贵骂得痛快淋漓，把不择手段搜刮钱财者的贪婪嘴脸，刻画得入木三分。他如马致远的《般涉调·耍孩儿·借马》不是用幽默的语言，夸张的手法，穷形尽相地刻画一个悭吝者的艺术形象么？睢景臣的《般涉调·哨遍·高祖还乡》，对刘邦的冷嘲热讽，极尽揶揄之能事，具有强烈的幽默感和讽刺性，不是也成了"制作新奇"、脍炙人口的杰作么？明人王磐的《中吕·朝天子·咏喇叭》、清人朱彝尊的《正宫·醉太平》，或借喇叭的"曲儿小，腔儿大"，来讽刺那些倚势仗权来鱼肉百姓的宦官；或以"散文章敌不过时髦手，钝舌根念不出摩登咒，穷骨相封不到富民侯，老先生去休"，来表示对现实的不满，写得十分激切而又富有讽刺意味。孟子说："尽信书，不如无书。"袁枚说："双眼自将秋水洗，一生不被古人欺。"所以我们也应该对周德清的话作一些分析，不要把它当作金科玉律，不敢问一个为什么。

另一个曲学的权威是王骥德，他在《曲律·论句法》明确指出："句法：宜婉曲，不宜直致；宜藻艳，不宜枯寂；宜溜亮，不宜艰涩；宜轻俊，不宜重滞；宜新采，不宜陈腐；宜摆脱，不宜堆垛；宜温雅，不宜激烈；宜细腻，不宜粗率；宜芳润，不宜噍杀。总之，宜自然，不宜生造。"接着又说："意常则造语贵新，语常则倒换须奇。他人所道，我则引避；他人用拙，我独用巧。"前面所讲的"十宜十不宜"，一言以蔽之曰：要自然。后面所说的，亦一言以蔽之曰：要创新。这自然是完全正确的。但在具体的要求中，也有一些值得商榷的地方。如说“宜婉曲不宜直致”“宜温雅不宜激烈”，实质上就是“温柔敦厚”的诗教的翻版，恰好与元曲的“杀伐音”“蒜酪味”是格格不入的。请看关汉卿的《南吕 · 一枝花 · 不伏老》一套的“尾”吧：

我是蒸不烂煮不熟捶不扁炒不爆响当当一粒铜豌豆，恁子弟每谁教你钻入他锄不断斫不下解不开顿不脱慢腾腾千层锦套头。我玩的是梁园月，饮的是东京酒，赏的是洛阳花，攀的是章台柳。我也会吟诗，会篆籀；会弹丝，会品竹；我也会唱鹧鸪，舞垂手，会打围，会蹴鞠；会围棋，会双陆。你便落了我牙，歪了我口，瘸了我腿，折了我手，天赐与我这几般儿呆症候，尚兀自不肯休。只除是阎王亲自唤，神鬼自来勾，三魂归地府，七魄丧冥幽，天哪，那其间才不向烟花路儿上走。

这是全套曲子最精采的部分，不愧是一个“豹尾”。它用了十分斩截的语言，刻画了一个倔强的性格。它鲜明、泼辣，毫不含含糊糊，吞吞吐吐，把话都说绝了，说到十二分了，一说到底，压根儿谈不上什么“婉曲”和“温雅”，可丝毫也没有影响它的艺术价值和艺术生命力。又如刘时中《正宫 · 端正好 · 上高监司》的《叨叨令》：

有钱的贩米谷置田庄添生放，无钱的少过活分骨肉无承望；有钱的纳宠妾买人口偏兴旺，无钱的受饥馁填沟壑遭灾障。小民好苦也么哥，小民好苦也么哥，便秋收鬻妻卖子家私丧。

它用对比的手法，将贫富两个对立阶级的生活，形象而生动地表现了出来，爱憎鲜明，效果强烈，是那样的描写入微，又是那样的讥刺入骨，连“婉曲”和“温雅”的影子也看不到了，可它那强烈的艺术感染力和深远的社会意义，至今还在震撼着人们的心弦。

可以说元曲一接触到重大的社会问题，多半使用了“直致”而“激烈”的语言，好像把“温柔敦厚”的传统诗教和“温文尔雅”的知识分子风度，全给抛向九霄云外了。无名氏的《中吕·朝天子·志感》二首，就是这类主题的代表作。曲云：

> 不读书有权，不识字有钱，不晓事倒有人夸荐。老天只恁忒心偏，贤和愚无分辨。折挫英雄，消磨良善，越聪明越运蹇。志高如鲁连，德高如闵骞，依本分只落的人轻贱。

> 不读书最高，不识字最好，不晓事倒有人夸俏。老天不肯辨清浊，好和呆没条道。善的人欺，贫的人笑，读书人都累倒。立身则小学，修身则大学，智和能都不及鸦青钞。

这是尖锐的讽刺，强烈的谴责，是对元代统治者摧残文化、颠倒贤愚、糟蹋知识分子的愤怒控诉。特别是对“智和能都不及鸦青钞”的丑恶现实，给予无情的蔑视，莫大的嘲弄，产生了震撼人心的艺术力量。

下面我想依据周、王二氏论述句法的精萃意见，参以元人作品的实际情况，分高层次的要求和最基本的句式两个方面，对曲的句法加以探讨。

一、高层次的要求

从较高的层次来说，曲的句子应该贵自然，贵浅显，贵尖新、贵响亮，要文而不文，俗而不俗，读起来容易上口。如：

1. 以俗为雅例

夫妻之间的爱情，是永远写不完的主题。一般都是对“文章魁首”与“仕女班头”相结合的歌颂，一般也写得比较艳丽，比较文雅，比较含蓄。正如梁廷枏在《曲话》中所说的：“言情之作，贵在含蓄不露，意到即止。其立言尤贵雅而忌俗。”而西域散曲家楚兰芳却写了一支《南吕·四块玉·风情》的小令，一反对郎才女貌的歌颂为对村夫丑妇的赞美，情似极为寻常而命意极新，语似极为村俗而下笔极雅。曲云：

> 我事事村，他般般丑。丑则丑村则村意相投。则为他丑心儿真，博得我村情儿厚。似这般丑眷属，村配偶，只除天上有。

真是“村”极了，也好极了。好就好在它全用村语，写出真情；全用新意，写出巧文。好就好在它俗不伤雅，全无俗态；以俗为雅，全无雕镂。而读者却真正品味了清新的美，淡雅的美。

2. 以旧为新例

翻用古人的诗词，是曲中所习见的。但要翻得恰到好处，不啻若自其口出，却并不是很容易的。元、明、清三代的散曲中，都有檃括历代名诗、名文、名赋的好曲，其实也是一种翻用。还有一种“集古体”，多半是集唐人的诗句，在《曲的巧体》一节中，已经作了介绍，这里就从略了。下面我们来看看徐再思的《中吕 · 喜春来 · 闺怨》吧：

> 妾身悔作商人妇，妾命当逢薄命夫。别时只说到东吴，三载余，却得广州书。

这支曲子显然是从白居易《琵琶行》的“门前冷落鞍马稀，老大嫁作商人妇。商人重利轻别离，前月浮梁买茶去”和刘采春《罗唝曲》“那年离别日，只道住桐庐。桐庐人不见，今得广州书”两诗中脱胎出来的。经过作者这么剪裁融合之后，成为一个新的完善的有机体，好像不是他在翻旧为新，而是自出心裁的原作。它既不同于“集古体”，也不同于“檃括体”，而是化用前人的诗意，甚至袭用前人的语句，形成新的艺术意境。它比《罗唝曲》写得更加“直率”，也写得更加“温雅”。曲中所写的那个闺中少妇，被丈夫蒙蔽了三年多，等到真相大白了，还是那么自怨自艾，把生活的不幸，归之于自己的薄命，可谓“温柔敦厚”之至了。这种“怨而不怒”的纯朴感情，正是典型的封建妇女的善良的写照，也是作者在再创造中所加的新的东西。

3. 俗而不俗例

用极其通俗的语言，写极其平凡的生活，抒极其寻常的感情，乍一看来，似乎俗到了极点，仔细咀嚼，却又感到它俗中有雅，回味无穷。这正是元人散曲一个极其显著的艺术特点。请看卢挚的《双调·沉醉东风·闲居》吧：

> 恰离了青山绿水那答，早来到竹篱茅舍人家。野花路畔开，村酒槽头榨。直吃的欠欠答答。醉了山童不劝咱，白发上黄花乱插。

说它俗，不但因为它用了许多的方言，而且通首都是浅显的白话，散发着浓厚的泥土气息。说它不俗，不但因为有"野花路畔开"一联，对得很工整，而且结句的"白发上黄花乱插"一语，显然是从杜牧的"尘世难逢开口笑，菊花须插满头归"（《九日齐山登高》）和苏轼的"人老簪花不自羞，花应休上老人头"（《吉祥寺赏牡丹》）两诗中得到启发，暗地里用了典，却像着盐水中，有味而无色。再看关汉卿的《南吕·四块玉·闲适》：

> 旧酒投，新醅泼，老瓦盆边笑呵呵。共山僧野叟闲吟和。他出一对鸡，我出一个鹅，闲快活。

纯用通俗易懂的民间口语，写出富有生活气息的一次小宴会，朴实自然，真挚友好，一种欢乐祥和的气氛洋溢在字里行间。生活是平等的，志趣是高雅的，与官场中的尔虞我诈、勾心斗角，形成强烈的对比。读者完全沉浸在作者所创造的雅兴逸趣中，怎么会感到它是"俗"呢？黄图珌说得好："元人白描，纯是口头言语，化俗为雅。……其所贵乎清真，有元人白描本色之妙也。"（《看山阁集闲笔》）

4. 文而不文例

曲中遣词造句，有时看起来很文雅；甚至使事用典，也很讲究。但它却文而不腐，雅而能俗，读起来容易上口，听起来十分美听，绝无丝毫书本气，虽老妪亦能领略它的意味，便是绝妙好词。贯云石的《正宫·塞鸿秋·代人作》，就是这样的好作品，曲云：

战西风几点宾鸿至，感起我南朝千古伤心事。展花笺欲写几句知心事，空教我停霜毫半晌无才思。往常得兴时，一扫无瑕疵。今日个病厌厌刚写下两个相思字。

感慨淋漓，动人肺腑。“感起我南朝千古伤心事”一语，使人很快联想到杜牧的“商女不知亡国恨，隔江犹唱《后庭花》”（《泊秦淮》）和吴激的“南朝千古伤心事，还唱《后庭花》”（《人月圆》）来。这就是暗中用典，寄托了作者忧心国事的伤感心情。接着以“往常”和“今日”的不同才思，形成强烈的对比，表现出极度伤悲、无法诉说的痛苦。煞尾响亮有力，给读者留下了无穷的回味。开端写得比较文雅，但却不艰深。后幅写得比较浅近，但却有着丰富的意蕴。写得文雅，并不是以文雅掩饰其浅薄；写得浅近，更不是借浅近文饰其俚俗。雅而能俗，俗不伤雅，正是它的艺术特色。

5. 语常意新例

王骥德说：“意常则造语贵新，语常则倒换须奇。”（《曲律 · 论句法》）用极其普通的语言，写出极不寻常的思想和感情，使人感到十分新鲜。所谓“看似寻常实奇崛，成如容易却艰辛”的艺术境界，正是无数散曲作家所追求的。如姚燧的《越调 · 凭阑人 · 寄征衣》云：

欲寄君衣君不还，不寄君衣君又寒。寄与不寄间，妾身千万难。

“寄征衣”是我国古代妇女在承受战争灾难时所表现的一种纯朴而深厚的感情。历代的诗人以它为题材的很多。如谢惠连的“裁用笥中刀，缝为万里衣”（《捣衣》），李白的“长安一片月，万户捣衣声。秋风吹不尽，总是玉关情。何日平胡虏，良人罢远征”（《子夜吴歌 · 秋歌》），陈玉兰的“夫戍边关妾在吴，西风吹妾妾忧夫。一行书信千行泪，寒到君边衣到无”（《寄夫》），都是情真意真，感人至深的佳作。但没有一个人把征妇在寄征衣时的矛盾心情，充分揭示出来。这支小令别出心裁，从心理刻画入手，全部运用生活中的口语，把征妇的内心活动在“寄与不寄”的一刹那间真切地表现出来。这种思想矛盾是建立在深厚的爱情基础之上的，也是生活中一朵司空见惯的小浪花，却没有人把这生活中的小浪花艺术地反映出来。而作者能够在司空见惯的寻常生活中，发现别人没有发现过的美，反映别人没有反映过的矛盾，这就是艺术，超人的艺术。

6. 意常语新例

命意并没有什么新奇之处，但在造句时，或用叠字和象声词，构成一种特有的氛围；或用倒叙和插叙的手法，化平凡为奇特，使读者产生一种别开生面之感。如周文质的《正宫·叨叨令·悲秋》：

> 叮叮当当铁马儿乞留玎琅闹，啾啾唧唧促织儿依柔依然叫。滴滴点点细雨儿淅零渐留哨，潇潇洒洒梧叶儿失留疏剌落。睡不着也么哥，睡不着也么哥，孤孤另另单枕上迷飏模登靠。

悲秋，是诗词中习见的主题；从秋声中感到秋的摇落，人的迟暮，也是诗词中习用的手法。但此曲用双声叠字状物，用一连串的象声词拟声，声情并茂，音韵铿锵，语言与句法新鲜活泼，生动真切，给一个寻常的主题开了一个新生面，辟了一条新径，一种崭新审美享受，沁人心脾。

又如乔吉的《双调·清江引·有感》，本来是写相思之情的传统主题，但他能摆脱前人的窠臼，务去陈言，颠倒变换，愈出愈新。李笠翁说得好："新也者，天下事物之美称也。"（《闲情偶寄·结构》）这支小令之所以脍炙人口，就是因为它想象别致，造语新颖。请看：

> 相思瘦因人间阻，只隔墙儿住。笔尖和露珠，花瓣题诗句，倩衔泥燕儿将过去。

"只隔墙儿住"，还害什么"相思"？因为有人"间阻"，才会"相思瘦"的。按照语意的顺序，应该是"只隔墙儿住，因人间阻相思瘦"。如果这样写，便显得很平庸，倒换一下，就不同凡响了。后幅本来也应该是"倩衔泥燕儿将笔尖和露珠，花瓣题诗句捎过去"，把它插叙在前面，就感到新颖得多了。至于它的结句“倩衔泥燕将过去”，更是异想天开，情韵天然，给阮大铖的《燕子笺》一种优美的艺术启迪。

二、最基本的句式

从基本的句式来说，曲的句式从一言、二言、三言直到七言、八言、九言，都有自然之节，亦有变化之迹，既不能扭捏生造，又必须按谱填词，较之诗词，从某种意义上说，似乎限制更严。兹从《中原音韵》所选之四十个定格、《太和正音谱》所收三百三十五支曲牌中，每种句式列出三至五个例句，并加以说明：

1. 一言句

散曲中的一言句，可以单独用为小令的，只有《中吕·山坡羊》《南吕·阅金经（即金字经）》《越调·寨儿令》和《双调·皂旗儿》，以及可以作为套曲的《黄钟·九条龙》《仙吕·雁儿》《仙吕·游四门》等少数几个曲牌。如：

（1）谁？不做美。呸！却是你。

——张可久《中吕·山坡羊·闺思》

（2）宜，笙歌一派随，游人醉，半竿红日低。

——鲜于去矜《南吕·阅金经·春游》

（3）卷帘邀皓月，把酒问东君。春，偏老少年人。

——周文质《越调·寨儿令》

（4）呀，直睡到上三竿红日。

——无名氏《双调·皂旗儿》

（5）君，敢做个真人。

——马致远《黄粱梦》第一折

从以上五例来看，一言句往往以呼问或惊叹的口吻，进行明提暗转，使题意深入一层，拓宽一步。

2. 二言句

二言句在曲词的运用上较一言句为多。如黄钟的《喜迁莺》《昼夜乐》，正宫的《蛮姑儿》，大石调的《净瓶儿》，仙吕的《天下乐》，中吕的《朝天子》《齐天乐》，双调的《得胜令》《七弟兄》《相公爱》《小拜门》，越调的《调笑令》《南乡子》等十几个曲牌，都有二言句，但真正能够独立作为小令的也不多：

（1）瘿杯，玉醅，梦冷芦花被。……问谁，是非，且向西湖醉。

——张可久《中吕·朝天子·湖上》

（2）潜身且入无何，醉里乾坤大，蹉跎。……就山家酒嫩鱼活，当歌。

——前人《中吕·齐天乐过红衫儿·隐居》

（3）豪杰，几度花开谢？痴呆，三分春去也。

——乔吉《双调·得胜令》

（4）唱歌，弹歌，似风魔，把功名富贵都参破。

——张养浩《双调·新水令·辞官》套

（5）利名，利名誓不去贪。听咱，曾参。曾参他暮四朝三。

——赵显宏《黄钟·昼夜乐·春》

二言句，可以是名词，是动词或者形容词；可以用作发端、铺排或者煞尾。

3. 三言句

三言句，是曲的基本句式之一，没有三言句的曲牌不是很多的。有三个以上接连的三言句的，如黄钟的《寨儿令》《节节高》，大石调的《蒙童儿》，仙吕的《村里迓古》，中吕的《柳青娘》，南吕的《骂玉郎》《四块玉》《黄钟尾》，双调的《行香子》《播海令》，越调的《看花回》，商调的《梧叶儿》等，至于一个曲牌中有一个三言句或接连两个三言句的，就指不胜屈了。现举例如下：

（1）半夜心，三生梦，万里别，倚篷窗睡些。

——卢挚《黄钟·节节高·题洞庭鹿角庙壁》

（2）醉醒须在咱，清浊任从他。竞名利，争头角，若蝇蜗。

——朱庭玉《大石调·青杏子·归隐》

（3）更有拜扫男，归宁女，游春叟。携美酝，步绿苔，穿红杏，握翠柳，直吃得驴背上醺醺带酒。

——无名氏《仙吕·村里迓古·四季乐情》套

（4）适意行，安心坐。渴时饮呵醉时歌，闲来时就向莎茵卧。日月长，天地阔，闲快活。

——关汉卿《南吕·四块玉·闲适》

（5）鸳鸯浦，鹦鹉洲，竹叶小渔舟。烟中树，山外楼，水边鸥，扇面儿潇湘暮秋。

——张可久《商调·梧叶儿·次韵》

三言句，或上二下一，如例（1）（4）（5）；或上一下二，如例（2）（3）的后面三个三言句。

4. 四言句

四言句，在曲中也是很多的。一个曲牌中以四言句为主体的有黄钟的《神仗儿》《节节高》《文如锦》，大石调的《催拍子》《玉翼蝉煞》，中吕的《普天乐》《上小楼》《满庭芳》《鲍老儿》，南吕的《梁州第七》《鹌鹑儿》，双调的《折桂令》《小阳关》《锦上花》，越调的《斗鹌鹑》，商角调的《黄莺儿》《踏莎行》等。下面举几个比较典型的例：

（1）雨晴云散，满江明月；风微浪息，扁舟一叶。

——卢挚《黄钟·节节高》

（2）小酌会窃香韩寿，举觞红袖。玉纤横管，银甲弹筝，酒令诗筹。曲成诗就，韵协声律，情动魂消，腹稿冥搜，宿恩当受。水仙山鬼，月姝花妖，如还得遇，不许干休。

——曾瑞卿《大石调·青杏子·骋怀》

（3）我则待逐朝每日，无拘无系。从事西畴，寄傲南窗，把酒东篱。

——李致远《中吕·粉蝶儿·拟渊明》

（4）西窗酒醒，衾寒半幅，鼓转三更，起来无语伤孤另。

——张可久《中吕·满庭芳·秋夜不寐》

（5）酒力禁持，诗魔唤起。紫燕喧喧，黄莺呖呖。红杏香中，绿杨阴里。

——王伯成《越调·斗鹌鹑》套

四言句，一般是上下各二，例（1）（2）（3）（5）都是这样的。只有例（4）的“衾寒半幅，鼓转三更”是上一下三的句式。

5. 五言句

五言，也是曲句的基本形式。曲牌中以五言为主体的有黄钟的《者刺古》，正宫的《白鹤子》，仙吕的《后庭花》，中吕的《快活三》，南吕的《一枝花》，双调的《乔牌儿》《雁儿落》《清江引》《捣练子》《梅花酒》《楚天遥》等。下面举几个适当的例：

（1）引岩泉入圃渠，浇野菜山蔬。穷生涯自足，远是非荣辱。

——杨景辉《黄钟·者刺古》

（2）梨花白雪飘，杏萼紫霞消。柳丝舞困小蛮腰，显得东风恶。

——胡祗遹《中吕·快活三过朝天子》

（3）白云留故山，晓月流清涧。西风吹渭水，落叶满长安。

——李致远《南吕·一枝花·送人入道》套

（4）乾坤一转丸，日月双飞箭。浮生梦一场，世事云千变。

——邓玉宾子《双调·雁儿落带得胜令》

（5）名利酒吞蛇，富贵梦迷蝶。蚁阵攻城破，蜂衙报日斜。

——乔吉《双调·雁儿落带得胜令》

曲的五言句，与诗词的句法是一致的。它的变化比较多，有上一下

四、上四下一，或上三下二，上二下三。例（1）的“浇野菜山蔬”“远是非荣辱”是上一下四的句式，其余都是上二下三的句式。

6. 六言句

曲牌中的六言句，有正宫的《芙蓉花》，小石调的《恼煞人》，仙吕的《金盏儿》《元和令》，中吕的《醉春风》《红绣鞋》《醉高歌》，双调的《新水令》《胡十八》《碧玉箫》《播海令》，越调的《天净沙》，般涉调的《麻婆子》《急曲子》等。请看：

（1）又是红轮西坠，残霞照万顷银波。江上晚景寒烟，雾蒙蒙风细细，阻隔离人萧索。宋玉悲秋愁闷，江淹梦笔寂寞，人间岂无成与破。

——白朴《小石调·恼煞人》套

（2）锦模糊江景幽，翠崚嶒远山秀。正值着稻分畦蚕入簇麦初熟，老人家闲袖手。

——无名氏《仙吕·村里迓古·四季乐情》

（3）长江远映青山，回首难穷望眼。扁舟来往蒹葭岸，烟锁云林又晚。

——顾德润《中吕·醉高歌过摊破喜春来》

（4）吹箫的楚伍员，乞食的汉韩信。待客的孟尝君，苏秦原是旧苏秦。买臣也曾负薪，负薪的是买臣。你道我穷到老，我也有富时分。

——无名氏《双调·胡十八》

（5）江亭远树残霞，淡烟荒草平沙。绿柳阴中系马，夕阳西下，水村山郭人家。

——吴西逸《越调·天净沙》

六言句的基本形式只有两个，即三字一个语步和两字一个语步。三字一个语步的如例（2）的“锦模糊/江景幽，翠崚嶒/远山秀”，例（4）的“吹箫的/楚伍员，乞食的/汉韩信，待客的/孟尝君”。两字一个语步的如例（3）的“长江/远映/青山，回首/难穷/望眼”，例（5）的“江亭/远树/残霞，淡烟/荒草/平沙，绿柳/阴中/系马”。

7. 七言句

七言是曲的最基本的形式，与诗词的句式基本上是一样的。曲牌中的七言句很多，较常见的有黄钟的《愿成双》《贺圣朝》，正宫的《滚绣球》《倘秀才》《叨叨令》《塞鸿秋》《脱布衫》《小梁州》《醉太平》《伴读书》《双鸳鸯》《菩萨蛮》《黑漆弩》《绿么遍》，大石调的《好观音》《青杏子》《阳关三叠》《初生月儿》，仙吕的《赏花时》《寄生草》《忆王孙》《一半儿》《青哥儿》，中吕的《喜春来》《十二月》《卖花声》，双调的《沉醉东风》《月上海棠》《拨不断》《落梅风》《风入松》《水仙子》《太平令》《河西水仙子》《驻马听近》《神曲缠》《德胜乐》《阿忽令》，越调的《紫花儿序》《金蕉叶》《小桃红》《庆元贞》《凭阑人》等。请看下面所举的例：

（1）白云深处青山下，茅庵草舍无冬夏，闲来几句渔樵话，困来一枕葫芦架。

——邓玉宾《正宫·叨叨令》

（2）草堂中夏日偏宜，正流金砾石天气。素馨花一枝玉质，白莲藕样弯穷臂。

——张鸣善《正宫·脱布衫过小梁州》

（3）记得当时枕前话，各指望永同欢洽。事到如今两离别，褪罗裳憔悴因他。休休自家缘份浅，上心来泪湿罗帕。薄情镇日迷歌酒，近新来顿阻鳞鸿，京师里恋烟花。

——无名氏《正宫·月照庭》套

（4）乘兴两三瓯，拣溪山好处追游。

——无名氏《小石调·青杏儿》

（5）静巉巉烟霞岭外，响潺潺涧水桥西。光灿灿银江倒泻，高耸耸碧玉盘堆。满山树幽微景致，锦模糊一带屏围。

——无名氏《中吕·十二月带尧民歌》

七言句的变化很多，上四下三的如“白云深处青山下，竹篱茅舍无冬夏”；上三下四的如“静巉巉烟霞岭外，响潺潺涧水桥西”；上二下五的如“闲来几句渔樵话，困来一枕葫芦架”；上五下二的如“拣溪山好处追游”；上一下六的如“正流金砾石天气”，都要符合自然的音节，句子的语步。

8. 八言句

自此以下，诗词像这样的句式就比较少了，而在曲中却是习见的。以下所讲的，只讲定格，不包括衬字。八言句，常见的曲牌有黄钟的《刮地风》，仙吕的《锦橙梅》，中吕的《煞尾》，南吕的《隔尾》《玉交枝》，双调的《步步娇》《收江南》《新时令》，般涉调的《耍孩儿》等。下面是它的例句：

（1）剔团圆碾破银河路，放寒光照九区。上南楼似入清虚府，卷珠帘遥望舒。

——刘东生《黄钟·四门子》

（2）辞功名则待远是非，守田园是我有见识。

——李致远《中吕·粉蝶儿》套

（3）百般乖不如一就痴，十分醒争似三分醉。

——无名氏《南吕·玉交枝过四块玉》

（4）向尊前莫惜醉颜酡，古和今都是一南柯，紫罗襕未必胜渔蓑。

——张养浩《双调·新水令·辞官》套

（5）提防着雨涝开沟洫，准备着天晴浍水坑。

——曾褐夫《般涉调·耍孩儿》套

八言句基本上是一种句型，上面所举的五例，都是上三下五的句式。只有极少数的例外，如无名氏的“不见蝴蝶来蝴蝶来”（《双调·山丹花》），为“二三三”的语步，无名氏《收心猿意马》第三折的“共黄观道士喜同流”（《中吕·石榴花》）为“一四一二”的语步，张可久的

"颤巍巍的插着翠花，宽绰绰的穿着轻纱"（《仙吕·锦橙梅》），为上下各四两个语步。

9. 九言句

九言句的曲牌有黄钟的《水仙子》，仙吕的《八声甘州》，中吕的《尧民歌》，南吕的《哭皇天》，双调的《相公爱》《大喜人心》《青玉案》《河西六娘子》等。下面是几个例句：

（1）江天暮雪，最可爱青帘摇曳长杠。……夕阳影里，见远浦归舟帆力风降。

——鲜于枢《仙吕·八声甘州》套

（2）更有紫藤花青竹笋蕨芽肥，兀良只见黄芦岸白□渡绿杨堤。

——无名氏《中吕·十二月过尧民歌》

（3）穿着紫罗襕似酒布袋，秉着白象笏似睡馄饨。

——马致远《陈抟高卧》第二折

（4）插宫花饮御酒同欢乐，功劳簿上写上也么哥。

——无名氏《双调·青玉案》

九言句最基本的句式是"三三三"如"紫藤花/青竹笋/蕨芽肥""插宫花/饮御酒/同欢乐"。其次是上五下四，如"穿着紫罗襕/似酒布袋，秉着白玉笏/似睡馄饨"。也有上四下五的，如"功劳簿上/写上也么哥。"

10. 十言句

十言句，常见的曲牌有正宫的《笑和尚》，中吕的《乔捉蛇》，双调的《豆叶黄》《鱼游春水》，商调的《望远行》《尾声》等少数几个，能够单独用作小令的就更少了。如：

（1）据着俺老母情，他则待妖庙火刮刮匝匝烈焰生。

——郑德辉《倩女离魂》第二折

（2）吉丁丁珰画檐前敲玉马，疏刺刺刷正殿里吹书画，忒楞楞腾宿鸟串茶架。……可忒忒扑把不住心头怕。

——无名氏《鸳鸯被》第二折

(3) 柔肠千万结，将耳朵儿挽了把金莲蹶。

——无名氏《中吕 · 乔捉蛇》

(4) 碜可可曾对神明对神明道，不索和他和他叫。

——商正叔《双调 · 新水令》套

(5) 出三门长老行啼哭着拜，僧归藜杖懒，风送画船开。……若到豫章城相见，抵多少月明千里故人来。

——马致远《商调 · 集贤宾》套

十言句有两个鲜明的特点，一是用象声词，如例（1）的“刮刮匝匝”，例（2）的“吉丁丁珰”“疏剌剌刷”和“忒楞楞腾”；二是用叠词，如例（4）的“对神明对神明”。它的语步是不很规则的，如例（5）的“出山门/长老行/啼哭着/拜，……抵多少/月明千里/故人/来。”

1. 十一言句

曲牌中有十一言句的很少，如黄钟的《水仙子》，仙吕的《混江龙》《锦橙梅》等。如：

(1) 疏剌剌沙鞲雕鞍撒了锁鞓，厮琅琅汤偷香处喝号提铃。

——郑德辉《倩女离魂》第四折

(2) 万万点点潇湘夜雨，正值着窄窄狭狭沟沟堑堑路崎岖。

——无名氏《货郎旦》第四折

(3) 楚屈原假惺惺醉倒步兵厨，晋谢安黑喽喽睡在葫芦架。

——乔梦符《金钱记》第一折

(4) 红馥馥的脸衬霞，黑髭髭的鬓堆鸦，料应他，必是个中人打扮的堪描画。

——张可久《仙吕 · 锦橙梅》

可见字数越多的句子，越要用许多象声词和形容词，如例（1）的“疏剌剌沙”“厮琅琅汤”，例（2）的“万万点点”“窄窄狭狭沟沟堑堑”，例（3）的“假惺惺”“黑喽喽”。只有例（4）例外，这里是依据《太和正音谱》来句读的，也有读作“必是个中人，打扮的堪描画”的。

12. 十二言句

曲牌中十二字一句的尤少，且不能单独作为小令来用。如：

（1）支楞楞争弦断了不续碧玉筝，吉丁丁珰精砖上摔破菱花镜，扑通通冬井底坠银瓶。

——郑德辉《倩女离魂》第四折

（2）赤留出律潇潇洒洒断断续续，出出律律忽忽鲁鲁阴云开处。……高高下下凹凹答答水渺模糊，扑扑簌簌湿湿渌渌疏林人物，却便似惨惨昏昏潇湘水墨图。

——无名氏《货郎旦》第四折

这里许多象声词和形容词，都不是衬字。曲中最长的一句要算“身亡化，扑通命掩黄泉下，将他这李春郎的父亲向他那翻滚滚波心水淹杀”（《货郎旦》第四折），共二十个字。如果计上衬字，超过二十字一句的还有不少。这就是曲在句式上不同于诗词的地方。

第三节　曲的字法

炼字，是任何文学样式都必须高度重视的。故刘勰在《文心雕龙》中，专门写了《练字》一章，并强调说：“瘠字累句，则纤疏而行劣；肥字积文，则黯默而篇暗。”前者是说意胜于辞，即辞不能完满地表达所要表达的意思；后者是说词胜于义，即所要表达的意思，被淹没在多余的字句中了。两者都是创作时所应当力求避免的。怎么样才能炼好字呢？严羽提出来“下字贵响，造语贵圆”（《沧浪诗话·诗法》）的意见。陶明濬加以阐释说：“以音韵言之，必求其响；以色泽言之，必求其圆。响对于哑而言，圆对于涩而言。”（《诗说杂记》）说明下字，既要有响亮的声音，又要有鲜明的颜色。胡震亨提出“要健字撑住，活字斡旋”（《唐音癸签》卷四）的见解。这和《童蒙诗训》所说的“字字当活，活则字字自响”的意见是一致的。所以善于下字的，能使平字见奇，常字见险，陈字见新，朴字见色。古人每谓诗词以一字见工，一字见巧，孟浩然的“微云淡河汉，疏雨滴梧桐”，因为有上句的“淡”字和下句的“滴”字，便使群贤袖手。郑谷将“前村风雪里，昨夜数枝开”的“数”字换作“一”字，而使齐己尊之为“一字师”。正因为字在作品中的作用有这么的大，所以刘勰有“富于万篇，贫于一字”之叹，陆云有“思维不能得，愿赐此一字”之求，陶明濬有“笔力则九鼎可扛，字价则千金是值”之评。当然，也有人主张诗以意胜，不以字胜，认为“句中有一字可摘为眼，非诗之至也”（见《唐音癸签》卷四）。但人们历来把句中最精彩最关键的字称为“诗眼”。字就是“眼”，有眼才有神，老杜用字，往往能出神入化，故能古今独步。黄山谷对他的句中有眼，就极为叹赏，认为他的“星临万户动，月傍九霄多”（《春宿左省》）和“卑枝低结子，接叶暗巢莺”（《何将军山林》）的“动”与“多”，“低”与“暗”，都是诗眼。如果没有这样的“诗眼”，就不能为佳句。可见炼字之法是不可废的。皮日休说得好：“百炼成字，千炼成句”。（王世贞《艺苑卮言》卷一）宋人何溪汶也说：“五字诗以第三字为句眼，七字诗以第五字为句眼。古人炼字，只于句眼上炼。”（《漫斋语录》）前者是说炼字要下苦功夫，后者是说炼字要炼到关键处。

曲要怎样炼字呢？周德清提出“切不可用生硬字、太文字、太俗字”。又提出“用阴字法”和“用阳字法”（见《中原音韵·作词十法》）的准绳，说明曲是非常注意炼字的。王骥德也提出“下字为句中之眼”的精辟见解，说是“要极新，又要极熟；要极奇，又要极稳。虚句要用实字铺衬，实句要用虚字点缀”（《曲律·论字法》）。“新”和“熟”、“奇”和“稳”、“虚”和“实”，是互相对立的，又是辩证统一的。用字要新而能熟，奇而能稳，巧而不尖，奇而不诡，既足以美听，又足以感人，自然是值得重视的，是值得很好的领会与实践的。清人黄图珌也说“用字须活，用笔须松。活则亮，松则清”（《看山阁集闲笔》）。说明曲的下字，也有一个“活”的问题。下面想依据周、王二氏的见解和元人作品的实践具体论述如下：

一、下俗字

周德清提出的“不可用太俗字”，显然受到严羽“学诗要先除五俗：一曰俗体，二曰俗意，三曰俗句，四曰俗字，五曰俗韵”（《沧浪诗话·诗法》）的思想影响。其实，俗字只要用得好，便可成为佳句。“个”字和“吃”字，是两个极俗的字，但杜甫有“峡口惊猿闻一个”“两个黄鹂鸣翠柳”和“楼头吃酒楼下卧”“梅熟许同朱老吃”之句，不避“个”字与“吃”字，同样是脍炙人口的妙语。明人谢榛说得好：“诗忌粗俗字，然用之在人，饰以颜色，不失为佳句。譬诸富家厨中，或得野蔬，以五味调和，而味自别。”（《四溟诗话》卷三）何况曲子本来就不避俗字，“太俗字”的义界也很难划定呢？下面是几个下俗字的例句：

（1）离了名利场，钻入安乐窝，闲快活。

——关汉卿《南吕·四块玉·闲适》

（2）百忙里铰甚鞋儿样？寂寞罗帏冷篆香。向前搂定可憎娘，止不过赶嫁妆，误了又何妨。

——白朴《中吕·阳春曲·题情》

（3）马上墙头瞥见他，眼角眉尖拖逗咱。论文章他爱咱，睹妖娆咱爱他。

——姚燧《越调·凭阑人》

（4）妻儿胖了咱消瘦。枕上忧，马上愁，死后休。

——马致远《南吕·四块玉·叹世》

（5）自然体态温柔，可意庞儿奈羞，看时节偷眼将人溜，送与人些风流证候。

——贯云石《中吕·醉高歌过喜春来》

例中的“钻”字、“铰”字、“搂”字、“赶”字、“瞥”字、“拖逗”字、“爱”字和“胖”字、“溜”字，都是俗字，换上另外一个字，就不能那样传神，那样饶有韵味。

二、用叠字

诗词中用叠字，从《风》《雅》以来就有了。“关关雎鸠，在河之洲”，便是以“关关”形容鸟声；“桃之夭夭，灼灼其华”，便是以“夭夭”“灼灼”形容叶和花的颜色。刘驾的“夜夜夜深闻子规”，欧阳修的“庭院深深深几许”，李清照的“寻寻觅觅，冷冷清清，凄凄惨惨戚戚”，更是脍炙人口，被人誉为“真似大珠小珠落玉盘”，既加强了旋律的美，又渲染了感情的真。所以用好叠字，是历代诗人所不断探索、不断追求的。然而叠字最难下，杜甫就是下得最好的一个。用于句首的，如“娟娟戏蝶过闲幔，片片轻鸥下急湍”；用于句尾的，如“信宿渔人还泛泛，清秋燕子故飞飞”，用于句腰的，如“江天漠漠鸟双去，风雨时时龙一吟”，“无边落木萧萧下，不尽长江滚滚来”，无一不声谐义恰，语带灵气。散曲的作者更是创造性地运用许多叠字，传声传神，美感美听，使人目不暇接，在感情上引起强烈的共鸣。如：

（1）扑簌簌泪点抛，急煎煎眼难交。睡不着，更那堪雨潇潇。

——商衜《双调·新水令》套

（2）困腾腾鬓亸鸾钗不欲整，正是更阑人静。……故人别后，黯黯愁云锁凤城。

——侯克中《黄钟·醉花阴》套

（3）自别后遥山隐隐，更那堪碧水粼粼。见杨柳飞绵滚滚，对桃花醉脸醺醺。透内阁香风阵阵，掩重门暮雨纷纷。

——王实甫《中吕·十二月过尧民歌》

（4）看密匝匝蚁排兵，乱纷纷蜂酿蜜，急攘攘蝇争血。

——马致远《双调·夜行船》套

（5）燕燕莺莺，花花草草，穰穰劳劳，多多少少，媚媚娇娇，亭亭袅袅。鸾凤交，没下梢，空耽了些是是非非，受了些烦烦恼恼。

——赵明道《越调·斗鹌鹑·题情》套

这是随手拈来的几个例子，有用在句头的，有用在句腰的，有用在句尾的，也有通首都用的。用得确切，用得响亮，用得自然天成，在艺术上是有创造性的。

三、用虚字

明胡震亨说："诗用助语字，非法也。"（《唐音癸签》卷四）但古人诗中，用虚字而妙的，不乏其人。陶潜的"结庐在人境，而无车马喧"，用"而"字而妙；刘桢的"我独抱深感，不得与比焉"，用"焉"字而稳；陈子昂的"五陵尽乔木，昭王安在哉"，用"哉"而有风韵，有气概；杜甫的"去矣英雄事，荒哉割据心"，苏轼的"倦客再游行老矣，高僧一笑故依然"，都在一联之中，连用两个虚字，无不清健有致，令人击节不置。散曲的作者，在运用虚字方面，也有很大的创造性，比起诗词来，似有青蓝冰水，后来居上之感。如：

1. 用"也"字

溪又斜，山又遮，人去也。

——关汉卿《南吕·四块玉·别情》

画船儿载将春去也，空留下半江明月。

——卢挚《双调·寿阳曲·别朱帘秀》

花谢了三春近也，月缺了中秋到也，人去了何日来也？

——张鸣善《中吕·普天乐·咏世》

2. 用"了"字

山，依旧好；人，憔悴了。

——陈草庵《中吕·山坡羊》

江声搅暮涛，树影留残照，兰舟把愁都载了。

——贯云石《双调·清江引·惜别》

成也萧何，败也萧何，醉了由他。

——马致远《双调·蟾宫曲·叹世》

3. 用"乎"字

君家饱暖，他人冻馁，于汝安乎？

——滕斌《中吕 · 普天乐 · 财》

写的来狂又古，颠又实，出乎其类拔乎萃。

——马致远《般涉调 · 哨遍 · 张玉嵓草书》套

朝耕暮垦费工夫，辛苦为谁乎？

——姚克中《中吕 · 粉蝶儿 · 牛诉冤》套

4. 用“儿”字

悠悠画船东去也，这思量起头儿一夜。

——贯云石《双调 · 寿阳曲》

倚篷窗一身儿活受苦，恨不得随大江东去。

——朱帘秀《双调 · 寿阳曲 · 答卢疏斋》

既一心无二，偷功夫应付些儿。

——无名氏《仙吕 · 醉中天 · 咏鞋》

5. 用“煞”字

闷来时石鼎烹茶，无是无非快活煞，锁住了心猿意马。

——卢挚《双调 · 沉醉东风 · 闲居》

有林和靖是邻家，喝口水西湖上快活煞。

——马致远《双调 · 新水令 · 题西湖》

只为多情太俊雅，月下星前拖逗煞。

——无名氏《仙吕 · 赏花时》套

6. 用“些”字

宿酒禁持人困也，东风寒似夜来些。

——曾瑞《南吕 · 骂玉郎带感皇恩采茶歌》

本待要宁宁帖帖刚睡些，怎禁那啾啾唧唧蛩韵切。

——无名氏《越调 · 斗鹌鹑》套

常记得相思那些：题起那眉尖恨恰舒开，心儿疼又到也。

——无名氏《越调 · 斗鹌鹑》套

7. 用“者”字

嘱咐俺顽童记者：便北海探吾来，道东篱醉了也。

——马致远《双调 · 夜行船 · 秋思》

把捱过的凄凉记者：来时节一句句向枕头儿上言，一星星向被窝儿里说。

——无名氏《越调·斗鹌鹑》套

是必常团圆，休着些儿缺，愿天下有情底都似你者。

——宋方壶《双调·清江引·托咏》

8. 用“哉”字

柴，买臣安在哉？空岩外，老了栋梁材。

——马致远《南吕·金字经》

花营中将愁解，酒部里把头抬，快哉！

——无名氏《正宫·端正好·豪放不羁》套

贼做官官做贼混愚贤，哀哉可怜！

——无名氏《正宫·醉太平》

9. 用“罢”字

功名已在渔樵话，更饮三杯罢。

——马致远《双调·新水令·题西湖》套

没期程，无时霎，不如一笔都勾罢。

——前人《大石调·青杏子·悟迷》套

10. 用“么”字

天那，更闰一更妨甚么！

——贯云石《中吕·红绣鞋》

湖山下，说两句知心话，今宵去后，明夜来么？

——无名氏《双调·殿前欢》套

11. 用“个”字

想人生待怎么？贵比我高些个，富比我悭些个，呵呵笑我，我笑呵呵。

——阿里西瑛《双调·殿前欢·懒云窝》

耽惊受怕万千般，得受用些儿个。

——无名氏《双调·庆东原·奇遇》

12. 用“耶”字

鼎足三分半腰里折，魏耶？晋耶？

——马致远《双调·夜行船·秋思》套

诸公荣贵不曾绝，偏我如鸠拙，命耶？运耶？

——曾瑞《中吕·快活三过朝天子·警世》

13. 用“的”字

玩水游山，身无拘系，这的是三十年落的。

——张养浩《中吕·朝天曲》

想为吾侬，心灰名利，他也要相陪闲坐的。

——张养浩《中吕·朝天曲》

虚字用得稳当难，用得饶有韵味更难。柳宗元《复杜温夫书》说：“但见生用助字，不当律令，唯以此奉答。所谓‘乎、欤、耶、哉、夫’者，疑辞也；‘矣、耳、焉、也’者，决辞也。今生则一之。”这里所讲的“助字”，就是“虚字”，“一之”者，就是没有区别。说明虚字是不容易用好的。上面所举的十三个虚字，在元曲中是习见的。它们不但用得确切，而且用得很妙很活，给人以极大的美感和快感。

四、韵脚字

王骥德说：“押韵处要妥帖天成，换不得他韵。”（《曲律·论字法》）又说：“作曲好用险韵，亦是一僻。须韵险而语则极俊，又极稳妥，方妙。”（《论险韵》）押普通韵，求其稳妥还比较容易，押险韵，要做到这一点，就不那么容易了。贺裳说：“作险韵者，以妥为贵。”（《皱水轩词筌》）散曲作者，每押险韵，却无一字不妥。沈义父说：“押韵不必尽有出处，但不可杜撰。若只用出处押韵，却恐窒塞。”（《乐府指迷》）其说与严羽的“押韵不必有出处，用字不必拘来历”（《沧浪诗话·诗法》）是一致的，但作了一些修正，即“不可杜撰”，而散曲的作者所押的韵往往很生、很险，却无一字不新，无一字不妥，真可谓愈出愈奇，压倒古人。如：

1. 以“绿”字为韵

柳宗元的《渔翁》有“烟消日出不见人，欸乃一声山水绿”之句，“绿”字用得极奇、极险、极妙，被苏轼誉为“有奇趣”（见《全唐诗话续编》卷上）。苏轼的“秾艳一枝细看取，芳心千重似束。又恐被西风惊绿”（《贺新郎》），也用得很妙。此后似无以“绿”字为韵而能脍炙人口的。但散曲中却有不少的妙语：

> 金鳌头满咽三杯，吸尽江山浓绿。
>
> ——王恽《正宫·黑漆弩·游金山寺》
>
> 农夫，舞破蓑衣绿；和余，欢喜的无是处。
>
> ——张养浩《双调·得胜令·四月一日喜雨》

真能继响柳氏，饶有奇趣。

2. 以“透”字为韵

“透”是一个险韵，纵使押得稳妥，也容易尘俗，但下面以“透”为韵的两例，却俗中有雅，生中有新，给人以很好的启迪和美感：

> 淡生涯一味谁参透？草衣木食，胜如肥马轻裘。
>
> ——不忽木《仙吕·点绛唇·辞朝》
>
> 钓鳌舟，缆汀洲，绿蓑不耐风霜透。
>
> ——乔吉《中吕·山坡羊·冬日写怀》

不仅没有半点尘俗气，而且饶有清新气，幽雅味，使人舌本回甘，不胜咀嚼。

3. 以“碎”字为韵

以“碎”字入文的，大概要算司马迁的“大王必欲急臣，臣头今与璧俱碎于柱矣”（《史记·廉颇蔺相如列传》）。写得有声有色，传形传神。其后在诗词中颇有用的，但以它为韵的却很少。因为它很俗，又很险，不容易押得稳，更不容易写得妙。下面两例，却很有韵致：

渔灯暗，客梦回，一声声滴得人心碎。

——马致远《双调・寿阳曲・潇湘夜雨》

无情杜宇闲淘气，头直上，耳根底，声声聒得人心碎。

——曾瑞《南吕・骂玉郎带感皇恩采茶歌。山中闻杜鹃》

一个埋怨雨声，滴碎了孤客的心，一个咒骂杜宇聒碎了思妇的心，都是把主观的感情色彩，转移到客观的事物上面。张养浩的“醉归，月黑，尽踏得云烟碎”（《中吕・朝天曲》），更是意新语工，格高调雅，把极俗的字写得极雅，极熟的字写得极新，自是斫轮老手。

4. 以“敲”字为韵

“鸟宿池边树，僧敲月下门”，贾岛《题李凝幽居》的两句诗，被韩愈肯定“敲字佳矣”（见胡仔《苕溪渔隐丛话》）之后，已经万口相传，至今犹新。后来宋赵师秀的“有约不来过夜半，闲敲棋子落灯花”（《约客》），也因“敲”字用得妙，而成为脍炙人口的名句。但以“敲”字为韵的，却以散曲为最响。如：

今夜佳期休误了，等夫人熟睡着，悄声儿窗外敲。

——姚燧《越调・凭阑人》

有句话低低道：半扇儿窗棂，不须轻敲。我来时将花树儿摇。

——刘庭信《中吕・朝天子・赴约》

一个叮嘱着要“悄声儿窗外敲”，一个叮嘱着“不须轻敲”，都把“情中悄语”写活了，写得声口毕肖，细腻动人。清人厉鹗在《正宫・醉太平・看梅宿西溪山庄》的套曲中，也以“敲”字为韵，写出了“溪深溪浅随春笑，窗明窗暗疑人到，钟初钟绝带诗敲”的妙语来，大概就是好语天成，妙手偶得的道理吧。

5. 以“肯”字为韵

“肯”也是一个极俗的字。古人把订婚，说成“问肯”。元人高克礼有“玉纳子藤箱儿问肯，便待要锦帐罗帏就亲”（《越调・黄蔷薇过庆贞元》）的话，就是用“玉纳子藤箱儿”做定婚礼品的。但散曲中以“肯”字为韵的，则是从这个意义上引申出来，而又有了一些变化。如：

虽然我话儿嗔，一半儿推辞一半儿肯。

——关汉卿《仙吕·一半儿·题情》

不见后又嗔，得见后又忖，多敢死后肯。

——兰楚芳《南吕·四块玉·风情》

两例中的“肯”，完全是活在人们口头上的俗语，跟诗词中的“肯”字，是有着雅俗之分的。如李白的“气岸遥凌豪士前，风流肯落他人后”（《流夜郎赠辛判官》），秦观的“奴如飞絮，郎如流水，相逢便肯相随”（《望海潮》）。这里的“肯”字，有“难道”和“拼得”的意思，与俗语中的“肯”字“答应”的意思完全不同。但散曲的作者能够以俗为雅，做到俗不伤雅，所以能给人以俗而不俗的美感享受。

6. 以“怪”字为韵

“怪”也是一个极险、极俗的字。拿来做韵脚，是很不容易出色的。但散曲的作者拿它来押韵，却往往很响亮，很尖新。如：

有洞庭柑东阳酒西湖蟹。哎，楚三闾休怪。

——马致远《双调·拨不断》

就渊明归去来，怕鹤怨山禽怪。

——贯云石《双调·殿前欢》

这“鹤怨山禽怪”，本来是从胡铨的“何事故乡轻别？空使猿惊鹤怨，误薜萝秋月”（《好事近》）和辛弃疾的“三径初成，鹤怨猿惊，稼轩未来”（《沁园春·带湖新居将成》）的词句中变化而来的，但作者把“惊”字易为“怪”字，而且作为韵脚，便更有野气、生气和泥土气。

7. 以“怕”字为韵

“怕”字虽然很俗，但往往以之入诗，如元稹的“侠客不怕死，怕死事不成”（《侠客行》）。特别是用作“难道”“如果”讲时，词曲中就更多了。如张炎的“暮雨相呼，怕蓦地玉关重见”（《孤雁》）。张之翰的“怕过孤山山下，一杯先酹林逋”（《木兰花慢》）。破俗为雅，令人叹赏不已。但作为韵脚来用，曲中就独擅其胜了：

> 人间凡卉不似他，倒傲得风霜怕。
>
> ——张养浩《中吕·朝天子》
>
> 忽地迎头儿见咱，娇小心儿里怕，压地回身扰鬓鸦。
>
> ——乔吉《双调·新水令·闺丽》套

前一例本来是说梅有傲霜的品性，不怕雪虐风饕；这里却说风霜看到梅的孤傲性格，先自害怕起来，寄托深远，意在言外，构思是新颖的，想象是丰富的。后一例写得很细腻，很生动，把一个少女的娇羞心情和盘托了出来。明、清人在散曲中，也有以“怕”字为韵用得绝妙的，如明冯梦龙的“怪猫儿错认鹤儿抓，碎纷纷就打也全不怕。”（《南南吕·一江风》）。清无名氏的“剔灭了灯，又害相思又害怕”（《南仙吕·寄生草》）。或寄托遥深，或描写逼真，颇有元人风味。

8. 以“插”字为韵

“插”字是险韵。自从王维有“遥知兄弟登高处，遍插茱萸少一人”（《九月九日忆山东兄弟》）和杜牧有“尘世难逢开口笑，菊花须插满头归”（《九日齐山登高》）的妙句传诵以来，人们拿它来入诗，就逐渐的多起来了；拿它来入韵，自然也就不算“杜撰”了。请看：

> 醉了山童不劝咱，白发上黄花乱插。
>
> ——卢挚《双调·沉醉东风·闲居》
>
> 小桃花，鬓边插，即世儿风流俊煞。
>
> ——张可久《中吕·齐天乐过红衫儿》

显然这两例所用的“插”字，都是从王、杜两氏的句意中得到启发的。但一个写醉态，着一“乱”字而境界全出；一个写娇态，补“即世儿风流俊煞”一句，而少女的神情毕现。

9. 以“寸”字为韵

“寸”字奇险，用以入韵，是很不容易出色的。但在曲中，却有用得绝妙的：

> 今春，香肌瘦几分，搂带宽三寸。
>
> ——王实甫《中吕·十二月过尧民歌》
>
> 田园富子孙，玉帛萦方寸，争如醉里乾坤。
>
> ——张可久《中吕·齐天乐过红衫儿》

“方寸”，喻心，最早见于《三国志·诸葛亮传》“（徐）庶辞先主而指其心曰：‘本欲与将军共图王霸之业者，以此方寸之地也。今已失老母，方寸乱矣。’”后遂以“方寸”入诗词，如贺铸的“欲知方寸，共有几许新愁，芭蕉不展丁香结”（《石州慢》）。作者以此为韵，自然不是“杜撰”的。明人中亦有用得好的，如张凤翼的“蓦然间冷语三分，窣地里热心一寸”（《南仙吕·桂枝香·风情》），沈璟的“全不准，落得个恼人方寸”（《南商调·二郎神》）。都很有韵味。

10. 以“耍”字为韵

用“耍”字为韵脚的诗词中已经出现。如蒋捷的“况年来、心懒意怯，羞与蛾儿争耍”（《女冠子·元夕》）。“蛾儿”是用彩纸剪成的玩具，是古人在元夕中的一种游艺。散曲中用的就多了，如：

> 这家那家，黄鸡白酒安排下，撒会顽，放会耍。
>
> ——孛罗御史《南吕·一枝花·辞官》套
>
> 若是真么？回与我句实诚的话。天那，送了人呵不是耍。
>
> ——乔吉《双调·新水令·闺丽》套

两例都用得自然、稳妥，毫无凑韵、趁韵之嫌。

11. 以“破”字为韵

白居易的“渔阳鼙鼓动地来，惊破霓裳羽衣曲”（《长恨歌》），杜牧的“霓裳一曲千峰上，舞破中原始下来”（《过华清宫》），这两个“破”字都是用得很洽切很形象的。但以“破”字为韵脚，而写得这么出色的却很少见。只有在曲中，却妙语如珠，随手可拾。如：

两鬓皤，中年过，图甚区区苦张罗，人间宠辱都参破。

——马致远《南吕 · 四块玉 · 叹世》

懒云窝，静看松影挂长萝，半间僧舍平分破。

——乔吉《双调 · 殿前欢》

前一“破”字，是“尽”的意，犹杜甫的“读书破万卷”（《奉赠韦左丞》）之“破”。后一“破”字，是“着”的意思，犹李商隐的“何人书破蒲葵扇，记着南塘移树时”（《即日》）之“破”。都用得很有韵味，只有黄庭坚的“燕无居舍经始忙，蝶为风光勾引破”（《演雅》）和吕滨老的“人似旧，去无因，牵惹情怀破”（《蓦山溪》）两个以“破”字为韵的句子，可以与之媲美。

以上不过举几个俗字为韵的例子，说明它被作者运用起来，既现成，又妥帖；既有新意，又不生造；既能以俗为雅，又能用雅变俗。曲之所以能擅此胜场，正是它的性质和形式所决定的。

第四章　辞采论

“言之无文，行而不远。”（《左传》襄二十五年引孔子语）说明文学艺术要有生命力，就必须讲求文采。刘勰认为“立文之道，其理有三：一曰形文，五色是也；二曰声文，五音是也；三曰情文，五性是也”（《文心雕龙·情采》）。形文，我在《章句论》中，就章法、句法和字法方面作了一些探讨，这一章还要就对偶、衬字、务头各方面作一些研究。至于声文，在《声律论》中已经谈了。情文，指“为情而造文”的抒情诗歌，在《绪论》中也已经有所涉及。梁启超把“情文”分为三种表情的方式，即一是奔进的表情法，指忽然奔进出来，一泻无余，是直线式的表现；二是回荡的表情法，指一种极浓厚的感情蟠结在胸中，像春蚕抽丝似的把它抽了出来，是曲线式或多角式的表现；三是含蓄蕴藉的表情法，指情感正在很强的时候，很有节制地把它表现出来，令人在极平淡之中，慢慢地领略出极渊永的情趣。（《中国韵文里头所表现的情感》）这三种“表情法”，在曲中都可以得到印证。但曲的词采，跟别的韵文的词采是有区别的。李笠翁说得好：“曲文之词采，与诗文之词采非但不同，且要判然相反。何也？诗文之词采贵典雅而贱粗俗，宜蕴藉而忌分明。词曲不然，话则本之街谈巷议，事则取其直说明言。”（《闲情偶寄·词采第二》）他虽然主要是就剧曲而言的，但也适用于散曲。任中敏加以发挥说：“词合用文言，曲合用白话。同一白话，词与曲之所以说者，其途径与态度亦各异。曲以说得急切透辟、极情尽致为尚，不但不宽弛，不含蓄，且多冲口而出，若不能待者；用意则全然暴露于辞面，用比兴者，并所比所兴，亦说明无隐。此其态度为迫切、为坦率，恰与词处相反地位。”（《词曲通议·性质》）即认为曲的“表情法”，主要是梁启超所说的“奔迸法”，这就其主导方面而言，自然是正确的。但“回荡法”与“含蓄蕴藉法”，在曲中并不是罕见的。我在《曲的鉴赏》一节中，已经谈了个人的体会和见解，这里就不去重复了。下面谈谈曲在词采方面的几个主要问题。

第一节　曲的对偶

对偶，是以单音只义为主的汉语文字所特有的修辞手法。它要求结构相同、字数相等、平仄相反、词性相对或相近的句式，形成多种形式的对仗。但曲的对仗，往往依据曲律的规定而有所突破。如诗词中的对仗要避同字相对，要避上下两联的语言建构完全相同之类，在曲的对偶艺术中，似乎都不那么讲究了。

一、对偶艺术探源

对偶的雏形，在我国古籍中很早就出现了。韵文如《诗经·小雅·采薇》的“昔我往矣，杨柳依依；今我来思，雨雪霏霏”，《楚辞·离骚》的“余既滋兰之九畹兮，又树蕙之百亩”，散文如《尚书·大禹谟》的“满招损，谦受益”“罪疑惟轻，功疑惟重”，《周易·乾文言》的“水流湿，火就燥，云从龙，风从虎”，就一直脍炙人口，有的被尊为艺术的瑰宝，有的则成为生活的格言。到了汉、魏以后，这种对偶的句式，更加成为文人们自觉遵守和探索的艺术手法了。盖作品中适当地运用对偶的句式，不但可以增加音乐美、对称美，而且使人感到深厚、典雅，富有文采，所谓“阅之有璧合珠联之采，读之有敲金戛玉之声”，就是这种修辞手法的艺术效果。

诗文中既然出现了大量的对偶句式，理论家必然要对它作出相应的概括，提到理论的高度，加以条理化、规律化，以提高对偶的质量，指导后人的创作，于是我国很早又出现了专门研究对偶艺术的论著，刘勰《文心雕龙》中的《丽辞》，就是我国早期出现的一篇专门研究对偶艺术的论文。他认为对偶有四种形式，即言对、事对、正对和反对。他说：

> 故丽辞之体，凡有四对：言对为易，事对为难；反对为优，正对为劣。言对者，对比空词者也；事对者，并举人验者也；反对者，理殊趣合者也；正对者，事异义同者也。

又说：

> 言对为美，贵在精巧；事对所先，务在允当。

意思就是说，对偶的双方，用的都是一般的语言，叫作言对。对偶的两联，举的是人事的验证，叫作事对。上下联的道理各殊而意趣一致的，叫作反对。上下联的事实不同而意义相似的，叫作正对。言对要求字斟句酌，贵在精巧；事对要求义切理恰，务期允当。其实，刘勰在这里只提出了言对和事对两种形式，两对中又各有正反，故总称为四对。他不仅比较了它们之间的优劣和难易，还规定了它们各自的含义和应该注意的地方。这种理论上的概括，即使在今天看来，仍然是精当的。如果刘氏不是生活在崇尚骈文的时代，不是在骈文创作实践中积累了丰富的成功的经验，要作出这么精当的理论概括，是不可想象的。

随着创作经验的日益丰富，理论研究也日益深入。到了唐代，日人弘法大师根据沈约、皎然、元兢等人的论点，著为《文镜秘府》，在“东卷·论对”“北卷·论对属”中，专门论述了我国传统的修辞手法对偶艺术的问题。提出“文词妍丽，良由对属之能”“凡为文章，皆须属对”的观点，并列举对偶的形式，多至二十九种。虽不免错出繁复，但说明这种修辞手法，到了中唐时期已经有了长足的发展。

到了宋代，许多诗歌理论家对于《文镜秘府》中所提出的“假对”作了进一步的探索。“假对”又名“借对”，或借字音，或借字面，用来拓宽对偶的途径。从叶梦得的《石林诗话》、沈括的《梦溪笔谈》卷十五所说的“假对”，严羽的《沧浪诗话》“诗体”中所说的“借对”，以及《蔡宽诗话》辑佚的第四十六条“假对”等著述来看，大抵认为这一类对偶形式，过于雕琢，有伤自然之美，“造语适到，因以用之”，固无不可；如果以此来争奇斗巧，自炫高明，那就是“痴人说梦”了。只有惠洪的《天厨禁脔》卷上所说的“四种琢句法”，举例较宽，评价较高。兹举例说明如次：

第一，借音的例句：

厨人具鸡黍，稚子摘杨梅。
水舂云母碓，风扫石楠花。
沧溟恨衰谢，朱绂负平生。

第一例系孟浩然《裴司士员司户见寻》中的诗句，盖借“杨”为“羊”，以与上句的“鸡”相对。第二例系李白《送内庐山寻女道士李腾空》中的诗句，盖借“楠”为“男”，以与上句的“母”相对。第三例系杜甫《独坐》中的诗句，盖借“沧”为“苍”，以与下句之“朱”相对。

第二，借字的例句：

子云清自守，今日起为官。
竹叶于人既无分，菊花从此不须开。
眼穿长讶双鱼断，耳热何辞数爵频。

第一、二例分别为杜甫《送杨六判官使西蕃》及《九日》中的诗句，“子云”为人，借“云”与下联的“日”相对。“竹叶”指酒，借以与下联的“菊花”相对。第三例系韩愈《酒中留上襄阳李相公》中的诗句，借“爵”为“雀”，以与上联的“鱼”相对。许印芳在《沧浪诗话》《诗话萃编》本的按语中说：“按借对亦名假对。借‘杨’为‘羊’，借‘楠’为‘男’，此借字音也。借‘叶’对‘花’，此借字面也。借对法尽于此矣。”可见“借对”的主要形式，不出借字音和借字面的范围。这是宋人在研究对偶艺术方面的一个小小的发展。

明、清人在对偶艺术的研究上，更加趋向深细，如谢榛提出对偶“妙在虚实。子美多用实字，高适多用虚字。惟虚字极难，不善学者失之。实字多则意简而句健；虚字多则意繁而句弱”（《四溟诗话》卷一）。胡震亨提出“凡诗对，下句不妨胜上句，古人所云：吟咏滋味，流于下句，是也”（《唐音癸签》卷四）。都是从创作方法的角度着眼，而于对偶的形式，则是述而不作，胡震亨虽然举出了假对、当句对、流水对、蹉对、扇对、续句对六种形式，并举例作了说明，但也没有超出前人研究的范围。清袁枚在对偶的研究上更加向深细方面发展，提出“差半个字”的论点。他说：

> 尹文端公（继善）论诗最细，有差半个字之说。如唐人“夜琴知欲雨，晚簟觉新秋”。“新秋”二字，现成语也。“欲雨”二字，以“欲”字起“雨”字，非现成语也，差半个字矣。以此类推，名流多犯此病，必云“晚簟恰宜秋”，“宜”字方对“欲”字。
>
> ——《随园诗话》卷二

这里讲的“差半个字”是对句中的语言建构问题。“新”是修饰“秋”的，“欲”不是修饰“雨”的，两者的建构不同，所以说“差半个字”。改为“宜秋”，便与“欲雨”的语言建构相似，因而对得更加工整。说明人们在对偶艺术上的探讨是越来越深细的。

总之，不论哪一种对偶形式，都要求千锤百炼，字斟句酌，立意新奇，属对工巧，即使“差半个字”也不放过，才能看起来悦目，听起来悦耳，给人以无穷的审美趣味。

二、曲的对偶原理

曲的对偶，是曲的创作中一个重要的艺术手法。在应该用对偶的地方而不用，是违反曲律的；在不当用对偶的地方而用，也是违反曲律的。当然曲谱中注明应该用对偶的地方，并不完全符合元人散曲的实际，因而不能尺尺寸寸，拘泥于曲谱的规定，以致不敢越雷池一步，而应该从元人散曲中加以验证、比较，择其形式、音乐之最美者，作为创作的典范。所谓“双眼自将秋水洗，一生不被古人欺”，才是善于向古人学习的。

对偶至元、明而法益繁，求愈苛。关于曲的对偶，在理论上进行探索，影响后世至深且远的，有元周德清《中原音韵》的“作词十法”，明朱权《太和正音谱》的“对式”，王骥德《曲律》的“论对偶”。周氏强调了“逢双必对，自然之理”，即有两句字数相等的，就一定要用对偶。虽未能深入论述，但却比较宏通，容易为大家所接受。这个规律的提出，并不是他的新发现，而是远绍刘勰《文心雕龙・章句》的“理资配主，辞忌失朋”的观点，近袭沈义父《乐府指迷・造句》的“遇两句可作对，便须对”的语意。“朋”就是“偶”，就是“双”，就是要求辞句相偶，自然成对。此外，他还提出了“扇面对”（也就是“隔句对”）、“重叠对”（也就是“联珠对”）、“救尾对”（也就是曲尾的末三句稍弱，而又字数相等，则用对偶的修辞手法加以补救），并在这三种对偶形式下，分别列举曲牌，注明何者该对。例如他在“救尾对”后，列举《红绣鞋》和《寨儿令》两个曲牌，并注明前者的“第四句、第五句、第六句为三对”，后者的“第九句、第十句、第十一句为三对”，不仅不符合大多数元人散曲的实际，即从他自己现存的四支《红绣鞋》即《朱履曲》和三支《寨儿令》即《柳营曲》来看，也是对不上号的。下面各录其一曲如次——

> 茅店小斜挑草稕，竹篱疏半掩柴门。一犬汪汪吠行人。题诗桃叶渡，问酒杏花村，醉归来驴背稳。
>
> ——《红绣鞋・郊行》

只有第四句和第五句是互对的，第六句则压根儿没有对，因而也不是“救尾对”。倒是句首的第一、二句是相对的。其余三首的曲首和曲尾，都是这种句式。

> 燕子来，海棠开，西厢尚愁音讯乖。问柳章台，采药天台，归去

却伤怀，恰嗔人踏破苍苔。不知他行出瑶阶，见刚刚三寸迹，想窄窄一双鞋，猜，多早晚到书斋。

——《寨儿令·有所思》

也只见第九句对第十句，而第十一句则是没有对的，所以我们不能迷信《中原音韵》是“北士恃为指南，北词禀为令甲”（王骥德《曲律自序》）的。当然，《红绣鞋》也有曲尾作“救尾对”的，如张可久《红绣鞋·虎丘道上》一曲的结尾就是“雁声芦叶老，鹭影蓼花寒，鹤巢松树晚”的“三枪式”对句，不过极为罕见而已。张可久一共作了六十六首《寨儿令》，勉强够得上“救尾对”的，也只有《闺怨》一首的结尾为“八的顿开金凤凰，嗤的扯破锦鸳鸯，吉丁的掂损玉螳螂”。

明初朱权在《太和正音谱》中，提出了七种“对式”，即“合璧对，两句对者是。连璧对，四句对者是。鼎足对，三句对者是，俗呼为三枪。联珠对，句多相对者是。隔句对，长短句对者是。鸾凤和鸣对，首尾相对，如《叨叨令》所对者是也。燕逐飞花对，三句对作一句者是”。他在这里，只作了简单的说明，未能举出例证，加以深入的阐释，但它各自的含义还是很清楚的。我们将在本节《曲的主要对偶形式》中，作出比较详细的叙述。

对于曲的对偶，论述得最完善的是王骥德。他既指出对偶的艺术效应，又提出了属对的四大禁忌，还列举了七种的对偶形式。

谈效应则说：“凡曲遇有对偶处，得对方见整齐，方见富丽。”整齐是一种美，是偏于艺术形式方面的美。富丽也是一种美，是偏于艺术风格方面的美。任何美的内容，都必须通过美的形式传达出来，使之成为可见、可感的东西，才能发挥应有的作用，取得社会的承认，所以形式美是一切艺术美的传达手段。而风格又是一个具有普遍性的美学范畴，是作家的个性的表现。富丽的风格，则是典雅和华美的结合，能给人以丰富的美感享受。说明王氏关于对偶艺术效应的概括，是准确的、精辟的。

谈禁忌则说：

当对不对，谓之草率；不当对而对，谓之矫强。

对句须要字字的确，斤两相称方好。

上句工，宁下句工；一句好，一句不好，谓之偏枯，须弃了另寻。

借对，得天成妙语方好，不然，反见才窘，不可用也。

这些都说明对偶要有炉锤工夫，“草率”固然是病，“矫强”亦复失律；“偏枯”是才窘的表现，“斤两相称”则是才赡学富的结果。所以叶梦得在《石林诗话》中，特别赞许王安石的“一水护田将绿绕，两山排闼送青来”是用汉人语对汉人语；“周颙宅在阿兰若，娄约身随窣堵波”，则是以梵语对梵语。而孙奕在《履斋示儿编》中，则对诗圣杜甫在对偶中的“偏枯”之病，啧有烦言。尝摘其“天上多鸿雁，池中足鲤鱼”，为二鸟对一鱼；“稻粱谋未足，薏苡谤何求”，为两物对一物。这虽然是求之过苛，责之过严，但失之“偏枯”，终不免白圭之玷。对偶精巧，本来可以增加作品的鲜明性、生动性，提高作品的音乐美、对称美，扩大作品的艺术容量，加强作品的韵味。如果处理不当，反而显出自己的才窘腹俭，成为作品的瑕疵。这就是王氏特别强调对偶的禁忌的缘故。

在谈到对偶的形式时，则提出二句对、三句对、四句对、隔句对、叠对、两韵对、隔调对等七种形式，并举例作了简要的说明。其中的“隔调对”，主要是指剧曲、套数而言，其他则视而可识，见而可晓，不似“鸾凤和鸣对”“燕逐飞花对”那样的猎奇斗艳，求新夸巧。

不管曲学理论家在对偶的探索中，提出多少禁忌、多少律令，比起诗、词中的对偶来，曲都要宽一些。它虽然要受一般对偶格律的限制，也要受曲牌定格的约束，但它却能从严密的法则中求得某种解脱，而呈现出惊巧绝艳的姿态来。从大量散曲中的对偶来看，我以为曲的对偶跟诗、词的对偶，至少有如下四个区别：

第一，一般对偶，须平仄互拗，而曲则可以平对平、仄对仄，只受曲律的限制，不受一般声律的约束。如：

花点苍苔绣不匀；莺唤垂扬语未真。

——杨果《赏花时·春情》

路危常与虎狼狎；命乖却被儿童骂。

——王九思《驻马听》

神仙侣淮王鸡狗；衣冠队楚国猕猴。

——朱彝尊《折桂令》

第一例的“点”与“唤”、“不”与“未”，都是仄声，是以仄对仄；“苔”与“杨”都是平声，是以平对平。第二例的“危”与“乖”、“狼”与“童”，第三例的“仙”与“冠”、“鸡”与“猕”，都是平对平，第二例的“与”和“被”，则是仄对仄。是上下联的平仄相同，而不是平仄相反。这是一般对偶所不允许的。

第二，一般对偶，强调韵脚一定要平仄互对，即上联的韵脚如果是仄，下联的韵脚就一定要用平声。而曲则可以依据曲律的要求，不受此种限制。如：

五柳庄月朗风清；七里滩浪稳潮平。

——鲜于必仁《寨儿令·隐逸》

论形容合不着公卿相；看丰标也没个挡搜样。

——冯惟敏《塞鸿秋·乞休》

枉湿了浔江袖；还剩得兰陵酒。

——吴绮《小桃红·赠苏昆生》

这里第一例的韵脚是“清”与“平”，都是平声，都属于“庚青”韵。第二例以“相”和“样”为韵脚，是“江阴”韵，都是仄声。第三例的韵脚是“袖”与“酒”，属于“尤侯”韵，也都是仄声。

第三，一般对偶的上下联，要力避重字，而曲则允许重字，不仅衬字可以重，即定格中的字亦可以相重。如：

共几个田舍翁，说几句庄家话。

——卢挚《沉醉东风 · 闲居》

魂飞在离恨天，身落在寂寞所，情递在相思铺。

——刘庭信《南吕 · 一枝花 · 春日送别》

邀的是试春游张曲江，访的是耽酒病陶元亮，行的是快吟诗唐翰林，坐的是会射策江都相。

——冯惟敏《雁儿落带得胜令》

我初三瞧你眉儿斗，十三窥你妆儿就，廿三觑你庞儿瘦。

——赵庆熺《江儿水 · 咏月》

这里上下联都有重字，除第一例所重的“几”字，第四例所重的“三”字外，其他的重字，都是衬字。

第四，一般对偶，要求上下联的字数绝对相等，而曲则因为有衬字，有板眼，可以通融、从宽。如：

问甚往来燕子春秋社，说怎么辛苦蜂儿早晚衙。

——杨立斋《般涉调 · 哨遍》套

病奄奄难医疗的模样，软怯怯难存坐的形状，急煎煎难摆划的寸肠，虚飘飘难按纳的情和况。

——梁辰鱼《山坡羊》

可知道三通四史是何等文章，汉祖唐宗是那朝皇帝。

——徐大椿《道情 · 时文叹》

这里的第一例下联多了一个“怎”字，第二例第四联多了一个“和”字，大概是因为板眼的关系。第三例的上联多了“可知道”三个字，可以作衬字看。尽管句式不够整齐，但仍然不失为对偶。

三、曲的主要对偶形式

对偶的形式很多，分得太细，容易流于烦琐；过于求巧，又不免成为文字游戏。所以我们在这里，只列举十二种主要的对偶形式：

1. 二句对

它又名“的对”“切对”“的名对”，也是《文心雕龙·丽辞》中所说的“正对”，《太和正音谱·对式》中所说的“合璧对”。它是对偶中一种最基本的形式。能够熟练地运用它，其他的形式就能得心应手，迎刃而解。在创作实践中，首先求其稳妥，进而求其工整，再进而求其巧妙。只有反复运用，反复实践，才能收到熟能生巧的艺术效果。如：

花如人面红；山似佛头青。

——张可久《南吕·一枝花》套

万水千山梦；三更半夜心。

——黄峨《梧叶儿》

凭将水驿风程苦；唱出铜琶铁板工。

——赵庆熺《三学士·杂感》

三例都极其工整、巧妙。第一例妙在用了颜色字“红”与“青”，第二例妙在十个字中用了四个数目字，第三例妙在当句自对，即“水驿”对“风程”，“铜琶”对“铁板”，又可以用“水驿风程”对“铜琶铁板”。

2. 三句对

又名“鼎足对”，俗呼“三枪”。曲牌中接连三句的字数相等，往往运用这种对偶形式，它既可以突出曲的文采，又可以增强曲的气势，还可以促进曲的音乐美。如果曲牌的结尾三句字数相等，运用这种形式，就是《中原音韵·作词十法》中所说的“救尾对”了。这种形式，用得很多，也很有韵味，不妨多举数例如下；

红尘不向门前惹，绿树偏宜屋角遮，青山正补墙头缺。

——马致远《双调·夜行船·秋思》

愁的是抹回廊暮雨潇潇，恨的是筛曲槛西风剪剪，爱的是透长门夜月娟娟。

——关汉卿《南吕 · 一枝花 · 赠朱帘秀》

几时得靠窗纱偷转秋波，几时得整云髻轻舒玉指，几时得倚东风笑拈花枝。

——亢文苑《南吕 · 一枝花》套

一个个蛇吞象，一个个兔赶獐，一个个卖狗悬羊。

——薛论道《水仙子 · 愤世》

散文章敌不过时髦手，钝舌根念不出摩登咒，穷骨相封不到富民侯。

——朱彝尊《正宫 · 醉太平》

尽红牙拍断红珠溜，放青鞋踏遍青山秀，把黄冠撇却黄金臭。

——吴绮《小桃红 · 赠苏昆生》

以上六例，都饶有韵味。有的色彩很鲜明，有的叠字很形象，有的比喻很生动。明薛论道的《水仙子 · 愤世》是曲尾的三句，叫作“救尾对”。最末一句多了一个字，但在曲中仍不影响其为“三句对”。

3. 四句对

又名“连璧对”。曲牌中接连四句字数相等，往往采用这种形式，但不多见，也不易出色。因为句式相同，旋律一样，容易流于板滞。但运用得好，也可以见才气，见学问。如：

松轩竹径，药圃花蹊，茶园稻陌，竹坞梅溪。

——关汉卿《南吕 · 一枝花 · 杭州景》

见杨柳飞绵滚滚，对桃花醉脸醺醺，透内阁香风阵阵，掩重门暮雨纷纷。

——王实甫《十二月带尧民歌》

莺穿残杨柳枝，虫蠹损蔷薇茨，蝶扇干芍药粉，蜂蹴断海棠丝。

——张可久《南吕 · 一枝花》套

冷落了绿苔芳径，寂寞了雾障云屏，消索了象板鸾笙，生疏了锦瑟银筝。

——侯克中《黄钟·醉花阴》套

有一日九天上舞青鸾，五云里捧花笺，万里外促雕鞍，千官队拜金銮。

——冯惟敏《双调·新水令·忆弟》套

以上五例，都很稳妥，但大手笔如关汉卿，亦嫌平板，只有张可久、侯克中的“四句对”，纤巧尖新，颇有情致。

4. 隔句对

又名“扇对”。即曲中的奇数句对奇数句，偶数句对偶数句。它有两种形式，字数相等的，《中原音韵》称之为“扇面对”。它在整齐中有错落，规矩中有变化，偏于整齐之美。字数不等的，《太和正音谱》把它叫作“长短句对”。因为它长短相间，错落有致，流走活泼，具有参差之美。是曲中极为常见的一种对偶形式。兹分别举例如下。

（甲）扇面对的形式：

地窄天宽，十番九番；雨涩云悭，千难万难。

——乔吉《双调·行香子》套

馆娃宫，荆棘蔽；响屧廊，莓苔翳。

——杨维桢《双调·夜行船·吴宫吊古》

以上二例，都是第一句对第三句，第二句对第四句，即奇句对奇句，偶句对偶句。

（乙）长短句对的形式：

牧放在芳草岸，白□古渡；嬉游于绿柳堤，红蓼平湖。

——姚守中《中吕·粉蝶儿》套

想那人妒青山，愁蹙在眉峰上；泣丹枫，泪滴在香腮上；拔金钗，划损在雕栏上；托瑶琴，哀诉在冰弦上。

——范居中《金殿重重·秋思》

凌歊台上黄山铺，是三千歌舞亡家处；望夫山下乌江渡，是八千子弟思乡去。

——薛昂夫《塞鸿秋 · 凌歊台怀古》

暗想东华，五夜清霜寒控马；寻思别驾，一天残月晓排衙。

——王九思《双调 · 沉醉东风》

吴苑千秋，花也愁无主；越客千丝，网也兜难住。

——吴锡麒《梧桐树 · 西施》

以上五例，都是长短句相对的，是一般联语中的常见形式。这些联语，有重字，有衬字，显得更加生动活泼。

5. 重叠对

《太和正音谱》把它叫作“联珠对”。即在一支曲中接连有一系列的对偶句子，重重叠叠，断断续续，如珠之相连而不绝。词源倒峡，文采如锦，给人以美不胜收之感。如：

壶中日月，洞里烟霞。春不老，景长佳。功名眉上锁，富贵眼前花。三杯酒，一觉睡，一瓯茶。

——刘秉忠《三奠子 · 幺》

芳尘未远，幽意谁传。千古恨，再生缘。闲衾香亦冷，孤枕梦难圆。西窗雨，南楼月，梦如年。

——元好问《三奠子》

枫渍胭脂，蕉撕故纸，柳死荒丝。日寒涩雄雌鹭鸶，翅参差母子鸬鹚。

——乔吉《双调 · 天香引》

眼转秋波，脸晕春潮。檀板轻敲，冰弦初奏，彩扇低招。倾城倾国越西子，梨梨枣枣；行云行雨楚巫娥，暮暮朝朝。橙剖并刀，酒捧金蕉。

——张可久《双调 · 折桂令》

闲中件件思，暗里般般量。真个是不精不细丑行藏，怪不得没头没脑受灾殃。

——康海《雁儿落带得胜令》

送上云霄，拔出蓬蒿。不孤负三春雨露，才算得万里扶摇。

——杨恩寿《南北双调合套·湘江送别》

以上六例，都是“叠对”。第一例有对偶四组，一、二句互对，三、四句又对，五、六句再对，七、八、九句为“三句对”。第二例亦有对偶四组，一、二句为一组，三、四句为一组，五、六句为一组，七、八句为一组。各自成为一联，而又一意贯串，形成统一的曲意、曲境，给人以美的享受。其余四例，或两组，或三组，各组互对，珠联璧合，灿如美锦，是曲子中不可忽视的一种对偶形式。

6. 言对

言对可以分为“经传子史语”“诗词乐府语”和“社会流行语”三种。程杲《识孙梅四六丛话》云：“以言对者，惟宋人采用经传子史成句最为上乘。……然非胸有卷轴，不能取之左右逢源也。”这一句话，从现在来看，未必全是真理。“最为上乘者”，恐不一定是“经传子史成句”，而是“社会流行语”。在曲的对偶艺术中，尤其如此。因为曲是不避方言俗语的。兹分别举例如下。

（甲）采用经传子史语例：

斗筲之器成何用，粪土之墙不可圬。

——王氏《中吕·粉蝶儿》套

人为万物灵，孝乃一身本。

——无名氏《双调·沉醉东风》

不远游堂上有亲，莫居官朝里无人。

——沈禧《南吕·一枝花》套

第一例上联用《论语·子路》的“斗筲之器，何足算也”，下联用《论语·公冶长》的“粪土之墙，不可圬也”。第二例上联用《尚书·泰誓上》的“惟人万物之灵”，下联用《周礼 · 地官 · 师氏》的“一日孝行，以亲父母”和《三国志 · 魏志 · 王昶传》的“夫孝敬仁义，百行之首”。第三例上联用《论语 · 里仁》的“父母在，不远游，游必有方”。

（乙）用诗词乐府语例：

梨花寂寞玉容衰，海棠零落胭脂败。

——刘庭信《双调 · 新水令》套

常余鸡黍供佳会，剩有莺花破闷杯。

——冯惟敏《正宫 · 端正好》套

搔白发三千丈在手，算明年六十岁平头。

——厉鹗《双调 · 折桂令 · 述怀》

第一例上联用白居易《长恨歌》的“玉容寂寞泪阑干，梨花一枝春带雨”句。第二例上用孟浩然《过故人庄》的“故人具鸡黍，邀我至田家”，下联用刘长卿《送朱山人归别业》的“闾里相逢少，莺花共寂寥”的语意。第三例上联用李白《秋浦歌》的“白发三千丈，缘愁似个长”句，下联用白居易《除夜》的“火销灯尽天明后，便是平头六十人”句。

（丙）用社会流行语例：

不思日月搬乌兔，只与儿孙做马牛。

——钱霖《般涉调 · 哨遍 · 看钱奴》

客到家常饭，僧来谷雨茶。

——杨朝英《双调 · 水仙子 · 自足》

才离了一时半刻，恰便是三暑十霜。

——范居中《正宫 · 金殿重重 · 秋思》

三例皆天下通语。但都自然天成，用俗而不俗，不文而有文。字字都像未费经营，字字都带灵气。李渔说：“能于浅处见才，方是高手。”（《闲情偶寄 · 词采第二》）这句话是从创作实践中得来的真知灼见。

7. 事对

以历史人物或历史事实作为验证，以传达自己的某个观点或某种思想，即刘勰《文心雕龙·丽辞》所说的“事对者，并举人验者也。”这种对偶，“尚典切，忌冗杂；尚清新，忌陈腐”（程杲《识孙梅四六丛话》）。如果冗杂而不典切，就成了“录鬼簿”；如果陈腐而不清新，就成了“古董店”，那就是“掉书袋”，是谈不上艺术生命力的。特别是在曲的对偶中，不能用僻典，不能使隐事。人是大家熟悉之人，事是大家熟悉之事，才能引起人们的共鸣。兹举例如下：

班定远飘零玉关，楚灵均憔悴江干。李斯有黄犬悲，陆机有华亭叹。

——张养浩《沉醉东风·隐居叹》

西风张翰志，落日仲宣楼。

——亢文苑《南吕·一枝花·咏怀》套

只着你冻的个孟浩然挣挣痴痴，只着你逼的个林和靖钦钦历历，只着你阻的个韩退之哭哭啼啼。

——唐毅夫《南吕·一枝花·怨雪》套

刚方，奚落了膺和滂；荒唐，周全了籍与康。

——明康海《雁儿落带得胜令》

字学夫人簪花巧，词填幼妇题红好。

——尤侗《南吕·宜春引·题冯静容校书》

以上五例，所用的历史人物班超、屈原、李斯、陆机、张翰、王粲、孟浩然、林逋、韩愈、李膺、范滂、阮籍、嵇康，都是人们耳熟能详的。所咏之事，也十分贴切，绝无“请客”之弊。第五例上联言卫夫人的书法娟秀，人称“簪花格”。下联言杨修见《曹娥碑》背面题有“黄绢幼妇，外孙齑臼”八字，立即悟出：“黄绢，色丝也，于字为‘绝’；幼妇，少女也，于字为‘妙’；外孙，女子也，于字为‘好’，齑白，受辛也，于字为‘辤’（辞）。”合起来便是“绝妙好辞”，事见《世说新语·捷悟》，以喻冯静容女史的书法和诗词，亦系常见之典。

8. 联绵对

联绵对，要求句意和字面脉息相通，延续不断，上联与下联的相应之字相重。这是争奇斗艳、以巧生色的一种对偶形式。如：

丝丝杨柳风，点点梨花雨。雨随花瓣落，风逐柳条疏。

——刘庭信《南吕·一枝花·春日送别》

花开人正欢，花落春如醉。春醉有时醒，人老欢难会。

——薛昂夫《双调·楚天遥过清江引·送春》

水面云山，山上楼台。山水相辉，楼台相映。

——赵禹圭《双调·折桂令·题金山寺》

攀尽出墙朵朵花，折尽临歧枝枝柳。花攀香蕊嫩，柳折翠条柔。

——《北词广正谱》引《南吕·一枝花》

以上四例，句如连环，一环套着一环，环环相扣，绵绵不断，给人一种新奇巧妙的美感。如一例的"风""雨""花""柳"，二例的"花""人""春"，三例的"山""水""楼台"，四例的"花""柳""攀""折"，都是重字，并且出现在下联相应的位置上。

9. 当句对

又名"句中对"，即句中各自为对，而又能上下联互为对偶。如：

知荣知辱牢缄口，谁是谁非暗点头。

——白朴《沉醉东风·渔父词》

想着那红尘黄阁昔年羞，到如今白发青衫此地游。

——王实甫《商调·集贤宾·归隐》套

枯藤老树昏鸦，小桥流水人家，古道西风瘦马。

——马致远《天净沙·秋思》

水深水浅东西涧，云去云来远近山。

——徐再思《喜春来·皋亭晚泊》

谁承望忘身许国非时调，奉公守法成虚套。

——冯惟敏《油葫芦·改官谢恩》

蚁阵蜂衙，鼠肝虫臂，蜗角蝇头。

——朱彝尊《正宫·折桂令》

第一例的“知荣”与“知辱”、“谁是”与“谁非”对，“牢缄口”与“暗点头”对。第二例的“红尘”与“黄阁”、“白发”与“青衫”各自为对。其余各例亦皆在句中各自为对，上下联又可互对。这在散曲中是常见的一种对偶形式。

10. 流水对

又名“走马对”。如果是五言句，又叫作“十字对”。即对偶的上下两联，一气贯串，形成一个完整的意思。这种对偶形式，流走自然，有如流水在涧，行云在天，因势成形，随风出岫，一片天机，毫无雕琢的痕迹，是对偶中一种很好的形式。如：

欲求生富贵，须下死工夫。

——沈和甫《仙吕·赏花时》

虽无刎颈交，却有忘机友。

——白朴《双调·沉醉东风》

不是我论黑数黄，怎禁他恶紫夺朱。

——刘致《正宫·端正好·上高监司》

犹记做孩童，俄然成老翁。

——唐寅《对玉环带清江引·叹世词》

似这般不拘礼法，正合着不求闻达。

——黄周星《南仙吕入双调·好姐姐·夏日》

这种对偶，乍一看来，好像不是对偶；仔细推敲，又对得非常工整。这是它的第一个特点。上下两联，任取一联，意思都不完整，只有将两联合起来看，才是一个完整的意思。这是它的第二个特点。对偶的好处是体现了美学上的均齐美。但过于追求均齐，又容易流于板滞，甚至损害它的内容。流水对，既擅均齐之美，又无板滞之弊。所以是一种很好的对偶形式。这是它的第三个特点。从上述五例中，可以得到印证。

11. 假对

又名“借对”，在《对偶艺术探源》中已经谈了很多。曲中运用这种形式的，往往不够典型，也不够普遍。兹举例如次：

点点杨花，片片鹅毛。

——薛昂夫《蟾宫曲·雪》

袖中六韬，鬓边二毛，家里箪瓢。

——张可久《庆东原·次马致远先辈韵》

河阳香散唤提壶，金谷魂销啼鹧鸪。

——徐再思《一半儿·落花》

也不说胸藏万丈虹，也不想腰悬三尺白。

——冯惟敏《正宫·端正好·徐我亭归田》

鸟声催杜宇，芳事数当归。

——许光治《越调·柳营曲·送费小楼归苕溪》

一、二、四例是借字音，即借“杨”为“羊”，以与下联的“鹅”相对；借“箪”为“单”，以与上联之“六”和“二”为对；借“虹”为“红”，以与下联之“白”相对。三、五两例是借字面，即借“提壶”作鸟名，以与下联的“鹧鸪”相对；借“当归”为药名，以与上联的“杜宇”相对。

12. 同韵对

即上联的末一字与下联的末一字，同属一个韵部。这在曲中十分习见，只就元、明、清的散曲，各举一例如次：

轻拈班管书心事，细折银笺写恨词。

——白朴《阳春曲·题情》

一举打脱凤凰笼，两脚顿开虎豹丛，单身撞出麒麟洞。

——王九思《双调·水仙子》

半湖山上采樵夫，百步桥边垂钓徒，三家村里耕田父。

——朱彝尊《双调·水仙子》

第一例的“事”和“词”同属“支思”部，第二例的“笼”“丛”“洞”同属“东钟”部，第三例的“夫”“徒”“父”同属“鱼模”部。它们的句末一字，同在一个韵部，所以叫“同韵对”。

上面所说的，是曲中常见的十二种对偶形式。因为曲中有衬字，容易把偶句看成排比句。要准确地识别它是否为对偶，首先得正确地区分曲的正文和衬字。

第二节　曲的衬字

衬字，也叫“垫字”或“衬垫字”，是在定格以外增加的字。衬字的作用，在于调节句法，畅通文情，增加曲辞的声情色彩；在于把死句变活，使艰深的字句口语化，听起来更加悦耳，更易引起感情上的共鸣；在于更好地表现人物内心的细微变化和性格特征，使之栩栩如生，呼之欲出；在于更好地适应和表现丰富的生活内容，复杂的社会现象，肖物摹声，传情写态，产生极好的艺术效果；在于配合曲的节拍，在两板连接太近的地方，加上衬字，可以让歌者从容不迫，使声情宛转悠扬，不致拗嗓，从而增进和谐悦耳的音乐美。所以充分发挥衬字的作用，就能产生一种特殊的艺术效应，使曲词戏剧化，人物漫画化，声情音响化。明代著名的戏曲理论家凌濛初说得好：“元之老作家，益喜多用衬字，且偏衬字中着神、作俊语。”（《西厢记·凡例》）陈洪绶也说：“曲妙在善用衬字。此等曲衬字甚多，然何可减一字。”（《娇红记·絮鞋·红衲袄》批语）说明衬字可以传人物之神，可以增语言之美，当衬而衬，不可减一字。所以我们应该把运用衬字之妙，提到创造典型性格的高度来看，提到丰富语言艺术的高度来看。下面想谈谈衬字的出现、衬字的运用和反对用衬的原因等问题。

一、衬字的出现

我国历代的韵文，由《诗经》而《楚辞》，而汉魏乐府，而唐诗，宋词，元曲，无一不是合乐的，可唱的。“季札观乐”“行人（外交官）赋诗”，早已见诸《左传》。司马迁也说：“《诗》三百五篇，孔子皆弦歌之，以求合于韶、武、雅、颂之音。”（《史记 · 孔子世家》）墨子亦有“诵《诗》三百，弦《诗》三百，歌《诗》三百，舞《诗》三百”（《墨子 · 公孟篇》）的话。说明我国最早的一部诗歌总集《诗经》都是可以弦歌的。洎乎“风雅寝声”“奇文郁起”的《楚辞》，也是可以合乐的。证据是《汉书 · 王褒传》载：“宣帝时，征能为《楚辞》，九江被公召见，朗读。”《隋书 · 经籍志》载：“隋时有释道骞者，善读之，能为楚声，音韵清切。至今传《楚辞》者，皆祖骞公之音。”这里所说的“读”“朗读”，都是说的用楚声来吟唱《楚辞》。至于汉武帝有组织，有计划地设立乐府，广收民歌，配合乐调，制作乐章，使诗、乐更加协调起来，历代论者，莫之或疑。《汉书 · 礼乐志》云：“乃立乐府，采诗夜诵，有赵、代、秦、楚之讴。”《文心雕龙 · 乐府》亦云：“暨武帝崇礼，始立乐府。总赵代之音，撮齐楚之气。延年以曼声协律，朱马以骚体制歌。”值得注意的是，这里出现的“曼声”，当与沈括《梦溪笔谈 · 乐律》中所说的“和声”“缠声”有关，与《朱子语类》卷一四〇所说的“散声”“泛声”近似。沈氏之言曰：“诗之外，又有和声，则所谓曲也。古乐府皆有声有词，连续书之，如曰‘贺、贺、贺，何、何、何’之类，皆和声也。今管弦中之缠声，亦其遗法也。唐人乃以词填入曲中，不复用和声。”朱氏之言曰：“古乐府只是诗，中间却添许多泛声，后来人怕失了那些声，逐声填个实字，遂成长短句，今曲子便是。”把“和声”“泛声”转为“实字”，衬字便出现了。可见衬字由来已古，不自元曲开始的。盖诗歌入乐，不可避免地要出现和声、泛声。把和声、泛声用实字记了下来，便成了衬字，这是很容易理解的。清人吴乔说得好：“唐梨园歌内有‘罗哩嗹’，以五、七言整句须有衬字乃可歌也。疑古之‘妃呼豨’、‘伊何那’，亦即此意。”

(《围炉诗话》)他在这里明确地指出了两点：一是整齐的五、七言句，须加上衬字，始可入歌；二是唐梨园歌中的“罗哩嗹”与古乐府中的“妃呼豨”“伊何那”，都是衬字的前身。那么，唐人以整体的近体诗入歌，如《新唐书·文艺传》载：李益“每一篇成，乐工争以赂求取之，被声歌，供奉天子。”这里的“被声歌”就是加上衬字，以求合乐。宋王灼《碧鸡漫志》卷一所载开元中诗人王昌龄、高适、王之涣“旗亭画壁”的故事，以及元稹赠白居易的“莫遣玲珑歌我诗，我诗多是别君词”，白居易醉戒诸妓的“席上争飞使君酒，歌中多唱舍人诗”。除了说明唐人近体诗可以合乐歌唱之外，还说明它们必须加上和声、泛声，以就曲拍，才能歌唱。把这些和声、泛声，逐一填个实字，就是衬字，就成了参差不齐的长短句——词。正如近人姚华《菉猗室曲话》所说的：“曲中衬字，所以待歌者之损益。金、元以来，相沿不废，然不自曲始也。自五代词人已开其端，两宋诸家，复循其例。”今人任二北《敦煌曲初探》也说：“唐曲辞，在本身以内，不但用衬字，且亦有衬句。”前者明确指出衬字开端于五代词人，后者更溯源而上，衬字、衬句，在唐人曲词中已经有了。他们都列举了一些实例，分别说明敦煌曲和五代词是有衬字的。如敦煌曲子词《悉昙颂》末句，本格仅“供养”二字，而加上“净扫中堂须”五字，成为七字句，用同调的八首词互校，这加上的五个字，无疑为衬字。又如《浣溪沙》“结草城楼”一首的末句本格仅“口含真”三个字，而加上“如若蛇伤”四字成为七字句，用同调的十五首词互校，这四字也无疑是衬字。这是任氏认定“唐曲辞”已有衬字的确证。姚氏则校定五代词人欧阳炯《定西蕃》(按：当作《江城子》)末句“如西子镜照江城”的“如”字，宋徐俯《卜算子·春怨》末句“遮不断愁来路”的“遮”字，吴文英《唐多令·惜别》第三句“纵芭蕉不雨也飕飕”的“纵”字，都是衬字。其实宋词中能够加上衬字的词牌不少，如《行香子》《卜算子》《洞仙歌》《满江红》等。我们只要拿苏轼的《行香子·过七里滩》末三句的“但远山长，云山乱，晓山青”与李清照同调的“甚一霎儿晴，一霎儿雨，一霎儿风”相对照，就多了一个衬字“儿”，从而使词语更加生动，更加口语化。又如《卜算子》末二句，一般是七、五的句式，而李之仪的《卜算子》末二句为“只愿君心似我心，定不负相思意”，成了七、六的句式，多了一个衬字“定”，从而补足了词意，加重了语气。至于《洞仙歌》和《满江红》增加衬字、衬句的情况就更为复杂了。据赖以邠所著、毛先舒所校的《填词图谱》说：《洞仙歌》有四体，第一体前段六句，后段七句，共八十三字六韵；第二体仅下阕第四句作十字，多了一个字，共八十四字六韵；第三体亦仅下阕第五句作九字，多了两个字，八十五字六韵。第四体前段与第一体全同，而下阕作八句，句式为“四、五、七、六、四、九、八、九”，较之第一体下阕的句式为“五、四、七、九、七、八、九”，不但多了一句，而且多了三个字。那些增加的字和句，其实都可以做衬字、衬句看。《满江红》呢，《填词图说》作三体，第一体前段七句，后段十句，共九十一字九韵；第二体前段八句四韵，后段与第一段同，共九十三字。第三体的前段同第二体，后段同第一体，惟第八句作八字句，共九十四字。其所增之字和句，实际上也是衬字、衬句。还有词家的所谓“领字”，其实也是衬字。如“一字领”的“正、甚、乍、奈、尚、又、况、更、渐、方、怎、每、却、但、早（以上虚词）、对、料、想、念、恨、怅、怕、看、望、问”（以上动词）等，“二字领”的“那堪、争知、便教、正恁、休更”等，“三字领”的“更那堪、便纵有、又还是、便忍把、怎奈向”等，原来也都是衬字，用以连接语意、疏荡文气、增加语言的活力，后来才逐渐成为词的定格的。说明词中的衬字，并不是个别的现象，更不是元曲才有的。但不少的学者，却认为衬字，是曲中所独有的，并以衬字的有无，作为区别词和曲的一个重要标志。如王骥德说：“古诗余无衬字，衬字自南北二曲始。”（《曲律·论衬字》）王德晖、徐沅澂也说：“古诗余无衬字。曲之有衬字，犹语助也。”（《顾误录》）近人吴梅在《曲学通论》中，王力在《汉语诗律学》中，也都依据上述的论点，认为衬字是曲所独有的，是词曲分野的重要标志。显然是失察的，是不符合词（古诗余）的实际的。由此可见，衬字的出现是诗歌合乐的必然趋势。它的前身，是歌唱时出现的和声和泛声；它的定形，始于唐、宋的词，而不是始于元人的曲，当是没有疑义的。

二、衬字的运用

衬字之用，其妙无穷。或象声以炫奇，或叠字以取巧，使人物瞬息间的神情，刹那间的语气，十分逼真地表现了出来。但运用衬字，并不是随心所欲，任意安排，而是有规可循、有法可依的。以衬字的多少而论，大抵小令衬字少、套数衬字多；散曲衬字少，剧曲衬字多；南曲衬字少，北曲衬字多。从衬字的位置来看，大抵衬字宜用于句首或句中，而不能用于句末，尤不可用于韵脚；宜用于板式紧密之处，而不宜用于板式疏落之处。用于句首的，可以是虚字，也可以是实字；加于句中的，最好用虚字，但也不是绝对的。用在板式紧密之处，也要注意句读句法，不要割裂句意，影响文理。以衬字的性质和字数来说，衬字可以不拘平仄，不拘多少，由衬一字到衬二十字的都有。但小令宜少用，南曲板式固定，不能增板，一般只衬三五个字，故有“衬不过三”的不成文法。北曲用衬，虽然较宽，但仍须遵循上述的原则。所以吴梅在《霜崖曲跋》中说：“增添之处，各有一定，非乱次以济也。”王季烈在《螾庐曲谈》论南曲衬字中说得更加具体：

> 必须加于板式繁密之处，且须加于句首或句之中间；至句末三字之内，与板式疏落之处，决不可妄加衬字；又衬字每处至多不能过三字，且宜用虚字，不宜用实字。

吴氏的所谓“各有一定”，即必须按照一定的原则来运用衬字。这原则就是：

第一，小令衬字少，套数衬字多。

例如《越调·天净沙》，《中原音韵》以马致远的《秋思》为定格，《太和正音谱》以吴西逸的《闲题》为楷模，都是“六六六、四六”的句式。《全元散曲》所选的一百零八首《天净沙》中，用衬的只有十六首，而在《越调·斗鹌鹑》的八个套数中，含有《天净沙》的，却没有一个不用衬的，便是小令衬字少、套数衬字多的确证。兹举《越调·斗鹌鹑》

套中所含的《天净沙》为例：

（1）关汉卿的《女校尉》

平生肥马轻裘，何须锦带吴钩，百岁光阴转首。休闲生受，叹功名似水上浮鸥。

（2）赵明道的《题情》

厌厌鬼病难消，凄凄心痒难揉，渐渐神魂散却，好教人没颠没倒，意迟迟业眼难交。

（3）周德清的《双陆》

盘中排营寨城池，眼前无弓箭旌旗，心内有刀枪剑戟。局面儿几般形势，似英雄征战相持。

（4）无名氏的《怨别》

初相逢恨惹情牵，间深里都受熬煎，各办着心真意坚，有时得便，赴佳期月底星前。

第一例多了“叹”和“似”两个衬字，第二例衬了“好教人”和“意”，第三例用衬较多，“中”“前”“内”“局面儿”和“似”都是衬字，第四例用了“初”“里”“着”“赴”四个衬字。这些衬字，一个也少不得，少了便意脉不接，甚至不能达意，有了它，便声口毕肖，形神俱备。

第二，散曲衬字少，剧曲衬字多。

《叨叨令》是“正宫”常用的曲牌，它既可以独立作为小令，又可以入套数。句式是“七七七七、五五七”，共七句五韵。不管内容如何，两个五字句末尾，一定要用“也么哥”，已经成为定格。这两句也不必押韵。这个曲牌，一般都有衬字，《元人散曲》所收的十八支《叨叨令》中，没有不衬的。然较之剧曲中的《叨叨令》，衬字就少得多了。如：

（1）邓玉宾的《道情》

白云深处青山下，茅庵草舍无冬夏，闲来几句渔樵话，困来一枕葫芦架。你省得也么哥，你省得也么哥，强煞如风波千丈担惊怕。

（2）杨朝英的《叹世》

想他腰金衣紫青云路，笑俺烧丹炼药修行处。俺笑他封妻荫子叨天禄，不如我逍遥散诞茅庵住。倒大来快活也么哥，倒大来快活也么哥，那里也龙韬虎略擎天柱！

（3）无名氏的《无题》

不思量尤在心头记，越思量越恁地添憔悴。香罗帕揾不住腮边泪，几时节笑吟吟成了鸳鸯配。兀的不盼杀人也么哥，兀的不盼杀人也么哥，咱两个武陵溪畔曾相识。

第一例有“你”“你”“强煞如”五个衬字，第二例有“想他”“笑俺”“俺笑他”“不如我”“倒大来”“倒大来”“那里也”十九个衬字，第三例多至二十个衬字，而这些衬字一个也不能少，少了便损害了原意，说明小令“宜少用或不用衬字”，并不是绝对的。下面再来看剧曲中《叨叨令》的情况。如：

（1）《窦娥冤》第三折

可怜我孤身只影无亲眷，则落的吞声忍气空嗟怨。早已是十年多不睹爹爹面，怕则怕前街里被我婆婆见。枉将他气杀也么哥，枉将他气杀也么哥，告哥哥临危好与人行方便。

（2）《青衫泪》第二折

我这两日上西楼盼望三十遍，空存得故人书不见离人面。听的行雁来也我立尽吹箫院，闻得声马嘶也目断垂杨线。相公啊、你元来死了也么哥，你元来死了也么哥，从今后越思量越想的冤魂儿现。

（3）《西厢记》四本三折

见安排着车儿马儿、不由人熬熬煎煎的气，有甚么心情花儿靥儿、打扮得娇娇滴滴的媚，准备着被儿枕儿、只索昏昏沉沉的睡，从今后衫儿袖儿、都搵做重重叠叠的泪。兀的不闷杀人也么哥，兀的不闷杀人也么哥，久已后书儿信儿、索与我凄凄惶惶的寄。

第一例衬二十四字，第二例衬三十四字，第三例衬五十五字。说明剧曲中的衬字确实较散曲为多。这些有血有肉、绘声绘色的衬字，使窦娥那种温顺而又坚强的悲剧性格，裴兴奴、崔莺莺那种燃烧着爱情之火的内心世界，淋漓尽致地表现了出来。而它们传神写照的奥秘，完全是得力于这些衬字。倘若删去了这些衬字，便会枯燥呆板，索然无味。可见衬字的妙用，是不可等闲视之的。

第三，南曲衬字少，北曲衬字多。

王骥德云："南曲按拍板，板眼紧慢有数；衬字太多，抢带不及，则调中正字反不分明。"（《曲律·论衬字》）又说："北辞情少而声情多，南声情少而辞情多。"（《曲律·总论南北曲》）正因为它的板眼有数，不能任意增拍；声情较少，和声与泛声也相应少起来，衬字自然也就少了。如同为《北仙吕·混江龙》，在南传奇中的衬字较少，而在北杂剧中的衬字就较多。下面试举例加以比较：

(1)《琵琶记·丹陛陈情》

官居官苑，漫道是天威咫尺近龙颜。每日间亲随车驾，只听鸣鞭。去螭头上拜跪，随着豹尾盘旋。朝朝宿卫，早早随班。做不得卿相当朝一品贵，先随着朝臣待漏五更寒。空嗟叹，山寺日高僧未起，算来名利不如闲。

(2)《精忠旗·阴府讯奸》

你使尽了无端狂肆，那锦江山一任你莽关支！出脱了君王国后，结识下别部阏氏。不教人介马称戈图雪社稷仇，只要去请盟纳币代你报恩私。怎仇家涓滴也难消，却中华宠眷浑闲事。一鼓弄成功尽弃，那里是计划无之。

(3)《桃花扇·争位》

淮南险要，江河保障势滔滔，一带奇云结阵，满目细柳垂条。铁马嘶风先突塞，犀军放弩早惊潮。说甚么徐、常、沐、邓，比得上绛、灌、萧、曹。同心共把乾坤造，看古来功臣阁丹青图画，似今日列侯会剑佩弓刀。

第一、二例各有三十多个衬字，第三例也有十八个衬字，尽管南传奇的衬字比北杂剧少，它毕竟是剧曲，用的衬字还是比较多的。但与北杂剧比较起来，南传奇中所有的衬字，相对来说，就要少得多了。如：

(1)《汉宫秋》第一折

料必他珠帘不挂，望昭阳一步一天涯。疑了些无风竹影，恨了些有月窗纱。他每见弦管声中巡玉辇，恰便是斗牛星畔盼浮槎。是谁人偷弹一曲，写出嗟呀。莫便要忙传圣旨，报与他家。我只怕乍蒙恩把不定心儿怕，惊起宫槐宿鸟，庭树栖鸦。

（2）《倩女离魂》第二折

可正是暮秋天道，尽收拾心事上眉梢。镜台儿何曾览照，绣针儿不待拈着，常恨夜坐窗前烛影昏，一任晚妆楼上月儿高。俺本来是乘鸾艳质，他须有中雀丰标。苦被煞尊堂间阻，争把俺情义轻抛。空负了幽期密约。虚过了月夕花朝。无缘配合，有分煎熬。情默默难解自无聊，病恹恹只怕娘知道。窥之远天宽地窄，染之重梦断魂劳。

（3）《赵氏孤儿》第一折

不甫能风调雨顺，太平年宠用着这般人。忠孝的在市曹中斩首，奸佞的在帅府内安身。现如今全作威来全作福，还说甚半由君也半由臣。他、他、他把爪牙布满在朝廷，但违拗的早一个个诛夷尽。多咱是人间恶煞，可什么阃外将军。

从《北混江龙》的定格七十二字十一句，最多的竟然增到一百二十七字十九句。增字增句之多，可谓夥颐甚矣。这里必须说明的是，南曲衬字少，北曲衬字多，仅就其主导方面而言的，在传奇中，也有用衬很多的。如《长生殿·哭像》中的《叨叨令》，就用了五十一个衬字：

不催他车儿马儿，一谜家延延挨挨的望；硬执着言儿语儿，一会里喧喧腾腾的谤；更排些戈儿戟儿，不哄中重重叠叠的上；生逼个身儿命儿，一霎时惊惊惶惶的丧。兀的不痛杀也么哥，兀的不痛杀也么哥，闪的我形儿影儿，这一个孤孤凄凄的样。

正是这些衬字，把唐明皇在马嵬兵变时的紧张气氛和事后的悔恨心情和盘托了出来。

第四，非对口曲的衬字少，对口曲的衬字多。

对口曲，指剧中人物对话性的曲词。王骥德云：“大凡对口曲，不能不用衬字。”（《曲律·论衬字》）清王德晖、徐沅澂也说：“凡对口曲不能不用衬字，以畅达文理，而不可当作正文。俗谱不能辨，将衬字亦下实板，致主客不分，体格错乱。”（《顾误录》）说明对口曲一定要用衬字，但不能下实板。杂剧是旦本的，由旦独唱到底；是末本的，由末独唱到底，自然没有对口曲。传奇则有接唱、插唱、合唱、对唱，当然也就有对口曲了。如《琵琶记·书馆悲逢》中的《小桃红》，有的是蔡邕与赵五娘对唱，有的是蔡邕与牛小姐对唱。所唱的曲词，就比《越调·小桃红》定格“七五七、三七、四四五”的句式，共八句七韵，多了一些衬字衬句：

> （旦）这仪容像貌，是我亲描。（生）娘子，路途遥远，你那得盘缠，来到此间？（旦低唱介）乞丐把琵琶拨，怎禁路遥？官人，说甚么受烦恼？说甚么受劬劳？不信看你爹，看你娘，比别时兀自形枯槁也。我的一身难打熬。（合前）
>
> （生）我脱却巾帽，解却衣袍。（贴）相公，急上辞官表，共行孝道。（生）夫人，只怕你去不得。（贴）相公，我岂敢惮烦恼？岂敢惮劬劳？同去拜你爹，拜你娘，亲把坟茔扫也。使地下亡灵安宅兆。（合前）

在这两支对口曲中，把定格的八句七韵，变成了十句八韵。句式也很不相同。说明它不但有衬字，而且有衬句。这是对口曲衬字多的一个适例。

《雍熙乐府》卷十九载有《摘翠百咏小春秋》，用了一百首《小桃红》，歌咏张生与莺莺的恋爱故事。“摘翠”意即“摘萃”，摘取精萃的意思。“春秋”即《西厢记》。明单宇《菊坡丛话》云：“《西厢记》人称为《春秋》。”宫天挺《范张鸡黍》剧有：“小生不曾读《春秋》，敢是《西厢记》？”说明自元以来，人们已经把《西厢》呼作《春秋》了。兹录《小桃红》四支如后：

若还你到母亲前，见责休埋怨，敛里暗把良言劝。问根源，觑些喜怒承机变。望姐姐可怜，替说些方便，善为我辞焉。（红行莺嘱）

叮咛行坐守闺房，谁料你将心放，夜静更深没拦当，小花娘，勾引小姐同胡创。有何勾当？因甚狂荡？实与我说行藏。（夫人诘红）

家翻宅乱闹啾啾，吓的我难开口，恼犯尊颜怎收救？没来由，自家揽得愁来受。雨点似棍抽，火急般追究，做媒的下场头。（红娘受责）

既然奶奶问根苗，只索从头道，当日寺中解危闹。那功劳，至今一向何曾报？俺姐姐意好，怕哥哥心恼，因此效鸾交。（红答夫人）

以上四曲，基本上符合《小桃红》的定格，每支只有几个衬字，也没有破坏句子的结构。这大概是遵循散曲衬字少、剧曲衬字多的规律吧。因为它虽然多至百首，但系同调重头，仍然是散曲的一种形式。

三、反对用衬的原因

衬字，从文学的意义上说，可以畅达文情，疏通文理，加强口语化；从音乐的意义上说，又可以增加声情，协调节奏，加强音乐性和旋律美。正如刘熙载所说的："曲于句中多用衬字，固然喧宾夺主。然亦有自昔相传用衬字处，不用则反不灵活。"（《艺概·曲概》）既然如此，那为什么自元以来，不少人主张少用甚至不用衬字呢？如周德清把"无衬字"的马致远《双调·夜行船·秋思》作为"万中无一"的一个重要因素。王骥德也说："各大曲及散套，只是不用为佳。"（《曲律·论衬字》）难道他们不晓得衬字在曲中的上述作用吗？显然不是。我以为其主要原因有三：

第一，防止滥用衬字。滥用衬字的结果，往往使句式割裂，文理乖谬，甚至不能句读；滥用衬字的结果，往往使主客不分，体格错乱，造成声律不谐。周德清所谓"衬字尤多，文律俱谬"（《中原音韵序》）。王骥德所谓"今人不解，将衬字多处，亦下实板，致主客不分"。"又如散套《越恁好》'闹花深处'一曲，纯是衬字，无异缠令；今皆着板，至不可句读。凡此类，皆衬字太多之故。讹以传讹，无所底止。"（以上均见《曲律·论衬字》）从周氏和王氏的论述来分析，一是认为衬字太多，影响了句意和文理；二是认为衬字太多，破坏了板眼和声律，这自然是完全正确的。只要看看王氏所举的《越恁好》“闹花深处”一曲，就更加了然了。曲云：

闹花深处，闹花深处，滴溜溜的酒旗招。牡丹亭左侧，寻女伴，斗百草。翠巍巍柳条，翠巍巍柳条，见忒楞楞晓莺儿，飞过树梢。扑簌簌落红，舞翩翩粉蝶儿，飞过画桥。一年景，四季中，惟有春光好。向花前畅饮，月下欢笑。

王氏说它“纯是衬字”，试与《幽闺记·皇华悲遇》中的《越恁好》作一比较，全曲是这样的：

（外）办集船只，办集船只，指日达帝京。（小旦）渐行渐远，亲兄长不知死和存。（旦）愁人见说愁更新。（小旦）姐姐，你为甚啼哭？（旦）欲言又忍，心儿里痛切切如刀刎，眼儿里泪滴滴如珠揾。

按《越恁好》系《南中吕》过曲，《钦定曲谱》卷七以此曲为第一体，句式是“四四五、四六七、四八八”。而以“闹花深处”一曲为第三体，注云：“亦名《走山画眉》”，“此调创于此曲，后人相沿，渐不知有前二曲之古调矣。然此毕竟又犯别调，终有未详”。照说“办集船只”一曲为对口曲，用衬一般要多，照《钦定曲谱》所标，不过四个衬字，而“闹花深处”一曲，竟多至十八句八十一字。王骥德说它“纯是衬字”，《曲谱》说它“又犯别调”，未知孰是。

第二，以南耳正北音，南曲衡北曲，必然龃龉不安。其中一个很重要的原因，就是北曲衬字之制颇宽，除不得加于句末之外，但求不夺正文，简直无施而不可。一句之中，屡用衬字，杂厕其间，每病割裂，这是研究元曲者的共识。周德清，是南方人，而又工于乐府，擅长音律，认为要作好可歌可唱的北曲，必须掌握北曲方言、方音的规律，如“平分阴阳，入派三声”这样的重要发现，就是他根据当时在演唱中获得成功的作品归纳出来的。所以他的《中原音韵》一问世，琐非复便加以推崇说：“德清之韵，不独中原，乃天下之正音也。”（《中原音韵序》）尽管如此，他仍然不免要带着南方人的音乐素养和文化素养去衡定北曲。南曲虽有衬字，但“衬不过三”，且绝无衬句，不像北曲的衬字、衬句那么漫无限制。罗宗信说：“北方诸俊新声一作，古未有之，实治世之音也。后之不得其传，不遵其律，衬垫字多于本文，开合韵与之同押，平仄不一，句法亦粗。”（《中原音韵序》）《九宫大成 · 凡例》亦云：元人曲中“衬字倍于正文。诸如此类，拘之以理，难以合度。”这些都是用南曲衡量北曲所得出来的结论，是值得进一步商榷的。周德清之所以把“不重韵，无衬字”作为“万中无一”的最高艺术造诣来评价马致远的《双调 · 夜行船 · 秋思》，也是以“南耳正北音”“南曲衡北曲”的结果。周氏自己在创作实践中，也是“属律必严，比字必切，审律必当，择字必精”（虞集《中原音韵序》）的，欧阳玄也说他是“皆审音以达词，成章以协律”（《中原音韵序》）的。这自然是值得称道的。请看周氏的：

早霞，晚霞，妆点庐山画。仙翁何处炼丹砂？一缕白云下。客去斋余，人来茶罢。叹浮生，指落花。楚家、汉家，做了渔樵话。

——《中吕 · 朝天子 · 庐山》

他自己将它作为“定格”，列于“作词十法”中。吴梅说它是“字字稳洽，移动不得一丝，固是斫轮老手”。它的特点，就是不用衬字，真可谓“篇篇句句灵芝，字字与人为样子”。明白了这个道理，就可以明白为什么周氏最先提出了衬字的概念，又强调少用衬或不用衬的原因。

第三，曲在文人染指之后，逐渐趋向雅化、词化、格律化和定型化。特别是南人作曲，往往用词的传统观念，来“倚声填词”，衬字太多，与格律化、定型化就会产生不可调和的矛盾。所以南曲的衬字，必须加于板式繁密之处，必须遵守“衬不过三”的原则，且宜于用虚字，而不宜于用实字，便反映了词的传统观念，也反映了南曲逐渐词化的要求。周德清谆谆告诫大家："切不可用生硬字、太文字、太俗字、衬垫字"，"每句七字而止，却用衬字加倍，则刺眼矣"。（《作词十法》）王骥德甚至把过多的使用衬字，看作"恶曲"，他说："世间恶曲，必拖泥带水，难辨正腔；文人自寡此等病也。"（《曲律·论衬字》）从这两则话来看，一是他们认为滥用衬字，便"刺眼"，便是"世间恶曲"，便"拖泥带水，难辨正腔"，因而主张"每句七字而止"；二是"衬垫字"与"生硬字""太文字""太俗字"，都不能"守自然之音""通天下之语"，是那些"深可哂""深可怜"的俗工们，"徒快一时意"的"恶曲"，有着深厚的文化素养的"文人""自寡此等病也"。这就透露了一个消息，原来反对用衬或提倡少用衬，不过是适应曲的"雅化"和"词化"的趋势，是促进曲的格律化、定型化，以便把"倚声填词"的传统，转变为"依声度曲"的手段而已。不知曲不用衬，不用俗，便失去了曲的本色。其实曲的"雅化"和"词化"，早在元散曲家的后期乔吉和张可久就开始了。杨慎就指出张可久的《小桃红》，是黄山谷的诗（见《词品》），刘熙载就说乔、张的曲，"固同一骚雅，不落俳语"（见《艺概·词曲概》）。说明乔、张的散曲已经在"雅化"和"词化"的道上迈出了一大步。我以为衬字和俗语，是曲作为"俗文学"和"平民文学"的一个重要标志，滥用衬字，固然不可，适当地运用衬字，正是曲的本色自然的属性所必不可少的。

第三节　曲的务头

"务头"这个概念，最早见于周德清的《中原音韵·作词十法》中。他说："要知某调、某句、某字是务头，可施俊语于其上。"并在四十首"定格"中，指出"是务头"或"务头在其上"的凡二十七处。大概"务头"是当时流行的行语，故周氏没有具体阐明其含义。自明以来，就没有人把它解释清楚的。所以李笠翁说："填词者必讲'务头'；然'务头'二字千古难明。《啸余谱》中载'务头'一卷，前后胪列，岂止万言？究竟'务头'二字，未经说明，不知何物。"（《闲情偶寄·别解务头》）说明"务头"是很不容易解释清楚的。

一、解释“务头”的各种臆说

自明以来，解释“务头”的，众说纷纭。其尤谬者，约有三说：

1. 部头说

执此说者为明之诗人、散曲家杨慎。他所说的原话，有待稽考。但王世贞在《曲藻》中评论周德清的《中原音韵·作词十法》时说：“杨用修乃谓‘务头’是‘部头’，可发一笑。”方以智在《通雅》中亦说：“教坊有部头，有色长。升庵曰：‘周德清误呼部头为务头’，可笑也。”从反对此说的两段话来看，一是杨慎的原话是“周德清误呼部头为务头”。而其所以“误呼”的原因，是“部”“务”谐音，把重唇音的“部”误呼为轻唇音的“务”了。二是部头是教坊的乐官，与务头了不相关。南宋耐得翁《都城纪胜·瓦舍众伎》中说得很清楚：“旧教坊有筚篥部、大鼓部、杖鼓部，拍板色、笛色、琵琶色、筝色、方响色、笙色、舞旋色、歌板色、杂剧色、参军色。色有色长，部有部头。”可见部头与务头是风马牛不相及的，故曰“可笑”。

2. 采头说

王骥德在《曲律·论务头》提到“《墨娥小录》载‘务头调侃曰喝采’”。按《墨娥小录》系明无名氏所撰，它在《行院声嗽》中有“喝采——务头”的话，当是行话中以“务头”代指“喝采”。意即曲律最妙之处，往往赢得人们的喝采。这话可能与周德清在《中原音韵·作词十法·六字三韵语》中所说的“喝采”有关。他说：

> 近有《折桂令》，皆二字一韵，不分务头，亦不能喝采，全淳则已；若不淳，则句句急口令矣。所谓画虎不成反类犬也。殊不知前辈止于全篇中务头上使，以别精粗，如众星中显一月之孤明也。

显然周氏所说的“喝采”，是指人们在“务头”上给予很高的赞赏，报以热烈的掌声。但“六字三韵”，只能施在“务头”，“如众星中显一月之孤明”，而不能不分精粗，施之全篇，以致“不能喝采”。可见我们绝不能在“喝采”与“务头”之间画上一个等号。

3. 字头说

主此说者为清人谢章铤。他在《赌棋山庄词话》中说：

> 君徵《度曲须知》内有《字头辨解》一篇，字头即务头。所谓“字端一点锋芒，见乎隐，显乎微”也。又云：“善唱则口角轻圆，而字头为功不少；不善唱则字音庞杂，字疣著累偏多。”此则务头要嘹亮之说也。

君徵，即明代著名的度曲家沈宠绥，他著有《弦索辨讹》和《度曲须知》两书，前者是指明弦索歌唱者应用的字音和口法，后者主要是解说南北曲歌唱中念字的规律及技巧方法的。他的原文是：

> 予尝刻算磨腔时候，尾音十居五六，腹音十有二三，若字头之音，则十且不能及一。盖以腔之悠扬转折，全用尾音，故其为候较多；显出字面，仅用腹音，故其为时少促；至于字端一点锋芒，见乎隐，显乎微，为时曾不容瞬。

又说：

> 盖字疣之音，添出字外；而字头之音，隐伏字中。势必不可去，且理亦不宜去。凡夫出声圆细，字头为之也；粘带不清，字疣为之也。

很显然，这里所讲的字头，是指唱曲时为了使字音准确、清晰，常把每个字音分为头、腹、尾三个部分。字头即字音的开端，即以声母和韵母相结合、或为复韵母的韵头或主要元音。如天（tian）的字头是“ti”，字腹是“an”，而字尾即韵母中的韵尾。无疑“字头说”是没有根据的。

以上三说，虽然影响不大，但毕竟是明、清人对“务头”的一种解说，故特标而出之，以为后之学者了解这一历史情况，提供一点资料和线索。

二、解释“务头”的重要见解

“务头二字，千古难明”，然明、清以来的学者，仍然对它从各个不同的侧面，作了不断的探索。我以为最值得重视的有以下七家：

1. 王骥德《曲律 · 论务头》

> 凡曲遇揭起其音而婉转其调，如俗之所谓“做腔”处，每调或一句，或二三句，每句或一字，或二三字，即是务头。

显然，它是从周德清的四十首“定格”中，谈到“务头”的二十七处综合分析得出来的结论。虽未能将“务头”阐释清楚，但他至少说明两点：其一务头是“做腔”，是“揭起其音而婉转其调”，与声律的关系至为密切；其二“务头”所在的地方，不是固定的，“每调或一句，或二三句，每句或一字，或二三字”，根据不同的调和不同的句，而变化不居。

2. 李笠翁《闲情偶寄 · 别解务头》

> 予谓“务头”二字，既然不得其解，只当以不解解之。曲中有“务头”，犹棋中有眼。有此则活，无此则死。进不可战，退不可守者，无眼之棋，死棋也。看不动情，唱不发调者，无“务头”之曲，死曲也。一曲有一曲之“务头”，一句有一句之“务头”。字不聱牙，音不泛调，一曲中得此一句，即使全曲皆灵，一句中得此一二字，即使全句皆健者，“务头”也。

这是吸取王骥德的一些见解，加上自己的实践经验，而有所创获的。从这段话来分析，至少有三点值得重视：一是不要强作解人，以谜语欺人，只当以不解解之，也就是“多闻缺疑”的意思；二是“务头”当包括语言和音律两个方面而言，即看要动情，唱要发调；三是“务头”不是固定的，一曲有一曲之“务头”，一句有一句之“务头”。

3. 王振《石榴记·凡例》

每曲中有上去字，有去上字断不可易者，遍查古本，无不吻合。乃发调最妙处，前人每于此加意，取合“务头”。

“发调最妙处”，便是“务头”所在，是从音乐的角度来解释“务头”的。这对后来的吴梅和王季烈的观点很有启发。

4. 梁廷枏《曲话》卷四

《九宫谱定》，不知谁氏所作，但署“东山钓史、宛湖逸者同辑”，盖隐其名矣。所论皆南曲。篇首诸论，多能切中。其论“务头”云：凡曲遇揭起其音而宛转其调，如俗之所谓“做腔”处，即是“务头”，其论甚创。按：《中原音韵》于北曲之“务头”胪列甚详，而南曲“务头”绝无道及。又按：《啸余谱》载“务头”一卷，然于“务头”二字，究未说明。李笠翁谓“二字既不得其解，当以不解解之，不得为谜语欺人者所惑”。此说良当。

梁氏肯定《九宫谱定》的“其论甚创”数语，原是王骥德《曲律·论务头》的话，显然梁氏尚未看到王氏这部“功令条款，胪列具备，真可谓起八代之衰”（吕天成《曲品自序》）的伟著。至其他所论，亦系李笠翁之绪余，谈不上新的创获，但他对笠翁的论点，作了充分的肯定，仍然是有参考价值的。

5. 杨恩寿《续词余丛话·原律续》

笠翁谓“曲中有‘务头’，犹棋中有眼”。此论最确。有眼则活，无眼则死，稍知布子者，无不知之；然必拘拘何着是眼，当下子之初，虽国手不知也；必待数着数十着，不必有心作眼，而自然有眼矣。填词者非不知“看不动情，唱不发调，无‘务头’之死曲，亦犹无眼之死棋”。使必欲于某句安‘务头’，其去甫下子即定何着是眼者几希。须知一曲有一曲之务头，一句有一句之务头。一曲中，得此一句使全曲皆活者，即一曲之务头也；一句中，得此数字使一句皆活者，即一句之务头也。由是推之，不独曲有务头，凡诗、词、歌、赋以及时文、古文，莫不有务头，可意会不可言传也。予尝谓：曲之定格，人籁也；曲之务头，天籁也。陶令不求甚解，神于解矣。

这也是推崇李笠翁的观点的。但他对李笠翁之说，阐发入微，以为曲的“务头”是天籁，是自然之音，是可意会而不可言传的，好像布子作眼，须待数着或数十着后，自然形成的，不是在下子之初就胸有成竹的。其说虽甚通达，亦是“不求甚解”之谈。

6. 吴梅《顾曲麈谈 · 论北曲作法》

“务头”者，曲中平、上、去三声联串之处也。如七字句，则第三、第四、第五之三字，不可用同一之音，大抵阳去与阴上相连，阴上与阴平相连，或阴去与阳上相连、阴上与阴平相连亦可。每一曲中必须有三音相连之一二语或二音（或去上、或去平、或上平，看牌名以定之）相连之一二语，此即为“务头”处。

又说：

《啸余谱》谓要知某调某句某字是“务头”者，盖填词家宜知某句某字是“务头”也。换言之，谓当先自定以某句某字为“务头”，而为之定去上、析阴阳也。又《谱》中谓“可施俊语于其上”者，盖“务头”上须用俊语实之，不可拘牵四声阴阳之故，遂至文理不顺也。非谓“务头”上可用俊语，以外可不必用俊语也。

吴氏自谓“寻绎再三，竭十余年之功”，始有此豁然的悟解。其说与李笠翁的“别解务头”，甚相龃龉，李氏谓“看不动情，唱不发调者，无务头也”，而吴氏则谓“务头”在“平、上、去三声联串之处”，这是一；李氏谓“一曲有一曲之务头，一句有一句之务头”，而吴氏则谓“务头”“当先自定以某句、某字”为之，然后“为之定去上、析阴阳”，这是二；李氏谓“得此一句”则全曲皆灵，“得此一二字”，则全句皆健的，就是“务头”，而吴氏谓“如七字句，则第三、第四、第五之三字，不可用同一之音”，凡是“三音相连之一二语，或二音相连之一二语”，便是“务头”，这是三。吴氏之说，看起来比较科学，容易为人所领悟，但亦有值得商榷的地方，如说“不可拘牵四声阴阳之故，遂致文理不顺”，夫四声不调，阴阳失宜，便不是“务头”，纵施俊语于其上，又何补哉？此其一；王骥德谓“凡曲遇揭起其音而婉转其调，每调或一句，或二三句，每句或一字，或二三字，即是务头”，周氏“定格”亦往往以一音揭起为“务头”，并没有“三音相连”或“二音相连”的规定，此其二；吴氏既说“七字句”的第三、第四、第五三个字，不可用同一之音，又说“平、上、去三声联串之处”便是“务头”所在，则“务头”似有定处，怎么可以由词家“当先自定以某句、某字为务头”呢？此其三。

7. 王季烈《螾庐曲谈》二

> 每一调中必须有某句、某字是“务头”，并当施以俊语。……盖务头大都在调之末句或其中间吃紧之处，于此必须用俊语，不可轻率。“可施”之“可”字，当作“宜”字讲。

又说：

> 予谓《北词广正谱》所注上、去不可移易之处，与《南曲谱》所注某某二字上、去妙，某某二字去、上妙，凡此皆宜用“务头”之处。于此施以俊语，则词采音节，兼擅其长，诵之是佳句，唱之亦是妙音。李氏所谓最易动听者，此也。

王氏此论，依违于李、吴两氏之间，既取李氏“动情”“发调”之意，又倾向吴氏“三音相连”之说（王氏另有肯定吴氏“务头者，即平、上、去三音相连而阴阳不同之处”的论述）。但他作出了新的发挥，一是认为“务头”大都在调的末句或其中间吃紧之处；二是认为“务头”必须是“词采音节，兼擅其长，诵之是佳句，唱之亦是妙音”。

以上七说，大抵可分为两大系统：一是以李笠翁为代表，王骥德为之先导，梁廷枏、杨恩寿为其羽翼，主张“务头”并无定处，佳音妙语之所在，便是“务头”。一是以吴梅为代表，王振为其前驱，王季烈为其护卫，主张句中阴阳不同，平、上、去三声相连之处，或者去上、上去断不可移易之处，便是“务头”。显然，他们对于“务头”的探索，已经越来越精审，取得了不可忽视的成绩。

三、“务头”新探

王世贞评冯惟敏的曲说：“近时冯通判惟敏，独为杰出，其扳眼、务头、攧抢、缓急，无不曲尽，而才气亦足以发之；止用本色过多，北音太繁，为白璧微颣耳。”（《曲藻》）冯惟敏和王世贞的主要学术活动，都在明嘉靖年间，可见“务头”这一说唱艺术的用语，当时的散曲作家和评论家都是非常精通、非常熟悉的。

又《桃花扇 · 传歌》写苏昆生教李香君唱汤显祖的《牡丹亭》云：

> 〔皂罗袍〕原来姹紫嫣红开遍，似这般都付与断井颓垣。良辰美景奈何天，〔净〕错了错了，“美”字一板，“奈”字一板，不可连下去，另来另来！良辰美景奈何天，赏心乐事谁家院。朝飞暮卷，云霞翠轩，雨丝风片，〔净〕又不是了，“丝”字是“务头”，要在嗓子内唱。雨丝风片，烟波画船，锦屏人忒看得这韶光贱。〔净〕妙妙！是的狠了，往下来。

这里说明两个问题：一是“务头”二字，生活在明末清初的苏昆生，尚能一听即明，立即指出李香君的“不是”来。而几乎与他同时的戏曲理论家李渔，却发出“务头二字，千古难明”之叹，不知何故？二是“务头”是句中的一字，是演唱的技能问题，“要在嗓子内唱”。可见“务头”的失传，当在清中叶以后。

那么，应该怎么样来进一步探索“务头”的含义呢？解铃还须系铃人。“务头”既是周德清最先提出的一个概念，那就应该从他的《中原音韵·作词十法》四十首“定格”所指出的二十七处“务头”的情况，进行比较分析：

1. 揭起其音

周氏指出“取务头”或“务头在其上”者，主要是上声字和阳声字，用以“起其音”或“转其音”，计十有二处。只有《满庭芳·春晚》“自沉吟桃扇新词”的“扇”是“去声取务头”，是一个例外。

2. 尾要响亮

周氏指出“务头”所在之处，大半在曲的末尾，只有《普天乐·别友》“芙蓉谢”、《十二月带尧民歌·别情》“怕黄昏忽地又黄昏”和《雁儿落过德胜令·指甲》“宜操七弦琴”三首是在曲的腹部。这与乔吉提出的“结要响亮”的规律是符合的。

3. 要有俊语

周氏所指出的“务头”，或言“俊语也”“俊词也”，或言“语句皆妙”，或言“词也可宗”，或言“语尽意尽，冠绝诸词”，或言“平仄、对偶、音律，皆妙”。说明“务头”不但要有“妙音”，而且要有“妙语”。

4. 字句无定

周氏所指出的“务头”，有一字、二字、三字的，有一句、二句、三句的。以字而言，一个字的有九处；以句而言，两句话的有八处。说明“务头”所在的字数和句数是无定的。

据此可知，“务头”应该是感情充沛、音律谐美、语言俊逸的要言妙语，用今天的话来说，就是声情文情并美，最易动情、最易动听之处，也就是感情的高潮、艺术的高潮和音乐的高潮的三重会合处。

这里还须要补充一句的，“务头”固然往往在一音揭起处，但有时也可以在音节停顿处。清人黄瓯说：“窃谓‘务头’乃词中顿歇之处。千里来龙，聚于环抱之地。盖于‘务头’上用字嘹亮，则余韵悠扬，不致板煞，而有联络贯串之妙。”（《赌棋山庄词话》）我以为这话是值得重视的，按周氏在四十首“定格”中所指出的“务头”，如《红绣鞋·隐士》“功名不挂口”的“口”字，《满庭芳·春晚》“谁感慨兰亭故纸”的“纸”字，《梧叶儿·别情》“殃及杀愁眉泪眼”的“眼”字，《沉醉东风·渔父》“傲杀人间万户侯”的“杀”字和“户”字，以及《清江引·九日》“萧萧五株门外柳”“白衣不来琴当酒”的“柳”字和“酒”字，都在节拍的停顿处。“务”字本来就有停顿的意思，白居易的“将吏随衙散，文书入务稀”（《晚兴》），苏东坡的“避谤诗寻医，畏病酒入务”（《七月五日》）、“自古相从休务日，何妨低唱微吟”（《临江仙》），无论“入务”或“休务”，均有“停顿”“休止”之义，也许就是“务头”的本义吧。

第四节　曲的禁忌

有律必有禁，天下之通例也。曲之有禁，自周德清《中原音韵·作词十法》始。它在“造语”方面有十三“不可作”，“用字”方面有四“不可用”，另有“语病”三条，都是曲的禁忌，后来王骥德在《曲律》中专写《曲禁》一章，演为四十条，于是曲的禁忌大备。然而“禁”有极大的针对性，如果不是“今之乐府有遵音调作者，有增衬字作者，……有板行逢双不对，衬字尤多，文律俱谬，而指时贤作者；有韵脚用平上去，不一一，云‘也唱得’者；有句中用入声，不能歌者；有歌其字，音非其字者：令人无所守”（周德清《中原音韵》自序），就没有《作词十法》中那些禁例；如果不是“今之为词曲者，上无犴狴之悬，下鲜棘木之听，解弢而往，脱衔以快，游于葛天之途，适于华胥之圃久矣”（王骥德《曲律》自序）。也就是冯梦龙所具体指出的：“数十年来，此风忽炽。人翻窠臼，家画葫芦，传奇不奇，散套成套。讹非关旧，诬且从先；格喜创新，不思乖体。”（《曲律序》）也就没有《曲禁》四十条。自《琵琶记》以“休论插科打诨，也不寻宫数调，只看子孝共妻贤”（《副末开场》）相标谤，便有汤显祖的“余意所至，不妨拗折天下人嗓子”（《曲律·杂论》）

的极端之谈；自《荆》《刘》《拜》《杀》以俚俗无文，见讥于士林，而邵灿的《香囊记》、郑若庸的《玉玦记》和丘濬的《伍伦全备记》，或用骈俪作曲白，或堆垛典故以自文其浅薄，或用陈腐的封建说教来麻醉当时的青年，王骥德便不会无的放矢，在《曲禁》中提出“陈腐”“拗嗓”“学究语”“书生语”“堆积学问”等禁例。时移势易，昔之所禁者，有的今当解禁；昔之所尚者，有的今当严禁。于是针对时代之通病，参以王氏之曲禁，提出曲禁六条如下。

一、慎用入声

周德清根据当时中原的实际语言，提出“平分阴阳，入派三声”的卓越见解，目的在于“以广其韵”。但他又一再强调“入声作平声，施于句中，不可不谨”（见《中原音韵·作词十法》及《自序》）。特别是“借入为平”，作为韵脚，尤其要慎重。而习俗移人，往往不谙曲谱，用韵多任意处。徐渭说得好：“北止三声，南则四声俱备，北韵自不可悉通于南词。”（《南词叙录》）王骥德也说：“且周之韵，固为北词设也，今为南曲，则益有不可从者。盖南曲自有南方之音，从其地也。”（《曲律·论韵》）又说：“大抵词曲之入声，正如药中甘草，一遇缺乏，或平上去三声字面不妥，无可奈何之际，得一入声，便可通融打诨过去。”（《曲律·论平仄》）徐氏所说的“不可悉通于南词”，王氏所说的“益有不可从者”，“无可奈何之际”，都说明“以入代平”，要慎之又慎，不是所有入声字，都可以代替平声的，更不是都可以作为韵脚的。其后李笠翁在《闲情偶寄·少填入韵》中，分析得更为具体，他说：

> 入声韵脚，宜于北而不宜于南；以韵脚一字之音，较他字更为明亮。北曲止有三声，有平上去而无入，用入声作韵脚，与用他声无异也。南曲四声俱备，遇入声之字，定宜唱作入声，稍类三声，则同北调矣。

又说：

> 然入声韵脚最易见才，而又最难藏拙。工于入韵，即是词坛祭酒。以入韵之字，雅驯自然者少，粗俗倔强者多，填词老手，用惯此等字样，始能点铁成金。浅乎此者，运用不来，熔铸不出，非失之太生，则失之太鄙。

他认为以入声字作为韵脚，至少有两不可：一是作为韵脚的字，较他字更为明亮，与平、上、去三声无别，便成了北调；二是入声韵脚最难藏拙，运用得不好，容易流于“太生”“太鄙”。刘熙载亦云：“然曲以入作平之字，可有而不可多；多则习气太重，且难高唱矣。”（《艺概 · 词曲概》）看来他是同意王骥德的自注“此类不免，但不许多用”（《曲禁 · 韵脚多以入代平》）的主张的。

二、少用双声叠韵

二字同声母，叫作“双声”，二字同韵母，叫作“叠韵”。双声叠韵之名，虽始于六朝；而双声叠韵之实，实早已兆于《风》《骚》。自沈约提出“前有浮声，后必切响”的规律以来，于是双声叠韵，始尚对偶，或各相对，或互相对，调谐律协，最为美听。唐初律体盛行，其法愈密，至杜甫而神明变化，成为运用双声叠韵之极则。律诗的中间两联，双声叠韵，自应相对，如李白的“玉楼巢翡翠，金殿锁鸳鸯”。“翡翠”是叠韵，“鸳鸯”是双声，两者互对。白居易的“莫问龙钟恶官职，且听清脆好诗篇”，“龙钟”是叠韵，“清脆”是双声，亦两两互对。即使是绝句，杜甫也常常拿双声对叠韵，如《绝句漫兴》的“即遣花开深造次，便教莺语太丁宁”。“造次”是双声，“丁宁”是叠韵，亦两两互对。真可谓“一简之内，音韵尽殊；两句之中，轻重悉异”（《宋书 · 谢灵运传论》），所以富有音乐性。

但如果一句之中，连用双声叠韵的字，就成了繁复累赘了。所以刘勰指出“双声隔字而每舛，叠韵杂句而必睽”（《文心雕龙 · 声律》）。“双声隔字而每舛”，就是犯了“八病”中的“旁纽病”，《文镜秘府论》五说：“傍纽者，一韵之内，有隔字双声也。”“叠韵杂句而必睽”，就是犯了“八病”中的“小韵病”，《文镜秘府论》五说：“凡小韵居五字内急，九字内小缓。”如曹植的“皇佐扬天惠”，五字之内，而“皇”“扬”同韵；陆机的“嘉树生朝阳，凝霜封其条”，九字之内，而“阳”“霜”叠韵，但毕竟两字的间隔较大，故曰“小缓”。王骥德在《曲禁》的“叠用双声”“叠用叠韵”两条中，强调声母相同的“玲珑”“皎洁”之类，韵母相同的“逍遥”“灿烂”之类，“止许用两字，不许连用至四字”，正是为了防止在声律上出现“旁纽”和“小韵”的毛病。

还有一种情况，就是单纯的叠字，如“袅袅”“整整”之类，元曲中用这一类的叠字，往往绘形绘声，生动活泼，令人叹赏不置，梁廷枏曾经在《曲话》中摘录了“响丁丁、冷清清、黑喽喽、虚飘飘、扑腾腾、香馥馥、暖溶溶、白邓邓、黑突突”等二百零五条，认为十分“新异”。说明像这一类的叠字，是不须勉强回避的。所以王骥德说：“双字如‘深深’、‘毵毵’、‘恹恹’类，不禁。”（《曲禁》“闭口叠用”条）又说：“有其字必不可易而强为避忌，如易‘地’为‘土’，改‘宇’作‘厦’，致与上下文生拗不协，甚至文理不通，不若顺其自然之为贵耳。”（《曲律·杂论》）这是非常宏通的观点，值得我们重视。但任何事物都有一个限度，超过了限度，便会走向自己的反面。胡震亨说得好：“体物叠字，本之风雅，诗所不能无。”（《唐音癸签·法微三》）但他接着又指出叠字太多：“如刘驾之‘夜夜夜深闻子规’，吴融之‘憾憾凄凄叶叶同’，则多事矣。”可见他既赞成用叠字，又不主张多用叠字。这和王骥德的“故遇联绵现成字，如宛转、酩酊、袅袅、整整之类，不能尽避”，见解是相同的。“不能尽避”者，就是要尽量避免，但要顺其自然，不要出现生拗不协的毛病。

三、避免拗嗓、蹇涩

王骥德告诉我们：“拗嗓”就是“平仄不顺”，“蹇涩”就是“不顺溜”。都是属于声律上的毛病。“平仄不顺”，是当今度曲者的一大通病，有的甚至以“横放杰出，自是曲子中缚不住者”（晁无咎语）的苏轼自命，以“余意所至，不妨拗折天下人嗓子”（见《曲律·杂论》）的汤显祖自解。不知“平仄不顺”，就失去了曲的本色。王骥德在《曲律·论声调》中说：

> 夫曲之不美听者，以不识声调故也。……故凡曲调，欲其清，不欲其浊；欲其圆，不欲其滞；欲其响，不欲其沉；欲其俊，不欲其痴；欲其雅，不欲其粗；欲其和，不欲其杀；欲其流利轻滑而易歌，不欲其乖刺艰涩而难吐。其法须先熟读唐诗，讽其句字，绎其节拍，使长灌注融液于心胸口吻之间，机括既熟，音律自谐，出之词曲，必无沾唇、拗嗓之病。

在这里，王氏不但在声律上提出了"七欲""七不欲"的重要见解；而且告诉人们怎样解决不沾唇、不拗嗓的办法。但他所讲的"七欲""七不欲"，仍然停留在可以意会而不可以言传的模糊概念上，能够作出比较科学的解释的，还是明代著名的度曲家沈宠绥，他在《度曲须知·中秋品曲》中说：

> 从来词家只管得上半字面，而下半字面，须关唱家收拾得好。盖以骚人墨士，虽甚娴律吕，不过谱厘平仄，调析宫商，俾征歌度曲者抑扬谐节，无至沾唇拗嗓。此上半字面，填词者所得纠正者也。若乃下半字面，工夫全在收音，音路稍讹，便成别字。如"鱼模"之"鱼"，当收"于"音，倘以"噫"音收，遂讹"夷"字矣。"庚青"之"庚"，本收鼻音，若舐腭收，遂讹"巾"字矣。

沈氏的贡献，在于把字分成"上半字面"和"下半字面"。"谱厘平仄，调析宫商"属于"上半字面"，是作者须要解决的；至于"下半字面"，则是唱家的任务，不是本书所要讨论的。

"拗嗓"这个概念，最早见于元燕南芝庵的《唱论》，它是我国现存的论述金、元时代戏曲的一部声乐专著。他在"歌节病"中提出"拗嗓"的毛病，在"唱声病"中提出"格嗓"的问题，虽然没有具体加以论述，但前者与"不撤腔""不入调""字样讹""文理差"并提，后者与"散散、焦焦”“哑哑、嘎嘎”并列，说明它不仅指的是声律方面的毛病，演唱方面的毛病，同时也是字句方面的问题，文理方面的问题。李笠翁在文字文理方面，就解决“拗嗓”的问题，提出“当以成语了之”的办法，值得重视。他说：

> 凡作倔强聱牙之句，不合自造新言，只当引用成语。成语在人口头，即稍更数字，略变声音，念来亦觉顺口。新造之句，一字聱牙，非止念不顺口，且令人不解其意。

李氏在《闲情偶寄·拗句难好》一节中，提出了上述的论点，并以颠倒换用“油盐柴米酱醋茶”和“东边日出西边雨，道是无晴却有晴”这样的“口头语”作例，即使“稍更数字，略变声音”，“亦未有不明其义，不辨其声音。”他既有坚实的理论根基，又有丰富的创作实践，自许这是“三折肱为良医”的“折肱语”。后来梁廷枏在《曲话》卷四中又加以补充说：

> 曲有句谱短促，又为平仄所限，最难谐叶者。李笠翁谓：“遇此等处，当以成语了之。”是固一说。但强押亦难巧合。如《还魂记》之“烟波画船”，何尝不是绝妙好词，较《春芜》之“心愁意慵”等语，岂止上下床，真是天渊之隔矣。

《春芜》是明人汪錂所作的传奇。他肯定李渔“当以成语了之”的说法，但不要强用成语。吴梅在《顾曲麈谈》中又提出“加倍烹炼”的办法，以解决拗句这个难题。他说：

> 若做此等拗句，更宜加倍烹炼，而复出之以自然。……或曰：“既须烹炼，又云自然，二事不相类，何能并用为一法乎?”曰：“君尝读《四梦》乎?”《紫钗记》通本皆用此法也。第一折之“椒花媚早春”“屠苏偏让少年人”“和东风吹绽了袍花衬”，又云“眉黄喜入

春多分”“酒冷香消少个人”，字字烹炼，字字自然也。盖“烹炼”者笔意，“自然”者笔机，意机交美，斯为妙句。若只顾烹炼，乃至语意晦涩，是违填词“贵浅显”之道矣，又安足取哉！

王骥德提出的“七欲”“七不欲”，李笠翁提出的“当以成语了之”，吴梅提出的“加倍烹炼，而复出之以自然”，都是从创作的角度，寻求解决“拗嗓”和“蹇涩”这样一个困扰曲家的问题，既值得我们重视，又启发我们进一步探索。

四、力戒填塞

王骥德在《曲禁》中提出“堆积学问”的问题。根深而叶茂，膏沃而光晔，这是自然之理。度曲需要有才学，然才学从书本知识中来，从实践经验中来。所以刘勰有“积学以储宝，酌理以富才”（《文心·神思》）之言，袁守定有“得之在俄顷，积之在平日”（《阽哔丛谈》）的话。所以必须有充分的知识储备，才能下笔有神，思如泉涌。然而有了学问，人们又往往喜欢“掉书袋”“垛死尸”，以自炫其学富才高。昔刘克庄认为陆游和辛弃疾“一扫纤艳，不事斧凿”，是很高明的，“但时时掉书袋，要是一癖”（《跋刘叔安〈感秋〉八词》）。江少虞讥笑黄山谷喜欢堆砌典故，“若正尔填塞故实，旧谓之‘点鬼簿’，今谓之‘堆垛死尸’”（《皇朝类苑·诗歌赋咏》）。陆游、辛弃疾、黄山谷尚不免此病，何况他人呢？所以王骥德在《曲律·杂论》中说：

> 作曲者用绮丽字眼，亦须下得恰好，全不见痕迹碍眼，方为合作。若读去而烟云花鸟，金碧丹翠，横垛直堆，如摊卖古董，补缀百家衣，使人种种可厌，此小家生活，大雅之士所深鄙也。

这是从堆砌辞藻方面，来说明“掉书袋”的可厌。李笠翁在《闲情偶寄·忌填塞》中，又把“掉书袋”扩充为“多引古事，叠用人名，直书成句”三个方面，他说：

> 填塞之病有三：多引古事，叠用人名，直书成句。其所以致病之由亦有三：借典核以明博雅，假脂粉以见风姿，取现成以免思索。而总此三病与致病之由之故，则在一语。一语惟何？曰："从未经人道破。"一经道破，则俗语云"说破不值半文钱"，再犯此病者鲜矣。

李笠翁在这里所指出的三种填塞之病及三种致病之由，实乃天下古今喜欢"掉书袋"者之通病，语虽尖刻，意则中肯，可为好填塞者击一猛掌。后来黄周星在《制曲技语》又推而广之曰：

> 有一老友云："制曲之难，无才学者不能为，然才学却又用不着。"旨哉斯言。余见新旧传奇中，多有填砌汇书，堆垛故事，及琢炼四六句，以示博丽精工者，望之如饾饤牲筵，触目可憎。夫文各有体，曲虽小技，亦复有曲之体：若典汇四六，原自各成一家，何必活剥生吞，强施于曲乎？

黄氏在李笠翁的"填塞三病"之外，又提出了"填砌汇书"和"琢炼四六句"两种毛病，虽然主要是指"新旧传奇"而言的，也完全可以适用于散曲。

以填塞蒙讥的传奇，最主要的是《香囊记》《玉合记》《玉玦记》。徐渭批评《香囊记》说："《香囊》乃宜兴老生员邵文明（邵灿）所作，习《诗经》，专学杜诗，遂以二书语句，匀入曲中，宾白亦是文言，又好用故事作对子，最为害事。"（《南词叙录》）沈德符批评《玉合记》云："梅雨金《玉合记》最为时尚，然宾白尽用骈语，饾饤太繁，其曲半使故事及成语，正如设色骷髅，粉捏化生，欲博人宠爱，难矣。"（《顾曲杂言》）徐复祚批评《玉玦记》亦云："独其好填塞故事，未免开饾饤之门，辟堆垛之境，不复知本色为何物，是虚舟（郑若庸）实为之滥觞矣。"（《三家村老委谈》）这里所批评的，虽然涉及"宾白"，但主要是指曲文而言的；而这些传奇中的曲文，是供演唱用的，更加贵通俗，贵浅显；今之作散曲者，大半是案头文学，能够演唱者少，可以适当地使事用典。可是曲之体，毕竟以本色自然为其特点，故录之以备借鉴。

五、不要蹈袭和请客

“蹈袭”，就是剽窃前人的词句。王骥德在自注中说：“忌用旧曲语意，若成语，不妨。”“忌用旧曲语意”者，就是要“务去陈言”。李笠翁说：“戛戛乎陈言务去，求新之谓也。至于填词一道，较之诗赋古文，又加倍焉。”（《闲情偶寄・脱窠臼》）“若成语，无妨”者，就是要“点铁成金”“夺胎换骨”。黄山谷曾经说：“古之能为文章者，真能陶冶万物，虽取古人之陈言入于翰墨，如灵丹一粒，点铁成金也。”（《答冯驹父书》）又说：“诗意无穷，而人之才有限。……然不易其意而造其语，谓之换骨法；窥其意而形容之，谓之夺胎法。”（惠洪《冷斋夜话》）在这方面做得最好的，大概要推周邦彦和辛弃疾，张炎说：“清真（周邦彦）最长处，在善融化诗句，如自己出。”（《词源》）吴照衡说：“辛稼轩别开天地，横绝古今，《论》《孟》《诗小序》《左氏春秋》《南华》《离骚》《史》《汉》《世说》《选学》《李》《杜》诗，拉杂运用，弥见笔力之峭。”（《莲子居词话》）散曲家在这方面也有极成功的例子，如关汉卿的《双调・碧玉箫》“黄菊绕东篱，正清樽斟泼醅”，就是合用李清照的“东篱把酒黄昏后，有暗香盈袖”（《醉花阴》）和李白的“遥看汉水鸭头绿，恰似葡萄初泼醅”（《襄阳歌》）等语句而形成新的意境的；汪元亨的《双调・雁儿落带得胜令》“山翁醉似泥，村酒甜如蜜”，就是运用李白的“旁人借问笑何事？笑杀山翁醉似泥”（《襄阳歌》）的现成语句；倪瓒的《双调・殿前欢》“揾啼红，杏花消息雨声中，十年一觉扬州梦”，就是袭取陈与义的“客子光阴诗卷里，杏花消息雨声中”（《怀天经智老因访之》）和杜牧的“十年一觉扬州梦，赢得青楼薄幸名”（《遣怀》）的诗句。至于散曲中的“足古体”“集古体”和“檃括体”，更是集古人的成句和檃括诗文的名篇而成（参见本书第二章第二节《散曲的巧体》），都不算是“蹈袭”。只要比前人说得更具体、更丰富，创造出新的境界，就是好的。蹈袭和点化、融化是两码事，前者是没有出息的模仿，后者是取他人之长经过消化而成为自己的作品。

谈到“请客”，王骥德自注曰：“如咏春而及夏，题柳而及花类。”即文不对题，旁见侧出。李笠翁说得好：“情乃一人之情，说张三要像张三，难通融于李四。景乃众人之景，写春夏尽是春夏，止分别于秋冬。”又说：“咏花既愁遗鸟，赋月又想兼风。若使逐件铺张，则虑事多曲少；欲以数言包括，又防事短情长。展转推敲，已费心思几许，何如就本人生发，自有欲为之事，自有待说之情。念不旁分，妙理自出。”（《闲情偶寄·戒浮泛》）可见“请客”就是浮泛，就是咏花及鸟，赋月兼风，写春夏而不分别秋冬。

王骥德多次在《曲律》中，举出实例来说明“请客”的可厌：

> 无已，则陈大声“因他消瘦”一曲。又首调“羞问花时还问柳”数语，只是请客；次调《懒画眉》“绣户轻寒透，十二珠帘不上钩”二句凑插；第三调《金索挂梧桐》“黄莺似唤俦”四句，又是请客。
>
> ——《曲律·论套数》
>
> 《琵琶·侥侥令》，既云“但愿岁岁年年人长在，父母共夫妻相劝酬”，下却又云：“夫妻长厮守，父母愿长留”，说过又说。至“两山排闼”两句，与上何干？大是请客。
>
> ——《曲律·论过曲》

可见“请客”是曲之大忌，也是窘于才、贫于学的表现。临时拉凑，滥竽充数，用一些不相干、不贴切的语言，凑合到所要抒的情和要写的景上面去，是令人生憎讨厌的。明人张琦有两段话，可以与王氏所举的两个实例互为表里：

> 故咏春花勿牵秋月，吟朝雨莫溷夜潮。瑶台、玉砌，要知雪部之套辞；芳草、轻烟，总是郊原之泛句。
>
> ——《衡曲麈谭·填词训》
>
> 其为辞也，浮泛不衷，必多雕琢虚伪之气，欲自掩饰之而不能。
>
> ——《衡曲麈谭·情痴寤言》

就是说，举凡“套辞”“泛句”，都是“请客”的范畴；而其所以有“雕琢虚伪之气”，则由于他所说的话都是“浮泛不衷”。

六、勿用狭隘的方言

曲，本来不避方言俗语，而周德清强调要用“天下通语”，王骥德又把“方言”列为“曲禁”之一，并自注曰：“他方人不晓。”王德晖在其所著的《顾误录·度曲十病》中第一条就是“方音”，他说：“天下之大，百里殊音，绝少无病之方言。”正是因为狭隘的方言妨碍人们的语言交流、思想交流。从元人散曲的实际情况来看，正如清人黄周星所说的“曲有三易”：“方言、俚语，皆可驱使。”似与周、王二氏之说，不相符合。其实，王氏在《曲律·杂论》中，对这一点有着极有说服力的解说。他云：

> 北曲方言时用，而南曲不得用者，以北语所被者广，大略相通；而南则土音各省、郡不同，入曲则不能通晓故也。

后来李笠翁在《闲情偶寄·少用方言》中，对此作了具体的阐释。他一方面认为运用方言是一个普遍的现象，说是“填词中方言之多，莫过于《西厢》一种。其余今词古曲，在在有之”，另一方面又认为作曲“不宜频用方言，令人不解”，说是“近日填词家，见花面登场，悉作姑苏口吻，遂以此为成律。每作净、丑之白，即用方言。不知此等声音，止能通于吴越，过此以往，则听者茫然”。宾白尚且不宜用方言，曲词就更不用说了。诚如王骥德所言：“曲之不可解，非入方言，则用僻事之故也。”（《曲律·杂论》）所以我们在度曲时，不宜用狭隘的地方土话。

至于熔铸新名词、新谣谚、新语言，入于曲中，则是我们所应该提倡的。近人黄遵宪举起“诗界革命”的大旗，就主张“即今流俗语，我若登简编；五千年后人，惊为古斓斑”（《杂感》）。以“流俗语”入诗，以“方言俗谚”述事，是他所大力提倡的。但他更主张写古人未写之事，辟古人未辟之境，而不是停留在新词汇、新语言上。这里，梁启超的《饮冰室诗话》有几则值得重视的意见。他说：

近世诗人，能熔铸新理想以入旧风格者，当推黄公度。

盖当时所谓新诗者，颇喜挦扯新名词以自表异。丙申、丁酉间，吾党数子皆好作此体，提倡之者为夏穗卿。

能以旧风格含新意境斯可以举革命之实矣。苟能尔尔，则虽间杂一二新名词，亦不为病。

这里至少说明三个问题：一是“挦扯新名词以自表异”，不是真正的“诗歌革命”；二是“以旧风格含新意境”“间杂一二新名词，亦不为病”；三是“能熔铸新理想以入旧风格者”，黄遵宪是做得最好的一个。梁启超虽是对“诗歌革命”而发的，我以为吸收新名词、新谣谚入曲，也应该以熔铸新理想、开辟新意境为第一要着。

曲的禁忌，还可以列举一些，如陈腐、生造、学究语、书生语之类，但我以为不是当前曲学界的主要矛盾，所以略而不谈。

第五章　作家论（元）

元代的散曲作家，有如繁星在天，熠熠生辉。据《录鬼簿》的记载，计一百三十八人，《太和正音谱》收录一百八十七人，任讷《散曲概论·作家》的统计，多至二百二十七人，隋树森《全元散曲》共收二百一十三人。然而因为散曲起于民间，流于委巷，传唱于歌女伶工之口，被正统派文人视为淫词媟语，不足以登大雅之堂，加以作者多为潦倒不羁的知识分子，所以他们根本就没有在骚坛上占一席地位的奢望，正如王国维说的："元曲之为一代之绝作，元人未之知也。"一切派别、门户、座次的争论，在当时都没有。自周德清在《中原音韵·自序》上提出的"自关、郑、白、马一新制作，韵共守自然之音，字能通天下之语"论点以后，座次的排列，才有不同的看法。明人何良俊虽然同意周氏标举"关、郑、白、马"为首，但却改动了四大家排列的次序。他说：

> 元人乐府称马东篱、郑德辉、关汉卿、白仁甫为四大家。马之词老健而乏姿媚，关之词激厉而少蕴藉，白颇简淡，所欠者俊语，当以郑为第一。

何氏在其《曲论》中把元曲四大家的座次，改为郑德辉第一，虽然是包括剧曲而言的，也不免有些偏颇。王骥德不但不同意这样的排列座次，也不同意"关、郑、白、马"为元曲四大家。他说：

世称曲手，必曰关、郑、白、马，顾不及王（实甫），要非定论。

又说：

作北曲者，如王、马、关、郑辈，创法甚严。终元之世，沿守惟谨，无敢逾越。

——《曲律·杂论》

他首先提出元曲四大家，应该有王实甫，接着又用王实甫代替了白朴，自然也是包括散曲和剧曲两个方面来考虑的。明人沈德符认为《西厢》虽则“才华富赡”，“终是肉胜于骨，所以让《拜月》一头地”，因而仍然采用了“郑、马、关、白”的次序。他说：

元人以郑、马、关、白为四大家，而不及王实甫，有以也。

——《顾曲杂言·拜月亭》

王世贞在《曲藻》中一方面同意周德清“关、郑、白、马，一新制作”的提法，一方面又在《曲藻序》中，大大地扩大了“元曲四大家”的队伍，他说：

自金、元入主中国，所用胡乐，嘈杂凄紧，缓急之间，词不能按，乃更为新声以媚之。而诸君如贯酸斋、马东篱、王实甫、关汉卿、张可久、乔梦符、郑德辉、宫大用、白仁甫辈，咸富有才情，兼喜音律，以故遂擅一代之长，所谓“宋词”“元曲”，殆不虚也。

他一下就把贯云石、王实甫、张可久、乔梦符、宫大用等扩了进去。但有的专工小令，不写杂剧，如张可久；有的又只写杂剧，不作散曲，如宫大用。可见这个扩大了的名单，实际上是没有经过深思熟虑的。所以清人李调元在《雨村曲话》卷上引了王世贞上面这段话之后，提出不同的意见说：

> 按：贯酸夫（斋）、张可久、宫大用只工小令，不及马、王、关、乔、郑、白远甚，未可同年语也。

这个按语，至少有两个地方值得商榷：一是宫大用不作小令，只作杂剧，今存《范张鸡黍》一种，《越王尝胆》《汲黯开仓》《钓鱼台》《托公书》《凤凰楼》已佚；二是贯酸斋和张可久在散曲方面的成就，与马、王、关、乔、郑、白“未可同年语也。”

也有把元曲家的名单缩得极小的，如明人张琦在他的《衡曲麈谭 · 作家偶评》中说：

> 作家如贯酸斋、马东篱辈，咸富于学，兼喜声律，擅一代之长，昔称“宋词”“元曲”，非虚语也。

他只点了贯、马二氏的名，而用一个“辈”字把其他的作家包举了进去。

不管是大名单也好，小名单也好，似乎都是综合散曲和剧曲的成就来考虑的。若专以散曲而论，我以为当以元好问、王恽、卢挚、姚燧为前驱；前期的大家应以关汉卿、马致远、白朴、张养浩为冠冕；后期的名家当以乔吉、张可久、徐再思、任昱为代表；而少数民族的作家则应以贯云石、薛昂夫、阿鲁威、阿里耀卿为魁首。因为之论述如次：

第一节　以词为曲的先驱作家

《乐府余论》说：“宋、元之间，词曲一也。”吴梅《南北戏曲概论》也说：“金、元以来，士大夫好以俚语入词，……同时诸调时行，即变为曲之始。”说明元代初期的曲，还刚从词脱胎出来。俚俗者像柳永，文雅者像晏、欧，说它是曲，它的韵味却更像词；说它是词，它的面貌却已是曲。以词为曲的作家群，有杨果、刘秉忠、商挺、杜仁杰、胡祗遹、陈草庵等。他们或以卿相之重，或以封疆之寄，染指于市井小曲，虽未能摆脱词的窠臼，然风行草偃，影响还是很大的。王国维说："元初名公，喜作小令套数。如刘仲晦秉忠、杜善夫仁杰、杨正卿果、姚牧庵燧、卢疏斋挚、冯海粟子振、贯酸斋小云石海涯等，皆称擅长，然不作杂剧。士大夫之作杂剧者，惟白兰谷朴耳。"（《录曲余谈》）他没有说明不作杂剧的原因。其实当时的士大夫刚刚染指于这种新的文学形式，还未能得心应手，纵横如意，自然不宜向杂剧问鼎的。刘秉忠的自度曲《干荷叶》，就被人看作"犹是唐词之意"（《尧山唐外纪》《古今词话》）。这个以词为曲的作家群中，当以元好问、王恽、卢挚、姚燧为代表：

一、"一代宗匠"元好问

元好问（1190—1257），字裕之，号遗山，太原秀容（今山西忻县）人。三十二岁登金进士第，历任尚书省掾、左司都事员外郎，后入翰林，知制诰。他是金、元之际最有成就的诗人，金亡不仕，筑野史亭以隐。他的著作很多，著有《遗山文集》，编有《中州集》，皆在学术界享有盛名。散曲现存小令九首，四首见于他的《遗山乐府》，五首见于元杨朝英编的《太平乐府》。元徐世隆说他的乐府能够"用俗为雅，变故作新"（《遗山先生文集序》），说明他能用文人雅士的旧调，变为民间通俗的新曲。

梅残玉靥香犹在，柳破金梢眼未开。东风和气满楼台。桃杏拆，宜唱喜春来。

——《中吕·喜春来·春宴》

重岗已隔红尘断，村落更年丰。移居要就：窗中远岫，舍后长松。十年种木，一年种谷，都付儿童；老夫惟有：醒来明月，醉后清风。

——《黄钟·人月圆·卜居外家东园》

前曲的"梅残""柳破"两语，后曲的"窗中远岫，舍后长松"与

“醒来明月，醉后清风”两结，在选词、着色、造境方面，与其说是曲，毋宁说是更像词。他的另一首《双调·小圣乐·骤雨打新荷》，公认是北曲最早的名篇，元陶宗仪《辍耕录》卷九说：“《小圣乐》乃小石调曲，元遗山先生好问所制，而名姬多歌之，俗以为‘骤雨打新荷’者是也。”曲云：

绿叶阴浓，遍池亭水阁，偏趁凉多。海榴初绽，朵朵簇红罗。乳燕雏莺弄语，有高柳鸣蝉相和。骤雨过，珍珠乱撒，打遍新荷。人生百年有几，念良辰美景，休放虚过。穷通前定，何用苦张罗。命友邀宾玩赏，对芳樽浅酌低歌。且酩酊，任他两轮日月，来往如梭。

这是元好问的自制曲。分为上、下片，隔句或三句一韵，形式上还明显地残存着词的痕迹；但它不避重韵，一曲之中，用了两个“罗”字做韵脚；也不避俚俗，用了些俗语，如“人生百年有几”“何用苦张罗”之类。尽管它的整个精神和韵味还是词，可他毕竟向曲跨出了第一步，因而是值得大书而特书的。

元好问不但在文坛上是“一代宗匠”，而且好奖掖后学，郝经、王恽、白朴，就是他培育出来的一代文学新人。他曾送给郝经的诗说：“文阵自怜吾已老，名场谁与子争先？”送给白朴的诗云：“元白通家旧，诸郎独汝贤。”鼓励王恽说：“顾此握管，铦锋虽微，其重也可使纤尘化而为泰山，其轻也可使泰山散而为微尘，其柄用有如此者。况老成渐远，斯文将在后来，汝等其勖哉勿替。”一种让青年一代“出一头地”的胸怀，令人向往不置。

二、“杰出千仞表”的王恽

元好问的得意门生王恽，曾经“绾持文柄，独步一时”，王约赞美他说：“文章尤苦心，杰出千仞表。”刘赓赞美他说：“共推天下士，独擅斗南名。”刘敏中赞美他说：“文章早无敌，字画晚愈神。”说明他在诗文字画方面的造诣很深，是一个具有多方面文艺才能的超人。他虽然有四十一首小令流传下来，但历来的曲论家对他的散曲却没有给予应有的重视，贯云石在《阳春白雪序》中列举元代早期散曲家的五种不同风格，谈到了杨果的“平熟”，徐琰的“滑雅”，卢挚的“妩媚”，冯子振的“豪辣”，关汉卿、庾天锡的“妖娆”，而没有一个字提到他。钟嗣成的《录鬼簿》、明朱权的《太和正音谱》和无名氏的《录鬼簿续编》都没有提到他，是因为他不以散曲名家，还是因为他是台辅重臣？其实他也是以词为曲，在词和曲之间架设了一座桥梁的建筑师，是散曲发展史上一个不可忽视的人物。他的《正宫·双鸳鸯·乐府合欢曲》九首写开元遗事云：

乱横戈，奈君何！扈从人稀北去多。尘土已消红粉艳，荔枝犹到马嵬坡。（第二首）

雨霖铃，却归秦，犹是张徽一曲新。长记上皇和泪听，月明南内更无人。（第四首）

两曲都是点化唐人诗句，有着浓厚的传统诗词的格调，而很少带有元人散曲的韵味。

苍波万顷孤岑矗，是一片水面上天竺。金鳌头满咽三杯，吸尽江山浓绿。蛟龙虑恐下燃犀，风起浪翻如屋。任夕阳归棹纵横，待赏我平生不足。

——《正宫·黑漆弩·游金山寺》

平湖云锦碧莲秋，香浥兰舟透。一曲菱歌满樽酒，暂消忧。人生安得长如旧？醉时记得：花枝仍好，却羞上老人头。

——《越调·平湖乐》

书卷气很重，蒜酪味全无，跟元曲的本色自然是大异其趣的。但毕竟是文人染指于曲，把传统诗词的精神纳入市井小曲的框架之中的一个大胆的尝试。

王恽（1227—1304），字仲谋，号秋涧，卫辉汲县（今属河南）人，历任监察御史、燕南河北按察副使、福建按察使，授翰林学士。著有《秋涧先生大全文集》，所撰散曲，均收入《秋涧乐府》，《元史》有传。

三、“师表当代”的卢挚

卢挚（1235—1300），字处道，号疏斋，又号嵩翁，涿郡（今河北涿县）人。至元五年进士，累迁少中大夫河南路总管，持宪湖南，迁江东道廉访使，复入为翰林学士，迁承旨。他的诗文，与姚燧、刘因齐名，号称“姚卢”。所以姚云称颂他说：“明公文学，师表当代。”（《答疏斋书》）著有《疏斋集》，《元史》有传。

现存散曲一百二十首，是早期散曲作家数量最多的一个。题材广阔，咏史、咏物，写景、写情，无不如意。风格多样，清丽、含蓄、素写、白描，无所不有。是从词到曲的一个里程碑，它标志着曲已经逐渐成熟。如：

> 挂绝壁枯松倒倚，落残霞孤鹜齐飞。四围不尽山，一望无穷水，散西风满天秋意。夜静云帆月影低，载我在潇湘画里。
>
> ——《双调 · 沉醉东风 · 秋景》
>
> 叹南朝六代倾危，结绮临春，今已成灰；惟有台城，挂残阳水绕山围。胭脂井金陵草萋，后庭空玉树花飞。燕舞莺啼，王谢堂前，待得春归。
>
> ——《双调 · 蟾宫曲 · 丽华》

前一曲是写景，后一曲是咏史，立意、造境、遣词、设色，都是很典雅的，韵味和格调，都更加像词。但他另一种风格的曲，却是纯用俚语，纯用白描，极富本色自然的曲味。

> 雨过分畦种瓜，旱时引水浇麻。共几个田舍翁，说几句庄稼话。瓦盆边浊酒生涯。醉里乾坤大，任他高柳清风睡煞。
>
> ——《越调 · 小桃红 · 闲居》

才欢悦，早间别，痛煞煞好难割舍。画船儿载将春去也，空留下半江明月。

——《双调·寿阳曲·别珠帘秀》

前一曲言志，后一曲抒情。前者富有农村生活的气息，后者显示出深厚真挚的感情，语言都很通俗浅显，别有一种情趣。两种完全不同的风格，体现在一个作者的身上，说明他的作品既深深地打上了传统诗词的烙印，又渐渐地步入了“俗文学”的诗廊。

四、“一代名儒”姚燧

姚燧（1238—1313），字端甫，号牧庵。原籍柳城，移居洛阳。三岁而孤，养于伯父姚枢家。历任大司农丞、江东廉访使、江西行省参知政事、太子宾客、太子太傅，授荣禄大夫翰林学士承旨、知制诰兼修国史。著有《牧庵集》。《元史》有传。他的门生刘时中又撰有《姚燧年谱》。他是元代的大儒，张养浩序《牧庵集》云：“公才驱气驾，纵横开阖，纪律惟意。约要于繁，出奇于腐，江海使而蛟龙拿，风霆薄而元气溢。时元宅天下已百余年，倡鸣古文，群推牧庵一人，拟诸唐之昌黎，宋之庐陵。”张氏把他在元代的地位，比之于韩愈在唐，欧阳修在宋，可谓推崇到了极点了。《元史》亦称其文“闳肆该洽，豪而不宕，刚而不厉，春容盛大，有西汉风。宋末弊习，为之一变”。说明他在散文方面的成就是很高的。所作小令二十九首，套数一首，很有情致，与一个正统派的儒学大师似乎是很难统一的，但也说明散曲到了这个时候，已经为达官大儒所接受，并逐渐取得了“一代文学”的地位。不过他所作的散曲，很像诗词中的语言，而缺乏曲的本色。也说明由词到曲的转变，有一个漫长的过程，不是一蹴而就的。如：

浙江秋，吴山夜。愁随潮去，恨与山叠。塞雁来，芙蓉谢，冷雨青灯读书舍。待离别怎忍离别？今宵醉也，明朝去也，宁耐些些。

——《中吕·普天乐》

十年燕月歌声，几点吴霜鬓影。西风吹起鲈鱼兴，已在桑榆暮景。

——《中吕 · 醉高歌 · 感怀》

前一曲写别情，极缠绵悱恻之致；后一曲抒感慨，有倦游归隐之思。在意境和韵味上，更多地像词而不像曲。他也有些浅显朴质的小曲，流传众口，老妪能解。如：

欲寄君衣君不还，不寄君衣君又寒。寄与不寄间，妾身千万难。

——《越调 · 凭阑人 · 寄征衣》

红颜褪，绿鬓凋，酒席上渐疏了欢笑。风流近来都忘了，谁信道也曾年少。

——《双调 · 寿阳曲》

前一曲抓住寄不寄征衣的思想矛盾，把征妇的思念之情、体贴之心，淋漓尽致地表现了出来。后一曲用“欢笑渐疏”“风流都忘”两个细节，将“美人迟暮”之感和盘托出，结语尤幽默有趣，完全摆脱了诗文中那副道学家的面孔。然而，尽管它的语言浅白，笔调流畅，仍然残留着词的韵味。刘咸炘说：“姚燧、卢挚、刘秉忠皆达官贵人，而其曲皆真切，非如词中欧、晏诸公之秾丽，可知词与曲之分别，亦由北人南人性情之异也。”（《文学述林 · 论曲》）是有见解的。

总之，以词为曲的作家群，有三个显著的特点：一是他们几乎只写小令，很少写套曲，更不写剧曲。说明他们对于这一新的文学样式，还不能得心应手，运用自如；二是在内容上，他们或借物以言志，或即景以抒情，或咏史以伤时，题材都比较严肃。所谓“淫词媟语”，在他们的曲中是很少见的。只有稍后的卢挚和姚燧，才写了一点颇有市民情趣的言情之作；三是在语言风格上，注意文采，偏重典雅，他们有时也吸收了一些富有生活气息的口头语言入曲，但就其总体倾向来看，仍然没有抛弃词的蹊径，摆脱词的影响。然而在当时的士大夫中能够自觉地采取这种新诗体来抒情言志，写景咏物，而且取得较高的成就，在散曲发展史上是有着不可磨灭的贡献的。

第二节　鼎盛时期的代表作家

黄周星说：“论曲之妙无他，不过三字足以尽之，曰：‘能感人’而已。感人者，喜则欲歌、欲舞，悲则欲泣、欲诉，怒则欲杀、欲割：生趣勃勃，生气凛凛之谓也。”（《制曲枝语》）王国维也说：“元曲之佳处何在？一言以蔽之曰：‘自然而已矣。’”（《宋元戏曲考·元剧之文学》）黄、王二氏在这里主要是谈剧曲，但也完全适用于散曲。特别是鼎盛时期的元人散曲，更具有“感人”“自然”的艺术特色。吴梅说：“尝谓元人之词，约分三端：喜豪放者学关汉卿，工妍炼者宗二甫（指白仁甫和王实甫），尚轻俊者效东篱（马致远）。而张小山以小令著称，不入戾家爨弄，斯又词品之高卓者也。”（《曲学通论·家数》）无论豪放也好，妍炼也好，轻俊也好，要皆归于本色自然，要皆归于感人至深，才能与唐诗、宋词分庭抗礼，才能成为具有自己艺术特色的“一代文学”。我们读一读关、马、白、张的散曲，就可以了解它的艺术特色和艺术成就了。

一、“捻杂剧班头”关汉卿

关汉卿，号一斋，又号已斋叟，大都（今北京）人。约生于金宣宗兴定年间，卒于元成宗大德初年。曾经做过太医院尹，有人认为“尹”为“户”之讹，形近而误。“尹”为官吏，而“户”测纯粹为平民了。他领导过“玉京书会”，是我国伟大的古典戏剧家，有中国的莎士比亚之称。著有杂剧六十多种，今存《窦娥冤》《救风尘》《拜月亭》《切鲙旦》《鲁斋郎》《单刀会》等十八种。有的至今还活在舞台上。他的杂剧，代表了我国古典戏剧的最高成就，在我国戏曲发展史上有着深远的影响和崇高的地位。第一个评价他的戏剧成就的是杨维桢，他在《元宫词》中说：“开国遗音乐府传，白翎飞上十三弦。大金优谏关卿在，《伊尹扶汤》进剧编。”这里说他是大金的“优谏”，就是用戏剧来进行讽谏的人，说明他是一个出色的戏剧表演家。这与《太和正音谱·杂剧十二科》所说的“关汉卿曰：‘非是他当行本事、我家生活，他不过为奴隶之役，供笑献勤，以奉我辈耳。子弟所扮，是我一家风月’”恰好相合。臧晋叔在《元曲选序》中也说：关汉卿“躬践排场，面傅粉墨，以为我家生活，偶倡优而不辞。”可见他只是一个戏剧创作家和戏曲表演家，《析津志》称其为“名宦”，是不可靠的。但杨维桢在这里有一个小小的错误，即把郑德辉《伊尹扶汤》（见《太和正音谱·群英所编杂剧》。《录鬼簿》作《放太甲伊尹扶汤》，《也是园藏书古今杂剧目录》作《立成汤伊尹耕莘》）的著作权判给关汉卿了。

关汉卿既是一个铮铮铁骨的硬汉子，敢于碰硬，敢于揭露社会的主要矛盾，《窦娥冤》《望江亭》《绯衣梦》等就是这样的作品，当代著名戏剧家田汉在《关汉卿》中所塑造的艺术形象，是符合历史真实的。他又是一个放浪不羁的风流才子。他自己说：“我是个蒸不烂、煮不熟、捶不扁、炒不爆、响珰珰一粒铜豌豆”，“我玩的是梁园月，饮的是东京酒，赏的是洛阳花，攀的是章台柳”。（《南吕·一枝花·不伏老》套）元末明初的戏曲评论家贾仲明也说他“珠玑语唾自然流，金玉词源即便有，玲珑肺腑天生就。风月情，忒惯熟，姓名香四大神州。驱梨园领袖，总编修师首，捻杂剧班头”，说明他是够浪漫的了。还有一则流传下来的轶事，更有风趣。据说他曾经看到一个陪嫁的婢女，生得花容月貌，千方百计想得到她，又怕夫人不同意，便作了一首小令试探着道：“鬓鸦，脸霞，屈杀了将陪嫁。规模全似大人家，不在红娘下。巧笑迎人，文谈回话，真如解语花。若咱，得他，倒了葡萄架。”（《中吕·朝天子·从嫁媵婢》）他夫人见了，也答了一首诗道：“闻君偷看美人图，不似关王大丈夫。金屋若将阿娇贮，为君唱彻醋葫芦。”他读了以后，只得一笑而罢（《顾曲麈谈》卷下）。

他的散曲，丰富多采，自然当行，具有很高的艺术价值。今存套数十三，小令五十七。贯云石在序《白雪阳春》中说他“造语妖娇，如少女临杯”。《太和正音谱》说他的词“如琼筵醉客”。这些评语虽然有些抽象浮泛，却也把握了他的艺术风格。

他的散曲，主要是写三个方面的题材，一是写儿女之情，二是写闲适之意，三是写景物之美。写儿女之情的作品，占了压倒的多数，但都写得情真语挚，细腻缠绵，没有什么低级庸俗的东西。如：

自送别，心难舍，一点相思几时绝。凭阑袖拂扬花雪。溪又斜，山又遮，人去也。

——《南吕·四块玉·别情》

怕见春归，枝上柳绵飞。静掩香闺，帘外晓莺啼。恨天涯锦字稀，梦才郎翠被知。宽尽衣，一搦腰肢细。痴，暗暗的添憔悴。

——《双调·碧玉箫》

这两首小令，都是写少妇的离愁别恨，生动、逼真，形象鲜明，感情真挚，具有较强的艺术感染力。他还在散曲中歌颂了崔张的恋爱纠葛，用《中吕·普天乐》十六首，概括了一部《董西厢》。也赞美了双渐、苏卿的坚贞不渝，说是“苏氏贤，嫁了双知县。天，称了他风流愿”（《双调·碧玉箫》）。也赞叹了郑元和与李亚仙的“重归于好”，说是：“郑元和，受寂寞，道是你无钱怎奈何！哥哥家缘破，谁着你摇铜铃唱挽歌。因打亚仙门前过，恰便是司马泪痕多。”（《双调·大德歌》）把石君宝《曲江池》的情节几乎都概括了进去，不愧是“蕴藉风流，为一时之冠”（《析津志》）的“名公才人”。

写闲适的生活，表面上似乎有些消极情绪，实则是他不满现实，不肯同流合污的性格写照。请看：

意马收，心猿锁，跳出红尘恶风波。槐阴午梦谁惊破：离了名利场，钻入安乐窝，闲快活。

南亩耕，东山卧，世态人情经历多。闲将往事思量过：贤的是他，愚的是我，争甚么？

——《南吕·四块玉·闲适》

这真是“经了些窝弓冷箭蜡枪头”之后的反思，似乎是“遇着矛盾绕开走”的人生哲学，骨子里却充满了抑郁、悲愤的感情。

写景的作品虽然不多，但却写得很生动、很形象，给人以美的享受。如他的《南吕·一枝花·杭州景》套曲云：

> 普天下锦绣乡，寰海内风流地。大元朝新附国，亡宋家旧华夷。水秀山奇，一到处堪游戏，这答儿忒富贵。满城中绣幕风帘，一哄地人烟凑集。
>
> 〔梁州〕百十里街衢整齐，万余家楼阁参差，并无半答儿闲田地。松轩竹径，药圃花蹊，茶园稻陌，竹坞梅溪。一陀儿一句诗题，行一步扇面屏帏。西盐场便是一带琼瑶，吴山色千叠翡翠。兀良望钱塘江万顷玻璃，更有清溪、绿水。画船儿来往闲游戏，浙江亭紧相对。相对着险岭高峰长怪石，堪羡堪题。
>
> 〔尾〕家家掩映渠流水，楼阁峥嵘出翠微。遥望西湖暮山势，看了这壁，觑了那壁，纵有丹青下不得笔。

它把杭州的繁华和西湖的景致有声有色地描绘了出来，前一曲是总写，中一曲是分写，后一曲是合写，结构完整，剪裁巧妙，给人以具体的感受和深刻的印象。王国维说得好：“关汉卿一空倚傍，自铸伟词，而其言曲尽人情，字字本色，故当为元人第一。”（《宋元戏曲考》）它与词不同，纯用通俗的语言，铺排的手法，写自己新鲜的感受，显露出本色的特点。柳永的《望海潮》，也概括了西湖的清景和钱塘的繁华，词中的“三秋桂子，十里荷花”，曾经引起金主亮投鞭渡江的兴趣，影响是很大的。词云：

> 东南形胜，江吴都会，钱塘自古繁华。烟柳画桥，风帘翠幕，参差十万人家。云树绕堤沙，怒涛卷霜雪，天堑无涯。市列珠玑，户盈罗绮，竞豪奢。重湖叠巘清嘉，有三秋桂子，十里荷花。羌管弄晴，菱歌泛夜，嬉嬉钓叟莲娃。千骑拥高牙，乘醉听箫鼓，吟赏烟霞。异日图将好景，归去凤池夸。

两相比较，前者之语言与韵脚，情味与意境，与后者有着较大的差别。即在语言方面，曲浅显而词深雅；在韵脚方面曲较密而词较疏；在情味方面曲较朗畅而词较蕴藉；在意境方面曲较平实而词较华丽。尽管柳永的词也偏于俚俗，但毕竟是词而不是曲。

二、“曲状元”马致远

马致远（1250？—1324?），字千里，号东篱，大都（今北京）人，是元贞书会的中坚人物。贾仲明赞美他是“战文场，曲状元，姓名香贯满梨园”。他本来有着“佐国心，拿云手”的雄心壮志，也在功名仕宦途中浮沉了一些年，所谓“且念鲰生自年幼，写诗曾献上龙楼”（《黄钟・女冠子》残套）。“九重天，二十年，龙楼凤阁都曾见”（《双调・拨不断》），记录了他奔走功名富贵的美好回忆。但在蒙古贵族统治集团推行的民族歧视和对知识分子的排斥打击政策下，他只出任过江浙省务提举的官，便带着“登楼意，恨无上天梯”“空岩外，老了栋梁材”（《南吕・金字经》）的悲哀，走出了名利场，离开了是非窝，过着“结三生清净缘，住一区安乐窝，倒大来闲快活”（《南吕・四块玉》）的隐居生活。但他不甘寂寞，从不满现实的感情出发，写了大量的看来像大彻大悟，实际上是牢骚满腹的小令，说什么“本是个懒散人，又无甚经济才，归去来”（《南吕・四块玉》），说什么“会作山中相，不管人间事，争甚么半张名利纸”（《双调・清江引》），说什么“两鬓皤，中年过，图甚区区苦张罗，人间宠辱都参破”（《南吕・四块玉》），来抒发自己“穷，男儿未济中。风波梦，一场幻化中”（《南吕・金字经》）的不平与悲愤。他还写了大量以知识分子为题材的杂剧，如《荐福碑》《青衫泪》《陈抟高卧》以及与民间艺人花李郎等合编的《黄粱梦》等，对于“这壁拦住贤路，那壁又挡住仕途”的不合理现象，进行了揭露和抨击，其中所塑造的知识分子形象，就有着他自己的影子在里面。

在散曲作家中，他负有盛名，甚至有人把他推为“元人第一”。《太和正音谱》说他的词“如朝阳鸣凤”，“典雅清丽，可与《灵光》《景福》而相颉颃，有振鬣长鸣，万马皆喑之意。又若神凤飞鸣于九霄，岂可与凡鸟共语哉？宜列群英之上”，可谓推崇到了极点。今存散套十六，小令一百十五，是前期散曲的多产作家。近人把它辑为《东篱乐府》。纵观他的散曲，大多是抒发个人怀才不遇的悲哀，对于那些“争名利，夺富贵”的庸俗风气，也给予了嘲笑和批评。其次便是描写景物和男女之间的恋情。刘大杰说他“扩大了曲的内容，提高了曲的意境”，“他的长处，是能适应各种题材的特性，表现各种不同的风格”（《中国文学发展史·元代前期的散曲作家》），是符合他的实际的。他的散曲意境优美，形象鲜明，色彩强烈，语言爽朗，具有很高的艺术感染力。

绿水边，青山侧，二顷良田一区宅。闲身跳出红尘外，紫蟹肥，黄菊开，归去来。

——《南吕·四块玉·恬退》

布衣中，问英雄，王图霸业成何用？禾黍高低六代宫，楸梧远近千官冢，一场恶梦。

——《双调·拨不断·叹世》

前曲以“绿水”“青山”的自然风光，“紫蟹”“黄菊”的美好生活，写自己“闲身跳出红尘外”的恬适心情，隐含着对污浊现实的极端不满。后一曲言那些出身“布衣”而建立了“王图霸业”的“英雄”们，也不过是“一场恶梦”，似乎是对功名富贵的否定，实则是自我解嘲而已。两曲色彩鲜明，感情强烈，音调和谐，明白如话，不愧是艺术珍品。但真正能够比较全面地反映马致远的思想感情的，还是他的《双调·夜行船·秋思》：

〔夜行船〕百岁光阴如梦蝶，重回首往事堪嗟。今日春来，明朝花谢。急罚盏夜阑灯灭。

〔乔木查〕想秦宫汉阙，都做了衰草牛羊野。不恁渔樵无话说。纵荒坟横断碑，不辨龙蛇。

〔庆宣和〕投至狐踪与兔穴，多少豪杰。鼎足三分半腰里折，魏耶？晋耶？

〔落梅风〕天教富，莫太奢。无多时好天良夜。看钱奴硬将心似铁，空辜负锦堂风月。

〔风入松〕眼前红日又西斜，疾似下坡车。晓来清镜添白雪，上床与鞋履相别。莫笑鸠巢计拙，葫芦提一向装呆。

〔拨不断〕利名竭，是非绝。红尘不向门前惹，绿树偏宜屋角遮，青山正补墙头缺，竹篱茅舍。

〔离亭宴煞〕蛩吟一觉方宁贴，鸡鸣万事无休歇。争名利，何年是彻？密匝匝蚁排兵，乱纷纷蜂酿蜜，闹攘攘蝇争血。裴公绿野堂，陶令白莲社。爱秋来那些：和露摘黄花，带霜烹紫蟹，煮酒烧红叶。人生有限杯，几个登高节。嘱咐俺顽童记者：便北海探吾来道东篱醉了也。

这是马致远的代表作，也是元人散曲的名篇。它以鲜明的形象，表现着强烈的感情。特别是其中的“红尘不向门前惹”“和露摘黄花”“密匝匝蚁排兵”三个鼎足对，色彩强烈，感情奔放，对仗工整，语言爽朗，有着极大的艺术魅力。历来的曲评家都给予它极高的评价。周德清说：“此方是乐府，不重韵，无衬字，韵险语俊。谚云‘百中无一’，余曰万中无一。”（《中原原韵·作词十法》）王世贞说：“马致远‘百岁光阴’，放逸宏丽，而不离本色，押韵尤妙。长句如‘红尘不向门前惹，绿树偏宜屋角遮，青山正补墙头缺’。又如‘和露摘黄花，带霜烹紫蟹，煮酒烧红叶’，俱入妙境。小语如‘上床与鞋履相别’，大是名言。结尤疏俊可咏。元人称为第一，真不虚也。”（《艺苑卮言》附录一）凌廷堪《论曲绝句》云：“大都词客本风流，‘百岁光阴’老更遒。文到元和诗到杜，月明孤雁《汉宫秋》。”（《校礼堂诗集》卷二）他把“百岁光阴”这个套曲和杂剧《汉宫秋》的作者，比作散文中的韩愈，诗歌中的杜甫，说明马致远在元曲发展史上的地位是极其崇高的。

马致远奔波羁旅，受尽了“鞍马区区山路遥”的困苦，他把自己的感受，生动而形象地反映在所写的诸多小令中。如：

带月行，披星走，孤馆寒食故乡秋。妻儿胖了咱消瘦，枕上忧，马上愁，死后休。

——《南吕 · 四块玉 · 叹世》

枯藤老树昏鸦，小桥流水人家，古道西风瘦马。夕阳西下，断肠人在天涯。

——《越调 · 天净沙 · 秋思》

这两支小令，集中反映了他“二十年漂泊生涯”的生活现实。他的羁旅行役之苦，坎坷失意之悲，都在字里行间渗透了出来，而那个天涯断肠人就是他的自画像。特别是后一曲，乃元人小令中的名篇，作者把秋天傍晚的几种特有的景物叠映在一起，创造出一个萧瑟苍凉的意境，很好地表达出倦游者的彷徨心情。所以周德清誉之为“秋思之祖”（《中原音韵 · 作词十法》），王世贞誉之为“景中雅语”（《艺苑卮言》附录一），王国维说它“纯是天籁，仿佛唐人绝句”（《宋元戏曲考 · 元剧之文章》），又说：“寥寥数语，深得唐人绝句妙境。有元一代词家，皆不能办此也。”（《人间词话》卷上）吴梅还说：“明人最喜模仿此曲，而终无如此自然，故予以为不可及者此也。”（《顾曲麈谈》）如此高度的评价，说明它是元人散曲的艺术瑰宝。

马致远的足迹遍及大江南北，天台、浔阳、临筇、巫山、马嵬、蓝桥，以及洞庭之浩瀚，西湖之清丽，无不在他的笔下呈现着绰约的风姿，也浸透了离人的眼泪，句句是景，句句是情，情景是那样的妙合无垠，水乳交融，真是化工之笔。如：

渔灯暗，客梦回，一声声滴人心碎。孤舟五更家万里，是离人几行清泪。

——《双调 · 寿阳曲 · 潇湘夜雨》

春风骄马五陵儿，暖日西湖三月时，管弦触水莺花市。不知音不到此，宜歌宜酒宜诗。山过雨颦眉黛，柳拖烟堆鬓丝，可喜煞睡足的西施。

——《双调·湘妃怨·和卢疏斋西湖》

他陶醉在潇湘画里，西子湖畔。他饱蘸着离愁别恨，让潇湘八景染上了自己的感情色彩；他表示要终老西湖，说是“但得孤山寻梅处，苫间草厦。有林和靖是邻家，喝口水西湖上快活煞”（《双调·新水令·题西湖》套）。一种向往自然，向往林泉的情趣，跃然纸上。

他也写了不少的言情小令，细腻清新，把思妇的心理活动，入木三分地刻画了出来，引起人们长久的共鸣。如：

从别后，音信绝，薄情种害煞人也。逢一个见一个因话说，不信你耳轮儿不热。

如年夜，人乍别。角声寒玉梅惊谢。梦回酒醒灯尽也，对着冷清清半窗残月。

——《双调·寿阳曲》

前一曲写“久别”，后一曲写“乍别”。两曲都从心理刻画着墨。含蓄凝练，意余言外，耐人回味咀嚼，不带半点脂粉气和庸俗味。作者是心理刻画的高手，他在《般涉调·耍孩儿·借马》一套中，把一个爱马如命的悭吝人的内心活动，穷形尽相地描绘了出来：“早晨间借与他，日平西盼望你，倚门专等来家内。柔肠寸寸因他断，侧耳频频听你嘶。道一声‘好去’，早两泪双垂。”形象生动，语言诙谐，还在散曲中采用旁白、背唱的手法，突出地刻画出这个悭吝汉的内心活动，使每一个人都有“似曾相识”之感。真是纵笔所之，无不如意；不同题材，各具匠心。

三、“诗酒乐天真”白朴

白朴（1226—1307?），原名恒，字仁甫，又字太素，号兰谷，隩州（今山西河曲县）人。是金枢密院判白华的第二个儿子，也是著名诗人元遗山的通家侄。蒙古兵攻陷金朝首都汴京的时候，适其父因事远去，那时白朴才七岁，仓皇失母，赖遗山携之北渡避难。在元遗山的培育下，掌握了丰富的文化知识，成为元代著名的词人。故其父白华北归，为诗以谢元氏云：“顾我真成丧家狗，赖君曾护落巢儿。”朴幼经丧乱，淡泊功名。至元统一后，徙居金陵，纵情山水，以诗酒自娱。他的词清丽蕴藉，音律和洽。朱彝尊说他的词“源出苏、辛，而绝无叫嚣之气，自是名家”（《跋〈天籁集〉》）。他的朋友王博文说他的词“辞语遒丽，情寄高远，音节协和，轻重稳惬。凡当歌对酒，感事兴怀，皆自肺腑流出”（《天籁集序》）。他所著杂剧十六种，今存《梧桐雨》《墙头马上》《东墙记》三种。或缠绵清丽，或尖新泼辣，都有较高的艺术成就。与关汉卿、马致远、郑光祖号称元剧四大家。王国维认为他的《梧桐雨》“沉雄悲壮，为元曲冠冕”。

著有《天籁集》，清初杨友敬掇拾他的散曲附之于后，名曰《摭遗》。现存小令三十七首，散套四套。《太和正音谱》评其曲“如鹏抟九霄”。盖其在典丽之中，寓豪放之气，兼有豪放清丽之长。他现存的散曲，虽没有透露出他的故国之思，像词中的“长江不管兴亡，漫流尽英雄泪万行。问乌衣旧宅，谁家作主？白头老子，今日还乡。吊古愁浓，题诗人去，寂寞高楼无凤凰。斜阳外，正渔舟唱晚，一片鸣榔”（《沁园春·金陵凤凰台眺望》）。“少陵野老，杖履潜步江头，几回饮恨吞声哭。岁暮意何如？怯秋风茅屋。”（《石州慢》）禾黍之悲，溢于词表。但他在曲中却把这种思想感情转化为超然世外的避世态度，深深地将自己的故国之思裹藏起来。

> 不因酒困因诗困，常被吟魂恼醉魂。四时风月一闲身。无用人，诗酒乐天真。
>
> ——《中吕·阳春曲》
>
> 黄芦岸白□渡口，绿杨堤红蓼滩头。虽无刎颈交，却有忘机友，点秋江白鹭沙鸥。傲杀人间万户侯，不识字烟波钓叟。
>
> ——《双调·沉醉东风·渔父》

前曲直接宣告自己是“诗酒乐天真”的“无用人”，后曲把“烟波钓叟”作为自己的化身，表面上是蔑视功名富贵，歌颂隐逸生活，实际上则是对现实不满，坚决与统治阶级不合作。

白朴诗酒佯狂，“有心遁世，无地栖身”，便让自己在“管弦珂里，醉携红袖，灯火夜行”（《风流子》），过着“今朝有酒今朝醉，且尽尊前有限杯”（《中吕·阳春曲·知几》）的浪漫生活，以弥补他内心的创伤。故贾仲明吊他的曲中有“拈花摘月风诗性，得青楼薄幸名”的话。他的咏唱男女恋情的歌曲，的确带有“风诗性”：

笑将红袖遮银烛，不放才郎夜看书。相偎相抱取欢娱。止不过叠应举，及第待何如！

百忙里铰甚鞋儿样，寂寞罗帏冷篆香。向前搂定可憎娘。止不过赶嫁妆，误了又何妨！

曲中塑造了一对男女青年在那里谈情说爱，声口毕肖，大胆泼辣，把“叠应举”和“赶嫁妆”的“正业”，全不放在眼里，实际上是对科举制度的挑战，是对封建礼教的挑战！用口头的语言，白描的手法，毫不掩饰地向对方裸露自己的内心世界，完全是两颗童心，一片天机，不庸俗，不卑弱，富于生活气息和民歌特色，是爱情歌曲中的珍品。

四、“满城都道好官人”张养浩

张养浩（1270—1329），字希孟，号云庄，自称齐东野人，历城（今山东济南）人。他出生于一个平民的家庭，艰难的环境，激发了他好学上进的精神。他笃学不辍，早负文名，二十三岁赴京求仕，得到平章政事不忽木的推荐，被任为礼部令史、御史台掾史、中书省掾属的下级官吏。三十五岁，循例选授为堂邑县尹，到任即毁淫祠，惩暴徒，改革征购制度，提倡生产救荒，尽力解救百姓的疾苦。“三年之间，田者赢，工贩者足，强者不得病乎弱者”，农业生产和社会治安有了根本的好转。三十八岁，升任为监察御史，入则“与天子争是非”，出则“与大臣辩可否”，不顾个人安危，直斥朝政十大弊端，要求进行改革，从而触怒了皇帝和大臣，丢掉了乌纱帽。直到武宗去世，仁宗即位，他才逐渐受到了重用，由礼部侍郎而礼部尚书，而中书省参知政事，进入元朝的决策机构。在这期间，他与吴澄等恢复并主持了元代的第一次和第二次进士考试，选拔了许有壬、黄缙、欧阳玄等一代人才，对元朝的政治、文化建设作出了不可磨灭的贡献。这是他一生在政治上最得意的时期，也是他人生历程从四十一岁到五十岁的黄金时代。

后来仁宗去世，英宗即位，他看到群臣动辄得咎，祸遭不测，便以父老归养为由，辞官归里，在云庄建筑了遂闲堂、绰然亭，过着“四面桑麻深，一带云山妙”的隐居生活。他的《云庄乐府》和《归田类稿》，便是在这个时候创作和编写出来的。

> 中年才过便休官，合共神仙一样看。出门来山水相自留恋，倒大来耳根清眼界宽。细寻思这的是真欢。黄金带缠着忧患，紫罗襕裹着祸端，怎如俺藜杖藤冠。
>
> ——《双调·水仙子》
>
> 海来阔风波内，山般高尘土中，整做了三个十年梦。被黄花数丛，白云儿峰，惊觉周公梦。辞却凤凰池，跳出海鸡瓮。
>
> ——《双调·庆东原》
>
> 挂冠，弃官，偷走下连云栈。湖山佳处屋两间，掩映垂扬岸。满地白云，东风吹散，却遮了一半山。严子陵钓滩，韩元帅将坛，哪一个无忧患？
>
> ——《中吕·朝天曲》

这些小令，透露了他辞官归隐的背景和原因，是他三十年官场生活的深刻反思。他认为宦海险恶，世路艰难，不如“偷走下连云栈”，过着“藜杖藤冠”的隐居生活。功高不赏，官大祸随，本来是封建社会的普遍现象。何况张养浩辞官的那些年月，统治阶级内部争权夺利，互相倾轧，到了白热化的程度，加上元代推行的民族歧视政策，更增加了他“如临深渊，如履薄冰”的危机感，所以他“中年才过便休官”，不只是对当时黑暗政治的消极抵制，更是对当时宦海的清醒认识。因此他从政治斗争的漩涡中，转向明媚、平静的大自然，所发出的那种欢快的微笑，绝不是故作清高的矫情，而是从肺腑里流露出来的真情实感。

天历二年（1329），关中大旱，饥民相食，朝廷特拜他为陕西行御史台中丞，他想到“民之流亡，如己流亡”，便毅然离开了“花与竹无俗气，水和山有异香”的云庄遂闲堂，“一命即驾”“登车就道”，绝不是那种“在官时只说闲，得闲也又思官”的患得患失之辈，而确实是想出生民于涂炭，救百姓于水火的。在陕西赈灾中，他殚精竭力，“出币发粟，全活生灵，不知纪极”。正如他自己在《中吕·喜春来》中所说的那样：

> 路逢饿殍须亲问，道遇流民必细询。满城都道好官人。还自哂，只落的白发满头新。

终因积劳成疾，到官四个月便死了。“秦民闻之，疾首痛哭”，并在曲江池畔建祠纪念。苏天爵在《七聘堂记》中歌颂他说：“执法牧民为贤令尹，入馆阁则曰名流，司台谏则称骨鲠，历省台则号能臣。”这评价是符合他的实际的。

张养浩是元代著名的散曲家，现存小令一百六十一首，散套两套。他的散曲题材广泛，田园生活，咏史怀古，以及反映社会现实的各种重大题材都被引进到曲中，一改过去多写儿女柔情、消极避世的狭窄生活，从而拓宽了曲的创作天地，在散曲发展史上是继马致远之后别开生面的一个重要作家。

张养浩在仕途上应该说是春风得意的，但他却把功名看作“火坑”，看作“恶梦”，看作“傀儡场”，看作“连云栈”，这是他生活经历的总结，是他大彻大悟的表现。历史是一面镜子，他常常拿这面镜子来照照自己，认为只有急流勇退，才能得到解脱，保个平安，所以他的散曲，只有历史的教训，没有个人的牢骚。请看：

> 郭子仪功威吐蕃，李太白书骇南蛮。房玄龄经济才，尉迟德英雄汉，魏徵般敢言直谏。这的每不满高人一笑看，因此上功名意懒。

——《双调 · 沉醉东风》

功名百尺竿头，自古及今，有几个干休：一个悬首城门，一个和衣东市，一个抱恨湘流。一个十大功亲戚不留，一个万言策贬窜忠州。一个无罪监收，一个自抹咽喉。仔细寻思，都不如一叶扁舟。

——《双调 · 折桂令》

他看到上面那些历史人物，不管有多大的功劳，多高的才干，“只为他进身的疾，收心的晚”，到头来都没下梢，有忧患。他不愿“腆着胸登要路，睁着眼履危机”，才“跳出天罗，占断烟波”的。他着实把自己终日徜徉啸傲在那里的“绰然亭”描绘了一番，一会儿说“欢有余，春无限，绰然亭只疑在天上”（《双调 · 沉醉东风》），一会儿说“绰然一亭尘世表，不许俗人到。四围桑麻深，一带云山妙”（《双调 · 雁儿落兼清江引》），一会儿说“赏罢芙蓉秋，又见胭脂露而这的是绰然亭绝妙处”（《双调 · 清江引》），一会儿说“绰然亭后遂闲堂，更比仙家日月长”（《双调 · 水仙子》），一会儿又说“一溪烟水奁开镜，四面云山锦簇屏，客来沉醉绰然亭”（《中吕 · 喜春来》），一会儿还说“爱绰然，靠林泉，正当门满地千呷莲。一带山川，万顷风烟，都在几席边”（《越调 · 寨儿令》）。一股发自肺腑的喜悦之情，真像跳出了火坑，摆脱了拘系一样。

张养浩自己是一个廉政爱民的好官，也经常告诫人们要“休行非义”“休图官禄，休求金玉”“休趋富汉欺穷汉”。他像暮鼓晨钟一样警诫人们说：

无官何患，无钱何惮，休教无德人轻慢。你便列朝班，铸铜山，止不过只为衣和饭，腹内不饥身上暖。官，君莫想；钱，君莫想。

休学谄佞，休学奔竞，休学说谎言无信。貌相迎，不实诚，纵然富贵皆侥幸，神恶鬼嫌人又憎。官，待怎生？钱，待怎生？

——《中吕 · 山坡羊》

完全是一副德高望重的长者口吻，不带一丝儿叫嚣之气，娓娓道来，如话家常，如对儿孙，给人以非常深刻的感受。他对劳动人民的疾苦和灾难，也寄予了深刻的关怀和同情，“己饥己溺”之怀，在他的散曲中得到了生动而形象的反映，如他的《双调·得胜令·四月一日喜雨》云：

万象欲焦枯，一雨足沾濡。天地回生意，风云足霸图。农夫，舞破蓑衣绿；和余，欢喜的无是处。

他以满腔的热情，面对着“唤醒焦枯”“天地回春”的一场及时雨，高兴得与农民一起手舞足蹈，表现了他与农民共患难同欢乐的感情。他的另一套《南吕·一枝花·喜雨》和这一支小令，都是他写在陕西治旱救灾的时候，想到“赤子从今罢叹吁”，而感到由衷的喜悦，可与杜甫的《春夜喜雨》、苏轼的《喜雨亭记》媲美。

作者还常常把历史的镜子跟现实对照，通过对历史事件和历史人物的评价，给统治者以当头棒喝，达到以古为鉴、以古喻今的目的。他的那九支《中吕·山坡羊》“怀古”的组曲，有写景，有叙事，有说理，议叙结合，情景交融，名为“怀古”，实乃伤今，早已成为脍炙人口的名曲：

峰峦如聚，波涛如怒，山河表里潼关路。望西都，意踟蹰，伤心秦汉经行处。宫阙万间都做了土。兴，百姓苦，亡，百姓苦。

——《潼关怀古》

骊山屏翠，汤泉鼎沸，说琼楼玉宇今俱废。汉唐碑，半为灰，荆棘长满繁华地。尧舜土阶君莫鄙。生，人赞美；亡，人赞美。

——《骊山怀古》

《潼关怀古》以深邃的历史眼光，发出无论封建王朝的兴亡，都只会给人民带来痛苦的慨叹。《骊山怀古》把淫暴之君与圣明之主，奢华之害与节俭之利，作了鲜明的对比。这样的怀古伤今，同情人民，在元人散曲中是不多见的。

元曲鼎盛时期的作家还有很多，像王实甫、郑光祖、滕斌、邓玉宾、鲜于必仁、白贲等，都有很好的作品流传下来。而尤其值得注意的是湖南湘乡的冯子振（1253—1348），字海粟，自号怪怪道人，又号瀛洲客，仕为承仕郎集贤待制。博学多文，才气横溢，下笔万言，倚马可待。而又闳衍巨丽，美如簇锦。宋景濂称其词“横厉奋发”“真一世之雄”。贯云石称其词“豪辣灏烂，不断古今”（《阳春白雪序》）。所和白贲《正宫·鹦鹉曲》四十二首，蜚声当时。邓子晋称赞他“字按四声，字字不苟，辞壮而丽，不淫不伤”（《朝野新声太平乐府序》）。曲云：

嵯峨峰顶移家住，是个不唧溜樵父。烂柯时树老无花，叶叶枝枝风雨。〔幺〕故人曾唤我归来，却道不如休去。指门前万叠青山，是不费青蚨买处。

——《山亭逸兴》

年年牛背扶犁住，近日最懊恼煞农父。稻苗肥恰待抽花，渴杀青天雷雨。〔幺〕恨残霞不近人情，截断玉虹南去。望人间三尺甘霖，看一片闲云起处。

——《农夫渴雨》

第一首借樵夫之口自抒怀抱，第二首写农夫渴望时雨的心情。即景抒怀，格高调雅，不愧是“世谓天下有名冯海粟”（《尧山堂外纪》）。

第三节　逐渐雅化的后期名家

散曲发展到了元代后期，逐渐走向了雅化的道路。追求词采，讲究声律，初期那种俚俗、粗豪、裸露、质朴的蒜酪味，逐渐减弱了、消失了。而从理论上加以系统的总结的，便是周德清的《中原音韵·作词十法》。它从知韵、造语、用事、用字、入声作平声、阴阳、务头、对偶、末句和定格十个方面，规定了哪些“可作”“可用”，哪些“不可作”“不可用”，使“北士恃为指南，北词禀为令甲”（王骥德《曲律·自序》）。他自己也非常自信地说：其书“乃作词之膏肓，用字之骨髓，皆不传之妙”（周德清《中原音韵》自序）。说明曲的逐渐雅化，由市民文学走上文人雅士的殿堂，是散曲发展的必然趋势。这个时期的散曲，仍然是作家如林，作品似锦，像曾瑞、睢景臣、周文质、刘时中、马谦斋、孙周卿、吕止庵、查德卿、吴西逸、朱庭玉、杨朝英、周德清、汪元亨、刘庭信、汤式等，都是散曲的名家，而尤以乔吉、张可久、徐再思、任昱的成就为最高，其作品数量也最多，下面将分别加以论述：

一、“江湖状元”乔吉

乔吉（1280—1345），字梦符，号鹤笙翁，又号惺惺道人，是从太原寓居杭州的。他一生潦倒，寄情诗酒，自称是“不占龙头选，不入名贤传”的“江湖状元”。《录鬼簿》说他“美容仪，能词章，以威严自饬，人敬威之”。以题《西湖梧叶儿》一百篇，蜚声词坛。所著杂剧十一种，今仅存《扬州梦》《两世姻缘》《金钱记》三种。元、明间辑有《惺惺道人乐府》和《文湖州集词》。今存的《乔梦符小令》，系明人李开先所辑。《全元散曲》收其小令二百零九首，散套十一首。是除了张可久以外的第二个多产元曲作家。《太和正音谱》评其词“如神鳌鼓浪，若天吴跨神鳌，噀沫于大洋，波涛汹涌，截断众流之势”。李开先加以补充说：“此特言其雄健而已，要之未尽也。以予论之，蕴藉包含，风流调笑，种种出奇，而不失之怪；多多益善，而不失之繁；句句用俗，而不失其文。”（《乔梦符小令序》）李氏甚至说：“乐府之有乔、张，犹诗家之有李、杜。”王骥德加以更正说：“夫李则实甫，杜则东篱始当；乔、张盖长吉、义山之流。”（《曲律·杂论》）清刘熙载也说：“元张小山、乔梦符为曲家翘楚。”（《艺概·词曲概》）说明乔、张两人齐名，共执曲坛牛耳。不管将他们比作唐诗中的李白、杜甫也好，比作李贺、李商隐也好，他们在散曲发展史上的地位是不可动摇的。综观他的散曲，雅俗兼该，生动活泼，以清丽为归，以出奇制胜，注意了辞藻的锤炼和声律的推敲，少用衬字、衬句，表现了雅化的倾向，但他仍然继承了前期散曲作家的通俗和大胆的特色。

乔吉的生平，我们虽然知道得很少，但从他的《自述》《自叙》等小令中，可以看出他的生活情趣和处世态度：

不占龙头选，不入名贤传。时时酒圣，处处诗禅。烟霞状元，江湖醉仙。笑谈便是编修院。留连，批风抹月四十年。

——《正宫·绿幺遍·自述》

华阳巾鹤氅蹁跹，铁笛吹云，竹杖撑天。伴柳怪花妖，麟祥凤瑞，酒圣诗禅。不应举江湖状元，不思凡风月神仙。断简残编，翰墨云烟，香满山川。

——《双调·折桂令·自述》

斗牛边缆住仙槎，酒会诗瓢，小隐烟霞。厌行李程途，虚花世态，潦草生涯。酒肠渴柳阴中拣云头剖瓜，诗句香梅梢上扫雪片烹茶。万事从他，虽是无田，胜似无家。

——《双调·折桂令·自叙》

可见他是一个隐于酒、隐于诗，放浪形骸于花柳丛中的狂士。他没有田产，不肯应举，流浪江湖四十年。他常常以“溪友留连，笑谈便是编修院；谁贵谁贤，不应举江湖状元”（《中吕·朝天子》）来自我解嘲。他与当时著名的歌妓刘牙儿、郭莲儿、朱阿娇、李楚仪、罗真真、王柔卿等来往密切，有着深厚的交情，或赞美她“含宫泛徵，咬文嚼字，谁敢嗑牙儿”，或希望她“樽前但得，身边伏侍，谁敢想那些儿”；或描绘她“合欢髻子楚云松，斗巧眉儿翠黛浓。柔荑指怯金杯重，玉亭亭鞋半弓”；或者表示要将她“怀儿里放，枕袋里藏”。说明他是一个杜牧式的风流才子，所以他经常以杜牧自况，说什么“文章杜牧风流”，什么“老我江湖，少年谈笑，薄幸名留”。他所写的杂剧《扬州梦》，也是他这种生活的写照。因为他在这方面有着深切的生活体验，所写的恋情歌曲，特别细腻生动，缠绵悱恻，深深地颤动着人们的心扉。

云雨期一枕南柯，州破镜分钗，对酒当歌。想驿路风尘，马头星月，雁底关河。往日个殷勤访我，近新来憔悴因他。淡却双蛾，哭损秋波。台候如何？忘了人呵。

——《双调·折桂令·寄远》

脸儿嫩难藏酒晕，扇儿薄不隔歌尘，佯整金钗暗窥人。凉风醒醉眼，明月破诗魂，料今宵怎睡得稳？

——《中吕·红绣鞋·书所见》

前曲“寄远”，把美好的回忆与严峻的现实巧妙地结合起来。“想驿路风尘”三句，极写对方羁旅行役之苦，益见相思之深，相爱之诚。一结以俗衬雅，饶有韵味。“忘了人呵”，声口毕肖，仿佛见到她那寸寸柔肠、盈盈珠泪的样儿。后曲写一个青年歌女的娇态，“佯整金钗暗窥人”，使人联想起韦庄的“忍泪佯低面，含羞半敛眉”（《女冠子》），王实甫的“猛然见了把头低，长吁气，推整素罗衣”（《西厢记》四本三折）。都是通过一个细节的描写，展示着一个人细腻真切的心理活动。但他并不甘心老死在温柔乡里，而是希望能够一展骥足，做一番轰轰烈烈的大事业，他常常发出“青春空过，早两鬓秋霜渐多”（《南吕·玉交枝·失题》）的感叹，甚至情不自禁地喊出了“英雄事业何时办？空熬煎两鬓斑”（《南吕·玉交枝·闲适》）的无可奈何的呼声。但他一生倔强，终身坎坷，在“世情别，故交绝，床头金尽谁行借”（《中吕·山坡羊·冬日写怀》）的炎凉世态中，不愿受人家的欺凌，遭人家的白眼，声明他要“清风闲坐，白云高卧，面皮不受时人唾”（《中吕·山坡羊·自警》），有时也自我解嘲说：“黄金不富英雄汉，一片世情天地间。白，也是眼；青，也是眼”（《中吕·山坡羊·寓兴》），把“青眼”和“白眼”等同起来，颇有点“阿Q精神”。所以他所写的闲适一类的小令，充满了“苍天负我，我负苍天”的牢骚和不平，不像张养浩那样的古井不波，完全得到心理上的平衡。如：

吴头楚尾，江山入梦，海鸟忘机。闲来得觉胡伦睡，枕着蓑衣。钓台下风云庆会，纶竿上日月交蚀。知滋味，桃花浪里，春水鳜鱼肥。

——《中吕 · 满庭芳 · 渔父词》

溪山一派，接松径寒云绿苔。萧萧五柳疏篱寨，撒金钱菊正开。先生拂袖归去来，将军战马今何在？急跳出风波大海，作个烟霞逸客。翠竹斋，薜芳阶，强似五侯宅。这一条青穗绦，傲杀你黄金带。再不著父母忧，再不还儿孙债。险也呵拜将台！

——《南吕 · 玉交枝 · 失题》

前一曲的“钓台下风云庆会”两句，后一曲的“这一条青穗绦”两句，既富有理想色彩，又表达了作者强烈的感情。“险也呵拜将台”，大是醒世名言，发人深省。这种蔑视功名、不满现实的感情，更加鲜明地表现在他的“悟世”“回省”一类的小令中：

肝肠百炼炉间铁，富贵三更枕上蝶，功名两字杯中蛇。尖风薄雪，残杯冷炙，掩青灯竹篱茅舍。

——《双调 · 卖花声 · 悟世》

身离丹凤阙，梦入黄鸡社。桔槔地面宽，傀儡排场热。 名利酒吞蛇，富贵梦迷蝶。蚁阵攻城破，蜂衙报日斜。豪杰，几度花开谢；痴呆，三分春去也。

——《双调 · 雁儿落过得胜令 · 回省》

他把功名富贵看成“蝶梦”“弓蛇”，完全是虚幻的东西，而把争名夺利的官场，看作是“蚁阵”“蜂衙”“傀儡场”，跟“桔槔地”“竹篱茅舍”形成鲜明的对比。愤激之情，不平之鸣，已经溢于言表。这些，都可以帮助我们更多地去了解乔吉的身世、性格和情趣。

二、“词林宗匠”张可久

张可久（1270？—1349？），字伯远（一作仲远），号小山，庆元（今浙江宁波）人。以路史转首领官，又曾为桐庐典史。至正初，年七十余，尚为昆山幕僚。说明他一生潦倒，沉抑下僚。与卢挚、贯云石、刘时中、马谦斋等唱酬甚多，而称马致远为先辈，足迹遍江、浙、闽、皖、湘、赣各省，而未尝北上，所以贯云石序其《今乐府》说：“小山肯来京师，必遇赏音，不至老于海东，重为天下后世惜。”

他专攻散曲，不写杂剧，《全元散曲》收其小令八百五十五首，套曲九套：是元人散曲作家中第一个多产作家。他的散曲无论在当时还是后世，都赢得了极高的评价。江浙儒学副提举钱惟善赞美他说：“君家乐府号《吴盐》，况是风姿美笑谈。公干才名倾邺下，小山词赋擅江南。”（《送小山之桐庐典史》）贯云石也说他的乐府：“抽青配白，奴苏隶黄；文丽而醇，音和而平，治世之音也。”（《今乐府序》）大食惟寅更是对他推崇备至说：“气横秋，心驰入表快神游。词林谁出先生右？独占鳌头。诗成神鬼愁，笔落龙蛇走，才展山川秀。声传南国，名播中州。”（《双调·燕引雏·奉寄小山先辈》）说明他在生前就被人比作“名倾邺下”的刘桢；甚至说他可以“奴苏隶黄”，即超过苏轼、黄庭坚在宋代诗坛上的地位；说是“词林谁出先生右”？可见他在元代后期的散曲中是执牛耳的。后世的朱权说他的曲“清而且丽，华而不艳”“诚词林之宗匠也”（《太和正音谱》）。王骥德说乔吉和他的曲，相当于唐代诗人的李贺与李义山，“然乔多凡语，似又不如小山更胜也”（《曲律·杂论》），刘熙载在肯定乔吉和他“两家固同一骚雅，不落俳语”之后，又强调说“惟张尤翛然独远耳”（《艺概·词曲概》）。说明后世对乔、张的评价，是有轩轾的。但从“乔多凡语”和“不落俳语”的话来看，张可久在雅化的道上走得更远。刘大杰说他的曲“注重形式与格律，因此他的作品，极力运用诗词中的句法，以雕琢字句为能事，力求骚雅蕴藉，形成典丽的风格，失去了前期散曲中的本色美”（《中国文学发展史·元代的散曲与诗词》）。这话是符合他作品的实际的。

他的散曲，以炼句为工，以对偶见巧，以撷取诗词名句为能，许光治所谓“俪辞追乐府之工，散句撷宋唐之秀”（《江山风月谱序》），正好抓住了他的艺术特色。他的散曲，题材也很狭窄，大抵不出赠答、题咏、言情、咏物之什。在酬唱赠答的作品中，每多分题分韵之作，将直抒性灵的散曲，变成逞才斗巧的工具，缺少现实生活，失去本质特色。这是我们应当重新对他的作品，作出适当的评价的。但他“读书多，积于中而形于外”（刘时中《小山乐府跋》），“有不吃烟火食气”（《太和正音谱》），所以虽为应酬，亦颇雅驯，不入庸俗，不落窠臼，仍不失为曲中的瑰宝。如：

寿阳妆何似环儿？快传语花神，换却南枝。血点冰梢，丹涂玉脸，酒晕琼姿。拚花下何郎醉死，误庄前崔护题诗。倚树多时，长笛声中，万点胭脂。

——《双调·折桂令·红梅次疏斋学士韵》

君王曾赐琼林宴，三斗始朝天。文章懒入编修院，红锦笺，白苎篇，黄柑传。 学会神仙，参透诗禅。厌尘嚣，绝名利，近林泉。天台洞口，地肺山前，学炼丹。同货墨，共谈玄。 兴飘然，酒家眠。洞花溪鸟结姻缘，被我瞒他四十年，海天秋月一般圆。

——《南吕·骂玉郎过感皇恩采茶歌·为酸斋解嘲》

与其说是曲，无宁说是词，炼句、作对、用事、造境，无一不是词。前曲写红梅，是次卢挚的韵。“血点冰梢”三句，绘出红梅的丽质，一结尤有“曲终人散，江上峰青”之妙。后曲是为贯云石解嘲，从他少年的春风得意，到中年的辞官归隐，志趣情操，宛然在目，不啻为之撰一小传。这里还要说明的是：洞花、幽草，是贯云石两个爱妾，相传贯临终时，作了一首《辞世诗》云：“洞花幽草结良缘，被我瞒他四十年。今日不留生死相，海天秋月一般圆。”（《词谑·词套》）张可久为之解嘲，引用其中的三句作结，说明这首诗早已流传众口，并非他临终时的遗作。

他的闲适小曲，与乔吉的格调很相近。乔吉声称“不占龙头选，不入名贤传”，他也声称“名不上琼林殿，梦不到金谷园”（《双调·水仙子·次韵》），表示要摆脱名缰利锁，回归到大自然当中去。如：

红尘是非不到我，茅屋秋风破。山村小过活，老砚闲工课。疏篱外玉梅三四朵。

——《双调·清江引·幽居》

风波几场，急疏利锁，顿解名缰。故园老树应无恙，梦绕沧浪。伴赤松归欤子房，赋寒梅瘦却何郎。溪桥上，东风暗香，浮动月昏黄。

——《中吕·满庭芳·山中杂兴》

两曲都是写自己徜徉在无边风月中的喜悦心情，远红尘，离是非，转向大自然，心境是平静安闲的。但他并未能真正忘怀世事，真正做到“远是非，绝名利，腹便便午窗酣睡”（《双调·沉醉东风·幽居》），而是常常情不自禁地喊出：“故人何在，前程那里，心事谁同？”（《黄钟·人月圆·客垂虹》）“春花秋月诗才，两字功名困尘埃。”（《中吕·红绣鞋》）“人传《梁甫吟》，自献《长门赋》，谁三顾茅庐？”（《中吕·齐天乐带红衫儿·道情》）一种怀才不遇之感，渗透在字里行间。正因为如此，所以他看不惯世上那些不正的风气，肮脏的东西，他说：

人皆嫌命窘，谁不见钱亲？水晶丸入面糊盆，才沾粘便滚。文章糊了盛钱囤，门庭改做迷魂阵，清廉贬入睡馄饨。葫芦提倒稳。

——《正宫·醉太平·叹世》

这是对一切向钱看者的尖锐讽刺，对颠倒贤愚、混淆黑白的极端愤慨，那里是“无是无非心事”，那里把“百年心事付沙鸥”。

他的艳情小曲，也写得十分别致，往往一句情中悄语，一个生活细节，把少妇又娇又嗔的神情活画了出来：

见他，问咱，忘了当初话！东风残梦小窗纱，月冷秋千架。自把琵琶，灯前弹罢。春深不到家，五花，骏马，何处垂杨下？

——《中吕·朝天子·春思》

与谁？画眉，猜破风流迷。铜驼巷里玉骢嘶，夜半归来醉。小意收拾，怪胆禁持，不识羞谁似你？自知，理亏，灯下和衣睡。

——《中吕 · 朝天子 · 闺情》

纯用俗语，纯用白描，把少妇的委曲情怀，懊恼心事，生动而细腻地表现了出来。“忘了当初话”，是情中悄语；“灯下和衣睡”，是生活细节。都是常语常情，写到这里，却又成了妙语巧思。俗中有雅，自然天成，仍然保持了早期元曲的艺术特色。

三、写相思的高手徐再思

徐再思，字德可，号甜斋，嘉兴（今属浙江）人。曾经做过嘉兴路吏。与贯云石齐名，贯号酸斋，后人把他两人的散曲编为一辑，叫作《酸甜乐府》。其实徐以清丽见称，风格与乔吉、张可久相近；贯以豪放擅场，风格与马致远、关汉卿相似。《录鬼簿》说“其子善长，颇能继其家声”。说明他们父子都是散曲家。《金元散曲》录其小令一百零三首，其中半数以上是写恋情的，无论是心理刻画，还是情态描写，都有独到之妙，可以说是闺中的知音，情场的老手。《太和正音谱》评其词“如桂林秋月”，盖言其皎洁圆润，纤尘不染。

徐再思的生平，我们了解得很少，从他现存的小令来看，大概也是少有大志，想做一番事业的人，所以有“舒卷无心为时用，庆风雷际遇从龙”“待遇当年非熊梦，古溪边老了渔翁”（《中吕 · 普天乐 · 吴江八景》）的豪言和感叹，有“鹏翼风云，龙门波浪，马足尘埃”（《双调 · 蟾宫曲 · 钱子云赴都》）的期待和伤嗟。经过十年漂泊，千里奔走，两鬓已斑，一事无成，才走上严光、范蠡、张良、陶潜的归隐之路的。他说：“想着七里渔滩，将着一钩香饵，望着富春山归去也”，“驾着一叶扁舟，披着一蓑烟雨，望他五湖中归去也”，“想着云外青山，纳了腰间金印，伴赤松子归去也”，“种着三径花，栽着五株杨柳，望东篱归去也”（《黄钟 · 红锦袍》）。而《双调 · 水仙子 · 夜雨》，便是他“马足尘埃”的真实写照。曲云：

一声梧叶一声秋，一点芭蕉一点愁，三更归梦三更后。落灯花，棋未收，叹新丰孤馆人留。枕上十年事，江南二老忧，都到心头。

王世贞说这首曲是“情中紧语”（《艺苑卮言》附录一），李调元说它是“人不能道”（《雨村曲话》上），只有周德清说“惜哉，此词语好而平仄不称也”（《作词十法·定格》）。这曲的确是语言工炼，形象鲜明，感情真挚，给人以极大的美感。

清褚人获《坚瓠壬集·相思词》云：徐甜斋“其得相思三昧者与?”他的相思曲，确实写得真切动人，非有深切的生活体验，是无论如何也无法构想出来的。

平生不会相思，才会相思，便害相思。身似浮云，心如飞絮，气若游丝。空一缕余香在此，问千金游子何之。证候来时，正是何时?灯半昏时，月半明时。

——《双调·蟾宫曲·春情》

相思有如少债的，每日相催逼。常挑着一担愁，准不了三分利。这本钱见他时才算得。

——《双调·清江引·相思》

九分恩爱九分忧，两处相思两处愁，十年拖逗十年受。几遍成几遍休，半点事半点惭羞。三秋恨三秋感旧，三春怨三春病酒，一世害一世风流。

——《双调·水仙子·春情》

第一首用博喻的手法，通过鼎足对“身似浮云”的形式，把相思的症候化为具体的形象，使人可感可见。第二首纯用比喻，想象奇特，把相思的苦恼，说成是“少债的”，天天有人来“催逼”，躲也躲不了，赖也赖不掉。比起用“一川烟草，满城飞絮，梅子黄时雨”来形容“闲愁”之多，用“只恐双溪舴艋舟，载不动许多愁”来形容愁思之重，更加生动，更加形象，更加“匪夷所思”。第三首，每句都嵌上两个数目字，而又那么自然天成，没有斧凿的痕迹，自然非高手莫办。

他的足迹遍于江南，到处写景，到处吊古，吴江八景，西湖四题，一曲是一副水墨图，一曲是一幅风景画，清新秀丽，美不胜收。兰亭修禊，钓台访古，姑苏兴感，马嵬伤情，一曲是一篇吊古文，一曲是一篇伤逝赋，感慨淋漓，心潮起伏，极尽吊古伤今之能事。下面各举两曲，以飨读者：

鸳鸯浦，鹦鹉洲，竹叶小渔舟。烟中树，山外楼，水边鸥。扇面儿潇湘暮秋。

——《商调 · 梧叶儿 · 即景》

清明春色三分：湖上行舟，陌上游人。一片花阴，两行柳影，十里莎茵。不要多殽排一品，休嫌少酒止三巡。处处开樽，步步寻春。花下归来，带月敲门。

——《双调 · 蟾宫曲 · 西湖寻春》

“烟中树”三句，以鼎足对的形式，绘出了一副扇面形的“潇湘暮秋图”，景中有人，景中有情，人在画外，情在言中。“一片花阴”三句，绘出了西湖的“春色三分”。上半写景，下半写人，写景则如在目前，写人则呼之欲出。至其吊古伤怀之作，更是言简意赅，有着极大的概括性和典型性。如：

九殿春风鳷鹊楼，千里离宫龙凤舟。始为天下忧，后为天下羞。

——《越调 · 凭阑人 · 无题》

紫霜毫是是非非，万古虚名，一梦初回。失又何愁，得之何喜，闷也何为？落日外萧山翠微，小桥边古寺残碑。文藻珠玑，醉墨淋漓。何似班超，投却毛锥？

——《双调 · 折桂令 · 江淹寺》

前曲是对隋炀帝的鞭挞，但概括性极强，结尾两句，是给历代的封建统治者画了一个肖像：他们在尚未取得政权的时候，总是打出忧国忧民的旗号，以救民涂炭、解民倒悬为己任，来博得人民的好感；等到取得了政权，坐稳了江山，便作威作福，予取予夺，露出了吃人的狰狞面孔，终于被人民推翻，落得一个可耻的下场。后一曲名写江淹，实以自况，是愤激之谈，是不平之鸣。《梁书·江淹传》：淹“又尝宿于冶亭，梦一丈夫，自称郭璞，谓淹曰：‘吾有笔在卿处，可以见还。’淹乃探怀中得五色笔以授之，尔后为诗，绝无美句，时人谓之才尽”。曲中的“失又何愁，得之何喜，闷也何为”，正是讲的这个故事。一结，道出了知识分子的共同心声，纵然是“文藻珠玑，醉墨淋漓”，哪一个又能像班超一样，封侯万里？这与李贺的“请君暂上凌烟阁，若个书生万户侯”（《南园十三首》之五），是同一构思，也是千古文人的共同价值观。

四、“词林英杰”任昱

任昱，字则明，四明（今浙江宁波）人。与张可久、曹明善同时。少年时好作狎游，写过很多小曲，传唱于歌妓间。《太和正音谱》把他列入“乐府群英”中，并注明说：他们的作品，“俱是杰作，尤有胜于前列者。其词势非笔舌可能拟，真词林之英杰也”。他有小令五十九首，套数一首，词语清新，感情真挚，描写细腻，感人至深，不愧是元代后期的散曲名家。可惜题材较窄，未能反映社会的重大问题，但从他的两首《信笔》中，知道他也曾赴过金门诏，走过长安道，对于自己“依旧中原一布衣”，感到不平和不满。曲云：

> 九霄，早朝，曾赴金门诏。珠玉在挥毫，胸次谁同调？谈笑枚皋，风流温峤，恣疏狂直到老。尽教，醉了，走马长安道。
>
> ——《中吕·朝天子·信笔》
>
> 有待江山信美，无情岁月相催。东里来，西邻醉，听渔樵讲些兴废。依旧中原一布衣，再休想麒麟画里。
>
> ——《双调·沉醉东风·信笔》

正因为他始终没有真正忘记“长安道”，忘记“麒麟画”，而又自负有枚皋的才学，温峤的风流，挥毫生珠玉，咳唾成风云，所以他写的闲适小曲，并没有表现出心理上的平衡，口里虽然宣称“无心登虎帐，有梦到渔蓑，不归来等甚么”（《中吕·红绣鞋·和友人韵》），骨子里却仍然是“山林钟鼎未谋身，不觉生秋鬓”（《越调·小桃红》）。就是徘徊于山林、钟鼎之间，内心里充满着出世与避世的矛盾。请看：

荆棘满途，蓬莱闲住。诸葛茅庐，陶令松菊。不顺俗，不妄图，清高风度。任年年落花飞絮。

——《中吕·上小楼·隐居》

叹朝暮青霄用舍，尽头颅白发添些。伴渔樵，苫茅舍，醉西风满川红叶。近日邻家酒易赊，三径黄花放也。

——《双调·沉醉东风·隐居》

说明他始终困扰在“青霄用舍”的矛盾之中，既要保持“清高风度”，又常常在内心深处展开激烈的思想斗争，为此而“白发添些”。他的这种思想感情，也常常被涂在他所描写的景物上，倾注在他所抒发的感情中：

吴山越山山下水，总是凄凉意。江流今古愁，山雨兴亡泪。沙鸥笑人闲未得。

——《双调·清江引·钱塘怀古》

南山豆苗荒数亩，拂袖先归去。高官鼎内鱼，小吏罝中兔。争似闭门闲看书！

——《双调·清江引·题情》

作者把吴山、越山，写得那样的凄凉。水呀，流不尽古今的愁；雨呀，洒不完兴亡的泪。这哪里是模山范水，哪里是在图影绘形，分明是把个人的失意之悲，济世之志，渗透在这咫尺的画图之中。后一曲用“高官鼎内鱼，小吏罝中兔”来写做官的危险和不自由，比喻十分形象，十分新鲜，道出了他“归隐”的背景和动机，仍然是“荆棘满途，蓬莱闲住”的意思。

第四节　少数民族的骄傲

唐人能诗，遍及于各个阶层；元人能曲，遍及于各个民族。这是因为元代是各族文化大融合的时代，各个少数民族深深受到汉文化的熏陶，而元曲的音乐性与蒜酪味又深深植根于各个少数民族的土壤之中，所以少数民族的作者灿若繁星，在元代的曲坛上放出耀眼的光辉。如伯颜、不忽木、奥敦周卿、阿里耀卿、阿里西瑛、萨都剌、大食惟寅等，都是元代曲坛的佼佼者，而尤以贯云石、薛昂夫、阿鲁威等最为杰出，兹分别论述如后：

一、“一代词伯”贯云石

贯云石（1286—1324），本名小云石海涯，父名贯只哥，遂以“贯”为姓，维吾尔族人。字浮岑，号酸斋，晚年更名贯石屏，别号芦花道人。元代开国元勋阿里海涯之孙，著名文学家许有壬之甥。出身显贵，少而膂力过人，驰马射箭，运刀如飞。初袭父职为两淮万户府达鲁花赤，镇永州。但他不愿依靠恩荫去向上爬，很快就把恩荫的官职让给弟弟忽都海涯。当时元朝的统治已日趋稳固，准备开科取士，乃弃武学文，从姚燧读书，受汉文化的熏陶很深，诗、文、书法，都能自成一家。欧阳玄说姚燧“见其古文峭厉有法，及歌行乐府慷慨激烈，大奇其才”。杨维桢甚至称其为“一代词伯”。仁宗朝，被拜为翰林侍读学士、中奉大夫、知制诰，兼修国史。他看到皇族内部争夺皇位的斗争日趋激烈，许多大臣都成了皇族内部斗争中的牺牲品，乃称疾辞官，变易姓名，买药钱塘市中，人无识者。有一天，郡中的骚人韵士游虎跑泉，饮间赋诗，以“泉”字为韵，有人但哦“泉泉泉”，久不能就，忽一叟曳杖而至，问其故，应声曰：“泉泉泉，乱迸珍珠个个圆。玉斧斫开顽石髓，金钩搭出老龙涎。”众惊问曰：“公非贯酸斋乎？”曰：“然然然。”遂邀同饮，尽醉而去（见《词谑·词套》）。

贯云石现存小令七十九，套数九。历代曲评家对他的曲都给予了很高的评价，明朱权说他的词“如天马脱羁”，顾嗣立说他的词“清而不佻，丽而不缛”，孔齐则说他的乐府“清新俊逸，为时所尚”。这些评价都不是溢美之词。从他的艺术造诣来看，他的小令，不独在少数民族的作家中，是一时的俊才，即在整个元人散曲中，也是一时的绝唱。

他为了避免卷入到政治斗争的漩涡中去，自愿抛弃高官厚禄，过着安贫乐道的生活，因而在他的散曲中，直接或间接的抒发了他的这种思想感情：

> 弃微名去来心快哉，一笑白云外。知音三五人，痛饮何妨碍，醉袍袖舞嫌天地窄。
>
> 竞功名有如车下坡，惊险谁参破？昨日玉堂臣，今日遭残祸，争如我避风波走在安乐窝。
>
> ——《双调 · 清江引》

这是直接发自作者肺腑的心声，使我们清楚地看到他抛弃功名的动机，也看到封建专制主义的危害。他也有借历史的亡灵，来间接抒发自己这种感情的。如：

> 荣枯自天休觊图，且进杯中物。莫言李白仙，休说刘伶墓，酒不到他坟上土。
>
> ——《双调 · 清江引 · 知足》
>
> 楚怀王，忠臣跳入汨罗江。《离骚》读罢空惆怅，日月同光。伤心来笑一场，笑你个三闾强，为甚不身心放？沧浪污你，你污沧浪。
>
> ——《双调 · 殿前欢》

前曲请出了李白和刘伶，表示要“百年浑是醉，三万六千场”（《正宫 · 小梁州》），就是要用醉眼看荣枯，醉眼看兴亡，醉眼看现实中的一切。后一曲请来了屈原，说是即使像《离骚》那样“与日月同光”，也感动不了楚怀王；即使用沧浪之水来濯缨濯足，也洗不了你屈原身上的污浊。这当然不是在真的讥笑屈原，而是对最高统治者的鞭挞。鞭挞他不识忠奸，不辨贤愚。正是从这种心态出发，他留恋西湖，赞美田家。他写了西湖的四时的景色，还自信是最了解西湖、最热爱西湖的。他写田家的自然风光，质朴生活，认为他“得浮生半日清闲”“任逍遥绿水青山”，表示对田家生活的无限向往。他说：

问胸中谁有西湖？算诗酒东坡，清淡林逋。月枕冰痕，露凝荷泪，梦断云裾。桂子冷香仍月古，是嫦娥厌倦妆梳。春景扶疏，秋色模糊，若比西施，西子何如？

——《双调·蟾宫曲》

田家无梦到长安，婢织奴耕尽我闲。蚕收稻熟今秋办，可无饥不受寒，乐丰年畅饮开颜。唤稚子笃新酿，靠蓬窗对客弹，直吃的老瓦盆干。

——《双调·水仙子·田家》

他认为除了东坡、林逋以外，没有人像他那样把西湖装在胸中。他曾赞美西湖春来是“桃红柳绿映池塘，堪游赏”；夏来是“湖光荡，一钩新月，十里芰荷香”；秋来是“满目秋光，枯荷叶底鹭鸶藏。金风荡，飘动桂枝香”；冬来是“玉船银棹，人在水晶宫”（《正宫·小梁州》）。正因为他这样的热爱西湖，所以他才归隐西湖，终老西湖。他笔下的田父，实际上就是他自己。“邀邻翁作伴，使家僮过盏”，当然不是田父的生活；“醉尽秋霜锦树残，苍苔静拂题诗看”更不是田父的情趣；“荣华富贵皆虚幻，觑功名如等闲”，也不是田父的思想。不过是作者借对田家生活的向往，来渲染自己隐逸生活的安闲自在、无忧无虑而已。自然，他的内心并非都是很平衡的，有时也还透露出一点真情：

东村醉西村依旧，今日醒来日扶头，直吃的海枯石烂恁时休。将屠龙剑，钓鳌钩，遇知音都去做酒。

——《中吕 · 红绣鞋》

战西风几点宾鸿至，感起我南朝千古伤心事。展花笺欲写几句知心事，空教我停霜毫半晌无才思。往常得兴时，一扫无瑕疵，今日个病恹恹刚写下两个相思字。

——《正宫 · 塞鸿秋 · 代人作》

他要“将屠龙剑，钓鳌钩”卖了买酒和“知音”痛饮，换句话说，就是要把自己的王佐之略、经济之才，无私地奉献给识货的人。他的“南朝千古伤心事”，实际上就是对“皇舆败绩”“宗社倾覆”的担心，但他又不便明说，不能直言，所以只好停下“霜毫”了。

他有着这样的高情逸致，似乎不应该多写离愁别恨、怜香惜玉的艳曲，然在他所写的小令中，艳曲占了一大半；十首套曲中，几乎不是“闺愁”，便是“离闷”；不是“忆别”，就是“相思”，以及“怨恨”“佳偶”之类，只有署名贯石屏的那一首是写“隐逸”的。但他的这些艳曲，不管写得含蓄也好，写得裸露也好，都是别具风味、别开生面的。含蓄的如：

泪溅描金袖，不知心为谁？芳草萋萋人未归，期，一春鱼雁稀。人憔悴，愁堆八字眉。

——《南吕 · 金字经》

情泪新痕压旧痕，心事相关谁共论？黄昏深闭门，被儿独自温。

——《越调 · 凭阑人 · 题情》

含蓄得像诗一样，清新细腻，美而且艳。至其写得裸露的，却大胆泼辣，快人快语，体现了北曲的质朴自然：

若还与他相见时，道个真传示。不是不修书，不是无才思，绕清江买不得天样纸。

——《双调 · 清江引 · 惜别》

挨着靠着，云窗同坐。看着笑着，月枕双歌。听着数着，愁着怕着，早四更过。四更过，情未足；情未足，夜如梭。天那，更闰一更妨甚么？

——《中吕·红绣鞋》

前一曲用夸张的手法，说是“买不得天样纸”便写不下她那满怀的离愁别恨异想天开，非同凡响。后一曲的末二句，似乎是违反常识，提出“闰一更”无理的要求。但人们不认为她是痴，反而觉得她是真；不认为她是反常，反而觉得她是至性的流露。真是语常而意新，思巧而情挚，想入非非，出人意表，所以成为艺术的珍品。

二、“西戎贵种”薛昂夫

薛昂夫，本名薛超兀儿，又作薛超吾，字昂夫，维吾尔族人。汉姓马，字九皋，故又称马昂夫。人们又将其本名的第一字“薛”（谐音“司”）与汉姓“马”连称，而呼之为司马昂夫。他出身于一个贵族家庭，祖父做过御史大夫，父亲任过御史中丞，又皆封为覃国公，所以赵孟頫序《九皋诗集》云：“昂夫西戎贵种，尝执弟子礼于刘须溪之门。诗、乐府皆激越慷慨，流丽闲婉，累世为儒者或有所不及。”曾官江西行中书省令史、三衢路达鲁花赤，晚年退出官场，隐居于杭县皋亭山一带，与虞集、杨载、萨都剌等互相唱和，善篆书，有诗名，自视甚高，《南曲九宫正始序》说：“昂夫词句潇洒，自命千古一人。”别人对他的诗词、乐府也评价很高，王德渊说：“昂夫诗词新严飘逸，如龙驹奋迅，有并驱八骏，一日千里之想。”（《九皋诗集序》）说明他的风格豪迈、笔力遒劲。朱权失考，误以薛昂夫、马昂夫、马九皋为三人，而分别评之为“如雪窗翠竹”“秋兰独茂”“松阴鸣鹤”。虽难对此评价加以科学的解释，但可以说明他的风格是清劲、幽雅、嘹亮的。《全元散曲》收其小令六十五首，套数三首，无论咏史、写景、抒情，都是气象阔大，笔力豪迈，富有独创性，极尽冷嘲热讽之能事，像一团讽刺的烈火，要把现实生活中那些肮脏丑恶的东西烧光一样，这是其他散曲作家所未能达到的。他的《中吕·朝天曲》，有二十首是咏史的，对那些历史人物都以讽刺的语调，作出了与传统相反的评价：

> 沛公，大风，也得文章用。却教猛士叹良弓，多了游云梦。驾驭英雄，能擒能纵，无人出彀中。后宫，外宗，险把炎刘并。
>
> 卞和，抱璞，只合荆山坐。三朝不遇待如何，两足先遭祸。传国争符，伤身行货，谁教献与它！切磋，琢磨，何似偷敲破？

前一曲从正面讽刺刘邦玩弄权术，诛戮功臣，“无人出彀中”；但几乎把刘氏政权断送的，不是别人，却是睡在他身边的吕后。后一曲从反面来讽刺卞和不偷偷地将玉敲破，而去将玉献给不辨真伪、不识忠奸的封建帝王，以致“两足先遭祸”，正语反说，更能发人深省。

他对韩信功盖天下、诛夷九族的悲惨历史，既掬以同情之泪，又给以“据位专权”的嘲讽；既责以不听蒯彻的名言，又叹其不能像范蠡那样功成身退，防患未然。既是对历史的反思，也是对现实的批评：

> 假王，气昂，胯下羞都忘。提牌不过一中郎，漂母曾相饷。蒯彻名言，将军将强，良弓不早藏。未央，法场，险似坛台上。
>
> ——《中吕 · 朝天曲》
>
> 已挂了齐王印，不撑开范蠡船，子房公身退何曾缠？不思保全，不防未然，划地据位专权。岂不闻自古太平时，不许将军见。
>
> ——《双调 · 庆东原 · 韩信》

他对社会上那些口谈清高、心恋爵禄的人，对那些“一阔脸就变”的暴发户，也都给予了冷嘲热讽：

> 功名万里忙如燕，斯文一脉微如线，光阴寸隙流如电，风雪两鬓白如练。尽道便休官，林下何曾见？至今寂寞彭泽县。
>
> ——《正宫 · 塞鸿秋》

醉归来，袖春风下马笑盈腮。笙歌接到朱帘外，夜宴重开。十年前一秀才，黄齑菜，打熬到文章伯。施展出江湖气概，抖擞出风月情怀。

——《双调·殿前欢》

说明作者否定和嘲弄一切传统观念、世俗观念，追求所谓超尘脱俗的纯真精神，他敢于批判别人，也勇于解剖自己。

邵圃无荒地，严陵有顺流。向终南捷径争驰骤，老来自羞。学人种柳，笑杀沙鸥。从此便休官，已落渊明后。

——《双调·庆东原·自笑》

鸡羊鹅鸭休争，偶尔相逢，堪炙堪烹。天地中间，生老病死，物理常情。有一日符到奉行，只图个月朗风清。笑杀刘伶，荷锸埋尸，犹未忘形。

——《双调·蟾宫曲·叹世》

前一曲是对自己的无情解剖，他笑自己壮年时期“向终南捷径争驰骤”，老年时期才感到羞耻，“学人种柳”，早已落在“渊明后”了。后一曲是对刘伶“死便埋我”那种脱略形骸、忘怀生死的否定，并在否定中突出自己的傲岸精神和彻悟境界。看来他真是“不贪不爱随缘过，把世事都参破”（《正宫·端正好·高隐》），他既笑刘伶“犹未忘形”，又要学刘伶“以醉为醒”，说什么“一梦中，樽前有酒且从容”，说什么“百计千方，都不如樽前”；说什么“杯，休放浅”。他的《双调·湘妃怨·集句》还说：

几年无事傍江湖，醉倒黄公旧酒垆。人间纵有伤心处，也不到刘伶坟上土。醉乡不辨贤愚，对风流人物，看江山画图，便醉倒何如。

“醉”使他放浪于形骸之外，使他摆脱了蝇营狗苟的“俗”，这就是薛昂夫的精神境界。他很少写恋情，只有一套《正宫·端正好·闺怨》，也写得很蕴藉，很雅致，没有半点市井气、庸俗味。如套中的《三错煞》：

> 金杯空冷落了樽前兴，锦瑟寒生疏了月下声。欲寄音书，空织回文锦字成。奈远水遥山隔万层，鱼雁也难凭。

它融化了一些前人的诗句，也吸收了一些民歌的表现手法，比起写这类传统主题的诗词来，别有一番韵味。他的三首《双调·楚天遥过清江引》的联章体，写伤春、留春、送春之情，寄寓着“美人迟暮”“盛年不再”之感。缠绵缱绻，回环往复，给人以无限的美的享受，也体现了上述的艺术特色。其第二首云：

> 屈指数春来，弹指惊春去。蛛丝网落花，也要留春住。几日喜春晴，几夜愁春雨。六曲小山屏，题满伤春句。　春若有情应解语，问着无凭据。江东日暮云，渭北春天树，不知那答儿是春住处。

美极了，也雅极了，冶杜诗、苏词、山谷、稼轩的乐府于一炉，天衣无缝，若自己出，形成新的意境，不愧“自命千古一人”。

三、“斗酒篇诗，也自风流”的阿鲁威

阿鲁威，字叔重，号东泉，汉名鲁东泉，是元代蒙古族的著名散曲家。曾经做过南剑太守和经筵官，拜翰林学士、参知政事。与虞集、吴澄、张雨等为同僚，有唱酬。虞集《寄阿鲁翚学士》诗：“问讯东泉老，江南又五年。”说他晚年寄寓江南。张雨《水龙吟·代玄览和东泉学士自寿之作》：“古来宰相神仙，有谁得似东泉老?”说明他确实做过“参知政事”。《青楼集·顺时秀》条：言顺时秀，姓郭氏，字顺卿，“平生与王元鼎密，偶疾，思得马板肠，王即杀所骑骏马以啖之。阿鲁温参政在中书，欲属意于郭，一日戏曰：‘我何如王元鼎’？郭曰：‘参政，宰臣也；元鼎，文士也。经纶朝政，致君泽民，则元鼎不及参政；嘲风弄月，惜玉怜香，则参政不敢望元鼎。’阿鲁温一笑而罢。”疑阿鲁温即阿鲁威，“温”“威”

双声，“晕”“温”叠韵。所以阿鲁威有时汉译作阿鲁温，有时又被汉译作阿鲁晕。看来阿鲁威也是辞官归隐的，在他现存的小令中，不少是抒发他厌倦功名、归老林泉的思想的。如：

烂羊头谁羡封侯，斗酒篇诗，也自风流。过隙光阴，尘埃野马，不障闲鸥。离汗漫飘蓬九有，向壶山小隐三秋。归赋登楼，白发萧萧，老我南州。

任乾坤浩荡沙鸥，酤酒寻鱼，赤壁矶头。铁笛横吹，穿云裂石，草木炎州。信甲子题诗五柳，算庚寅合赋三秋。渺渺予愁，自古佳人，不遇灵修。

——《双调·蟾宫曲》

前曲对“烂羊头，关内侯”的卖官鬻爵现象，表示极度的愤慨，决计辞官归隐，不与统治集团同流合污。后曲以屈原、陶潜自况，表示要像陶潜一样，自义熙以后，题诗只书甲子；像屈原一样，尽管生不逢辰（“惟庚寅吾以降”），也不能“以身之察察，受物之汶汶”。他的这种思想感情，渗透在他的“怀古”“怀友”“旅况”等小令中，他说：

鸱夷后那个清闲，谁爱雨笠烟蓑，七里严湍？除却巢由，更无人到，颍水箕山。叹落日孤鸿往还，笑桃源洞口谁关？试问刘郎，几度花开，几度花残。（怀古）

正春风杨柳依依，听彻阳关，分袂东西。看取樽前，留人燕语，送客花飞。漫劳动空山子规、一声声犹劝人归。后夜相思，明月烟波，一舸鸱夷。（旅况）

这两首《双调·折桂令》，都写得很雅致，也像薛昂夫一样，善于融化前人的诗句，形成自己的意境，说明他受到汉文化的熏陶是很深的。前一曲慨叹自范蠡、巢父、许由之后，没有人爱过雨笠烟蓑，没有人到过颍水箕山，而是“取富贵青蝇竞血，进功名白蚁争穴”。后一曲前段写离家远游时的情景，后面的结语，也表示要像范蠡一样，泛着小舟，游于五湖的烟波之中。他似乎对人生真的大彻大悟了，什么功名富贵，儿女姻缘，都不过是邯郸一梦，“竹上雨湘妃泪，树中禽蜀帝王”，“尽叫得鹃声碎，却教人空断肠”（《双调 · 湘妃怨》）。他说：

> 千年调，一旦空，惟有纸钱灰晚风吹送。尽蜀鹃血啼烟树中，唤不回一场春梦。
>
> ——《双调 · 寿阳曲》

过隙光阴，转眼皆空，情调是低沉的、消极的。但它出自一个曾经位极人臣的达官贵人口里，说明封建专制主义，是容不得功臣和能臣的。

蒙古族还有一些散曲家，如童童学士，也是有着深厚的汉文化修养的。他不像阿鲁威那样基本不写恋情、不写艳曲，而是善于把儿女之情，写得缠绵悱恻，如他的套数《双调 · 新水令 · 念远》：

> 〔甜水令〕马上墙头，月底星前，窗间帘下，容易得欢洽。案举齐眉，带绾同心，钗留结发。那曾有一点儿亵狎。
>
> 〔折桂令〕好姻缘两意相答，你本是秋水无尘，我本是美玉无瑕。十字为媒，又不图红定黄茶。我不学普救寺幽期调发，你怎犯海神祠负意折罚？生也因他，死也因他。恩爱人儿，欢喜冤家。

作者能诗善画，散套虽然只留下了两首，《太和正音谱》仍把他列入“词林英杰”之中。从上引的曲文中，也可以看出他对汉文学有着很高的修养。

第六章　作家论（明）

明代的散曲，在质量上并不较元人散曲逊色；在数量上亦使元人散曲瞠乎其后。据任讷《散曲概论》的统计，明代的散曲作者多达三百三十人，而收入《全明散曲》的作者有姓名可考的竟然超过四百人，他们留下的小令逾一万，套曲逾两千，说明散曲在明代仍然维持着一个繁荣发展的好势头。特别是南曲的繁荣与发展，给散曲增加了新的活力，在品种方面出现了集曲、犯调和南北合套等新的形式。明人陈所闻编的《南宫词纪》、沈璟编的《南词韵选》、凌濛初编的《南音三籁》以及周之际编的《吴歈萃雅》，基本上是明人南曲的选本。但它的质量和影响，却远不及元人散曲，其原因之一是明代散曲就其总体倾向而言，词化、雅化的现象更加明显，失去了元人那种本色自然、粗豪直率的特质，从而也失去了与广大群众的血肉联系；原因之二是南曲所表现的情趣，多绸缪宛转之情，绮罗香泽之态，与“香奁”“花间”的风格相近，从而失去了元人散曲写儿女之情、闺阁之思时那种浓郁的生活气息与泥土气息；原因之三是明人散曲不少应酬之作，谀辞满纸，颂声盈耳，失去了元人散曲那种清新活泼的风格，嬉笑怒骂的战斗作用；原因之四是明人散曲中的一部分，专供花前月下，浅斟低唱，在秦楼楚馆中传播，失去了瓦舍讴歌、里巷传唱的音乐特点，因而明人散曲的影响不能和元人散曲相提并论。

第一节　明初曲坛的寂寞

明初曲坛是比较沉寂的。《太和正音谱》列举的“国朝十六人”，都是由元入明的作家，所以《全元散曲》将其中的谷子敬、蓝楚芳、陈克明、汤舜民的散曲收在里面。

谷子敬，金陵（今南京）人，在元任过枢密院掾吏。通医道，有口才，著有杂剧《三度城南柳》《卢生枕中记》等五种。今存《三度城南柳》，余皆佚（见《录鬼簿续编》）。《全元散曲》收其套曲两套，一套写“豪侠”，一套写“闺情”。在《黄钟·醉花阴·豪侠》套中的《喜迁莺》云：

> 想当初狂态，醉乡中放浪形骸。吾侪，尽都是五陵豪迈，都是些阔论高谈栋梁材。一个个安邦定策，一个个剑挥星斗，一个个胸卷江淮。

可见他是一位胸怀大志，一心要作“安邦定策”的“栋梁材”。他又是一个狂士，是一个不修边幅的风流才子。他在同一套散曲的《古水仙子》中说：

> 我我我自鉴戒，似似似锦阵里疏狂李太白。将将将宝剑共瑶琴，还还还花钱共酒债。我我我嫌天宽恨地窄，呀呀呀却原来冬景幽哉！看看看泻长空瑞雪风乱筛，见见见傲冰魂玉梅南轩外，馨馨馨时送将暗香来。

他写的《商调·集贤宾·闺情》，表现了他确是在锦阵花营中冲锋陷阵的老将，把闺中少妇的内心世界刻画得惟妙惟肖，入木三分，而又高标绝俗，雅韵超尘，全无半点市井气。如：

〔尾声〕常记得枕席间说的言，星月底设来的誓。谁想这辜恩薄幸负心贼，自相别数年无信息，比及你登科及第，我只索上青山化做望夫石。

看来朱权评他的曲“如昆山片玉”“其理温顺，如璆琳琅玕，可荐为郊庙之用，诚美物也”（《太和正音谱》），并非虚誉之词。他还说陈克明之词“如九畹芳兰”，蓝楚芳之词“如秋风桂子”，汤舜民之词“如锦屏春风”，大概是说他们的风格偏于幽雅、高洁和轻柔。陈克明的生平已不可考，仅知其为临川（今属江西）人，著有《一笑集》《环籁小稿》。《全元散曲》仅录其《中吕·粉蝶儿·怨别》一套，《中原音韵》录其《仙吕·一半儿·春妆》一首云：

自将杨柳品题人，笑捻花枝比较春，输与海棠三四分。再偷匀，一半儿胭脂一半儿粉。

周德清评曰：“一样八首，临川陈克明所作，俊词也。此调作者虽众，音律独先。”从语言到音律，都给予了很高的评价。这八支《一半儿》，分别写春梦、春困、春妆、春愁、春醉、春绣、春夜、春情，《全元散曲》依《太平乐府》作查德卿撰，而否定了《尧山堂外纪》属陈克明作的记载。周德清与陈克明生活在同一年代，或更可靠。

蓝楚芳和汤舜民，《录鬼簿续编》都记载了他们简略的生平，说蓝为西域人，在元做过江西元帅，卓著功绩。与著名散曲家刘庭信有唱酬，与著名歌妓刘婆惜有往来，时人比之元稹、白居易，入明后皈依佛门。《全元散曲》录其小令九首，套曲三首，全都是写儿女之情的。如《双调·折桂令·相思》：

可怜人病里残春，花又纷纷，雨又纷纷。罗帕啼痕，泪又新新，恨又新新。宝髻松风残楚云，玉肌消香褪湘裙。人又昏昏，天又昏昏，灯又昏昏，月又昏昏。

曲中重复了“纷纷”“新新”“昏昏”的韵脚，触景生情，融情于景，读起来别有韵味。

汤式，字舜民，号菊庄，象山（今属浙江）人，在元做过象山县吏。入明，得到成祖的宠幸，赏赐无算。著有《笔花集》。所撰杂剧两种《瑞仙亭》和《娇红记》，今俱不存。《全元散曲》录其小令一百七十首，套曲六十八套。《续录鬼簿》称其“语皆工巧，江湖盛传之”。有《赠明时秀》《赠素云》《赠玉芝春》《赠妓素兰》《戏赠赵心心》等曲。观其《双调 · 湘妃怨 · 解嘲》的“怀揣着讪脸入青楼，口带着顽涎饮玉瓯，手搦着冷汗偎红袖。人都道我中年也不害羞，对相知细说个缘由：蠢咻的脑间病，村沙的骨肉丑，风流的老也风流”，尤其是他用“独木桥体”赠给歌妓赵心心的一首《双调 · 天香引》，风流倜傥，诙谐调侃，说明他是一个放浪不羁的人，曲云：

> 记相逢杨柳楼心，仗托琴心，挑动芳心。咒誓铭心，疼热关心，害死甘心。他爱我被窝里爱打骂奈禁持（约）的小心，我念他卧房中舍孤贫救苦难的慈心。但似铁球儿漾在波心，休学漏船儿撑到江心。恁若是转关儿负我身心，我定是尖刀儿剜你亏心。

全曲都用“心”字做韵脚，没有一点凑合的痕迹，自然非高手莫办。

他又是一个不甘寂寞的人物，他不愿被“枕畔言糊突了胸襟，花下酒消磨了气色”，而是怀抱利器，想做出一番大事业来。他深信“砚池内通流着千丈沧溟，诗卷里包藏着九重宣诏，书楼上接连着万里云霄”，只要一朝风云际会，他就会像蛟龙得到云雨一样。他说：

> 闲拈斑管学张草，静对黄花诵楚骚。等待新雁儿来时问个音耗。若说道董仲舒入朝，公孙弘见招，看平地风雷奋头角。
>
> ——《南吕 · 一枝花 · 言志》套
>
> 能文章会谈论才高反被时人厌，守清贫乐清闲运拙频遭俗子嫌。有一日际会风云得凭验，那时节威仪可瞻，经纶得兼，正笏垂绅远

佞谄。

——《南吕·一枝花·旅中自遣》套

从这些曲中就可以了解他在入明以后，为什么会积极用世，得到明成祖的恩宠。他似乎还有一点民族思想，在元时补为县吏，“非其志也”，宁肯落魄江湖，也不愿出来做官。他有两组“怀古”的小令，都是写维扬、姑苏、钱塘的。特别是对西湖倾注了今昔之感，故国之思，如他的《双调·天香引·西湖感旧》中，就把西湖“昔日”的“笙歌”与“今日”的“干戈”，形成鲜明的对比，然后无限感慨地叹息着说：“昔日西湖，今日南柯。”再看：

锦灿烂六桥画舟，玉娉婷十里红楼。香浮玛瑙尘，泉迸珍珠溜，记当年几度追游。一自苏林葬土丘，再不见寻花问柳。

——《双调·沉醉东风·钱塘怀古》

问钱塘西湖路，几番有梦，十载无书。柳边苏小家，花下逋仙梦，总是当年题诗处。料应来满目荒芜，亭台拽塌，笙歌静悄，风物萧疏。

——《中吕·普天乐·钱塘怀古》

钱塘是南宋偏安江左时的都城。那个小朝廷的君臣，毫无忧患意识，在那里醉生梦死，追欢寻乐，终于导致了倾覆之祸。曲中有怀恋，有讽刺，也有悲愤。那“满目荒芜”“风物萧疏”的景象，不是洋溢着“禾黍之思”么?

然而谷子敬等四人，大抵都在元代生活了四五十年，入明以后生活的时间一般没有生活在元代那么长。他们作品的基调受到时代的影响，大都是低沉的、享乐的，也就是所谓“亡国之音”。

真正有影响的明初散曲家，要推宁王（亦称宁献王）朱权和周王（亦称献王）朱有燉两位王爷。朱权（1378—1448），自称大明奇士、涵虚子、臞仙，丹丘先生。著有《太和正音谱》，杂剧十二种，今存《大罗仙》和

《私奔相如》两种。朱有燉（1379—1439），号诚斋，自称全阳子、老狂生、锦窝老人。所作杂剧《曲江池》《义勇辞金》等三十一种，今俱存。又有《诚斋乐府》行世。因为他们生活在王室内部夺权斗争的高潮时期，忧谗畏祸的心态，使他们在作品中反映了享乐与归隐两大主题。道家学说的色彩，在他们作品中尤为明显。如朱权的《黄钟 · 出队子》：

林泉深邃，景清幽人迹稀。绕林玉气趁云飞，出户丹光掩月辉，半夜鹤鸣松径里。

朱权把它作为定格收在《太和正音谱》中，曲中洋溢着“山林气”和“仙风道气”，实在不值得称道。影响最大的还是朱有燉的《诚斋乐府》，它工整秀丽，流传于伶工歌女之口，故李梦阳《元宵绝句》有“齐唱宪王新乐府，金梁桥外月如霜”之句，左史恒也有“唱彻宪王新乐府，不知明月下樊楼”的诗，说明他的曲在当时是为大众所喜爱的，歌伶所传唱的。的确，他的散曲造语典丽，笔致雅驯，高出当时的作者：

玳筵排翡翠屏，香篆袅狻猊兽。卷珠帘迎五福，开宝殿庆千秋。瑞霭轻浮，日色迟宫漏，欢声满凤楼。喜孜孜仙女擎杯，娇滴滴仙娥劝酒。

——《南吕 · 一枝花 · 庆赏》

浮生自觉皆无用，德尊崇禄盈半，浑如一枕黄粱梦，迷到老来才自懂。功，也是空；名，也是空。

——《中吕 · 山坡羊》

前曲一派富贵气，钟鸣鼎食，翠倚红偎，是享乐的典型。后曲在“德崇禄盈”中，隐隐流露出临深履薄之感，对功名采取虚无主义的态度，是“醉了和衣卧，醒后推篷坐，谁似我”（《双调 · 快活年》）的归隐思想的前奏。

总之，从明洪武至成化的一百多年间，是曲坛最寂寞的时期。由元入明的散曲家，虽有继往开来之功，究不过元人散曲之尾声余韵而已，不足以为有明一代的冠冕。到了明代中叶，才形成一个散曲的高潮。南曲、北曲，交相辉映，各擅胜场，各具特色。王骥德所谓“南北二调，天若限之。北之沉雄，南之柔婉，可画地而知也”（《曲律·杂论》）。寥寥数语，足以概括南北曲的艺术特色。

第二节　明中叶的北曲作家群

王骥德曾经对明代中叶的散曲作家，分别南北二派，在《曲律·杂论》中做过简要的评说。其言曰：

> 近之为词者，北调则关中康状元对山（康海）、王太史渼陂（王九思），蜀则杨状元升庵（杨慎），金陵则陈太史石亭（陈沂）、胡太史秋宇（胡汝嘉）、徐山人髯仙（徐霖），山东则李尚宝伯华（李开先）、冯别驾海浮（冯惟敏），山西则常廷评楼居（常伦），维扬则王山人西楼（王磐），济南则王邑佐舜耕（王田），吴中则杨仪部南峰（杨循吉）。康富而芜，王艳而整，杨俊而葩，陈、胡爽而放，徐畅而未汰，李豪而率，冯才气勃勃，时见纰纇，常多侠而寡驯，西楼工短调，翩翩都雅，舜耕多近人情，兼善谐谑，杨较粗莽。诸君子间作南调，则皆非当家也。南则金陵陈大声（陈铎）、金在衡（金銮），武林沈青门（沈仕），吴唐伯虎（唐寅）、祝希哲（祝允明）、梁伯龙（梁辰鱼）；而陈、梁最著。唐、金、沈小令，并斐亹有致。祝小令亦佳，长则草草。陈、梁多大套，颇著才情；然多俗意陈语，伯仲间耳。余未悉见，不敢定其甲乙也。

他不但列举了明代中叶散曲家南北二派的主要作者，指出了北派偏于阳刚之美，南曲偏于阴柔之美；而且对所列作家的才情风格，长短得失，作出了切中肯綮的评价。他在《曲律·杂论》中还说：

> 小令如唐六如（唐寅）、祝枝山（祝允明）辈，皆小有致，而祝多漫语。康对山（康海）、王渼陂（王九思）、常楼居（常伦）、冯海浮（冯惟敏），直是粗豪，原非本色。陈秋碧（陈铎）、沈青门（沈仕）、梁少白（梁辰鱼）、李日华、金白屿（金銮），时有合作处，然较之元人，则彼以工胜，而此以趣合。长套亦是陈秋碧、梁少白最称烂漫。

进一步对明代中叶的散曲家，作出了艺术风格和艺术造诣上的评价，并得到了许多行家的认可。兹择要论述如次：

一、名列“前七子”的康海与王九思

康海（1476—1540），字德涵，号对山，自号沜东渔夫，又号浒西山人。武功（今陕西兴平）人。弘治十五年（1502）状元，授翰林院编修。诗文拟古，为明代“前七子”之一。刘瑾当权时，招之不往，会李梦阳下狱，在狱中书一纸条“对山救我”，因谒刘瑾，瑾大喜，倒屣以迎，李由是获释。及瑾败，坐瑾党落职，遂放浪自恣，挟妓酣饮，制乐造曲，以寄其怫郁之意。所作杂剧《中山狼》，有人说是讽刺李梦阳的。著有诗文集《对山集》，所作《沜东乐府》，有小令二百余首，套数三十余篇，皆“谢事山居”以后的作品，故在粗豪的风格中，寄寓着山水之乐；在赞赏隐逸的生活中，隐寓着对现实的深刻不满。如《双调 · 折桂令》：

> 忆蓬莱奏赋前年，不揣庸遇，岂系迍邅。髫龄穷经，丹心奉日，白璧成愆。语句狂合遭罪谴，性情真索免挤掀。行止虽天，暗想终冤。本是个借剑君游，浪做了依伾宗元。

此曲当作于坐瑾党落职的时候，字里行间浸透了愤郁不平之气，他以请借上方宝剑斩佞臣张禹之头的朱云自比，以柳宗元浪依王伾之事自解。可与他《双调 · 清江引》对照来看，以进一步了解。其经常以朱云请斩佞臣，比喻其不肯与刘瑾同流合污。曲云：

流年算来三十七，折尽英雄气。难收张禹头，未就朱云义，死林侵醉模糊因甚的？

一种负屈含冤的悲愤，溢于言表。他还借历史以讽刺现实，如他的《仙吕·寄生草·读史有感》，也是以朱云之忠、祢衡之狂，来比喻自己的“丹心奉日”和“狂态难容”的。曲云：

天应醉，地岂迷？青霄白日风云厉。昌时盛世奸谀蔽，忠臣孝子难存立。朱云未斩佞人头，祢衡休使英雄气。

奸邪蔽主，忠孝难存，这是血淋淋的历史教训，作者屡屡以朱云自比，来洗刷自己坐瑾党而落职的冤诬，是值得同情的。作者虽然在隐逸生活中追求真乐、至乐；在友谊的温馨中，求得自解、自慰。但始终没有忘怀于坐瑾党落职的冤愤。如《双调·折桂令·庚辰夏晓起临镜戏作》云：

笑新来两鬓生花，载酒看山，乐趣无涯。逐日价稚子牵衣，小姬压酒，老妪烹茶。有的是雪案间惯相陪的壶觞樽斝，又无甚仕途中丕厮攘的恐惧波查。这样欢洽，到底堪夸。黑也由他，白也由他。

这“黑也由他，白也由他”，表面上看来很豁达，颇能忘怀于得失荣辱；骨子里则是对于坐瑾党落职的冤诬，始终耿耿于怀。又如《双调·水仙子·怀友》云：

旧时知己几人存，此日飘零独此身。西风又报黄花信，越思量越怆神，见如今月碎花分。奏赋长杨殿，吟诗五柳村，怎生能樽酒论文？

他在知己无存、此身飘零的寂寞中，更加珍惜友谊的温馨。然而一个是“奏赋长杨”，一个是“吟诗五柳”，分隔云泥，怎么能接杯酒之余欢，赏奇文之灵气呢？一种牢落不平的感慨，仍然在字里行间表现了出来。他的《越调·寨儿令》，似乎更加参透了人生，看破了红尘，曲云：

虽是穷煞英雄，长啸一声天地空。禄享千钟，位至三公，半霎过檐风。马儿上才会峥嵘，局儿里早被牢笼。青山排户闼，绿树绕垣墉。风，潇潇月明中。

以泰然自适的心情，否定千钟禄、三公位，仍然是抑郁情多，风云气少，始终未能跳出个人得失的圈子。王骥德认为《浒东乐府》可数百首，仅《双调·落梅风·元夜》和《双调·沉醉东风·效自君之出矣》两曲，“颇饶风韵，余未足取”（《曲律·杂论》），虽未免过苛，却不能不承认他是有识见的。曲云：

春云淡，月色昏。坐空斋雪余风润。若嫦娥肯饶春几分，向朱帘且收寒晕。

扫万里龙沙未返，怨深闺娥尾空弯。泣相思，柳未匀，待好会，梅初绽。隔魂台水水山山，也要寻君到玉关，路比天涯近远。

这是《沂东乐府》的另一种题材，另一类主题，它以趣合，以韵胜，读起来别有一种风味。

王九思（1468—1551），字敬夫，号渼陂，又号碧山，自称紫阁山人。陕西鄠县（今西安市区）人，弘治进士，授翰林院检讨。正德中，刘瑾伏诛，被牵连去职。日与康海谈宴、征歌、度曲于鄠杜之间，以寄其怫郁之怀。著有诗文集《渼陂集》、散曲《碧山乐府》和杂剧《杜子美沽酒游春》。所作散曲充满着牢骚与感慨。王世贞在《艺苑卮言》中评他的曲说：“秀丽雄爽，康大不如也。评者以敬夫声价，不在关汉卿、马东篱下。”王骥德认为以王九思方之关、马，自是“过情之论”，然而王曲优于康作，则是他们的共识。他在《曲律·杂论》中说：“对山亦忤于时，放情自废，与渼陂皆以声乐相尚，彼此酬和不辍。康所作尤多，非不莽具才气，然喜生造，喜堆积，喜多用老生语，不得与王并驱。”何良俊在《曲论》中也说：“康对山词迭宕，然不及王蕴藉。”说明王九思的散曲，一直得到曲学家的崇高评价。

泠泠象板粉儿敲，小小金杯绿蚁飘，重重画阁红尘闹。喜半年恰遇着，几般儿景致蹊跷。凤团小、茶烹银罐，驴背稳、诗吟野桥，莺巢湿、春隐花梢。

——《双调·水仙子·席上对雪次韵》

何良俊认为此曲的结语，“金、元人无此一句”。其实王曲的佳者甚多，豪气跌荡，凌厉一时，足以使人咋舌缩手。如《双调·水仙子带折桂令·归兴》：

一拳打破凤凰笼，两脚蹬开虎豹丛，单身撞出麒麟洞。望东华人乱拥，紫罗襴老尽英雄。参详破邯郸一梦，叹息煞商山四翁，思量起华岳三峰。　掉臂淮南，回首关中。红雨催诗，青春作伴，黄卷填胸。骑一个蹇卫儿南村北垅，过几处古庄儿汉阙秦宫。酒盏才空，鼾睡方浓。学得陈抟，笑杀石崇。

此曲以豪放之笔，写抑郁之怀，以极冷极达之语，抒极热极怨之情，奇而不怪，俗而能雅，豪丽参用，雅俗兼备，是明代散曲中的珍品。又如《双调·雁儿落带得胜令·醉后作》云：

沉醉了花间鹦鹉卮，倒写了笔底龙蛇字。酒淹了销金翡翠衫，墨涴了腕玉蜂蝶使。歌一曲风雪子瞻词，赠一首锦绣李白诗。舌吐尽磊落胸中气，除非那飘摇天样纸。参差，笑万古兴亡事；寻思，不如咱饮三杯快乐时。

写醉后的狂态，如见其人；写胸中的磊块，如闻其声。以豪放之词，写恬淡之趣；在恬淡之中，寓愤激之情。既鲜明尖辣，又蕴藉风流，所以是上乘之作。从以上的两支带过曲中，可以看出作者并不是绝意功名、自甘淡泊的人，而是经历了挫折，参破了荣辱，才逐渐转到林泉之趣，岩穴之乐上面来的。他的《中吕·红绣鞋·解微》和《中吕·朝天子·闻谤》，就是最好的说明：

谁不愿身游五凤？谁不愿禄享千钟？生时八字有穷通。八座三公位，一品五花封，好则好，咱生来是无分种。

三公五侯，樵夫钓叟，天已安排就。劝君休使巧舌头，就里空生受。白壁青蝇，青天白昼，老先生笑破口。对云山倚楼，列金钗劝酒，醉舞破春衫袖。

"乐天安命"，是封建士大夫自我解脱的一种共同心态。正如他在《中吕·朝天子》中说的："谁不爱美官，谁不爱美田，命作主谁能算?"然而他虽则认了命，却总觉屈了才，因而在他的散曲中仍然充满了牢骚与感慨：

吃紧的丹心在，打熬的两鬓白。朱门休惹英雄怪，黄齑怎改贫穷态，青山且了登临债。韩退之枉作《送穷文》，苏子瞻苦犯吟诗戒。

——《仙吕·寄生草·杂咏》

曲中的愤世嫉俗之情，洋溢于字里行间。中间的鼎足对，属对工整，概括力很强，一结，尤见性情。但他的散曲，也有比较蕴藉的。这也是他的散曲优于康的一个重要方面。《双调·沉醉东风·西村晚归》，就是这方面的代表作：

明暮野西山彩霞，绕孤村流水桃花。天生成杜甫诗，雨染就王维画，落东风数点栖鸦。本待还归兴转加，因此上垂杨系马。

青山、彩霞、孤村、流水、桃花、栖鸦，构成了杜甫的诗，王维的画。作者把这些景色移到画面上来，正好抒发了他对隐逸生活的向往，对仕途生涯的厌倦，但却含而不露，引而不发，给读者慢慢的咀嚼和咏味。这大概就是“康词迭宕，然不及王蕴藉”吧。

二、杨慎一门三曲家

杨慎（1488—1559），字用修，号升庵，新都（今属四川）人。散曲家、太子太师杨廷和之子。正德六年（1511）状元，授翰林院修撰。嘉靖时，因议大礼，与同列极谏，谪戍云南永昌卫。“红颜而出，华颠未归，凡三十稔”（简绍芳《陶情乐府序》）。杨氏投荒多暇，书无不读，记诵之博，著述之富，推为明代第一。诗文有《升庵集》，散曲有《陶情乐府》《续陶情乐府》，还有《丹铅录》《谭苑醍醐》等，并传于世。《明史》有传。王世贞评他的曲“才情盖世”“而颇不为当家所许。盖杨本蜀人，故多川调，不甚谙南北本腔也”（《曲藻》）。明张琦在《衡曲麈谭·作家偶评》中亦说：“后起如杨升庵，颇有才情”，“调不甚谐，而摘句多佳”。王骥德将其列入北派作家，但他偶写南曲，亦宛转有致。他的曲，大都反映了谪戍云南后的心灵创痛和心理历程。如他的《双调·水仙子》和《双调·落梅风》：

花枝似脸脸如花，娇脸无瑕玉有瑕，黄金有价春无价。论风流，谁似他？惜分飞，明日天涯。冷落了秦筝银甲，寂寞了金莲翠斝，空闲了玉笋琵琶。

思乡泪，远戍人，夜更长砌成幽恨。四年余瘴海愁春，梦儿中上林花信。

前曲由别时写到别后，时间的跨度是很长的。写别时是实笔，用了一个鼎足对，描绘了女主人公的花容月貌；写别后是虚拟，也用了一个鼎足对，表现了女主人公的寂寞生活。后曲写别后的相思，由瘴海的严酷现实到梦境的得意欢洽，都是作者心理历程的反映。王骥德认为“诸君子间作南调，则皆非当家也”。其实也不尽然，杨慎的南调，就写得很有情致。如：

> 客枕恨邻鸡，未明时，又早啼。惊人好梦回千里，星河影低，云烟望迷，鸡声才罢鸦声起。冷凄凄，高楼独倚，残月挂天西。
>
> ——《南商调 · 黄莺儿》
>
> 空亭月影斜，东方亮也，金鸡惊散枕边蝶。长亭十里，阳关三叠，相思相见何年月？泪流襟上血，愁穿心上结，鸳鸯被冷雕鞍热。
>
> ——《南南吕 · 罗江怨》

两曲当是作者远谪云南后所写的别情。“邻鸡惊梦”，已觉难堪；“昏鸦噪晚”，更增惆怅。缠绵悱恻，不忍卒读。后曲结句的“鸳鸯被冷雕鞍热”，情系两地，心注一人。闺中被冷，马上鞍热，通过一冷一热的强烈对比，而郁结愤懑之情，见于言外。论曲者对于作者化用古人成句，颇多讥弹。王世贞谓其“一字不改，掩为己有”（《艺苑卮言》），钱谦益谓其“窜改古人，假托往籍，英雄欺人，亦时有之”（《列朝诗集小传 · 丙集》）。这些批评，虽然不是信口雌黄，亦未免以偏概全。因为他有借古人成句，反其意而用之的；有点化前人诗句，熔铸无迹的，从而另出新意，另辟新境，非一般剿袭雷同者可比。如他的《双调 · 驻马听 · 和王舜卿舟行之咏》，大抵都是分别点化杜甫、赵嘏、温庭筠、李清照的诗词，但他却形成了自己的意境。曲云：

> 明月中天，照见长江万里船。月光如水，江水无波，色与天连。垂杨两岸净无烟，沙禽儿处惊相唤。丝缆停牵，乘风直上银河畔。

杨廷和（1459—1529），字介夫，成化十四年（1478）进士，累官太子太师，华盖殿大学士。嘉靖初，与其子杨慎同议大礼，被削职为民。他工于散曲，著有《乐府遗音》。兹录其两曲于后：

看残碑断碣，怀八俊三杰。红尘老眼故相遮，又懵腾过也。一成一败多周折，一贤一佞闲分别，一来一往鉴前辙，免将来口舌。

——《正宫·醉太平》

满庭月明，玉宇秋容净。不知何处玉箫声，独自凭阑听。桂子香清，嫦娥孤零，广寒宫不见影。有情无情，且对着千秋镜。

——《中吕·朝天子》

前曲可以见作者的操守，后曲可以见作者的情趣。皆俊逸萧爽，自然流畅。

黄峨（1498—1569），一作黄娥，字秀眉，尚书黄珂的次女，状元杨慎的继室。夫人饶才情，通经史，亦工诗词。诗不多作，亦不存稿。世传其寄夫滇中一律云："雁飞曾不到衡阳，锦字何由寄永昌？三春花柳妾薄命，六诏风烟君断肠。曰归曰归愁岁暮，其雨其雨怨朝阳。相闻空有刀环约，何日金鸡下夜郎？"真是一字一泪，一唱三叹。存者惟《杨夫人乐府》，亦皆伤其夫远戍永昌之幽怀别绪，为艺林所传诵，酣畅泼辣，缠绵细腻，论者以为李清照、朱淑贞无以过之。徐渭说她的散曲"旨趣闲雅，风致翩翩，填词用韵，天然合律"（《杨夫人乐府序》）。她既擅北曲，又工南调，但就其总的倾向来说，却是偏于阳刚之美的。

容易来时容易舍，寂寞千金夜。花好防花残，月圆愁月缺。怕离别，如今真个也。

——《双调·清江引》

春寒峭，春梦多。梦儿中和他两个，醒来时空床冷被窝。不见你，空留下我。

——《双调·落梅风》

食如铁，信似金，玉漏静沉沉。万水千山梦，三更半夜心，独枕孤眠分，这愁怀那人争信？

——《商调·梧叶儿》

以上三曲，当写于杨慎远戍云南以后。在他们结缡之初，闺门肃穆，琴瑟和谐，赌棋斗诗，猎奇竞巧，虽李易安之于赵明诚，不是过也。不意大礼议起，毁灭了他们的美满生活，一种凄凉的身世之感，深深地影响了她的创作。“怕离别，如今真个也”，“不见你，空留下我”，“独枕孤眠分，这愁怀那人争信”？皆纯用俗语，饶有元人韵味。杨禹声《杨夫人乐府词余引》说：“存者惟词余五卷，皆因其太史远戍，写其幽怀怨致，盖三百篇中旨也。”这些小令，正是作者抒发其对所亲的“幽怀怨致”的。夫人亦善南曲，她的《南商调·黄莺儿》一曲，王世贞说杨慎“别和三词，俱不能胜”（《曲藻》）。张琦也说：“杨夫人亦饶才学，最佳者如《黄莺儿》‘积雨酿春寒’一曲，字字绝佳，杨别和三词，俱不能胜，固奇品也。”（《衡曲麈谭·作家偶评》）曲云：

积雨酿春寒，见繁花树树残。泥途满眼登临倦，江流几湾？雪山几盘？天涯极目空肠断！寄书难，无情征雁，飞不到滇南。

杨夫人善于描写儿女之情，细腻缠绵，深有情致。如她的《双调·雁儿落带得胜令》云：

俺也曾娇滴滴徘徊在兰麝房，俺也曾香馥馥绸缪在鲛绡帐，俺也曾颤巍巍擎他在手掌儿中，俺也曾意悬悬阁他在心窝儿上。谁承望忽剌剌金弹打鸳鸯，支楞楞瑶琴别凤凰。我这里冷清清独守莺花寨，他那里笑吟吟相和鱼水乡。难当，小贱才假莺莺的娇模样；休忙，老虔婆恶狠狠做一场。

写一个浪子的遭遇，曲折尽情，形神毕肖。前半幅回忆当年的欢乐，把自己的爱心全都倾注在她身上；后半幅抒发此时的懊恼心情，贱才做假，虔婆做戏，以致棒打鸳鸯，各奔东西。才情之富，较之李易安、朱淑贞，是毫无逊色的。

三、明代散曲第一大家冯惟敏

冯惟敏（1511—1580），字汝行，号海浮，山东临朐人。自幼聪明好学，才华横溢，“八岁问奇字，十岁谐宫商”。可他在中了乡试以后，屡举进士不第，做了涞水县知县、镇江府学教授、保定府通判等几任小官后，便弃官归隐，寄情山水，与兄惟健、弟惟讷同以诗文蜚声于齐鲁间。他的散曲集《海浮山堂词稿》四卷，共收小令一百六十七首，套曲四十九首，题材广泛，语言通俗，气韵生动，继承和发展了元代前期散曲作家的优良传统，是明代散曲的第一大家。明王世贞评其散曲说：“近时冯通判惟敏，独为杰出，其板眼、务头、撺抢、紧缓，无不曲尽，而才气亦足以发之；止用本色过多，北音太繁，为白璧微颣耳。”（《曲藻》）王骥德则对他的散曲颇多微词，一则曰“冯才气勃勃，时见纰颣”，再则曰“直是粗豪，原非本色”（《曲律·杂论》）。今人任中敏则说：“冯惟敏《海浮山堂词稿》四卷，生龙活虎，犹词中之有辛弃疾，有明一代，此为最有生气、最有魄力之作矣。”（《散曲概论·派别》）这话是比较符合明人散曲及冯氏散曲的实际的。

> 穿和吃不索愁，愁的是遭官棒。五月半间便开仓，里正哥过堂，花户每比粮。卖田宅无买的，典儿女陪不上。
>
> ——《双调·胡十八·刈麦有感》
>
> 新近来百费俱捐，官也无钱，民也无钱。远乡中一向颠连，村也无烟，市也无烟。贫又逃富又逃前催后趱，田也弃房也弃东走西迁。幸赖明贤，招抚言旋。毒收头先要合封，狠催甲又讨加添。
>
> ——《双调·折桂令·刈谷有感》

对饥饿的农村、腐败的政府，作了穷形尽相的描绘。正在刈麦、刈谷的时候，还要卖田宅，典儿女，背井离乡，东走西迁。甚至在招抚流亡的幌子下，“毒收头”和“狠催甲”还要讨红包，敲竹杠，真是人间何世，黎民何辜。作者还有一个民胞物与之怀，先忧后乐之志，与老百姓共呼吸，同忧乐，降了甘霖，他与老百姓同声欢笑；遭了灾害，他与老百姓一同嗟叹，比起那些只写个人的失意不平，只写上流社会的糜烂生活的作品，自然是不可同日而语的。

> 初添野水涯，细滴茅檐下，喜芃芃遍地桑麻。消灾不数千金价，救苦重生八口家。都开吧，乔花豆花，眼见的葫芦棚结了个赤金瓜。
>
> ——《南正宫·玉芙蓉·喜雨》
>
> 倒了房宅，堪怜生计蹙。冲了田园，难将双手扒。陆地水平铺，秋禾风乱舞。水旱相仍，农家何日足！墙壁通连，穷年何处补！往常时不似今番苦，万事由天做。又无糊口粮，那有遮身布，几桩儿不由人不叫苦。
>
> ——《南商调·玉江引·农家苦》

前曲写雨后农作物的欣欣向荣，勃勃生机，一片丰收在望的景象，表现了作者久旱逢甘雨的喜悦心情。后曲描绘了一幅农村水灾图，在那“千弦只是一声，千语只是一意，左右离不开男女的恋情，而他们的歌声又往往是那样的凡庸和陈旧”（郑振铎《插图本中国文学史》）的曲风中，作者继承和发扬了诗骚、乐府以来的现实主义传统，将农村生活、人民疾苦纳入散曲之中，是元代张养浩以来的第一人，不愧是明代散曲的巨擘。他还嬉笑怒骂，皆成绝调，他的《正宫·端正好·吕纯阳三界一览》，借森罗殿的肮脏黑暗，对封建政治的腐败贪污进行了尖锐的讽刺与批判。什么“有钱的快送来，无钱的且莫慌，寻条出路翻供状。偷与我金银桥上砖一块，水火炉边油两缸，残柴剩炭中烧炕。若无有这般打点，脱与我一件衣裳”（《二煞》）。他的《般涉调·耍孩儿·财神诉冤》，也是借财神之口，对现实社会作了辛辣的嘲讽：“人人下苦求，个个忒认真，却不道财神供照时和运。时来共喜石崇富，运去偏憎原宪贫。一家儿写一本《钱神论》。谁不待黄金过了北斗，白璧降了西秦。”（《九煞》）甚至他降了官，贬了职，也是长歌当哭，笑里含泪，写出一篇反语正说的讽刺文章来。他的《仙吕·点绛唇·改官谢恩》套曲中是这么说的："俺也曾宰制专城压势豪。性儿又乔，一心待锄奸剔蠹惜民膏。谁承望忘身许国非时调，奉公守法成虚套。没天儿惹了一场，平地里闪了一交。淡呵呵冷被时人笑，堪笑这割鸡者用牛刀。"（《油葫芦》）可见他的散曲题材广阔，内容丰富，而又有作者个人的性情怀抱。他的《正宫·塞鸿秋·乞休》，便是两支语言活泼、情趣淡雅、富有个性的作品。曲云：

论形容合不着公卿相，看丰标也没有挡搜样，量衙门又省了交盘账，告尊官便准了归休状。广开方便门，大展包容量，换春衣直走到东山上。

坐时节颤巍巍高挑严陵钓，行时节咿呀呀远泛山阴棹，闷时节韵悠悠忽听的苏门啸，闲时节消停停遍采天台药。石坛晒道书，童子看丹灶，那时节冷清清白没个人来到。

第一首言自己没有"飞而食肉"的骨相，不如早日离开宦海的风波，过着自由自在的隐逸生活。第二首以高人雅士的生活情趣，写山林隐居的自得之乐。表面上是游戏人间，粪土功名；实际上是批判现实，鞭挞现实，不与污浊的现实同流合污，中间充满了愤世嫉俗之情，绝不是什么消极避世的思想。

四、与张小山风格相近的李开先与刘效祖

李开先（1502—1568），字伯华，号中麓，山东章丘人。嘉靖八年（1529）进士，官至太常寺少卿。"公既负才气，居权衡要路，素抗直，不善事权贵人"（殷士儋《李公墓志铭》），曾抗疏抨击时政，得罪权臣严嵩之流，遂解职归田，时年方四十。家居后，置田产，蓄声妓，征歌度曲，以诗文、散曲见称于世。与王慎中、唐顺之等号为"嘉靖八才子"。"自谓马东篱、张小山无以过也。"（钱谦益《列朝诗集》）著有传奇《宝

剑记》，写林冲与奸臣童贯、高俅的矛盾斗争，“特借以诋严嵩父子”（《曲海总目提要》），并“借此以坐消岁月，暗老豪杰耳”（《宝剑记后序》）。有散曲集《卧病江皋》，为今代所发现。另有《词谑》四卷，评选了一些滑稽讽刺的曲文，辑录了一些明代戏曲史料，论述了曲的尾声的创作方法。他的散曲，甚得康海、王九思、冯惟敏的高度赞赏。如他的《傍妆台》，就得到康、王的激赏，王九思还和了一百首。冯惟敏说他“囊括了三坟五典，八索九丘。网罗了百家众技，三教九流。席卷了两汉六朝，千篇万首。弹压了三俊四杰，七步八斗”。“多少词林翰府俦，则被他一笔勾，乾坤豪士眼中收，这其间能说会道堪居首。”（《仙吕 · 点绛唇 · 李中麓归田》套）集中还有《醉太平 · 李中麓醉归堂夜话》十八首，《傍妆台 · 效中麓体》六首，有“文章不数三都赋，忠诚不忘千秋录，精通不但五车书，老先生自许”的话，既说明冯惟敏对他的推崇备至，又说明李开先的自负不凡。但王世贞、王骥德、张琦等人则对他的散曲评价不高。有的说：“伯华以百阕《傍妆台》为德涵所赏，今其辞尚存，不足道也。”（《曲藻》）有的说：“李豪而率”，“山东李伯华所作百阕《傍妆台》，为康德涵所赏，予购读之，尽伧父语耳，一字不足取也。”（《曲律 · 杂论》）有的说：“伯华以《傍妆台》百阕为对山所赏，今其词尚在，不足道；所为《宝剑》《登坛记》，亦是政其乡先辈所作，固自平平，而自负不浅，弇州（王世贞）尝讥其腔律未谐，非苛求也。”（《衡曲麈谭 · 作家偶评》）。兹录其《南仙吕 · 傍妆台》四首于后：

泪潸潸，辞家上马驻雕鞍。雄韬未遂平生态，莫作等闲看。飘飘雪下鹅毛细，阵阵风来马耳寒。平西域，逐北番，得生还处还生还。

曲弯弯，一轮残月照边关。恨来口吸尽黄河水，打碎贺兰山。铁衣披雪浑身湿，宝剑飞霜六月寒。出兵去，破虏还，待偷闲处再偷闲。

眼匆匆，眼前光景耳边风。疾飞夜月如朝日，春雁即秋鸿。每逢冷节花相似，但入新年人不同。为栖鸟，作卧龙，得从容处且从容。

笑嘻嘻，葫芦提罢大家提。世情都把真为伪，不辨是和非。五陵豪气空千丈，百岁光阴已四十。三十而立，七十者稀，得栖迟处且栖迟。

曲词感愤激烈，有正有谑，既抒发了立功边陲的雄心，又陈述了栖迟林泉的苦衷。斥之为“不足道”，为“伧父语”，殆亦英雄欺人之语。他的《南南吕·一江风》，也是这种风格：

病难捱，顿改乜斜态，碎补囫囵债。几曾来，不识低昂，不论贤愚，不辨清浑派。青萍一剑抬，寒芒两刃开，谁许奸雄在！

病难挨，壮志风云态，绝意烟花债。跨鹤来，七里滩头，独木桥边，古渡沧浪派。藤床向月抬，柴门背水开，排闼青山在。

前曲跳动着一颗“济世泽民”的心，后曲表现出一种“遁世超尘”之想，好像是矛盾的，其实是矛盾的两个方面，方其“弱冠登朝，奉使银夏”，故有“谁许奸雄在”的豪气；及其触犯权臣，中年致仕，所以失去了“壮志风云态”。善夫商少峰之言曰：其“有以见我公不得已之情，发诸善谑，古谓长歌当哭，殊为至言”（《与中麓书》）。高应玘也说他的散曲“愤世疾邪，固云多实；喻言托兴，善用其虚”（《卧病江皋序》）。这些评语，我以为是恰切的。

刘效祖，字仲修，号念庵，滨州（今山东惠民）人。嘉靖间进士，官至陕西按察副使。坐事免职，年才四十。所作小曲，多蒜酪体，盛传一时。所著有《都邑繁华》《闲中一笑》《混俗陶情》《裁冰剪雪》《良辰乐事》《莲云新声》《云林稿》《空中语》等八种，惜皆已散佚，仅存辑本《词脔》一卷。他的外曾孙胡介祉跋之云：“念庵公负才不偶，龃龉于时，……间为词曲小令，以抒其怀抱而寄其牢骚，当时艳称，至达宫禁，历世浸远，散逸遂多，外王父少保公尝集而传之，颜曰《词脔》，仅百一耳。”他是明代一个重要的散曲家，能够运用活在群众中的口语，流行在街头巷尾的小曲，作为小令，极通俗，又极工炼。朱彝尊说他的“小令可入元人之室”，“杂之小山乐府中，不能辨也”（《静志居诗话》）。其实他的散曲，虽也写艳情，也写隐逸生活，但却比较通俗，不像张小山那样的雕镂文采。如他的《中吕·朝天子》云：

惜花、爱花，转眼春光罢。猛然想起俏冤家，半晌丢不下。月底闲情，枕边私话，你如何都当耍？休夸你滑，除死甘休罢。

作者用第一人称的独白手法，运用明白如话的通俗语言，塑造了一个爽朗、泼辣、热烈、坦诚的女主人公形象，给人一种新鲜的感觉，具有浓厚的生活气息和泥土气息。他曾经写过以艳情为题材的《南双调·锁南枝》一百首，也都是这么感情热烈，语言通俗：

团圆梦，梦不差。眼见他归来，俏声儿诉她："非是我失业抛家，非是我恋酒贪花，非是我负义忘恩、两头骑马。为只为书剑飘零，因此上负却临行话。"吐胆倾心，全无虚假。欲开言再问个端的，猛抬身那得个冤家！

通过一个团圆的梦，把一个思妇的内心活动刻画得十分逼真，体现了她对恋人的真挚而深切的感情，笔致细腻，格调纯雅，给人以"真"和"善"的美感享受。但他也有着文采斐然、秀丽工整的小曲，确实与张小山的小令在风格上很相似的，如《南商调·黄莺儿》云：

门巷外旋栽杨柳，池塘中新浴沙鸥。半湾水绕村，几朵云生岫。爱村居景致风流，闲啜卢仝茗一瓯，醉翁意何须在酒？

用典恰切，属对工稳，杂之小山乐府，确实可以乱真。

五、北派散曲的其他重要作家

常伦（1493—1526），字明卿，自号楼居子，山西沁水人。幼随父游宦秦陇间，日取官纸跳掷挥洒，纸为之尽。父奇爱之，曰："此吾家汗血驹也。”十四岁作《笔山赋》，论者比之杜牧的《阿房宫赋》。正德间举进士，授大理寺评事。因廷詈御史，弃官而归。常醉衣绯衫，舞刀跃马，驰骋平林，颇多北方健儿气概。他具有多方面的才能，文章之外，并工诗画，尤好丹鼎之术，神仙家言。后以乱流渡河，马惊堕水而死，时年三十三。其藏骨之所，乡人至今呼为“才子坟”，著有《写情集》。王世贞评其散曲曰：“虽词气豪逸，亦未当家。”（《曲藻》）张琦亦袭其说曰：“常楼居自有乐府，词气豪逸，亦未当行。”（《衡曲麈谭·作家偶评》）王骥德则说他的散曲“多侠而寡驯”（《曲律·杂论》）。所谓“寡驯”，大概就是不重视格律，也就王世贞、张琦所说的“亦未当家”“亦未当行”。其实他的散曲呈现出奔放与豪迈的风格，饶有元代前期豪放派的韵味。如《中吕·朝天子》云：

爱闲的没权，揽权的不闲，两件儿曾经惯。烟波名利大家难，更险似连云栈。洒泪江州，行吟泽畔，笑黄犬东门叹。总不如挂冠住山，到大来无祸患。

把“爱闲的”和“揽权的”作了鲜明的对比，然后肯定“挂冠住山”那种“无祸患”的生活，虽是前人写作的传统主题，但它对比鲜明，用事恰切，词语俊朗，具有较强的艺术感染力。他的《双调·沉醉东风》，也是追求自由自在的狂放生活的。曲云：

但得个欢娱纵酒，又何须谈笑封侯。拙生涯，乐眼前；虚名誉，抛身后。两眉尖不挂闲愁，一日深浮三百瓯，亦可度天长地久。

在奔放豪迈的风格中，流露出不满现实的感喟，绝非一般消极避世者所可比拟。他的否定功名的小令，大都抒发了这样的思想感情，如他的《双调·水仙子》和《商调·梧叶儿》：

怎生来不理瑶琴，一段幽情，千里知音。烟水粼粼，云山浩浩，消息沉沉。这两字功名待怎，那一场离别难禁。醒也消魂，醉也消魂。目断遥岑，肠断遥岑。

壶内三杯酒，床头一卷书，高卧小茅庐。酒乐百年内，书穷万古余。名利待何如，且收敛冲天凤翥。

两曲表面上都否定了“功名”和“名利”，骨子里都洋溢着自负、自信的感情，表现了作者那种“平生好肥马轻裘，老也疏狂，死也风流。不离金樽，常携红袖”（《双调 · 折桂令》）的狂放生活，是对自己的解剖，也是对现实的批判。

薛论道（1531？—1600），字谈道，号莲溪居士，定兴（今河北徐水、易县间）人。少时一足残废，而又好谈兵，人呼为“刖先生”。他从军三十年，在抵御外侮中屡立奇功，官至副将，是明代重要的散曲大家，著有散曲集《林石逸兴》十卷，每卷一百首。他的作品格调高昂，意境开阔，多讽谕世情、揭露现实之作。如他的《中吕 · 朝天子 · 不平》，就是刺世疾邪之作：

对一会圣贤，叹一会老天，有许多不方便。人生十有九不全，有一件无一件，陋巷颜回，蓬门原宪，冻饿杀无人见。齐了行爱钱，都不肯尚贤，有才学同谁辨？

一种愤郁不平的牢骚，充溢在字里行间，大家都“爱钱”，大家都不“尚贤”，以致有才学的“冻馁杀无人见”。又如《双调 · 水仙子 · 卖狗悬羊》云：

从来浊妇惯撇清，又爱吃鱼又道腥，说来心口全不应。貌衣冠，行市井，且只图屋润身荣。张布被诚何意，饭脱粟岂本情？尽都是钓誉沽名。

作者运用对比的讽刺手法，把那些“挂羊头，卖狗肉”的伪君子的嘴脸揭露得淋漓尽致，让读者在他们自相矛盾的言行中，认识到虚伪、奸诈的可笑、可鄙，进而引起严肃的思考，真是嬉笑怒骂，皆成文章。他因为长期生活在军旅中，对塞上风云、人间战争，有着深切的感受，反映在他的散曲中，颇多风云之气。如他的《南商调·黄莺儿·塞上重阳》云：

荏苒又重阳，拥旌旄倚太行，登临疑是青云上。天长地长，云茫水茫，胡尘静扫山河壮。望遐方，王庭何处？万里尽秋霜。

作者通过登高时的所见所感，抒发了自己戍边御敌、静扫胡尘的豪情壮志。“登临疑是青霄上”，语意双关，既以状太行之高，又以喻春风得意之情，把现实的描绘与心灵的憧憬巧妙地糅合在一起，意境开阔，豪气凌云，读之令人鼓舞。他的《南商调·山坡羊·吊战场》一曲，与李白的《战城南》、李华的《吊古战场文》，堪称这类主题的珍品。曲云：

拥旌麾鳞鳞队队，度胡天昏昏昧昧。战场一吊，多少征人泪？英魂归未归，黄泉谁是谁？森森白骨，塞月常常会；冢冢碛堆，朔风日日吹。云迷，惊沙带雪飞；风催，人随战角悲。

它以凄凉的情调，夸张的描写，成功地渲染了尸骸相撑，白骨盈野的惨象，反映了诗人厌战和反战的情绪。朔风吹骨，塞月照坟，英魂含泪，战角生悲，是战场的实录，也是诗人的感想。

这个时期的北派散曲家，还有华亭（今上海松江）的徐霖，金陵（今南京）的陈沂和胡汝嘉，济南的王田，高邑（今河北元氏）的赵南星等。王骥德说“徐畅而未汰”，王世贞说他的曲“不能如陈大声（陈铎）之稳切，而才气过之”（《曲藻》）。张琦也说他“不能如大声稳协，而情思过之”（《衡曲麈谭·作家偶评》）。至于陈沂和胡汝嘉，王骥德说他们的散曲“爽而放”，而任中敏则说“陈仅传《雪词》，爽则有之，豪未必也。胡仅传《夏词》，堆垛而已”（《散曲概论·派别》）。王田的散曲，王世贞曾经说他“词颇警健，……而浅于风人之致”（《曲藻》）。张琦也说他

“词较警健，题赠亦善调谑，而少风人之蕴藉”（《衡曲麈谭·作家偶评》）。但王骥德则说“舜耕（王田）之词较鸿渐（王磐）颇富，然大不如鸿渐精炼”（《曲律·杂论》）。赵南星，乃东林党的重要人物，时人以他与顾宪成、邹元标比于汉季的“三君”，著有《芳茹乐府》一卷，多为当时民间流行的小调，受民间文学的影响极深。如他的《劈破玉》云：“俏冤家我咬你个牙厮对，平空里撞见你，引得我魂飞。无颠无倒，如痴如醉。往常时心如铁，到而今着了迷。舍生忘死只是为你。”

第三节　明中叶的南曲作家群

明代万历前后，南曲日趋繁荣，特别在昆腔兴起以后，南曲逐渐取代了北曲的宗主地位，而成为曲坛的主流。徐渭《南词叙录》云：“惟昆山腔止行吴中，流丽悠远，出乎三腔（按指弋阳腔、余姚腔、海盐腔）之上，听之最足荡人。”说明南曲开始还只流行于吴中，但很快就流播各地，在曲坛占有压倒的优势。王骥德《曲律》云：“迩年以来，燕赵之歌童舞女，咸弃捍拨，尽效南声，而北词几废。”沈德符《顾曲杂言·北词传授》亦云：“自吴人重南曲，皆祖昆山魏良辅，而北词几废。”魏良辅怎么使南词压倒北曲呢？明沈宠绥在《度曲须知·曲运隆衰》中说：“魏良辅者，流寓娄东、鹿城之间，生而审音，愤南曲之讹陋也，尽洗乖声，别开堂奥，调用水磨，拍捱冷板，声则平上去入之婉协，字则头腹尾音之毕匀，功深熔琢，气无烟火，启口轻圆，收音纯细，……声场禀为曲圣，后世依为鼻祖。盖自有良辅，而南词音理，已极抽秘逞妍矣。”说明魏良辅在改革昆腔方面，取得了“美善兼至，极声调之致”（《曲律》）的轰动效应。他还著有《曲律》，虽仅一千多字，但却总结了昆曲歌唱的技术。南曲不但在音乐美方面具有自己的特色，在艺术美方面也具有自己的特色。俞彦说得好：“总之扬诩丽句，填缀新腔，律正而态妍，词平而趣永。使市童蚕女，闻之而倾耳；韵士才人，味之而会心。”（《题南宫词纪》）陈所闻也说：“大都词欲藻，意欲纤，用事欲典，丰腴绵密，流丽清圆，令歌者不噎于喉，听者大快于耳，斯为上乘。”（《南宫词纪·凡例》）兹依王骥德《曲律·杂论》中所说的南曲大家陈铎、金銮、沈仕、唐寅，分别加以论述，惟将其列于北曲作家之王磐，改隶于南派。

一、“南词宗匠”陈铎

陈铎（1488？—1521），字大声，号秋碧，自号七一居士，下邳（今江苏邳县）人。他的祖父陈政，洪武初从征有功，官中府都督。铎因世袭指挥，豪爽多气节。经、传、子、史，无不淹贯，工诗善画，尤长于散曲。著有《秋碧乐府》《梨云寄傲》等散曲集，多写“风情”“丽情”，但他的《滑稽余韵》一百三十六首，却是明人散曲中别开生面之作，主要描写的对象是生活在社会底层的小手工业者，喜怒哀乐，曲尽其情，绘出了万有的人间百态，反映了明中期的社会面貌。王世贞说他“所为散套，既多蹈袭，亦浅才情。然字句流丽，可入弦索”（《曲藻》）。王骥德恰巧与之相反，认为“陈、梁（辰鱼）多大套，颇著才情”（《曲律·杂论》）。见仁见智，各执一端。实则他的散曲柔媚清丽，不愧南词高手。徐又陵说得好：“成、弘间，沈青门、陈大声辈，南词宗匠。”（《蜗亭杂订》）

> 肠中热，心上痒，分明有人闲论讲。他近日恩情，又在他人上。要道是真，又怕是慌。抵牙儿猜，皱眉儿想。
>
> ——《南双调·锁南枝·风情》
>
> 想才郎一去杳无凭，早忘了海誓山盟。说来话儿全不应，谁似你辜恩薄幸？对神前提着小名，才骂了又心疼。
>
> ——《南双调·风入松·怨别》

纯用白描手法，把女主人公的内心活动，细腻地刻画了出来，声情逼真，呼之欲出，难道是“亦浅才情”么？

他的北调，也写得很妙。明汪廷讷说他的散曲“其韵严，其响和，其节舒，词秀而易晰，音谐而易按”（《陈大声全集序》）。钱谦益也说他“审宫节羽，不差毫末”（《列朝诗集》乙集）。兹举其写隐逸生活的北曲如下：

仿邵平种瓜，学卢仝煮茶，喜春雨全禾稼。数椽茅屋近鸥沙，志不在陶朱下。诗酒美情，琴书消暇。放会顽，散会耍，黄金印手拿，琼林花帽插，祸倒有天来大。

——《中吕 · 朝天子 · 归隐》

铺水面辉辉晚霞，点船头细细芦花。缸中酒似渑，天外山如画，占秋江一片鸥沙。若问谁是俺家，红树里柴门那答。

——《双调 · 沉醉东风 · 溪隐》

写高名显宦的祸福无常，山林隐逸的生活有致，虽无更多的新意，然而用典恰切，措辞清丽，犹有元人之风、不过他最具特色的，是他所描绘的底层人民的群像：

东家壁土恰涂交，西舍厅堂初宽了，南邻屋宇重修造。弄泥浆直到老，数十年用尽勤劳。金张第游麋鹿，王谢宅长野蒿，都不如手镘牢。

——《双调 · 水仙子 · 瓦匠》

麻绳是知己，扁担是相识。一年三百六十回，不曾闲一日。担头上讨了些儿利，酒房中买了一场醉，肩头上去了几层皮，常少柴没米。

——《正宫 · 醉太平 · 挑担》

纯用俗语，满蘸着自己的同情泪，歌颂了他们的辛勤劳动，倾诉了他们的痛苦生活。“金张第游麋鹿”一联，发人深省，足抵韩愈的《圬者王承福传》。

二、“兼得乔、张之趣”的王磐

王磐（1470—1530），字鸿渐，号西楼，高邮（今属江苏）人。他生于仕宦之家，独厌绮罗之习；鄙弃科举，纵情于山水诗画间。家于城西，有楼三楹，日与胜流，觞咏其间，洋洋焉不知老之将至。著有《王西楼乐府》，警策豪健，谑而不虐，有小令六十五首，套曲九首，有讥讽时事的，有吟咏山水的，都写得尖新豪辣，沁人心脾，在明人散曲中有很高的地位。王骥德把他列于北派之中，并说："于北词得一人，曰高邮王西楼，俊艳工炼，字字精琢。"（《曲律·杂论》）今人任中敏说他的散曲"于元人之中，兼得乔（吉）、张（可久）之趣。其丽也，不仅工雅，兼能出奇；其清也，萧疏放逸，且好为游戏诙谐之作，而不用康（海）、冯（惟敏）两派之粗豪，一以精细出之"（《散曲概论·派别》）。他以《中吕·朝天子·咏喇叭》一曲，获得盛名。曲云：

喇叭、锁哪，曲儿小，腔儿大。官船来往乱如麻，全仗你抬身价。军听了军愁，民听了民怕，那里去辨什么真共假。眼见的吹翻了这家，吹翻了那家，只吹的水尽鹅飞罢。

《尧山堂外纪》云："正德间，阉寺当权，往来河下者无虚日。每到，辄吹号头，齐丁夫，民不堪命。王西楼有《咏喇叭·朝天子》一首。"姚燮在《今乐考证》中也说："《咏喇叭》盖言百姓之家，致于贫困，皆此宦官往来之故也。"说明这支小令确是讽刺当时的现实的。于幽默之中，见沉痛之致，是明代散曲的珍品。王氏"善谐谑"，往往在谐谑中，寄寓着刺世疾邪的深意。如：

青琐闼争三分震倒，碧纱厨差半点轰着。聒的个鲁周公梦恍惚，惊的个蔡孝子心颠倒，你便是话陈抟也索难熬。者莫恁雨散云收不定交，只吼到霜天罢了。

——《双调·沉醉东风·蚊雷》

斜插，杏花，当一幅横披画。《毛诗》中"谁道鼠无牙"，却怎生咬倒了金瓶架。水流向床头，春拖在墙下，这情理宁甘罢。那里去告他，何处去诉他，也只索细数着猫儿骂。

——《中吕·朝天子·瓶杏为鼠所啮》

前曲的“只吼到霜天罢了”，是从刘禹锡《聚蚊谣》的“清商一来秋日晓，羞尔微形饲丹鸟”点化出来的。后曲的“谁道鼠无牙”是《诗经·召南·行露》中的话，它是说殷商的末世，衰乱之俗已经形成，故人民受到欺凌而无所告诉。从曲中的“那里去告他，何处去诉他”来看，显然都是讽刺小人得势、肆虐下民的。至于他“兼得乔、张之趣”的那些散曲，主要是指写景抒情的作品。如：

泼空来雨声，滚地也雷鸣。须臾云散晚天晴，看秋光倒影：断虹斜插珊瑚柄，斜阳倒挂轩辕镜，残霞乱摆锦帏屏，助西楼画景。

——《正宫·醉太平·秋雨晚霁》

顶半笠黄梅细雨，携一篮红绿鲜鱼。正青山酒熟时，逢绿水花开处。借樵夫紫翠山居，请几个明月清风旧钓徒，谈一会羲皇上古。

——《双调·沉醉东风·携酒过石亭会友》

这曲典雅清丽，风格与乔、张十分相近，真个“不仅工雅，兼能出奇”。

三、“嘲调小曲极妙”的金銮

金銮，字在衡，号白屿，陇西（今属甘肃）人，侨寓南京，往来于淮扬两浙，与盛时泰、吴怀梅等交谊甚笃。卒时年约九十。工诗善曲，著有《萧爽斋乐府》二卷，存小令一百余首，套曲二十余首，在明代中叶的散曲家中，他是存曲较多的一个。何元朗评他的散曲说：“南都自徐髯仙后，惟金在衡鸾（銮）最为知音，善填词。其嘲调小曲极妙，每诵一篇，令人绝倒。”（《曲论》）王世贞也说：“金陵金白屿銮，颇是当家，为北里所贵。”（《曲藻》）说明他的曲在当时就流传于歌妓舞女间，并得到曲论家很高的评价。诗亦擅场，钱谦益称其“诗不操秦声，风流婉转，得江左清华之致”（《列朝诗集小传》丁集上）。他的“嘲调小曲”，确实能“令人绝倒”。如：

粗粗的布袍，旧旧的麻绦。花边竹杖柳边桥，也不须动脚。三餐淡饭从吾好，几杯薄酒随人笑，一畦野菜任咱挑，落一个醉饱。

下一盘死棋，做几首歪诗。兴来唱个小曲儿，是我老年的见识。伊周事业弥天地，孔颜道德昭星日，班杨词赋耀今昔，到头来如此。

——《正宫·醉太平·漫兴》

自嘲、自解，亦庄、亦谐，淡泊中有愤激之语，磊落中多不平之气。回肠荡气，韵味无穷。

暖风芳草遍天涯，带沧江远水一抹。六朝堤畔柳，三月寺边花。离绪交杂，说不尽去时话。

——《双调·新水令·送吴怀梅归歙》

细雨卷轻雷，趁西风过小溪，夕阳芳草浑无际。浮云片时，长空万里，江城独立生愁思。拂虹霓，模糊老眼，还当作上天梯。

——《南商调·黄莺儿·新霁》

语言清丽，风流婉转，言情则沁人心脾，写景则在人耳目。后曲一结，构思新奇，在幽默中渗透着牢骚语，令人捧腹。他不但善于写友情，也工于写闺情；不但写个人的境遇，也关心民众的疾苦，题材比较广阔，构思比较新奇，不落常套，自辟新蹊，是一个有个性的作家。

海棠阴轻闪过凤头钗，没人处款款行来，好风儿不住的吹罗带。猜也么猜，待说口难开，待动手难抬，泪渍儿和衣暗暗的揩。

——《双调·河西六娘子·闺情》

我则见赤焰焰长空喷火，怎能够白茫茫平地生波！望一番云雨来，空几个雷霆过，只落得焦熓熓煮海煎河，料着这露水珠儿有几多，也难与俺相如救渴。

——《双调·沉醉东风·夏旱》

前曲“好风儿不住的吹罗带”，是从李白《春思》的“春风不相识，何事入罗帏”脱化而来。作者捕捉了女主人公这一刹那的心里活动，加以细致的刻画，既表现了她情思缠绵、独守空闺的寂寞情怀；又表现了她忠于所爱，不为外物所动的高尚情操。后曲的“望一番云雨来，空几个雷霆过”，是从来鹄的《云》“千形万状竟还空，映水藏山片复重。无限旱苗枯欲尽，悠悠闲处作奇峰”中得到启发的。这里埋怨只打雷，不下雨，显然已经从描写自然现象转到社会生活和政治生活了，因而具有更高的人民性和更大的概括性。难怪冯惟敏对他的散曲给予了极高的评价，他在《黄钟 · 醉花阴 · 酬金白屿》的套曲中说：

〔幺篇〕数算了金陵词派，傲梨园萧爽斋。清歌丽曲写胸怀，识谱明腔称体裁，换羽移宫谙韵格。

〔刮地风〕子听的江左周郎大喝采，不由俺双手儿齐拍。见了他一字字堪人爱，一声声音吕和谐，一句句六朝感慨，一篇篇千古兴衰。惯评花闲判柳十里楼台，问功名佯不睬，每日价放浪形骸。猛可的遇知音敢子是情无奈，他道俺乍相交何处来?

真是推崇备至，甚至有些溢美了。

四、开曲中“香奁体”的沈仕

沈仕（1488？—1566），字懋学，又字子登，别字野筠，自号青门山人，又号东海迷花浪仙。仁和（今浙江杭州）人。他工曲善画，著有散曲集《唾窗绒》，多写艳情，开曲中“香奁体”一派，时人谓之“青门体”。后厉曾斥之为“以笔墨劝淫，足以委靡风气”。其实他的散曲，题材虽然冶艳，但语言尖新，刻画细腻，受民间俗曲的影响很深，并不是“诲淫”的作品。任中敏说得好：“后人踵之者又变本加厉，皆标其题曰：‘效沈青门体’，沈氏遂受谤无穷矣。”（《散曲概论 · 派别》）他的画很有名，冯惟敏在《双调 · 新水令 · 访沈青门乞画》中，推崇他是“五岳遨游，山水都归摩诘手；两都驰骤，文章直与班马俦”。又说他“一行书铁画银钩，一联诗郊寒岛瘦，一度曲评花判柳，一腔春蕴藉风流”。说明他的诗、书、画都具有很高的艺术水平。

东风吹粉酿梨花，几日相思闷转加。偶闻人语隔窗纱，不觉猛地浑身乍，却原来是架上鹦鹉不是他。

——《南南吕·懒画眉·春闺即事》

雕栏畔，曲径边，相逢蓦然丢一眼。教我口儿不能言，腿儿扑地软。他回身去一道烟，谢得蜡梅枝把他来抓个转。

——《南双调·锁南枝·咏所见》

莺懒罢调簧，柳成阴，日渐长，春归有个人惆怅。诗闲锦囊，针停绣床，相思暗把浓愁酿。最心伤，随风数点，红雨静敲窗。

——《南商调·黄莺儿·暮春闺思》

写得生动贴切，曲折细腻，冶艳之中，有清新之致，并没有低级庸俗的趣味。

五、“吴中四才子”之一的唐寅

唐寅（1470—1523），字子畏，一字伯虎，号六如，别署六如居士、桃花庵主、逃禅仙吏等。吴县（今属江苏）人。性不羁，有才华，善书法，能诗文，二十九岁乡试第一。会试时因牵涉科场舞弊案被革黜，遂放浪诗酒，以丹青自娱。与祝允明，文徵明、徐祯卿合称“吴中四才子”。著有《六如居士集》，《明史》有传。王世贞说：“吾吴中以南曲名者：祝京兆希哲，唐解元伯虎，郑山人若庸。希哲能为大套，富才情而多驳杂。伯虎小词翩翩有致。”（《曲藻》）王骥德亦说唐的小令“斐亹有致”，但认为“祝小令亦佳，长则草草”（《曲律·杂论》）。与王骥德对祝允明的评价相反，明张琦与王世贞的意见一致，他说：“吴中以南曲名者：祝希哲、唐伯虎、郑若庸三人媲美。京兆能为大套，富丽而多驳杂；解元小词，纤雅绝伦。”（《衡曲麈谭·作家偶评》）三家对唐寅的小令，是同声赞美的。

寒食杏花天。鸟啼春，人晏眠，一帘飞絮和风卷。芳菲可怜，相思苦缠，等闲松了黄金钏。闷恹恹，朝云暮雨，魂梦到君前。

——《南商调·黄莺儿》

春花满眼，数不尽红深紫浅。晓来风度湘帘，娇怯莺花流转，唤起春情万千。唤起春情万千，点点有谁消遣。空把雕栏倚遍，悄无言。啼残玉颊花容减，抛却金针懒去拈。

——《南仙吕·桂枝香》

髻绾香云拥。钗分两金凤。为你多娇态，积下愁千种。月冷黄昏，孤灯有谁共？情人误我，误我良宵梦。画角频吹，梅花又三弄。风，休吹入绣帏中，只怕恼动多情，把奴相思病越重。

——《南仙吕·二犯月儿高》

纤艳柔媚，饶有风情，有尖新之致，无庸俗之态，与“沈青门体”颇相近。但他不但会写丽词艳曲，也能写幽情雅致：

封侯未遇，王孙何处？绿杨叶底黄鹂，红杏梢头青子，惜芳菲又归。惜芳菲又归，滔滔逝水，欲留无计。漏迟迟，宿鸟惊枝去，残灯落烬时。

——《南仙吕·桂枝香》

春深小院飞细雨，杏花消息何如？报道东君连夜去，须索要圈留他住。金杯满举，怎不念红颜春树？君看取，青冢上、牛羊无主。

——《南商调·集贤宾》

清新活泼，妙趣横生，嵚崎磊落之气，一寓于惜春留春的情思之中。丽而不艳，婉而多讽，不愧南曲高手。

第四节　晚明曲坛的繁荣

晚明散曲的形式美，发展到了极致。梁辰鱼重辞藻，沈璟重声律，其后张起凤骋其靡丽，冯梦龙、王骥德继其芳躅，施绍莘自成一家，而晚明曲坛遂呈现一种欣欣向荣的局面。凌濛初说："自梁伯龙出，而始为工丽之滥觞，一时词名赫然。"（《谭曲杂札》）张琦说："近之佳者如龙子犹（冯梦龙）、王伯良（王骥德）、卜大荒诸君，皆生动圆转，领异取新，脉接《金荃》，声传《三籁》。"（《衡曲麈谭·作家偶评》）任中敏也说："起嘉、隆间以迄明末，将近百年，主持词余坛坫者，文章必推梁氏为极轨，韵律必推沈氏为极轨，此为昆腔以后之两大派。一时词林，虽济济多士，要不出两派之彀中也。其文章独不从梁，而韵律独不从沈者，剧曲则有汤显祖之《四梦》，散曲则有施绍莘之《花影集》。"（《散曲概论·派别》）以上三家的论述，把晚明曲坛的轮廓勾勒了出来。他们使曲更加词化，更加雅化，失去了北曲的蒜酪味、遒劲气，但在形式美、音乐美方面推进了一大步，仍然是可取的。

一、改变曲风的梁辰鱼

梁辰鱼（1519—1591），字伯龙，号少白，别号仇池外史。昆山（今属江苏）人。好任侠，不屑就诸生试。尚书王世贞、大将军戚继光均折节造门，而他仰天歌啸，旁若无人。他在所著传奇《浣纱记》自报家门云："何暇谈名说利，漫自倚翠偎红。请看换羽移宫，兴废酒杯中。骥足悲伏枥，鸿翼困樊笼。试寻往古，伤心全寄词锋。问何人作此，平生慷慨，负薪吴市梁伯龙。"屠隆也说他"身有七尺之躯，而家无百亩之产。入媚其妻子，而出傲其王侯"（《鹿城集序》）。说明他是一个穷士，是一个狂士，既不肯摧眉折腰事权贵，便只好倚翠偎红作浪游了。他的《浣纱记》，是第一个用昆腔演唱的传奇，一时取得了轰动效应，王世贞所谓"吴阊白面冶游儿，争唱梁郎雪艳词"，就是记当时演出的盛况的。他的散曲集《江东白苎》，造句用字，多参词法，文辞精美，描写细腻，极尽妩媚之能事，使曲风为之一变。

万里涛回，看滔滔不断，古今流水。千年恨都化英雄泪。徙倚，故国秋余，远树云中，归舟天际。山势依旧枕寒流，阅尽几多兴废。

——《南双调·夜行船·拟金陵怀古》

雁来期，正秋风寒云乱飞。把酒对斜晖，问芳卿，为甚的便蕙损兰摧。想萧关黄叶尽起，念汉殿紫萸谁佩？岁月转凄其，衾余枕剩，初寒未授衣。辜负登高节，对黄花羞插满头归。

——《南正宫·锦缠道·九日》

音律严整，词语工丽，词味多而曲味少，是他的艺术特色。但他也有本色自然的作品，并不是一种风格，一个模式：

为贪玩耍，向西郊常寻岁华。霎时间遇着个乔才，想今年命合桃花。邀郎同上七香车，遥指红楼是妾家。

——《南双调·玉抱肚·春郊邂逅》

病淹淹难医疗的模样，软怯怯难存坐的形状，急煎煎难摆划的寸心肠，虚飘飘难按纳的情和况。空自忙，全然没主张，盟山誓海都成谎。辗转书来，更无的当。凄凉，为甚更长似岁长？萧郎，莫认他乡是故乡。

——《南商调·山坡羊·代刘季招申椒居士》

前曲的语言虽很通俗，但意思却很寻常。后曲的韵味虽更像曲，但摹仿的痕迹太露，试与《琵琶记·糟糠自餍·山坡羊》“乱慌慌不丰稔的年岁，远迢迢不回来的夫婿，急煎煎不耐烦的二亲，软怯怯不济事的孤身”对照来看，就感到太形似了。尽管他是借男女之情，写友朋之谊，命意和构思是颇为新颖的。任中敏说他的散曲“文雅蕴藉，细腻妥帖，完全表现南方人之性格和长处”（《散曲概论》）。从《江东白苎》的总体倾向来看，是很有见地的。

二、声律派的代表沈璟和王骥德

沈璟（1553—1610），字伯英，号宁庵，晚字明和，自号词隐生，吴江人。历任吏部员外郎、光禄寺丞、行人司司正等。以上书立储忤旨，因辞官还乡。家居三十年，致力于戏曲声律之研究，所著曲论，今多不传，仅存《南九宫十三调曲谱》。散曲有《情痴呓语》《曲海青冰》等，亦未能传。赖《太霞新奏》《吴骚合编》等选本，收录了他的一些作品。王骥德说他“生平于声韵、宫调，言之甚毖，顾于己作，更韵、更调，每折而是，良多自恕”。又说：“吴江守法，斤斤三尺，不欲一字乖律，而毫锋殊拙。”还说：“词隐所著散曲《情痴呓语》及《词隐新词》各一卷，大都法胜于词。《曲海青冰》二卷，易北为南，用工良苦。”（以上并见《曲律·杂论》）王氏前二段所言，主要指他所著的传奇《红蕖记》《义侠记》《博笑记》《埋剑记》等；后一段所言，主要指他的散曲。无论他的传奇还是散曲，都不免为法所拘，从而损害了他的内容。正如徐复祚所说的：“《红蕖》词极赡，才极富，然于本色不能不让他作。盖先生严于法，《红蕖》时时为法所拘，遂不复畅。”（《三家村老委谈》）清李调元也说：“沈伯英审于律而短于才，亦知用故实、用套词之非宜，欲作当家本色俊语，却又不能。直以浅言俚句，掤拽牵凑，自谓独得其宗，号称词隐。”（《雨村曲话》）然自冯梦龙在所辑《太霞新奏》中奉之为“词家开山祖师”之后，后来有些戏曲家在音律上拥护他的主张，模仿他的风格，被称为“吴江派”，而沈氏便成为“吴江派”的领袖。《明史》有传。

一声杜宇落照间，又寂寞春残。杨柳帘栊长日关，正梨花院落初闲。风朝雨晚，芳径里落红千万。停画板，又早见牡丹初绽。

——《南商调·集贤宾·伤春》

因缘簿冷，叹鸳鸯被卷，枉怨银筝。秦楼月影，蝴蝶梦中孤另。曾留汗衫余馥在，漫哭香囊两泪盈。柳眉蹙双峰，为才子留情。

春宵多月亭，记曲江池上，丽日初晴。蓝桥仙路，裴航恰遇云英。万花堂畔言誓盟，玉镜台前作证诚。他负心几曾，教鱼雁传情。

——《南仙吕·八声甘州·集杂剧名》

前曲写伤春之情，声律和谐，辞藻华妍，但内容却比较空泛。后曲自称是“翻元人吴昌龄北词”，然吴只存《正宫·端正好·美妓》一套，中有“莫不是丽春园苏卿的后身，多应是西厢下莺莺的影神”两句，集了杂剧《丽春园》和《西厢记》之名。而孙季昌则有《正宫・端正好・集杂剧名咏情》一套，与沈氏所集的杂剧名相应，如他的前两曲《端正好》：“鸳鸯被半床闲，蝴蝶梦孤帏静，常只是哭香囊两泪盈盈。若是这姻缘簿上合该定，有一日双驾车把香肩并。”《滚绣球》：“常记的曲江池丽日晴，正对着春风细柳营。初相逢在丽春园遣兴，便和他谒浆的崔护留情。曾和他在万花堂讲志诚，锦香亭设誓盟，谁承望下场头半星儿不应。央及杀调风月燕燕莺莺，则被这待月西厢张君瑞，送了这花月东墙董秀英，盼杀君卿。”沈氏翻的当是这孙季昌的北词，而不是吴昌龄的北词。喜欢翻宋词元曲，只要求律正韵严，而不注意内容的充实，感情的真挚，正是沈氏在艺术追求上的一大缺点。

王骥德（？—1623），字伯良，又字伯骏，号方诸生、玉阳生，别署秦楼外史、方诸仙史、玉阳仙史，会稽（今浙江绍兴）人。幼喜音律，长从同里徐渭学，受到徐氏的影响很深。他的《曲律》一书，被吕天成誉为“真可谓起八代之衰，厥功伟矣”（《曲品自序》）。任中敏甚至认为“无骥德则谱律之精微，品藻之宏达，皆无以见，即谓今日无曲学可也”（《曲谐》）。然而它在理论上的创新精神显然来源于徐渭，它在声律上的精到论述显然得力于沈璟。所以王氏对其师服膺不已，推崇备至。一则曰：“吾师山阴徐天池先生，瑰玮浓郁，超迈绝尘。”再则曰：“先生逝矣，邈成千古。以方古人，盖真‘曲子中缚不住者’，则苏长公其流哉。”（《曲律・杂论》）他的著述多佚，今存者传奇有《题红记》，杂剧有《男王后》，散曲有今人从《太霞新奏》《南词新谱》等选本中辑出的《方诸馆乐府辑佚》。他的散曲，尖新妥溜，与沈青门的风格颇为相近。

月华明，偏管人孤另，后会茫无定。信难凭，两处思量，今夜私相订。天边见月生，低低叫小名，我低低叫也你索频频应。

——《南南吕・一江风・见月》

灯花绽，蟢子飞，心心盼他郎马归。早起画蛾眉，红楼镇空倚。纱窗暝，日又西，多管是今宵尚欠几行泪。

——《南双调·锁南枝·待归》

萧萧郎马，怎教人不提他念他。俏庞儿怕吹破春风，瘦身躯愁触损桃花。不知今夜宿谁家，灯火章台处处纱。

——《南双调·玉抱肚·闺情》

昨朝对面是参商，你须索端详。匆匆孤负来相访，非是我乔妆模样。不做美梅香在傍，他高筑起雨云墙。

——《南仙吕入双调·风入松·代述》

以上四曲，全是写的艳情。每一曲都活画出了一个痴绝、憨绝的妙人，摇精动魄，蕴藉风流，绝非一般俗滥淫词所可比拟。

三、通俗文学家冯梦龙

冯梦龙（1574—1646），字犹龙，亦字子龙，号姑苏词客，又号顾曲散人，墨憨子，别署龙子犹。长洲（今江苏吴县）人。明崇祯时代的贡生，做过寿宁县知县。清兵入关，他曾印发一些小册子，宣传抗清的主张和消息。他的著作非常丰富，特别对于通俗文学的收集和整理，作出了很大的贡献。民歌及散曲方面编辑了《宛转歌》《挂枝儿》《太霞新奏》，小说方面编辑了《喻世明言》《醒世恒言》《警世通言》，后世统称为“三言”，戏剧方面删订了《墨憨斋定本传奇》等。明张琦说他的散曲“生动圆转，领异取新，脉接《金筌》，声传《三籁》”（《衡曲麈谭·作家偶评》）。说明他主要是写男女风情的。

郎莫开船者，西风又大了些，不如依旧还奴舍。郎要东西和奴说，郎身若冷奴身热，且受用而今这一夜。明日风和，便去也奴心安帖。

——《南双调·江儿水》

曲中通过一个阻风留人的细节，把女主人公那种纯真之情，动人之爱，淋漓尽致地表现了出来，极富生活情趣和泥土气息。

频频书寄，止不过叙寒温，别无他奇。你便一日间千遍书来，我心中也不嫌聒絮。书啊，原非要紧好东西，为甚一日无他便泪垂。

——《南仙吕入双调·玉抱肚·赠书》

通过一个热恋中的姑娘的口吻，说出了问问冷暖、叙叙家常的普通情书，在情人心目中占有何等的分量和地位，从而表达出她深厚而纯朴的爱情，情至浓而出之以淡，笔至雅而出之以俗，给人以极大的美感享受。

四、明人散曲的集大成者施绍莘

施绍莘（1588—1640），字子野，自号峰泖浪仙，松江华亭（今属上海）人。他少负奇才，屡试不中，竟以诸生终。明陈继儒说他“好治经术，工古今文，而能旁通星纬舆地与二氏九流之书，掉弄而为乐府诗余，跌荡驰骋，为古今当行家”（《秋水庵花影集叙》）。说明他学问博洽，擅长诗文，而尤工散曲。所著《花影集》，收套曲八十六首，小令七十二支，题材广泛，格调高雅，其怀古、赠别、模山范水之作，都能摆脱前人和时人的羁绊，卓然自成家。他的好友沈士麟评他的散曲说：“但其性灵颖慧，机锋自然，不觉吐而为词，溢而为曲，以故不雕琢而工，声不磨涤而净，不粉泽而艳，不穿凿而奇，不拂拭而新，不糅摛而韵。”（《秋水庵花影集序》）吴梅说明代的散曲“要以施绍莘为一代之殿”（《中国戏曲概论》）。任中敏则推他为“明人散曲之集大成者”（《散曲丛刊·花影集提要》）。说明他在明代散曲作家中有着极其崇高的地位。

娇痴向人多腼腆，欲夺芙蓉面。尖尖舌暗舒，窄窄鞋偷荐。芳心未明还半卷。

——《南双调·清江引·荷花》

这是一首咏物的小令。它以轻柔的笔致，把人的仪态和情思，移注在对荷花的刻画中，似花非花，亦人亦物，不即不离，物我一体，是咏物小曲的上乘之作。

问衣锦山谁荣贵？问翠微亭谁恬退？只可惜报国精忠，奉牌十二。二十年心力一朝灰。千秋切齿，磔桧分尸。笑优游人在半闲堂，身谋家计，人国同儿戏。葬身无地，如今化作业风妖气。

——《南仙吕入双调·锦衣香·钱塘怀古》

这是一支咏史的小曲，系从他的套曲中摘出的。他以极大的悲愤，歌颂了岳武穆的“报国精忠”，鞭挞了出卖国家利益的民族败类秦桧。浩气凌云，掷地有声。

小亭低亚，眼前的诗耶画耶？白梅花衬扇窗儿，淡垂杨带个栖鸦。天公偏称野人家，寒似前宵略峭些。

——《南仙吕入双调·玉抱肚·小园》

这是一首写景的小令，出现在画面上的小亭、白梅、淡杨、栖鸦，有动有静，亦诗亦画，而画外的人，正是把无限春色送到读者眼帘的。他对“寒”的敏感，从一个侧面透露了早春的消息，把诗情画意提到更高的艺术境界。

邻鸡叫，促织鸣，青灯一篝寒背枕。明月映人心，西风尖得紧。身孤另，绵被轻，半边温，半边冷。

——《南仙吕入双调·锁南枝·夜寒》

这是一支抒怀的小令。写游子孤馆、寒夜难眠的愁思。作者不写自己如何辗转不寐，寝不安席，但言“邻鸡叫，促织鸣”，而彻夜不眠之状毕见；作者不言自己如何久客思归，倦游思还，但言“明月映人心，西风尖得紧”，而低头思故乡、秋风思莼羹的心情如画；作者不言自己如何漂泊异乡，浪迹江湖，但言“半边温，半边冷”，而离情别绪横溢。是善于立言，工于言情的妙笔，使意蕴更加深广，情韵更加悠远。

短命冤家，道是思他又恨他！甜话将人挂，谎到天来大。嗏，倒是不归来索须干罢。若是归来，休道寻常骂，须扯定冤家下实打。

——《南中吕 · 驻云飞》

这是一支艳曲。以通俗的语言，白描的手法，表现了女主人公的恨之深，爱之切。他的艳曲只写深情，不写色情，显得格高调雅，不同流俗。陈继儒说得好："子野才太俊，情太痴，胆太大，手太辣，肠太柔，舌太纤"（《花影集序》），故能搔着痒处，写得逼真，以如此美好之情怀，拥抱如此美好之人生。

五、少年民族英雄夏完淳

夏完淳（1631—1647），字存古，华亭（今属上海）人。夏允彝之子。七岁能文，年十三，拟庾信作《大哀赋》，文采斐然。鲁王时，曾官中书舍人。允彝殉难后二年，以其师陈子龙狱辞连及，被逮下狱，作乐府数十首。临刑，谈笑自若，颜色不变，年仅十七岁。是我国历史上著名的少年民族英雄。他的曲壮怀激烈，感慨淋漓，胸中浩然之气，猛烈地撞击着人们的心扉，给人以极大的鼓舞。兹录其《南仙吕 · 傍妆台 · 自叙》一套如下：

〔傍妆台〕客愁新，一帘秋影月黄昏。几回梦断三江月，愁杀五湖春。霜前白雁樽前泪，醉里青山梦里人。（合）英雄恨，泪满巾，响丁东玉漏声频。

〔前腔〕两眉颦，满腔心事向谁论？可怜天地无家客，湖海未归魂。三千宝剑埋何处，万里楼船更几人？（合）英雄恨，泪满巾，何年三户可亡秦！

〔不是路〕极目秋云，老去秋风剩此身。添愁闷，闷杀我，楼台如水镜如尘。为伊人，几番抛死；心头恨，勉强偷生。旧日恩，水鳞鳞。雁飞欲寄衡阳信，素书无准，素书无准。

〔掉角儿序〕我本是、西笑狂人。想那日、束发从军，想那日、霸角辕门，想那日、挟剑惊风，想那日、横槊凌云。帐前旗，腰后印。桃花马，衣柳叶，惊穿胡阵。（合）流光一瞬，离愁一身。望云山，当时壁垒，蔓草斜曛。

〔前腔〕盼杀我、当日风云，盼杀我、故国人民，盼杀我、西笑狂夫，盼杀我、东海孤臣。月轮空，风力紧。夜如年，花似雨，英雄双鬓。（合）黄花无分，丹萸几人。忆当年，吴钩月下，万里风尘。

〔余音〕可怜寂寞穷途恨，憔悴江湖九逝魂，一饭千金敢忘恩。

此曲选自夏完淳《狱中草》，当作于顺治四年（1647）八九月间。时作者被捕，解至南京大狱。在狱中，他抱着必死的决心，蘸着血泪，写下了这支沉郁悲壮、忠愤感人的套曲，表现了少年民族英雄的本色，曲中连用四个“想那日”和“盼杀我”，抒发了他当年投笔从戎的英雄气概和报国忧民的民族思想，字字血，声声泪，令人感奋不已。

第七章　作家论（清）

曾任《四库全书》总纂官纪昀在撰写《四库全书总目提要》时，就明确地提出散曲“非文章之正轨”，这是正统派文人的共识，因而作者不经意，读者不珍视，流传下来的就是“泰山一毫芒”了。吴梅说得好：“清人散曲，传者寥寥。其有专集者，不过数家。”（《中国戏曲概论》）但是经过《全清散曲》的编纂者凌景埏、谢伯阳从清人的别集、小说、戏剧、弹词、笔记、曲谱、曲话、曲选中爬罗剔抉，沙里淘金，终于搜辑了作者三百四十二家，小令三千二百一十四首，套数一千一百六十六篇。这个数目，较之《全唐诗》《全宋词》，自然是瞠乎其后，微不足道的，但较之《全元散曲》共收作者二百零九家，小令三千八百五十三首，套数四百五十七篇，还是很相当的。问题是清代的散曲，大都成为案头文学，由民间传唱进入了文人的书斋，失去了本色自然之美，质朴豪迈之气，正如郑振铎所说的：清代的散曲“除了少数的例外，大多数的南北曲都已不能被之管弦，都已不能流行于民间。散曲作家们的气魄也不复元、明二代之豪迈。他们不是过于趋向尖新鲜丽之途，在一字一句之间争奇斗胜；便是拘守格律，不敢一步出曲谱外，变成了死气沉沉的活尸”（《中国俗文学史》）。因为清代的“文字狱”层见叠出，株连甚广，作者往往不敢正视现实，批判现实，于是离开现实越远，离开艺术的源泉也就越远，这就削弱和萎缩了艺术的生命力，这是它的成就一般不如元、明散曲的主要原因。

清代的散曲，虽一般较之元、明略逊一筹，但以套曲为基础的传奇文学，则大放异彩，超超乎有驾元、明而上之势头。李调元说：“李渔音律独擅，近时盛行其《笠翁十种曲》。”“洪昉思昇作《长生殿》，尽删太真秽事，时朱门、绮席、酒社、歌楼，非此曲不奏缠头。”“孔东塘《桃花扇》，……所写南渡诸人，而口吻毕肖，一时有纸贵之誉。”（《雨村曲话》下）梁廷枏也说：“蒋心余太史士铨九种曲，吐属清婉，自是诗人本色。不以矜才使气为能，故近数十年作者，亦无以尚之。”（《曲话》）杨恩寿还说：“康熙时，《桃花扇》《长生殿》先后脱稿，时有‘南洪北孔’之称。其词气味深厚，浑涵包孕处蕴藉风流，绝无纤亵轻佻之病。……《藏园九种》，为乾隆时一大著作，专以性灵为宗。具史官才学识之长，兼画家皱瘦透之妙。洋洋洒洒，笔无停机。乍读之，几疑发泄无余，似少余味；究竟无语不炼，无意不新，无调不谐，无韵不响。”（《词余丛话》）上面提到的李渔、孔尚任、洪昇、蒋士铨，不但是传奇名家，也是散曲高手。孔尚任说得好：“传奇虽小道，凡诗、赋、词、曲、四六、小说家，无体不备。至于摹写须眉，点染景物，乃兼画苑矣。”（《桃花扇自序》）说明“曲”在传奇中是最基本的一种体制，离开了“曲”便无所谓传奇。何况清代也有一批杰出的散曲家，如尤侗、厉鹗、吴锡麒等，都有自己的艺术特色。杨恩寿说：“尤西堂乐府流传禁中，世祖亲加评点，称其为真才子者再。”（《词余丛话》）厉鹗自论其曲曰：“则年来因词而及之，虽乏酸（贯云石）、甜（徐再思）风味，或不致贻笑伧父面目也。”（《樊榭山房续集序》）梁廷枏评吴锡麒的曲说：“吴榖人先生词学，近时人不多觏，病除凡响，壁垒一新。集中南北曲数套，酣畅淋漓，几欲与元人争席。”（《曲话》）可见清代的散曲家及其成就，绝不可以一笔带过。

第一节　清初的散曲作家群

清初的散曲家，作者不少，但多摹拟前人，注重词采，写的多传统主题，很少有开拓、有新境。其不落凡蹊，能独辟新径，自成一家者，当以尤侗、吴绮、沈谦、朱彝尊、金农、厉鹗为代表。兹分别论述如下：

一、“真才子”“老名士”尤侗

尤侗（1618—1704），字同人，又字展成，号悔庵，又号西堂、艮斋，晚年自称西堂老人。长洲（今江苏吴县）人。他博闻强记，工诗文，善词曲，曾授翰林院检讨，与修《明史》。世祖见其所为乐府，一再誉之为“真才子”，圣祖召见他，又称之为“老名士”。所著《西堂全集》，后面附有他的散曲，存小令十九首，套曲二篇。所撰杂剧《读离骚》《吊琵琶》《桃花源》《黑白卫》《清平调》五种，合称为《西堂曲腋》，还有传奇《钧天乐》及《尤西堂杂组》等，均流播于世，得到了较高的评价。他的散曲，幽默诙谐，多以美人为题材。所写闺情旅思，往往清新流丽，具有较高的美学价值。

新酿醋葫芦，剪金屏，仕女图，梦中不许高唐赋。嗔青溪小姑，骂黄须老奴，津头波浪公无渡。笑儿夫，穷酸措大，风味略如吾。

——《南商调·黄莺儿·美人醋》

何事犯娘行，跪妆台，一炷香。风流罪过休轻放：笞之太强，杀之过伤，参详惟有宫刑当。好关防，如何黑夜，越狱上牙床？

——《南商调·黄莺儿·戏惧内者》

这是逞才气、矜小巧的游戏文章，把严肃的文艺作品，化作庸俗的一笑。作者对唐伯虎推崇备至，曾效之以《西厢记》的“怎当他临去秋波那一转”为题，作为科场的制艺来写。他的“美人乳”“美人足”组曲，就是这种恶习的产物。但他所写的羁旅之苦，相思之情，却清新可诵：

刚听了暮蝉啼住，又早是寒蛩唤起。做秋声把客耳生惊碎，人在西风梦里。孤窗小病三更雨，千里相思午夜鸡。心如死，剔残钉愁照，魂影支离。

——《南南吕·针线箱·夜思》

晕脸堆霞，碧玉芳年初破瓜。半点春山画，一转秋波射。佳，裙带衬单纱，晚妆偷卸。低唤郎来，携手珠帘下，笑看窗前夜合花。

——《南中吕·驻云飞·闺情》

前曲活画出一个他乡游子午夜思亲的愁况。他听罢暮蝉，又听寒蛩，自春徂秋，都在客中度过；他听罢夜雨，又听午鸡，自暮迄朝，都在乡思中辗转。不言愁而愁如海，不言恨而恨似山，是写离愁别恨的佳作。后曲写艳情，前幅活画出一个妙龄女郎的花容月貌，浓妆淡抹；后幅以含蓄蕴藉之笔，刻画出女儿的内心活动，唤郎的娇态，看花的柔情，都在“笑看窗前夜合花”的结句中得到完美的表现。

二、“三风太守”吴绮

吴绮（1619—1694），字园次（一作薗次），号听翁、丰南、葹叟，亦称红豆词人，江都（今江苏扬州）人。五岁能诗，顺治间拔贡，以荐授秘书院中书舍人。后官浙江湖州知府，居官清介，敢于碰硬。因为多风力，尚风雅，饶风味，被称为“三风太守”。罢官居家，有求诗文者，以花木为润笔，因名其圃为“种字林”，日读书坐卧其中。工诗善曲，著作甚富，所作诗词骈文合编为《林蕙堂集》并有传奇《啸秋风》《绣平原》《忠愍记》三种。后一种是奉旨谱写杨继盛的忠烈事迹的。他的散曲，题材比较广泛，怀古、伤逝、闺情、酬唱，都能自出新意，给人以清新的美感享受。

东风动，媚景生，红嫣粉柔花径明。蜂蝶共含情，榆钱买难剩。我空闺守，心暗惊。这奈何天，教人怎支领？

银河见，玉露泠，罗衾夜凉香梦单。黄叶打阑干，哀蛩和长叹！正把秦筝抱，不忍弹。那更度南楼，一声雁。

——《南双调·锁南枝·四时闺怨》

这个组曲共四支，这里选的是春怨和秋怨。都用不同时令的特有景物，来烘托闺中少妇的离愁别恨，淡雅高洁，蕴藉风流，词味是很浓的。

〔南中吕·尾犯序〕风雪打貂裘，乡思惊梅，客心惊柳。古寺栖迟，见白发苏侯，如旧。最喜是中原故老，犹记取霓裳雅奏。相怜处，把繁华往事，灯下说从头。

〔倾杯序〕风流，忆少年，不解愁，游侠争驰骤。也曾向麋鹿台前，貔貅帐里，金谷流连，玉箫拖逗。把豪情倚月，逸气干云，西第南楼，都付与漆园蝴蝶老庄周。

〔玉芙蓉〕沧桑一转眸，云雨双翻手。到如今萧萧、霜鬓如秋。那些个五侯池馆争相迸，只落得六代莺花莽不收。抛红豆，叹知音冷落，向齐廷弹瑟好谁投?

〔小桃红〕枉湿了浔江袖，还剩得兰陵酒。尽红牙拍断红珠溜，青鞋踏遍青山瘦，把黄冠撇却黄金臭。管甚么蛟龙争斗无休。

〔尾声〕狂歌一曲为君寿，同在此伤心时候，且劝你放眼乾坤做个汗漫游。

——《南中吕·尾犯序·赠苏昆生》

曲中采取了今昔对比的手法，表达了故国沧桑、云雨反复之感；写出了苏昆生摔断红牙拍、入道遁世的凄凉晚景。既对苏昆生的落魄遭遇表示深切的同情，又对其民族思想，作出崇高的评价；同时对晚明灭亡的惨痛，微露黍离乔木之感。具有极大的艺术概括力，远非一般唱酬之作所能同日而语。

三、“西泠十子”之一的沈谦

沈谦（1620—1670），字去矜，别号雪研子。仁和（今浙江杭州）人。六岁能辨四声，初学温、李，后窥盛唐，与陈子龙、毛先舒等号称“西泠十子”。是洪昇的老师，陈子龙“登楼社”的社员，擅长音韵学，著有《南曲韵》《词韵略》，被陆圻誉为可与周德清的《中原音韵》先后媲美。明亡不仕，终身不谈时事，以医为业，具有较强的民族气节。晚筑东江草堂，以优游岁月，因号东江，著有《东江诗钞》《东江别集》，并撰有杂剧《庄生鼓盆》、传奇《翻西厢》《胭脂婿》《对玉环》等。散曲收入《东江别集》的有小令七十五首，套曲二十篇，是清初散曲作品最多的一位曲家。他的散曲，内容多写儿女之情，多翻前人之作，语言工丽，而新意殊少。

这几日花慵戴，看看粉倦搽。也曾傍雕栏受了丫环谑，也曾湿罗鞋受了夫人骂，也曾寄瑶笺受了先生诈。活羞杀几宵儿只窃断头香，怪道是一春来惯卜游魂卦。

——《仙吕·寄生草·闺情》

又不是睡昏，又不是酒醺，不住的头梢晕。无情无绪是何因？泪眼慵开，柔肠不尽，怕春来又是春。恨君，忆君，毕竟是意念儿多如恨。

——《中吕·朝天子·题情》

两首都是北曲，却饶有南曲的韵味。既乏新意，又少新词，只前曲的一个鼎足对“也曾傍妆台受了丫环唬”三句，甚有情致。但他自抒情怀的小曲，却是很有灵性的。

暖溶溶醉乡，软那那睡乡，实恁多情况。风风雨雨太猖狂，活把蛾眉葬。绿草风低，红楼烟障，抵牙儿含泪想。千行，万行，添了西湖涨。

——《中吕·朝天子·湖上感怀》

到秋来苦自咨嗟，强衔杯还醉也。三更梦你将衣袂扯，一般底同携手，一般底巧弄舌，醒来时只有穿窗月。

——《仙吕·穿窗月·梦后作》

前曲借妙龄女郎之口，写美人迟暮之感。一天风雨，满城花絮，添了无限感慨。后曲当是悼亡之作，梦中欢娱，醒后寂寞，颇有真情实感。他的套曲《中吕·粉蝶儿·除夜悼亡》，情感的深度和力度，就要更大一些。

〔粉蝶儿〕风散庭梅，助人愁雪云低坠。叹年光又早除夕！莫青樽，燃绛烛，魂消心碎。没揣的泣下沾衣，猛回头去年今日。

〔醉春风〕满把麝兰焚，亲将盘桶理。画堂帏幔摆筵席，畅好是喜、喜！笑口欢容，妇随夫唱，兀底一团和气。

〔迎仙客〕谁想花旋老，月无辉，风雨送春春去急。向只道惯淹煎，一回儿真不起。赤紧的凤拆鸾离，好些时冷落鸳鸯被。

〔红绣鞋〕他会体察知心着意，善调停强饭添衣。到如今谁怜诗瘦谁扶醉？您为咱吹麋晨汲井，您为咱织锦夜鸣机，咱病了金刀割玉肌。

〔满庭芳〕闹攒攒排门间壁，筛锣击鼓，火爆如雷，抵多少夫妻携手添春意，越教咱痛苦伤悲。灯不定风如箭急，枕常闲泪似把椎。愁滋味，教咱告谁？不提防楼外又吹笛。

〔耍孩儿〕看了这绣床遗挂尘埃翳，恰似我愁堆恨积。又不少红袖捧春醅，俺喉咙堵住难吃。凄凉夜永停瑶瑟，痛哭春寒化宝衣。任是多佳丽，免不得翻羹污手，玷辱了举案齐眉。

〔一煞〕闹中睡不成，忧来坐不移，又凑着孤儿索果牵衣袂。谁怜塞马愁时失，莫听秦乌近处啼。长吁气，呵不散五更冻雪，禁不住四野荒鸡。

〔尾声〕愁眉宝镜中，芳魂罗帐里。春衫不解浑如醉，只落得枕上花明泪痕洗。

娓娓道来，如泣如诉。以邻家的热闹，衬托自己的凄凉；以过去的深情厚意，衬托今日的凤拆鸾离。特别是《红绣鞋》一曲，写亡妻的贤惠勤劳，一字一泪，令人不忍卒读。《一煞》写自己对亡妻的怀念，一句三叹，引起读者无限的共鸣，与元稹的诗《遣悲怀》、苏轼的词《江城子》，可以媲美。

四、兼有众长的朱彝尊

朱彝尊（1629—1709），字锡鬯，号竹垞，又号鸥舫，晚号金风亭长、小长芦钓鱼师，浙江秀水（今嘉兴）人。自幼好学，过目不忘，青壮年时期漫游全国，“南逾五岭，北出云朔，东泛沧海，登芝罘，经瓯越”，考察了足迹所至之地的文物古迹。康熙十八年（1679），应试博学鸿词科，以布衣中选，除翰林院检讨，纂修《明史》，随后任日讲起居注，直南书房。他博览群书，勤于著述，以诗词古文名噪一时。“当时王士祯工诗，汪琬工文，毛奇龄工考据，独彝尊兼有众长。”他的诗与王士祯齐名，号称“朱王”，词与陈维崧并美，号称“朱陈”。著有《曝书亭集》，编有《词综》和《明诗综》。《清史稿》有传。他的《叶儿乐府》一卷，附在《曝书亭词集》后面，共收小令五十一首。曲中对于官场争权夺利的丑态，多有揭露。

> 野狐涎笑口，蜜蜂尾甜头。人生何苦斗机谋？得抽身便抽。散文章敌不过时髦手，钝舌根念不出摩登咒，穷骨相封不到富民侯。老先生去休！
>
> ——《正宫·醉太平》
>
> 闹红尘衮衮公侯，白璧黄金，肥马轻裘。蚁阵蜂衙，鼠肝虫臂，蜗角蝇头。神仙侣淮王鸡狗，衣冠队楚国沐猴。归去来休，选个溪亭，作伴沙鸥。
>
> ——《双调·折桂令》

两支小令都是富有讽刺意味的。诗人对于当时的政治现实和官场丑态，深致不满，因以犀利的笔致，辛辣的口吻，对那些魅人的“野狐涎”，刺人的“蜜蜂尾”，以及争权夺利，攀龙附凤，一人得道、鸡犬升天的“淮王鸡狗”“楚国沐猴”，加以揭露和鞭挞，富有斗争精神和现实意义。并且表示要“选个溪亭，作伴沙鸥”，不与那些“害人虫”为伍，诗人疾恶如仇的高尚品格是值得尊敬的。

> 半湖山上采樵夫，百步桥边垂钓徒，三家村里耕田父。这生涯都不苦，要归欤只便归欤。锦屏风苍崖红树，白雪滩金齑玉鲈，绿杨湾

赤米青菰。

——《双调・水仙子》

昏钟八百戍楼敲，旅梦三千乡路绕，平头六十今年老。算不如归去好，得逍遥且自逍遥。闲摘朵山花簪帽，紧随身村酤满瓢，醉拖条竹杖过桥。

——《双调・水仙子》

诗人既不愿混迹官场，受物之汶汶；便要隐居山林，追求樵夫、钓徒、田父那种自由自在的生活情趣。那里有“苍崖红树”的幽雅环境，有“金齑玉露”的山肴野蔬，有“赤米青菰”的淡泊生活。特别是他年已六十，路隔三千，对宦游生活早已厌倦，更加向往那种“山花簪帽”“村酤满瓢”“竹杖过桥”的野老生活，所以他毫不犹豫地说：“算不如归去好”。这里在恬淡的外衣下，包裹着愤激之意，不平之气。

昏鸦初定，凉蝉都静，丝丝鱼尾残霞剩。渚烟冷，露华凝，香篙笑卷青荷柄。我醉欲眠君又醒。筝，帘内声；灯，花外影。

——《中吕・山坡羊・饮池上》

一行白雁清秋，数声渔笛□洲，几点昏鸦断柳。夕阳时候，曝衣人在高楼。

——《越调・天净沙》

诗人是清代散曲“骚雅派”的领袖，“倡导乔（吉）张（可久）之清丽，而一味赏其骚雅”（任讷《散曲概论・派别》）。前曲对池上的景观作了细致的描摹：从天空的残霞到洲渚的暮霭，从昏鸦、凉蝉到卷而未舒的荷叶，迤逦写来，把个人听觉、视觉和感觉统统化为具体的形象描绘在画面上，并在这淡雅的画面中，渗透了诗人的生活情趣。后曲清新秀丽，韵高调雅，让“一行白雁”“数声渔笛”“几点昏鸦”，点染出一幅凄凉的气氛，传达出作客思乡的感情，大有乔、张风味。

五、“扬州八怪”中的金农、郑燮

金农（1687—1764），字寿门，号冬心，别号稽留山民、曲江外史、之江钓师、三百砚田富翁等，钱塘（今浙江杭州）人。工书善画，诗文有奇气。不屑仕进，客居扬州、与郑燮、罗聘等号称“扬州八怪”。著有《冬心集》。他的散曲，全都是自度曲，清新秀丽，饶有奇气。

忽有衣香，吹来笑语，却隔着重重朱户。朱户重重，那得人间别离苦！月竟长圆，花全不落，便日日醉倒月窟花丛，也无些趣。

——《自度曲·不见》

寓哲理于言情之中，甚有深意。豪门贵族，不懂得人间别离之苦，自然也不懂得真正的爱情。那么，他们虽然“日日醉倒月窟花丛”，也不过是一种低级庸俗的生活，有什么趣味呢？字里行间，表现了诗人的高情雅致。

津头车马，柳边花下，鞭丝帽影太匆匆，他日再相逢。人折柳，花劝酒，柳生离别酒生愁，不如不去觅封侯。

——《自度曲·送远曲》

此曲构思新颖，想象奇特。见柳而生离别之情，因酒而洒伤感之泪，自是人之常情。豁达如李太白，而有“此夜曲中闻折柳，何人不起故园情”的感慨；先忧后乐如范仲淹，而有“愁肠已断无由醉，酒未到，先成泪”的惆怅。诗人的“柳生离别酒生愁，不如不去觅封侯”，不但巧妙地翻新了王昌龄的“忽见陌头杨柳色，悔教夫婿觅封侯”的名句，而且表达了“富贵非吾愿”的高尚情趣。

郑燮（1693—1765），字克柔，号板桥，兴化（今属江苏）人。出身贫寒，早年在扬州以卖画为生。他画的兰竹，名播中外。又是著名的诗人和书法家。他的诗绚丽清灵，富有个性；他又自创“六分半书”，熔真、草、篆、隶于一炉。人们称他的诗、书、画为“三绝”。郑燮是“扬州八怪”中最为群众所熟悉的一个。他生活在所谓“康乾盛世”中，自称是“康熙秀才，雍正举人，乾隆进士”，只做了十二年的七品县官，便“扯碎状元袍，脱却乌纱帽”，辞官归隐了。著有《郑板桥集》。他所作的《道情》十首，颇有警世砭俗的社会效应。“道情”是散曲中的“黄冠体”，元人散曲中有不少标有“道情”的小令，如邓玉宾子的《叨叨令》、张可久的《塞鸿秋》及《中吕 · 齐天乐过红衫儿》，都在题上标出了“道情”，大抵都有自悟悟人、自警警人的意思。明、清以来，流传甚广，有的地方叫“道情”，有的地方叫“渔鼓”，元人杂剧《岳阳楼》《竹叶舟》中，就穿插着表演了这种民间艺术。郑板桥改进了它的形式，前有开场，后有尾声，扩大了它的题材，既有历史兴亡的感叹，又有对渔樵生活的向往；既是对现实生活的讽刺，又是对迷恋功名富贵的劝诫。他的“开场白”云：“枫叶芦花并客舟，烟波江上使人愁。劝君更尽一杯酒，昨日少年今白头。自家板桥道人是也，我先世元和公，流落人间，教歌度曲，我如今谱得道情十首，无非唤醒痴聋，消除烦恼。每到山青水绿之处，聊以自遣自歌；若遇争名夺利之场，正好觉人觉世。”说明他的创作目的在于“唤醒痴聋”“觉人觉世”。

> 老渔翁，一钓竿，靠山崖，傍水湾，扁舟往来无牵绊。沙鸥点点轻波远，荻港萧萧白昼寒，高歌一曲斜阳晚。一霎时波摇金影，蓦抬头月上东山。
>
> 老书生，白屋中，说黄虞，道古风，许多后辈高科中。门前仆从雄如虎，陌上旌旗去似龙，一朝势落成春梦。倒不如蓬门僻巷，教几个小小蒙童。

郑燮的十首道情，作于雍正七年，屡抹屡改，直至乾隆八年，才正式付梓。这里选的是第一首和第五首。前首是对渔樵生活的向往，显然是自遣自歌，是以超世出尘之想，表明自己对政治生活的厌倦。后一首是对功名富贵的否定，仆从如虎，旌旗似龙，不过是一场春梦而已，反映了作者的人生哲学。然后用一段“尾声”结束这个脍炙人口的组曲。“尾声”云：“风流家世元和老，旧曲翻新调。扯碎状元袍，脱却乌纱帽，俺唱这道情儿归去了。”有首有尾，结构完整，显然是精心构思、精心安排的。

第二节 清中叶的散曲作家群

清代中叶的散曲作家，虽然在质量上较之元、明，不无逊色，但仍然有不少的作家为世人所注目。厉鹗、徐大椿、蒋士铨、吴锡麒、凌廷堪、赵庆熺等，便是这个时期的杰出代表。

一、“一味崇雅”的厉鹗

厉鹗（1692—1752），字太鸿，别署樊榭，钱塘（今浙江杭州）人。家境贫寒，而好读书，时扬州马曰琯兄弟的小玲珑山馆藏书甚富，因寓居扬州，尽读马氏兄弟的藏书。康熙末举人，乾隆初，应试博学鸿词科，以不中式报罢。著有《樊榭山房集》《宋诗纪事》等。杂剧有《百灵效瑞》（亦名《迎銮新曲》），散曲八十一首，皆为北曲，收在《樊榭山房集》中。《清史稿》有传。他的散曲，“一味崇雅，虽未得元人真味，要得雅之真味，成所谓词人之曲”（任中敏《散曲概论·派别》）。

> 行人指点城南路，往事半模糊。乌衣门巷，平泉树石，金谷笙竽。当时深贮，娘名御史，妾号尚书。而今但有，空池飞燕，破瓦奔狐。
>
> ——《黄钟·人月圆·长安某氏废园》
>
> 支瘦筇，访城东，板桥夕阳依旧红。名士词工，狎客歌终，醉卧锦胭丛。闲愁埋向其中，温柔老却吴侬。香消南国尽，花落后庭空。风，吹梦去无踪。
>
> ——《越调·柳营曲·寻秦淮旧院遗址》

两曲哀感顽艳，有着无限的沧桑之感。前曲以乌衣、平泉、金谷喻其豪华，以“娘名御史，妾号尚书”喻其权势，可谓炙手可热，权倾一时。然而曾几何时，而向之显赫繁华，已成为一场春梦，只剩下“空池飞燕，破瓦奔狐”的破败景象了。后曲也是说当时的繁华，已经是“吹梦去无踪”了，“名士”也好，“狎客”也好，都成了历史的过客。语意凄婉，感慨遥深，是喻世、警世的暮鼓晨钟，然毕竟是词人之曲，非复元人真味了。

问先生底事穷愁？放浪形骸，笑傲王侯。不隐终南，不官彭泽，不访丹丘。搔白发三千在手，算明年六十平头。天许奇游，弄月蛟门，看雨龙湫。

——《双调·折桂令·述怀》

傍幽窗斗帐凄凉，何许儒冠，忽拥油幢。处士趋风，蛾眉环坐，珠履成行。班祭酒须轻故乡，李将军得遇高皇。万里名扬，万户勋偿。一枕邯郸，总是荒唐。

——《双调·折桂令·赋得客帐梦封侯》

写秋思，芭蕉叶叶竹枝枝。南湖风雨凉何自？潘鬓成丝。虫声唱鬼诗，雁影排人字，风纸书仙事。余香灭后，幽梦回时。

——《双调·殿前欢·秋思》

三曲用典恰切，属对工整，造语秀丽，颇有“骚雅”的遗响。第一支小令抒发了自己的高尚情操。他既反对走终南的捷径，又反对为五斗米折腰，也反对求仙访道，只想到蛟门去赏月，到龙湫去观雨。逸气纵横，不同凡响。第二支写梦境的奇遇。什么处士、蛾眉、珠履都围绕在自己的周围，乘着油壁车，封了万户侯，好不威风，然而一觉醒来，却是荒唐的南柯一梦。说明作者并不是真正以淡泊自甘的。第三支小令，也是写“余香灭后，幽梦回时”的梦境，把潘鬓、虫声、雁影等主体和客体的形象，形成一幅凄凉的图画，正是他现实生活的曲折反映。这里有愁苦，有愤怒，有怀才不遇的伤感。

二、富有创新精神的徐大椿

徐大椿（1693—1772），字灵胎，号洄溪老人，后又更名大业，江苏吴江人。性通敏，天文、地理、音律之学，无不通晓。尤精于医，因弃举子业，而以医活人。著有《洄溪道情》三十余首，扩大了这种文学样式的题材，提高了它的表现力，无论在语言还是形式上，都给人一种新鲜活泼的感觉，的确具有一种可贵的创新精神。他与郑燮所写的“道情”比较起来，有着较大的发展。任中敏说得好：“特郑氏之作，所警醒顽俗者，不过勿贪功名富贵而已，道家之套语也。若徐氏所警者，乃世情积弊，人事恶习，敢言他人所未尝言，他人所不敢言者，乃于世道人心，颇有感化作用之文字，非等闲俚唱可比，自足另成一派。”（《散曲概论·派别》）他自己也非常自负地说：“因拈杂题数十首，半为警世之谈，半写闲游之乐，总不离乎见道者之语。以声布词，以词发声，悉一心之神理，遥接古人已坠之绪。若古人果如此，则此音自我续之；若古人不如此，则此音自我创之。无论其续与创，要之律吕顺，宫商协，丝竹和，可以适志，可以动人，即成曲调之一家。”（《洄溪道情自叙》）可见徐氏的“道情”，是以见道自许，以“创新”自负，以“自成一家”自期的。

> 读书人，最不济，烂时文，烂如泥。国家本为求才计，谁知道变作了欺人计。三句承题，两句破题，摆尾摇头，便是圣门高第。可知道《三通》《四史》是何等文字，汉祖、唐宗是哪朝皇帝。案头放高头讲章，店里买新科利器。读得来肩背高低，口角嘘唏，甘蔗渣儿嚼了又嚼有何滋味？辜负光阴，白白昏迷一世。就叫他骗得高官，也是百姓朝廷的晦气。
>
> ——《时文叹》

此文淋漓尽致地揭示出八股先生内心的空虚和外貌的丑陋，也批判了科举制度的腐朽和危害，嬉笑怒骂，皆成绝调，敢言他人所未尝言，他人所未敢言，既保持了民间文学通俗的特色，又提高了它的艺术水平和文学价值，可以看作《儒林外史》的缩影。

> 我的姨娘，是你亲娘；我的亲娘，是你姨娘。姊妹双双，单生着你和我两个儿郎。你今日六十捧瑶觞，要我一句知心话讲。你从来潇洒襟怀，不晓得慕势趋荣，问舍求田伎俩。注几卷僻奥经书，作几首古淡文章。常只是少米无柴，境遇郎当。你全不露穷愁情状，终日笑嘻嘻，只向亲知索酒尝。不论黄白烧刀，千杯百盏无推让。忆当年外祖父母在江乡，与你随母拜高堂。寄读在母舅书房，《千家诗》《百家姓》齐呼叠唱。转眼光阴，俱是白头相向。从今后愿岁岁年年，同你对春月秋花醉几场。见你时如见我姨娘，转念我亲娘。
>
> ——《寿吴复一表兄六十》

此文语淡情浓，句句如道家常，而有至性至情，故能真切动人。述儿时情景，历历如绘；祝晚年岁月，声声动容。不雕琢而精，不藻饰而艳，打破了寿诗、寿文、寿序的陈言旧套，给人以耳目一新之感。是通俗文学的极致。

三、有“孤凤凰”之称的蒋士铨

蒋士铨（1725—1785），字苕生，心余，号清客，又号定甫，别署藏园，自称离垢居士。铅山（今属江西）人。家故贫，四岁，其母钟氏即授以书。十一岁，父坚缚之马背，游太行，遍历鲁、冀、晋，得遍读凤台王氏藏书。及长，工诗词，金德瑛督学江西，赏其才华，称之为“孤凤凰”。乾隆十二年（1747）举人，官内阁中书。二十二年中进士，改翰林院庶吉士，授编修，充顺天乡试同考官，高宗尝称他与彭元庆为“江右两名士”。乞归后，先后主讲绍兴蕺山、杭州崇文、扬州定安书院，与袁枚、赵翼并称“江右三大家”。著述宏富，有《忠雅堂诗文集》，现存散曲十二套。撰有杂剧《一片石》《第二碑》《四弦秋》《空谷音》《桂林霜》《雪中人》《香祖楼》《临川梦》《冬青树》，合称为《藏园九种》，皆曲高调雅，甚有情致。《清史稿》有传。兹录其《中吕 · 粉蝶儿 · 题陈其年先生填词图》

一套如次：

〔粉蝶儿〕黯淡冰绡，卷中人一双遗照。尽流传把玩魂销。后视今，今视昔，不胜凭吊。莽风流大抵无聊，写生时已曾知道。

〔叫声〕当日个低回处倩人描，细瞧，细瞧。看风鬟云鬓袅，待填成绮丽数篇词，便留下风情一篇稿。

〔醉春风〕乌阑纸漫铺开，锦地衣平展着，玉人此处教吹箫，到如今可也老、老，莽添来白发萧条。厮赶上红颜憔悴，都并入丹青枯槁。

〔迎仙客〕千字金，五色豪，细认诗人陈检讨。比东坡，对琴操。月夜花朝，消受风光饱。

〔红绣鞋〕把笔处掀髯微笑，构思时吟鬓斜搔，移宫换羽自推敲。歌来仙吏校，传去解人抄，付卿卿共评度。

〔普天乐〕想当初复壁赵岐藏，别舍程婴保。亡笔在书城笔阵，锦雉如皋。廿年埋头伴蠹鱼，一旦的曳履游蓬岛。中间吴市学吹箫，携着个小云郎天涯流落，不多时燕子归巢。又引出新诗助美，多谢梅梢。

〔石榴花〕玉堂偎傍可儿娇，不但郑樱桃，把酸寒风味变清豪。婵娟同坐了，双颊红潮，一声低和迦陵鸟。酒醒来何处今宵，助风魔狂煞诸诗老，问髯翁艳福怎能消？

〔剔银灯〕片时石火光摇，多时粉黛容凋。转瞬间诗翁题品诗翁吊，捧琅函仗后人守护坚牢。一任把香篆烧，酒盏浇，可还有低柏红牙按绿幺？

〔苏武持节〕一样古人才调，甚富贵难相较，浑不似写麟台容貌，画凌烟脸脑。烛三条，冰一条，谁家史席红妆绕，甚处经帏女乐飘？愁鬓凋骚，半生来送穷文十易稿。

〔红衫儿〕生逐莺花老，死凭风月吊。魂枉劳，梦枉劳，幻泡从何找？愁也抛，恨也抛，一代才华过了。

〔煞尾〕画图魂难将前辈招，史书堆且睡书呆觉。可怜他冷风烟埋没尽诗人照，叮嘱你个太守收藏、莫令这幻影儿都亡了。

曲中抒发了作者对前辈词人的无限景仰之情，中间历叙了陈维崧的坎坷身世与漂泊生涯，诗词成就与风流往事，无不情文并茂，哀怨感人，笔墨酣畅，词采惊艳，不愧为清代曲坛的巨擘。李调元说：“铅山编修蒋心余士铨曲，为近时第一。以腹有诗书，故随手拈来，无不蕴藉，不似笠翁一味优伶俳语也。”（《雨村曲话》）姚燮引梁子章的话说：“心余吐属清婉，自是诗人本色。不以矜才使气为能，故近数十年作者，亦无以尚之。”（《今乐考证 · 著录十》）这些评语，虽然主要是指他的杂剧而言，但他的散曲也同样具有“蕴藉”“清婉”的艺术特色。

四、浙西词派的殿军吴锡麒

吴锡麒（1746—1818），字圣征，号穀人，别署东皋生。钱塘（今杭州）人。好学不倦，吟咏不辍，善倚声，工制艺，为清代的骈文大家，也是浙西词派的殿军。乾隆四十年进士，授翰林院编修，累官国子监祭酒。生平不趋权贵，而名播士林。晚年寓居扬州，历主东仪、梅花、安定、乐仪等书院的讲席。著有《正味斋集》和传奇《渔家傲》。散曲有小令七十，套曲十余，收在《正味斋南北曲》中。《清史稿》有传。

西风吹白纻，歌罢人何处？莫道功成，肯逐鸱夷去？算回头只有烟波路。吴苑千秋，花也愁无主；越客千丝，网也兜难住。剩相思石上苔无数。

——《南商调 · 梧桐树 · 一舸》

这是写范蠡与西施的爱情纠葛，构思新颖，感喟遥深，寓“鸟尽弓藏”之感于男欢女爱之中，花无主，鬓有丝，富贵无常，年华易逝，这是千古英雄、一代佳人的大憾。蕴藉清婉，自是词人之曲。

得归来歇了朝车，随意招呼，只在烟霞。芰制披宽，草鞋缚峭，箬帽笼斜。醉老瓦渔樵合局，席明蟾鸥鹭分沙。筏子谁划？波痕一道，去访蒹葭。

——《双调·折桂令·述怀》

这是诗人理想化了的隐逸生活。它以归隐后的自由放达，与官场的拘束刻板相对比，以归隐后的平等交往，与官场的等级森严相对比。曲中虽无一语批判官场，字里行间却充分表达了诗人爱憎分明的感情。从诗人辞官归田、逍遥人生的生平志趣来看，也可以说是他真实生活的写照。他的散曲题材比较广泛，特别是吊古伤怀之作占了很大的分量，如《虞兮》《当垆》《堕楼》《奔拂》《盗绡》《骊山》《蒲东》《虎丘》《焦山》《栖霞》《秦淮》《浮山禹庙》《平山堂》《康山》《木兰院》等，都有题咏。

流云忽逋，秋星两点，照入花疏。隔花隐隐闻私语，天上欢娱。骇羯鼓渔洋响初，感琵琶天宝弹余。招魂路，黄昏古驿，冷雨一铃呼。

——《中吕·满庭芳·骊山》

山眼青浓，隔渡曾看宴醉翁。分来明月，传过荷花，留得春风。夕阳箫鼓白鸥丛，画船烟水红桥梦。去惜匆匆，泉斟蜀井，未叨僧供。

——《南中吕·驻马听·平山堂》

前曲写李隆基与杨玉环的恋爱纠葛。诗人以极其精练的语言，极其巧妙的构思，概括了他们夜半私语、渔阳鼙鼓、古驿闻铃等情节，对他们的纵情欢娱、紊乱朝纲，进行了含蓄的讽刺，足抵白居易那首脍炙人口的《长恨歌》。后曲写诗人凭吊文章太守欧阳修时所激起的感情。曲中对欧阳公的风流余韵，怀着深切的景仰之心。夕阳箫鼓，画船烟水，依然如故，而欧公已杳，一种“昔时人已去”的伤感，在妙笔中渗透出来，令人无限低回、无限向往。可与苏轼的《西江月·平山堂》对照来读。他偶尔也写艳情曲，但却写得很蕴藉，很清婉，很有幽情雅韵：

月儿恁不和伊至，偏弄竹枝枝。影来能瘦，声来更悄，闪入心儿。斜塘也住，回塘也住，门径依稀。明朝去也，花开花落，梦也东西。

——《黄钟 · 人月圆 · 偶见》

“偶见”而钟情，而能“闪入心儿”，甚至连伊住在“斜塘”还是“回塘”，也没有弄清楚，便埋怨“月儿恁不和伊至”。这“桃花人面”，是诗人“心造的幻影”，还是一种理想的象征？给人一种朦胧的美的感觉。

五、精于声律的凌廷堪

凌廷堪（1755—1809），字仲子，又字次仲，安徽歙县人。六岁而孤，二十岁后始认真读书，三十五方中进士，授知县，改任宁国府教授，终于贯通群经，精于声律，历主敬亭、紫阳书院的讲席。著有《校礼堂诗文集》《梅边吹笛谱》《燕乐考源》等。他的《校礼堂诗文集》中有《论曲绝句三十二首》，评论了《董西厢》《王西厢》《㑳梅香》《青衫泪》等有名的杂剧，特别是对于“关马”和“二甫”的评价，颇有惊人的见解。其诗云：“时人解道汉卿词，关马新声竞一时。振鬣长鸣惊万马，雄才端合让东篱。”认为“关、马、郑、白”的位置应该倒了过来。又说：“大都词客本风流，‘百岁光阴’老更遒。文到元和诗到杜，月明孤雁《汉宫秋》。”对马致远推崇到了极点。他对于王实甫和白仁甫的评价，也总是抑王扬白。他说：“二甫才名世并夸，自然兰谷（白朴）擅风华。红牙按到《梧桐雨》，可是王家逊白家？”说明他对于杂剧和曲家，都有自己的观点。

柳丝亭换羽移宫，实甫何因，处处雷同？泥金报捷，佛殿奇逢。《论衡》本都非蔡邕，《月蚀》诗活剥卢仝。举世推崇，妄别妍媸，误杀儿童。

——《双调 · 折桂令 · 读董解元〈西厢记〉》

歌残《越调斗鹌鹑》，又唱《黄钟点绛唇》，北科南介无人问。是谁家新院本，早‘庚青’走入‘真文’？宫调几曾辨，务头全未论，吴语难分。

——《双调·水仙子·闻新曲作》

这是作者评曲的两支小令。前曲对《王西厢》的独享盛名，深致不满。其实《董西厢》和《王西厢》都是我国文学遗产中的珍品，董以诸宫调的形式出现，王以杂剧的形式进行了再创造，诚如贾仲明在《续录鬼簿》的《凌波仙》中所说的："新杂剧，旧传奇，《西厢记》，天下夺魁。"作者认为这部"举世推崇"的杂剧，是与《董西厢》"处处雷同"的，把它推之为"天下夺魁"，是"妄别妍媸，误杀儿童"，未免失之偏颇。但它曲辞典雅，声调和谐，仍然是清人散曲中的佳作。后曲是作者对流行的新曲提出了尖锐的批评。他认为在恪守《中原音韵》的曲律问题上，新曲的作者与以前的曲家那种"守之竞竞，无敢出入"的严谨态度相比，是大有径庭的。其实地有南北，音有古今，随着时代的推移，在曲律方面作些相应的改革是应当允许的。当然这种改革，只能顺应语言学和音韵学的科学规律，决不能有任何的随意性。作者看到曲坛上那种或堆垛陈腐，或剿袭口耳，或逐句凑泊，掇拾为之；或颠倒零碎，不成格局等不良现象，痛加针砭，对于提高曲的创作水平，使之走上健康发展的道路，还是有积极意义的。

坐对天边白玉盘，小扑轻纨。月影今宵共团圞，正满，正满。

——《双调·庆宣和·闲情》

柳外春风送画桡，别意萧条。极目烟波路迢迢，去了，去了。

——《双调·庆宣和·送别》

以上两首抒情小曲，极清新，极有韵致。前曲表现了作者悠然自得的情趣，着墨不多，而艺术容量极大。"月影今宵共团圞"二句，兼有李白《把酒问月》的"惟愿当歌对酒时，月光长照金樽里"和苏轼《水调歌头·中秋》的"但愿人长久，千里共婵娟"的心理。后一曲又与李白《送孟浩然之广陵》的"孤帆远影碧空尽，惟见长江天际流"貌异而心同。两曲纯用白描的手法，写一时之景，抒一时之情，收到了语淡意浓、纸短情长的艺术效果。

六、以言情著称的曲家赵庆熺

赵庆熺（1792—1847），字秋舲，仁和（今浙江杭州）人。道光二年进士，选延川知县，因病未赴。改任浙江金华府教授，未到任，便病卒。著有《蘅香馆诗稿》《香消酒醒词》《香消酒醒曲》各一卷。他的曲多言情之作，能够自成一家，可与明代施绍莘媲美，是清代散曲家的重镇。

> 鸦雏年纪好韶华，碧玉生成是小家，挽个青丝插朵花。双髻丫，一半儿矜严一半儿耍。
>
> ——《仙吕·一半儿·偶成》
>
> 问郎年纪可如何？要与儿家差不多，韶华生小怕蹉跎。休较侬年大，我便盖上鸳鸯印一颗。
>
> ——《南南吕·懒画眉》

活画出一位“小家碧玉”的少女形象：她髻梳双丫，头插野花，既活泼，又矜严。她敢于“问郎年纪”，敢于大胆裸露自己的衷曲，只要年龄相当，“我便盖上鸳鸯印一颗”。大胆、泼辣，坦率、纯真，不愧是一位“幽居在空谷”的绝代佳人。

> 刘伶不做，杜康不顾。改辞汤沐糟丘，休罢官衔曲部。再休提醉乡，再休提醉乡，一曲盟词誓汝，抵死誓同陌路。自今吾，醒眼看人醉，三闾楚大夫。
>
> ——《南仙吕·桂枝香·连日病酒，填此戒饮》
>
> 酿王国号，醉侯官诰。投还五日封章，新上一篇谢表。是微臣不该，是微臣不该，不该合平原姓赵，曲秀才名出了。且今朝，打个莲花落，锄儿照旧挑。
>
> ——前曲《戒酒五日，同人咸劝余饮，遂复故态，作此解嘲》

以谐谑之词，著戒酒之令，表示“刘伶不做，杜康不顾”，“抵死誓同陌路”。仅隔五日，又故态复萌，表示要讨还“酿王国号，醉侯官诰”，“新上一篇谢表”。酒徒狂态，呼之欲出，读来令人绝倒。他的《南商调·梧桐树·葬花》一套，更是情文并茂，声色俱佳：

〔梧桐树〕堆成粉黛茔，掘破胭脂井。捡块青山，放下桃花衬。名香热至诚，薄酒先端整。兜起罗衫，一角泥乾净，这收场也算是群芳幸。

〔东瓯令〕更红儿诔，碧玉铭，巧制泥金直缀旌。美人题着名和姓，描一幅离魂影。再旁边筑个小愁城，设坐落花灵。

〔大圣令〕我短锄儿学荷刘伶，是清狂非薄幸。今生不合作司香令，黄土畔，叫卿卿。单只为心肠不许随侬硬，因此上风雨无端替你疼。一场梦醒，向众香国里涅槃厮称。

〔解三醒〕收拾起风流行径，收拾起慧业聪明。收拾起水边照你娉婷影，收拾起镜里空形。收拾起通身旖旎千般性，收拾起彻胆温和一片情。荒坟冷，只怕你枝头子满，谁奠清明？

〔前腔〕撇下了燕莺孤另，撇下了蝴蝶伶仃。撇下了青衫红泪人儿病，撇下酒帐灯屏。撇下了蹄香马踏黄金镫，撇下了指冷鸾吹白玉笙。难呼应，就是那杜鹃哭煞，你也无灵。

〔尾声〕向荒阡，浇杯茗，替你打个圆场证果成。叮嘱你地下轮回莫依然薄命。

这是以花喻人，名为“葬花”，实为“瘗美”。表现了作者对一个薄命女子的深切同情。其中《解三醒》两曲，是脍炙人口的佳作。与曹雪芹所作林黛玉的《葬花词》，堪称双璧。赵庆熺善于用白描的手法和本色的语言，塑造形象，抒发感情，不在表面上模拟元人，而自具元人的风韵，所以任中敏称其为“曲人之曲”。又说：赵氏“较之元人，虽不过得一体，但为果然放倒，而自然认真者，峰泖浪仙（施绍莘）以后，散曲中一人而已。清人散曲，真不可少者，惟秋舲也”。（《曲谐》卷二）还说：“清代散曲之有赵，犹明代之有施。虽局面较狭，而文字多恰到曲之好处，非此不足以存曲体之真价矣。”（《散曲概论 · 派别》）任氏一再将赵氏在清代曲坛之地位，比之施绍莘之在明代，并认为他是“清人散曲，真不可少者”，说明赵氏的确是清代散曲的巨擘和重镇。

第三节　晚清的散曲作家群

晚清的散曲，已经成为强弩之末，虽有作者，亦难以继元、明之芳踪。惟许光治、杨恩寿、易顺鼎等，差足继响，余则自郐以下，不足论列。

一、以乔、张为师的许光治

许光治（1811—1855），字龙华，号羹梅，别号穗嫣。海昌（今浙江海宁）人。少颖悟，从兄光清学，以授徒为生。书画、篆刻、音乐、医药，无所不精。著有《江山风月谱》，存小令五十余首，是晚清杰出的散曲家。他在《江山风月谱自序》中说：“然张小山、乔梦符散曲，犹有前人规矩在。俪辞追乐府之工，散句撷宗唐之秀。……予心好之，情之所宣，每为邯郸之步；然音律未娴，其声之高下，不入格者，当复不少，然第寄意云尔，于声律固不计也。”说明他是有意学乔、张的，虽乏乔、张真趣，曲亦清新雅丽，有足多者。

> 袅袅新篁乍展，阴阴高树初齐，庭院深沉乳鸦啼。花光当槛动，香篆出帘低，午窗风又起。
>
> ——《中吕 · 红绣鞋 · 雨后》
>
> 看湖头急雨潇潇，早烟幂林扃，云布山椒。浪未银翻，泉迟玉泻，波已珠跳。游女去香车玉轺，货郎归画鼓饧箫。最是魂消，无恙东风，楝子花梢。
>
> ——《双调 · 折桂令 · 湖上》

两首都是写景的小令，前曲写“雨后”，后曲写“雨至”。雨后则“新篁乍展”“高树初齐”，一派生机，齐赴眼底。雨至则“烟幂林肩，云布山椒”，游女星散，货郎风奔，一派仓忙景象，如在目前。特别是写湖上急雨前的自然景象，设意巧妙，造语新奇，富于形象的美感。中写湖上雨来时的人物活动，形象鲜明，神态如画，富于生活情趣。末写风雨过后，楝花依旧在树梢上迎风招展，令人魂销。以情结景，极深婉流转之致。

绿阴野巷，黄云陇亩，红雨村庄。东风归去春无恙，未了蚕忙。连日提笼采桑，几时荷锸栽秧？连枷响，田塍夕阳，打豆好时光。

——《中吕·满庭芳》

蔷薇早卸，玫瑰又谢，春归才信春无价。红雨歇，绿阴遮。东风冷落银屏夜，烧烛有人怜岁华。蝶，犹恋花？蜗，空篆叶。

——《中吕·山坡羊》

前曲写江南农村春夏之交的农事活动。绿阴、黄云、红雨，是从宏观的角度再现农村的自然美；采桑、栽秧、打豆，是从微观的角度歌颂农民的劳动热情。画面鲜明，语言朴素，是江南农村的一幅风情画。后曲写诗人面对“绿肥红瘦”的暮春景象，所抒发的“美人迟暮”之感。他在功名上虽如蝶之恋花，在学问上虽如蜗之篆字，也改变不了眼前的现实。语丽意新，情深境远，给人以很深的感受和很大的启发。他的咏物小曲，也写得很有情致：

问芳华谁似同心？有比目文鱼，比翼文禽。看贴跗娟娟，联苞扣扣，俪叶深深。插花朵称双头玉簪，绣花枝要连理金针。幽梦重寻，艳匹红蕤，香侣黄沈。

——《双调·折桂令·并蒂兰》

红锦绣凤扑华铅，红锦回鸾散舞钱，红丝颤雀翘妆钿。过清明百六天，画墙低何处秋千？宿粉晕流霞炫，明姿洗垂露鲜，是花中第一神仙。

——《双调·水仙子·海棠》

咏物在形似与神似之间，亦物亦人，即景即情，情景交融，物人一体，是咏物小曲的上乘。前曲咏并蒂兰，首尾取其神，使之拟化；中间摹其形，“看贴跗娟娟”三句，是在“形”字上下功夫。精雕细刻，栩栩如生。后曲以“画墙低何处秋千”一语为契机，转入以花拟人。使海棠有花之艳，有人之情，有仙之灵，真是妙语如珠，下笔有神。秋千与美女，历来在诗人笔下是融合在一起的。张先的“那堪更被明月，隔墙送过秋千影”（《青门引》），欧阳修的“秋千慵困解罗衣，画堂双燕栖”（《阮郎归》），苏轼的“墙里秋千墙外道，墙外行人，墙里佳人笑”（《蝶恋花》），都是这样。曲末的“宿粉”“明姿”，是写海棠，更是写佳人，亦人亦花，妙合无垠，给人以极大的美感享受。他的题画曲，也别有韵味。

蜉蝣只作昏朝计，蟪蛄岂识春秋意。蟭螟局促人间世，虫鱼琐屑书生事。龙头翰墨场，燕领功名志，笑东篱未必渊明是。

——《正宫·塞鸿秋·题人采菊图》

轻红一树小桃花，早把东风假，腻粉凝脂总无价。燕飞斜，呢喃共说春朝话。乌衣旧家，红襟新社，相赏好韶华。

——《越调·小桃红·题画》

前一曲题的是“采菊图”，便抓住陶渊明来做文章。他认为万事万物，都有自己的追求，自己的价值观。蜉蝣、蟪蛄、蟭螟、虫鱼，概莫能外。那么或争胜于翰墨之场，或立功于万里之外，就未必不如陶潜采菊东篱、寄情醇酒。言甚辩而理甚明，在当时是很有积极意义的。后一曲是“题画”。出现在画面上的是小桃花和双飞燕，便抓住“旧家燕子”来发感慨，它们在新主人面前“说春朝话”“赏好韶华”，婉而多讽，含而不露，表现了活泼生动的笔力。

二、长沙才子杨恩寿

杨恩寿（1834—1891），字鹤俦，号蓬海，又号坦园，别署蓬道人，湖南长沙人。咸丰八年优贡，同治九年举人，光绪初授都转运盐使司运使衔，迁湖北候补知府，一生中大部分在幕府中，过着不得志的幕僚生活。他有多方面的艺术才能，诗词曲赋，四六骈文，都很出色，有“长沙才子”之誉。自谓“半生所造，以曲子为最，诗次之，古赋、四六又次之，其余不足观也”（《坦园日记》）。他的著述颇富，汇刻为《坦园丛书》十四种。传奇有《理灵坡》《再来人》《桃花源》《麻滩驿》《姽婳封》《桂枝香》，合称《坦园六种曲》，戏曲理论著作有《词余丛话》《续词余丛话》，散曲有《坦园词余》，存小令一首，套曲十首。一九八三年上海古籍出版社又整理出版了他的《坦园日记》八卷，保存了许多近代戏曲史的珍贵资料。

愁绪难开，春光又到，勾消暮暮朝朝。最是催花时节，人去迢遥。一角筠帘低扫，又黄昏风凄雨小。添懊恼，麝烬香消，泪点红绡。

——《南南吕·恋芳春》

这是诗人伤别怀人之作，笔致活泼秀丽，属于清雅一派。后半幅渲染了“愁绪难开”的懊人气氛，筠帘低扫，风凄雨小，而他心中的人儿却在遥迢的远方，自然难以为怀。末两句，把别意离情推向感情的高潮。

〔黑麻令〕猛吹起胡笳塞笳，恰正好风斜雨斜，最凄清霜葭露葭。送行人南浦依依，莽前程烟遮雾遮，望不见人家酒家，尽相对长嗟短嗟。只够着半日勾留，才悟透尘海团沙。

〔前腔〕料理着渔叉画叉，寻君到山涯水涯，隔断了喧哗市哗。饱看够清爽秋光，闹喳喳朝鸦暮鸦，冷清清芦花荻花，重叠叠匏瓜枣瓜。会编就一套曲儿，付与那一面琵琶。

——《南越调·黑麻令·送别》套

这是一首送别的套曲。前曲写送别的情景，后曲写别后的情怀。全曲情景交融，每句的句尾都用了两字相重的韵脚，既增强了音乐的旋律美，又充分调动了景物描写的手段，来寄托自己厌倦官场，向往隐逸生活的感情，在艺术上是相当成功的。然而最令人绝倒的，是他那《南北双调合套·题钟馗拥妾踞坐小鬼唱曲图》的散套，借着钟馗的倚权仗势，寻欢作乐的丑态，对现实生活中的黑暗腐朽现象，极尽嘲讽揶揄之能事，堪与冯惟敏的《正宫·端正好·吕纯阳三界一览》媲美。

〔新水令北〕莽乾坤何处看髯豪，向花丛鬓丝吟老，燕莺催酒伴，风月挂诗瓢。清宦逍遥，画出个偃蹇名场貌。

〔步步娇南〕除魔疫鬼同颠倒，袍笏排场好，狰狞面目焦。鹄立通明，密奉驱邪诏。妖氛一旦消，败蚩尤好把这露布从容草。

〔折桂令北〕记当初嫩年华短发飘萧，摘句寻章，诗癖文妖。历风檐烛尽三条，一道文光贯斗杓。试春官抽毫打稿，宴曲江曳披扬镳。准拿定上了云霄，辞了蓬蒿。一霎时红杏绿衣，倒做了凤泊鸾飘。

〔江儿水南〕古鬼堪为伴，山魈待解嘲。鬼乜些幻出如花貌，赤发卷会订金兰好，蓝面相可鼓同心调。一任那木客胡妖，亏的闯赴阴司，陪着老阎罗谈笑。

〔雁儿落带得胜令北〕今日个退冰衙暑气消，说甚么闹幺幺时局扰。那管他抱枯枝魑魅号，那管他踞城堞狐狸跳。但征歌吹残碧玉箫，但索醉稳睡风流觉。笥便便皤腹没人嘲，意孜孜拍手临风笑。朝朝，倚荷囊隐纱帽；宵宵，伴红妆扇绿蕉。

〔绕绕令南〕词坛开鼓吹，曲谱按笙箫。问鬼才何处来年少，浑不是五月梅花笛里飘。

〔沽美酒带太平令北〕这清福要人消，这清福要鬼消，向热中徒热恼，看他磷火青青萤火烧。浑忘了昏晓，博得个宦途豪。把玉盏醇醪且倒，试红腔官商细调。趁凉月歌来最好，向秋坟唱来亦妙。馗呵，赏新声胡床自敲，跷赤脚皂靴暂抛，腐进士这俊风怀一些儿不老。

〔尾声南〕鬼庭不恨知音少，扇底风来韵更娇，鬼门关早只春风吹度了。

它像一团讽刺的烈火，烧向那腐化堕落的官场，奉诏驱邪的钟馗式的官僚，只知道“宵宵，伴红妆扇绿蕉”，管什么“时局扰”“魑魅号”“狐狸跳”，让他这样的丑态在众目睽睽之下曝了光。毫无疑问，作者写的表面是鬼的世界，实是人的世界，钟馗的丑恶表演，正是晚清官场的一个缩影。特别是作者在《折桂令》一曲中，揭了钟馗的老底，不过是一个“摘句寻章，诗癖文妖”的穷酸文士，自以为可以凭着他的陈词滥调，“上了云霄，辞了蓬蒿”，那里知道会名落孙山，“倒做了凤泊鸾飘”。后来夤缘时会，博得阎罗王的青睐，才在鬼世界里“吹残碧玉箫”“稳睡风流觉”，这是写钟馗的遭际，也是写一般知识分子的遭际；是画钟馗的鬼脸，也是画一般知识分子的鬼脸。嬉笑怒骂，皆成妙趣，具有极大的艺术讽刺力量。

三、有“神童”之誉的易顺鼎

易顺鼎（1858—1920），字实甫，又字仲硕、中实，号眉伽，又号哭庵，自署忏绮斋，湖南龙阳（今汉寿）人。与其父易佩绅、其弟易顺豫，皆为近代湖南著名的词人。他幼有“神童”之目，长有“才子”之称。十五补诸生，十九中举人，曾分教两湖书院，出任广西右江道、广东钦廉道，袁世凯称帝，任代理印铸局局长，袁氏败，遂放荡歌楼舞榭以终。他于学无所不窥，为考据，为经济，为诗词，为骈体文，无不称妙。与宁乡程颂万、湘乡曾广钧号称“湖南三诗人”。又生平所为诗近万首，与樊增祥称“两雄”。著述甚富，诗有《丁戊之间行卷》《摩围阁诗集》《出都诗录》《吴船诗录》《蜀船诗录》《巴山诗录》《锦里诗录》《峨眉诗录》《春城诗录》《林屋诗录》《游梁诗賸》《庐山诗录》等。词有《楚颂亭词》

《丁戊之间行卷词》《湘弦词》等。曲有《南北曲》存小令七首，套曲两首。他的曲清新雅丽，颇有乔、张风味。

凉灯颤雨梦回时，姑妄言之妄听之，纸上墨花浓欲飞。境迷离，一半儿狐仙一半儿鬼。

灵谈鬼笑任纷拏，笔妙偏从痒处抓，只字不曾饶过他。听无哗，一半儿讥嘲一半儿骂。

——《仙吕 · 一半儿 · 题聊斋志异》

"一半儿狐仙一半儿鬼"，概括了《聊斋》的全部内容，"一半儿讥嘲一半儿骂"，揭示了《聊斋》的写作目的。对于蒲松龄的讽刺艺术，一则誉之为"纸上墨花浓欲飞"，再则誉之为"笔妙偏从痒处抓"作了充分的肯定，立言是恰切的。最能表现他的才气的，是他二十岁时所作的《中吕 · 粉蝶儿 · 二十初度书感》一套：

〔粉蝶儿〕蓑笠休抛，悔长安两番西笑，趁秋深买个轻舠。菊蟹杯，莼鲈箸，图些醉饱。莽乾坤大抵无聊，这缘由总难知道。

〔叫声〕今日个山隐隐水迢迢，细瞧，细瞧，这秋光为谁好？猛添来绿鬓十年愁，算和那黄花一样造。

〔醉春风〕麒麟阁要推翻，鹦鹉洲拚踢倒，元龙楼上置身高。问英雄可也少、少？敲残一百八蒲牢，吟完二十五楚骚，游遍万千重蓬岛。

〔迎仙客〕泉明酒，禹锡糕，秋到重阳秋又老。雨和风，正厮闹，一事差豪，少个催租恼。

〔红绣鞋〕新活计笔床茶灶，旧行窝禅榻书巢，愁来悔不一肩挑。江声今夜棹，草色去年袍，尽留些雪泥爪。

〔普天乐〕想当初结客五陵豪，走马千山道。曾过那唐陵汉寝，蜀垒秦壕。也曾上江楼吊六朝，也曾从海市窥三岛。斜街两度踏樱桃，厮赶着好风光燕围莺绕。听凭他鹤谤猿嘲，遮莫放风流白石，独自吹箫。

〔石榴花〕向天涯打个残包，踪迹混渔樵。脱红衣免得画图描，茱萸休插帽，醉倚溪桥。引清樽避了筝琶闹，酒醒来何处今宵？尽悲秋宋玉犹年少，怕吟成《九辩》鬓先凋。

〔剔银灯〕醉呵，醇醪、浊醪；吟呵，长谣、短谣。也输他士衡入洛夸英妙，也输他邓仲华拜衮勋高。也输他金銮召，铜柱标，俺这里算向愁城走一遭。

〔苏武持节〕蓦地月残风晓，替写个词人照。浑不是画云台容貌，隐山林格调。烛三条，弦七条，春婆唤醒东坡觉，秋士听残北渚骚。笔悴花憔，到今年送穷文十易稿。

〔红衫儿〕跳出风花套，领了烟波教。名枉劳，利枉劳，总被鸥儿笑。愁可抛，恨可抛，过去姻缘难找。

〔尾声〕这魂灵多因儿女消，这心思要把君亲报，这面庞看来时也是个神仙照。俺有日寻着洞宾呵，唱一支道情儿归去了。

少年意气，拿云身手，是自负，也是自嘲；有欢笑，也有牢骚。他要推翻麒麟阁，踢倒鹦鹉洲，置身元龙楼，可以想见他的豪气；他自比宋玉犹年少，自比陆机夸英妙，可以想见他的才气。真可谓满纸风云气，一腔闲懊恼，完全是才子的笔调，诗人的风骚。把他作为晚清散曲的殿军，我想既没有贬低他，也没有抬高他。

第八章 流派论

元人散曲，是从俚词俗曲的基础上发展起来的，初无师承，更无门户，且一向被正统文人视为淫词媟语，不是正轨文字，而被排斥在文坛之外。后来有的文人猎奇摘艳，逐渐染指其间，亦是以词为曲，词味多而曲味少，陶宗仪所谓“金季国初，乐府犹宋词之流”（《辍耕录》），说明曲还没有形成一代之文学，当然谈不上立门户、建派系了。到了关、马、郑、白，既富才情，兼喜声律，遂擅一代之长。然而人之才情，各有所偏；艺术风格，遂各不同。王骥德说得好：“人之赋才，各有所近。马东篱、王实甫皆胜国名手，马于《黄粱梦》《岳阳楼》诸剧，种种妙绝；而一遇丽情，便伤雄劲。王于《西厢》《丝竹芙蓉亭》之外，作他剧，多草草不称。尺有所短，信然。”（《曲律 · 杂论》）这也只是说作家的才情，或长于此，或绌于彼，不可强力而致，也谈不上什么门户和派别。明、清以来的散曲作家，或崇关、马，或学乔、张，或效其一体，亦不过就其性之所近，发展其某种艺术风格的才能而已，也就是曹丕所说的：“气之清浊有体，不可强力而致。”（《典论 · 论文》）刘勰所说的：“才有庸俊，气有刚柔，学有浅深，习有雅郑。”（《文心 · 体性》）与门户、派别之见，有着本质的区别。如果我们囿于学术界已经形成的习气，强分某人为某派，不是强分宗派、强立门户么？门户的建立，始于汉末的建安。王夫之认为“立一门庭，则但有其格局，更无性情，更无兴会，更无思致”（《姜斋诗话》）。那些“才不敏，学不充，思不精，情不属”的平庸之辈，只想依傍别人的门户来抬高自己的身价，这自然是应该反对的。至于有着共同的文学主张，共同的艺术追求，共同的审美趣味，自然而然地形成自己的艺术流派，不是党同伐异，以自缚缚人；而是领异标新，以自立立人。不是画地自封，夜郎自大，唯我独尊，唯我独秀；而是互相比较、互相竞争、互相批评，发扬其真的、善的、美的，屏弃其假的、恶的、丑的，是可以提高文学艺术的创作水平与鉴赏能力的。或者由研究者依据他们不同的内容、风格和语言，区分其艺术流派，以穷其原委，别其异同，论其得失，亦可以成为后学之津梁，宏扬先哲之业绩，也是有积极意义的。然而自元迄清，作品逾万，作家近千，这样一个庞大的作家群，要区分其艺术流派，并得到学术界的公认，难度的确是很大的。明朱权在《太和正音谱》中，把他们分为丹丘、宗匠、黄冠、承安、盛元、江东、西江和东吴八体，也就是八个流派。清刘熙载在《艺概·曲概》中，又把散曲分为三品，一曰清深，二曰豪旷，三曰婉丽，也就是三种艺术风格。任中敏在《散曲概论·派别》中，认为“丹丘体之豪放不羁，江东体之端紧严密，东吴体之清丽华巧，可以对峙而立，成为三派”，并进一步指出“仅列豪放、端谨、清丽三派，已可广包一切”。同时又引贯云石的《阳春白雪序》“东坡之后，便到稼轩”的话，来突出元人散曲以豪放派为主，而以马致远、白朴、贯云石、刘致、冯子振、汪元亨、马九皋等为代表。而论及明代之流派，则曰：明代未有昆腔以前，北曲为盛。汤式、朱有燉流传下来之作品，端谨有余，腐滥居多。此后则有康海、冯惟敏、王磐、沈仕四派。而“康、冯之为豪，王、沈之为丽，则又其大概一致者耳”。到了昆腔出现以后，便只有南曲，北曲随之而逐渐衰微了。从嘉、隆以迄明末，将近百年，管领一代风骚者，文章必推梁辰鱼为极轨，韵律必推沈璟为极轨，而能立于两家之外者，则惟有施绍莘，实融元人之豪放、清丽于一炉。梁派的散曲，“文雅蕴藉，细腻妥贴，完全表现出南人之性格与长处。”沈派的散曲，则专求律正韵严，受了韵律的拘牵，而生气剥夺殆尽。论及清代的散曲，则以沈谦、吴绮、陈维嵋、蒋士铨、吴锡麒，承沈（璟）梁（辰鱼）之余风，好为南曲，是为“南曲派”。以朱彝尊、厉鹗、刘熙载、许光治等，倡乔（梦符）张（小山）之清丽，好为北曲，是为“骚雅派”。徐大椿、郑板桥的警醒顽俗，有功于世道人心，是为“道情派”。任先生对于元、明、清三代散曲的分析，细辨毫厘，洞察朱紫，半个世纪以来，影响学术界者至巨，其开创之功，是永远不会磨灭的。但我以为“端谨派”，实乃平庸之别号，庸滥之美称，任何时代之任何作家，都难免有平庸、腐滥之作。如果完全陷于此道，亦将为时间所淘汰，而不能自立一帜，窃据曲坛之一席。至于所列明代之七派，则微嫌繁复，颇滋困惑，王（磐）沈（仕）之为丽，与梁（辰鱼）沈（璟）之“文雅蕴藉，细腻妥帖”以及追求“律正韵严”，实同为清丽一派，合之则豁然贯通，分之则龃龉不安。清代之四派，更不免因人设派。“道情”“正统”，或以风格论，或以内容言，或以正统与非正统分，标准既未统一，流派又嫌繁复。我以为从各个作家的主导倾向着眼，能够概括元、明、清三代的散曲流派，不如以简御繁，以粗求细，只分本色派与文采派，或豪放派与清丽派，便可以包举三代，囊括百家。自然，本色派中亦有富于文采的佳什，清丽派中亦不乏豪放的杰作。然而繁枝究有主干，分支自有主流，正不必以此而自迷其目、自乱其耳。大抵元人散曲，当以大德初年（1300）为分野，前期作家，一般都可以本色派或豪放派视之。他们在语言的运用上，都有鲜明的通俗性和口语化的特征；在风格方面，有着爽朗的胸襟，泼辣的笔致，诙谐的情趣，自然的韵味。关汉卿、王和卿、马致远、白朴、张养浩、贯云石以及睢景臣和刘致，都是这一时期的代表。他们虽然也有寄情诗酒、啸傲山林的退隐思想，也写攀花折柳、偎红倚翠的放荡生活，但都是在豪放的气势和雄浑的语言中表现出来的。后期的作家，可以用文采派或清丽派概括之。他们以炼句为工，对偶见巧，讲求文采，拘于韵律，逐步走向词化的道路，失去了初期散曲中那种俚俗、生动、朴质、直率的民间文学特色。张可久、乔吉、徐再思、吴西逸、任昱是其代表。他们大多是南方人，以清丽绵密见长。刘熙载说他们“同一骚雅，不荀俳语”（《艺概·词曲概》）。许光治说他们“俪辞追乐府之工，散句撷宋唐之秀”（《江山风月谱序》）。这些虽然是针对张小山、乔梦符的艺术特点而说的，但可以概括文采派或清丽派的共同艺术风格。明人李开先刻乔、张两家的乐府，曾经在序言中说过："元之乔、张，其犹唐之李、杜乎?"王骥德在《曲律·杂论》中提出异议论："夫李则实甫，杜则东篱（马致远）始当；乔、张盖长吉（李贺）、义山（李商隐）之流。"以李贺、李商隐来比乔、张，正好说明以乔、张为代表的文采派或清丽派，注意字句的冶炼，对仗的推敲，抒情的细腻，写景的色泽，离开了曲的本色，离开了蒜酪的气味，离开了植根深厚的民间文学的特点。到了明代弘治以还，曲风大盛，作家如林，约而言之，亦可分为豪放（本色）与清丽（文采）两派。大抵王九思、康海、常伦、刘效祖、薛论道、冯惟敏、赵南星诸家，犹有北人粗犷之气，关马豪放之风，是为豪放派或本色派，而以冯惟敏为之首。陈铎、王磐、金銮、沈仕、梁辰鱼，施绍莘诸家，风格婉约，极南人妩媚之致，犹有乔、张遗风，是为清丽派或文采派，而以王磐、施绍莘为之冠。王骥德在《曲律·杂论》中说："北之沉雄，南之柔婉，可画地而知也。"又说："北人工篇章，南人工句字。工篇章，故以气骨胜；工句字，故以色泽胜。"以王磐、施绍莘为代表的清丽派，率皆南人。金銮虽为北人，然侨居南方，亦已南化。可见南北曲之异同，在于柔婉与沉雄，在于色泽与气骨，而这正是清丽与豪放两派的分野。王骥德还在《曲律》中赞美王磐的曲说："俊艳工炼，字字精琢。"钱谦益在《列朝诗集》中赞美金銮说："风流婉转，得江左清华之致。"这些也恰好足以说明清丽派的艺术特色。清人的散曲，多重文采，往往用词笔来作曲，故清丽派或文采派为其主流，最著者如继承梁（辰鱼）沈（璟）之余风，提倡乔（吉）张（可久）之骚雅，如朱彝尊、沈谦、吴绮、厉鹗、许光治、杨恩寿、易顺鼎等，都是这一派的代表。他们虽然不乏揭露现实、讽刺官场、嬉笑怒骂、淋漓尽致的辛辣之作，不愧是清人散曲的珍品，但也是有意模仿张可久的，有意学习徐再思的。厉鹗在《樊榭山房续集序》中自论其曲说："虽乏酸（贯云石，号酸斋）、甜（徐再思，号甜斋）风味，或不致贻笑伧父面目也。"前一句是谦词，潜台词正好说明他的曲有"酸甜风味"；后一句是自负，是贬低北曲之词，实际上是指有蒜酪味的北人。《世说新语·雅量》载："吏云：昨有一伧父来寄亭中。"注引《晋阳秋》云："吴人以中州人为伧。"不是很明显么？梁廷枏在《曲话》中赞美吴锡麒的散曲说："集中（指《有正味斋集南北曲二卷》）南北曲数套，妙墨淋漓，几欲与元人争席。"从任讷说他们"一味崇雅，虽未得元人之真味，要得雅之真味"（《散曲概论·派别》）来看，知这里所说的"元人"，乃清丽派之代表张小山、乔梦符辈。因为他们的曲，的确是清丽有余、本色不足的。只有写道情的徐大椿和清代散曲家的巨擘赵庆熺，或以闲适乐道之语，写民歌的情调，半为警世之谈，半写自适之趣；或以铜琶铁板的高昂声调，写慷慨悲歌的激愤感情，手法纯用白描，语言多为本色，风格豪爽，语意尖辣，不在形式上模拟元人，而自有元人的韵度，才是豪放派（本色派）的殿军。任讷说得好："赵氏一派，自有其自己一代面目，并不貌袭元人，而实本元人之法，可以列于曲中正统之中也。"（《散曲概论·派别》）又说："曲之风格，始完全投合，斯乃曲人之曲。"（《清人散曲提要》）所谓"曲中正统"，所谓"曲人之曲"，就是曲中的本色派，也就是偏于豪放一面的元代初期作家的风格。这就是元、明、清三代散曲流派的一个粗略的轮廓。为了便于叙述，也便于读者接受，下面将从"内容的言志与言情""语言的本色与文采""风格的豪放与清丽"三个方面来加以论说，因为内容的言志，语言的本色，恰好是豪放派的主要特点；而内容的言情，语言的文采，又恰好是清丽派的艺术特色。任讷不是以"意境超逸""修辞特殊""全用白描"为豪放派的三大特点，而以颖俊精致、清新雅丽，"机趣要不能板，腠理要不能滞"为清丽派的主要特色么？上述的概括，基本上和他的观点是一致的。

第一节　内容的言志与言情

以"言志"为内容的散曲，大抵有两个比较突出的题材，那就是叹世与归隐，它们表面是互相对立，实际上却是互相依存的。元代的散曲作家，生活在民族压迫和民族歧视的特殊年代，经历着社会的巨大变化，超过了他们心理上的承受能力，因而从各个不同的侧面，反映了他们的抑郁与愤慨，忧患与厌倦，形成一种哀感顽艳、沉郁顿挫的审美情调。明、清两代的散曲家，或者生活在阉宦当权、缇骑横行的黑暗社会，那些阉宦们威劫大臣，权倾万乘，致国家有累卵之危，生灵有涂炭之忧。或者生活在大兴文字之狱的严酷现实中，知识分子动辄得咎，人人自危。反映在他们的散曲中，便多刺世疾邪之作，出世超尘之想。这便是元、明、清三代散曲家的"言志"之作。

身无所干，心无所患，一生不到风波岸。禄休干，贵休攀，功名纵得皆虚幻，浮世落花空过眼。官，也梦间；私，也梦间。

渊明图醉，陈抟贪睡，此时人不解当时意。志相违，事难随，不由他醉了齁睡，今日世途非向日。贤，谁问你；愚，谁问你？

——陈草庵《中吕·山坡羊》

这是陈草庵写的《中吕·山坡羊》组曲二十六首中的两首，表面上是否定功名，鄙弃利禄，有着消极避世的思想；实际上是不满现实，批判现实，"贤，谁问你；愚，谁问你?"正是慨叹社会是非不分，贤愚莫辨的强烈呼声。这种呼声，是当时知识分子的共同心态。关汉卿的"贤的是他，愚的是我，争甚么"（《南吕·四块玉·闲适》），白朴的"知荣知辱牢缄口，谁是谁非暗点头"（《中吕·阳春曲·知儿》），马致远的"佐国心，拿云手，命里无时莫刚求"，"本是个懒散人，又无甚经济才，归去来"（《南吕·四块玉·恬退》），张鸣善的"铺眉苫眼早三公，裸袖揎拳享万钟，胡言乱语成时用，大纲来都是哄"（《双调·水仙子·讥时》），以及无名氏的"不读书有权，不识字有钱，不晓事倒有人夸荐。老天只恁忒心偏，贤和愚无分辨"（《中吕·朝天子·志感》），可见元人的"言志"，实际上就是"叹世"，就是愤世疾邪，就是对黑暗的社会表示抗议，表示不合作。明代散曲的"言志"之作呢?

赤松岭堪为活计，未央宫怎吃筵席？清风两袖子房归。闻鹤的空叹息，种柳的得便宜，因此上受清贫闲坐地。

——王九思《南中吕 · 红绣鞋 · 阅世》

尽红尘眯眼，看紫陌摩肩。蝇头蜗角斗威权，乱纷纷贵显。一棚傀儡千根线，一条大路三重堑，一生事业半文钱。问前程近远。

——冯惟敏《正宫 · 醉太平》

曲中对于官场的险恶，那种为了“蜗角名，蝇头利”，削尖脑袋去钻、不择手段去争的丑态，给予了无情的嘲弄和鞭挞；有功者不赏，有才者不用，“一棚傀儡千根线，一条大路三重堑，一生事业半文钱”，便是当时社会的真实写照。于是便要归隐，以全身远祸。这也是明代知识分子的共识。康海的“禄享千钟，位至三公，半霎过檐风”（《越调 · 寨儿令》），常伦的“酒乐百年内，书穷万古余，名利待何如？且收敛冲天凤翥”（《商调 · 梧叶儿》），杨慎的“长安浮云一片飞，故乡明月三千里。问归来犹未有期，放开怀且拚沉醉”（《南吕 · 玉娇枝》），都是这种不满现实的反映。清代散曲中的“言志”之作，仍然没有跳出不遇之叹和避世之情，但他们为社会呐喊者少，为个人鸣不平者多，其格调似又在元、明的散曲家之下。如赵庆熺的《南仙吕入双调 · 步步娇 · 杂感》一套：

〔步步娇〕说甚么聪明成何用？倒是伤心种。牢愁问碧翁：一片青天，也恁般懵懂。何处哭西风？小心窝醋味如潮涌。

〔山坡羊〕病伶俜休文弟兄，醉颠狂刘伶伯仲。死缠绵恨比江淹，泪模糊学个唐衢恸。青眼穷，歧途何处容？算浮生受过诸磨弄，冷脑冬烘，热肠春梦。匆匆，好年华晨鸡暮钟；空空，旧前程飘萍断蓬。

〔五更转〕记韶年，明珠捧，向书堆笔阵攻。韩家小凤，小凤怀边宠。说甚么挽印提戈，趋颜拜孔，把清高两字名儿哄。辰窗子夜，子夜喃喃诵。忙不了汉史唐诗，鲁书周颂。

〔园林好〕倦黄昏灯边睡虫，吸青尊诗边酒龙。生小闲愁浪咏：泥垒燕，纸钻蜂；歌小蚓，叫秋鸿。

〔江儿水〕风月双堤外，笙歌十里中。有孤山仙鹤梅花垅，有南朝杜宇冬青冢，有西陵油壁香车梦，正好把湖山受用。兀的瓦砚抛残，禁得一番悲恸。

〔玉交枝〕珠围翠拥，尽风流伊人不逢。相如早岁困临邛，苦想煞黄衣入梦。谁家骏买铁花骢，几人痴跨琼箫凤。据铜山轩昂邓通，问葫芦寒酸士龙。

〔玉抱肚〕山肩双耸，舌尖儿狂喷彩虹。把玉壶酝酥斟干，把金壶墨汁磨浓。只见一天酒色醉朦胧，咄咄飞蟠字写空。

〔玉山供〕空山雪冻，怨兰花心儿闷红。走天涯舟载沙棠，守孤贞裳集芙蓉。飘然鹤控，把一卷《离骚》亲捧。早是桃花三月片帆风，湘水湘山千万重。

〔三学士〕浑不是吹箫市中，却恁的抱璞湘中。凭将水驿风程苦，唱出铜琶铁板工。酒醒梦回何处是，人正在大江东。

〔解三酲〕吊不尽六朝丘垅，吊不尽三楚英雄。吊不尽金陵脂粉繁华梦，吊不尽赤壁刀弓。吊不尽洲边鹦鹉才人冢，吊不尽江上琵琶故妓踪。风波猛，早又是南来乌鹊，报道音凶。

〔川拨棹〕浑如梦，雪麻衣血泪浓。可怜人酒绿灯红，可怜人酒绿灯红，到头来天边断鸿。宝钗儿碎玉虫，小鸾台鹊镜封。

〔嘉庆子〕白衣冠长揖江上送，倒做了壮士天寒易水风，重把兰桡打动。叹田园，家业穷；叹交游，文字穷。

〔侥侥令〕侠气肠磨铁，刚棱骨洗铜。我是如意敲碎王处仲，难道是天公竟哑聋。

〔尾声〕一肩担子挑愁重，把只手支撑不放松。问何日鹦哥始出笼？

这是一篇《感士不遇赋》，从“韶年”的苦读“汉史唐诗，鲁书周颂”，到中年的“吹箫市中，抱璞湘中”，以至到如今的“叹田园，家业穷；叹交游，文字穷”。他于是怨天公懵懂，骂天公哑聋，“问何日鹦哥始出笼?”这是个人的牢骚，也是当时知识分子的共同呼声。他们在现实生活中既然找不到安身立命的所在，于是便在游山玩水中去找自己的精神寄托，像徐大椿的《道情 · 游山乐》，便是个很好的例子：

到山中，便是仙。万树松风，百道飞泉。更有那野鸟呼人，引我到僧房竹院。异草幽花香入骨，奇峰怪石峭临天。一步一回头，景象时时变。越走得路崎岖，越骗得精神健。到了那山穷水转，又是个别有洞天。清风吹我尘心断，不知今夕是何年？遥望着牧竖樵夫，洗足清泉。与他言，竟不晓得唐宋明元。直说到日落虞渊，借宿在草阁茅轩。雨前茶浇一碗青晶饭，抬头看，只见藤萝脚挂在万峰尖。

真是超尘出世，格雅调高。僧房竹院的异草幽花，草阁茅轩的清茶淡饭，牧童樵夫的不识不知，使他忘记了忧患，忘记了现实。在十分恬淡之中，有一缕伤感之情，仍然是避世思想在作者头脑中的反映。上述这些“言志”的散曲，多风云之气，多不平之鸣，感慨淋漓，豪雄灏烂，大抵都是豪放派的作品。

“言情”的作品，往往多儿女之情，多离别之恨，含蓄蕴藉，清丽尖新，呈现出一种阴柔之美，与“言志”之什偏于阳刚之美者迥异其趣。

红梨叶染胭脂，吹起霞绡，绊住霜枝。正万里西风，一天暮雨，两地相思。恨薄命佳人在此，问雕鞍游子何之？雁未来时，流水无情，莫写新诗。

——乔吉《双调 · 折桂令 · 秋思》

山花红雨鹧鸪啼，院柳苍云燕子飞，池萍绿水鸳鸯睡。春残犹未归，掩妆台懒画眉。绣床人困，玉关梦回，锦字书迟。

——张可久《双调 · 水仙子 · 春思》

两曲都写得文采斐然，韵味悠然，情思缠绵，语意婉转，给人以极其清新纤丽的美感享受。元人的“言情”之作，大抵都是清新艳丽的。任昱的“寂寞罗帏，愁上心头，人在天涯”（《双调 · 折桂令 · 题情》），徐再思的“一点心间事，两山眉上秋，拈起金针还又休。羞，见人推病酒。恹恹瘦，月明中空倚楼”（《南吕·阅金经·闺情》），查德卿的“芭蕉叶上鸳鸯字，芙蓉帐里鸾凰事，海棠亭畔鹧鸪词，问莺儿燕子”（《南吕·醉太平·春情》），吴西逸的“春去情难再，更长愁易结，花外月儿斜，淹粉泪微微睡些”（《商调·梧叶儿·春情》），朱庭玉的“别后关河万里，惊梦断，雁书稀，谁锁雕鞍不放归”（《仙吕·翠裙腰·闺思》），宋方壶的“别时容易见时难，玉减香消衣带宽，夜深绣户犹未拴。待他还，一半儿微开一半儿关”（《仙吕·一半儿》）。都写得很细腻，很艳丽，柔情蜜意，别恨离愁，洋溢在字里行间，而又非淫词媟语，低级趣味，自是“言情”的上乘。

明人的“言情”之作，虽然写得比较裸露，比较冶艳，但语言尖新，刻画细腻，显然受到民间俗曲的深刻影响。

> 倚栏无语掐残花，蓦然间春色微烘上脸霞。相思薄幸那冤家，临风不敢高声骂，只教我指定名儿暗咬牙。
>
> ——沈仕《南南吕·懒画眉·春怨》
>
> 可人心年少娇娃，万种风流，所事撑挞。眉蹙春山，眼横秋水，髻挽双丫。撇不下一时半霎，咫尺间海角天涯。瘦也因他，病也因他，谁与俺成就姻缘，便是那救命菩萨。
>
> ——陈铎《双调·折桂令·思情》

前一首写女主人公的内心活动，生动形象，呼之欲出。后一首写男主人公的相思苦恋，回忆中的形容，憧憬中的姻缘，无不写得妙墨淋漓，形神毕肖，有着鲜明的生活气息。明人“言情”之作，大抵都呈现着这样的艺术特色。如唐寅的“空把雕栏倚遍，悄无言。啼残玉颊芳容减，抛却金针懒去拈”（《南仙吕·桂枝香》），梁辰鱼的“小名儿挂在心头，纵欲丢时怎便丢？浑如吞却线和钩，不疼不痒常拖逗，只落得一缕相思万缕愁”（《南中吕·懒画眉》套），张凤翼的“相思欲见浑难见，果然是别时容易见时难，见时又怕起波澜。待教不见情难弃，见和不见两头担，只索向枕边梦里寻方便”（《南仙吕·醉扶归》），王骥德的“想才郎一去似游丝，任春风飘堕何之。东沾西惹难由自，镇日里桃花燕子。倩不得人儿传示，你欢笑处是我流泪时”（《南仙吕入双调 · 风入松 · 风情》）。请看比喻何等形象，语言何等生动，抒情何等悱恻，构思何等新巧，显然打上了俗谣俚曲的烙印，汲取了民间文学的营养。

清代的“言情”小曲，多绮罗香泽之态，绸缪宛转之致，词化、雅化的倾向日益明显，盖所谓“词人之曲”，而不是“曲人之曲”。

> 大都是病魔愁祟，又添得风头雨尾。寸心儿薄似西窗纸，却被芭蕉敲碎。回身掩泪挑灯立，对影离魂望月飞。如何睡，枕头儿山重，横压愁低。
>
> ——尤侗《南南吕 · 针线箱》
>
> 临歧好生难舍，肠一寸千缕万结。逞什么喉舌，寒山一带暮云遮，眼睁睁人去也。
>
> ——沈谦《双调 · 玉抱肚 · 送别》

以上两曲，从它的造语、造境来看，都是词味多而曲味少，这是清人散曲的艺术特色。徐旭旦的“听一声杜宇催归怨，问今朝刚是送春天。正断肠人老落花前，只觉得乱红堆砌慵添线。空教我蓦然无计强留连，算只是泪痕界破残妆面”（《南仙吕 · 醉扶归 · 送春闺怨》），袁龙的“一阵西风穿帘透，别恨今番又，须知怎样愁。早是今宵，这等消瘦。独自问牵牛，恁多情不放常相守”（《南仙吕入双调 · 步步娇 · 别恨》套），江雪樵的“清明原说早还家，秋燕书来约又差，读罢鸾笺恨转加。莫从他，一半儿猜疑一半儿骂”（《仙吕 · 一半儿》）。尽管诗人们也运用了一些比较通俗的语言在曲里面，但它的韵味仍然像词而不像曲。所以清代的曲，可以说是词的复归。

是的，以“言志”为主要题材的作家，也有“言情”的作品；以“言情”为主要题材的作家，也有“言志”的作品。“言志”的作品往往意境高远，笔力豪健，尽管它有时也流露出浓厚的避世思想，但仍然有着豁达的胸怀，飘逸的情致，韵响语峭，格高调雅；“言情”的作品往往刻画细腻，笔致清新，尽管有时也有豪放的语言，响亮的音节，但毕竟是以阴柔之美为基调的。可以说“言志”的多豪放派，“言情”的多清丽派。

第二节　语言的本色与文采

曲是在“俗谣俚曲”的基础上发展起来的，就必然吸收大量的活在人们口头上的语言入曲。当然，活在人们口头上的语言，也必须经过提炼、加工，使之形成一种有血有肉的新的文学语言，既质朴自然，又鲜明泼辣，跟传统的诗词的语言风貌大异其趣。王国维说：“元曲之佳处何在？一言以蔽之曰：‘自然而已矣。’”（《宋元戏曲考·元剧之文学》）说明自然本色，是元曲的语言特点，也就是要有蒜酪味、蛤蜊味。后来文人染指的渐多，有的作家便把前代的诗文和当时的口语冶为一炉，形成一种“文而不文、俗而不俗”的语言风貌。再往后发展下去，曲的词化、雅化的现象，愈来愈严重，逐渐失去了本色自然的语言风貌。综观元、明、清三代的散曲，大抵豪放派的语言多本色自然，清丽派的语言多尖新典雅。

旧酒投，新醅泼。老瓦盆边笑呵呵，共山僧野叟闲吟和。他出一对鸡，我出一个鹅，闲快活。

——关汉卿《南吕·四块王·闲适》

绿水边，青山侧，二顷良田一区宅。闲身跳出红尘外。紫蟹肥，黄菊开，归去来。

——马致远《南吕·四块玉·恬退》

两曲的语言，都是非常口语化、大众化的。纯乎天籁，不假雕琢，而又是经过提炼和加工的，绝非自然状态的东西，因能够取得雅俗共赏的效果。元初的散曲作家，大抵都能保持这种民间文学的语言风貌。如邓玉宾的“天堂地狱由人造，古人不肯分明道。到头来善恶终须报，只争个早到和迟到”（《正宫·叨叨令·道情》），贯云石的“新秋至，人乍别，顺长江水流残月。悠悠画船东去也，这思量起头儿一夜”（《双调·寿阳曲》)，张养浩的“无官何患，无钱何惮，休教无德人轻慢。你便列朝班，铸铜山，止不过只为衣和饭。腹内不饥身上暖。官，君莫想；钱，君莫想”(《中吕·山坡羊》)，他如曾瑞的《南吕·骂玉郎过感皇恩采茶歌·山中闻杜鹃》，睢景臣的《般涉调·哨遍·高祖还乡》，刘时中的《正宫·端正好·上高监司》等，无不用本色自然的语言，来抒情、警世、咏物，咏史的。使我们从这些散曲中，获得一种自然的美，平实的美。明代的散曲，还能保持通俗文学的一些语言风貌，甚至受到“俗谣俚曲”的影响更深。

杖藜、步畦，不作功名计。青山绿水绕柴扉，日与儿曹戏。问柳寻花，谈天说地，无一事萦胸臆。丑妻，布衣，自有天然味。

——康海《中吕·朝天子·遣兴》

但得个欢娱纵酒，又何须谈笑封侯。拙生涯，乐眼前；虚名誉，抛身后。两眉尖不挂闲愁，一日深浮三百瓯，亦可度天长地久。

——常伦《双调·沉醉东风》

两曲都是通俗的语言，写旷达的情怀，潇洒豪放，饶有韵味。明人散曲中能够保持这种语言风貌的还不少，如王九思的“生来本是山林辈，受用着白酒黄鸡。吟几首花鸟诗，写一本农桑记。清闲雅致，快乐了是便宜”(《正宫·端正好·七十自寿》套)，冯惟敏的“笑倒了山翁老傻瓜，为甚的大笑哈哈，功名不入渔樵话。呀，打鼓弄琵琶，睡着唱杨家，用尽你机关笑掉了我的牙”(《双调·河西六娘子》)，薛论道的“翻云覆雨太炎凉，博利逐名恶战场，是非海边波千丈。笑藏着剑与枪，假慈悲论短说长。一个个蛇吞象，一个个兔赶獐，一个个卖狗悬羊”(《双调·水仙子·愤世》)。俗语成语，俯拾即是，而又是那样的爽朗，那样的泼辣，那样的俗而能雅，直而有致，不愧是语言大师。明代的散曲，可以说是无愧于元，而远胜于清的。因为到了清代，这种语言风貌便很少见了，只有赵庆熺和徐大椿的作品中，还可以偶尔见到。如赵氏的《南双调·江儿水·咏月》云：“自古欢须尽，从来满必收。我初三瞧你眉儿斗，十三窥你妆儿就，廿三觑你庞儿瘦，都在今宵前后。何况人生，怎不西风败柳?”既尖新，又警健；既平实，又雅致，寓年华易逝之感于诙谐调侃之中，可谓曲中的奇才，怪才。至于徐氏的道情，如《时文叹》《游山乐》《寿吴复一表兄六十》等，都是用通俗的语言写的，浅近平易，抒写自如，富有民间文学的特色，可以说是“本色派”。

从元代的后期起，有的散曲家在语言的运用上，逐渐走上了“词化”的道路，初期散曲中那种生动、泼辣的本色语言，渐渐不见了。他们拘于韵度，讲求辞藻，在形式技巧上下功夫，他们力求蕴藉，力追骚雅，形成一种典丽的风格。

> 圆旧梦衾闲锦绣，按新声弦断箜篌，满襟离思倦登楼。花寒鹦鹉病，春去杜鹃愁，倚阑人困酒。
>
> ——张可久《中吕·红绣鞋·春晚》
>
> 莺莺燕燕春春，花花柳柳真真，事事风风韵韵。娇娇嫩嫩，停停当当人人。
>
> ——乔吉《越调·天净沙》

句雕字琢，音协韵响，对仗工整，属辞典雅，这是两曲所共有的艺术特色。后一曲句句叠字，句句对偶，更具整齐美和音乐美，却有明显的雕琢痕迹，失去了元初散曲的本色美和自然美。这也是元曲后期清丽派作品所共有的语言风貌，如任昱的“花片片翻成燕泥，柳依依也锁蛾眉。重门闭，绿阴树底，怕听杜鹃啼”（《中吕·满庭芳·春暮》），徐再思的“前日春从愁里得，今日春从愁里归。避愁愁不离，问春春不知”（《越调·凭阑人·春怨》），吕止庵的“西风黄叶稀，南楼北雁飞。揾妾灯前泪，缝君身上衣。约归期，清明相会，雁还也人未归”（《仙吕·后庭花》），杨朝英的“沈腰易瘦衣宽褪，潘鬓新皤镜怕看。月明千里报平安。音信悭，归梦绕巫山”（《中吕·阳春曲》），周德清的“千山落叶岩岩瘦，百结柔肠寸寸愁。有人独倚晚妆楼。楼外柳，眉叶不禁秋”（《中吕·阳春曲·秋思》）。这些小令，或者造语尖新，或者用典贴切，抒情的细腻，写景的秀雅，表现了很高的艺术技巧，给人以清新俊雅的美感享受。但词化的倾向也愈来愈明显，由词曲同源逐渐发展到词曲合一，与其说它是曲，不如说它更像词。明代在弘治以后，南曲迅速发展起来。它修辞细腻而清丽，风格含蓄而婉约，与乔梦符、张可久的语言风貌极其相近，自然也属于清丽派。

> 一声杜宇落照间，又寂寞春残。杨柳帘栊长日关，正梨花院落初闲。风朝雨晚，芳径里落红千万。停画板，又早见牡丹初绽。
>
> ——沈璟《南商调·集贤宾·伤春》
>
> 斜阳、远航，西风短樯，夜夜闻渔唱。洞庭千里带潇湘，有多少闲风浪。新酒多情，故人无恙，望天涯成梦想。武昌、汉阳，今古空相向。
>
> ——金銮《中吕·朝天子·怀楚中故人》

摹景精细，抒情艳丽，文雅蕴藉，极尽妩媚之能事。他们在曲中，修辞造境，往往参用词法，故能以韵律取胜，以辞藻取胜，像唐寅、沈仕、王磐、陈铎等一大批以创作南曲为主的作家，无不具有这样的艺术特色。清代的散曲，更加重视文采，注意雕琢，在语言的风貌上，更加词化。除少数的作家外，大都属于清丽派，或者叫作文采派。

> 行来沙际柳阴疏，望里村边酒幔孤，听得渡头人语无。远模糊，一半儿吴音一半儿楚。
>
> ——朱彝尊《仙吕·一半儿·淮浦》
>
> 红渐稀，绿初肥，暖风一团香絮飞。春入长眉，春著单衣，无处问相宜。乍开帘芳草东西，倦凭栏粉蝶高低。鸟听秦吉了，花发蜀当归。伊，误了牡丹期。
>
> ——厉鹗《越调·柳营曲·春思效张小山体》

清俊工练，是两曲的共同语言风貌。后曲作者自称是“效张小山体”，显然是有意模拟张可久的。特别是“乍开帘芳草东西”以下，连用两组偶句，对仗工稳，铢两悉称，摹景言情，都很纤巧，确有乔、张风味。

第三节　风格的豪放与清丽

风格，是作家在创作中所表现出来的艺术特色和创作个性。由于作家的艺术素养、审美趣味、才情禀赋的不同，在处理题材，塑造形象、表现手法以及运用语言等方面都有自己的特色，这就形成了作品的风格。上面已经分析了豪放派和清丽派在内容和语言方面各自的艺术特色，下面想就形象的塑造方面作一些比较。同是写知识分子，豪放派给知识分子画的像，往往是傲骨嶙峋，桀骜不驯，有一种凛不可犯的浩然之气。如关汉卿的《南吕·一枝花·不伏老》的《尾》云：

> 我是个蒸不烂煮不熟捶不扁炒不爆响当当一粒铜豌豆，恁子弟们谁教你钻入那锄不断斫不下解不开顿不脱慢腾腾千层锦套头。我玩的是梁园月，饮的是东京酒，赏的是洛阳花，攀的是章台柳。我也会围棋会蹴踘会打围会插科，会歌舞会吹弹会咽作会吟诗会双陆。你便是落了我牙歪了我嘴瘸了我腿折了我手，天赐与我这几般儿歹证候，尚兀自不肯休。则除是阎王亲唤取，神鬼自来勾，三魂归地府，七魄丧冥幽。天哪！那其间才不向烟花路儿上走。

这种倔强的性格，桀骜的脾气，把话都说绝了，说到十二分了。真是快人快语，理直气壮，淋漓尽致地抒发了个人的感情，决不羞羞答答，吞吞吐吐，像钝刀子割肉，钝斧子斫栎树，半天也割不出血、斫不下木屑来。又如马致远的《双调·夜行船·秋思》，写的是一个隐逸的知识分子，也是敢骂敢言，快人快语，塑造了一个不肯同流合污的高傲的知识分子形象，其感情的强烈，语气的坚决，足以撼人心魄，动人心扉。它的最末一曲《离亭宴煞》云：

蛩吟一觉才宁贴，鸡鸣万事无休歇，争名利何年是彻？看密匝匝蚁排兵，乱纷纷蜂酿蜜，急攘攘蝇争血。裴公绿野堂，陶令白莲社。爱秋来那些：和露摘黄花，带霜烹紫蟹，煮酒烧红叶。想人生有限杯，浑几个重阳节。嘱咐你个顽童记者："便北海探吾来，道东篱醉了也。"

"看密匝匝蚁排兵"三句，骂官场的争名夺利，一口气骂下去，骂得淋漓痛快；"和露摘黄花"三句，写隐逸生活的潇洒自由，一口气写下去，写得五彩缤纷；"嘱咐你个顽童记者"三句，画知识分子的傲骨铮铮，也是一口气画下去，画得形神毕肖。形象鲜明，色彩强烈，具有极大的感染力。张养浩的《南吕 · 一枝花 · 咏喜雨》，写的是一位身居显位的知识分子。他奉旨到陕西去治旱救灾，忧国忧民，廉洁奉公，与老百姓同欢乐，共呼吸，塑造了一个勤政爱民的清官形象。

恨不的把野草翻腾做菽粟，澄河沙都变化做金珠。直使千门万户家豪富，我也不枉了受天禄。眼觑着灾伤叫我没是处，只落的雪满头颅。

这是这支套曲中的《梁州》曲，曲中表现了主人在旱情严重时的焦虑，以衬托他在旱情解除时的喜悦。对比鲜明，感情真切，野草变成菽粟，河沙化作金珠，当然是不可能成为现实的幻想，但却表现了他的"为民为国心"。以上三个不同知识分子的形象，无论浪荡的也好，隐逸的也好，显达的也好，在豪放派作者的笔下，都是豪气凌云，肝肠似铁，不肯摧眉折腰的硬汉子。而在清丽派的笔下，却是另一种风格。

姓名香，行为俏。花花草草，暮暮朝朝。关心三月春，开口千金笑，惜玉怜香何时了？彩云空声断鸾箫。朱颜易老，青山自好，白发难饶。

——张可久《中吕 · 普天乐 · 收心》

这也是一个浪荡知识分子的形象，他“花花草草，暮暮朝朝”，他“关心三月春，开口千金笑”，但他表示要“收心”，甚至从内心深处喊出“惜玉怜香何时了”的呼声，比起关汉卿的“便是落了我牙，歪了我口，瘸了我腿，折了我手”，“尚兀自不肯休”的顽强态度来，有着明显的不同。再看乔吉笔下的隐逸型的知识分子，与马致远所塑造的形象，也很不一样：

拖条藜杖裹枚巾，盖座团标容个身，五行不带功名分。卧芙蓉顶上云，濯清泉两足游尘。生不愿黄金印，死不离老瓦盆，俯仰乾坤。

——乔吉《双调·水仙子·习隐》

这个形象似乎是红尘已断，是非已绝，乐天命而不疑，老醉乡而自喜，既无不平之鸣，也无刺世之意，是一个安分守己、安贫乐道的知识分子典型。

玉堂臣，经纶大展致其身。腰间斗大黄金印，志在新民。文章汉子云，韬略吴公瑾，勋业商伊尹。一番桃李，两字麒麟。

——徐再思《双调·殿前欢·杨总管》

这也是一个显达知识分子形象。但它只有外貌的形容，没有心理的刻画；只有歌颂的谀辞，没有真正的政绩。辞藻虽然很华丽，对仗也很工整，却是一尊没有血肉、没有生气的塑像。跟张养浩的自画像比较起来，就显得苍白，显得没有灵气。

明代的散曲家所塑造的知识分子形象，不管他生活在什么样的环境，遭遇到什么样的命运，一般都有抱负，有追求，有活力，比较开朗，比较雄健，比较多一点风云之气。

风花雪月，破工夫要笑些，不受用是痴呆。叹光阴千里马，想人生一梦蝶。好天良夜，休负了好天良夜。急回头斗转参斜，酒杯儿到手都休撒。醉了的时节，只落的耳轮儿常热。

——冯惟敏《南仙吕入双调 · 柳摇金 · 风情》

这也是写知识分子的浪荡生活，但绝不是关汉卿在《不伏老》一套中的自画像，他是那样的执着，那样的死而无悔，而是“人生行乐耳，须富贵何时”的思想反映。在“耍笑”中蒙上了一层“叹光阴千里马，想人生一梦蝶”的阴影。

有时节露赤脚山巅水涯，有时节科白头柳堰桃峡。戴甚么折角巾，结甚么狂生袜，得清闲不说荣华。提起封侯几万家，把一个薄福的先生笑煞。

——王九思《双调 · 沉醉东风》

这是写一个隐逸知识分子的心态，他“赤脚”“科头”在“山巅水涯”“柳堰桃峡”，赢得一生“清闲”，不羡半霎“荣华”，什么“封侯万里”，全都不在他的话下。然而只要我们仔细咀嚼一会，便可以发现在他冷漠的世情下，仍然裹着一颗滴血的心。因为作者曾经依附刘瑾，被勒令致仕，他怕“白璧青蝇”“口剑唇枪”。他常常在所作的散曲中，寄寓了怫郁之情，流露了悔恨之感。“指功名风扫残花，恨杀韩彭做作差，因此上妆聋卖哑”（《双调 · 沉醉东风》），“路危常与虎狼狎，命乖却被儿童骂。到如今谁管咱，葫芦提一任闲玩耍”（《双调 · 新水令 · 归兴》套）。可见他的隐居在鄠杜之间，挟妓征歌，并不是自甘淡泊，而是无可奈何的。

至于显达的知识分子形象，在明代许多散曲家的笔下，也是写得很形象生动的。

俺也曾宰制专城压势豪，性儿又乔，一心待锄奸剔蠹惜民膏。谁承望忘身许国非时调，奉公守法成虚套。没天儿惹了一场，平地里闪了一交。淡呵呵冷被时人笑，堪笑这割鸡者用牛刀。

——冯惟敏《仙吕 · 点绛唇 · 改官谢恩》套

在这支《油葫芦》的小令中，作者抒发了自己官场中失意的心情，他想“忘身许国”“奉公守法”，作一个清廉的好官；他想“锄奸剔蠹”“压势豪”，替人民做些好事，但却遭到打击，“闪了一交”，受到时人的冷笑。这里有揭露，有愤慨，表现了作者刚肠疾恶的高尚情操。比起康海的“禄享千钟，位至三公，半霎过檐风”（《越调·寨儿令》），要积极得多；比起常伦的“自知，本痴，不惯使风云气。眼前谁较是和非，一任相猜忌”（《中吕·谒金门》），也要刚健得多。字里行间，洋溢着一种阳刚之美。在明代清丽派的笔下，知识分子的各种形象，就被雕琢得更加细致，更加眉目清晰了。

且寻一个顽的耍的真知音风风流流的队，拉了他们俊的俏的做一个清清雅雅的会，拣一片平的软的衬花茵香香馥馥的地，摆列着奇的美的趁时景新新鲜鲜的味。兀的便醉杀人也么哥，兀的便醉杀人也么哥，任地上干的湿的混账呵便昏昏沉沉的睡。

——施绍莘《正宫·叨叨令·春游述怀》套

这是一个浪漫的知识分子形象，他醉倒在莺花队里，睡倒在温柔乡里，什么也不管，什么也不想，在偎红倚翠中消磨着峥嵘的岁月，形象是比较消极的。

我是个不登科逃名进士，我是个不耕田识字农夫，我是个上天漏籍神仙户。清风不管，明月无拘；孤云懒出，野鸟难呼。只俺这牛背上稳似他千里龙驹，只俺这花篷下近似他方丈蓬壶。兴来时画一幅烟雨耕图，静来时著一部冰霜菊谱，闲来时撰一卷水旱农书。茶炉、酒炉，杏花深处桃花坞。水绕着门，云遮着屋，端的是隔断红尘一点无，那里有官吏催租？

——王磐《南吕·一枝花·村居》套

这是一个多么飘逸潇洒的知识分子形象，他“清风不管，明月无拘”；

他依据自己的兴致，或作画，或制谱，或著书；他的住处是“水绕着门，云遮着屋”，真是千自由、百自在，比起龌龊的官场来，简直是另一个美满的乾坤。

在明代曲坛清丽派的笔下，即使是落魄江湖的穷酸书生，也往往多壮语，多英雄气，他们绝不怨天尤人，叹老嗟卑，而是有抱负、有经纶的人才，给人一种蓬勃向上的感觉。还是以施绍莘《送张冲如游靖州》一套中的《折桂令》为例吧：

> 向芳郊秣马脂车，挑破头巾，着绽皮靴。看君家寒酸，似此意气豪侠。袖儿中提一尺青萍瘦铁，吐虹霓高百丈浩气横斜。到处为家，不用咨嗟，扫乾坤只消你笔底残花。

本来是一个“挑破头巾，着绽皮靴”的穷酸，却要口出豪言：“扫乾坤只消你笔底残花”，充满着希望和自负，给人以鼓舞和力量。又如他在《送暗生北游》一套中的《锦庭乐》云：

> 料吾曹天生定，怎没有功名分？平空地、平空地宫锦垂身，宫花杂乱插斜簪。厮惊呆路人，恰才知灯窗下有个书生。

曲中的主人公实际上连一个小小功名都没有捞到，却憧憬着有朝一日要“衣宫锦”“簪宫花”，让路旁的观者惊叹着穷书生也有发迹的一天。这是一种希望在激励着他，一种理想在鼓舞着他，才能处贫贱而不戚戚于心。明人散曲之所以能与元人争一日之长，正是因为它闪耀着这样的思想光辉，蕴藏这样的奋发精神。

清代散曲家笔下的知识分子形象，似乎有更多的忧患意识，即使出自豪放派之手，也往往被蒙上一层彷徨、抑郁的阴影。如赵庆熺的《南仙吕入双调 · 忒忒令 · 对月有感》，塑造了一个风流才子的形象，便是笑中有泪，歌中有悲的典型。兹录其中三曲如下：

〔尹令〕廿年前胡床抓手，十年前书斋回首，五年前华堂笑口。一样银河，今日无情做泪流。

〔品令〕浮生自思，多恨事难酬。花天酒地，还说甚风流！参辰卯酉，做了天星宿。江湖席帽，三载阻风中酒。只落得下九初三，月子弯弯照女牛。

〔豆叶黄〕清高玉宇，冷淡琼楼。再休提雾鬓云鬟，再休提雾鬓云鬟，那里是乌纱红袖。生涯疏放，天涯浪游。博得个花朝月夕，博得个花朝月夕，消受了梦魔情魔，酒囚诗囚。

真是“热红尘无人解愁，冷黄昏有依生受”。他对着“无赖月，是扬州”，想到“无赖客，是杭州”，不禁回忆起他的疏放生涯，发出“恁少年虚空孤负”的感叹。至于清丽派笔下的知识分子，更是把豪气消磨在水云乡里，莺花队中，看不到明人散曲中那种开朗胸襟、刚健豪气了。

当日个说意气傲孙刘，论文章高贾马。清平三曲醉沉香，畅好是傻也傻。岂不料把半世孤怀，一生豪气，都做了五湖闲话。

——吴绮《中吕·粉蝶儿·且歌》套

故乡人千里书投，渔弟樵兄，盼我回舟。老仆长须，侍儿赤脚，稚子蓬头。趁新雨过时插柳，拣绿阴深处骑牛。归去来休，二顷秋田，一箦糟丘。

——朱彝尊《双调·折桂令》

惟求寒素风，不作繁华梦。看的那黄金如土轻，怀的这素志如山重。忽然间愁到我堪哀堪恸，蓦地里穷到我难留难送。真懵懂，何不去酣酣一觉醉眠酒瓮？

——黄图珌《南商调·字字啼·愁穷》

以上三曲，都是作者的自画像。吴绮对自己的人生价值作了评估，他那傲孙刘的意气，高贾马的文章，若李白的才华，都被他用一个“傻”字给否定了，在自负的壮语中，闪烁着晶莹的眼泪。朱彝尊对自己的归宿作了细致的描绘，他将在“归去来休”之后，跟长须的老仆，赤脚的侍儿，蓬头的稚子，生活在“渔弟樵兄”中间。在自适的闲情中，寄寓着牢骚与不平。黄图珌对自己的穷愁生活发出了深深的浩叹。他本来是“不作繁华梦”的，是“看的那黄金如土轻”的，但穷到“难留难送”时，也只好在睡乡中去寻求安慰了。在自嘲的笑声中，流露出无可奈何的神情。从他们所塑造的形象中，可以看出他们的不同风格。但个人风格的形成，又与时代、民族、阶级有着密切的关系。元、明、清三代散曲家在形象的塑造上虽有自己的艺术特点，但都体现了他们的时代精神和阶级感情。

在塑造妇女的形象方面，大抵豪放派笔下的妇女比较大胆泼辣，敢恨敢爱，敢于把内心的活动袒露出来；而在清丽派的笔下，则比较含蓄蕴藉，温顺细腻，常常在含羞带嗔中，表现自己的真情实感。如：

> 你性随邪，迷恋不来也；我痴呆，等到月儿斜。你欢娱受用别，我凄凉为甚迭。休谎说，不索寻吴越。咱，负心的教天灭！
>
> ——关汉卿《双调·碧玉箫》
>
> 笑将红袖遮银烛，不放才郎夜看书，相偎相抱取欢娱。止不过迭应举，及第待何如？
>
> ——白朴《中吕·阳春曲》
>
> 挨着靠着云窗同坐，偎着抱着月枕双歌。听着数着、愁着怕着，早四更过。四更过，情未足，情未足，夜如梭。天哪，更闰一更妨甚么！
>
> ——贯云石《中吕·红绣鞋》

以上三曲，都是豪放派笔下的妇女形象。她们在对待爱情的态度上，如此大胆，如此坦诚，她们毫无顾忌，毫不羞羞答答，敢骂“负心的教天灭”，敢教对方放弃科举功名，敢向上天提出“更闰一更”的无理要求。在可爱的“野性”中，蕴藏着金子般的“真情”。而在清丽派手中，妇女就成了另一种典型：

日高犹自睡沉沉，梦绕鸳鸯枕。不成闲愁厮拘禁，恋香衾，东风落尽西园锦。知他为甚，情怀陡恁，懒却惜花心。

——乔吉《越调·小桃红·闺思》

托香腮微困春纤，绣线慵拈，宝篆羞添。往事墙头，情人梦里，旧恨眉尖。梨花谢春光荏苒，晓莺啼酒病淹渐。燕语雕檐，满院杨花，不卷珠帘。

——张可久《双调·折桂令·春情》

钗分凤凰，衾剩鸳鸯。锦笺遗恨爱花香，写新愁半张。晚妆楼阁空凝望，旧游台榭添惆怅，落花庭院又昏黄，正离人断肠。

——查德卿《南吕·醉太平·寄情》

这些妇女，都是情深意真，对景怀人，她们为了意中人而春睡沉沉，而鬼病恹恹，而柔肠寸寸，但却十分含蓄，十分温馨，不敢大胆地爱，大胆地恨。总觉得她们是画中的美人，而不是现实生活中的佳人。

明、清散曲中的豪放派和清丽派，大抵也还是在塑造形象方面，有着上述不同的表现手法。

恰才朦胧眼儿瞑，成就了合欢令。一双彩凤飞，两朵红莲并，明知是梦儿中生怕醒。

——冯惟敏《双调·清江引·闺思》

等得还家，淡月刚刚上碧纱。亲手递杯茶，软语呼名骂。他，只是眼昏花，脚踪儿乱蹅。问着些儿，半晌无回话，偏生要靠住侬身似柳斜。

——赵庆熺《南中吕·驻云飞·沉醉》

也写得很裸露，很坦诚，声口毕肖，形神俱妙，前曲写女主人公在梦中的内心活动，“明知是梦儿中生怕醒”，是何等的痴情，又是何等的钟情。后曲状女主人公等到一个喝得酩酊大醉的情人回来时的表情和心态，自然它是从“门外猧儿吠，知是萧郎至”的词中得到启发的。“亲手递杯茶，软语呼名骂”，把那既爱又恨、既喜又嗔的心理，描摹得淋漓尽致。那么，清丽派又是怎样来塑造妇女形象呢？

几遍把梅花相问，新来瘦几分。笑香消容貌，玉减精神，比花枝先病损。绣被与重茵，炉香夜夜薰。着意温存，断梦劳魂，只恁般睡不安，眠不稳，枕儿冷，灯儿又昏，独自个和谁评论，百般的放不下心上人。

——陈铎《南仙吕入双调·二犯江儿水·四时闺怨》

咱为你担愁思瘦成楚腰；咱为你尘封镜翠眉懒描；咱为清泪透鲛绡。待要向游子寄语，晚云缥缈。天涯去了，如何是好？须知道纵贫困相依，胜黄金身畔绕。

——林以宁《南越调·小桃红·忆外》套

相守，我为伊不耻当垆，就涤器也风流。渴病茂陵，倦游梁园，知在那方羁留？休休，梦中犹得相偎，醒来时凄凉依旧。这淹煎生生的教人担受。

——前人《南越调·祝英台·深闺怀远》套

以上三曲，无论是作者塑造的艺术形象，还是作者的自我写照，都是情意缠绵，柔肠百结，对自己的心上人是那样的相思之深，相爱之诚，百般的放不下，千般的丢不开，但感情是内向的，是温存的。

余 论

民歌有着悠远的历史，我国最早的诗歌总集《诗经》中的《风》，便是“劳者歌其事，饥者歌其食”的“俚谣俗曲”。朱熹说得好：“凡诗之所谓风者，多出于里巷歌谣之作。所谓男女相与咏歌，各言其情者也。”（《诗集传序》）汉魏的乐府，更是“总赵代之音，撮齐楚之气”（《文心雕龙·乐府》），换一句话，就是赵、代、齐、楚各地的民歌。《汉书·艺文志》说得十分具体：“自孝武立乐府而采歌谣，于是有赵代之讴，秦楚之风，皆感于哀乐，缘事而发。”以至唐代的民间曲子词，宋代的缠令、缠达、唱赚、鼓子词，金元时代的诸宫调、挡弹词、以及南北曲，明、清两代的民歌，都是一脉相承的。

第一节　元代的道情

道情，源于以道教故事为题材的唐代《九真》《承天》等道曲（见《唐会要》三十三）。因为它以渔鼓（也写作“愚鼓”）和简板为伴奏的乐器，所以宋代又叫作“渔鼓”。周密《武林旧事》卷七载：“后苑小厮儿三十人，打息气唱道情，太上（宋高宗）云：‘此是张抡所撰鼓子词。’”说明“鼓子词”就是“道情”演变而来的。到了元代，“其谦逊似儒，其坚苦似墨，其修习似禅，其块然无营又似夫为浑沌之术者”（元好问《太古观记》）的全真教盛行，因为他们“本于渊静之说，而无黄冠襪桧之妄；参以禅定之习，而无头陀缚律之苦。耕田凿井，身以自养，推有余以及之人，视世间扰扰者若省便然，故堕窳之人，翕然从之”（元好问《紫微观记》）。生活在异族统治之下的广大知识分子，看到它有“儒化”的倾向，有逸民的遗风，跟自己的情趣是合拍的，于是亦相率而遁入全真教中，以求得精神上的寄托。如做到翰林学士、江西儒学提举的滕斌，最后弃家入天台为道士，以博学多闻见称，以逸才英气自负的儒者张雨，最后也“抽簪入道”。至于以“道人”自称者，那就更多了。如刘因自号“雷溪真隐”，冯子振自号“怪怪道人”，乔吉自号“惺惺道人”，便可推见一般。在元曲家的作品中，连篇累牍写叹世、警世、知足、悟迷、乐道、习隐、收心为内容的，实际上都是“道情”，都表现了全真教的精神面貌和思想情趣。单是在题目上标明“道情”的，也不下十数首，如邓玉宾的《正宫 · 叨叨令 · 道情》四首，张可久的《中吕 · 齐天乐过红衫儿 · 道情》二首、《中吕 · 普天乐 · 道情》一首、《正宫 · 塞鸿秋 · 道情》二首，王仲元的《中吕 · 粉蝶儿 · 道情》一套，李致远的《双调 · 水仙子 · 道情》一首，宋方壶的《中吕 · 山坡羊 · 道情》二首，朱庭玉的《仙吕 · 妖神急 · 道情》一套，就是很好的例子。还有“题道院”“访道士”“游道宫”“送人入道”的许多作品。下面录几首有代表性的“道情”小曲，供读者求索：

想这堆金积玉平生害，男婚女嫁风流债。鬓边霜、头上雪是阎王怪，求功名贪富贵今何在？您省的也么哥，您省的也么哥，寻个主人翁早把茅庵盖。

——邓玉宾《正宫 · 叨叨令 · 道情》

直钩曾下严滩钓，清风自学苏门啸。蜜蜂飞绕簪花帽，野猿坐守烧丹灶。扁舟范蠡高，五柳陶潜傲，南华梦里先惊觉。

——张可久《正宫 · 塞鸿秋 · 道情》

瓮头春色是长生，枕上华胥当解酲。常将造物合心镜，后庭闲留月明。得工夫休写《黄庭》，怕萧郎夫妇，茅家弟兄，邂逅瑶京。

——李致远《双调 · 水仙子 · 道情》

青山相待，白云相爱，梦不到紫罗袍共黄金带。一茅斋，野花开，管甚谁家兴废谁家败？陋巷箪瓢亦乐哉。贫，气不改；达，志不改。

——宋方壶《中吕·山坡羊·道情》

以上四支以“道情”为题的小令，都是要人们看破红尘、跳出情网，入道归隐为宗旨的。他认为儿女之情，功名之欲，兴亡之感，贫贱之忧，都是虚幻，不如醉乡甜蜜，睡乡安稳，所谓“不求三品贵，唯厌一身多”（朱庭玉《仙吕·妖神急·道情》），“九重，赐宠，一觉黄粱梦”（任昱《中吕·朝天子·道院》），就是他们的人生哲学。这种人生哲学，虽然是消极的，但却是那个时代的产物，它在当时曾经被引进到杂剧中去了。马致远的杂剧《岳阳楼》第四折就写了道士吕洞宾打着愚鼓、简子说道：“罗浮道士谁同流？草衣木食轻王侯。世间甲子管不得，壶里乾坤只自由。数着残棋江月晓，一声长啸海门秋。饮余回首话归路，笑指白云天际头。”然后唱起“道情”来。范子安的杂剧《竹叶舟》第四折也写了列御寇手执愚鼓、简板，在长街市上，“唱些道情曲儿”，“警醒世人”，曲云：

〔村里迓鼓〕我这里洞天深处，端的是世人不到。我则待埋名隐姓，无荣无辱、无烦无恼。你看那蜗角名，蝇头利，多多少少。我则待夜睡到明、明睡到夜，睡直到觉。呀，早则是刮马儿光阴过了。

〔元和令〕我吃的是千家饭化半瓢，我穿的是百衲衣化一套，似这等粗衣淡饭且淹消。任天公饶不饶，我则待竹篱茅舍枕着山腰。掩柴扉静悄悄，叹人生空扰扰。

〔上马娇〕你待要名誉兴，爵位高，那些儿便是杀人刀。几时得舒心快意宽怀抱，常则是焦，蹙损两眉梢。

〔胜葫芦〕你则待日夜思量计万条，怎如我无事乐陶陶。我这里春夏秋冬草不凋，倚晴窗寄傲，杖短筇凝眺，看海上熟蟠桃。

这几支“道情曲儿”，跟邓玉宾、张可久、王仲元、李致远、朱庭玉、宋方壶等所写的“道情”，思想情趣完全是一致的，无非是唤醒痴顽，消除烦恼而已。《太和正音谱》把它叫作“黄冠体”，说是“神游广漠，寄情太虚，有餐霞服日之思。名曰道情”。说明“道情”在元代是非常盛行的，它对于唤醒迷恋功名富贵的人，劝诫世人不与统治阶级合作，还是很有积极意义的。随着全真教的逐渐衰落，“道情”也逐渐失去了光彩，正如徐大椿所说的：道情“久失其传，仅存时俗所唱之《耍孩儿》《清江引》数曲，卑靡庸浊，全无超世出尘之响，其声竟不可寻矣”（《洄溪道情自序》）。虽然在明代的《金瓶梅词话》第六十四回中还记载了两个捣剌小子唱《韩文公雪拥蓝关》《李太白好贪杯》两篇道情，《续金瓶梅》四十六回也记载了道士说唱的《庄子叹骷髅》的道情，作为劝世、警世的说教，但毕竟是衰落了。直到郑燮出来，才又复活了这种文学样式；徐大椿又把这种文学样式，运用到写各种题材，抒各种感情方面，极大地提高了它的文学价值。但仍然保持了那种“半为警世之谈，半写闲游之乐，总不离于见道者之语”（《洄溪道情自序》）。

第二节　明代的俗曲

明代的俗曲，新鲜活泼，具有极大的艺术生命力，得到了当时文人学者的极高评价。有的说是“词中状元”，有的说是“我明一绝”，有的说可以“上继国风”。李开先说：“有学诗文于李崆峒（梦阳）者，自旁郡而至汴省。崆峒教以：‘若似得传唱《锁南枝》，则诗文无以加矣。’请问其详，崆峒告以‘不能悉记也。只在街道上闲行，必有唱之者’。越数日，果闻之，喜跃如获重宝，即至崆峒处谢曰：‘诚如尊教。’何大复（景明）继至汴省，亦酷爱之，曰：‘时调中状元也。如十五《国风》，出诸里巷妇女之口者，情词婉曲，有非后世诗人墨客操觚染翰、刻骨流血所能及者，以其真也。’”（《词谑》）李、何二氏是“前七子”的首领，主张“文必秦汉，诗必盛唐”，而对当时流行的民间俗曲，作出如此崇高的评价，拿它与《国风》相比，认为“非后世诗人”的作品所可比拟的，因为它所表现出来的是真感情，真性灵。沈德符在《顾曲杂言 · 时尚小令》中亦有类似的记载，但说得更具体、更详尽：

> 自宣、正至化、治后，中原又行《锁南枝》《傍妆台》《山坡羊》之属。李崆峒先生初自庆阳（今属甘肃）徙居汴梁，闻之，以为可继《国风》之后。何大复继至，亦酷爱之。今所传《泥捏人》及《鞋打卦》《熬鬏髻》三阕，为三牌名之冠，故不虚也。自兹以后，又有《耍孩儿》《驻云飞》《醉太平》诸曲，然不如三曲之盛。嘉、隆间，乃兴《闹五更》《寄生草》《罗江怨》《哭皇天》《干荷叶》《粉红莲》《桐城歌》《银铰丝》之属，自两淮以至江南，渐与词曲相远，不过写淫媟情态，略具抑扬而已。比年以来，又有《打枣竿》《挂枝儿》两曲，其腔调约略相似，则不问南北，不问男女，不问老幼、良贱，人人习之，亦人人喜听之。

沈氏在这里，把宣（宣德，明宣宗年号）正（正统，明英宗年号）以来，民间俗曲流行的曲牌，流行的地域，以及演变的情况、时人的评价，都作了全面的叙述，给后世研究民间俗曲发展演变的轨迹，提供了极其有益的资料，但他所说的“渐与词曲相远，不过写淫媟情态”数语，仍是用“乐而不淫”的传统诗歌标准来衡量俚谣俗曲的。王骥德在《曲律·杂论上》对“流传《打枣竿》诸小曲”的评价，则绝无贬辞，认为它“妙入神品”，像《诗经》的《郑风》和《卫风》一样。他说：

> 北人尚余工巧，今所流传《打枣竿》诸小曲，有妙入神品者。南人苦学之，决不能入。盖北之《打枣竿》与吴人之《山歌》，不必文士，皆北里之侠，或闺阃之秀，以无意得之。犹《诗》郑、卫诸《风》，修《大雅》者反不能作也。

王氏认为《打枣竿》之类的时尚小令，乃是歌妓市女们“无意得之”，好像桑间濮上的郑、卫之《风》一样，不是那些讲究辞藻、拘牵格律的文人们所能创作的。作出这种大胆的评价，就比沈氏具有更好的真知灼见，更多的反传统的精神。下面让我们共同来欣赏以下的几首妙曲：

傻俊角，我的哥，和块黄泥捏咱两个。捏一个儿你，捏一个儿我，捏的来一似活托；捏的来同床上歇卧。将泥人儿摔碎，着水儿重和过，再捏一个你，再捏一个我。哥哥身上也有妹妹，妹妹身上也有哥哥。

——《南双调 · 锁南枝 · 傻俊角》

这支小令见于李开先《词谑》和蒋一葵《尧山堂外纪》。但《尧山堂外纪》说是赵孟頫欲置妾，以小词调侃管夫人云："我为学士，你做夫人。岂不闻陶学士有桃叶桃根，苏学士有朝云暮云。我便多娶几个吴姬赵女何过分！你年纪已过四旬，只管占住玉堂春。"管夫人看了，便写了上述那支小曲作答，赵孟頫一笑而罢。这恐怕是一种附会之词，因为《锁南枝》在明代中叶才开始流行，宋末元初还没有这种小曲。而且"捏泥人"是中原地区青年男女欢会时的一种游戏，至今豫东一带还保留这种遗风，可见它是民间的妇女在无意中创作出来的。这支小曲，想象奇特，构思新颖，以捏泥人来表现心心相印、形影不离的纯真爱情，揭示出一个大胆而聪明的少女的内心世界。她要求两人融为一体，互相依存，你中有我，我中有你，谁也无法脱离对方而单独存在。就像另一首明代俗曲《劈破玉》所说的："你要分时分不得我，我要离时离不得你。就死在黄泉，也做不得分离鬼。"

露水荷叶珠儿现，是奴家痴心肠把线来穿。谁知你水性儿多更变：这边分散了，又向那边圆。没真性的冤家也，随着风儿转。

——《挂枝儿 · 荷珠》

《挂枝儿》实为北方《打枣竿》流行至南方时的改称。王骥德说："小曲《挂枝儿》即《打枣竿》。"（《曲律 · 杂论下》）亦即《劈破玉》，它流行于明中叶以后。这支小曲，比喻形象，构思新颖。它以荷叶上的露珠，随风摇动，刚刚从这一颗分离，马上又与那一颗结合，来比喻她心上人的喜新厌旧，二三其德。前以“痴心肠把线来穿”，来形容自己的痴情；后以“随着风儿转”，来责备对方的负心。一喻三譬，贴切自然，真可谓“文章本天成，妙手偶得之”。

对妆台忽然打个喷嚏，想是有情哥思量我寄个信儿。难道他思量我刚刚一次？自从别了你，日日珠泪垂。似我这等把你思量也，想你的喷嚏儿常似雨。

——《挂枝儿·喷嚏》

王骥德说：“昨日毛允遂贻我吴中新刻一帙，中如《喷嚏》《枕头》等曲，皆吴人所拟，即韵稍出入，然措意俊妙，虽北人无以加之。故知人情原不相远也。”（《曲律·杂论下》）的确，它“措意俊妙”，想象奇特。由一个普通的喷嚏而联想到情人对她的惦念；由情郎的惦念而奇怪为什么只有这“刚刚一次”；由此及彼，则她的“日日珠泪垂”，必将引起对方的“喷嚏儿常似雨”。这么层层深入的奇特想象，一起一伏的变化情绪，表现了少妇纯真而质朴的感情，富有生活气息和泥土气息，读来十分动人。

熨斗儿熨不展眉尖褶皱，竹绷儿绷不开面皮黄瘦，顺水船儿撑不过相思黑海，千里马儿也撞不出四下裹牢笼扣。俺如今吞了倒须钩，吐不的，咽不的，何时罢休？奴为你梦魂里抓破了被角，醒来不见空迤逗。泪道也有千行哟，恰便是长江不断流。休，休，阎罗王派俺是风月场行头；羞，羞，夜叉婆道你是花柳营对手。

——《南商调·山坡羊》

火热的情，滚烫的心，连用四个排句，五个比喻，把一个少女的内心世界活脱脱地刻画了出来。她是那样的深情，又是那样的痴心；她是那样的温馨，又是那样的泼辣。无理有情，百读不厌。李开先在《词谑》中说："此即李（梦阳）、何（景明）所爱者"。说明它对当时文人的影响，是何等的深刻。这种市井艳词，纯用白描的手法，不加半点雕琢，是深深植根于民间文学的土壤之中的。

> 富贵荣华，奴奴身躯错配他。有色金银价，惹的傍人骂。嗏，红粉牡丹花，绿叶青枝，又被严霜打，便作僧尼不嫁他！
>
> ——《南中吕·驻云飞》

曲中的女主人公一反社会上庸俗的婚姻观，不愿"荣华富贵"，只求自己的解放和幸福，许配给那种"二三其德"的恶少，还不是让"绿叶青枝"含苞待放的牡丹，"被严霜打"一样。最后以斩钉截铁的语气，断然表示："便作僧尼不嫁他！"这是对封建家长的抗议，也是对封建婚姻制度的抗议。

> 纱窗外月正高，忽听得谁家吹玉箫。箫中吹的相思相思调，诉出他离愁多少，反添我许多烦恼。待将心事从头从头告，告苍天不肯从人，阻隔着水远山遥。忽听天外孤鸿孤鸿叫，叫得我好心焦。进绣房泪点双抛，凄凉诉与谁知谁知道。
>
> ——《南南吕·罗江怨》

这支小曲见于熊稔寰编的《徽池雅调》。它语言尖新，构思巧妙，而感情真挚热烈，不带半点轻薄和淫秽，不愧是民间小曲的瑰宝。

民间小曲，大都是写艳情的。但也不少优秀的讽刺作品。明冯梦龙编的民歌集《挂枝儿》，就有很多值得一读的佳作：

> 问山人，并不在山中住。止不过老着脸，写几句歪诗，带方巾称治民到处去投刺。京中某老先，近有书到治民处；乡中某老先，他与治民最相知。临别有舍亲一事干求也，只说为公道没银子。（《山人》）

壁虎儿得病在墙头上坐，叫一声“蜘蛛我的哥，这几日并不见苍蝇过。蜻蜓身又大，胡蜂刺又多，寻一个蚊子也，搭救搭救我”。（《门子》）

典当哥，你犯了个贪财病。挂招牌，每日里接了多少人。有铜钱，有银子，看你日出日进。一时救得急，好一个方便门。再来不把你思量也，怪你戥子儿大得狠。（《当铺》）

以上画的是社会上的“群丑图”。《山人》讽刺了那些吹牛拍马的帮闲文人，他攀龙附凤，狐假虎威，“京中某老先”“乡中某老先”，都和他信来书往，私交甚笃，借以抬高自己的身价。他自称是“治民”，到处打秋风，到处说人情，舍得那张“老脸”去巴结、逢迎。真是丑态百出，入木三分。《门子》刻画了官署衙门那些爪牙们的贪婪丑态。他结了一张大网挂在门口，只想网住“苍蝇”，觅个“蚊子”，来填满自己的欲壑；至于“蜻蜓”呢？个子太大；胡蜂呢？尾上的刺又太厉害，自然他是不敢冒昧从事的。《当铺》揭露了商人唯利是图的剥削本质，他明里说是救别人的急，开方便之门，实际上在戥子上做手脚，要了别人的黑心钱。尖新泼辣，富有现实意义，在正统的文人作品中是不容易见到的。卓人月说：“我明诗让唐，词让宋，曲让元，庶几《吴歌》《挂枝儿》《罗江怨》《打枣竿》《银丝铰》之类，为我明一绝耳。”（引自陈鸿绪《寒夜录》）这话是很有见地的。

民间小曲的盛行，在文人中产生了深远的影响，有的把它编辑成集，视同《诗经》的《国风》，如冯梦龙在《叙山歌》中说：“自楚骚唐律，争妍竞畅，而民间性情之响，遂不得列于诗坛，于是别之曰‘山歌’，言田夫野竖矢口寄兴之所为，荐绅学士家不道也。……虽然桑间濮上，《国风》刺之，尼父录焉，以是为情真而不可废也。山歌虽俚甚矣，独非郑、卫之遗欤？且今虽季世，而但有假诗文，无假山歌；则以山歌不与诗文争名，故不屑假。苟其不屑假，而吾藉以存真，不亦可乎？抑今人想见上古之陈于太史者如彼，而近代之留于民间者如此，倘亦论世之林云尔。若夫借男女之真情，发名教之伪药，其功与《挂枝儿》等，故录《挂枝词》

而次及《山歌》。”冯氏说得太好了：“有假诗文，无假山歌”，“借男女之真情，发名教之伪药”。因为山歌不列诗坛，不入缙绅之口，故可写真性情；而诗文要登大雅之堂，要入缙绅之口，故须句句拟古，字字摹神，因而成了假诗文。这些足以代表晚明的进步的文学观点。还有的人索性向民间文学学习，在民间文学中去吸取营养，如袁宏道《与小修》书云：“近来诗集大饶，诗肠大宽，诗眼大阔。世人以诗为诗，未免为诗苦，弟以《打枣竿》《劈破玉》为诗，故足乐也。”这个强调抒写性灵，反对模拟古人的诗人，竟然鼓励他的弟弟袁小修（中道）到民间小曲中去吸取营养了。下面让我们来看看文人们是怎样学习民间小曲的：

心肠儿窄，性气儿粗，听的风来就是雨。尚兀自拨火挑灯，一密里添盐加醋。前怕狼，后怕虎，筛破的锣，擂破的鼓。

——金銮《南双调 · 锁南枝》

我教你叫我声，只是不应，不等说就叫我，才是真情。背地里只你我，推什么佯羞佯怯。你口儿里不肯叫，想是心儿里不疼。你若有我的心儿也，如何开口难得紧？

——刘效祖《挂枝儿》

俏冤家我咬你个牙厮对，平空里撞见你，引得我魂飞。无颠无倒，如痴如醉。往常时心如铁，到而今着了迷。舍生忘死只为你。

——赵南星《劈破玉》

灯花绽，蟢子飞，心心盼他郎马归。早起画蛾眉，红楼镇空倚。纱窗暝，日又西，多管是今宵，尚欠几行泪。

——王骥德《南双调 · 锁南枝》

恨冤家，写着他名儿挂，对着窗儿骂。怪猫儿、错认鹊儿抓，碎纷纷就打也全不怕。你心亏做事差，猫儿也恨他，我不合错把猫儿打。

——冯梦龙《南南吕 · 一江风》

以上五支小令，全都出自文人之手，从语言风貌到思想感情，以至表现手法，无一不是从民间小曲学来的。它不避俚语俗腔，甚至打情骂俏，采用迭进的句式和独白的手法，刻画了曲中女主人公陷入情网的心理状态。金銮笔下的少女，是那样的大胆泼辣，她对那个争风吃醋的情人，作了又爱又嗔的批评，说他“心肠儿窄，性气儿粗”，说他“听的风来就是雨”，既是批评对方，又是洗刷自己，收到了一箭双雕的效果。刘效祖所刻画的那个艺术形象，更加热情、泼辣、纯真、坦诚。她以嗔责的口吻，紧紧抓住对方连叫她一声的勇气都没有，埋怨他“心儿里未必疼”，心儿里没有她，是推却，是“佯羞佯怯”。既表现了男方在幽会时的憨态和笃实，也表现了女主人公在爱情问题上的热情和执着。赵南星、王骥德、冯梦龙所塑造的那些少女形象，无不燃烧着炽烈的爱情之火，对撞入她们生活中“俏冤家”，或者“无颠无倒，如痴如醉”的“着了迷”；或者独倚红楼，终日盼望心上人回来，不知欠了他多少的眼泪；或者“写着名儿”“对着窗儿”，骂那个亏心的薄情郎。真是声口毕肖，形神俱备，有血有肉，呼之欲出，而这都是向民间文学学习的结果，是深深地植根于民间文学土壤之中的一株鲜花。

第三节　清代的小曲

清代的小曲，也是十分繁荣的，见于《时尚南北雅调万花小曲》《霓裳续谱》《白雪遗音》等选本。《万花小曲》刊于乾隆年间，有《劈破玉》《鼓儿天》《吴歌》等一百余首，梓行的是京都永魁斋。《续谱》收有《寄生草》多首，它的编订者是王廷绍。盛安说这部书“自文人才士之笔，至村妪荡妇之谈，靡不毕具”（《霓裳续谱序》）。《遗音》是华广生编辑的，收南北曲调七百余首，其中以《马头调》选得最多。常琴泉序其书曰：“翻诵其词，怨感痴恨，离合悲欢，诸词咸备。批阅之余，不禁胸襟畅美，而积愤夙愁，豁然顿感。”（《白雪遗音序》）这些书所收辑的，大都是言情说爱之作，但都语言生动，描写细致，构思巧妙，富于情趣，表现了民间小曲特有的艺术特色。后来刘复、李家瑞编的《中国俗曲总目》收录各种俗曲六千余种，郑振铎收集各地单刊小曲竟达一万二千多种，说明清代这类俗曲流行之广，数量之多。当然，从明代的俗曲，发展到清代的小曲，并不是没有轨迹可寻的。清刘廷玑作了一些简要的概括：

小曲者，别于昆弋大曲也。在南则始于《挂枝儿》，一变为《劈破玉》，再变为《陈垂调》，再变为《黄莺调》。始而字少句短，今则累数百字矣。在北则始于《边关调》，盖因明时远戍西边之人所唱，其词雄迈，其调悲壮，本《凉州》《伊州》之意。……今则尽儿女之私，靡靡之音矣。再变为《呀呀优》。“呀呀优”者，“夜夜游”也，或亦声之余韵。他如《倒板桨》《靛花开》《跌落金钱》，不一其类。

刘氏虽把民间小曲看作“靡靡之音”，与卓人月把它看成“一绝”，冯梦龙把它誉为“真诗”，是一个倒退，但他把小曲的发展轨迹描绘得比较清晰，却是很有意义的。下面将“村妪荡妇”的曲儿，略举数例如后：

相思欲寄从何寄，画个圈儿替。话在圈儿外，心在圈儿里。我密密加圈，你须密密知侬意。单圈儿是我，双圈儿是你。整圈儿是团圆，破圈儿是别离。还有那说不尽的相思，把一路圈儿圈到底。

——《北仙吕 · 寄生草 · 圈儿信》

据说有一个歌妓写了一封信给他的情人，打开信函一看，一个字也没有，但有单圈、双圈、整圈、破圈，最后画有无数的小圈，有人把它破译成了这支曲儿。它虽然是游戏笔墨，却是至情流露，浑然天成，恰合两人的口吻，令人百读不厌。曲见《两般秋雨庵随笔》。

露水珠儿在荷叶上转，颗颗滚圆。姐儿一见，喜上眉尖。恨不能一颗一颗穿成串，排成连环。要成串，谁知水珠也会变，不似从前。这边散了，那边去团圆，改变心田。闷杀奴，偏偏又被风吹散，落在河中间。后悔迟，当初错把宝贝看，叫人心寒。

——《露水珠》

曲见《白雪遗音》。显然它是从明人小曲《挂枝儿·荷珠》演绎发展而来的。它设喻形象，构思巧妙，造语生动，充分表现了民间小曲的艺术特色。

> 忒也不识顽儿，你也不害羞。犯不着一言半语记在心头，动不动伤心两泪流。不过是当着人的眼目将你闪，口儿不厚，我心里和你厚。细思细想，做女孩儿有拘有管，不得能够任着意儿施为。咳！我怎得自由？
>
> ——《平岔·忒也不识顽》

这是《霓裳续谱》中的一支小曲。它的语言虽则质朴无华，但它所表的感情却深沉真挚，感人肺腑。女主人公的心口不一，是封建礼教扭曲的结果，“有拘有管”，不能任意施为，只得把自己的爱情深深地埋藏在内心的深处。曲末的“咳！我怎得自由?”不仅是对情人的表白，也是对封建礼教的抗议！

> 从南来了一行雁，也有成双也有孤单。成双的欢天喜地声嘹亮，孤单的落在后头飞不上。不看成双只看孤单，细思量你的凄凉和我是一般样。
>
> ——《从南来了一行雁》

这是《万花小曲》中的一首。纯用口语，纯用比兴，把自己的离别之恨，相思之诚，融合在比喻的客体中，饶有兴味。《霓裳续谱》还有少数作品用了问答体的形式，成为一种对唱体：

> （正）泪涟涟叫了声丫环。（小）姑娘想必有些不耐烦。（正）不知甚么病儿把我们害了个难？〔倒搬桨〕（小）姑娘莫怪我嘴头儿尖，想此事姻缘不周全。（正）佳人闻听红了脸，小小的东西你胆包着天。（小）尊声姑娘，莫把脸来翻，千万担待着我小丫鬟。（正）呀！似

你这东西谁和你顽。〔岔尾〕（小）我这两日就活倒了运。（正）牛心的蹄子敢在我跟前来强辩。（小）是了，我就成就了一个万人嫌。

——《岔曲》

这个小丫鬟，简直就是王实甫笔下的红娘，关汉卿笔下的诈妮子。聪明、活泼，机警、泼辣，给人以极美丽极风韵的感觉。

我为情人叹叹叹，我的情人还还还。还望你，牵连我不可断断断。断牵连，趁了旁人的愿愿愿。怨我的情人，叫我难难难。难为死了我，到了无人之处念念念。念声弥陀佛，来个好人把我劝劝劝。

——《我为情人》

这支小曲生动活泼，用了许多叠字，加强了表现力，增进了音乐美，把女主人公对情人的丰富感情推向了高潮。其中既有爱，又有恨；既有盼，也有疑。感情是丰富的，复杂的，给人以新鲜的美感享受。

要分离除非天合地，要分离如同日出西，要分离大海变作平阳地，要分离铁树开花落满地。分离二字切莫提起，要分离除非你死我断气。

——《要分离（南京调）》

这支民间小调，一连提了五个在现实生活中决不可能存在的现象，以比喻她们永远不可分离，这无疑是从《汉乐府 · 上邪》和敦煌《曲子词 · 菩萨蛮》脱胎出来的。《菩萨蛮》云："枕前发尽千般愿：要休且待青山烂。水面称锤浮，直待黄河彻底枯。　白日参辰见，北斗回南面。休即未能休，且待三更见日头。"也是一连提出六个在现实生活中不可能有的现象，来比喻她们之间的爱情永矢弗谖，谁也不许休弃谁。但《上邪》中的山盟海誓是直说，而《要分离》和《菩萨蛮》两曲却是反说，它们虽然强调了不能分离，不能休弃，但毕竟对方负了心，最后还是分了、休了，只是曲中没有说破而已。

从元代的道情，到明代的俗曲，到清代的小曲，无一不是在元曲的基础上逐渐发展起来的。萧子显说："若无新变，不能代雄。"即如果没有新的变化，就不可有新的文学样式来取代旧的文学样式，而成为那个时代占统治地位的体裁。赵翼也说："诗文随世变，无日不革新。"就是说诗文总是随着时代的变化而变化，没有一天不在革新自己，使自己在传统的基础上，日益繁荣发展起来。这就是散曲的生命力，就是散曲"薪尽火传"的奥妙。

附录　迎旭轩曲存

双调 · 水仙子 · 自嘲

眉峰一晌不堆愁，何事新来也白头？书城寂寞人消瘦。非关酒，不是秋，梦魂夜夜作诗囚。直想一枝笔，写完万古忧，笑道先生罢休。

腰间不佩虎鱼符，履上不镶明月珠，杖头不挂几青蚨。写风光，入画图，记年时落花飞絮。诗债寻常有，蓬心那得无，怪的先生清癯。

中吕 · 满庭芳 · 劳动锻炼

到田间去，向老农学，与自然谋，劳心劳力两悠悠。年华正茂，买犊且耕彭泽秋，种瓜甘学东陵侯。兆丰收，麦绿秧稠，一片欢声浮。

任胫无毛，教手成茧，管肩生泡，自甘林下侣渔樵。有谁再道：四体不勤紫绶飘，五车书熟青云到。看今朝，一代天骄，惟有劳工高。

共渔樵话，与木石居，和鹿豕游，一蓑烟雨半江秋。乐以忘忧，人语垂扬古渡头，蝉鸣落日黄昏后。景物幽，断云孤岫，一一入吟眸。

南吕·金字经·筑堤

肩挑千秋业，手筑万里堤，胸隐九霄鹏搏意，飞，纵横九万里，鸿鹄志，岂容燕雀知！

双调·殿前欢

一九七九年五月，全国六十余所文科高等院校在重庆成立“毛主席和老一辈无产阶级革命家诗词研讨会”，因得瞻仰革命圣地、渝州名胜。援笔度曲三支，以志所感。

红岩村，多少星星拱北辰，算来个个抵南金，冠绝古今。教文翁失了治声，武侯输了勋名，工部丢了诗魂。岂止是革命诗歌，诗歌革命？

来天府，千秋谁问巴清富，千金谁买相如赋，过眼云雾。只红岩冲霄火炬，桂园漫天风雨，渣洞噬人魔窟。问谁不刻骨镂心，镂心刻骨？

蜀道险，眼前突兀千重山，脚底咆哮百重泉，雾锁云环。看枇杷灯火万点，嘉陵水天一片，鹅岭新月半弯。这真是人间天上，天上人间。

双调·拨不断·永怀刘少奇同志

烈火旁，刀丛间，几番虎穴英雄显，一片丹心日月悬，十年浩劫忠奸乱，攒双眉一声长叹！

功难掩，才无限，满洲一举白军乱，沪上一呼黑狗窜，安源一怒红旗遍，笑谈间鹏搏九万。

明珠暗，瓦缶喧，苌弘化碧恨难堪，精卫衔木海难填，蜀鹃啼血魂难返，兀谁不泪湿罗衫？

正宫·叨叨令

读了张志新烈士的英雄事迹，感慨万端，夜不能寐，度曲三支，以当一哭。

只因你肝肠百炼炉间铁，那管他风波千丈虎狼穴？你眼睁睁把龙潭越，你气昂昂将虎须捋。气煞人也么哥，气煞人也么哥，拼将满腔热血写巾帼！

铁肩膊承担着千秋肮脏罪，热心肠蕴藏着万丈虹霓志。为真理你摔了上天梯，斗妖魔你出了担山力。问苍天也么哥，问苍天也么哥，谁糊突了这盗跖夷齐？

急切切欲凭赤手补天裂，惨凄凄谁教骤雨摧兰折？化碧的鲜血犹然热，贯日的精诚永不灭。你省的也么哥，你省的也么哥，如今是河清海晏人欢悦。

双调 · 湘妃怨 · 重有感

一九七九年八月六日，湖南省文联在《湘江文艺》编辑部举行作品平反大会，对五七年以来在《湖南文艺》《新苗》《湖南文学》上发表的作品，被打成“毒草”的，一律予以平反，恢复名誉。拙作《论王维抒情小诗的艺术特色》等四篇论文，被打成四株“大毒草”，应邀出席了大会。会上听到魏猛克、严怪愚、李岸、任光椿等的发言，浮想联翩，感慨无端，援笔度曲二支，以寄遐想。

风狂雨骤春何处，翠减红衰愁无绪，阿谁夺取繁华去？花有泪，莺无语，半随流水半成土。哪有文倾国，漫说香如故，幽恨谁诉？

风和日丽春如许，草长莺飞花满树，依稀记得旧游处。挥彩笔，描画图，绘一幅潇湘烟雨。莫作临池柳，要写傲霜骨，目尽今古。

双调 · 庆宣和

邵阳市文联，在粉碎林彪、“四人帮”后，以崭新的姿态，争艳在百花园中。抚今思昔，感慨万千，作曲三支，聊表贺忱。

一夜西风凋百草，极目萧条。落叶满阶闲不扫，罢了，罢了。

又遣东风上柳条，柳宠花娇。红杏枝头春意闹，好了，好了。

我愿春风常料峭，润物养苗。蝶醉蜂迷莺不老，够了，够了。

正宫·醉太平·省四次文代会书感

喜乾坤初转，恰日月中天，纤云扫尽碧空妍，祝心香一瓣：花开民主春无限，理崇实践道无前，狮醒东亚力无边，又换了人间。

任苍蝇碰壁，耻黑蚁争食，记中无限伤心事，教从何说起：焚琴煮鹤绍家基，弃圣绝智办文艺，指鹿为马号忠义，气破了肚皮。

幸天挺人豪，除柳怪花妖，于无声处听惊涛，把沉渣冲掉。有人放弃擒鳌钓，有人献出屠龙刀，有人夺得宫锦袍，喜百凤来朝。

双调·水仙子·在省四次文代会上

春来岳麓花如绣，雨后潇湘景更幽，眼前诗意浓于酒。芭蕉肥，杨柳瘦，蝶翻燕舞人依旧。忘却十年梦，吞下一天愁，来为四化谋。

丰城剑光射牛斗，太白旗风卷宇宙，灵鼍鼓响彻神州。舒锦心，张绣口，三湘子弟由来秀。志在千秋业，身先天下忧，耻作稻粱谋。

中吕·喜春来·迎春

鹅黄乍染堤边柳，鸭绿新添池面皱，猩红初放丛中秀。漫凝眸，春意满神州。

莺喉宛转传佳讯，燕语呢喃报好音，蜂群来往觅花粉。是他们，酿作十分春。

枥前老骥心犹壮，爨下焦桐音转响，箔中浴茧丝方旺。鬓虽霜，莫负好韶光。

中吕·山坡羊·南岳纪行

一九八〇年夏，湖南省总工会组织五所高等院校部分教师赴南岳休假，因得重游名山，遍访古刹。江山依旧，而大量文物尽毁于十年浩劫中，不禁感从中来，曲以志之。

重游南岳

云山千叠，溪流九折，依稀记得旧行色。鬓虽白，血犹热，雄心欲摘碧空月，顽石要补金瓯缺。成，由他说；败，由他说。

观日出

天风飒飒，松涛哗哗，朝阳冉冉浴红霞。难描画，正惊诧，抬头只见星辰挂，放眼忽惊天地窄。山，在脚下；云，在脚下。

藏经殿

参天老树，绕阶药圃，凄凉古刹锁烟雾。蛛挂户，尘封橱，十年浩劫逗风雨，万卷藏经成灰土。建，谁作主；毁，谁作主？

南台寺

当年香火，今朝弦歌，剧怜平地起风波。人蹉跎，树婆娑，一场噩梦谁先觉，万丈劫灰可奈何！神，待怎么？佛，待怎么？

岳庙（庙内仅存关公一像）

池浮苍苔，草长空阶，三千仙佛委尘埃。妖成灾，劫成灰，美髯真是超群才，浩劫居然脱险回。佛，安在哉？儒，安在哉？

铁佛寺

抗日战争时期，周总理，叶帅曾游于此。叶帅有“听涛起雄心，誓荡扶桑儿”之句，故云。

听涛谷口，横刀山头，漫天烽火此登楼。存亡忧，庙堂谋，几回谈笑看吴钩，千古英雄谁敌手。人，永不朽；诗，永不朽。

忠烈祠

草埋断碣，烟笼残阙，谁于青史辨龙蛇？游人墨，渔樵说，当年为补金瓯缺，报国甘流壮士血。生，亦人杰；死，亦人杰。

老教师座谈会

名山探胜，群贤毕临，兹游真个快平生。话长征，颂中兴，要为“四化”图麒麟，休写九章抒幽愤。笑，要尽情；歌，要尽情。

仙吕・一半儿・桃花源偶题

武陵春去始登临，洞口桃花应笑人。唤取那黄莺仔细问，可怜春，一半儿沉醉一半儿醒。

遇仙桥上豁然亭，眼底红尘洞里秦。怪底那渔翁迷了津，变幻纷，一半儿风雨一半儿晴。

兴亡往事付渔樵，劫后犹存松菊高。莫信那渊明但啸傲，细推敲，一半儿梁甫一半儿骚。

双调・水仙子・吊屈原

一声楚些不胜愁，千里郢都枉凝眸，几番呵问空搔首。赋怀沙，怨灵修，甚成言都付东流。三寸张仪舌，九章屈子忧，往事悠悠。

九天阊阖叩难开，九曲刚肠愁未解，九畦兰蕙悔曾栽。女媭骂，渔夫咍，这丹心至死无改。但得二王悟，尚余三户在，何惧狼豺？

一心欲补乾坤漏，两手要扶日月走，双眉常锁庙堂忧。壅君疏，权臣斗，遭流放空有嘉猷。处处龙舟渡，年年角黍投，活在心头。

正宫 · 醉太平 · 题《翠竹诗稿》《洞庭诗抄》

诗和雁塔，笔走龙蛇，一函珠玉继骚雅，听铁板铜琶。春风吹绽安仁花，春寒酿熟卢仝茶，春莺装点范宽画，样样无价。

才方温李，气干云霓，一腔幽愤写新词，都是血和泪。八年抗战兴亡际，十年浩劫辛酸日，九年拨乱承平时，一一入诗。

心红似火，思捷如梭，一枝彩笔画妖魔，看原形若何？蝇儿碰得头儿破，蜂儿攒得花儿落，鸦儿聒得眼儿挫，处处风波。

双调 · 水仙子 · 自嘲

十年浩劫身犹健，三寸刚肠老更坚，几支小曲辣还尖。颂光明，揭黑暗，无非严一字褒贬。不写送穷文，不修干禄笺，到处悠然。

五藏早让秋阳曝，双眼每将秋水漱，四愁不向秋风诉。脑成冰，发若絮，视功名两字如土。交绝孔方兄，耻言阿堵物，有甚糊突？

五弦琴上寄幽思，五柳庄前送落晖，五经笥里搜奇字。蜗角名，蝇头利，与他人争甚高低！醉草儿行书，闲吟两句诗，乐在中矣。

仙吕 · 一半儿 · 观《红楼梦》剧

人间尽羡最高层，闲置宫中秋复春，翻恨不如姊妹行。省亲辰，一半儿欢欣一半儿恨。（贾元春）

多愁善感病西施，无限相思只自知，春老花残蝶亦稀。罗巾里，一半儿血痕一半儿泪。（林黛玉）

仕途经济两蹉跎，金玉良缘春梦婆，泪比潇湘妃子多。人海阔，一半儿暗礁一半儿波。（薛宝钗）

朝天辣子凤丫头，索贿弄权三只手，使尽机关不肯休。逞权谋，一半儿春风一半儿秋。（王熙凤）

中吕·红绣鞋·游波月洞

一幅风光彩照，一盘珠玉浮雕，分明身在山阴道，万象争俏。楼头少妇眺，雪里渔翁钓，山前牧竖樵。

一抹残霞晚照，半溪流水浮桥，眼前风物尽堪描，真个魂消。雄狮出树杪，大象浴寒潮，飞龙舞碧霄。

中吕·迎仙客·参观湘纺

冰蚕丝，鲛人织，芙蓉朵朵出秋水。剪做鸳鸯被，裁成翡翠衣。不教寒士，憔悴秋风里。（织锦坊）

绿如染，红欲燃，夕阳芳草谁家院？蜂闹花丛里，蝶翻柳浪前。半卷珠帘，人在画图间。（潇湘院）

文君垆，伊尹厨，玉盘捧出武昌鱼。香气动衣裾，欢声起座隅。一饮三壶，不惜红衫污。（聚星楼）

仙吕·寄生草·游索溪峪

百态千姿模样，三宫六院门巷。龙王开宴设琼浆，猴王偷果闹天堂，君王纳宠拥罗帐。搬演了人间争攘，阅历了人间沧桑。（黄龙洞）

万仞层峦滴翠，一湖深水流碧。青山每与船依违，白云常共水游移，绿杨时逐波高低。画不了它千般奇，写不出它十分媚。（宝峰湖）

身在众香国里，神游大观园内。树繁阴绿裁翡翠，花烂漫红染胭脂，石奇特灿若珠玑。真个是倾国倾城意迷，宜晴宜雨神醉。（十里画廊）

越调 · 凭阑人 · 悼曾志素师

一剑曾轻万户侯，一世常怀千载忧。休文镜里瘦，仲宣楼上愁。

狂草双钩怀素字，忧国百篇杜老诗。气吞苏陆日，名成吴越时。

燕子岩头立雪初，南岳庙中问字处。春风生座隅，冰心在玉壶。

身上貂裘换已空，壁上龙蛇飞欲动。真酒豪阮公，更诗雄放翁。

梦里音容意未通，箧里诗书墨尚浓。南雷一代雄，东坡百世宗。

中吕 · 喜春来 · 敦煌纪游

千峰雪似小银滩，四野灰如大布幔，一川碎石随风转。枯草边，蹿出羊儿欢。（敦煌道中）

几间土屋似鸡笼，几眼废窑如窟窿，几行疏柳若屏风。大漠中，一抹夕阳红。（书所见）

清泉如月月初三，黄碛成山山逾千，惊沙拂面似鸣环。带笑看，双凫浴晴川。（月牙泉）

黄沙万里送青来，石窟千龛向日开，无人不道锦成堆。钟磬外，老了栋梁材。（莫高窟）

千年往事看重演，一片孤城叹壮观，六街灯火仍喧阗。疏柳边，风卷酒旗翻。（仿唐敦煌古城）

仙吕·一半儿·候车石家庄

车尘马足走天涯，人倦日高渴欲茶，遥指城南有酒家。狼狈煞，一半儿疏慵一半儿傻。

蜂衙蚁穴乱如麻，裸袖揎拳笑语哗，聒噪难堪似老鸦。莫惊诧，一半儿调侃一半儿耍。

黄钟·人月圆

《吟香阁诗集》，乡前辈聂夫人所为诗也。卷首有曾廉伯隅先生为之序，杨思睿先生为之题辞，皆对其《哭夫诗》三十一章赞誉不置。今且重版问世，其孙曾哲乞予一言弁诸卷首，因度曲三支以授之。

吟香阁里人憔悴，愁压黛眉低。怕酒消不了，剪裁不断，舟载不起。最难堪楼头柳色，耳边杜宇，梦里夫妻。只苦了若兰织锦，乐昌破镜，贞女化石。

一错每伤铸九州，不把雕鞍留。想愁听渭城，慵斟别酒，懒折垂柳。更那堪桥头问卜，云间托雁，天际认舟。最怕见床头鸳被，箧中琴书，壁上银钩。

点点斑斑都是泪，浸透哭夫诗。便名登虎榜，身居麟阁，腰佩金龟，争抵我秋烹紫蟹，夏赏绿荷，春对黄鹂。更羞说花号合欢，草名忘忧，树叫连理。

中吕·山坡羊·游晋祠

浮图穿云，梵宫连城，千秋舍利抵千金。意愔愔，思纷纷，痴心欲问三生因：谁，是前身？你，合老僧。（舍利塔）

苍皮溜雨，青枝承露，参天蔽地笼烟雾。蜂绕树，蚁盈窟，应是大槐

安国建都处。梦，佩虎符；醒，衣犊裤。(隋槐)

双调 · 清江引 · 武陵源

两岸青山夹小溪，一派碧琉璃。人语白云际，鸟唱苍松里，这真是一首绝妙的山水诗。

煞是天然一画廊，移步换了样。十里青纱帐，几处绿野堂，任老夫恣意徜徉。

中吕 · 迎仙客 · 参观管道煤气工程

能源充，温暖共，万家欢乐四时同。瑞霭接苍穹，炊烟净碧空。管网如龙，嘘气动春风。

鲁炭类，金炉陈，千年司命凭灶君。黑气干层云，赏尘干九阍。科学通神，墨突无由黔。

中吕 · 朱履曲 · 寿武陵曹菁丈

绛帐里模糊了女乐声，洙泗上消沉了弦歌音，杏坛中淡泊了桃李情。对皓月倒三樽，绕黄花舞一巡，酩子里低吟着《醉太平》。

是蜡烛放出了素辉，是春蚕吐尽了素丝，是渡船划过了涯涘。辞了这皋比，掇了那人梯，闲看它余霞散尽还成绮。

有子娱亲戏彩衣，有妻举案奉黄鸡，有孙镊白数青丝。高兴时下盘棋，浅斟后吟句诗，却原来好光景都在这里。

有丽句长留世间，有清名远播尘寰，有丹心上彻霄汉。鹦鹉杯来几盏，凤凰池不稀罕，舒冷眼笑看他蛮触战。

双调·沉醉东风·参观湘潭市治理“三废”工程

绣取河山百二，澄清碧落三千。花灿灿，叶田田，把个小小寰球打点得娇娇艳艳。映秋波两叶春山，对桃花半个人面。

绿水青山碧空，红梅翠竹苍松。树葱茏，草蒙茸，人行彩色画图中。如沐轻柔杨柳风，如对文章太史公。

岭上寒梅吐素，堤边衰草翻绿。柳欲舞，鸟相呼，遥看春色满平芜。但种苍松遍九域，何必朱缨封万户。

正宫·塞鸿秋·大雪

轻如柳絮随风扬，白似梨花向晚放，冻骑驴探梅在灞桥上，寒吞毡牧羊在北海畔，学古人风流样，管什么冻馁患，谁怜那卧雪的袁安在陋巷。

害虫夺走了口中粒，大水吞噬了湖畔地。雨金当不得食，雨玉当不得衣。喜此丰年瑞，解我倒悬急，把希望都播在这白茫茫的雪原里。

双调·雁儿落带得胜令·《当代诗词》创刊十周年

雷霆声价高，翰墨姻缘妙。南天飞赤帜，中原夺锦袍。　有意广《离骚》，无心赋《大招》。漫道能经国，直须作解嘲。堪豪，敢把王侯傲；堪焦，甚时春意闹。

十年风雨飘，万树花枝俏。御风仙子多，催花使者少。　鸿鹄老蓬蒿，燕雀刺云霄。巧画众生相，早抛耳后貂。休道，春色这边早；细瞧，风光何处好。

中吕·阳春曲·偶成

笔头常恨风情薄，眼底常惊风月多，人间常是风云恶。风雨过，门外又风波。

一竿彩笔大如椽，一尺刚肠直若弦，一双慧眼明于电。挥斥间，万怪赴毫端。

双调·沉醉东风·病榻呓语

梦回时暗自忖，半生来做些甚？空怀着犬马心，那里取金龟印，辜负了长夜短檠。从今后一蓑烟雨任平生，葫芦提倒稳。

梦回时暗自思，半生来真个痴。争什么才名七步诗，要什么功名半张纸，惹起了多少闲是非。从今后种得东篱菊一畦，渊明老子是吾师。

梦回时暗自数，半生来都是虚。夸什么诗有三李誉，学有五车富，都不如东家种树书。从今后啸傲乾坤酒一壶，闲看那南浦飞云西山雨。

正宫·塞鸿秋·吊屈原

当权时满怀改革图强志，被疏时犹存寤主输忠意，离都时横流爱国忧民泪，沉湘时恨无扛鼎回天力。但求身洁白，不与世推移，这样的高风亮节谁能继？

你看他滋兰九畹尽心力，你看他陈辞九陛述王绩，你看他回肠九逝怀郢畿，你看他纵教九死无翻悔。《九章》故国情，《九辩》师友义，这样的来回求索谁人会？

我怜他修能内美两兼之，我怜他众芳芜秽不堪刈，我怜他峨眉见嫉深宫里，我怜他葬身鱼腹汨罗日。《离骚》日月悬，《天问》神思最，这样的人豪诗杰谁能及？

正宫·醉太平

一九九一年九月，首届海峡两岸散曲研讨会于扬州召开，予忝膺学会理事长，因得陪同两岸学者专家，畅游维扬、金陵诸名胜，得曲若干首。

谒中山陵

比钟山岧峣，比玄武深杳。千霄万树苍松老，向先生折腰。见说道祖龙一统六雄倒，沛公百战重瞳枭，贞观大治万民笑，不如你峻高。

吊梅花岭

二分明月冷，万点梅花清。孤臣心事向谁论，甘棠遗爱深。恨只恨弄权一马全无行，拥兵四镇各离心，擎天一柱独怆神，可怜大厦倾。

过平山堂

醉翁归了真，坡老动了情，三过堂下悲填膺，死生弹指顷。不禁问高文能值几毫分，盛名终不会沉沦，宗风是处有遗芬，龙蛇壁上行。

游玄武湖

较西湖浩瀚，较震泽娇软，烟波深处游艇转，听欢声一片。说什么严君七里钓鱼滩，太公八十磻溪岸，柳侯一泓钴鉧潭，不如你稳便。

访秦淮河

秦淮河依旧俏，夫子庙仍然闹，短桥雕槛朱帘悄，令人魂暗消。好一似李姬新展媚人笑，柳卿新唱入时调，侯生新谱求凰操，至今人未老。

泛瘦西湖

垂柳两岸绿，倒影几支疏，一舸荡漾瘦西湖，寻乾隆去处。那答儿桥头红药开无主，渡头红日挂无所，桥头红袖娇无语，天然好画图。

中吕·普天乐·自释

稻粱谋，庙堂忧。南阳锄耰，东山歌酒。王郎青毡旧，陶令黄花瘦。眉峰常压千般愁，骨相原非万户侯。说什么谈天海口，屠龙新猷，斫轮老手。

菜根香，齑盐凉。书翰堆床，藜藿撑肠。长安日远近，短檠月昏黄。南阮犹余竿晾裤，北海庸愁酒满觞。更喜有青山补墙，绿竹当窗，白鸥作伴。

荒鸡叫，饥雀噪。梦回鹿蕉，日筛梅梢。稚孙攀冬笋，老妻捧春醪，好生涯洗手持螯，挡情性焚香读骚。煞强如乌纱官帽，黑头天骄，青蚨缠腰。

仙吕 · 后庭花

一九九二年六月中国韵文学会第四次扩大理事会在浙江温州瑞安召开，我以副会长兼秘书长身份主持了这次会议。因与陈贻焮、马积高、王水照、曹济平、马兴荣、谢伯阳、陈祥耀诸教授访玉海楼，游雁荡山，途次得小令若干首。

飞赴温州

白云脚下飞，青天顶上垂。奋翮苍冥外，御风碧落里。一霎儿，风云际会，黄粱熟也未？

访玉海楼（孙诒让藏书楼）

玉蕴千金价，海涵万壑泉。《契文》无剩义，《诂墨》驾群贤。古楼前，心香一瓣，欲颂已忘言。

游花岩

青浮天上日，云飞水底天。山吼千重瀑，途穿百道泉。三潭边，明如镜面，俯仰两华颠。

泛竹筏

众篺冲碧去，群峰送绿来。心逐千篙远，肠随九曲回。深岩外，猿怨鹤猜，陶令何日回?

情侣峰

别难见亦难，泪酸心更酸。应是青春意，难拴白马鞍。佯转脸，泪珠暗弹，怕人偷偷看。

游大龙湫

凌空一瀑飞，刺天千石立。屏列云山外，人行罨画里。微风起，青摇白曳，蓬莱无此美。

仙吕·醉中天

一九九二年六月十五日，应邀为新发现之杨家界风景区命名题字。该区为武陵源风景区第四大景区，险、奇、秀、野，各尽其妙，非其他名山胜水所能拟。自《人民日报》海外版于今年三月发布有关该景区的通讯后，引起中外游人的极大兴趣，来此观光者，络绎不绝，无不拍案惊奇，叹为观止，爰就所见，赋小令数支，以为后之游者先导。

龙泉飞瀑

谁把冰蚕丝，织作鲛人绨，剪取其中三百尺，挂在悬岩际?大小龙湫何足拟，景物隔云泥。四围翠欲滴，一路水如飞。

猿愁攀

峭壁九霄近，鸟道半空横。手摘星月脚踩云，老子御风行。蜀道谁言坠欲倾?对此气先吞。岫从两腋生，雾向万峰腾。

孤藤笼壁

青欲接云霓，翠欲上罗衣。千丈孤藤笼绝壁，蔓似垂天翼。应是神州号第一，世上无斯奇。似游龙出水，似灵鹫展翅。

流翠溪（用“独木桥体”）

人在画图里，路入林阴里。骇绿纷红双眼里，流水潺潺里。无限醉人景色里，恍惚梦游里。似西子湖里，似雁荡山里。

编后记

湘潭大学出版社要出版湘潭大学部分耆旧元老的学术文选，让我负责《羊春秋文集》的编选。我考虑了很长时间，不知道如何编选才能体现羊春秋先生的学术造诣和文化成就。羊先生是湖南学术文化界的知名人士，桃李芬芳，治学范围宽广，著述等身。我和我的同门师兄妹文达三、章继光、熊治祁、沈家庄、许山河、李克和、谢成梁、颜家安、王德亚、张海莎、彭米卉等以及先生的亲眷，正在谋划编辑出版多卷本的《羊春秋诗文集》。因为在《羊春秋诗文集》中，我们计划尽可能多收集羊先生的基本著述，所以，这一卷《羊春秋文集》，想来想去，就只收录最能代表先生治学着力点的《唐诗百讲》和《散曲通论》，以完璧的方式呈现给读者，而不采用拆卸组装的方式去胡乱编选先生的著作了。全部文稿由我的学生刘亚男和龙楚韵录入电脑，并作了初步校对，谢谢她们，谢谢王正杰的精心编辑。

孟泽识于壬寅初夏